Der Preis dieses Bandes versteht sich einschließlich der
gesetzlichen Mehrwertsteuer.

Umwelthinweis:
Dieses Buch wurde auf chlor- und säurefreiem Papier gedruckt.

MIRA® TASCHENBUCH
Band 25714
1. Auflage: Dezember 2013

MIRA® TASCHENBÜCHER
erscheinen in der Harlequin Enterprises GmbH,
Valentinskamp 24, 20354 Hamburg
Geschäftsführer: Thomas Beckmann

Konzeption / Reihengestaltung: fredebold&partner GmbH, Köln
Umschlaggestaltung: pecher und soiron, Köln
Redaktion: Mareike Müller
Titelabbildung: Harlequin Enterprises S.A., Schweiz;
Thinkstock / Getty Images, München
Autorenfoto: © Harlequin Enterprises S.A., Schweiz
Satz: GGP Media GmbH, Pößneck
Druck und Bindearbeiten: CPI – Ebner & Spiegel, Ulm
Printed in Germany
Dieses Buch wurde auf FSC®-zertifiziertem Papier gedruckt.
ISBN 978-3-86278-845-3

www.mira-taschenbuch.de

Werden Sie Fan von MIRA Taschenbuch auf Facebook!

See der Sehnsucht

Roman

Aus dem Amerikanischen von
Jutta Zniva

MIRA®

PROLOG

Gestüt der Familie Beaumont – Sommer

Savannah parierte Mattie in den Schritt durch und klopfte der Stute den verschwitzten Hals. Sie war genauso außer Atem wie das Pferd; der schnelle Galopp über die Wiesen und Felder war herrlich gewesen. Durch die Zweige der Bäume entlang des Weidezauns raschelte ein leichter Wind. Er kühlte die Schweißperlen, die Savannah über den Rücken liefen, und machte dadurch den Julinachmittag erträglich. Sie strich sich ihre schwarzen Haare aus dem Gesicht und blinzelte in die heiße Sonne des nordkalifornischen Himmels.

„Ich schätze, wir sollten langsam den Heimweg antreten", sagte sie unwillig, während sie die Stute zum Zaungatter am anderen Ende der Weide dirigierte. Mattie richtete erwartungsvoll die Ohren auf.

Savannah schaute Richtung Osten und bemerkte eine große, breitschultrige Gestalt neben dem Gatter. Als sie näher kam, kniff sie die Augen zusammen und versuchte, den Mann, der den schiefen Zaun reparierte, einzuordnen. Muss wohl ein neuer Farmarbeiter sein, dachte sie und musterte ihn fasziniert.

Sie blieb mit Mattie im Schatten eines alten Apfelbaums ein paar Meter neben dem Mann stehen und wartete. Da sie nicht durch das Gatter reiten konnte, bevor er mit seiner Arbeit fertig war, lehnte sie sich im Sattel zurück und beobachtete ihn bei seiner Arbeit.

Er hatte sein Hemd über einen Zaunpfahl geworfen und trug nur staubige Jeans und Stiefel. Auf seinem muskulösen, sonnengebräunten Rücken glitzerte der Schweiß, während er den dicken Stacheldraht um den neuen Holzpfahl wickelte.

Wo Dad ihn wohl aufgetrieben hat, überlegte Savannah und betrachtete das Spiel seiner Muskeln, die bei der anstrengenden Arbeit auf seinen Schultern und am Rücken hervortraten.

Seine Haare waren dunkel, und der Stoff der alten Jeans spannte sich stramm über die schmalen Hüften und durchtrainierten Oberschenkel.

„Das sollte genügen." Er richtete sich auf, rieb sich den Rücken und begutachtete sein Werk zufrieden. Seine Stimme klang merkwürdig vertraut.

Jetzt wischte er sich die Hände ab und drehte sich um, als hätte er gespürt, dass Savannah ihn anstarrte. Er schirmte seine Augen mit einer Hand vor der schon etwas tiefer stehenden Sonne ab und sah in ihre Richtung. Plötzlich schien jeder einzelne Muskel seines Körpers zu erstarren. „Savannah?"

Beim Anblick von Travis' Augen setzte beinahe ihr Herz aus. Sie ritt zu ihm und hielt die Stute gut einen Meter vor ihm an. „Ich … Ich wusste nicht, dass du wieder hier auf der Farm bist." Sie errötete leicht, weil sie sich ein bisschen ertappt fühlte, dass sie ihn angestarrt hatte. *Du meine Güte, es war Travis. Nur Travis!*

Auf seinem markanten Gesicht breitete sich ein amüsiertes Lächeln aus. Er strich sich den Schweiß von der Stirn und dehnte und streckte seine schmerzenden Rückenmuskeln. „Der verlorene Sohn ist sozusagen wieder heimgekehrt."

„Kann man so sagen", flüsterte sie und spürte, wie es ihr schmerzhaft die Kehle zuschnürte, während sie ihm in seine stahlgrauen Augen schaute. In dieselben grauen Augen, die sie schon fast ihr ganzes Leben lang kannte. Bloß schienen sie jetzt unglaublich sexy, und seine durchtrainierte Brust und die breiten Schultern verstärkten seine unerhört männliche Ausstrahlung – eine maskuline Erscheinung, die ihr früher nie aufgefallen war. „Ich dachte, du hättest einen Job in L. A."

„Das stimmt auch." Er lehnte sich lässig an den Zaunpfahl und lächelte. „Aber ich dachte, ich verbringe den Rest des Sommers lieber auf der Farm als mit langweiligen Anzugträgern und öden Business-Lunches."

„Heißt das, du bleibst hier?" *Warum hatte sie plötzlich Herzklopfen?*

„Bis September." Er ließ seinen Blick über die weiß getünchten Gebäude der Farm, das sich schier endlos erstreckende Weideland und die dunklen Berge in der Ferne schweifen. „Das alles hat mir gefehlt." Er betrachtete wehmütig die Fohlen, die auf der Weide nebenan auf schlaksigen Beinen herumtollten.

„Und du hast uns auch gefehlt." Savannah fand es seltsam, wie ungewohnt rau ihre Stimme klang.

Travis hob ruckartig den Kopf und starrte sie einen Moment lang an. Dann runzelte er nachdenklich die Stirn und räusperte sich. „Allzu sehr fehlen konnte ich euch ja nicht", entgegnete er. „Dazu war ich viel zu selten hier."

„So ist das nun mal, wenn man studiert, weil man Politiker werden will."

„Anwalt", korrigierte er.

Savannah zuckte die Achseln. „Da habe ich aber etwas anderes gehört. Dad plant bereits deine politische Karriere." Sie neigte den Kopf zur Seite und lächelte. „Weißt du, es würde mich nicht überraschen, wenn du irgendwann Senator wirst."

„Nie im Leben!" Travis lachte schallend, doch dann verfinsterte sich sein Blick. „Dein alter Herr und seine Pläne. Er führt doch immer irgendetwas im Schilde, Savannah. Aber diesmal hat er wirklich übertrieben." Er bückte sich und hob eine Bierflasche auf, die versteckt im trockenen Gras auf dem Boden gestanden hatte.

„Aber dein Vater …"

„War Senator in Kalifornien", ergänzte er. „Wenn man den Zeitungen jetzt glaubt, hatte der Alte allerdings keine ganz so blütenweiße Weste, wie die Wähler angenommen hatten." Travis' Miene verdüsterte sich und er trat leise fluchend mit einer Stiefelspitze gegen den Zaunpfahl. „Aber das weißt du ja schon." Er legte den Kopf in den Nacken, trank einen ausgiebigen Schluck Bier und sah Savannah dabei über den Flaschenhals hinweg an. Dann warf er die leere Flasche weg. Angewidert wischte er sich mit dem Handrücken über den Mund und fuhr sich frustriert durchs Haar. „Es scheint heutzutage sehr beliebt zu sein, in der Vergangenheit von toten Politikern nach Dreck zu wühlen."

Savannah wusste nicht, was sie sagen sollte. Also schaute sie weg und versuchte zu ignorieren, wie die Strahlen der Nachmittagssonne auf Travis' dichtem kastanienbraunen Haar glänzten. Sie versuchte zu ignorieren, wie seine Schultermuskeln arbeiteten, unterdessen er mit einer Schaufel die Erde um den Zaunpfahl festklopfte. Und sie versuchte zu ignorieren, dass seine lockigen Brusthaare nass und dunkel vor Schweiß waren und was für Bauchmuskeln er hatte.

„Ich brauche mir deshalb ohnehin keine Sorgen zu machen", fuhr er fort. „Was geschehen ist, ist geschehen. Richtig?"

„Richtig."

Ihre Blicke trafen sich erneut und Savannah musste unwillkürlich auf seinen Mund starren. Als er ihren intensiven Blick bemerkte, verzog Travis die Mundwinkel.

Dann wandte er sich ab und tat so, als würde die Arbeit seine ganze Konzentration erfordern. „Bist du immer noch mit diesem Jungen zusammen? Diesem David ... Wie hieß er noch mal?"

„Crandall. Und nein."

„Warum nicht?"

Sie zuckte mit den Schultern und rutschte unbehaglich im Sattel hin und her. Zum ersten Mal in ihrem Leben gefiel es ihr nicht, dass Travis seine Nase in ihre Privatangelegenheiten steckte. „Keine Ahnung. Es hat einfach nicht funktioniert."

Seine Kiefermuskeln spannten sich ein wenig an. „Willst du darüber reden?"

„Äh, nein. Lieber nicht."

„Früher hast du mir doch immer alles erzählt."

„Ja, aber da war ich noch ein Kind."

„Und jetzt?" Sein Blick wanderte über ihren Körper.

„Und jetzt bin ich siebzehn." Sie strich sich energisch ein paar schwarze Haarsträhnen aus dem Gesicht, setzte sich im

Sattel gerade hin und straffte die Schultern. Ganz unbewusst drückte sie dabei ihre Brüste nach vorn.

Travis stutzte. Dann runzelte er die Stirn. „Oh, verstehe. Schon ganz erwachsen."

„Genau wie du, als du siebzehn warst." Sie zog arrogant eine Augenbraue hoch und hoffte, dadurch souveräner und reifer zu wirken, als sie sich gerade fühlte. Ihr T-Shirt, die abgeschnittenen Jeans, die wilde schwarze Haarmähne und das ungeschminkte Gesicht waren nicht gerade hilfreich, wenn man einen erwachsenen Eindruck vermitteln wollte. Vermutlich sah sie genauso aus wie früher als dünnes, neunjähriges Kind.

„Siebzehn. Das ist bei mir so lange her, dass ich mich nicht einmal mehr daran erinnern kann."

„Ich schon. So alt warst du nämlich, als du zu uns gekommen bist."

„Das weißt du noch?"

„Ich bitte dich, Travis. Damals war ich neun, und mein Gedächtnis funktioniert ausgezeichnet. Ich fand dich einfach … Hm, ich glaube, heute würde man ‚megacool' dazu sagen."

Travis schüttelte den Kopf. „Ich war ein aufsässiger Rotzlümmel."

„Und ich war schwer beeindruckt, weil du vor nichts und niemandem Respekt hattest."

Travis schnitt eine Grimasse. „Reginald war alles andere als beeindruckt."

„Dad war schon immer durch und durch autoritär. Deshalb erschienst du mir ja auch so … so mutig." Sie lachte, und die angespannte Atmosphäre zwischen ihnen lockerte sich ein wenig. „Und jetzt bist du ein alter Mann mit deinen fünfundzwanzig Jahren."

„Ja, sieht ganz so aus." Er lehnte sich gegen den Zaunpfahl und verschränkte die Arme. Sein Lächeln erstarb. „Und es wird Zeit, dass ich mich von deinem Dad nicht mehr aushalten lasse und probiere, mir meinen Lebensunterhalt selbst zu verdienen."

„Du hast dich nie von Dad aushalten lassen!" Savannah wurde vor Empörung rot im Gesicht. „Mag sein, dass ein paar Leute das nicht wissen. Aber ich schon."

„Er hat mich in seinem Haus aufgenommen …"

„Und du hast gearbeitet. Hart. Auf seiner Farm. Genau wie jetzt! Und was dein Studium betrifft – dafür hattest du deinen Treuhandfonds. Du bist ja nicht als armer Schlucker zu uns gekommen, vergiss das nicht!"

„Jetzt mal langsam, Savannah." Er lachte. „Ich wusste gar nicht, dass ich jemanden habe, der mich wie eine Löwin verteidigt."

„Ich habe mich lediglich auf die Tatsachen beschränkt, Herr Anwalt." Sie lächelte und errötete, da er nicht aufhörte, sie anzusehen. Die Vertrautheit, die sich gerade eingestellt hatte, war mit einem Mal wieder verschwunden.

„Du überraschst mich immer wieder, Savvy", stellte Travis fest. Er benutzte ihren Spitznamen, den er ihr früher einmal gegeben hatte. Savvy, das bedeutete so viel wie clever. Seine Stimme war kaum mehr als ein Flüstern, als er ihr nun tief und intensiv in die Augen schaute. Keiner sagte ein Wort. Savannahs Herz begann heftig zu schlagen, und Travis' Augen wurden schmal.

In der Ferne wieherte ein Hengst. Das Schnauben, mit dem Mattie reagierte, brach endlich das Schweigen. Travis schüttelte kurz den Kopf, als wollte er einen unerwünschten Gedanken abschütteln. „Erinnere mich daran, dass ich dich engagiere, wenn ich mal Probleme habe, die Jury von der Unschuld meines Mandanten zu überzeugen", meinte er schmunzelnd. Dann fasste er nach seinem Hemd, hob die Schaufel auf und trug beides zu einem Jeep, den er auf der anderen Seite des Gatters geparkt hatte.

„Ich bezweifle, dass meine Aussage etwas bewirken würde."

„Ich weiß es nicht." Er rieb sich nachdenklich sein markantes Kinn, auf dem ein leichter Bartansatz zu sehen war, und betrachtete ihre nackten, sonnengebräunten Beine. Dann ließ er seinen Blick hinauf zu ihrer Taille und weiter über ihre Brüste wandern, bis er schließlich bei ihren Augen angelangt war. Savannah fühlte sich, als ob er sie mit den Blicken ausziehen würde. Ihre Wangen brannten unter seinem forschenden Blick. „Ich weiß es nicht."

Irgendwie war ihr klar, dass er nicht das Szenario in dem fiktiven Gerichtssaal meinte, und ihr Puls begann vor Aufregung zu rasen. Um sich weitere Peinlichkeiten zu ersparen, drückte sie Mattie die Fersen in die Seiten. Die kleine Stute galoppierte los, und Savannah ergriff – weit vorgebeugt im Sattel – die Flucht vor Travis und den seltsamen Gefühlen, die er unabsichtlich in ihr entfacht hatte.

Die nächsten fünf Wochen waren eine reine Qual. Savannah sah Travis jeden Abend beim Essen. Genauer gesagt, jeden Abend, den er nicht mit seiner Verlobten Melinda verbrachte. Sie hatte keine Ahnung, warum seine Verlobung mit Melinda Reaves sie nun plötzlich störte. Melinda war ein ziemlich nettes Mädchen – eine Frau, korrigierte sie sich –, und Travis war schon seit Jahren mit ihr zusammen. Es war also nur logisch, dass die beiden irgendwann heirateten, nicht wahr? Warum also gab es ihr jedes Mal einen Stich ins Herz, wenn sie an Travis und Melinda als Paar dachte?

Tagsüber lief Savannah ihm öfter über den Weg. In der Scheune, in der Sattelkammer, am See, in den Ställen bei den Hengsten, einfach überall. Es schien keinen Ort zu geben, wo sie vor seinen Blicken sicher war. Sie hatte ihn sogar mehr als einmal dabei ertappt, dass er sie unverhohlen anstarrte. Natürlich hatte sie dann immer schnell weggeschaut. Und obwohl sie es sich nicht anmerken ließ, war sie doch fasziniert von ihm. Sie beobachtete ihn bei der Arbeit – und schon überwältigen sie die wunderbarsten erotischen Fantasien.

„Tu das nicht", ermahnte sie sich immer, sobald ihr bewusst wurde, dass sie sich morgens mehr Gedanken über die Wahl ihrer Kleidung machte als früher. „Du denkst dabei an Travis.

Travis!" Einerseits war sie unglücklich, andererseits konnte sie nicht aufhören, ihn anzusehen. Sein Gesicht, seine Hände, seine Lippen, seine Hüften … Oft ertappte sie sich bei der Vorstellung, wie es wohl wäre, wenn Travis sie mit diesen großen, von der Arbeit rauen Händen streichelte. Wie es wäre, wenn sein sinnlicher Mund zart ihre Lippen berührte … Wie es wäre, mit ihm zu schlafen … Allein bei der Vorstellung, wie sich sein durchtrainierter männlicher Körper an ihren drängte, brachte sie zum Erröten und ihr Herz klopfte wie wahnsinnig.

„Du hast den Verstand verloren", sagte sie zu sich selbst.

„Stimmt was nicht mit dir, Savannah?", fragte David, während sie zur Farm zurückfuhren.

Das Date mit ihm war von Anfang an eine Katastrophe gewesen. Savannah war jetzt klar, dass sie sich nie darauf hätte einlassen sollen.

Sie hatte versucht, Travis aus ihren Gedanken zu verbannen. Dennoch hatte sie von dem Essen in dem teuren Lokal und dem Film, zu dem David sie eingeladen hatte, nichts mitbekommen.

„Nein, alles in Ordnung." *Außer, dass ich mich nur aus Trotz mit dir getroffen habe, weil Travis schon wieder Zeit mit Melinda verbringt.* Savannah war unwohl zumute, auch deshalb, weil das schlechte Gewissen an ihr nagte. Sie benutzte David, um Travis zu ärgern. Das war unfair. David war ein Freund. Ein guter Freund. Und Travis hatte nicht mal mitgekriegt, dass sie heute mit ihm ausging.

„Spiel mir doch nichts vor. Du hast den ganzen Abend vor dich hin gegrübelt. Warum?"

„Ich grüble überhaupt nicht."

„Hör mal, erzähl doch einfach, ob es an mir liegt. Habe ich irgendetwas falsch gemacht?"

Savannah schüttelte den Kopf und lächelte. „Nein, natürlich nicht."

Erleichtert seufzte David und hielt den Wagen neben der Veranda hinter ihrem Haus an. Er stellte den Motor ab und schaltete die Scheinwerfer aus. Der leichte Wind, der durch die offenen Fenster in den Wagen wehte, brachte an diesem schwülen Abend nur wenig Abkühlung. Savannah wollte gerade aussteigen. Ihr war heiß, und sie fühlte sich verschwitzt.

„Warte." David legte eine Hand auf ihre Schulter und musterte sie eindringlich. „Da ist noch etwas anderes, stimmt's?"

„Nein." Ihre Gefühle für Travis waren bloß Schulmädchenfantasien, und das war ihr auch klar.

„Was ist es dann, Savannah? Weißt du nicht, dass ich dich liebe?"

Das war nun wirklich das Letzte, was sie hören wollte. „David, du bist ein guter Freund, und ich mag dich sehr …"

„Jetzt kommt ein großes ‚Aber', nehme ich an", unterbrach er sie mürrisch.

„Können wir nicht einfach nur Freunde sein?"

„Freunde?", wiederholte er ungläubig. „Freunde … Du meine Güte, Savannah, hast du nicht gehört, was ich gerade gesagt habe?" Er fasste sie am Kinn und zwang sie, ihn anzuschauen. „Ich liebe dich."

„David …"

Zu spät. Sie konnte ihn nicht mehr davon abhalten, dass er seine Arme um sie schlang und sie leidenschaftlicher küsste, als sie es je für möglich gehalten hätte. Nachdem er seinen Kopf hob, pochten ihre Lippen vor Schmerz. „David, bitte nicht", flüsterte sie und versuchte, sich von ihm loszumachen.

„Doch früher hat es dir gefallen, wenn ich dich geküsst habe."

„Aber ich habe dir doch erklärt … Ich möchte, dass wir nur Freunde sind."

„Niemals." Er presste sie wieder an sich. Als er sie jetzt küsste, spürte sie, wie er seine Zunge gegen ihre Zähne drückte und seine verschwitzten Händen unter ihren Pulli schob. Er wollte offenbar ihren nackten Bauch und dann ihre Brüste streicheln.

Ich kann das nicht! dachte sie verzweifelt. Ich ertrage es

nicht, wenn er mich anfasst! Sie nahm alle Kraft zusammen, befreite einen Arm aus Davids Umklammerung und gab ihm eine Ohrfeige. Die Wirkung war wie ein Eimer kaltes Wasser. David wich zurück, und seine Augen funkelten zornig. „Sei nicht so grob zu mir, Savannah", stieß er hervor.

„Sei du nicht so grob zu mir!"

Jetzt ließ er sie los. Seine Gesichtszüge entspannten sich. „Ich verstehe es einfach nicht. Warum hast du dich dann überhaupt mit mir verabredet?"

„Weil ich dich mag. Ich hatte geglaubt, du wärst mein Freund."

„Schon wieder dieses Wort." Er rieb sich die Wange. „Ich hätte nie gedacht, dass ich es einmal hassen würde, wenn man mich als Freund bezeichnet. Aber jetzt tue ich es." Er legte die Hände auf das Lenkrad und ließ den Kopf nach vorne fallen. „Es gibt einen anderen, stimmt's?"

Sie konnte seine Verzweiflung verstehen. War sie selbst nicht in der gleichen Lage?

„Ich weiß es nicht, David", erwiderte sie leise und liebevoll. „Da gibt es jemanden, der … der mir wichtig ist."

Er verzog das Gesicht.

„Aber", fuhr sie fort, „glaub mir, er hat überhaupt kein Interesse an mir. Ich … Ich gehe jetzt wohl besser."

„Ich begleite dich zur Tür."

„Nein! Das ist nicht nötig. Ich komme schon allein klar."

Diesmal gelang es ihr, die Autotür zu öffnen.

„Savannah …"

„Ja?"

„Es tut mir leid."

Sie hatte Tränen in den Augen. „Ich weiß, David." Ohne auf weitere Erklärungen zu warten, stieg sie aus und warf die Autotür zu. Wahrscheinlich hatte sie einen sehr guten Freund verloren und ihn außerdem unheimlich gekränkt.

„Anscheinend mache ich alles falsch", dachte sie laut vor sich hin, während sie die zwei Stufen zur Veranda hinaufstieg.

Sie hörte, wie David seinen Wagen startete und wegfuhr. „Gott sei Dank", flüsterte sie und Tränen rollten ihre Wangen hinab.

Während sie in ihrer Handtasche nach dem Schlüssel kramte, vernahm sie plötzlich das Geräusch von Stiefeln, die über Holz schrammten. Ihr blieb fast das Herz stehen. Dann nahm sie all ihren Mut zusammen, drehte sich um und sah Travis, der im Dunkeln in einem Schaukelstuhl auf der Veranda saß. *Oh Gott …*

„Du solltest vorsichtiger sein, mit wem du dich triffst", meinte er kühl.

„Und du solltest nicht im Dunkeln herumsitzen. Du hast mich zu Tode erschreckt."

„Ich hatte geglaubt, du wärst nicht mehr mit David zusammen."

„Bin ich auch nicht."

Schweigen. Savannah konnte ihr Herz pochen hören.

„Du machst ihm etwas vor", sagte Travis vorwurfsvoll.

Savannah, die sein Gesicht kaum erkennen konnte, merkte am Klang seiner Stimme, dass er sauer war. „Kümmere dich um deine eigenen Angelegenheiten."

„Dann solltest du nächstes Mal vielleicht wenigstens so viel Anstand haben, das Autofenster zu schließen."

Schlagartig wurde ihr klar, dass Travis das ganze Gespräch mit David mitbekommen hatte. Verlegen suchte sie weiter in ihrer Handtasche. *Wo war der verdammte Schlüssel?*

„Vielleicht solltest du nächstes Mal so viel Anstand haben, nicht zu lauschen."

„Ich habe nicht gelauscht."

„Was tust du dann ganz allein hier draußen? Wo ist Melinda?"

„Zu Hause", antwortete er düster.

„Oh."

Sie hatte mit den Fingern endlich den Schlüsselbund in ihrer Tasche ertastet, doch es war zu spät. Travis war aufgestanden und ging auf sie zu. Je näher er kam, desto schneller begann, ihr Puls zu rasen. Einen halben Meter vor ihr verharrte er. Nah genug, dass sie die Hitze spüren konnte, die sein Körper ausstrahlte. Die Sorge um sie stand ihm ins Gesicht geschrieben.

„Ich meine es ernst, Savannah. Du solltest dem Jungen nichts vormachen. Und das Gleiche gilt auch für den Umgang mit allen anderen Männern."

„Ich habe ihm nichts vorgemacht. Das habe ich dir bereits gesagt."

„Er hat dich gern. Und wenn ein Junge, ein junger Mann, eine Frau gern hat, dann schießt er manchmal übers Ziel hinaus. Er kann nichts dafür. Er denkt nicht mehr mit seinem Kopf, sondern mit seinem … Oh verdammt, ich sollte besser nicht weiterreden, sonst …"

„Du klingst so, als würdest du aus Erfahrung sprechen."

„Vielleicht tue ich das ja."

Bei dem Gedanken an Melinda wäre sie fast wieder in Tränen ausgebrochen. Travis lehnte sich mit der Schulter an die Wand, und Savannah bemerkte, dass er ihre zerzausten Haare und ihr gerötetes Gesicht anstarrte.

„Sei einfach vorsichtig, Savannah", sagte er zärtlich und streichelte ihr über die Wange. „Bring dich nicht in eine Situation, aus der du nicht mehr herauskommst. Ich werde nicht immer da sein und auf dich aufpassen können."

Wie ein elektrischer Stromschlag durchzuckte die Berührung ihren Körper. Sie ging Savannah unter die Haut und schien sich in ihr Herz zu brennen. „Dass du da warst, hat ja wahnsinnig viel geholfen."

„Ich wollte nicht dazwischenplatzen. Es ging mich ja wirklich nichts an. Aber, glaub mir, wenn David nach deiner Ohrfeige nicht zur Besinnung gekommen wäre, hätte ich diese verdammte Autotür aufgerissen und ihn verprügelt."

„David würde mir nie wehtun."

„Das wusste ich nicht."

Die Vorstellung, dass Travis ihre Tugend verteidigen wollte, war schön. Savannah musste unwillkürlich lächeln.

„Das ist eine ernste Angelegenheit, Savannah.“

Er strich mit einem Finger über ihr Kinn und dann weiter über ihren Hals. Savannah schmolz dahin. Ein heißes Begehren breitete sich in ihr aus, und es war schwer, sich auf etwas anderes zu konzentrieren als auf seine zärtliche Berührung, sein kastanienbraunes Haar und seinen durchdringenden Blick. Sie konnte kaum noch atmen.

„Ich … Ich weiß.“

„Begeh bloß nicht den gleichen Fehler wie Charmaine.“

Savannah errötete. Ihre Schwester Charmaine war voriges Jahr schwanger geworden und jetzt mit Wade Benson, dem Vater ihres kleinen Sohnes, verheiratet. „Ich brauche keine Lektion in Sexualkunde“, entgegnete sie brüsk.

„Dann ist es ja gut.“ Er ließ seine Hand sinken, und Savannah fing trotz der Hitze der Nacht an zu zittern. „Denn ich bin auf keinen Fall derjenige, der dir eine solche Lektion geben sollte.“

„Was soll das heißen?“

Er schloss die Augen. „Ach, Savannah, du hast keine Ahnung, was du in einem Mann auslöst, oder?“ Er öffnete die Augen und schaute sie für einen flüchtigen Moment zärtlich an. „Unterschätze deine Wirkung auf Männer nicht. Und überschätze nicht die Selbstbeherrschung der Männer.“

Ihr Mund war trocken, doch sie musste ihm die Frage einfach stellen: „Betrifft das alle Männer?“

„Alle Männer.“

„Dich eingeschlossen?“

„Alle Männer“, wiederholte er und machte die Küchentür auf. „Jetzt geh hinauf in dein Bett und schlaf, ehe ich vergesse, dass ich wie ein Bruder für dich sein und auf dich achtgeben soll.“

„Ich brauche keinen Aufpasser, Travis.“ Sie legte ihre Hand auf seinen Arm.

Sein Blick war kühl und nachdenklich, als er ihr in die Augen schaute. „Tja, vielleicht brauche ja ich einen.“ Er fasste sie am Handgelenk und zog ihre Hand mit ausdruckslosem Gesicht weg. „Du kennst doch das alte Sprichwort. *Spiel nicht mit dem Feuer*", stieß er gepresst hervor. „Denk drüber nach."

Und dann schritt er langsam hinaus in die dunkle Nacht.

Die nächsten fünf Tage bekam Savannah Travis nicht zu Gesicht. Die Arbeit auf der Farm fiel ihr viel schwerer, wenn sie ihn nicht sah. Wie viel von dem Gespräch mit David hatte er tatsächlich gehört, und wie viel hatte er sich zusammengereimt? War ihm klar, dass er der Mann war, in den sie verliebt war? Savannah hätte es zu gern gewusst.

Dass sie Travis McCord liebte, war eine schmerzhafte und erschreckende Erkenntnis. Die Tatsache, dass er eine andere Frau liebte, machte die ganze Sache noch viel unerträglicher.

Nur noch zwei Wochen, dachte Savannah. Sie lag auf ihrem Bett, starrte die Zimmerdecke an und fragte sich, wo Travis um ein Uhr nachts wohl sein mochte. *Nur noch zwei Wochen, dann ist er fort.*

Bei dem Gedanken, dass er weggehen und Melinda Reaves heiraten würde, gab es Savannah einen Stich ins Herz. Sie drehte sich auf die Seite und sah – wie bereits alle zwei Minuten in der letzten halben Stunde – auf die Uhr auf ihrem Nachttisch. „Das ist verrückt", sagte sie sich.

Travis gehörte zum Beaumont-Gestüt, seit sie denken konnte. Als seine Eltern bei einem Flugzeugabsturz ums Leben gekommen waren, hatten ihre Mutter und ihr Vater ihn bei sich aufgenommen und behandelt wie einen eigenen Sohn. Savannah hatte den rebellischen jungen Mann bewundert wie einen älteren Bruder. Auch in ihren wildesten Träumen wäre sie nie auf die Idee gekommen, dass sie sich einmal in ihn verlieben würde. Nun ja, „verlieben" traf es nicht ganz. Sie liebte ihn. Für ihn allerdings war sie immer noch die kleine Schwester. Vielleicht war es auch am besten so. Wenn sie die nächsten zwei Wochen durchhielte, ohne ihm ihre Gefühle zu gestehen, würde alles gut gehen. Travis würde Melinda heiraten, und Savannah würde das College besuchen. Falls sie vorher nicht starb vor Sehnsucht! Sie ballte eine kleine Hand zu einer Faust und boxte in das Kissen auf ihrem Bett.

Schließlich gewann ihre innere Unruhe die Oberhand. Savannah schlug die Bettdecke zurück, nahm ihren Morgenmantel, schlüpfte in ein Paar Flip-Flops und schlich hinaus in den Korridor. Die einzigen Geräusche im Haus waren das Ticken der Standuhr und das Summen des Kühlschranks. Sowie sie die Treppe hinunterlief, knarrte eine Stufe. Savannah erstarrte, doch im Haus regte sich nichts. Sie atmete tief durch und eilte die restlichen Stufen hinunter, öffnete leise die vordere Haustür, stahl sich hinaus und schloss die Tür hinter sich.

Ein matter Halbmond erhellte die Nacht. Ein paar Sterne blitzten durch die zarten, dunklen Wolken. Die Luft war erfüllt vom Duft des Geißblatts, und das leise Quaken der Frösche wurde hin und wieder vom Wiehern einer Stute unterbrochen, die nach ihrem Fohlen rief. Davon abgesehen war alles ruhig.

Fast instinktiv schlug Savannah den ausgetretenen Pfad zum See hinunter ein. Sie kletterte über die Gatter, um das quietschende Geräusch zu vermeiden, das beim Aufschieben entstehen würde. Nachdem sie aus dem Wäldchen aus Kalifornischen Eichen und Kiefern trat und zu einer Lichtung und dem kleinen See gelangte, streifte sie lächelnd ihre Schuhe ab, warf ihren Morgenmantel auf den Boden und watete ins Wasser. Es fühlte sich kühl auf der Haut an. Savannah tauchte bis zum Grund. Dann kam sie wieder an die Oberfläche.

Sie war ungefähr eine Viertelstunde geschwommen, da bemerkte sie, dass sie nicht allein war. Oh nein, ihr Vater hatte sie erwischt. Gleich würde er ihr eine seiner Standpauken halten.

„Dad?", rief sie dem Mann mit unsicherer Stimme zu, der am dicken Stamm einer Eiche lehnte. „Dad, bist du es?"

Zum ersten Mal seit vielen Jahren hatte Travis mehr Alkohol getrunken, als er vertrug. Ein langer Spaziergang sollte ihm dabei helfen, wieder einen klaren Kopf zu kriegen. Der Streit, den er am Abend mit Melinda gehabt hatte, beschäftigte ihn immer noch. Sie warf ihm vor, er wäre gleichgültig und würde sich nicht für sie interessieren. Und vielleicht hatte sie ja recht. In den letzten Wochen hatte er nämlich immer nur an Savannah Beaumont gedacht. *Reginalds Tochter, Herrgott noch mal!* Und seine Gedanken waren alles andere als brüderlich gewesen.

Seit er sie – mit ihren schlanken Beinen und leicht bekleidet in diesem T-Shirt, das sich über ihre festen Brüsten spannte – auf der Fuchsstute gesehen hatte, brannte er vor Leidenschaft und war wie von Sinnen. Wilde erotische Fantasien hatten ihn gequält und ihm den Schlaf geraubt.

Er hatte sogar die Farm ein paar Tage verlassen müssen, um sich wieder zu sammeln. Das Letzte, was er brauchte, war eine Liebesbeziehung mit einem siebzehnjährigen Mädchen. Noch dazu mit der Tochter jenes Mannes, der ihn großgezogen hatte. Aber die ganze Sache war verwirrend. Wahnsinnig verwirrend. Und er konnte es Melinda nicht verübeln, dass sie böse auf ihn war. Seit dem Wiedersehen mit Savannah hatte er sich überhaupt nicht mehr auf Melinda konzentrieren können. Selbst die Lust, mit ihr zu schlafen, hatte ihm irgendwie gefehlt.

Als er nun mit offenem Hemd an der alten Eiche am See lehnte und sich von der kühlen Luft erhoffte, wieder klar denken zu können, hörte er plötzlich jemanden im See plätschern. Es war dunkel und in seinem Kopf drehte sich immer noch alles, doch er erkannte sofort Savannah, die – nackt – in dem tiefschwarzen Wasser schwamm. Er krallte seine Finger in die raue Rinde der Eiche. Oh Gott, murmelte er im Stillen und versuchte, sich zusammenzureißen. Lass mich stark sein.

Dann rief sie etwas in seine Richtung. „Dad?" Schweigen. Travis' Herz hämmerte hart in seiner Brust. „Dad, bist du es?"

„Was zum Teufel tust du hier?", fragte Travis mit brüchiger Stimme.

Nicht Travis! Savannahs Puls beschleunigte sich, sowie sie die Stimme erkannte. *Nicht hier!* „Das geht dich nichts an", stieß sie hervor.

Das Mondlicht schimmerte silbern auf dem Wasser und auf Savannahs weißen, festen Brüsten und den dunklen Spitzen darauf. Ihre nassen schwarzen Haare fielen ihr glatt über die Schultern, und sie hatte das Kinn trotzig nach vorn gereckt. Wassertropfen, die ihre Wimpern benetzt hatten, liefen über ihre Wangen. Travis spürte ein verräterisches Pochen in seinen Lenden.

„Du solltest besser nicht hier sein", sagte er gepresst. „Es könnte dich jemand sehen."

„Jemand hat mich gesehen."

„Du weißt, was ich meine." Travis versuchte krampfhaft, einen vernünftigen Gedanken zu fassen. Gleichzeitig versuchte er, seiner Erregung irgendwie Herr zu werden und die spontane Reaktion seines Körpers durch Willenskraft zu unterdrücken. Vergeblich. Hau schleunigst ab, sagte er sich, bevor du eine Dummheit begehst.

Savannah schwamm näher zu ihm. „Wo ist Melinda?"

Er nahm das Zittern in ihrer Stimme wahr und sah den stillen Schmerz in ihren Augen. *Geh weg, Savannah. Sieh mich nicht so an.* „Keine Ahnung." Er machte die Augen zu und probierte, nicht zuzusehen, wie das Wasser ihre seidig weiße Haut sanft umspielte. „Ich glaube nicht, dass wir uns wiedersehen werden."

„Aber ihr seid doch verlobt."

„Nicht mehr." Er zog einen Diamantring aus der Hosentasche seiner Jeans und hielt ihn ins Mondlicht. Der Ring schien ihn spöttisch anzufunkeln. Travis schloss rasch die Hand um das kalte Metall und den Stein, fluchte und schleuderte den Ring in den See. Es spritzte ein wenig, dann ging er unter.

Savannah schwamm noch näher ans Ufer heran. „Das hättest du nicht tun dürfen", meinte sie vorwurfsvoll. Dennoch war nicht zu überhören, dass sie sich freute.

„Ich hätte es schon vor langer Zeit machen sollen."

„Du bist ja betrunken."

„Nicht betrunken genug."

„Ach, Travis." Sie schüttelte den Kopf. „Wenn du nicht aufpasst, zerstörst du dich noch irgendwann mal selbst."

Ihr fürsorglicher Ton erregte ihn noch mehr. Eben noch hatte er abwechselnd gegen diese Erregung angekämpft und sich ihr hingegeben. Jetzt erkannte er, dass er sich gleich endgültig geschlagen geben würde.

Er entdeckte ihren Morgenmantel am Ufer und stemmte sich vom Baumstamm weg, um ihn zu holen. Er schwankte leicht. Dann riss er sich zusammen. „Komm besser raus", sagte er. „Es ist mitten in der Nacht, verdammt."

Sie lachte und tauchte wieder unter. Jetzt, da sie erfahren hatte, dass er nicht mehr an Melinda gebunden war, kam es ihr vor, als wäre ihr eine tonnenschwere Last von den Schultern gefallen.

„Savannah …"

„Mach dir um mich keine Sorgen." Sie war wieder aufgetaucht war, und schüttelte sich die Haare aus ihrem Gesicht.

„Weiß jemand Bescheid, dass du hier draußen bist?"

„Nur du."

„Großartig", erwiderte er brummend und starrte fasziniert auf ihren Hals, wo er eine Ader heftig pochen sah. Die Reaktion, die Melinda nicht hatte auslösen können, stellte sich sofort beim Anblick von Savannahs nassem Körper ein.

„Ach, schon in Ordnung." Sie schwamm weiter, bis sie den feinen Schlamm des Seebodens unter ihren Füßen spürte. Dann watete sie ans Ufer. Travis wusste, dass er seine Schuld getan hatte und jetzt besser verschwinden sollte. Doch er blieb fasziniert stehen und beobachtete, wie sie langsam aus dem Wasser stieg.

Es gab keine Möglichkeit für Savannah, ihren Körper zu verstecken. Sie sollte schleunigst zu ihrem Morgenmantel laufen und ihn so schnell wie möglich anziehen. Aber irgendetwas hinderte sie daran. Sie spürte, wie Travis' Blick sich regelrecht in ihre Haut bohrte.

Travis hielt den Atem an. Ihre weiße Haut schimmerte in der schwarzen Nacht, und kleine Wassertropfen rannen aufreizend über ihren Hals hinunter auf ihren Busen. Er verfolgte das sanfte Wippen ihrer Brüste, während sie auf ihn zukam. Ihre Taille war schmal, ihr Bauchnabel ein sexy Grübchen.

Jetzt sah er ihre Hüften und Oberschenkel. Der Anblick war atemberaubend. Rasch warf er ihr den Morgenmantel zu.

„Zieh ihn an, bevor du dich hier noch erkältest." Er zwang sich zum Gehen. Als er gerade den ersten Schritt machen wollte, stolperte Savannah bei dem Versuch, möglichst rasch in ihren Morgenmantel zu schlüpfen, über eine Wurzel, und fiel hin.

„Savannah!" Mit zwei Schritten war er bei ihr.

„Nichts passiert." Sie rieb sich das Schienbein, das sie sich beim Hinfallen angeschlagen hatte.

„Bist du sicher?"

„Ja, ja." Schnell wickelte sie sich in ihren Morgenmantel. „Also abgesehen davon, dass ich mich schäme."

Er beugte sich über sie und legte seine Hände auf ihre Oberarme. Seine Finger glitten über ihre seidige, nasse Haut. Er spürte, wie sie bei seiner Berührung zu zittern begann. Sowie er sie tröstend auf die Schläfe küsste, seufzte sie und wich nicht zurück.

„Ich habe keine Ahnung, was über mich gekommen ist." Savannah versuchte, seinen zarten Kuss zu ignorieren. Was hatte sie sich bloß gedacht? Gerade eben war sie – splitternackt – aus dem See gestiegen und direkt auf Travis zuspaziert. Und sie hatte nicht einmal den Anstand gehabt, ihn zu bitten wegzuschauen. Sie fühlte sich vor wie ein Vollidiot.

Travis wollte sie trösten … sie umarmen … mit ihr schlafen … sie lieben und nie mehr damit aufhören. Stoß mich weg, bat er im Stillen, als seine Leidenschaft die Oberhand über seinen Verstand zu gewinnen drohte. Sie schaute ihn mit wildem, unschuldigem Blick an. Er zog ihr den Morgenmantel fester um die Schultern, und obwohl sie im Liegen versuchte, ihren Gürtel zuzubinden, stand der Ausschnitt immer noch weit offen.

„Was …" Er räusperte sich und versuchte, nicht auf ihr Dekolleté zu starren. „Was tust du hier draußen?"

„Ich konnte nicht schlafen."

„Warum nicht?"

Im Mondlicht schillerten die Wassertröpfchen in ihrem Haar wie Edelsteine, als sie den Kopf schüttelte. „Ich weiß es nicht." Er stand so verdammt nah über ihr. Sein Atem roch nach Brandy, sein Blick war voller Leidenschaft. Bei dem Gedanken, dass er sie begehrte, raste ihr Herz. Sein warmer Atem auf ihrem Hals ließ sie erzittern.

„Ich schlafe in letzter Zeit auch schlecht."

„Wegen … wegen der Probleme mit Melinda?"

Nun schüttelte er den Kopf. „Wegen der Probleme mit dir."

„Oh."

Er strich sanft mit den Fingern über ihre Lippen. „In letzter Zeit konnte ich an nichts anderes denken als an dich. Und das macht mich wahnsinnig." Er betrachtete zärtlich ihr Gesicht und sah, wie sie schluckte, während er ihren Hals streichelte.

„Travis …"

„Sag, dass ich die in Ruhe lassen soll, Savannah."

„Ich … Ich kann nicht."

„Sag, dass ich meine Finger von dir lassen soll."

Sie schüttelte den Kopf.

„Dann tu etwas. Irgendetwas. Gib mir eine Ohrfeige – so wie diesem Jungen, der dich letztens bedrängt hat."

„Ich kann nicht, Travis", erwiderte sie leise stöhnend, während seine Hand weiter nach unten und über das Revers ihres Morgenmantels glitt.

Sein Gesicht kam immer näher, und Savannah spürte das Gewicht seines Körpers auf sich, als er sie küsste – sanft und zaghaft zuerst, dann so leidenschaftlich, dass es ihr den Atem raubte.

Ihre Lippen, die kalt vom Schwimmen waren, verschmolzen regelrecht mit seinem Mund. Savannah schmiegte sich enger an ihn und legte die Arme um seinen Nacken. Unter ihren Fingern fühlte sie seine harten Muskeln.

Das Feuer, das eben noch ein dumpfer Schmerz in Travis' Lenden gewesen war, strömte nun heiß durch seinen ganzen

Körper und brachte ihn endgültig um den Verstand. Sowie Savannah ihre Lippen für seine Zunge öffnete, küsste er sie wild und besitzergreifend.

Er löste sich von ihr und richtete sich auf, sah ihren geröteten Mund und das verführerische Funkeln in ihren Augen. „Das ist Wahnsinn", keuchte er. „Hast du noch nicht genug?"

„Ich bin mir nicht sicher, ob ich jemals genug von dir haben könnte."

„Tu mir das nicht an, Savannah. Ich bin doch nicht aus Stein! Ich wollte dich doch nur irgendwie zur Vernunft bringen." Aber das Pochen zwischen seinen Beinen strafte ihn Lügen.

Savannah schlang die Arme um ihn und streichelte über die empfindliche Haut seiner Schultern. Er stöhnte, bevor er sich neben sie auf den Boden sinken ließ und sie mit all der Begierde küsste, die von ihm Besitz ergriffen hatte.

Sie erwiderte seinen Kuss ebenso leidenschaftlich. Als er sich auf sie legte, mit einer Hand unter ihr Becken glitt und sie fest an sich presste, spürte sie den harten Beweis seiner Lust. Mit der anderen Hand wanderte er unter ihren Morgenmantel und streichelte forschend ihre weichen, zarten Brüste.

Sie bäumte sich ihm entgegen und schmiegte ihre Hüften an ihn.

Sag, dass ich aufhören soll, Savannah, dachte er und konnte doch nicht anders, als die Lippen auf die verführerisch pulsierende Ader an ihrem Hals zu pressen. Er benutzte seine Hände und den Mund, um das Revers ihres Morgenmantels zur Seite zu schieben. Sowie er schließlich mit seiner Zunge über ihre dunklen, erwartungsvoll aufgerichteten Brustwarzen strich, stöhnte Savannah seinen Namen in die Nacht hinaus. Dann leckte und saugte er so langsam und zärtlich, wie nur ein hingebungsvoller Liebhaber es tat, daran und hörte erst auf, als er spürte, wie sich Savannahs Fingernägel in seinen Rücken krallten.

„Oh Gott, man sollte mich dafür erschießen", murmelte er und versuchte noch einmal, sich zusammenzureißen. Gleichzeitig öffnete er seinen Gürtel und streifte seine Jeans ab.

„Liebe mich einfach", flehte Savannah. Sie bebte.

„Das tue ich. Oh Gott, Savannah, das tue ich."

Jetzt war er nackt. Die Haut seines schlanken Körpers glänzte vor Schweiß, während er wieder zu ihr kam und in sie eindrang.

Savannah fühlte einen kurzen, brennenden Schmerz. Dann verlor sie sich in dem atemberaubenden, berauschenden Gefühl, mit Travis eins zu sein. Sie streichelte seinen muskulösen Rücken und küsste sein Gesicht und seine Brust. Sie nahm ihre eigenen Schreie war, sowie seine Bewegungen immer schneller wurden und sie sich ihrem Höhepunkt näherte. Ihr Orgasmus war so intensiv, so überwältigend, dass sie die Wellen, die sie durchliefen, noch minutenlang später spürte. Nachdem sie schließlich seufzend wieder zu sich kam, hatte sie eine Erfüllung erlebt, die ihr bisher völlig unbekannt gewesen war.

Während Travis sie fest umarmte, lauschte Savannah den Geräuschen der Nacht – Travis' unregelmäßigem Atem, dem heftigen Schlagen ihres eigenen Herzens, dem trägen Plätschern eines Fischs im Wasser und – etwas weiter entfernt – dem Knacken eines Zweiges.

Travis erstarrte. Er gab ihr einen sanften Kuss auf die Stirn und wickelte sie in ihren Morgenmantel. „Geh zurück ins Haus", flüsterte er ihr ins Ohr.

„Aber …"

„Psst." Rasch legte er ihr einen Finger auf die Lippen und starrte in die Dunkelheit. „Ich habe etwas gehört. Offenbar sind wir nicht allein. Ich komme dann zu dir … bald."

Er zog sich eilig an.

Savannah protestierte nicht, sondern tat, was er gesagt hatte. Mit einer Hand hielt sie sich den Mantel zu, mit der anderen hob sie rasch ihre Flip-Flops auf und rannte barfuß los. Die spitzen Steine und die Zweige, die auf dem Weg lagen, bohrten sich schmerzhaft in ihre Fußsohlen.

Außer Atem stahl sie sich zurück ins dunkle Haus, lief schnell die Treppe hinauf in ihr Zimmer, schlüpfte unter die

Bettdecke und wartete. Ihr Herz raste. Sie horchte. Gleich würde sie Travis kommen hören. Sie war sich sicher, dass er sein Versprechen halten würde. Es war nur eine Frage der Zeit, bis er bei ihr war.

Während das erste graue Licht der Morgendämmerung durch das Fenster fiel, wurde ihr klar, dass Travis vermutlich von der Person am See – wer auch immer sie sein mochte – aufgehalten worden war. Kein Problem. Sie würde ihn später ohnehin sehen.

Ihrem Vater – oder demjenigen, der sie und Travis zufällig entdeckt hatte – gegenüberzutreten, würde nicht besonders angenehm werden, aber sie würde damit umgehen können. Endlich schlief sie ein. Als sie wieder aufwachte, war es bereits nach zehn. Sie duschte, zog sich an und ging nach unten. Ihr Vater saß am Küchentisch, rührte in einer Tasse Kaffee und las die Morgenzeitung.

„Guten Morgen." Savannah musterte ihn prüfend. Alles wirkte normal. Offensichtlich hatte Reginald wie jeden Morgen bereits auf dem Gestüt nach dem Rechten geschaut. Er war glatt rasiert, seine Stiefel standen neben der Tür zur Veranda, und er hatte bereits fertig gefrühstückt. Auf seinem Teller, den er schon zur Seite geschoben hatte, lagen ein paar Krümel Toast.

Reginald sah auf, runzelte die Stirn und legte seine Zeitung weg. „Morgen."

„Guten Morgen, Liebes.", Savannahs Mutter Virginia kam gerade aus dem Esszimmer in die Küche. Ihr dunkles Haar war perfekt frisiert, und ihr Make-up sah so frisch aus, als hätte sie sich gerade erst geschminkt. „Du hast heute verschlafen. Das ist schade, weil du dich deshalb nicht mehr von Travis verabschieden konntest."

Savannah stutzte. „Verabschieden?"

„Ja." Virginia schenkte sich eine Tasse Kaffee ein und nahm gegenüber von Reginald Platz am Tisch. „Anscheinend haben er und Melinda beschlossen, so schnell wie möglich zu heiraten. Es wurde meiner Meinung nach auch langsam Zeit. Die beiden sind doch schon seit einer Ewigkeit zusammen. Und da die Hochzeit wahrscheinlich schon nächste Woche stattfindet, ist Travis heute wegen seiner Wohnung nach Los Angeles geflogen. Er versucht, sie früher zu vermieten als ursprünglich geplant."

Savannah taumelte gegen die Anrichte. Beinahe wäre ihr die Kaffeetasse aus den zitternden Händen gefallen.

„Ich glaube, er hatte genug von der Arbeit hier auf der Farm", überlegte Reginald. „Und ich kann es ihm wirklich nicht verübeln. Jetzt, da er sein Staatsexamen bestanden hat, gibt es für ihn keinen Grund mehr, hier weiterhin seine Zeit zu vertrödeln. Er kann jetzt auf die Jagd nach lukrativen Fällen gehen und große Konzerne auf Schadenersatz verklagen."

„Reginald!", rief Virginia vorwurfsvoll, doch ihre Augen leuchteten vor Freude über die bevorstehende Hochzeit. Reginald lachte leise in sich hinein.

Savannah war den Tränen nahe. „Komisch, dass mich keiner geweckt hat, damit ich mich von ihm verabschieden kann."

„Kein Grund zur Aufregung." Reginald zuckte gleichgültig die Achseln. „Travis kommt bestimmt wieder. Spätestens dann, wenn er Geld braucht. Leute wie er kommen immer wieder zurück."

„Reginald! Wie kannst du nur so etwas sagen?" Virginia tadelte ihren Mann und konnte sich doch gleichzeitig ein Schmunzeln nicht verkneifen.

„Wollte Travis denn nicht … mit mir reden?"

„Ich schätze nicht. Zumindest hat er nichts dergleichen gesagt. Oder, Schatz?"

„Zu mir nicht." Virginia merkte an Savannahs Blick, wie verletzt ihre Tochter war. „Aber er hat jetzt bestimmt viel um die Ohren, mit all den Vorbereitungen für die Hochzeit. Du siehst ihn dann ohnehin."

Savannah gab es einen Stich ins Herz, aber sie weigerte sich, das alles zu glauben. Travis würde ihr alles erklären.

Allerdings rief er nicht an und kehrte auch nicht auf die Farm zurück. Und er heiratete Melinda Reaves zwei Wochen, nachdem er mit Savannah unten am See geschlafen hatte.

Ich rede nie wieder ein Wort mit ihm, dachte Savannah wütend am Morgen der Hochzeitsfeier. Sie weigerte sich – sehr zur Enttäuschung ihrer Mutter – an der Feier teilzunehmen.

„Ich kann nicht, Mom", meinte sie, als Virginia sich nach dem Grund erkundigte. „Ich kann einfach nicht."

„Warum nicht, Savannah?" Virginia saß am Bettrand und betrachtete voller Sorge ihre jüngste Tochter, die am Fenster ihres Zimmers stand und so tat, als fände sie die Aussicht unglaublich interessant.

„Travis ... Travis und ich hatten Streit."

„Aber Streit zwischen Brüdern und Schwestern ist doch ..."

„Er ist nicht mein Bruder!"

Virginia zog eine Augenbraue hoch. „Oh, ich verstehe."

„Das schätze ich eher nicht." Savannah fühlte sich schrecklich. Niemand konnte es auch nur annähernd verstehen, am allerwenigsten ihre Mutter. Warum ließ sie sie nicht einfach in ihrem Unglück allein?

„Wie eng war deine Beziehung zu Travis?", fragte Virginia vorsichtig.

„Ich hatte keine ..." Savannahs Stimme brach. „Oh Mom", flüsterte sie, während sie den dünnen Stoff des Vorhangs um ihre Finger wickelte.

„Schon gut, Liebes." Virginia ging zu ihr und legte ihr tröstend einen Arm um die Schulter.

Die Tränen, die sich seit zwei Wochen aufgestaut hatten, brachen sich nun endlich Bahn und liefen wie Ströme über Savannahs Wangen. *Nichts war gut. Nichts würde je wieder gut werden.* Sie drehte sich um, schmiegte ihren Kopf an die Schulter ihrer Mutter und schluchzte eine Weile vor sich hin.

„Es ist nie leicht, wenn man den falschen Mann liebt", sagte Virginia nachdenklich.

„Woher willst du das denn wissen?"

„Oh, ich weiß es sehr wohl." Virginia lächelte traurig. „Ich war auch einmal jung. Ich habe ... Nun ja, ich habe ein paar Fehler gemacht."

„Bei Dad?", fragte Savannah schniefend Savannah und schaute ihre Mutter neugierig an.

Virginia wich dem Blick ihrer Tochter aus. „Ja, Liebes. Bei deinem Vater." In ihrer Stimme schwang etwas Geheimnisvolles mit, doch Savannah war nicht in der Lage, sich darüber – oder über sonst irgendetwas – näher Gedanken zu machen. Melinda Reaves würde Travis McCords Frau werden! Savannah hatte das Gefühl, als würde es ihr den Boden unter den Füßen wegziehen.

„Aber ich liebe ihn so sehr."

„Und er ist bald ein verheirateter Mann. Daran kannst du nichts ändern. Nicht mehr."

„Oh doch." Savannah rannen immer noch Tränen über die Wangen, allerdings reckte sie jetzt trotzig ihr Kinn vor. „Ich werde ihn vergessen! Ich werde nie mehr mit ihm sprechen. Und ... und ich werde mich nie mehr in einen Mann verlieben."

Virginia, die nun ebenfalls Tränen in den Augen hatte, lächelte. „Nun überstürz mal nichts. Es gibt noch andere Männer auf der Welt. David Crandall beispielsweise mag dich sehr."

„Ach, Mom ..." Savannah verdrehte die Augen. „David ist doch nur ein Junge ... ein Freund."

„Und Travis war mehr?"

„Ja."

„Also war es doch so, wie ich vermutet habe?", meinte Virginia leise. „Geht ... geht es dir gut?"

„Sehe ich so aus?"

„Ich meine ..."

„Ich weiß, was du meinst", lenkte Savannah ein, da sie den sorgenvollen Blick ihrer Mutter bemerkte. „Ich mache dir schon keine Schande."

Virginia seufzte. „Und du liebst ihn immer noch?"

„Nein." Savannah ballte energisch die Faust. „Nicht mehr und nie wieder!" Komme, was wolle – sie würde Travis vergessen und ihm nicht nachtrauern. Er würde bald Melindas Ehemann und somit das Problem seiner Frau sein. Was sie selbst betraf – ihr war egal, ob Travis McCord lebendig oder tot war.

Sie hatte keine Ahnung, dass sie neun Jahre später immer noch versuchen würde, sich einzureden, dass sie ihn hasste.

1. KAPITEL

Gestüt der Familie Beaumont – Winter, neun Jahre später

Savannah bereute ihre Rückkehr auf die Farm nicht. Es war schön gewesen, die hügelige Landschaft nordöstlich von San Francisco wiederzusehen. Und erst jetzt war ihr bewusst geworden, wie sehr sie die grau-roten Berge rund um die Farm und die üppigen grünen Weiden mit den grasenden Pferden vermisst hatte.

Der Trubel der Großstadt war während ihres Collegestudiums und der paar Jahre, die sie in San Francisco in einer Investmentfirma gearbeitet hatte, interessant und aufregend gewesen. Jetzt allerdings war sie froh, wieder auf dem Gestüt zu leben und zu arbeiten – auch wenn das bedeutete, dass sie sich mit ihrem Schwager Wade Benson herumschlagen musste.

In den letzten Jahren hatte Wade seine Buchhaltungsfirma größtenteils aufgegeben, damit er sich um die Verwaltung des Gestüts und der Farm kümmern konnte. Wenn Savannahs Vater irgendwann beschließen sollte, in den Ruhestand zu gehen, wäre Wade jederzeit in der Lage, sein Nachfolger zu werden. Dieser Fall würde wegen Moms angegriffener Gesundheit womöglich früher eintreten, als Dad ursprünglich vorhatte, dachte Savannah traurig.

Zu schade, dass Travis nicht auf der Farm geblieben und in Dads Fußstapfen getreten ist, sinnierte sie vor sich hin und schalt sich gleich darauf für diesen Gedanken. Obwohl seine Heirat mit Melinda nun schon neun Jahre her war, hatte Savannah ihm nie wirklich vergeben. Sie hatte es sogar geschafft, ihm die meiste Zeit aus dem Weg zu gehen. Und jetzt war das Gerücht in Umlauf, dass er bei der nächsten Wahl in Kalifornien für das Amt des Gouverneurs kandidieren würde. Schwer zu glauben.

„Hey, Tante Savvy, gehen wir reiten?", rief Joshua, das einzige Kind von Charmaine und Wade, und lief auf seine Tante zu.

Savannah lächelte, als sie dem Neunjährigen in seine ernsten, dunklen Augen schaute. Seine Wangen waren erhitzt und rot, und seine braunen Haare hatten dringend einen Haarschnitt nötig. „Das ist eine sehr gute Idee."

Der Junge strahlte. „Darf ich Mystic reiten?"

Savannah lachte. „Träum weiter, Kumpel! Er ist Grandpas preisgekrönter Zuchthengst!"

„Aber er mag mich."

„Soweit ich es beurteilen kann, mag Mystic niemanden."

„Quatsch!" Der Junge kickte verdrossen mit der Spitze seines Turnschuhs eine Eichel auf dem Boden. „Ich weiß, dass ich ihn reiten kann", erklärte Joshua großspurig und seine Augen blitzten angriffslustig.

„Ach, kannst du das?" Savannah musste über sein trotzig vorgeschobenes Kinn schmunzeln. „Tja, vielleicht irgendwann mal, wenn Grandpa und Lester es dir erlauben. Aber heute nicht." Savannah betrachtete den Himmel, der zusehends dunkler wurde. „Ich mache dir einen Vorschlag. Ich sattle Mattie und Jones, und wir drehen ein paar Runden, bevor es zu regnen anfängt."

„Aber die beiden sind doch alte Gäule. Sie sind nicht einmal Vollblüter!"

„Schäm dich. Auch betagte Pferde brauchen Bewegung. Genau wie störrische kleine Jungs. Komm schon!" Sie gab Joshua einen aufmunternden Klaps auf den Rücken. „Wir laufen um die Wette. Wer als Erster beim Stall ist."

„Okay!" Joshua rannte wie ein geölter Blitz über die nasse Wiese, und Savannah ließ ihn gewinnen. „Du bist auch schon alt", lachte er, als er die imaginäre Ziellinie vor dem Stalltor erreicht hatte.

„Und du bist altklug."

„Was heißt das?"

Savannah betrachtete den Kleinen liebevoll. „Dass niemand außer einer Tante dich lieb haben kann."

Joshua guckte so ernst, dass Savannah ein schlechtes Gewissen bekam. Sie hatte gerade definitiv etwas Falsches gesagt.

„Nun ja, niemand außer Grandma und Grandpa, deiner Mom und deinem Dad und …"

„Dad hat mich nicht lieb."

„Aber natürlich", versicherte sie ihm, als sie die Traurigkeit in seinen Augen sah, und verfluchte ihren Schwager insgeheim.

„Er unternimmt nie etwas mit mir."

„Dein Vater hat nun mal viel zu tun …" *Verdammt, wie sie es hasste, Wades Verhalten zu rechtfertigen.*

„Er hat immer viel zu tun", korrigierte Joshua seine Tante.

Savannah fuhr ihm durchs Haar. „Ein Gestüt und eine Farm zu verwalten ist ein verantwortungsvoller Job."

„Aber du hast Zeit, mit mir zu spielen."

„Das habe ich deshalb, weil ich total unverantwortlich bin." Savannah lachte. „So, jetzt hörst du auf, dir selbst leidzutun, und holst die Satteldecken, okay?"

Als Joshua – fürs Erste besänftigt – mit den Satteldecken zurückkam, war Savannah gerade dabei, die zwei Pferde aufzuzäumen. Es war höchste Zeit, ein ernstes Wörtchen mit ihrem Schwager zu reden, beschloss sie dabei insgeheim. Kein Vater durfte seinem einzigen Sohn gegenüber dermaßen gleichgültig sein.

„Warte kurz", sagte sie zu Joshua, nachdem sie bei Jones den Sattelgurt festgezogen hatte. „Ich sehe nach, ob es im Büro irgendetwas zu trinken gibt. Hättest du bei unserem Ausritt nicht gern eine Cola dabei?"

„Klar!"

„Ich bin gleich wieder da."

Sie ging hinaus und über den zementierten Weg, der parallel zu den mit Schindeln gedeckten Ställen verlief, und die Treppe hinauf zum Büro, das direkt über dem Fohlenstall lag. Die Bürotür war halb offen, und Savannah hörte schon aus einiger Entfernung Stimmen. Ihr Vater und Wade führten gerade eine hitzige Diskussion.

„Ich glaube einfach nicht, dass du dich auf ihn verlassen

kannst", sagte Wade gerade. Savannah – fest entschlossen, ihrem Schwager zu sagen, dass er seinem Sohn gefälligst mehr Aufmerksamkeit schenken sollte – machte einen Schritt auf die Tür zu. Als sie hörte, was Wade als Nächstes sagte, blieb sie jedoch abrupt stehen. „McCord kriegt nichts mehr auf die Reihe, und Willis ist seinetwegen schon ziemlich besorgt."

Travis? Was stimmte denn nicht mit ihm? Savannahs Herz klopfte schneller vor Angst.

„Willis Henderson macht sich doch über alles und jeden Sorgen", entgegnete ihr Vater gelassen.

„Aber vielleicht hat er diesmal einen guten Grund. Immerhin arbeitet er jeden gottverdammten Tag mit ihm zusammen."

„Und er glaubt, dass Travis …"

„Bald durchdreht."

Savannah erschrak. „Unsinn", widersprach Reginald. „Der Junge ist hart im Nehmen."

„Willis sagt, McCord hätte sich nach dem Tod seiner Frau sehr verändert."

Reginald seufzte. „Hör mal, Wade, Willis Henderson rechnet doch immer mit dem Schlimmsten! Anwälte neigen nun mal dazu. Ich sage dir, Travis McCord wird der nächste Gouverneur dieses Bundesstaates. Wart's nur ab."

„Da bin ich mir nicht so sicher. Ich würde jedenfalls mein Geld nicht darauf verwetten."

„Natürlich nicht", antwortete Reginald verächtlich. „Himmel, ihr Buchhalter geht doch nie ein finanzielles Risiko ein."

„Das ist doch nichts Negatives. Wenn du eine Spur weniger risikofreudig gewesen wärst, würden wir jetzt nicht bis zum Hals in Schwierigkeiten stecken."

„Wir stecken nicht bis zum Hals in Schwierigkeiten."

„Wie würdest du es denn bezeichnen, wenn der Gewinn gleich null ist?"

„Du bist genauso schlimm wie Willis Henderson; ihr seht immer alles schwarz", brummte Reginald. „Anwälte und Buchhalter sind aus dem gleichen Holz geschnitzt."

Savannah hatte ein schlechtes Gewissen, dass sie gelauscht hatte. Doch die Sorge um Travis war größer. Sie ging in das Büro, und Reginald und Wade, die beide am Tisch saßen, schauten von ihren Kaffeetassen auf. „Von welchen Schwierigkeiten redet ihr eigentlich?", fragte sie ihren Vater.

Reginald guckte finster in seine Kaffeetasse. Dann warf er Wade einen warnenden Blick zu. „Ach, nichts. Wade ist ein wenig besorgt wegen der Finanzen."

„Ist es schlimm?" Sie sah von ihrem Vater zu ihrem Schwager.

„Ja." Wade wich ihrem Blick aus und zupfte nervös an seinem blonden Schnurrbart.

„Nein." Reginald schüttelte den Kopf und rückte seine karierte Mütze zurecht. „Wade ist nur … vorsichtig."

„Das ist mein Job", entgegnete Wade.

Savannah hörte ihnen gar nicht richtig zu. „Was habt ihr gerade über Travis gesagt?", erkundigte sie sich, ging zum Kühlschrank und versuchte, nicht zu interessiert zu wirken. In Wahrheit war sie dermaßen nervös, dass sie feuchte Hände hatte.

Reginald zögerte. „Ach, nichts Ernstes. Sein Kanzleipartner, dieser Henderson, macht sich Sorgen um ihn. Er denkt, Travis wäre … depressiv. Wahrscheinlich ist es nichts als eine kleine Erschöpfung, eine Art Leere nach diesem letzten Fall, den er gewonnen hat. Der Eldridge-Prozess hat ja für viel mediales Aufsehen gesorgt. Und wir alle wissen, wie schwierig es ist, nach so einem Wirbel wieder in den normalen Arbeitsalltag zurückzufinden. Travis hat nur ein kleines Tief. Genau wie wir, als Mystic das Preakness-Stakes-Rennen gewonnen hat."

„Also glaubst du, dass er immer noch vorhat, als Gouverneur zu kandidieren?"

Reginald lächelte. „Ich würde darauf wetten", sagte er und warf Wade einen vielsagenden Blick zu.

Savannah nahm rasch ein paar Dosen Cola aus dem Kühlschrank. „Hat Willis Henderson euch angerufen? Wisst ihr deshalb, dass Travis depressiv ist?"

„Nein." Savannahs Vater vermied es, sie anzusehen.

„Ich bin ihm zufällig beim Pferderennen begegnet", erklärte Wade hastig. „Erst gestern im Hollywood Park."

Savannah zog skeptisch eine Augenbraue hoch. Sie spürte, dass Wade und ihr Vater ihr bewusst etwas verschwiegen, doch sie konnte die beiden nicht länger ausfragen. Nicht jetzt. Joshua wartete auf sie, und Savannah wollte ihn nicht enttäuschen.

„Hast du eigentlich …" Sie sah Wade scharf an. „… einmal mit Joshua geredet, seit du wieder auf der Farm bist?"

„Was? Ach so. Nein. Ich bin erst gestern Abend angekommen, und heute Morgen ist er gleich zur Schule gegangen. Es war nicht viel Zeit." Wade rutschte verlegen auf seinem Stuhl hin und her.

„Kann sein, dass ihm ein wenig väterliche Zuwendung nicht schaden könnte."

„Ich … ich rede heute Abend mit ihm, wenn ich nicht so viel zu tun habe."

„Ich glaube, das wäre eine gute Idee." Savannah ging aus dem Büro. Sie hatte ein flaues Gefühl im Magen. Sicher, sie hatte von den Geldproblemen des Gestüts gewusst. Das war schon immer so gewesen. Doch der Ton der Unterhaltung zwischen ihrem Vater und Wade hatte ihr gar nicht gefallen. Besonders nicht, was Wade über Travis gesagt hatte.

„Was ist los, Tante Savvy?", erkundigte sich Joshua, als sie wieder bei ihm war. Sie führte die Pferde aus dem Stall und versuchte, nicht an Travis zu denken.

„Was? Ach, nichts, Josh." Sie schwang sich in Matties Sattel und dachte an den Tag, als sie Travis in jenem Sommer getroffen hatte. Damals war sie auch mit Mattie unterwegs gewesen. „Lass uns heute mal zum See reiten."

„Aber dort wolltest du doch nie hin", entgegnete der Junge, nachdem er auf Jones' breiten Rücken geklettert war.

Savannah lächelte traurig. „Ich weiß. Aber heute ist es anders. Komm!" Sie ließ Mattie antraben, und Joshua ritt auf dem Wallach hinterher. Der Weg zwischen den Bäumen war mit

Grünzeug überwuchert und beinahe zugewachsen. Als sie am See angekommen waren, bemerkte Savannah, dass die ruhige Wasseroberfläche des Sees heute so bleigrau wie der Winterhimmel war.

„Warum kommst du nicht gerne hierher?", fragte Joshua und nahm einen Schluck von seiner Cola. Die schneidende Kälte, die Savannah durch ihre Jacke hindurch spürte, schien ihm nichts auszumachen.

„Ich weiß es nicht." Sie starrte gedankenverloren auf den See und dachte an Travis. Vom Himmel fielen die ersten Regentropfen und klatschten auf das dunkle Wasser. „Ich habe dieses Plätzchen früher sehr gemocht."

Joshua betrachtete die kahlen Bäume, die schroffen Steine und das schlammige Seeufer. „Wenn du mich fragst, ist das alles hier irgendwie gespenstisch."

„Ja, kann sein", flüsterte sie. Es fröstelte sie. „Lass uns zurück auf die Koppel reiten." *Vielleicht frage ich mich dann nicht ständig, was mit Travis los ist …*

Es hat alles vor etwas mehr als einem Monat wieder angefangen, dachte Travis verdrossen, als ich Reginald Beaumont und Wade Benson beim Pferderennen gesehen habe. Die beiden dort zu treffen war an sich nichts Ungewöhnliches. Schließlich hatte Reginalds preisgekrönter dreijähriger Hengst Mystic an dem Rennen teilgenommen, und Wade arbeitete mittlerweile für Reginald als Verwalter auf der Farm. Merkwürdig war nur gewesen, dass Reginald mit Willis Henderson, Travis' Kanzleipartner, beim Rennen gewesen war. Henderson hatte bisher nie erwähnt, dass er sich für Pferderennen interessierte. Und Reginald kannte Willis Henderson eigentlich nur über Travis. Als Travis seinen Partner darauf angesprochen hatte, bekam er nur eine ausweichende Antwort.

Erst später hatte Travis erfahren, dass Savannah wieder bei ihrem Vater und Wade auf der Farm war, und seine Gedanken wanderten zu jenem Sommer vor neun Jahren.

Und jetzt schien es, als könnte er an nichts anderes mehr denken.

Sie ließ ihm einfach keine Ruhe. Sogar nach neun langen Jahren nicht. In den unpassendsten Momenten tauchte ihr Bild vor seinem geistigen Auge auf, und er sah ihre großen, himmelblauen Augen, ihr glänzendes, tiefschwarzes Haar und ihr verführerisches Lächeln wieder deutlich vor sich. Die Erinnerung war immer noch lebendig.

„Mr McCord!" Eleanor Phillips' schrille Stimme riss Travis aus seinen Gedanken, und er bemühte sich, seine Aufmerksamkeit wieder der modisch gekleideten, aber viel zu aufgetakelten Frau zu widmen, die auf der anderen Seite seines Schreibtischs saß. „Sie haben kein Wort von dem gehört, was ich gesagt habe."

Travis lächelte entschuldigend und schaute ihr direkt in die Augen. „Oh doch", sagte er leicht ironisch. „Sie haben von der Frau geredet, die Ihr Mann in Mazatlan kennengelernt hat."

„Sie meinen, das Mädchen. Sie war nicht einmal zwanzig." Eleanor Phillips nickte verächtlich. „Natürlich interessiert sie sich nur wegen Roberts Geld für ihn – wegen meines Geldes."

Travis hörte ungeduldig zu, während Mrs Phillips sich über die wahllosen Affären ihres Ehemannes ausließ. So, wie seine Frau es darstellte, hatte Mr Phillips den Sexualtrieb eines Mannes, der halb so alt war wie er.

Travis sah aus dem Fenster seines Büros, stellte fest, dass es dunkel wurde, und warf einen Blick auf seine Uhr. Halb sechs. Wo blieb Henderson, sein Partner? Und warum kümmerte er sich nicht um Eleanor Phillips? In der Kanzlei waren zu viele Dinge passiert, die alle irgendwie keinen Sinn ergaben, und Travis wollte Henderson heute zur Rede stellen.

„Sie sehen ja, Mr McCord, dass eine Scheidung unausweichlich ist", fuhr Mrs Phillips mit ihrer schrillen Stimme fort. „Ich möchte, dass Sie mit den besten Privatdetektiven in Los Angeles zusammenarbeiten und …"

„Ich übernehme keine Scheidungen, Mrs Phillips. Das habe ich Ihnen bereits am Telefon und bei Ihrem ersten Besuch in unserer Kanzlei versucht zu erklären. Sie haben mich bewusst belogen, indem Sie behauptet haben, Sie wollten wegen eines Konkurrenten, der Ihr Unternehmen aufkaufen will, mit mir reden."

Sie errötete leicht, und Travis merkte, dass er sie verletzt hatte. Das Problem war nur, dass ihn weder Eleanor Phillips noch das Liebesleben ihres Mannes oder Phillips Industries einen feuchten Dreck interessierten. Travis hatte nämlich – wie Henderson ihm schon oft vorgeworfen hatte – die „falsche Einstellung" zu seinem Beruf. An Savannah zu denken machte die Sache nur noch schlimmer.

„Aber ich bin seit ewigen Zeiten Klientin Ihrer Kanzlei. Sie haben sich um alle meine rechtlichen Angelegenheiten gekümmert." Eleanor nestelte an ihrer Perlenkette.

„Die rechtlichen Angelegenheiten der Firma." Travis bemühte sich, ruhig zu bleiben. Die Frau wollte bloß die Scheidung von ihrem untreuen Ehemann, und das war nun mal kein Verbrechen. In Wahrheit konnte Travis sie sogar verstehen. Irgendetwas an ihrer selbstgefälligen Art störte ihn allerdings, und er fragte sich, ob Mr Phillips wirklich so furchtbar war, wie seine Frau behauptete. Vielleicht hatte ihre kalte Persönlichkeit, für die Geld einfach alles war, ihn aus ihrem Bett getrieben.

„Aha, verstehe", sagte Eleanor beleidigt, nahm ihre Handtasche und sah sich in dem stilvoll eingerichteten Büro um. „Seit diesem Eldridge-Prozess sind Sie sich wohl zu gut, um sich um etwas so Banales wie meine Scheidung zu kümmern."

„Das hat nichts damit zu tun."

Sie schnaufte verächtlich.

„Ich bin sicher, dass einer unserer Mitarbeiter Ihnen behilflich sein kann. Oder Mr Henderson." *Wenn der Mistkerl endlich hier auftaucht.* „Ich rede mit ihm."

„Ich will Sie, Mr McCord! Und ich glaube, Sie sind es mir schuldig, sich persönlich darum zu kümmern. Schließlich bin ich auf absolute Diskretion angewiesen. Und Sie haben diesbezüglich einen hervorragenden Ruf."

Travis verzog das Gesicht, weil Eleanor Phillips' Kompliment so furchtbar lächerlich war. Statt sich geschmeichelt zu fühlen, hatte er fast so etwas wie ein schlechtes Gewissen. „Ich übernehme keine Scheidungen."

„Für mich aber schon." Sie lächelte wissend, und Travis hatte plötzlich das Bedürfnis, sie zu schütteln und zur Vernunft zu bringen. Reiche Frauen, dachte er bitter. Von dieser Sorte habe ich schon viel zu viele getroffen! Er lockerte seinen Schlips. Nicht zum ersten Mal empfand er sein modernes Büro als beengend und erdrückend.

„Ich habe nämlich für Ihre Kampagne bereits Geld gespendet", erklärte Eleanor und zog die Augenbrauen hoch.

„Wie bitte!?"

„Ich habe Geld gespendet."

„Wovon zum Teufel reden Sie?" Travis' Miene verhärtete sich, und seine Augen blitzten wütend.

Zum ersten Mal an diesem Nachmittag war Eleanor Phillips während dieses Gesprächs im Vorteil, und das gefiel ihr sichtlich. „Es war eine sehr großzügige Spende", fuhr sie fort. Travis sah sie mit zusammengekniffenen Augen an, doch die teuer gekleidete Frau lächelte bloß vor sich hin. „Mr Henderson hat sich um diese Angelegenheit gekümmert und mir versprochen, dass Sie dafür meine Scheidung über die Bühne bringen. Er hat auch gesagt, dass Sie mir garantieren können, dass mein Mann keinen müden Cent von meinem Vermögen bekommt – und auch nicht viel von seinem eigenen."

Travis lächelte grimmig. „Wann haben Sie mit Mr Henderson gesprochen?"

„Vorige Woche. Nein …vor zwei Wochen, als ich wegen eines Termins bei Ihnen angerufen habe."

Vor zwei Wochen, dachte Travis. Also ungefähr zu jenem Zeitpunkt, als mir zum ersten Mal ein paar Unregelmäßigkeiten in der Buchhaltung aufgefallen sind.

Eleanor Phillips erhob sich, baute sich in ihrer vollen Größe von knapp ein Meter sechzig vor Travis auf und sah ihn kalt an.

„Ich möchte offen zu Ihnen sein, Mr McCord. Ich will mich so schnell wie möglich von meinem Mann scheiden lassen, und ich erwarte, dass Sie ihn bis aufs Hemd ausziehen." Ihr Lächeln war so eisig wie eine Novembernacht.

„Mrs Phillips", sagte Travis langsam, als würde er mit einem Kind reden. Dabei stand er auf und beugte sich drohend über seinen Schreibtisch vor. „Ich übernehme keine Scheidungsfälle. Und ich weiß nicht, was Mr Henderson Ihnen gesagt hat, aber ich habe mich noch nicht entschieden, ob ich als Gouverneur kandidiere."

„Nun ja, ich weiß, es ist noch nicht offiziell …"

„Und ich habe Ihre … Spende nie zu Gesicht bekommen. Und wenn, dann hätte ich sie nicht angenommen." Seine grauen Augen funkelten energisch. „Eines aber kann ich Ihnen versprechen: Mr Henderson wird Ihnen das Geld zurückgeben." *Und wenn ich ihm dafür jeden Knochen seines schwächlichen, kleinen Körpers brechen muss.*

„Dann sollten Sie vielleicht besser mit Mr Henderson reden. Ich versichere Ihnen, dass ich ihm einen Scheck in der Höhe von fünftausend Dollar gegeben habe. Viel Glück, Gouverneur." Eleanor Phillips rauschte davon.

Travis wählte die Nebenstelle von Hendersons Büro. Keine Antwort. „Du falscher Hund", murmelte Travis, knallte den Hörer auf das Telefon, nahm wütend seinen Mantel und zog ihn an. „Welche fiesen Spielchen spielst du?"

Bevor er sein Büro verließ, sah er sich darin um. Sein Blick fiel auf die teure Spieluhr, die auf dem Regal bereits Staub ansetzte, ein Geschenk von Melinda. Der Schreibtisch war aus poliertem Holz, und in dem Bücherschrank aus Walnussholz standen in Leder gebundene juristische Fachbücher. Die Hausbar war ausschließlich mit den exquisitesten Spirituosen bestückt. Den Teppich hatte Hendersons Inneneinrichterin in Italien gefunden. Und Travis hasste jedes einzelne verfluchte Ding, das mit L. A. und seiner Partnerschaft mit Will Henderson zusammenhing.

„Heute, alter Freund, bist du einfach einen Schritt zu weit gegangen", sagte Travis und schüttelte den Kopf. „Es ist vorbei. Aus. Basta!"

Er ging zum Empfang der Kanzlei. „Wo ist Henderson", fragte er die blonde Sekretärin.

„Das weiß ich nicht genau." Sie warf einen schnellen Blick in ihren Kalender. „Er hatte heute einen Auswärtstermin."

„Mit wem?"

„Ich weiß es nicht", antwortete sie sichtlich verlegen. „Das hat er mir nicht gesagt."

„Haben Sie ihn gefragt?"

„Aber natürlich."

„Und?"

Sie zuckte die Achseln. „Er meinte, es wäre etwas Privates."

„Na großartig." Travis Nackenmuskeln waren mittlerweile schmerzhaft verspannt. „Großartig. Einfach großartig." Er massierte sich den Nacken. „Haben Sie wenigstens irgendeine Idee, wo er sein könnte?"

„Tut mir leid …" Sie schüttelte bedauernd ihren blonden Lockenkopf.

Wo zum Teufel war Henderson, und warum nahm er Eleanor Phillips' Geld an? „Ich weiß, es ist spät und Sie sind eigentlich schon im Gehen. Aber falls Sie noch hier sind, wenn er kommt, sagen Sie ihm, dass er mich anrufen soll."

„Ja, wird gemacht."

„Und ich möchte unseren Buchhalter sprechen. Rufen Sie Jack an und fragen Sie, ob er gegen Ende der Woche in die Kanzlei kommen kann."

„Jack Conrad?" Die junge Frau wirkte verwirrt.

Travis bemühte sich, seine ohnehin schon stark strapazierte Geduld nicht gänzlich zu verlieren. „Ja, den Buchhalter der Kanzlei."

„Aber er ist nicht mehr für uns tätig."

Travis, der bereits zur Tür gegangen war, blieb abrupt stehen. Dieser Tag wurde ja immer schlimmer. „Wie meinen Sie das?"

„Ich, äh, ich dachte, Sie wüssten es. Wade Benson hat die Buchhaltung übernommen."

„Benson!" Travis ballte unwillkürlich die Fäuste.

„Hat Mr Henderson es Ihnen nicht gesagt?"

„Sind Sie sich sicher?"

„Ja." Sie sah Travis merkwürdig an, ehe sie eine Mappe aus einem Aktenschrank nahm. „Hier sind die Kopie des Briefs von Mr Benson und das Antwortschreiben von Mr Henderson. Mr Bensons Honorare für die Buchführung sind viel niedriger, als die von Mr Conrad es waren."

„Aber Mr Benson übernimmt keine Aufträge. Er arbeitet jetzt für Reginald Beaumont als Verwalter des Beaumont-Gestüts." *Mit Savannah.* Travis lachte innerlich. Hatte er nicht einen Vorwand gesucht, Savannah wiederzusehen? Es sah ganz so aus, als hätte ihm Willis Henderson diesen Vorwand gerade auf einem Silbertablett serviert.

Die junge Blondine zuckte die Achseln. „Vielleicht wollte Mr Benson Ihnen einen Gefallen tun. Sie kennen ihn doch schon Ihr ganzes Leben, nicht wahr?"

„Einen Großteil davon." *Warum hat Henderson mir das alles nicht erzählt?*

Travis stieß die Glasschwingtür mit dem goldenen Schriftzug der Kanzlei auf, ging durch den Korridor und dann über die Treppe die drei Stockwerke hinunter in die Eingangshalle des Gebäudes. Als er zu seinem Wagen ging, blies ein frischer Südkalifornischer Wind durch die Palmen am Straßenrand und zerzauste ihm die Haare, doch er merkte es nicht einmal.

Er konnte nur an seinen Kanzleipartner denken. *Toller Partner...* Im Moment hätte er Willis Henderson am liebsten eigenhändig den kurzen Elite-Uni-Hals umgedreht! Eine Wahlkampfspende – egal, ob legal oder nicht – von Eleanor Phillips anzunehmen war nicht der erste von Hendersons ziemlich plumpen Versuchen, Travis zu einer Entscheidung zu zwingen. Aber es würde sein letzter gewesen sein, das stand fest! Und diese Sache mit dem Wechsel des Buchhalters ...

Herrgott noch mal, Wade Benson! Travis traute diesem Mann nicht über den Weg. Schlimm genug, dass Benson ausgerechnet Reginalds älteste Tochter und gleichzeitig Savannahs Schwester Charmaine geheiratet hatte und nun Verwalter des Beaumont-Gestüts und der Farm war. Jetzt mischte er sich auch in Travis' berufliche Angelegenheiten ein. Aber nicht mehr lange! Travis wollte weder mit Wade noch mit Reginalds Tochter Charmaine etwas zu tun haben.

Schon wieder Savannah. Würde er sie jemals vergessen können?

Er lächelte grimmig in sich hinein. „Selbst schuld", rief er sich in Erinnerung, ehe er sich wieder auf die aktuellen Probleme konzentrierte. Travis hatte bereits entschieden, was er mit dem Rest seines Lebens anfangen wollte. Für das Amt des Gouverneurs von Kalifornien zu kandidieren gehörte nicht dazu. Und wenn Willis Henderson, Eleanor Phillips und alle anderen, die seinen Wahlkampf finanziell unterstützten, das nicht gefiel, dann interessierte ihn das keinen Deut! Diese Leute wollten ohnehin nur, dass er ihnen für das Geld irgendeinen Gefallen tat.

Hendersons Eigentumswohnung lag am anderen Ende der Stadt in Malibu Beach. Travis würde fast eine Stunde dorthin brauchen, aber das machte ihm nichts aus. Falls Willis nicht zu Hause war, würde Travis eben warten.

Warum will Henderson, dass ich für das Amt des Gouverneurs kandidiere? Um das Ansehen der Kanzlei Henderson und McCord zu heben? Vielleicht. Travis hatte allerdings das ungute Gefühl, dass mehr dahintersteckte, und dieser winzige Verdacht ließ ihm keine Ruhe, während er sich durch den dichten Verkehr von L. A bis zur Wohnung seines Partners kämpfte.

Travis hielt am Straßenrand an und starrte auf die andere Straßenseite, wo Willis gerade mit einem Mann in der Einfahrt stand. Zuerst war es zu dunkel, um zu erkennen, wer der Mann neben seinem Partner war, doch dann trat er ins Licht der Straßenbeleuchtung und Travis erkannte ihn. *Wade Benson.*

Travis lief ein kalter Schauer über den Rücken. Ihm schwante nichts Gutes.

Leise fluchend beobachtete er die beiden Männer. Sein erster Gedanke war, auszusteigen und Henderson und Benson zur Rede zu stellen. Doch dieses Geheimtreffen hatte etwas leicht Bedrohliches an sich, also blieb er im Wagen sitzen. „Du verlierst langsam den Verstand, McCord", murmelte er, ohne den Blick von den zwei Männern in der Einfahrt zu wenden.

Es war schon schlimm genug, dass sich Wade das Vertrauen von Reginald Beaumont erschlichen hatte. Aber jetzt machte er auch noch gemeinsame Sache mit Henderson?

Irgendetwas stank hier gewaltig zum Himmel. Wade war der Verwalter der Beaumont-Farm und des Gestüts, aber für alle rechtlichen Angelegenheiten war doch Travis zuständig. Nicht Henderson. Oder?

Leise ließ Travis das Autofenster hinunter. Hendersons Einfahrt war jedoch zu weit weg, um von dem Gespräch etwas mitzubekommen.

Wade zündete sich gerade eine Zigarette an und lachte über eine Bemerkung von Henderson. Wie zwei alte Kumpel, die in derselben Studentenverbindung gewesen waren, dachte Travis verächtlich. Jetzt war er nicht mehr verärgert, sondern regelrecht alarmiert. Er beobachtete, wie Wade zu seinem Wagen ging, seine brennende Zigarettenkippe auf den Boden warf und die Autotür aufmachte.

Wade machte also mit Willis gemeinsame Sache. Was war mit Reginald, Savannahs Vater? Wusste er von diesem Treffen? Wahrscheinlich. Travis hatte Reginald und Wade zusammen mit Willis Henderson beim Pferderennen gesehen, als Mystic, Reginalds Zuchthengst, dort als Favorit an den Start gegangen war und dann verloren hatte. *Was zum Teufel ging hier vor sich?*

Alles, was er gesehen und gehört hatte, konnte einfach eine Reihe unbedeutender Zufälle gewesen sein. Henderson hatte das Recht, einen Buchhalter zu feuern, und er konnte natürlich zu einem Pferderennen gehen, wann immer er Lust hatte.

Aber Willis konnte keine Spende für eine Wahlkampfkampagne annehmen, die nicht existierte!

Außer natürlich, wenn Eleanor Phillips gelogen hatte. Doch das wollte Travis ihr nicht unterstellen.

Er wurde wehmütig, als er an Reginald Beaumonts Vollblutzucht dachte, und dachte, dass Savannah dort war und mit Wade zusammenarbeitete.

„Verdammt", flüsterte er, während er beobachtete, wie Wades Wagen aus der Einfahrt fuhr.

Er rieb sich nachdenklich das Kinn und sah zu, wie Willis Henderson in sein Haus ging und das Licht löschte. Dann stieg Travis langsam aus, streckte sich und ging über den betonierten Gartenweg zu Hendersons Haustür.

Savannah saß im Arbeitszimmer ihres Vaters an seinem Schreibtisch und sah gerade die Post durch, als das Telefon klingelte. „Niemand da", sagte sie, ohne abzuheben und starrte auf den Stapel offener Rechnungen auf dem Schreibtisch. Wenn der Anrufer ein weiterer Gläubiger war, dann ...

Schließlich hob sie doch ab. „Beaumont-Gestüt."

„Hier Willis Henderson. Ich möchte mit Wade Benson sprechen", sagte jemand mit herrischer Stimme.

Savannah setzte sich aufrecht hin. Willis Henderson war Travis' Kanzleipartner, jener Mann, der sich beim Pferderennen mit Wade unterhalten hatte. Sie umklammerte den Hörer noch fester und richtete ihre ganze Aufmerksamkeit auf Travis' Partner.

War Travis vielleicht etwas passiert? Hatte er einen Unfall gehabt? Savannah merkte, wie sie in Panik geriet. Sie bemühte sich, ruhig zu bleiben. „Tut mir leid, Mr Benson ist geschäftlich unterwegs."

Schweigen. „Könnte ich dann vielleicht mit Reginald sprechen?"

„Er ist diese Woche ebenfalls nicht hier. Kann ich Ihnen vielleicht irgendwie weiterhelfen, Mr Henderson?" Savannah spürte, wie der Anrufer zögerte. „Oder soll Wade Sie einfach anrufen, wenn er nächste Woche zurückkommt?" Sie warf einen Blick in den Kalender. „Er sollte am 22. wieder da sein." *Zwei Tage vor Weihnachten.*

„Dann möchte ich eben mit … irgendjemand anderem sprechen, der zuständig ist."

Savannah ärgerte sich über seinen anmaßenden Ton, doch dann lächelte sie ironisch. „Sie sprechen bereits mit diesem Jemand. Ich kümmere mich um die Geschäfte, solange Wade und Dad nicht da sind."

„Dad?", wiederholte Henderson. „Oh, Sie meinen Reginald, oder?"

„Ja. Ich bin Savannah Beaumont." Savannah lehnte sich zurück, nahm ihre Lesebrille ab und machte sich auf das Schlimmste gefasst. „Was kann ich für Sie tun?"

Henderson schien kurz zu zögern. „Äh, nun ja, es geht um Travis McCord."

Savannah erstarrte. „Was ist mit ihm?"

„Es gibt da ein paar kleine Probleme."

Ihr Puls beschleunigte, und ihr traten Schweißperlen auf die Stirn. *Probleme.* Es war bereits das zweite Mal, dass sie dieses Wort im Zusammenhang mit Travis hörte. „Was für ‚Probleme'?"

„Nun ja, genau darüber wollte ich mit Wade sprechen", antwortete Henderson ausweichend.

Savannah runzelte die Stirn. Travis und Wade hatten sich nie nahegestanden. Andererseits hatte Henderson neulich Wade im Hollywood Park beim Pferderennen getroffen … „Wie gesagt, Mr Benson ist nicht erreichbar und erst nächste Woche wieder hier, also kurz vor Weihnachten. Aber wenn Travis Probleme hat, würde ich gern Bescheid wissen."

„Hören Sie, Miss Beaumont …"

„Savannah."

„Na gut, dann also Savannah. Ich möchte Sie ja nicht beunruhigen, aber Travis … Travis geht es nicht besonders gut."

Savannah blieb beinahe das Herz stehen, und sie spürte, wie ihr vor Angst ein paar Schweißtropfen den Rücken hinunterliefen. „Was wollen Sie damit sagen? Hatte er einen Unfall?"

„Nein ..."

Gott sei Dank! Sie entspannte sich ein wenig und lehnte sich erleichtert zurück.

„Aber er, nun ja ... Ich will offen mit Ihnen sein, Miss Beaumont. Travis steht total neben sich. Er hat jegliches Interesse an der Kanzlei verloren, kommt nicht mehr ins Büro und weigert sich, mich zu treffen. Und davon, dass er Gouverneur werden will, ist auch keine Rede mehr. Es interessiert ihn nicht. Ihn interessiert überhaupt nichts." Jetzt, da Henderson einmal zu reden angefangen hatte, war sein Redefluss plötzlich nicht mehr zu stoppen. „Sie wissen wahrscheinlich, dass er seit dem Tod seiner Frau nicht mehr er selbst ist. Aber anfangs dachte ich noch, er würde sich wieder fangen. Nach Melindas Tod hat er sich in die Arbeit gestürzt, vor allem in den Eldgride-Fall. Jetzt, da diese Sache vorbei ist, scheint er ... seinen Lebenswillen verloren zu haben. So könnte man es wohl bezeichnen, glaube ich." Er verstummte plötzlich, als hätte er jetzt Zweifel daran, ob es richtig war, mit Savannah über die privaten Probleme seines Partners zu reden. „Tja, um es ganz hart auszudrücken, Miss Beaumont: Ich glaube, er ist nicht mehr ganz dicht."

Savannah versuchte, einen kühlen Kopf zu bewahren, doch in Wahrheit machte sie sich furchtbare Sorgen um Travis – einen Mann, den sie eigentlich hassen sollte. „Ich verstehe nicht ganz. Melinda ist doch schon seit über sechs Monaten tot."

„Ich weiß! Genau das ist es ja." Henderson stieß einen langen Seufzer aus. „Wissen, Sie, anfangs hatte ich den Eindruck, er würde ihren Tod gut verarbeiten. Doch sein normales Verhalten war offenbar nur eine Maske. Er hatte ja diesen Eldridge-Prozess, verstehen Sie? Als er ihn dann gewonnen hat und dadurch gewissermaßen berühmt wurde, wurde viel darüber geredet, dass er für das Amt des Gouverneurs kandidieren sollte. Aber ich glaube, er wird bald alles hinschmeißen. Mittlerweile ist es schon so weit, dass er nicht mal mehr ins Büro kommt. Bis jetzt konnte ich ihn vertreten, damit es nicht so auffällt, aber ich weiß nicht, wie lange das noch funktioniert. Dazu kommt, dass alle mit seiner Kandidatur rechnen. Ich glaube einfach, dass wir nicht länger verheimlichen können, was los ist."

„Wir?", fragte Savannah.

„Wade und ich."

Schon wieder Wade. „Was hat Wade denn damit zu tun?"

„Wade und Ihr Vater wollen Travis zum Gouverneur machen. Wussten Sie das?"

„Ich habe davon gehört", antwortete Savannah sarkastisch.

„Tja, und deshalb rufe ich an. Travis ist neulich abends bei mir vorbeigekommen und hat mir gesagt, dass er die Partnerschaft auflösen wird. Er würde seine Hälfte der Kanzlei an mich verkaufen und wollte heute nach San Francisco fliegen. Zuerst dachte ich, er würde einen Witz machen. Aber da er in den letzten Tagen nicht im Büro aufgetaucht ist und auch nicht an sein Telefon gegangen ist, muss ich davon ausgehen, dass er es ernst gemeint hat."

„Hat er gesagt, warum er aus der Kanzlei aussteigt?"

„Nein … nicht direkt. Er meinte nur, er wolle aufs Beaumont-Gestüt und mit Wade und Reginald reden. Und er hat mich gebeten, Wade auszurichten, dass er ihn am Flughafen abholen soll."

Savannah sah auf die Wanduhr. Es war nach elf. „Um wie viel Uhr kommt er an?"

„Ich glaube, er hat halb zwei gesagt. Genau. Flugnummer 67, United Airlines. Kümmern Sie sich darum, dass ihn jemand abholt?"

„Natürlich."

„Und Sie richten Wade aus, dass ich angerufen habe?"

„Ich sage es meiner Schwester Charmaine. Sie ist Wades Frau. Er ruft sie heute Abend an, und Charmaine wird ihm sagen, dass er Sie zurückrufen soll."

Henderson seufzte erleichtert. „Vielen Dank, Miss Beaumont." Dann legte er auf.

Nachdem Savannah ebenfalls aufgelegt hatte, dachte sie kurz nach. Wade und Reginald waren nicht da, und momentan waren nur wenige Arbeiter auf der Farm beschäftigt. Sie konnte es sich nicht leisten, irgendjemanden zum Flughafen zu schicken.

„Es würde ihm recht geschehen, wenn er zu Fuß hierher laufen müsste", grummelte sie und merkte, wie die Verbitterung über Travis' damaliges Verhalten wieder in ihr hochstieg. Doch dann siegte die Vernunft.

„Ich schätze, dann habe ich die Ehre, ihn abzuholen", sagte sie zu sich selbst, nahm ihre Handtasche, ging aus dem Arbeitszimmer hinaus in die Eingangshalle und zog ihren Mantel an. Travis kam also endlich nach Hause. Aber warum und für wie lange? Und wie viel von Hendersons Geschichte entsprach der Wahrheit?

Sie trat aus dem zweigeschossigen, stattlichen Herrenhaus hinaus ins Freie, schlug ihren Mantelkragen hoch, um sich gegen den eisigen Dezemberregen zu schützen, und eilte im Laufschritt über den Steinweg zur Garage. Dann lief sie – immer zwei Stufen auf einmal nehmend und ihr Seitenstechen ignorierend – hinauf zum ehemaligen Speicher, den ihre Schwester Charmaine in ein Atelier umgebaut hatte.

Es regnete in Strömen, und Savannah zitterte vor Kälte, als sie anklopfte und eintrat. Charmaine, die gerade mit beiden Händen an einem Objekt aus Ton arbeitete, sah von ihrer Arbeit auf und nahm den Fuß vom Pedal der Töpferscheibe. Das sich drehende, kurvige und in seiner Form noch nicht erkennbare Kunstwerk fiel zu einem Klumpen feuchten, grauen Lehms in sich zusammen.

„Tut mir leid." Savannah deutete nervös auf Charmaines Arbeit. Sie hielt sich nur ungern auf dem Speicher auf.

„Macht nichts. Es wäre ohnehin nichts geworden. Du lieber Himmel, Savannah, du bist ja klitschnass!"

„Nur ein bisschen." Savannah wischte sich die Regentropfen aus dem Gesicht und versuchte den Gedanken zu ignorieren, dass Travis früher auf diesem Speicher gewohnt hatte.

„Es gibt kein ‚Nur-ein-bisschen-klitschnass‘.“

„Hör mal, ich fahre zum Flughafen“, sagte Savannah.

„Etwa so?“ Charmaine betrachtete missbilligend die bequemen Jeans und den Pulli ihrer Schwester.

„Genau so. Kannst du zwischendurch nach Mom sehen?“

Charmaine schaute ihr misslungenes Werk an und schnitt eine Grimasse. „Sieht ganz so aus.“ Sie wischte sich ihre Hände an ihrem Arbeitskittel ab und stand von ihrem Schemel auf. „Ich muss ohnehin hierbleiben und auf Joshs Schulbus warten. Was ist los?“

„Travis kommt nach Hause.“

Charmaine war sichtlich verdutzt. „Hierher?“

„Ich glaube schon. Jedenfalls hat sein Kanzleipartner Henderson mir das gerade am Telefon gesagt. Das Flugzeug kommt um halb zwei in San Francisco an, also muss ich mich beeilen. Falls Wade anruft, sag ihm, er soll sich bei Henderson melden. Noch besser wäre, wenn er ihn erst heute Abend zurückruft, wenn Travis da ist.“

Charmaine sah ihre Schwester prüfend an. „Warum kommt Travis zurück auf die Farm? Warum jetzt?“

„Ich weiß es nicht. Aber ich glaube, ich sollte ihm von Mom erzählen, also warne sie schon mal vor. Er wird sauer sein, dass niemand ihm von Moms Krankheit erzählt hat.“

Charmaine nickte. „Viel Glück. Du wirst es brauchen.“ Sie kräuselte die Lippen. „Glaubst du, dass er von Moms Krankheit erfahren hat und deshalb zurückkommt?“

Savannah war in Eile und hatte keine Zeit, sich in Vermutungen zu ergehen. Außerdem kamen immer viele Gefühle in ihr hoch, wenn sie an Travis dachte. Gefühle, die sie lieber nicht analysieren wollte. Ihre Wut auf ihn hatte sich zwar in den vergangenen neun Jahren ein wenig gelegt, aber sie war – so ungern Savannah das auch zugab – immer noch vorhanden. „Keine Ahnung. Henderson hat gesagt, Travis würde eine Art Auszeit brauchen. Er hatte ein anstrengendes Jahr.“

Das, was Henderson sonst noch über Travis gesagt hatte,

beunruhigte sie zwar, aber sie wollte es Charmaine noch nicht erzählen. Sie wollte sich erst vergewissern, ob seine Version der Geschichte wirklich stimmte. Außerdem hatte Savannah Wade nie vertraut, und Charmaine war seine Frau. Nervös steckte sie ihre eiskalten Hände in die Jackentaschen.

Charmaine sah ihre Schwester misstrauisch an. „Und das ist alles?"

„Soviel ich weiß, ja", log Savannah.

„Hm ..." Charmaine bedachte ihre Schwester mit einem „Mir kannst du nichts vormachen"-Blick. Dann kapitulierte sie. „Tja, ich nehme an, du hast recht. Melindas Tod war ein schwerer Schlag für Travis. Er hat sie sehr geliebt."

Savannah nickte, doch ihre Finger umklammerten die Schlüssel in ihrer Jackentasche noch fester.

„Und jetzt, unmittelbar nach diesem Eldridge-Prozess, ist da auch noch das ganze Gerede um seine Kandidatur als Gouverneur. Wahrscheinlich braucht er wirklich eine Pause. Ob er sich hier ausruhen kann, ist allerdings fraglich." Charmaine setzte sich auf ihrem Schemel gerade hin und begann wieder, den Ton zu bearbeiten. „Sicher, ich kümmere mich um Mutter."

„Danke." Savannah verließ das Atelier und ging rasch die Treppe hinunter. Dann lief sie in die Garage und sprang in den Wagen ihres Vaters. Als sie losfuhr, waren ihre Gedanken ganz bei Travis. Sie konnte sich nicht erinnern, dass es in ihrem Leben jemals eine Phase gegeben hätte, in der sie ihn nicht geliebt hatte – anfangs wie einen Bruder, dann so, wie eine Frau einen Mann liebt. Wirklich liebt.

Dann hatte er sie benutzt und sie im Stich gelassen.

„Tja, das war einmal", sagte sie energisch. „Und ich war ein Idiot. Ein alberner, kleiner Idiot. Aber ich werde den gleichen Fehler nicht zweimal machen, Travis McCord. Die Lektion, die du mir erteilt hast, war nur allzu gut. Mir ist egal, welche Probleme du hast. Lieber hasse ich dich, als mich jemals wieder in dich zu verlieben."

2. KAPITEL

*I*n der Nähe des Flughafens war dichter Verkehr. Savannah brauchte fast zwanzig Minuten, bis sie einen Parkplatz gefunden und im Flughafengebäude angelangt war. Während sie sich – die kalten Hände tief in ihren Jackentaschen vergraben – durch den Terminal drängte, in dem Travis ankommen würde, bereute sie bereits die Abholaktion. Der Bereich neben dem Reservierungsschalter war überfüllt mit Menschen, die auf ihren Abflug warteten. Auf den wenigen freien Sitzplätzen lagen jede Menge Handgepäck, Mäntel und bunt verpackte Geschenke. Daneben saßen müde Reisende und lasen, ein paar andere gingen zwischen den Sitzreihen auf und ab und telefonierten. Es war so laut in der Halle, dass man die Weihnachtsmusik im Hintergrund nur leise hörte.

Ehre sei Gott in der Höhe und Frieden den Menschen auf Erden, dachte Savannah, während sie vor dem Gate wartete. In Wahrheit war sie schrecklich nervös. Ihre kalten Hände in den Jackentaschen begannen zu schwitzen. Sie durfte jetzt auf keinen Fall daran denken, dass Travis sie ohne eine Erklärung sitzen gelassen hatte. Dass er eine andere geheiratet, sich grußlos aus ihrem Leben gestohlen und sie nur benutzt hatte, weil er auf sich selbst und auf Melinda wütend gewesen war. Aber sie konnte es sich noch tausend Mal sagen, die alte Bitterkeit stieg wieder in ihr hoch.

Es ist vorbei: Du bist jetzt eine erwachsene Frau, ermahnte sie sich in Gedanken. Allerdings würde sie heute zum ersten Mal seit neun Jahren wieder mit Travis allein sein. Immer, wenn sie ihn in der Vergangenheit gesehen hatte, waren – außer Melinda – viele Leute um ihn herum gewesen. Savannah war das immer ganz recht gewesen.

Durch die große Glasfläche sah sie zu, wie das Flugzeug landete. *Reiß dich zusammen, Mädchen.*

Travis war einer der ersten Passagiere, die ausstiegen.

Savannah stellte entsetzt fest, dass ihr Herz bei seinem Anblick verräterisch zu klopfen anfing.

Er sah älter aus als vierunddreißig. Verbitterter. Um seinen energischen Mund hatten sich tiefe Falten eingegraben, und auch in den Augenwinkeln zeigten sich bereits kleine Fältchen. Sein Hemd war zerknittert, sein Schlips saß schief, und ein dunkler Bartschatten ließ ihn etwas verwahrlost aussehen. Über eine Schulter hatte er sich einen schwarzen Kleidersack gelegt, und in der freien Hand trug er einen Aktenkoffer.

Savannah hatte ihn vor zwei Jahren das letzte Mal gesehen, doch er schien um zehn Jahre gealtert. Wahrscheinlich wegen Melindas Tod, sagte sie sich. Die beiden waren unzertrennlich gewesen. Zweifellos hatte der schreckliche Bootsunfall, bei dem Melinda ums Leben gekommen war, auch einen Teil von Travis zerstört.

Savannah zwang sich zu einem Lächeln und ging auf ihn zu. Er blieb abrupt stehen, und sein Gesichtsausdruck versteinerte sich.

„Hi." Sie erwiderte seinen kalten Blick.

„Dich hätte ich am wenigsten erwartet", murmelte er und konnte seine Überraschung nicht verbergen.

„Tja, äh, ich freue mich auch, dich zu sehen."

In seinen grauen Augen blitzte irgendetwas auf. „Du hast dich schon immer leicht provozieren lassen."

„Vielleicht zu schnell. Willis Henderson hat heute am Nachmittag auf der Farm angerufen. Er wollte Wade oder Dad sprechen."

Man sah, wie Travis' breite Schultern sich unter seinem Hemd anspannten. Sein Blick wurde düster. „Sprich weiter."

„Beide sind diese Woche nicht da. Also musst du wohl …", sie erwiderte seinen kühlen Blick, „… mit mir vorliebnehmen. Ob dir das nun gefällt oder nicht."

„Na toll." Die Falten um seinen Mund wurden noch tiefer.

Savannah, die sich nicht schon wieder provozieren lassen wollte, deutete mit dem Kopf in Richtung Ausgang. „Das Auto steht auf dem Parkplatz. Hast du sonst noch Gepäck?"

„Nein." Er rückte den Kleidersack über seiner Schulter zurecht. „Gehen wir."

Schweigend gingen sie gemeinsam mit den anderen Leuten, die zum Ausgang strömten, durch die Ankunftshalle und hinaus auf den Parkplatz. Savannah sah Travis verstohlen von der Seite an. War das wirklich der Mann, in den sie sich vor vielen Jahren so wahnsinnig verliebt hatte, fragte sie sich verwundert.

Der kalte Winterwind fuhr ihr unter die Jacke und blies ihr die Haare aus dem Gesicht. Ihre Wangen fühlten sich eisig an. Sie zog die Schultern zusammen und fragte sich, ob sie wegen der Kälte oder Travis' frostigem Blick zitterte.

Henderson hatte teilweise recht, dachte Savannah beklommen. Travis sah müde und fertig aus, so als hätte er alles satt. In seinen dunklen Augen flackerte allerdings immer noch ein Funke Leben, ein Funke Interesse, der Hendersons Theorie, dass Travis bald „alles hinschmeißen" würde, widerlegte. Travis wirkte verbittert, aber alles andere als lebensmüde. Immerhin etwas.

Als Travis den silbernen BMW sah, runzelte er die Stirn. „Ist das deiner?"

„Er gehört Dad."

„Wie passend." Er warf seinen Kleidersack auf den Rücksitz und setzte sich auf den Beifahrersitz. Dann ließ er den Sitz bis zum Anschlag nach hinten fahren, schob die Rückenlehne zurück, damit er sich bequem anlehnen konnte, und lockerte seinen Schlips. Dann machte er die obersten zwei Knöpfe seines Hemds auf. Savannah tat so, als müsste sie sich auf das Anlassen des Motors konzentrieren, doch in Wahrheit war sie – wie eh und je – völlig fasziniert von Travis. Jetzt, da sein Hemdkragen offen war, konnte sie seine dunklen Brusthaare sehen. Außerdem fiel ihr auf, wie er grimmig sein Kinn vorschob, als er sich mit den Fingern durch das dichte Haar fuhr.

Sie startete und fuhr vom Parkplatz auf die Straße. Travis lehnte seinen Kopf an die Kopfstütze und schloss die Augen. Seine Atemzüge waren tief und regelmäßig, also beschloss

Savannah, ihn nicht zu stören. Lass ihn schlafen, sagte sie sich. Vielleicht ist er ja besser aufgelegt, wenn er aufwacht.

Es begann wieder zu regnen. Savannah schaltete die Scheibenwischer ein, und als sie jetzt Travis von der Seite ansah, merkte sie, dass er nachdenklich ihr Gesicht betrachtete. „Warum bist du zum Flughafen gekommen?"

„Um dich abzuholen. Willis Henderson hat gesagt, …"

„Es ist mir egal, was er gesagt hat. Warum hast du nicht einen Farmarbeiter geschickt?"

„Wir sind unterbesetzt."

Travis wandte sich ab und starrte aus dem Fenster. „Nicht unbedingt schmeichelhaft."

„Was soll das heißen?"

„Ich dachte, du wolltest mich vielleicht gern wiedersehen."

Nach neun Jahren! Dieser arrogante, egoistische Mistkerl! „Tut mir leid, dich enttäuschen zu müssen."

„Ich bezweifle, dass du das je könntest", murmelte er. „Es ist nur seltsam, dass du mich – allein – abholen kommst, nachdem du mir neun Jahre aus dem Weg gegangen bist."

„Ich bin dir nicht aus dem Weg gegangen."

Wieder musterte er Savannah mit einem durchdringenden Blick. Ihm war klar, dass sie nicht die Wahrheit sagte.

„Jedes Mal, wenn du da warst …" Sie schwieg einen Augenblick und umklammerte das Lenkrad fester. „… waren immer jede Menge Leute dabei."

„Das wolltest du doch so. Du hast mich ja nicht in deine Nähe gelassen."

„Du warst verheiratet."

Sein schmaler Mund verzog sich zu einem zufriedenen Lächeln. „Ich wollte nur mit dir reden."

„Ein bisschen spät, meinst du nicht?", sagte sie gepresst und versuchte, sich auf die Straße vor ihr zu konzentrieren. „Hör mal, Travis, lass uns keinen Streit anfangen."

„Ich streite doch nicht mit dir."

„Nein, dein Verhalten macht mich nur verdammt wütend."

„Ich dachte, dass ich dir ein paar Dinge erklären sollte – jetzt, da wir allein sind."

„Ich habe kein Interesse an Entschuldigungen. Auch nicht an irgendwelchen Ausreden", erwiderte sie so ruhig wie möglich. „Es gibt keinen Grund, die Vergangenheit wieder aufzuwärmen."

Sein Blick verfinsterte sich. „Na schön. Wie du meinst. Aber du solltest wissen, dass ich nie vorhatte, dich zu sitzen zu lassen."

„Na klar. Aber es ließ sich einfach nicht vermeiden. Richtig?" Sie schüttelte den Kopf und umklammerte das Lenkrad noch fester. Der Pick-up vor ihr scherte plötzlich seitlich aus, und der Fahrer machte eine Vollbremsung. Savannah trat ebenfalls auf die Bremse. Der BMW geriet ins Schleudern, kam jedoch zum Stehen, ohne auf den roten Pick-up aufzufahren. „Oh Gott", flüsterte Savannah. Ihr Herz hämmerte in ihrer Brust – nicht nur wegen dieser Schrecksekunde, sondern auch wegen der angespannten Stimmung im Auto.

„Soll ich fahren?", erkundigte er sich.

„Nein!"

„Okay, aber dann lässt du mich jetzt erklären, was damals unten am See passiert ist."

Savannah war mit den Nerven am Ende. Sie sah von Travis auf den Verkehr und wieder zurück zu ihm. „Hör mal, ich möchte lieber nicht darüber reden. Nicht jetzt. Es ist zu viel Zeit vergangen."

„Gut, dann eben nicht jetzt. Wann dann?"

„Nie würde mir zum Beispiel gut passen."

Er zog eine Augenbraue hoch und runzelte dann die Stirn. „Ich bin zu müde zum Streiten. Du hast dich also durchgesetzt … zumindest jetzt. Aber irgendwann reden wir darüber. Ich habe es satt, manipuliert zu werden und eine Lüge leben zu müssen."

„Ich habe nie …" Savannah wollte widersprechen, brach dann jedoch mitten im Satz ab. Sie war nicht bereit, über die Vergangenheit zu reden. Noch nicht. Sie brauchte Zeit, ihre Gefühle für Travis neu zu überdenken, bevor sie sich dem Schmerz jenes Sommers stellen konnte. Es schien ewig her zu sein. „Das ist also der Grund, warum du auf die Farm zurückkehrst?"

„Einer der Gründe." Er starrte durch die regennasse Windschutzscheibe auf den verstopften Freeway. Vor ihnen leuchtete eine schier endlose Reihe roter Hecklichter. „Ich glaube, es ist an der Zeit, dir gegenüber ein paar Dinge richtigzustellen."

Savannah stockte der Atem.

„Dir und dem Rest deiner Familie gegenüber", fuhr er fort. „Apropos, wo ist Wade?"

„Mit Dad in Florida. Sie überlegen, ob sie dort im Frühjahr ein paar Jungpferde einstellen sollen. Als Mystic das Preakness Stakes gewonnen hat, hat Dad sich gedacht, es wäre an der Zeit, ein paar von den vielversprechenderen Hengsten an die Ostküste zu geben."

„Und du bist nicht seiner Meinung?"

„Das Preakness in Pimlico war nur ein Rennen – ein einziger Moment des Triumphs. Aber Dad war nach diesem Sieg völlig euphorisch und hat damit gerechnet, dass Mystic das Belmont-Rennen in New York ebenfalls gewinnt." Sie schüttelte traurig den Kopf. „Letztlich ist Supreme Court, das Pferd, das auch das Derby gewonnen hat, Erster geworden. Mystic ist als Sechster ins Ziel gegangen. Seither hat er nirgends mehr gewonnen. Derzeit ist er wieder auf der Farm und Dad überlegt, ob er ihn nächstes Jahr wieder starten lassen oder ihn als Zuchthengst verwenden soll."

Travis sagte nichts dazu, sondern betrachtete Savannah schweigend. Sein Blick wanderte von ihren abgewetzten Stiefeln über die ausgebleichten Jeans bis zu ihrem blauen Pullover und der Lederjacke. Er schien sie mit seinen kühlen grauen Augen regelrecht auszuziehen. „Das erklärt immer noch nicht, warum du zum Flughafen gekommen bist."

„Als Henderson angerufen hat, war nicht mehr viel Zeit."

Bei der Erwähnung seines Partners zogen sich Travis' Mundwinkel nach unten. „Gut." Er lehnte sich wieder zurück. „Vielleicht ist es besser, wenn ich deinen Schwager eine Weile nicht zu Gesicht bekomme. Und was dich betrifft …" Er legte ihr eine Hand auf die Schulter. Seine Finger waren kräftig und sanft gleichzeitig – genau so wie früher. „Du kannst dich schon mal darauf einstellen, dass wir über alles, was passiert ist, reden werden. Ob du nun willst oder nicht."

„Ich will nicht."

„Und deshalb bist du ganz allein zum Flughafen gekommen." Er lachte amüsiert. Dann nahm er seine Hand von ihrer Schulter. „Du lügst, Savannah, und das konntest du nie besonders gut."

„Ich dachte, du bist gekommen, weil du mit Wade reden wolltest."

Travis' Blick verfinsterte sich wieder. „Mit ihm auch, ja. Aber ihm wird nicht gefallen, was ich zu sagen habe."

„Und das wäre?"

Travis sah sie vielsagend an. In seinem Blick lag eine Spur Bitterkeit. „Ich glaube, das sage ich Wade besser persönlich."

Sie runzelte die Stirn, fuhr vom Freeway ab und bog in die Landstraße ein, die – links und rechts von Bergen gesäumt – zur Farm führte. Am Boden neben den Zaunpfählen türmten sich nasse Blätter, und das Wasser in den Gräben am Straßenrand stieg ständig. „Glaubst du allen Ernstes, ich würde dich ausfragen und dann sofort Wade anrufen?" Der Gedanke war so absurd, dass sie fast lachen musste.

„Magst du deinen Schwager nicht?"

Sie presste die Lippen aufeinander. Dann schüttelte sie den Kopf. „Das ist kein Geheimnis und das Gefühl beruht auf Gegenseitigkeit. Aber ich kann nicht viel dagegen tun. Er ist nun mal Charmaines Mann."

„Und die rechte Hand eures Dads."

„Sieht so aus", sagte Savannah säuerlich. Ihrer Ansicht nach war Wade ein absoluter Mistkerl. Unglücklicherweise teilte niemand auf der Farm ihre Meinung, außer vielleicht ihre Mutter Virginia. Aber auch die würde sich niemals negativ über Wade äußern.

„Und was ist mit dir?", fragte er leise.

„Was soll mit mir sein?"

„Ich dachte, du würdest diesen Donald heiraten, diesen komischen …"

„David", korrigierte sie.

„Richtig. Was ist passiert?"

Unwillkürlich spannte sie ihre Schultern an. „Ich habe es mir anders überlegt."

„Und kalte Füße bekommen?"

Einen Moment lang war sie so wütend, dass sie glaubte, sich nicht mehr beherrschen zu können. Doch dann sah sie das schelmische Funkeln in seinen Augen. In seinem Blick erkannte sie den alten Travis wieder. Den Mann, den sie geliebt hatte. „Ja, kalte Füße", gab sie zu. „David war nicht begeistert von der Aussicht, eine Frau zu haben, die gern mit Pferden arbeitet. Er hat gesagt, er würde den Geruch nicht mögen und in der Nähe der Stallungen immer Niesattacken kriegen."

Travis grinste. „Was wollte er dann überhaupt von dir?"

„Er dachte, er könnte mich ändern."

„Daran erinnere ich mich." Travis fiel jene Nacht wieder ein, als er David Crandall am liebsten umbringen wollte, weil der Junge sich damals im Auto auf Savannah gestürzt hatte. „Crandall hat dich nicht besonders gut gekannt, oder?"

Savannah spürte seinen Blick auf ihrem Gesicht, doch sie sah geradeaus auf die Straße. „Wahrscheinlich nicht."

„Triffst du ihn noch?"

„Ab und zu. Er ist jetzt verheiratet. Hat eine Frau und zwei Kinder." Sie lächelte mitleidig. „Eine anständige, brave Frau, die für ihn ihre Karriere als Musikerin in einem Kammerorchester aufgegeben hat."

„Autsch."

Savannah schüttelte schmunzelnd den Kopf. Dabei streifte ihr schwarzes Haar über die Schultern ihrer Jacke. „Es hat mir nicht viel ausgemacht. Na ja, vielleicht war ich in meinem Stolz ein bisschen gekränkt. Er hat Brenda nur drei Monate nach unserer Trennung geheiratet. Aber es war letztlich für alle am besten so."

„Bist du dir sicher?"

„Ja. Kannst du dir mich vorstellen – als Frau eines Architekten in San Francisco?", fragte sie.

„Nein."

„Genau." Sie konnte es sich auch nicht vorstellen.

„Also bist du auf die Farm zurückgekehrt?"

Nachdem sie vier Jahre in San Francisco studiert und dort anschließend drei Jahre in einer Investmentfirma gearbeitet hatte, hatte sie sich danach gesehnt, zu ihrer Familie und auf das Gestüt zurückzukehren. „Ich hatte langsam genug vom Leben in der Stadt."

Savannah bog in die lange, etwas schmälere Straße zum Beaumont-Gestüt ab. Die asphaltierte Einfahrt, die zum Haupthaus und zur Garage führte, war gesäumt von kahlen Pappeln und Eichen.

Nachdem sie den BMW auf dem dafür vorgesehenen Platz in der Garage abgestellt hatte, nahm Travis sein Gepäck, stieg aus und betrachtete das Farmhaus. „Manche Dinge verändern sich kaum", stellte er fest.

Savannah, die sofort an Virginia denken musste, legte ihm sanft eine Hand auf den Arm. „Vielleicht mehr, als du denkst."

Er sah sie misstrauisch an. „Was heißt das?"

Sie räusperte sich. „Ich glaube, ich sollte dir sagen, dass es Mom … nicht gut geht." Er starrte sie immer noch an, und Savannah merkte nur an seinen Lippen, die plötzlich bleich wurden, und seinen angespannten Gesichtszügen, dass er sie gehört hatte. „Sie hatte einige Herzinfarkte. Nur leichte. Aber es geht ihr trotzdem nicht gut."

„Herzinfarkte?" Travis starrte Savannah ungläubig an. „Warum hat mir das niemand erzählt?"

„Weil Mom es so wollte."

„Warum?" Sein enttäuschter Blick ging Savannah durch und durch.

„Mom wollte nicht, dass du dir Sorgen machst. Du hattest genug eigene Probleme, weißt du." Da Travis nicht recht überzeugt wirkte, wurde sie deutlicher. „Den ersten Infarkt hatte sie ungefähr eine Woche, nachdem Melinda bei diesem Bootsunfall ums Leben gekommen ist. Mom wollte dich nicht beunruhigen."

„Das war vor über sechs Monaten", sagte er eisig.

„Und dann … Mom hatte eine Reihe von kleineren Infarkten, als du gerade mitten in diesem Eldridge-Prozess gesteckt hast."

„Man hätte es mir sagen müssen. Du hättest es mir sagen müssen."

„Ich? Ich konnte doch nicht!"

Er lehnte sich an das Auto. „Verdammt, warum denn nicht, Savannah?"

„Mutter wollte es nicht, und Dad …"

„Dein Vater wollte, dass man mich nicht informiert?"

Savannah schüttelte den Kopf. „Er wusste, wie wichtig dieser Fall für deine Karriere war. Und er wusste, wie sehr dich Melindas Tod getroffen hat. Er wollte nur dein Bestes."

„Unsinn!", brauste er auf und packte Savannah gereizt an den Schultern. „Ich bin vierunddreißig Jahre alt. Ich brauche niemanden, der meinen Beschützer spielt. Vor allem nicht, wenn es dein Vater ist."

„Aber Mom …"

„Wo ist sie?"

„Im Haus. Wahrscheinlich in ihrem Zimmer."

Er ließ sie los und sammelte sich wieder. „Sag mir die Wahrheit. Wie schlimm steht es um sie?"

Savannah biss sich auf die Lippen. Sie merkte, dass sie Travis – trotz der Bitte ihrer Mutter – nicht anlügen konnte. „Nicht gut, Travis. Es gibt Tage, viele Tage, an denen Mom ihr Zimmer nicht verlässt."

Er war sichtlich geschockt. „Warum ist sie nicht im Krankenhaus?"

„Weil man dort nichts für sie tun kann. Es kommt jeden Tag eine private Krankenschwester ins Haus."

„Großartig." Er seufzte. „Einfach großartig. Und niemand hielt es für nötig, mich zu informieren." Er massierte sich gereizt den Nacken. „Ich gehe jetzt zu ihr, hörst du?"

„Sie würde es dir sehr übel nehmen, wenn du das nicht tätest." Savannah lächelte ihm aufmunternd zu, während sie ins Haus gingen. Schnell zog Travis seine Jacke aus und lief mit entschlossenem Gesichtsausdruck die Treppe hinauf.

Savannah ging ihm nach, doch dann überlegte sie es sich anders. Virginia würde allein mit Travis reden wollen. Sie war immer wie eine Mutter für ihn gewesen, und Savannah wollte die beiden bei ihrem Gespräch nicht stören. Sie ging die Treppe wieder hinunter und ins Arbeitszimmer ihres Vaters. Auf den Stapel Rechnungen, die sie heute bereits zu sortieren begonnen hatte, konnte sie sich allerdings nicht konzentrieren. Ihre Gedanken wanderten ständig zu Travis, und die Erinnerungen an jenen Sommer vor langer Zeit ließen sie nicht mehr los. „Du bist ein Idiot", murmelte sie in sich hinein und warf die Rechnungen frustriert wieder auf den Schreibtisch.

Nachdem sie im Arbeitszimmer eine Weile unruhig auf und ab gegangen war, beschloss sie, im Stall nachzusehen, ob die Arbeiter sich um die Pferde kümmerten. Außerdem wollte sie mit Lester Adams, dem Pferdetrainer des Gestüts, sprechen. Savannah trat hinaus ins Freie. Der Dezemberwind war eisig, und sie schlug den Kragen ihrer Jacke hoch.

Mit Lester zusammenzuarbeiten war normalerweise der Job ihres Vaters. Doch da Reginald in Florida war, hatte Savannah es übernommen, sich die Klagen – und auch das Lob – des grauhaarigen alten Trainers anzuhören.

„Reginald hätte den da verkaufen sollen", erklärte Lester nun schon zum zweiten Mal, während er über den Zaun gebeugt dem Hengst beim Training zusah. „Er sieht gut aus, aber es ist verdammt schwer, mit ihm zu arbeiten."

„Das war bei Mystic doch genauso." Savannah sah lächelnd zu, wie sich Vagabond mit der geschmeidigen Eleganz eines

Siegers bewegte. Er war ein wunderschöner Fuchs mit dunklen, bedrohlich funkelnden Augen und weit ausgreifendem, mühelos wirkendem Tritt.

„Er ist anders."

„Aber er hat den gleichen Charakter, würde ich sagen. Außerdem haben Sie doch immer gesagt, Ihnen gefielen Hengste mit feurigem Temperament."

„Feurig? Ja. Aber Vagabond hat etwas regelrecht Diabolisches an sich!" Lester schüttelte den Kopf und zog frustriert die grauen Augenbrauen zusammen.

„Aus ihm könnte ein Sieger werden."

„Wenn er sich nicht selbst zerstört." Der alte Mann stellte einen Fuß auf das unterste Zaunbrett, während er Vagabond weiter beobachtete. „Schnell ist er ja. Und die Ausdauer hat er auch dafür."

„Und den Ehrgeiz. Er ist mit dem Herz dabei."

Lester lachte und schüttelte den Kopf. „Herz nennen Sie das?" Er lachte leise. „Wie süß. Ich nenne es Sturheit."

„Sie finden schon einen Weg, einen Sieger aus ihm zu machen", sagte Savannah. „Genau wie bei Mystic."

Lester vermied es, sie anzusehen. „Das wird schwierig."

„Aber Sie lieben Herausforderungen doch."

„Hm." Der alte Mann schmunzelte. „Das reicht, Jake", rief er, als der junge, schmächtige Jockey mit Vagabond langsamer wurde.

„Okay." Jake stieg ab und tätschelte Vagabonds muskulöse Schulter. Das glatte Fell des Hengstes war bedeckt mit Schweiß und Schlamm. „Ich mache ihn erst mal sauber."

Lester nickte zustimmend, zog sich seinen Filzhut tief in die Stirn und holte eine zerknitterte Packung Zigaretten aus der Brusttasche seine Jacke.

„Travis ist also heute zurückgekommen." Er zündete sich eine Zigarette an, machte einen tiefen Zug und sah Savannah durch eine blaue Rauchwolke hindurch an.

„Er ist gerade im Haus drüben."

„Bleibt er länger?"

„Ich weiß es nicht, aber ich bezweifle es. Er hat nur eine Tasche dabei." Sie sah über das Trainingsgelände und die dahinter liegenden Felder zu den schroffen Bergen in der Ferne. Auf den Hängen, die über der Baumgrenze lagen, war bereits Schnee zu sehen. „Er möchte mit Wade reden."

„Über seine Kandidatur als Gouverneur?"

„Das weiß ich auch nicht. Ich bin noch nicht dazugekommen, ihn zu fragen."

„Ich verstehe es einfach nicht", sagte Lester plötzlich.

„Was denn?"

„Ach, es kommt mir nur alles irgendwie seltsam vor. Travis ist immer gut mit Pferden zurechtgekommen. Und ich weiß, dass ihm die Arbeit mit ihnen gefallen hat. Das war von Anfang an offensichtlich. Ich hatte bei diesem Jungen so ein Gefühl … Nun ja, ich dachte, er würde hier auf der Farm bleiben. Aber ich habe mich geirrt. Stattdessen ist er aufs College gegangen, Anwalt geworden und kommt kaum noch hierher. Das ergibt einfach keinen Sinn. Jedenfalls nicht für mich."

Er schnippte seine Zigarette auf den feuchten Boden und trat sie mit der Stiefelsohle aus.

„Und zur Krönung", fuhr Lester fort, „heiratet deine Schwester dann auch noch Wade Benson. Tja, ich schätze, sie wird ihre Gründe gehabt haben. Aber du lieber Himmel, ausgerechnet Benson! Ein Mann, der nicht einmal einen Mustang von einem Vollblut unterscheiden kann, gibt seinen Job als Buchhalter auf, um auf einem Gestüt zu arbeiten. Das kommt mir einfach falsch vor."

„Wade macht immer noch die Buchhaltung für die Farm", entgegnete Savannah und fragte sich sofort, warum sie Wade eigentlich verteidigte. Ihr waren seine Motive doch selbst immer wieder suspekt gewesen.

„Stimmt schon, aber das ist ja nicht alles. Er fungiert die meiste Zeit auch als Verwalter."

„Ich weiß. Dad denkt daran, wegen Moms Krankheit in Ruhestand zu gehen."

„Schlimm, die Sache mit Ihrer Mutter", sagte Lester leise und traurig. Seine schwarzen Augen wurden noch dunkler.

„Ja."

„Verdammt schlimm", murmelte der Mann. Dann schlug er mit der Hand auf das oberste Zaunbrett und räusperte sich. „Ich schätze, ich sehe jetzt mal besser nach den Stallburschen und vergewissere mich, dass die Jungs etwas für ihr Geld tun. Sie müssen sich um die einjährigen Fohlen kümmern." Er ging los in Richtung des Zuchtstuten-Stalls, und Savannah machte sich auf den Weg zurück ins Haus. In Gedanken war sie schon wieder bei Travis.

Ein paar Minuten später zog sie ihre Stiefel auf der hinteren Veranda aus, kraulte Archimedes, dem großen australischen Schäferhund ihres Vaters, die Ohren und ging durch die Hintertür in die Küche.

Sadie Stinson, die Haushälterin und Köchin, schnippelte gerade Gemüse klein. Es duftete nach Schweinebraten.

„Das riecht ja wunderbar." Savannah guckte in die Backröhre und wärmte sich die Hände an der warmen Glastür. „Ich habe das Mittagessen verpasst."

Sadie Stinson schnalzte missbilligend mit der Zunge. „Schäm dich."

„Ach, ich weiß nicht. Wie es aussieht, hat sich das Warten gelohnt."

„Deine Schmeicheleien nützen dir gar nichts", sagte die Köchin, doch sie strahlte vor Freude über das Lob. Dann sah sie Savannahs rotes Gesicht, ihre Füße, die nur in Strümpfen steckten, und ihr feuchtes Haar. „Du wäschst dich jetzt erst mal. In einer halben Stunde gibt es Abendessen."

„Ich kann es kaum noch erwarten", gab Savannah zu. Ihr Magen knurrte zur Bekräftigung.

„Musst du aber."

„Spielverderber", neckte Savannah sie augenzwinkernd, und Sadie kicherte. „Übrigens, hast du Travis gesehen?"

Sadies Lächeln erstarb. „Allerdings. Sieht so aus, als würde er sich im Arbeitszimmer deines Vaters gerade volllaufen lassen." Sie begann energisch, die Zucchini in Stücke zu hacken. „Wahrscheinlich wird er die ganze Arbeit, die ich mir gemacht habe, gar nicht zu schätzen wissen."

„Doch, bestimmt", beruhigte Savannah sie, glaubte aber selbst nicht daran. Dann ging sie durch den kurzen Korridor hinüber ins Arbeitszimmer. Dort saß Travis mit einem halb vollen Glas in der Hand auf dem breiten Sims des Erkerfensters und starrte in die einbrechende Dunkelheit hinaus. Er hatte sich umgezogen und trug nun statt seines Anzugs eine alte Cordhose und ein nicht zugeknöpftes Flanellhemd. Im Kamin knisterte ein Feuer.

Travis schaute sich um und erblickte Savannah. Die wilden schwarzen Locken umrahmten ihr Gesicht und ihre blauen Augen waren auf ihn gerichtet. Die Art, wie sie ihn ansah, ging ihm unter die Haut. Er hatte vergessen, wie wunderschön sie war. „Komm rein und leiste mir Gesellschaft." Er grinste und hob sein Glas.

„Ich möchte nichts trinken."

Er zuckte gleichgültig die Achseln, drehte sich zum Fenster und lehnte sich an den Fensterrahmen. „Mach's dir gemütlich."

„Das werde ich." Sie trat ein und schloss die Tür hinter sich. Dann kniete sie sich vor den Kamin und wärmte ihre Hände am Feuer. „Warst du eine Weile bei Mom?"

„Ja." Er nahm einen großen Schluck Scotch aus seinem Glas, ging dann zur Hausbar neben dem Kamin und schenkte sich nach. „Du hättest es mir erzählen müssen."

„Das konnte ich nicht."

„Ach nein?"

„Mom dachte, es …"

„Sie stirbt, verdammt." Er sah sie vorwurfsvoll an. „Ich dachte, ich könnte dir vertrauen, Savannah."

„Mir?", fragte sie ungläubig nach. „Du dachtest, du könntest mir vertrauen?" *Was war mit dem Vertrauen, das ich vor neun Jahren in dich gesetzt habe? Das Vertrauen, das du schon in der Morgendämmerung enttäuscht hast?*

„Du weißt, was ich meine. Als Kinder hatten wir zwar auch Geheimnisse, aber wir waren immer ehrlich zueinander."

Bis auf ein Mal, dachte sie wütend. *Bis auf diese eine Nacht, in der du mir gesagt hast, du würdest mich lieben, und ich dir geglaubt habe.*

„Wir sind keine Kinder mehr, und Mom hat mich gebeten, dir nichts zu sagen", erklärte sie. „Ich halte meine Versprechen, und außerdem sollte Dad dich informieren, wenn der richtige Zeitpunkt gekommen ist."

„Und wann wäre dieser Zeitpunkt?"

„Woher soll ich das wissen?" Sie sah ihn wütend an und ging zur Tür. „Ich muss mich vor dem Essen noch frisch machen. Falls du dich nicht total besäufst, sehen wir uns dann ja."

„Savannah …"

Sie hatte schon die Hand auf den Messingtürknauf gelegt, doch dann drehte sie sich um und sah für einen flüchtigen Moment so etwas wie ehrliches Bedauern in seinen Augen. Dann verhärteten sich seine Züge wieder. „Ich komme zum Essen."

„Fein."

Die Stimmung während des Abendessens war gerade noch als erträglich zu bezeichnen. Virginia war müde und aß auf ihrem Zimmer, Charmaine grübelte darüber nach, warum Wade nicht angerufen hatte, und Travis zeigte kein Interesse an dem Festmahl, das Sadie Stinson zubereitet hatte.

Na toll, dachte Savannah bitter. Einfach großartig!

Der Einzige, der das gemeinsame Essen wirklich zu genießen schien, war Joshua, und Savannah war dankbar dafür, dass der Kleine mit am Tisch saß und fröhlich vor sich hin plapperte. „Wie lange bleibst du denn?", erkundigte sich der Kleine bei Travis.

„Ich weiß es nicht."

„Dad sagt, du wirst Präsident!"

„Gouverneur, Josh", korrigierte ihn Charmaine.

Travis runzelte die Stirn, dann lehnte er sich zurück und lächelte Joshua an.

Es war das erste Mal, dass Travis wirklich lächelte, seit er aus dem Flugzeug ausgestiegen war. Auf Savannah war die Wirkung dieses Lächelns verheerend.

„Ach, hat er das gesagt?"

„Ja." Joshua schob seinen Teller weg und beugte sich aufgeregt vor. „Dad meint, du gehörst nach … nach … Na dorthin, wo dieser Gouverneur arbeitet."

„Sacramento."

„Genau. Er sagt, am besten, du bist irgendwo anders. Bloß nicht auf der Farm."

„Tatsächlich?", fragte Travis gedehnt. Sein Grinsen wurde breiter, und seine Augen blitzten amüsiert.

„Joshua!" Charmaine errötete. „Wenn du mit deinem Essen fertig bist, gehst du jetzt besser hinauf und machst deine Hausaufgaben."

„Stecke ich in Schwierigkeiten?"

„Natürlich nicht, Josh", schaltete Savannah sich ein, warf Travis einen warnenden Blick zu und schob ihren Stuhl zurück. „Komm, ich helfe dir."

„Es ist Mathe", sagte Joshua warnend.

Savannah schnitt eine Grimasse. „Nicht gerade meine Stärke, aber ich versuche es trotzdem. Komm, gehen wir." Sie wartete, bis der Kleine aufgestanden war, und ging dann mit ihm die Treppe hinauf. Oben blieb sie zögernd stehen. „Fang du schon mal an", schlug sie vor. „Ich sehe noch rasch nach Grandma, okay?"

„Klar." Joshua lief den Korridor hinunter.

Savannah klopfte leise an und betrat das Zimmer ihrer Mutter.

Virginia lächelte. „Ich habe mich schon gefragt, wann du endlich kommst."

„Ich musste einfach nach dir sehen." Savannah nahm das Tablett vom Bett.

„Und wie läuft es mit Travis?"

Mit einem Seufzer lehnte Savannah sich gegen einen der langen Bettpfosten. „Den Umständen entsprechend – wenn man berücksichtigt, wie wahnsinnig gereizt er ist."

„Er hat ein schweres Jahr hinter sich." Virginia schaute ihre Tochter traurig an.

„Vielleicht hast du ja recht." Savannah beschloss, ihre Mutter nicht unnötig zu beunruhigen. Sie brauchte Travis' Probleme nicht zu ihren zu machen.

„Dann gib ihm doch eine Chance, um Himmels willen."

„Eine Chance?"

„Wiedergutzumachen, was er getan hat."

„Hat er dir erzählt, warum er hier ist?"

Virginia drehte ihren Kopf auf dem Kissen von einer Seite auf die andere. „Er hat sich eigentlich nur sehr vage dazu geäußert. Ich hatte den Eindruck, dass er irgendein Geschäft mit Reginald abwickeln und auf der Farm ausspannen will. Hier zu sein tut ihm gut, weißt du. Er hat die Arbeit auf dem Gestüt immer gern gemocht. Und er kann ja wieder in der Wohnung unterm Dach wohnen ..." Ihre Stimme wurde ein wenig schwächer.

„Hör mal, ich bringe jetzt dieses Tablett hinunter und sehe später wieder nach dir", sagte Savannah. „Ich habe nämlich Josh versprochen, dass ich ihm bei seinen Matheaufgaben helfe."

Virginia kicherte. „Der Blinde führt den Lahmen ..."

„Du traust deiner eigenen Tochter aber nicht viel zu." Savannah musste laut lachen. „Wärst du überrascht, wenn Josh bei seinem nächsten Test eine Eins bekommt?"

„Mit dir als Nachhilfelehrerin? Das wäre tatsächlich eine Riesenüberraschung", sagte Virginia schmunzelnd, während Savannah mit dem Tablett zur Tür ging.

„Bis später, Mom." Savannah ging den Korridor hinunter zu Joshs Zimmer. Der Junge saß – umgeben von Transformers und Gobots – auf dem Teppich. Die Spielzeugroboter lieferten sich gerade eine heiße Schlacht.

„Wer gewinnt?", fragte Savannah schmunzelnd.

„Die Decepticons!"

„Ich dachte, du sollst Mathe lernen."

„Ach, Tante Savvy …", bettelte er und sah mit seinen strahlenden Augen zu ihr hinauf.

„Marsch, an die Arbeit, junger Mann." Sie hob ein paar der Figuren auf und stellte sie auf Joshuas ohnehin schon mit Spielzeug überladene Kommode.

„Du könntest ja mit mir spielen", schlug er vor.

Savannah setzte sich auf die Bettkante und schüttelte den Kopf. „Vielleicht später. Jetzt müssen wir erst mal Mathe hinter uns bringen." Sie streifte ihre Schuhe ab und überkreuzte die Beine. „Komm, legen wir los."

„Ich hasse Mathe."

„Ich auch. Aber Arithmetik, Geometrie, Algebra und was es noch so alles gibt sind – so ungern ich das auch zugebe – sehr wichtig. Eines Tages wirst du das erkennen."

„Nicht in einer Million Jahre." Joshua nahm sein Buch und legte es auf den Schreibtisch. Dann setzte er sich und vertiefte sich in seine Hausaufgaben.

Savannah las sich die Rechenaufgaben durch. „Das ist leicht", stellte sie zufrieden fest. „Einfache Multiplikationen."

Ein paar Minuten und einige komplizierte Rechnungen später hörte sie jemanden husten. Sie schaute sich um und sah Travis in der Tür stehen. Er lehnte mit einer Schulter am Türrahmen und hatte die Hände in den Taschen seiner Jeans vergraben. Savannah konnte nur raten, wie lange er schon so dastand und sie mit seinen wunderschönen Augen beobachtete. „Wie läuft's?"

„Gar nicht", gab Savannah zu.

„Schrecklich!", ergänzte Joshua.

„Braucht ihr Hilfe?"

„Ja!" Der Junge war regelrecht begeistert über Travis' Angebot. Alles, was er wollte, war ein bisschen väterliche Zuwendung – etwas, was er von seinem eigenen Vater nur sehr selten bekam. Savannah tat er wirklich leid.

„Klar. Warum nicht?" Savannah nickte. „Ich muss ohnehin dieses Tablett in die Küche hinunterbringen." Sie stand auf und nahm das Tablett, das sie auf Joshuas Nachttisch abgestellt hatte.

„Ich will dich aber nicht vertreiben." Travis kam ins Zimmer und sah ihr in die Augen.

„Das tust du nicht."

„Jetzt lügst du schon wieder", sagte er vorwurfsvoll. „Schlechte Angewohnheit, Savannah. Das solltest du dir besser abgewöhnen."

„Ich schätze, du bringst meine schlechtesten Seiten zum Vorschein", flüsterte sie mit zusammengebissenen Zähnen und hoffte, dass Travis den Wink verstehen und das Thema fallen lassen würde.

„Oder die besten." Sein Blick wanderte hinunter zu ihren Brüsten, die sich unter ihrem Pulli wölbten.

Dass er sie schon wieder mit seinen Blicken auszuziehen schien, ärgerte Savannah maßlos und trieb ihr die Zornesröte ins Gesicht. Doch sie verkniff sich eine Bemerkung, da Joshua sie aufmerksam beobachtete.

„Stimmt etwas nicht, Tante Savvy?"

„Es ist nichts", antwortete sie mühsam beherrscht. „Ich habe nur ein paar Dinge zu erledigen. Ich … Wir sehen uns später." Es kostete sie einiges an Energie, sich ihren Ärger über Travis nicht anmerken zu lassen und Joshua liebevoll zuzulächeln, bevor sie aus dem Zimmer ging. Zum Glück musste sie Travis' provokante Bemerkungen ja nur ein paar Tage aushalten, überlegte sie. Nur so lange, bis Wade und Reginald wieder zurückkamen.

Aber was würde dann passieren? Wenn sie ehrlich zu sich selbst war, sah sie diesem Treffen nicht nur mit Freude, sondern auch mit Schrecken entgegen.

3. KAPITEL

Wade rief an diesem Tag nicht mehr an, und Savannah wusste nicht, ob sie darüber froh oder beunruhigt sein sollte.

Am nächsten Tag versuchte sie, Travis aus dem Weg zu gehen, weil sie keinen neuen Streit riskieren wollte. Es war leichter als gedacht. Travis verbrachte seine Zeit entweder hinter verschlossenen Türen am Telefon im Arbeitszimmer oder in der Wohnung unter dem Dach, die Charmaine teilweise freigeräumt hatte. Savannah ging einkaufen und trainierte dann den ganzen Tag mit Lester gemeinsam die Pferde. Vor dem Abendessen ging sie auf ihr Zimmer, um zu duschen und sich umzuziehen. Sie zog eine schwarze Hose und einen roten Pullover an, bürstete ihre Haare und versuchte sich dabei selbst davon zu überzeugen, dass sie sich nicht extra zurechtmachte.

Als sie später ins Esszimmer kam, war sie erstaunt, ihre Mutter bereits am oberen Ende des Tisches sitzen zu sehen. In dem rosafarbenen Kaftan, den sie anhatte, sah Virginia so gesund aus wie seit Wochen nicht mehr.

Travis hatte links von ihr und neben Charmaine Platz genommen. Seine Blicke verfolgten Savannah, als sie ins Zimmer kam und sich auf den freien Stuhl ihm gegenüber setzte. Er trug ein Hemd, dessen Kragen offen war, hatte einen Ellbogen auf den Tisch gestützt und ein Glas Wein in der Hand und war offenbar gerade völlig entspannt mit Virginia im Gespräch gewesen. Wie der verlorene Sohn, der heimgekehrt ist, dachte Savannah. Ihre Anwesenheit schien ihn allerdings etwas aus dem Konzept zu bringen.

„Freut mich, dass du herunterkommen konntest, Mom", sagte sie, während Travis ihr ein Glas Wein einschenkte.

„Es passiert ja nicht jeden Tag, dass Travis nach Hause kommt", erklärte Virginia lächelnd. „Es tut mir nur leid, dass er uns nicht vorab Bescheid gegeben hat. Dann hätten wir ihn gestern richtig willkommen heißen können."

Richtig bedeutete vermutlich Tafelsilber, Stoffservietten, Blumenschmuck, Kerzenlicht und glitzernde Kristallgläser, dachte Savannah und ließ ihren Blick über den festlich gedeckten Tisch schweifen. Das Licht des Kronleuchters war entsprechend gedämpft und das Silber poliert. Virginia hatte schon immer Stil gehabt und ihn auch gern zur Schau gestellt.

„Du weißt, dass das nicht nötig ist." Travis schaute liebevoll zu Virginia, dann sah er Savannah an, und sein Blick verharrte auf ihrem stolz emporgereckten Kinn.

„Aber natürlich ist es das." Virginia lachte. „Du warst fast zwei Jahre nicht mehr zu Hause."

Der Small Talk machte das Abendessen für Savannah zwar einigermaßen erträglich, dass Travis sie die ganze Zeit anstarrte, irritierte sie allerdings gewaltig. Er saß zurückgelehnt auf seinem Stuhl, beobachtete sie mit einem leicht amüsierten Blick und schien dabei in die tiefsten Winkel ihrer Seele zu sehen.

Joshua, der neben Savannah saß, hatte die Stirn gerunzelt und sein Essen kaum angerührt. Alle Versuche, den Jungen ins Gespräch einzubeziehen, wurden mit einer einsilbigen Antwort abgeschmettert. Irgendetwas beschäftigte den Jungen anscheinend.

Trotz des festlich geschmückten Tischs und des hervorragenden Essens spürte Savannah die angespannte Stimmung im Raum. Wie die Ruhe vor dem Sturm, dachte sie besorgt, während sie von Joshua, der vor sich hin brütete, zu Travis sah.

„Wade hat heute Nachmittag angerufen", verkündete Charmaine plötzlich, als sie mit ihrem Nachtisch fertig war, und legte ihre Gabel auf den Teller.

„Was?!" Travis drehte seinen Kopf ruckartig zu Charmaine und sah sie wütend an. „Warum hast du mir das nicht erzählt?"

Charmaine schob trotzig das Kinn vor. „Du warst mit Lester im Stall. Ich wollte dich nicht stören. Mutter hat sich gerade ausgeruht, und Savannah war in Sacramento einkaufen. Aber ich habe ihm ausgerichtet, dass du da bist und ihn dringend sprechen möchtest."

Travis' Miene verfinsterte sich. Seine Geduld war sichtlich strapaziert. „Vielleicht sollte ich ihn besser anrufen."

„Nein. Er hat gesagt, dass er morgen zurückkommt. Das Flugzeug landet gegen sechs Uhr abends, also sollten Vater und er spätestens um halb sieben hier sein." Ordentlich legte Charmaine ihre Serviette auf den Tisch und schob ihren Stuhl zurück, stand jedoch nicht auf. „Falls es dich tröstet: Er möchte genauso dringend mit dir reden wie du mit ihm."

„Aber sicher doch."

Ohne auf seine Bemerkung einzugehen, wandte sich Charmaine an ihren Sohn. „Daddy kommt rechtzeitig vor Weihnachten wieder nach Hause." Die Anspannung war ihr anzumerken, trotzdem versuchte sie, gelassen zu wirken. „Ist das nicht toll?"

Der Junge, der gerade dabei gewesen war, die Reste seines Apfelkuchens auf dem Teller hin und her zu schieben, hielt inne, sah an seiner Mutter vorbei und zuckte die Achseln.

„Joshua?"

„Ich will nicht, dass er nach Hause kommt", murmelte er und sah verstohlen zu Savannah. Dann tat er wieder so, als würde er sich auf seinen Teller konzentrieren.

„Joshua, das meinst du doch sicherlich nicht …", fragte seine Mutter völlig erstaunt.

„Doch, das meine ich ernst, Mom." Ihm waren Tränen in die Augen gestiegen, doch er versuchte tapfer, sie hinunterzuschlucken. „Daddy hasst mich."

Virginia rang nach Luft. „Oh Gott", flüsterte sie und versuchte angestrengt, die unangenehme Situation irgendwie zu entschärfen.

Charmaine erstarrte und wurde rot. „Du weißt, dass das nicht wahr ist, Josh."

„Ist es doch. Und ich weiß jetzt endlich, warum", platzte es aus Joshua heraus. „Ein paar Kinder haben heute in der Schule darüber geredet …"

„Worüber?", fragte Charmaine gepresst. Ängstlich wartete sie auf seine Antwort.

„Ich weiß, dass du Dad nur meinetwegen geheiratet hast", antwortete er bedrückt.

Man musste Charmaine zugutehalten, dass sie keine Miene verzog. „Ich habe deinen Vater geheiratet, weil ich ihn geliebt habe."

„Nein, weil du musstest!", stieß Joshua hervor. Er war halb aufgesprungen, sah seiner Mutter allerdings tapfer weiter in die Augen. „Das haben die Kinder in der Schule gesagt."

„Josh …", sagte Savannah. Doch Charmaine hob die Hand und bedeutete ihr, zu schweigen.

„Das ist meine Sache, Savannah", sagte sie. Dann sah sie wieder ihren Sohn an. „Niemand musste irgendjemanden heiraten."

„Hättest du Dad geheiratet, wenn du nicht mit mir schwanger gewesen wärst?" Er kämpfte mit den Tränen.

Virginia erbleichte und griff mit zitternder Hand nach ihrem Wasserglas.

„Natürlich", flüsterte Charmaine liebevoll.

„Nein!", schrie Josh. Sein Gesicht war nun rot und tränenüberströmt.

Charmaine verschränkte die Arme. „Joshua, ich glaube, du solltest auf dein Zimmer gehen. Ich komme später nach, und dann reden wir", sagte sie mühsam beherrscht. Ihre Stimme zitterte.

Savannah wollte Joshua eine Hand auf die Schulter legen, doch er schüttelte sie ab. „Josh …"

„Ich will nicht reden", sagte er wütend. Seine Hände hatte er zu Fäusten geballt. „Es ist wahr … Es ist alles wahr, und ich will nicht, dass Dad nach Hause kommt! Ich wünschte … ich wünschte, ich hätte keinen Vater!"

Travis sah von Savannah zu dem Jungen. Dann sah er sie wieder an. Er schien den Jungen nur allzu gut zu verstehen.

„Das meinst du doch nicht ernst", sagte Charmaine wieder.

„Oh doch!"

Joshua schob seinen Stuhl unsanft zurück, stürmte aus dem Esszimmer und lief die Treppe hinauf.

„Nein", murmelte Charmaine und schloss die Augen, um sich zu beruhigen.

„Es tut mir leid", flüsterte Savannah. Sie wusste, dass im Moment nichts auf der Welt ihre ältere Schwester trösten konnte.

„Es braucht dir nicht leidzutun. Es hat sich schon lange abgezeichnet. Wade und Josh haben sich nie gut verstanden. Früher oder später musste Josh merken, dass sein Vater ihn ablehnt. Ich wollte es einfach … nicht wahrhaben, glaube ich."

„Ich gehe zu ihm", bot Savannah an, die nun selbst mit den Tränen kämpfte.

„Nein. Das ist meine Sache. Ein Fehler, den ich vor zehn Jahren gemacht habe. Ich schaffe das schon." Mit neuer Entschlossenheit stand Charmaine auf und ging eilig aus dem Zimmer. „Joshua!", rief sie, und Savannah musste die Augen schließen, um ihre Tränen zurückzudrängen. „Joshua, schließ ja nicht die Tür ab!"

Als Savannah die Augen wieder öffnete, merkte sie, dass Travis sie unverwandt ansah. Sie konnte diesen Blick einfach nicht einschätzen. Er trank seinen Wein aus und rieb sich nervös das Kinn.

Alle schwiegen.

„Ich nehme an, es musste irgendwann so kommen", sagte Virginia schließlich und warf ihre Serviette angewidert auf ihren Teller. „Ich hatte nur gehofft, dass ich es nicht mehr erleben muss." Sie erhob sich zitternd. Travis machte Anstalten, ebenfalls aufzustehen und ihr zu helfen. Virginia, die immer noch sehr bleich im Gesicht war, winkte ab. „Alles in Ordnung. Ich möchte nur eine Weile nach oben gehen. Ich schaffe es allein."

„Bist du dir sicher?", erkundigte sich Savannah.

„Ich gehe diese Treppe seit mehr als dreißig Jahren hinauf." Virginia zwang sich zu einem Lächeln. „Kein Grund, jetzt damit aufzuhören."

„Wenn ich Wade Benson zu fassen kriege", sagte Travis leise und in drohendem Ton, während er Savannah ansah, „wird er sich wünschen, er wäre in Florida – oder wo auch immer er sein mag – geblieben." Er stellte sein Weinglas auf den Tisch, stand auf und ging aus dem Zimmer. Ein paar Sekunden später hörte man, wie die Haustür krachend ins Schloss fiel.

Um nicht ständig an Joshua denken zu müssen, half Savannah Sadie, den Tisch abzuräumen und die Küche in Ordnung zu bringen. Anschließend sah sie in den Stallungen nach den Pferden und heftete später im Büro über dem Fohlenstall noch ein paar Berichte ab. Travis war weder im Hof noch im Büro. Und obwohl sie sich eingeredet hatte, ihn gar nicht zu suchen, war sie einigermaßen enttäuscht.

„Du bist eine dumme Kuh", sagte sie sich und runzelte die Stirn. „Halt dich fern von ihm, so gut es geht." Sie dehnte und streckte sich kurz, dann schloss sie das Büro ab, ging die Treppe hinunter und lief fröstelnd durch die bitterkalte, sternenlose Nacht über den Parkplatz zur Hintertür des Hauses. Drinnen brannte nirgends mehr Licht.

Archimedes, der auf der Veranda gedöst hatte, klopfte laut mit dem Schwanz auf den Boden, als Savannah ihre Stiefel auszog und dann rasch in die Küche ging. Bis auf das Summen des Kühlschranks und das Ticken der Wanduhr im Flur war es absolut still im Haus.

„Gott, ich bin müde", flüsterte sie und ging zum Kühlschrank. Sie schenkte sich ein großes Glas Milch ein und trank es langsam, während sie aus dem Fenster hinaus auf den finsteren Hof starrte. Travis ging ihr nicht aus dem Kopf, und sie fragte sich wieder, wo er gerade sein mochte und warum er auf die Farm zurückgekehrt war.

Nachdem sie das leere Glas in die Spüle gestellt hatte, rieb sie sich mit einer Hand über die Augen und ging ins Arbeitszimmer, um die Post wegzuräumen.

Im Kamin brannten noch ein paar Holzscheite, und Savannah bemerkte Travis sofort. Er saß mit dem Rücken zum Feuer mit ausgestreckten Beinen am Boden. In einer Hand hielt er ein Glas Wein.

„Was tust du hier?" Savannah sah ihn fragend an.

„Warten."

„Worauf?"

„Auf dich." Sein intensiver Blick brachte Savannahs Herz sofort zum Flattern.

„Okay", flüsterte sie. „Ich bin da." Sie lehnte sich ihm gegenüber an die Schreibtischplatte aus glattem, glänzendem Holz. Dann griff sie nach dem Schalter der kleinen Stehlampe.

„Lass es aus."

„Warum?"

„Der Raum wirkt so viel ruhiger … weniger feindselig."

Savannah lachte leise. „Du musst es ja wissen. In letzter Zeit hatte ich den Eindruck, du wärst in Sachen Feindseligkeit der Experte schlechthin."

„Nicht dir gegenüber." Er trank einen Schluck. „Warum hast du dich in die Angelegenheit mit Joshua eingemischt?", fragte er schließlich.

„Hab ich doch gar nicht."

Er lächelte. „Nenn es, wie du willst, aber es war schon das zweite Mal, dass du es getan hast."

Sie zog eine Schulter hoch und runzelte nachdenklich die Stirn. „Ich glaube nicht, dass ich mich einmische", widersprach sie. „Manchmal habe ich nur den Eindruck, dass er hier nicht genug Zuwendung und Anerkennung bekommt. Alle weisen ihn immer nur auf seine Schwächen hin, aber niemand klopft ihm jemals auf die Schulter."

„Nur du?"

„Und sein Großvater. Unabhängig davon, wie du zu ihm stehst, ist Reginald immer ein verdammt guter Großvater gewesen. Genauso, wie er dir immer eine gute Vaterfigur war. Nur für den Fall, dass du das vielleicht vergessen hast."

Travis' kantige Kinnpartie schien sich zu verhärten. „Was ist mit Charmaine? Wie versteht sie sich mit ihrem Sohn?"

„Josh ist ein schwieriges Kind, und Charmaine zieht ihn praktisch allein groß. Wade hat offensichtlich nicht viel Zeit für den Jungen."

„Offensichtlich", wiederholte Travis trocken.

„Was Charmaine betrifft … Sie bemüht sich. Aber manchmal tut sie sich schwer damit, Josh zu verstehen. Weißt du, sie erwartet, dass er perfekt ist. Sie lässt ihn nicht einfach nur Kind sein."

„Und dann mischst du dich also ein."

„Nur, wenn ich glaube, dass Josh ein bisschen zusätzliche Unterstützung braucht. Es ist nicht einfach, der einzige Neunjährige in einem Haus voller Erwachsener zu sein, verstehst du?" Sie verschränkte die Arme und zog dabei unbewusst ihren Pullover nach unten, sodass er sich über ihre Brüste spannte.

„Du liebst ihn sehr."

„Wer könnte ihn nicht lieben?", fragte sie und lächelte vor sich hin.

„Vielleicht Wade?"

Savannahs Gesichtszüge spannten sich an. Sie konnte die ohnmächtige Wut nicht verbergen, die sie jedes Mal überkam, wenn sie daran dachte, wie Wade seinen Sohn behandelte. „Ich weiß nicht, ob Wade überhaupt in der Lage ist, irgendjemanden – oder auch sich selbst – zu lieben", murmelte sie. „Und Josh hat in einer Sache recht: Wade hätte nie Vater werden sollen." Dann überlegte sie, ob sie Travis nicht vielleicht schon zu sehr ins Vertrauen gezogen hatte, und wechselte das Thema. „Weißt du eigentlich, dass Josh davon träumt, Mystic zu reiten?"

„Und wovon träumst du?", fragte er und betrachtete ihre geröteten Wangen, ihr stolz emporgerecktes Kinn und ihren anmutigen Hals. Ihre zerzausten schwarzen Locken bildeten einen schimmernden Kontrast zu ihrer weißen Haut.

„Von gar nichts", antwortete sie leicht verunsichert.

Travis sah sie ungläubig an. „Keine Träume, Savvy?" In seiner Stimme schwang viel Zärtlichkeit mit, als er sie mit dem vertrauten Kosenamen ansprach, den er ihr vor langer Zeit gegeben hatte. Vor langer Zeit, als er zum ersten Mal auf die

Farm gekommen und sie noch ein dünnes, neunjähriges Kind gewesen war.

„Nicht mehr."

Er starrte in sein Glas. „Wegen dem, was zwischen uns passiert ist."

„Teilweise." Sie spürte den alten, bittersüßen Schmerz in ihrer Brust.

Er nahm einen großen Schluck Scotch, ehe er sie wieder ansah. „Du liebst Joshua sehr. Warum hast du keine eigenen Kinder?"

„Ganz einfach. Es gibt keinen Ehemann."

„Darüber habe ich mich immer schon gewundert."

Sie starrte eine Weile in die Flammen. Dann sah sie ihn wieder an. Sein kastanienbraunes Haar schimmerte rötlich im Schein des Feuers, und sein gebräuntes Gesicht wirkte im Dunkeln noch markanter. „Ich dachte, das hätte ich dir schon erklärt. David und ich …"

„Es gab doch bestimmt andere Männer. Die muss es gegeben haben. Du bist in Berkeley aufs College gegangen und hast in San Francisco gearbeitet. Du willst mir doch nicht weismachen, dass du wie eine Nonne gelebt hast."

Tatsächlich kam er der Wahrheit gerade sehr nahe, musste Savannah erschreckt zugeben.

„Nicht ganz. Aber ich vermute, dass ich einfach nie den Richtigen gefunden habe."

„Das war vielleicht auch meine Schuld."

„Sei nicht so eingebildet."

Er überkreuzte die Beine und trank sein Glas aus, ohne auf ihre zynische Bemerkung einzugehen. „Jedenfalls wärst du eine tolle Mutter gewesen, das steht fest."

„Ich nehme an, das war ein Kompliment."

„So war's gemeint."

Sie hatte plötzlich einen Kloß im Hals und beschloss, die Vertrautheit, die sich eingestellt hatte, zu ihrem Vorteil zu nutzen. „Vor Kurzem hast du gesagt, dass wir früher nie Geheimnisse voreinander hatten."

„Genau so war es auch."

„Warum erzählst du mir dann nicht, warum du zurückgekommen bist? Warum jetzt? Und warum ist dein Partner Henderson so in Sorge?"

„Ich sage es dir, sobald …"

„Ich weiß. Sobald Dad und Wade wieder da sind. Morgen. Und das ist auch gut so", fügte sie spöttisch hinzu.

In Travis' Gesicht begann ein Wangenmuskel leicht zu zucken. „Warum? Hast du mich etwa schon satt?"

„Nein. Aber länger könntest du nicht so weitermachen, Herr Anwalt. Wenn du so weitermachst, haben wir in zwei Tagen keinen Scotch mehr im Haus."

Er legte den Kopf schief und grinste sie an. „Du hältst mich also für einen Säufer."

„Du gibst dir jedenfalls verdammt viel Mühe, so zu wirken." Savannah stand auf und streckte sich. Dabei sah sie ihn weiter eindringlich an. „Warum sagst du mir nicht einfach, warum du hier bist? Dass du vorhast, aus der Kanzlei auszusteigen, weiß ich bereits. Und ich weiß, dass du – trotz anderslautender Gerüchte – wahrscheinlich nicht mehr als Gouverneur kandidieren willst."

„Henderson redet zu viel."

„Er wollte gar nicht reden."

„Aber du hast mit deiner Überredungskunst einen gestandenen und angesehenen Anwalt dazu gebracht, dir sein Herz auszuschütten", neckte er sie. „Einen Mann, der vor Gericht kein Wort zu viel sagt, wenn es seinem Mandanten schaden könnte." Um seinen Mund zuckte es verdächtig.

Sie ignorierte seine sarkastische Bemerkung. „So ungefähr."

„Wie gesagt, er redet zu viel." Travis' Blick wanderte langsam ihren Körper hinauf und verharrte bei ihren Brüsten. „Und du bist zu neugierig. Das warst du immer schon." Sein Blick wanderte weiter nach oben, verharrte kurz auf ihrem Mund. Dann sah er ihr in die Augen.

Savannah schluckte. Travis strahlte eine intensive Männlichkeit aus, die sie unglaublich anziehend fand. Das war schon immer so gewesen.

„Warum bist du zurückgekommen?", fragte sie noch einmal, in der Hoffnung, die gespannte Atmosphäre aufzulockern.

„Ich will nicht darüber reden."

„Warum nicht?"

Er verzog das Gesicht und starrte in sein fast leeres Glas. „Weil ich mich zuerst mit Reginald unterhalten möchte. Irgendetwas stimmt nicht."

„Womit?"

Er massierte seine Nasenwurzel und schloss die Augen. „Ach, Savvy, mit allem. Mit der Kanzlei, mit der Kampagne … Es gibt da ein paar Dinge, die mir suspekt sind, und …" Er merkte, dass er schon begonnen hatte, sich ihr anzuvertrauen, und brach ab. „Glaub mir einfach, okay? Wenn ich mit Wade geredet habe, wird sich alles aufklären."

„Was hat das Ganze denn mit Wade zu tun?"

„Ich glaube, er ist irgendwie daran beteiligt."

„Woran?"

Seine Züge verhärteten sich wieder. „Das weiß ich noch nicht genau. Und ich bin mir, ehrlich gesagt, gar nicht so sicher, ob ich es wirklich wissen will."

„Du hast Angst."

Travis lächelte grimmig und schüttelte den Kopf. „Ich weiß nur nicht, ob es die ganze Mühe wert ist."

„Aber es macht dir Sorgen."

„Ich bin nun mal nicht gern eine Schachfigur, die hin und her geschoben wird. Das ist alles." Er stand auf und begann, im Arbeitszimmer auf und ab zu gehen. „Hast du dich denn nie gefragt, warum es deinem Vater so verdammt wichtig ist, dass ich kandidiere?"

„Ich glaube, darüber habe ich eigentlich noch nie so richtig nachgedacht."

„Tja, er drängt mich, Savannah. Er drängt mich sogar sehr. Und ich kann mir sein Interesse nur damit erklären, dass er es aus Eigeninteresse tut. Er verspricht sich einen persönlichen Vorteil davon."

„Du bist wirklich sehr zynisch geworden, nicht wahr?", fragte sie. Doch dann sah sie, wie ernst sein Gesicht war, und ihr Herz setzte einen Moment aus.

„Denk doch mal drüber nach. Warum interessiert er sich überhaupt dafür? Warum ist es ihm so wichtig? Ich kann mir keinen Grund denken – außer, er erwartet sich etwas von mir."

„Was zum Beispiel?"

„Keine Ahnung ..." Er hob eine Hand und ließ sie dann wieder sinken. „Vielleicht kannst du es mir ja sagen."

„Ich habe keinen blassen Schimmer, was du meinst."

„Wirklich nicht? Dessen bin ich mir nicht so sicher." Er sah sie misstrauisch von der Seite an. Dann starrte er in die Glut. „Du könntest beteiligt sein."

„Du bist ja verrückt!"

Er lachte kurz, stützte sich mit einem Ellbogen auf das Kaminsims und fuhr sich durchs Haar. „Ganz im Gegenteil, fürchte ich."

„Du bist gerade erst auf die Farm und zu dem Mann zurückgekehrt, der dich wie seinen eigenen Sohn behandelt hat, und fängst schon an, ihm Gott weiß was alles zu unterstellen. Ausgerechnet dir als Anwalt muss doch bewusst sein, wie unfair das ist!" Savannah sah in empört an.

„Ich habe niemandem auch nur irgendetwas unterstellt."

„Noch nicht!"

Travis lehnte sich zurück und lächelte verbittert. „Okay, dann lass uns mal ganz logisch darüber nachdenken. Der Gouverneur trägt viel Verantwortung. Diesbezüglich stimmst du mir sicher zu."

„Ja und?"

„Ein Beispiel: Das ‚California Race Horsing Board' kontrolliert die Pferderennen und untersteht als Behörde direkt dem Gouverneur von Kalifornien. Der Gouverneur ernennt die

Mitglieder dieses Gremiums und kann ein Mitglied ausschließen, wenn es sich nachweislich als inkompetent oder nachlässig erweist. Und das ist nur ein kleiner Teil des Verantwortungsbereichs eines Gouverneurs. Der Gouverneur hat sehr viel Macht – jene Art von Macht, die manche Leute gern für ihren Vorteil missbrauchen würden."

„Leute wie Dad?"

„Zum Beispiel. Wade und Willis Henderson fallen mir auch sofort ein."

Savannah riss erstaunt die Augen auf. Travis schien tatsächlich zu glauben, was er da sagte. „Sei vorsichtig, Travis. Du sprichst hier von meinem Vater. Meinem Vater! Ein Mann, der es immer nur gut mir dir gemeint hat."

„Vielleicht nicht immer."

„Das sind doch nur wilde Spekulationen. Halb ausgegorene Theorien."

„Meiner Meinung nach nicht. Vier Mitglieder des Gremiums beenden ihre zeitlich befristete Tätigkeit während der Amtsperiode des nächsten Gouverneurs. Vier. Von sieben."

„Und du meinst, Dad interessiert das?" Savannah kochte vor Wut.

„Aber natürlich interessiert ihn das! Jeden, der in Kalifornien ein Rennpferd besitzt, interessiert das!" Er ging näher zu ihr. „Soviel ich weiß, würde Reginald gern selbst in diesem Gremium sitzen. Oder er könnte versuchen, mich zu überreden, die richtigen Leute ins Gremium zu berufen. Nämlich seine Freunde, die er leicht dazu bringen könnte, seine Interessen zu vertreten."

„Aber warum?"

„Macht, Savannah."

„Das ist doch verrückt …"

„Macht und Geld. Die beiden stärksten Motive, die es seit Menschengedenken gibt."

„Vergiss Rache nicht", sagte sie.

„Oh, das tue ich nicht." Er lächelte grimmig. „Ich habe meinem Kanzleipartner Henderson neulich Abend einen Besuch abgestattet."

„An dem Abend, als du ihm mitgeteilt hast, dass du aus der Kanzlei aussteigen willst."

„Genau. Am selben Abend, als er sich mit Wade getroffen hat."

Savannah erstarrte. „Ich verstehe nicht ..."

„Wade und Willis Henderson stecken anscheinend unter einer Decke."

„Inwiefern?"

Er sah sie eine Weile nachdenklich an und beschloss dann, dass es nicht wirklich wichtig war, was sie wusste. „Zum Beispiel bei der Buchhaltung. Wade Benson ist der Buchhalter der Kanzlei – ohne dass ich davon gewusst habe."

Savannah konnte ihre Überraschung nicht verbergen. Soviel sie wusste, kümmerte sich Wade nur um die Buchhaltung des Gestüts und der Farm. „Und was bedeutet das?"

„Für sich allein betrachtet nicht viel. Aber immerhin hat Henderson zugegeben, dass er und Wade bereits Spenden für meine Wahlkampagne entgegengenommen haben ..." Travis schüttelte den Kopf und hatte nun einen noch energischeren Zug ums Kinn. „Ohne dass ich davon wusste. Henderson behauptet, dein Vater würde dahinterstecken."

„Aber du hast deine Kandidatur doch noch nicht bekannt gegeben."

Travis verzog den Mund zu einem bitteren Lächeln. „Und das werde ich auch nicht." Er trank sein Glas aus. „Du verstehst also, worauf ich hinauswill."

„Wenn es stimmt, was du sagst ..."

Travis starrte mit zusammengekniffenen Augen ins Feuer. „Warum sollte ich lügen?"

„Das weiß ich nicht", antwortete sie. „Ich kenne dich ja nicht mehr."

„Aber natürlich kennst du mich." Seine Stimme wurde zärtlich. So zärtlich, wie sie früher immer geklungen hatte, bevor diese eine Nacht alles zunichtegemacht hatte.

„Du hast dich verändert."

Er lächelte schwach. „Nicht zum Besseren, nehme ich an."

„Was hat dich so hart gemacht? Melindas Tod?"

„Ich wünschte, es wäre so einfach", murmelte er. „Ihr hätte das alles gefallen, weißt du. Melinda hat von mir erwartet, dass ich für irgendein politisches Amt kandidiere. Sie hat mich in meinem Ehrgeiz unterstützt … sie und dein Vater." Er starrte in sein leeres Glas. „Und dann war da dieser Eldridge-Prozess", sagte er bitter.

„Aber ich dachte, du hättest gewonnen." Savannah erinnerte sich gut an das Urteil, das für große Schlagzeilen gesorgt hatte. Travis war der Anwalt gewesen, der ein großes Pharmaunternehmen vor Gericht gebracht und die Familie Eldridge vertreten hatte. Eric Eldridge, der Sohn, war an der Einnahme eines verunreinigten entzündungshemmenden Medikaments gestorben.

„Das habe ich."

„Und was hat bewirkt, dass du deine Meinung geändert hast?", erkundigte sie sich. Sie wusste, dass er unnötig große Schuldgefühle mit sich herumtrug.

„Alles", murmelte er angewidert, ging zur Hausbar und schenkte sich noch einen Scotch ein. „Die Anwaltskanzlei hat viel an diesem Fall verdient. Der Familie Eldridge wurde eine so hohe Summe an Schadenersatz zugesprochen, dass sie mir eine Magnumflasche Champagner geschickt und sich zwei neue Autos und eine Jacht gekauft haben."

„Es spielt doch keine Rolle, was sie mit dem Geld gemacht haben."

Er nahm einen großen Schluck. „Aber es hat ihren Sohn nicht wieder lebendig gemacht, oder?" Er schüttelte den Kopf und schloss die Augen. „Grace Eldridge hat im Zeugenstand um ihren toten Sohn geweint", sagte er wie zu sich selbst. „Einen Monat später ist sie in einem neuen Pelzmantel und braun gebrannt von ihrem Urlaub auf den Bermudas in die Kanzlei gekommen und hat gefragt, ob ich mir vorstellen könnte, noch einen Prozess gegen das Pharmaunternehmen zu führen." Er betrachtete nachdenklich die bernsteinfarbene Flüssigkeit in seinem Glas. „Das hat bei mir einen üblen Nachgeschmack hinterlassen."

Er ging zu Savannah und stellte sein Glas auf den Schreibtisch. „Das meinte ich, als ich gesagt habe, Macht und Geld seien alles, was zählt."

„Und Rache", rief sie ihm in Erinnerung.

Er stand nun direkt vor ihr und sah sie an. Seine Augen leuchteten in der Dunkelheit. „Richtig, Rache." Vorsichtig legte Travis seine Hände auf ihre Schultern.

Die Wärme seiner Finger durchdrang ihren Pullover und breitete sich auf ihren Armen aus. Savannah bebte innerlich. Einerseits wegen Travis' Berührung, andererseits, weil ihr klar wurde, dass er den Motiven ihres Vaters tatsächlich misstraute. „Deshalb bist du also hier", flüsterte sie. „Weil du herausfinden willst, inwieweit mein Vater in deine ‚Kampagne' – die es ja eigentlich gar nicht gibt – involviert ist."

„Zum Teil, ja", gab er zu. Seine Stimme klang heiser.

„Und warum noch?" Ihr Herz klopfte heftig, als er nun ihre Arme streichelte.

„Nur noch deshalb." Er neigte sich zu ihr hinunter und streifte mit seinen Lippen zärtlich über ihren Mund.

„Tu mir das nicht an", flüsterte sie. „Nicht noch einmal." Sie riss sich los, taumelte einen Schritt zurück und sah ihm in die Augen. „Sag mir … Sag mir, was Dad deiner Meinung nach vorhat", stammelte sie, damit sie nicht über die Leidenschaft nachdenken musste, die sie in seinem Kuss gespürt hatte. Und über ihre eigene intensive Reaktion auf seinen Kuss.

„Ich bin mir nicht sicher. Ich brauche deine Hilfe, um es herauszufinden."

„Nein, Travis", flüsterte sie. „Du kannst wirklich nicht von mir erwarten, dass ich mich gegen meinen eigenen Vater mit dir verbünde."

„Darum habe ich dich nicht gebeten."

Er war so nah, so verdammt nah, und alles, woran sie denken konnte, war die Macht, die sein Körper über sie hatte. „Aber du versuchst …"

„Die Wahrheit herauszufinden. Mehr nicht."

„Dann rede mit Dad", sagte sie verzweifelt.

„Das werde ich. Sobald er wieder da ist. Bis dahin brauche ich deine Unterstützung."

„Ich kann dir nicht helfen, Travis!"

„Falls es dich beruhigt: Ich hoffe, dass die ganze Sache ein großes Missverständnis ist. Ich würde gern glauben, dass Reginalds Motive so anständig sind, wie du anzunehmen scheinst."

„Aber du glaubst es nicht."

„Dafür bin ich zu sehr Realist."

„Nein, zu verbittert", widersprach sie.

„Beweise es." Er sah sie herausfordernd an.

„Ich weiß nicht …" Sie räusperte sich und versuchte, das Hämmern ihres Herzens in den Griff zu bekommen.

„Beweis mir, dass ich falschliege, verdammt! Du warst schließlich diejenige, die mich gedrängt hat, dir alles zu sagen. Ich wollte dir nichts von all dem erzählen, aber du hast nicht lockergelassen."

„Und jetzt verlangst du von mir, dass ich dir Hinweise darauf liefere, dass mein Vater, ein angesehener Pferdezüchter, versucht … Tja, was versucht? Dir zum Amt des Gouverneurs zu verhelfen, damit er dann den Pferderennsport zu seinen Gunsten manipulieren kann? Ist es das, was du andeuten möchtest?"

„Kannst du mir vielleicht erklären, warum das deiner Meinung nach eine absurde Vermutung ist?"

„Natürlich kann ich das! Wenn Dad so versessen darauf wäre, deinen Einfluss als Gouverneur – falls du gewählt würdest – für seinen Vorteil zu nutzen, würde es für ihn doch nur hier etwas bringen. Hier, in Kalifornien. Warum würde er dann einen Teil seiner Pferde nach Florida bringen? Erklär mir das mal! Welchen Sinn hätte es für Dad, die Pferde dort einzustellen, wenn er doch weiß, dass er hier, in Kalifornien, die Mitglieder des Renngremiums zu seinem Vorteil manipulieren kann?"

„Jetzt bist du sarkastisch."

„Und du redest Blödsinn!", sagte sie laut. Sie war wütend auf sich selbst, weil sie ihm überhaupt zugehört hatte.

„Beweise es", sagte er wieder.

Savannahs Augen funkelten angriffslustig. „Das werde ich."

„Fein." Er lächelte selbstgefällig, lehnte sich an das Kaminsims und sah Savannah mit zusammengekniffenen Augen an. Sein Blick verharrte schließlich auf ihren Lippen. „Ich nehme an, dein Vater hat dir nie erzählt, wer vor neun Jahren in jener Nacht am See war." Er legte ihr eine Hand zärtlich unters Kinn.

Sie drehte den Kopf ruckartig zur Seite. „Er hat es gewusst?"

„Natürlich hat er es gewusst."

„Das glaube ich dir nicht! Er hätte doch etwas gesagt …"

„Warum?"

„Er hätte es nicht einfach vergessen."

„Ich glaube nicht, dass dein Vater irgendetwas vergisst."

Sie atmete tief durch, um sich zu beruhigen. „Woher weiß er es?"

Travis sah sie eindringlich an. „Weil Melinda es ihm gesagt hat."

„Und warum hat Melinda es gewusst? Hast du es ihr gebeichtet?" Savannah wagte kaum zu atmen, als sie an jene Nacht vor vielen Jahren dachte.

„Sie hat uns gesehen."

„Oh Gott." Plötzlich sah sie alles wieder deutlich vor sich: Das Knacken eines Zweiges … Travis, der nachsehen gegangen war … *Melinda war es gewesen, die sich angepirscht hatte!* Das Gefühl von Scham, das Savannah erfasste, war geradezu überwältigend. Sie wollte zur Tür gehen, doch Travis legte ihr unglaublich zärtlich seine Hand auf den Arm und hielt sie fest. „Ich will es nicht hören", flüsterte sie. Sie ertrug es nicht, in den Schmerz von damals wieder hineingezogen zu werden. „Es ist vorbei …"

„Ist es das?" Der durchdringende Blick, mit dem er sie ansah, berührte alle Fasern ihres Körpers. Bis auf das Knistern der Flammen im Kamin und den Wind, der durch das Gebälk des Daches pfiff, war es ganz still. „Ich habe nie aufgehört, dich zu begehren", gestand Travis.

„Du brauchst mich nicht anzulügen."

Travis umfasste ihren Arm fester, schüttelte sie leicht. Er war sichtlich aufgewühlt. „Verdammt, Savannah, ich lüge nicht. Ich gebe es nur ungern zu, aber es ist kein einziger Tag vergangen, an dem ich nicht an dich gedacht habe. Kein einziger Tag, an dem ich mir nicht verzweifelt gewünscht habe, ich hätte dich in jener Nacht nicht verlassen."

„Du hättest zurückkommen können", flüsterte sie. Ihr Herz raste.

„Ich war verheiratet! Und du warst Reginalds Tochter!"

Savannah wollte seine Entschuldigungen nicht hören und auch nicht an die Lügen der vergangenen neun Jahre denken. „Es gibt keinen Grund, darüber zu reden, Travis", murmelte sie und versuchte, sich aus seinem Griff zu befreien. Doch der wurde noch fester und schmerzte fast.

„Ich wollte mich nie in dich verlieben", sagte er rau. Seine Augen funkelten im Schein des Feuers. „Ich habe sogar versucht, mich selbst anzulügen und mir einzureden, dass du mir nichts bedeutest. Aber es hat einfach nicht funktioniert. In all den Jahren, als ich mit einer anderen Frau verheiratet war, konnte ich dich nie vergessen. Die Nacht am See hat sich stärker in mein Hirn und mein Herz eingebrannt als alles andere, was ich jemals erlebt habe." Er atmete tief durch. „Und nachts … nachts habe ich wach gelegen und mich daran erinnert, wie es war, dich zu spüren. Und ich konnte nicht aufhören, mich nach dir zu sehnen, verdammt. Melinda war direkt neben mir, im Bett, und alles, woran ich denken konnte, warst du."

„Was hat es für einen Sinn, mir das alles zu erzählen?" Savannah hatte einen Kloß im Hals. Sie spürte, wie ihre Augen sich mit Tränen füllten. Sein Liebesgeständnis, nach dem sie sich immer so gesehnt hatte, wirkte nach neun Jahren unpassend und aus dem Zusammenhang gerissen.

„Es geht darum, dass ich mich daran gewöhnt hatte, eine Lüge zu leben. Aber jetzt gibt es keinen Grund mehr dafür."

Savannah hob den Kopf und schüttelte sich ihr Haar aus dem Gesicht. „Weil Melinda tot ist?"

„Ja."

Sie blinzelte ihre Tränen weg und sah ihn trotzig an. „Ich möchte nicht die zweite Wahl sein, Travis. Das wollte ich nie."

„Willst du denn nicht wissen, warum ich sie geheiratet habe?"

„Nein! Das ist wirklich nicht von Bedeutung. Nicht mehr..." Ihre Stimme überschlug sich bei dieser Lüge.

Seine Finger gruben sich in ihren Oberarm und er beugte sich zu ihr hinunter. Er war so nah, dass sie seinen heißen Zorn körperlich spüren, den Scotch in seinem Atem riechen und die Wut in seinen Augen sehen konnte. „Es ist von Bedeutung. Alles ist von Bedeutung. Verstehst du nicht? Ich bin hergekommen, um die Lügen der Vergangenheit hinter mir zu lassen. Alle Lügen. Inklusive der Lüge, die ich gelebt habe, weil die falsche Frau an meiner Seite war." Seine grauen Augen hatte er eindringlich auf sie gerichtet. „Ich habe dich geliebt, Savannah, und mich dafür verflucht. Du warst die Tochter des Mannes, der mich großgezogen hat, und bis zu jenem Sommer hatte ich immer die kleine Schwester in dir gesehen."

Sie schwiegen beide. Savannah schaute ihn an und sah die lodernde Leidenschaft in seinen Augen. Ihr Herz klopfte heftig bei dem Gedanken, dass er sie vor langer Zeit einmal geliebt hatte und sie noch immer begehrte. Seine Hände lagen wie eine zarte Fessel um ihre Arme, doch als sie sich mit einem Ruck losreißen wollte, wurde Travis' Griff plötzlich eisern.

„Und du hast mich auch geliebt", flüsterte er schließlich.

Tränen brannten in ihren Augen, aber auf keinen Fall würde sie jetzt die Beherrschung zu verlieren. „Der Mann, den ich geliebt habe, hätte mich niemals verlassen." Dann versagte ihr die Stimme, und sie atmete tief durch, um sich zu beruhigen. „Er hätte mich nie ohne Erklärung oder ohne sich wenigstens von mir zu verabschieden verlassen."

Travis' Nasenflügel bebten und sein Blick verdüsterte sich. „Ich habe viele Fehler gemacht, Savannah. Ich bin, weiß Gott, kein Heiliger. Und ich hätte darauf bestehen sollen, dich noch einmal zu sehen, bevor ich eingewilligt habe, Melinda zu heiraten. Aber alle, deinen Vater eingeschlossen, meinten, es wäre besser, ich würde einfach gehen."

Was hatte nur ihr Vater mit all dem zu tun? „Wie hat Dad die Sache mit uns herausgefunden?"

Seine Wangenmuskeln waren angespannt, sein Körper starr. „Melinda war bei Reginald und hat ihm von ihrer Schwangerschaft erzählt. Und dann haben die beiden sich anscheinend einen Plan zurechtgelegt."

„Ich verstehe nicht ..." In ihrem Kopf wirbelten die Informationen durcheinander. Savannah bekam weiche Knie, doch Travis hielt sie an den Armen fest. Seine Züge verhärteten sich.

„Sie hat behauptet, dass sie und ich an diesem Abend nur deshalb gestritten hätten, weil sie Angst hatte. Angst, dass ich sie mit dem Kind sitzen lassen würde. Dann hätte sie es sich anders überlegt und wäre mich suchen gegangen."

Savannah konnte nicht glauben, was er da sagte. „Woher hat sie gewusst, dass du unten am See warst?"

„Das war einfach Zufall. Mein Auto war in der Garage, aber ich war weder in der Wohnung unterm Dach noch im Büro. Melinda hat gewusst, dass ich immer hinunter zum See gehe, wenn ich nachdenken möchte. Und deshalb ..."

„... hat sie uns erwischt", ergänzte Savannah leise. Ihre blauen Augen funkelten vor Zorn und Scham.

„Ja."

Ihr stiegen Tränen in die Augen, doch sie riss sich zusammen. „Du hast sie also geheiratet, weil sie schwanger war."

„Weil sie mir gesagt hat, sie wäre schwanger."

„Und das Kind?"

„Das hat es vermutlich nie gegeben."

„Was!?"

Er lächelte bitter. „Ja, Melissa hat behauptet, sie sei schwanger. Und ich habe es nicht angezweifelt, was vermutlich ein Fehler war." Er betrachtete ihr Gesicht, dann glitt sein Blick zu ihren Brüsten. „Offensichtlich nicht mein erster."

Savannah versuchte wieder, sich von ihm loszumachen, doch sie hatte keine Chance. Travis war stärker.

„Melinda hat behauptet, sie hätte das Kind drei Wochen nach der Hochzeit verloren. Ich habe erst viel später begonnen, daran zu zweifeln, als ich ein Kind wollte, um die Ehe zu retten." Er bemerkte Savannahs skeptischen Blick. „Ich weiß, das ist ein lausiger Grund, ein Kind in die Welt zu setzen, aber ich war einfach verzweifelt. Ich wollte einen Neuanfang, weil Melinda immer gewusst hat, dass du es bist, die meine Gedanken beherrscht. Es muss die Hölle für sie gewesen sein."

„Oder die Hölle für dich. Sie hat dir sicher Schuldgefühle gemacht."

„Sie war meine Frau – ob ich sie nun geliebt habe oder nicht. Jedenfalls, Melinda hatte damals kein Interesse, ein Kind zu bekommen, und ich bezweifle, dass sie jemals eines wollte. Ich glaube, Melinda hat mich angelogen, Savannah. Sie hat mich angelogen, weil sie mich zur Heirat zwingen wollte." Seine Augen verdunkelten sich und nahmen fast einen schieferartigen Ton an. „Und deinem Vater war das nur allzu recht."

Savannah brauchte eine Zeit lang, um Travis' Erklärungen zu verdauen. „Das ergibt keinen Sinn."

„Aber natürlich. Vor allem dann, wenn er ihr die Schwangerschaft geglaubt hat."

„Ich sehe nicht ein, welche Rolle es spielt, was damals passiert ist. Du hättest doch zu mir kommen und mir alles erklären können."

„Und wie hättest du dich dann gefühlt?", fragte er.

Sie spürte, wie sie rot wurde. „Vielleicht ein bisschen weniger ... benutzt."

Er schloss die Augen und legte seine Stirn an ihre. „Oh, Kleines, ich wollte nie, dass du dich von mir benutzt fühlst."

„Wie sollte ich mich denn sonst fühlen?" Sie merkte, wie ihr verletzter Stolz sich wieder meldete. „Hast du etwa geglaubt, dass ich nur diese eine Nacht mit dir wollte?"

„Natürlich nicht! Aber ich dachte, je weniger Leute erfahren, was zwischen uns passiert ist, desto besser."

Zorn stieg in Savannah hoch, als wäre alles gestern passiert und nicht vor neun Jahren. Am liebsten hätte sie Travis geohrfeigt und den ganzen Schmerz, den sie all die Jahre mit sich herumgetragen hatte, herausgelassen. Aber Travis hielt sie immer noch an den Armen fest. „Und was wäre passiert, wenn ich schwanger geworden wäre?"

„Darüber habe ich oft nachgedacht. Oft und lange."

„Und?"

„Ich hätte mich von Melinda scheiden lassen."

„Und erwartet, dass ich dir in die Arme falle?" Sie schüttelte den Kopf. Jeder Muskel ihres Körpers war angespannt. „Ich hätte dich nie geheiratet, Travis", stieß sie zwischen zusammengepressten Zähnen hervor. „Weil es eine Falle gewesen wäre – für dich, für mich und das Kind. Und am Ende hätte unser Kind darunter gelitten. Genau wie Josh, der darunter leidet, dass sich Charmaine und Wade im Grunde nicht mehr mögen und nur seinetwegen zusammenbleiben."

„Das glaubst du doch genauso wenig wie ich."

„Doch!", protestierte sie aufgebracht und stampfte mit dem Fuß auf, um ihren Worten Nachdruck zu verleihen. „Ich würde nie …"

Er schnitt ihr das Wort ab, indem er seinen Mund auf ihre Lippen legte. Die drängende Leidenschaft seines Kusses war offensichtlich. Savannah wollte ihn wegstoßen und erhobenen Hauptes aus dem Zimmer gehen. Doch sie konnte dem süßen Druck seiner Lippen nicht widerstehen.

„Nein", flüsterte sie, doch er zog sie nur noch näher an sich und drückte sie an seinen festen, muskulösen Körper. Als er seine Zunge jetzt gegen ihre Zähne presste, öffnete sie bereitwillig die Lippen.

Endlich lockerte er seinen Griff um ihre Arme und hielt sie nun zärtlich fest. Savannah drängte ihren Körper an seinen und sehnte sich danach, von Travis berührt zu werden. Sie spürte die Wärme, die von ihr Besitz nahm und über ihr Blut in ihren ganzen Körper strömte.

Travis stöhnte. Der Kuss wurde inniger, seine Zunge drängender, und Savannah wurde schwindlig vor lauter Verlangen. Das Blut pochte hämmernd durch ihre Adern.

„Travis", flüsterte sie schwer atmend, als er eine Hand unter den Saum ihres Pullovers schob und ihre Brüste streichelte. Sie zog den Bauch ein und spürte, wie seine Fingerspitzen erst unter den Bund ihrer Jeans glitten, dann nach oben zu ihren Brüsten wanderten und ihre Brustwarzen umkreisten. Schließlich legte er seine Hände auf ihren weichen, warmen Busen. Savannah stöhnte auf.

In ihrem Körper und in ihrer Seele loderte ein Feuer, als er zärtlich die hoch aufgerichteten Brustwarzen streichelte und dabei seinen Mund auf ihre Lippen presste.

Kurz – und flüchtig – ging ihr durch den Kopf, dass sie mit dem, was gerade geschah, aufhören sollte. Doch sie konnte sich auf nichts anderes als auf Travis' drängende Berührungen konzentrieren. Er lehnte mit dem Rücken am Kamin, hatte seine muskulösen Beine leicht gespreizt und drückte Savannah an sich und den harten Beweis der Leidenschaft in seinen Lenden. Die Lust breitete sich wie ein Flächenbrand in ihm aus.

„Sag noch einmal, dass du mich nicht willst", flüsterte er mit den Lippen dicht an ihrem Haar.

Savannah war wie betäubt vor Begierde. Als Travis seine Hände auf ihren Po legte und sie an sich zog, konnte sie das wilde Pochen seines Herzens hören. „Ich bin nicht … Ich kann nicht …" Innerlich jedoch brannte sie vor Lust, und ihr einziger Gedanke war, mit diesem wunderbaren Mann zu schlafen.

„Sag, dass du mich nie geliebt hast."

„Travis … bitte", keuchte sie atemlos und versuchte, wenigstens einen Moment lang klar zu denken. Sie konnte sich nicht noch einmal von Travis in seinen Bann ziehen lassen. Sie würde sich nicht noch einmal in ihn verlieben, das durfte nicht sein. Und trotzdem schaffte sie es nicht, ihn wegzustoßen.

Plötzlich hielt er inne und sah Savannah an. Aus seinem Blick war alle Leidenschaft verschwunden. Wenn sie nicht so eng umschlungen gewesen wären, hätte Savannah geschworen, dass sie sich seine leidenschaftliche Verführung nur eingebildet hatte. „Schäm dich niemals für irgendetwas, was zwischen uns passiert ist. Ob du mir glaubst oder nicht – ich habe dich mehr geliebt, als jeder vernünftig denkende Mann sich erlaubt, eine Frau zu lieben. Das ist die Wahrheit."

„Aber es war nicht genug."

„Wir waren in ein Netz aus Lügen verstrickt, Savannah. Lügen, die Menschen in die Welt gesetzt haben, denen wir vertrauten. Sonst hätte sich alles anders entwickelt. Das schwöre ich dir, und ich hoffe bei Gott, dass du mir glaubst." Seine Gesichtszüge wirkten angespannt, seine Augen funkelten.

„Das spielt keine Rolle." Ihre Worte straften sie Lügen, denn als er sie nun losließ, fühlte sie sich einsamer als je zuvor.

„Oh doch." Er steckte die Hände in die hinteren Taschen seiner Jeans und versuchte, sich zu beruhigen. „Das spielt eine verdammt große Rolle!" Er ging zur Hausbar und schenkte sich noch einen Scotch ein. „Und zwar deshalb, weil ich jetzt hier bin und sich die Dinge grundlegend ändern werden. Ich lasse mich von niemandem mehr manipulieren – nicht von Henderson und auch nicht von deinem Vater oder deinem Schwager. Damit ist jetzt Schluss. Sobald ich Reginald meine Meinung gesagt habe, bin ich wieder weg."

„Du läufst davon", sagte sie vorwurfsvoll.

Er lächelte über die Ironie ihrer Bemerkung. „Ganz im Gegenteil." Sein Gesicht nahm einen entschlossenen Ausdruck an. „Zum ersten Mal in meinem Leben mache ich alles genau so, wie es mir gefällt. Ich laufe nicht vor etwas weg, ich lasse einfach die Vergangenheit und alle Fehler, die ich gemacht habe, hinter mir."

„Betrachtest du mich auch als einen deiner ‚Fehler'? Na dann, gratuliere!", fuhr sie ihn gekränkt an. „Und nur, damit du es weißt: Ich habe nie versucht, dich zu manipulieren."

Er zuckte zusammen. „Nicht absichtlich, nehme ich an", lenkte er ein. „Aber du hast jedenfalls die Gabe, mich aus der Reserve zu locken." Mit einem eisigen Blick, der ihr durch und durch ging, drehte er sich um und verließ das Arbeitszimmer.

Savannah hörte, wie er durch die Eingangshalle, durch die Haustür und schließlich hinaus in die Nacht ging. Sie blieb mit verschränkten Armen im Arbeitszimmer stehen. Ach Travis, dachte sie wütend, warum bist du überhaupt zurückgekommen? Warum bist du nicht einfach weggelaufen und hast mich aus allem herausgehalten!?"

*J*n dieser Nacht fand Savannah keinen Schlaf. Sie warf sich im Bett herum, weil sie wusste, dass Travis nur einen Steinwurf entfernt war. Und sie dachte über alles nach, was er ihr erzählt hatte. Wie gern würde sie seinen Erklärungen Glauben schenken, dass er – ebenso wie sie selbst – damals in jener Nacht und auch später ein Opfer der Umstände war.

„Das ist doch nur Wunschdenken", sagte sie sich. „Wenn er wirklich mit mir hätte zusammen sein wollen, wäre er damals zurückgekommen und hätte mir wenigstens alles erklärt. Er hätte mit Melinda alles klären müssen." *Aber wie?* Travis hatte ja wirklich geglaubt, Melinda wäre schwanger. Zumindest hatte er das behauptet.

Und was war mit ihrem Vater? Travis schien einen Rachefeldzug zu führen und beweisen zu wollen, dass Reginald ein berechnender, hinterhältiger und machthungriger alter Mann war, der es darauf abgesehen hatte, Travis' Leben zu ruinieren.

Savannah schloss die Augen und versuchte einzuschlafen. Doch als das erste bleiche Licht der Morgendämmerung durch die Fenster fiel, war sie immer noch wach.

Es bringt gar nichts, sich länger im Bett herumzuwälzen, dachte Savannah ärgerlich, warf die Bettdecke zurück, stand auf, nahm eine heiße Dusche und zog sich warme Arbeitsklamotten an. Sie machte sich nicht die Mühe, sich zu schminken, und band sich die Haare mit einem Lederband zu einem Pferdeschwanz zusammen.

Es war ein nasser, kalter Morgen, der noch eisigere Temperaturen als bisher versprach. Am Himmel standen unheilvolle graue Wolken. Savannah fröstelte, während sie über den Parkplatz, vorbei an Lesters Pick-up und schließlich die Treppe hinauf zum Büro über dem Fohlenstall ging.

Während sie hineinging, zog Savannah ihre Handschuhe aus.

Es duftete nach frischem Kaffee und ganz leicht nach Sattelseife und Pferden.

Lester war bereits da und las mit einer Tasse Kaffee in der Hand am kleinen Tisch neben dem Erkerfenster die Zeitung. Von dort hatte er einen guten Blick auf die Koppeln neben den Ställen.

„Guten Morgen." Er rieb sich das Kinn und sah Savannah bekümmert an.

„Ist es denn ein guter Morgen?", fragte sie. „Sie sehen so aus, als würde irgendetwas nicht stimmen." Sie schenkte sich einen Kaffee ein und setzte sich Lester gegenüber an den Tisch. Seine gebräunten, krähenartigen Gesichtszüge wirkten angespannt.

Er winkte ab. „Ach, vielleicht mache ich mir ja nur unnötig Sorgen."

Savannah wärmte sich ihre Hände am Becher, blies über den heißen Kaffee und sah den kleinen Mann mit hochgezogenen Augenbrauen forschend an. „Aber irgendetwas scheint Sie doch zu beschäftigen."

„Stimmt." Der Pferdetrainer lehnte sich zurück und starrte eine Weile düster in seine Tasse. Dann sah er Savannah an. „Ich habe nur so ein Gefühl … Als ich gestern Abend Schluss gemacht habe, war hier nämlich noch alles in Ordnung."

„Ich weiß. Ich habe noch nach den Pferden gesehen, nachdem Sie gegangen sind."

Lester war sichtlich erfreut. „Oh, gut!" Er schob seinen Stuhl zurück und ging zu der Wand, an der die Alarmanlage angebracht war. „Dann wissen Sie schon davon?"

„Wovon?"

Er nahm ein Stück Kabel, das lose aus der Alarmanlage heraushing, in die Hand. „Das hier muss wohl gestern Nacht abgerissen sein."

Savannah erschrak und spürte, wie ihr ein kalter Schauer über den Rücken lief. Sie stellte ihren Kaffeebecher auf den Tisch und ging zu Lester. „Ich habe die Anlage gestern Abend nicht angefasst." Sie betrachtete das abgebrochene Kabel. „Ich habe die Ställe mit meinem Schlüssel aufgesperrt und bin danach mit ein paar Unterlagen hier heraufgekommen."

„War das Kabel da schon abgerissen?"

„Keine Ahnung. Mir ist nichts aufgefallen." Sie sah Lester an und wusste, was er dachte. „Sie glauben, jemand könnte es abgeschnitten haben?"

„Nein."

Savannah entspannte sich. Doch die Erleichterung war nur von kurzer Dauer.

„Herausgerissen vielleicht, aber nicht abgeschnitten. Die Rissstelle ist ausgefranst." Er rieb sich wieder nachdenklich das Kinn. „Das Kabel könnte verschlissen gewesen sein – oder jemand hat es absichtlich herausgerissen."

„Aber warum?" Savannah dachte an die Pferde; sie waren viel Geld wert, aber es wäre schwierig, sie zu stehlen. Das Gleiche galt für die Ausrüstung. Im Büro gab es kein Geld, und auch auf der gesamten Farm wurden keine nennenswerten Beträge aufbewahrt. Und ein abgerissenes Kabel allein sprach auch nicht für einen Vandalenakt. „Haben Sie nach den Pferden gesehen?"

„Alle vollzählig und gesund."

„Und es sind auch sonst keine Schäden feststellbar?"

„Keine, die mir aufgefallen wären. Und ich habe gründlich nachgesehen."

„Dann muss es wohl von selbst abgerissen sein."

Lester runzelte die Stirn und schob nachdenklich die Unterlippe vor. „Aber merkwürdig ist es schon, dass so was genau dann passiert, wenn Reginald nicht da ist und Travis einige Tage hier verbringt."

Savannahs Magen zog sich zusammen. „Sie glauben, Travis hat etwas damit zu tun?"

„Nein." Der alte Mann schüttelte den Kopf. „Dieser Junge ist hochanständig. Aber es gibt viele Leute, die sich für seine Kampagne interessieren. Beziehungsweise dafür, dass er jetzt doch nicht kandidieren will."

„Ich kann einfach nicht glauben, dass ein abgerissenes Kabel etwas mit einer politischen Intrige zu tun haben kann." Savannah trank einen Schluck Kaffee, um sich zu beruhigen. Lester kam zurück zum Tisch und starrte durch das Fenster hinaus in den düsteren Morgen.

„Ich hoffe, nicht", sagte er wie zu sich selbst. „Ich hoffe wirklich, dass es nicht so ist." Er beugte sich über seinen lauwarmen Kaffee.

Savannah betrachtete das Kabel, das aus der Wand heraushing. „Vielleicht ist es wirklich nur zerschlissen", sagte sie, als wollte sie sich selbst überzeugen. „Die Alarmanlage ist ziemlich alt."

„Vielleicht." Lester schien alles andere als überzeugt.

„Ich rufe die Firma an, die die Anlage installiert hat. Wir werden ja sehen, was die Leute dort dazu zu sagen haben."

„Gute Idee", murmelte er und kratzte sich nachdenklich den Kopf.

„Stimmt noch irgendetwas nicht?"

„Wahrscheinlich ist es nichts, aber ich habe ein komisches Gefühl." Er lachte über sich selbst. „Vielleicht werde ich einfach alt. Aber als ich heute Morgen in den Hengststall gegangen bin, habe ich gespürt ... wissen Sie, ich hatte einfach das Gefühl, dass irgendjemand da war."

„Aber Sie haben niemanden gesehen?"

„Nein." Er rutschte unbehaglich auf seinem Stuhl hin und her. „Aber die Hengste ... nun ja, sie verhielten sich anders als sonst. So, als hätten sie heute schon jemanden gesehen. Und dann dachte ich, ich hätte etwas gehört, oben auf dem Speicher. Also bin ich nachsehen gegangen." Er zuckte mit seinen schmalen Schultern. „Ich habe nichts gefunden."

„Vielleicht eine Maus?"

„Vielleicht war es ja überhaupt nichts. Ich höre nicht mehr so gut wie früher, wissen Sie."

„Tja, Sie sollten sicherheitshalber einen der Arbeiter das ganze Gebäude nach Mäusen, Eichhörnchen, Ratten und ähnlichem Getier absuchen lassen. Ich möchte nicht, dass sie das ganze Getreide auffressen."

„Schon erledigt", murmelte er. „Ich bin jedenfalls froh, wenn Reginald bald zurückkommt."

„Er kommt heute Abend nach Hause."

„Gut."

Lester, der mit dem Rücken zur Tür saß, runzelte leicht die Stirn, als Travis nun das Büro betrat. Und Savannah setzte sich unwillkürlich aufrecht hin. In den letzten Minuten hatte sie den gestrigen Abend endlich vergessen können, doch bei seinem Anblick, war jede kleine Begebenheit wieder da.

„Guten Morgen", sagte Travis gedehnt, schenkte sich einen Kaffee ein und lehnte sich ans Fensterbrett. Er streckte seine langen Beine aus und betrachtete Savannah, während er vorsichtig einen Schluck heißen Kaffee kostete.

„Morgen, Travis." Lester sah auf seine Uhr. „Ich habe für Vagabond in fünfundvierzig Minuten ein Training angesetzt. Möchten Sie mitkommen?"

„Klar." Travis lächelte.

„Sie auch, Savannah?"

Sie stellte ihren leeren Kaffeebecher auf den Tisch. Die ganze Zeit über sah Travis sie herausfordernd an. Wahrscheinlich war er gespannt auf ihre Ausrede.

„Liebend gern", antwortete sie deshalb und versuchte, möglichst vergnügt zu klingen. „Schauen wir mal, ob er sich im Vergleich zum letzten Mal verbessert hat, als ich beim Training zugeschaut habe."

„Auch auf den Jockey zu achten wäre von einer Pferdenärrin wie Ihnen natürlich zu viel verlangt", brummte Lester schmunzelnd. Dann setzte er seinen Filzhut auf, ging und ließ Travis und Savannah allein zurück.

Savannah sah Travis an, der sichtlich amüsiert war und um dessen Mund es verräterisch zuckte. Er hatte sich vorgebeugt und stützte sich mit den Ellbogen auf seine Knie. „Was ist denn so witzig?"

„Ach, ich frage mich nur, ob du noch wütend auf mich bist."

„Ich war nicht wütend."

Zu Savannahs Überraschung lachte er laut auf. „Sicher. Und Grizzlybären haben keine Klauen."

Sie ignorierte seine Bemerkung, stand auf und ging zur Tür. Es war zu früh am Morgen, um sich von Travis' spöttischem Blick provozieren zu lassen, und Savannah hatte keine Lust auf seine Sticheleien. „Man sieht sich dann auf dem Trainingsgelände. Ich sehe jetzt nach den Hengsten."

„Gibt es dafür einen speziellen Grund?"

„Ich möchte mich nur vergewissern, dass alles in Ordnung ist. Lester hat nämlich das hier entdeckt." Sie ging zur Alarmanlage und zeigte auf das abgerissene Kabel. „Ich möchte bei den Pferden auf Nummer sicher gehen und außerdem prüfen lassen, ob diese Anlage von selbst kaputtgegangen ist, ohne dass jemand ,nachgeholfen' hat."

Travis untersuchte das Kabel. „Meinst du denn, dass ,nachgeholfen' wurde?"

„Nein. Aber man kann nie vorsichtig genug sein. Besonders, da Lester glaubt, er hätte heute früh im Hengststall ein Geräusch gehört." Savannah erzählte Travis von ihrer Unterhaltung mit Lester.

„Ich komme mit", erklärte er und trank seinen Kaffee aus. Travis hatte aufmerksam zugehört und sein amüsierter Blick war einer skeptischen Miene gewichen.

„Hast du denn nichts Besseres zu tun?"

„Nein." Travis schmunzelte. Dadurch wirkte sein kantiges Gesicht weicher und ließ ihn insgesamt nicht so cool und distanziert wirken wie sonst. Für einen Moment strahlte er sogar wieder etwas vom Charme des Jungen vom Land aus, der er einmal gewesen war. Kein Wunder, dass alle so versessen auf seine Kandidatur für den Gouverneursposten waren, dachte Savannah. Wenn die ausschlaggebenden Faktoren bei der Wahl nur Aussehen, männliche Ausstrahlung und Charme wären, würde Travis haushoch gewinnen.

„Dann gehen wir", sagte Savannah in etwas schärferem Ton. Wie so oft ärgerte sie sich über ihre Gedanken.

„Du bist sehr wohl noch wütend."

„Nur in Eile." Sie ging an ihm vorbei und eilte die Treppe hinunter zu dem mit Ziegelsteinen gepflasterten Weg, der zum Hengststall führte.

Noch ehe sie die ersten fünf Stufen hinuntergelaufen war, hatte Travis sie eingeholt und ihr einen Arm besitzergreifend um die Schultern gelegt. „Entspann dich, Savannah."

„Das sagst ausgerechnet du?"

„Wenigstens bin ich nicht böse auf dich."

Sie guckte ihn von der Seite an. Das Lächeln, mit dem er sie ansah, ließ ihr Herz dahinschmelzen. Sie zitterte wegen der Kälte und musste sich sehr zusammennehmen, damit sie sich nicht an ihn schmiegte. „Was machst du da?"

„Ich versuche nur, dir meine unerschütterliche Zuneigung zu beweisen, junge Dame", sagte er grinsend und gab ihr einen zarten Kuss aufs Haar.

Einfach so. Als hätte es den Schmerz der vergangenen neun Jahre nie gegeben. Savannah biss die Zähne zusammen und ging weiter. „Und was ist mit dem aufgebrachten, selbstgerechten Anwalt passiert, mit dem ich es gestern Abend zu tun hatte?"

„Oh, den gibt es immer noch. Aber er hat gut geschlafen und einen schönen, heißen Kaffee in Gegenwart einer wunderhübschen Frau getrunken."

„Ich schwöre, Travis, du brächtest es fertig, mit deinen Schmeicheleien die Vögel aus ihren Nestern zu locken und sie dann am gleichen Abend als Hauptgang zu servieren!"

Travis' Lachen hallte durch die Morgendämmerung, und er drückte Savannah fest an sich.

Joshua stand mit hochgezogenen Schultern im Regen vor dem Tor des Hengststalls. Er hatte gerade zum Haus laufen wollen, doch da er Savannah und Travis kommen sah, blieb er stehen.

„Was machst du denn hier?", rief Savannah dem Jungen zu, sobald sie in Hörweite war. „Und wo ist deine Jacke? Es ist eiskalt!"

Angesichts von Joshuas zerknirschtem Gesicht taten Savannah ihre Worte sofort leid. Der Junge war vom gestrigen Abend noch sichtlich mitgenommen, und das Letzte, was er brauchen konnte, waren Vorwürfe.

„Ich ... ich wollte bloß Mystic sehen, bevor ich in die Schule gehe."

„Nächstes Mal ziehst du eine Jacke an, okay?"

„Okay."

Travis klopfte Joshua auf den Rücken. „Du kannst Mystic gut leiden, was?"

„Er ist toll." Joshuas Augen leuchteten.

„Tja, da würde dir Grandpa sicherlich zustimmen, und ich glaube, ich muss es auch tun. Aber sag, hast du schon gefrühstückt?"

„Aber ich brauche doch kein Frühstück", stöhnte er genervt.

Savannah musste sich ein Lächeln verkneifen und setzte eine strenge Miene auf. „Abmarsch, Joshua." Sie zeigte mit dem Finger aufs Haus. „Du willst dir doch nicht noch mehr Ärger einhandeln, oder?"

„Ich schätze, nein", antwortete der Junge kleinlaut.

Travis deutete mit dem Kopf ebenfalls aufs Haus. „Tu, was deine Tante sagt. Und wenn du von der Schule nach Hause kommst, ziehen wir los und fällen einen Weihnachtsbaum."

Joshua, der sein Glück kaum fassen konnte, guckte Travis und Savannah ungläubig an. „Echt jetzt?"

„Echt jetzt." Travis lachte.

„Cool!" Joshua strahlte. Dann stürmte er los Richtung Haus.

„Du hältst dein Versprechen doch, oder?", fragte Savannah, als er außer Hörweite war.

„Das fragst du mich jetzt hoffentlich nicht im Ernst. Du kennst mich doch." Travis zögerte einen Moment. „Oder etwa nicht?"

„Ich will nur nicht, dass er enttäuscht wird. Ihm wurden schon zu viele falsche Versprechungen gemacht."

„Großes Pfadfinderehrenwort", schwor Travis. Seine grauen Augen funkelten im schwachen Morgenlicht. „Ich habe fest vor, mit ihm heute Nachmittag einen Baum auszusuchen. Du kannst mitkommen, wenn du magst." Er nahm sie in den Arm und küsste sie auf die kalten Lippen.

Savannah wollte eigentlich zurückweichen, doch dann konnte sie dem Funkeln in seinen Augen doch nicht widerstehen. „Ja, das würde ich gern. Sehr gern."

„Fein. Aber jetzt erzählst du mir mal, warum Joshua Mystic so faszinierend findet." Travis hielt ihr die Stalltür auf.

Drinnen war es warm, und es roch nach Pferden und Heu. Die Hengste bewegten sich in den Boxen, wie immer, wenn jemand den Stall betrat. Es raschelte im Heu, und die Halfter klirrten leise. Die Vollblüter steckten neugierig die Köpfe aus den Boxen und schnaubten entrüstet wegen der morgendlichen Störung.

„Vielleicht liegt es daran, dass Wade ihm nicht erlaubt, ein eigenes Pferd oder einen Hund zu haben. Vor ein paar Jahren habe ich Josh mal zum Geburtstag einen Welpen gekauft. Er musste ihn weggeben, weil Wade mein Geschenk als ‚unpassend für einen Sechsjährigen ohne Verantwortungsgefühl' erachtet hat."

Kopfschüttelnd erinnerte sich Savannah an den Geburtstag. „Und dann war Josh gerade zufällig im Fohlenstall, als Mystic geboren wurde. Von diesem Moment an hatte er eine ganz besondere Beziehung zu dem Pferd. Charmaine ängstigt sich deshalb fast zu Tode."

Travis machte die Tür hinter sich zu und sah sich im Stall um. Alles schien wie immer. Edle Pferde, saubere Wassereimer und Fässer voller Hafer standen in dem lang gezogenen, hallenartigen Gebäude genau dort, wo sie stehen sollten.

„Warum hat Charmaine Angst?"

„Mystic hat das, was man als ‚schlechten Ruf' bezeichnet."

„Nicht gerade der umgänglichste Typ auf der Rennbahn?"

„Überzeug dich selbst." Savannah ging durch den Gang zwischen den Boxen zu Mystic am Ende des Stalls. Dabei vergewisserte sie sich, dass überall alles in Ordnung war, sah sich alle Hengste genau an und redete leise mit jedem einzelnen von ihnen ein paar Worte.

Mystic streckte seinen Kopf über die halbhohe Boxentür hinaus auf den Gang und schnaubte empört. Der schwarze Hengst hatte die spitzen Ohren angelegt und tänzelte nervös in seiner Box hin und her. Man sah, wie seine Muskeln unter dem glänzenden Fell arbeiteten.

„Ich kann verstehen, warum Josh ihn für etwas Besonderes hält." Travis beugte sich über die Boxentür und sah sich den perfekten Körperbau des großen, tiefschwarzen Tieres an. Mit seiner breiten Brust, den kräftigen, geraden Beinen und der muskulösen Hinterhand war Mystic ein prachtvolles Vollblut. Der Blick seiner dunklen Augen war wach und intelligent. Seine großen Nüstern flatterten jetzt, weil Travis' Geruch für ihn fremd war. Der Hengst sah Travis an und bewegte drohend den Kopf hin und her.

Savannah streichelte ihm über die schwarzen Nüstern, und Mystic stampfte ungeduldig mit einem Huf auf. „Als der Hengst bei den Rennen gestartet ist, hat Joshua mir jeden Tag aus der Zeitung vorgelesen. Und als er im Belmont-Rennen gegen Supreme Court verloren hat, war Josh total geknickt." Savannah musste lächeln, als sie daran dachte. „Seiner Meinung nach hat Mystic verloren, weil Supreme Court ihn absichtlich abgedrängt hat."

„Stimmt das?"

„Willst du meine Meinung hören?"

„Ja. Und das, was du erzählst, bleibt …" Travis guckte sich in dem kalkgetünchten Stall um. „… innerhalb dieser vier Wände."

„Okay." Savannah stützte sich mit verschränkten Armen auf die Boxentür und betrachtete den großen Hengst. „Mystic hätte das Rennen gewinnen können, wenn der Jockey besser gewesen wäre, glaube ich. Ob Supreme Courts Jockey unseren Mystic absichtlich abgedrängt hat, ist eigentlich nebensächlich. Er hat nichts getan, was gegen das Reglement verstoßen hätte. Vielleicht war es Strategie, vielleicht reine Glückssache. Tatsache ist, dass Supreme Court gewonnen und Mystic verloren hat. Ende der Geschichte. Außer, dass alle mit einem Sieg von Mystic beim Belmont-Rennen gerechnet haben."

Travis sah Savannah kurz von der Seite an. „Vielleicht hatten die Leute einfach zu hohe Erwartungen. So viele Rennen als Zweijähriger und dann zur Krönung als Dreijähriger auch noch das Preakness-Rennen zu gewinnen war eine sensationelle Leistung." Travis wollte Mystic anerkennend den Hals klopfen, doch das Pferd wich zurück. „Manchmal erwarten die Leute einfach viel zu viel."

„Redest du von dem Pferd oder von dir selbst?"

Er lächelte schief. „Dir konnte ich noch nie etwas vormachen."

„Nur ein Mal."

Travis fuhr sich mit den Fingern durch sein dichtes Haar und schüttelte den Kopf. „Und das war der größte Fehler meines Lebens. Aber ich habe lange dafür bezahlt."

Wenn sie ihm doch nur glauben könnte – nur ein bisschen, dachte Savannah traurig. „Wir können die Zeit nicht zurückdrehen."

Travis drehte sich zu ihr und schob seine Finger unter ihren Pferdeschwanz, um ihren Nacken zu streicheln.

„Vielleicht können wir das doch, Savannah." Seine Stimme klang so leise und vertraulich, dass Savannahs Herz schneller schlug. „Vielleicht können wir dort weitermachen, wo wir aufgehört haben. Wenn wir es versuchen."

Seine Finger auf ihrem Hals fühlten sich warm und tröstlich an. Die Erinnerung daran, wie wahnsinnig sie ihn einmal geliebt hatte, lag nur einen Gedanken entfernt. Doch sie würde diesen Gedanken nicht zulassen.

Sie schüttelte seine Hand ab. „Am besten vergessen wir, was zwischen uns passiert ist."

„Glaubst du wirklich, das geht?"

„Ich weiß es nicht." Sie blickte ihn an und versank regelrecht in seinen rätselhaften dunklen Augen. Rasch sah sie weg.

„Warum machst du dir etwas vor, Savannah?"

„Tue ich das? Vielleicht ist es leichter so."

Er strich ihr mit den Fingern durch ihren Pferdeschwanz. „Du hast Angst vor mir", stellte er vorwurfsvoll fest und zog ihren Kopf sachte nach hinten, damit sie ihm in die Augen schauen musste.

„Nicht vor dir", flüsterte sie. „Vor uns beiden. Das, was wir füreinander empfinden, ergibt überhaupt keinen Sinn."

„Muss es denn für alles im Leben eine vernünftige Erklärung geben?"

„Ja."

„Sag es mir, Savannah." Er sah ihre Lippen an. „Was empfindest du wirklich für mich?"

„Ich glaube, ich sollte besser auf Distanz zu dir gehen."

Er streichelte langsam und zärtlich über ihre Haut. „Okay, das ist, was du glaubst. Aber jetzt beantworte meine Frage. Was empfindest du?"

Ihr Atem stockte. Zu spüren, wie er sie im Nacken berührte, machte es beinahe unmöglich, klar zu denken. „Ich sollte dich hassen", flüsterte sie zwischen zusammengebissenen Zähnen.

„Aber das tust du nicht."

„Du hast mich belogen! Mich benutzt! Mich sitzen gelassen! Und jetzt bist du wieder da." Sie versuchte, sich von ihm loszumachen, doch er hielt sie am Jackenkragen fest. „Ich sollte dich dafür hassen, was du mir angetan hast. Und dafür, was du Dad unterstellst."

„Ich glaube nicht, dass du fähig bist zu hassen."

„Dann kennst du mich aber schlecht."

„Oh, ich kenne dich, Savannah." Sein Gesicht war nur wenige Zentimeter von ihrem entfernt. „Ich kenne dich besser als du dich selbst."

Und dann küsste er sie. Lang und fordernd. Der Kuss war so

leidenschaftlich, dass sie jeden Widerstand aufgab und all ihre Zweifel beiseiteschob. Zu spüren, wie sich seine Lippen auf ihre pressten, ließ den Schmerz der vielen Jahre dahinschmelzen. Als Travis nun seine Hand forschend unter den Ausschnitt ihrer Jacke schob, begann Savannahs Herz erwartungsvoll zu pochen.

Er presste sie fest an sich, bahnte sich mit seiner Zunge einen Weg zwischen ihren Lippen hindurch. Er schmeckte so gut … Sie nestelte fahrig an den Knöpfen seiner Lederjacke und strich über das weiche Flanellhemd, durch das sie seine festen Brustmuskeln fühlen konnte. Eine tiefe, mächtige Sehnsucht begann in ihr zu brennen.

„Ich habe dich immer geliebt, Savannah", flüsterte er. „Bei Gott, ich habe dich immer geliebt. Sogar während ich mit Melinda verheiratet war."

„Nicht, Travis …"

Ehe sie weiter protestieren konnte, küsste er sie so leidenschaftlich, als wollte er alle neun verlorenen Jahre wieder aufholen. „Wenn ich in deiner Nähe bin, verliere ich den Verstand. Weißt du, wie viel Selbstbeherrschung es mich gekostet hat, dir gestern Abend nicht in dein Schlafzimmer zu folgen?"

Durchaus, dachte sie, schmiegte sich an ihn und erwiderte seinen geradezu fiebrig heißen Kuss. „Das … das darf nicht sein. Es wird nicht funktionieren."

„Savannah, hör mir zu!" Er sah sie mit seinen grauen Augen eindringlich an. „Vertrau mir. Vertrau mir doch endlich."

„Das habe ich schon mal versucht. Vor neun Jahren!"

„Ich werde dir nicht mehr wehtun." Savannah spürte die Aufrichtigkeit, mit der er sie ansah, sogar in den dunkelsten Tiefen ihres Herzens.

Vertrau ihm doch, um Himmels willen.

Ohne weiter nachzufragen, hob Travis sie auf seine Arme und trug sie in eine leere Box ganz hinten im Stall. Er breitete seine Jacke auf dem sauberen Stroh aus und legte Savannah vorsichtig darauf. Langsam löste er das Band aus ihrem Haar, und ihre wilden schwarzen Locken fielen ihr über die Schultern.

Dann zog er den Reißverschluss ihrer Jacke auf und half ihr heraus. Dabei hörte er nicht auf, ihr Gesicht und ihren Hals mit Küssen zu bedecken.

„Travis, ich denke nicht …"

„Gut!" Er schob sich auf sie und drückte sie eng an sich. Sein Atem ging schnell und unregelmäßig, und sein Herz schlug ebenso heftig wie ihres.

Alles um sie herum schien zu verschwimmen. Sie nahm nur noch seine Zunge wahr, die ihre umspielte, und die Wärme seiner Hände, während er ihr den weiten Kragen ihres Pullis über die Schulter streifte und ihre zarte Haut entblößte.

Sie erwiderte seinen Kuss mit wilder Leidenschaft, knöpfte ihm die Jacke auf und befreite ihn davon. Travis warf die Jacke ins Stroh und zog Savannah den Pullover über den Kopf. Dann betrachtete er ihre Brüste, deren Rundungen sich durch das Spitzenhemdchen abzeichneten.

Die dunklen Brustwarzen drängten gegen den dünnen Stoff. Travis nahm eine in den Mund und ließ seine Zunge immer wieder um sie – und über das mittlerweile feuchte Hemdchen – kreisen. Savannah wand sich unter der süßen Qual seiner Zärtlichkeiten, die ihr so lange verwehrt geblieben waren. Sie vergrub ihre Finger in seinem dichten Haar und presste Travis an sich, damit er nicht aufhörte.

„Ich habe dich vermisst", flüsterte er dicht an dem feuchten Stoff.

Und ich habe dich vermisst.

Er schob ihr die Spaghettiträger des Hemdchens über die Schultern. Jetzt lag Savannah halb nackt im Stroh. Ihre schwarzen Locken umrahmten ihr Gesicht, und ihre blauen Augen waren dunkel vor Leidenschaft.

Langsam öffnete er sein Hemd.

Savannah schaute zu ihm hinauf und betrachtete das Spiel seiner Muskeln, als er das Hemd achtlos beiseiteschmiss. „Diesmal mache ich es richtig", schwor er, beugte sich über sie und sah zu, wie sie zärtlich über seine dunklen Brusthaare streichelte.

„Und diesmal erwarte ich nicht mehr, als du geben kannst", flüsterte sie zitternd, ehe seine Lippen ihre fanden. Sein muskulöser Oberkörper streifte über ihre Brüste, und die weichen Brusthaare kitzelten ihre Haut. Jetzt zog er sie so fest an sich, dass sie sein rasendes Herz klopfen hörte. Er glitt mit den Fingerspitzen unter den Bund ihrer Jeans und fuhr dann mit den Fingerkuppen über die weiche Haut oberhalb ihres Pos.

Sein ganzer Körper schien vor Leidenschaft zu brennen.

„Ich liebe dich, Savannah", erklärte er heiser.

Da sie keine Antwort gab, rückte er ein Stück von ihr ab. „Ich liebe dich", wiederholte Travis erwartungsvoll.

„Aber … aber ich will mich nicht in dich verlieben." Die ganze Furcht und Verzweiflung der letzten Jahre, die sie so sorgfältig verdrängt hatte, kamen wieder zum Vorschein. „Nicht noch einmal."

„Du hast Angst, mir zu vertrauen." Es war keine Frage, sondern eine einfache, wenn auch unangenehme Erkenntnis. Travis stand auf, massierte sich den Nacken und schien sich selbst zu verfluchen.

Savannah fühlte sich mit einem Mal sehr nackt und verletzlich. „Können wir nicht einfach die Liebe aus dem Spiel lassen?"

„Ist es das, was du willst? Nur Sex? Keine Gefühle?"

Eine leichte Röte überzog Savannahs Gesicht, als sie jetzt nach ihrem Pullover griff.

Bitter lachte Travis und schaute hinauf zu den Dachsparren. „Das hätte ich mir nicht gedacht." Er ballte die Hand zu einer Faust und boxte gegen die Holzwand der Box neben Mystic. Der Hengst schnaubte nervös. „Meine Güte, Savannah, was soll ich bloß mit dir machen?"

„Als hättest du ein Mitspracherecht, was mein Leben betrifft …"

„Das habe ich sehr wohl, verdammt." Seine grauen Augen funkelten besitzergreifend.

Mit bebenden Händen streifte sie sich ihren Pullover über den Kopf, straffte die Schultern, schob trotzig das Kinn vor und blickte Travis dann wieder an. „Ich glaube, es wird Zeit, Vagabond beim Training zuzusehen. Falls dich das überhaupt noch interessiert."

„Das würde ich mir um nichts in der Welt entgehen lassen." Er ließ seinen Blick über ihren Körper wandern.

Die fast unverschämte Art, wie er sie musterte, machte Savannah wütend. Sie schlüpfte in ihre Jacke und wollte gerade aufstehen, da fasste Travis sie am Handgelenk und hielt sie fest. „Ich hoffe nur, dass du eines Tages deinen verdammten Stolz überwindest und merkst, dass du mich immer noch liebst."

„Du bist ein Träumer."

„Bin ich das?" Das selbstbewusste Lächeln, mit dem er die nervös pochende Ader an ihrem Hals betrachtete, war fast schon ein dreistes Grinsen. „Lass mich wissen, wenn du deine Meinung änderst."

„Das wird nicht passieren."

Er hob skeptisch eine Augenbraue. „Dann werde ich dich wohl überzeugen müssen, nicht wahr?" Er drückte Savannah an sich.

Savannah riss sich los und hob die Hand, als wollte sie ihm ins Gesicht schlagen. Doch dann entdeckte sie das freche Funkeln in seinen Augen. „Du bist ein selbstgefälliger, unerträglicher, arroganter Mistkerl", sagte sie und ging zur Tür.

„Und du hast das süßeste Hinterteil, das ich je gesehen habe."

Sie fuhr herum. „Genau das meine ich. Was für eine kindische, chauvinistische Bemerkung war das denn nun wieder?"

„Eine, der du Aufmerksamkeit schenkst." Er bückte sich nach seinem Hemd. Mit seinem nackten, durchtrainierten Oberkörper, dem dunklen Haarflaum, der sich vom Nabel bis zum Bund seiner ausgewaschenen Jeans kräuselte, den muskulösen Oberschenkeln und den schmalen Hüften wirkte er wie der Inbegriff des Männlichen. „Ich warte einfach, bis du einsiehst, dass ich nicht noch einmal den gleichen Fehler wie vor neun Jahren machen werde."

Ihre blauen Augen funkelten. „Ich auch nicht!", rief sie ihm über die Schulter hinweg zu, während sie mit geballten Fäusten und wild klopfendem Herzen zur Stalltür lief. „Ich mache den gleichen Fehler auch nicht."

Vagabond trainierte bereits, als Savannah zur Rennbahn des Gestüts kam. Es hatte eben zu regnen begonnen, und Lester lehnte mit einer Stoppuhr in der Hand am Zaun. Vagabond lief gerade an ihnen vorbei. Seine Bewegungen waren trotz des hohen Tempos anmutig und scheinbar mühelos. Lester drückte mit dem Daumen auf die Stoppuhr und lächelte.

„Das war eine sensationelle Zeit", murmelte er und zog anerkennend die grauen Augenbrauen hoch, während er dem davongaloppierenden Hengst nachschaute. „Der hat es in sich. Er ist sogar schneller als Mystic."

„Ich dachte, Sie wollten unbedingt, dass er verkauft wird", zog Savannah ihn auf, vergrub ihre Hände in den Jackentaschen und zog fröstelnd die Schultern hoch. Sie wusste, dass Travis sich mittlerweile zu ihnen gesellt hatte, tat aber so, als hätte sie ihn gar nicht bemerkt. „Oder haben Sie in den letzten paar Tagen Ihre Meinung geändert?"

„Was mir Sorgen macht, ist, dass er schwer unter Kontrolle zu bringen ist", antwortete Lester.

„Das macht Ihren Job doch erst interessant", bemerkte Travis.

Lester lachte und schaute zu, wie der Hengst in langsamem Galopp seine letzte Runde absolvierte. „Allerdings", nickte er, ohne das Pferd aus den Augen zu lassen. „Allerdings." Er winkte dem Jockey zu. „Bring ihn in den Stall. Das reicht für heute."

Lester rieb sich die Hände und wandte sich zum Gehen. Dann sah er Travis von der Seite an. „Ich habe mich immer gefragt, warum Sie nicht hiergeblieben sind. Hier auf der Farm."

„Komisch." Travis schaute Savannah an. „Das Gleiche habe ich mich in letzter Zeit auch gefragt."

„Wir hätten immer noch Verwendung für Sie, wissen Sie. Einen Mann, der sich mit Pferden gut auskennt, kann man jederzeit brauchen." Lester ging in Richtung Ställe, und Savannah spürte Travis' Blick in ihrem Rücken.

„Meinst du, ich sollte seinen Rat beherzigen und bleiben?"

„Ich glaube, das wäre der größte Fehler deines Lebens", log sie und dabei klopfte ihr Herz bis zum Hals. Dann wandte sie sich zum Haus um und ließ ihn stehen.

Joshua hatte wegen des Ferienbeginns früher Schulschluss. Um halb eins kam er ins Haus gestürmt und warf seine Bücher auf den Küchentisch.

„Warum hast du's denn so eilig?", erkundigte sich Savannah. Sie saß am Tisch und versuchte zu überprüfen, ob die von ihr ausgestellten Schecks ordnungsgemäß vom Konto des Gestüts abgebucht worden waren. Da sie die Abweichung von fünf Dollar nicht für existenzbedrohlich hielt, steckte sie die Kontoauszüge und Schecks zurück in den Umschlag und widmete ihrem Neffen ihre volle Aufmerksamkeit.

„Erinnerst du dich denn nicht?", fragte Joshua. „Travis hat gesagt, wir könnten heute alle zusammen einen Weihnachtsbaum holen gehen."

„Er hat was gesagt?", wollte Charmaine wissen, die gerade in die Küche kam und genervt den unordentlichen Bücherstapel auf dem Tisch betrachtete.

„Dass wir heute einen Weihnachtsbaum holen." Joshua schnappte sich einen Apfel aus dem Korb auf der Anrichte und biss hinein.

„Aber Grandpa kauft doch immer einen in Sacramento." Charmaine sah erst Savannah, dann Joshua und schließlich wieder Savannah an.

„Ich weiß", sagte Savannah. „Aber Travis hat es versprochen."

„Wann?"

„Heute Morgen vor dem Frühstück. Draußen beim Stall."

„Warst du schon wieder dort?" Charmaine erbleichte und wandte sich dem Jungen zu.

„Wie oft muss ich dir denn noch sagen, dass du ohne Daddy oder Grandpa dort nichts verloren hast? Diese Hengste sind gefährlich!", sagte Charmaine in warnendem Ton.

Travis, der gerade von der hinteren Veranda in die Küche kam, hatte den letzten Teil der Unterhaltung mitbekommen. „Es war schon in Ordnung, Charmaine. Savannah und ich waren ja bei ihm."

„Es gefällt mir trotzdem nicht", entgegnete Charmaine. „Mystic hat Lester voriges Jahr fast umgebracht. Wusstest du das? Und ein anderes Mal hat er einen der Pferdepfleger getreten und dem Mann beinahe das Bein gebrochen."

„Mich würde er nicht treten, Mom."

„Woher willst du das wissen? Er ist ein Tier, Josh, und man kann ihm nicht vertrauen. Du gehst nie mehr ohne Grandpa in den Stall, hast du mich verstanden?"

„Verstanden." Mit trotzig vorgeschobenem Kinn starrte der Junge auf den Boden.

„Hey, Sportsfreund. Komm, wir holen jetzt den Baum." Travis klopfte dem Jungen auf die Schulter. Dann wandte er sich an Charmaine. „Möchtest du mitkommen?"

Charmaine zögerte, schüttelte dann aber den Kopf. „Lieber nicht. Irgendjemand muss ja bei Mutter bleiben. Und ich muss außerdem noch etwas im Atelier erledigen. Das heißt, wenn es dir nichts ausmacht, dass ich dort oben arbeite, Travis."

„Nein, ist okay."

„Kein Problem, Charmaine, dann gehe ich eben mit." Savannah bot sich gerne an, weil sie hoffte, dass Joshua dann nicht ganz so enttäuscht sein würde.

Charmaine seufzte erleichtert.

Kurz darauf saßen Travis, Savannah, Joshua und Archimedes in einem Pick-up und fuhren den holprigen Weg entlang, der sich zwischen den Weiden zu den Bergen schlängelte. Auf der Windschutzscheibe begann sich eine Mischung aus Schnee und Regen zu sammeln.

„Vielleicht schneit es zu Weihnachten ja richtig." Joshua

schaute aufgeregt zu, wie die nassen Flocken auf den Boden schwebten und schmolzen.

„Ich würde mich nicht darauf verlassen." Savannah blickte skeptisch in den Himmel hinauf.

„Spielverderberin." Travis lachte. „Aber jetzt erzähl mal, was es mit diesem Quatsch auf sich hat, dass Mystic beinahe Lester umgebracht hätte."

„Hat er nicht!", rief Josh. „Das würde er nie tun!"

„Lester ist in Mystics Box ausgerutscht, und das Pferd ist auf ihn getreten. Es war ein Unfall und halb so schlimm", erklärte Savannah.

„Bist du sicher?"

„Lester ist sich sicher, und alle anderen sind auch seiner Meinung. Bis auf Charmaine."

„Mom hat einfach panische Angst vor Mystic, das ist alles."

Während Travis den bewaldeten Berg hinauffuhr, schneite es heftiger und der Schnee blieb tatsächlich liegen.

Joshuas Stimmung hellte sich sichtlich auf. Er guckte aus dem Autofenster und hielt nach dem perfekten Weihnachtsbaum Ausschau. „Da ist einer", sagte er bereits zum fünfzehnten Mal und deutete auf eine kleine Tanne.

„Nicht groß genug", murmelte Travis, hielt aber am Wegrand in der Nähe einer Lichtung an.

Während Travis die kleine Axt von der Ladefläche des Pickups nahm, streiften Joshua und Savannah – dicht gefolgt von Archimedes – durch das Wäldchen. Die Äste der Nadelbäume sahen wie angezuckert aus, und auch auf den dunklen Zweigen der kahlen Ahornbäume und Eichen lag Schnee.

Joshua und Archimedes liefen voraus. Travis holte Savannah ein und legte ihr einen Arm um die Schultern. „Genau so soll es sein, weißt du", sagte er, während er zusah, wie Archimedes im Gebüsch gerade einen Vogel aufschreckte. „Du, ich, ein Kind oder auch zwei, ein Hund mit Schlappohren und Weihnachten."

Savannah lächelte und schüttelte den Kopf. Sie hatte Schnee

im Haar, und einzelne Flöckchen schmolzen auf ihrem Gesicht. „So, wie es hätte sein sollen, meinst du."

„Es könnte noch so werden, Savannah."

Ihr Herz setzte einen Schlag lang aus. „Du bist sehr hartnäckig, Herr Anwalt", sagte sie, weil sie an diesem Winternachmittag nicht mit ihm streiten wollte. Es schneite immer noch, und die Berge schienen hinter den Wolken zu verschwinden.

„Nicht nur ‚selbstgefällig, unerträglich und arrogant'?"

Savannah schmunzelte. „Stimmt genau."

„Das hoffe ich doch", flüsterte er dicht an den schmelzenden Schneeflocken in ihrem tiefschwarzen Haar. „Ich hoffe inständig, dass ich so hartnäckig und überzeugend bin, wie du zu glauben scheinst."

„Hier drüben!", rief Joshua in diesem Augenblick, und sie folgten dem Klang seiner Stimme, bis sie den Jungen neben einer gut dreieinhalb Meter hohen Tanne entdeckten. „Dieser Baum ist perfekt!" Joshua sprang begeistert um den Baum herum.

„Ich dachte, das Wort wäre ‚megacool'", sagte Savannah lächelnd, und Travis umarmte sie fröhlich.

Während Travis erst die unteren Äste mit der Axt entfernte und den Baum anschließend fällte, rannte Joshua durch den Wald und bewarf den ahnungslosen Archimedes mit Schneebällen. Der gefleckte Schäferhund bellte und rettete sich mit einem Sprung ins Gebüsch.

Als der Junge Savannah den Rücken zukehrte, schmiss sie einen Schneeball nach ihm. Er landete auf seiner Schulter. Nun entbrannte eine wilde Schneeballschlacht, in dessen Verlauf Savannah sich hinter einem Baum in Sicherheit bringen musste. Nachdem sie es schließlich wagte, hinter dem schützenden Stamm des riesigen Ahornbaums hervorzulugen, zischten zwei Schneebälle knapp an ihrer Nase vorbei. Travis spielte mit und bereitete bereits ein weiteres Geschoss vor.

„Das ist unfair!", rief sie. „Zwei gegen einen."

„Du hast doch Archimedes in deinem Team. Schon vergessen?" Joshua grinste.

„Vierbeinige Verbündete zählen nicht. Oh!" Ein Schneeball traf Savannah mitten auf dem Rücken. Sie drehte sich um. Direkt vor ihr stand Travis, der sich um den Ahornbaum herumgeschlichen hatte. „Es reicht. Ich ergebe mich."

„Schön wär's", murmelte Travis lächelnd, schlang seine Arme um sie und küsste sie. In diesem Moment ging Joshua wieder zum Angriff über, und Travis musste Savannah loslassen, um sich zu verteidigen. Es dauerte eine ganze Weile, bis der Junge sich vergnügt quietschend und lachend ergab.

„Okay, jetzt reicht's. Kommt, laden wir den Baum auf den Pick-up", schlug Travis vor. Er klopfte sich den Schnee von der Jacke und sah prüfend zum Himmel. „Sieht so aus, als würde ein Sturm aufziehen. Wir sollten besser zur Farm zurückfahren, solange wir noch können."

Joshuas braune Augen glänzten, und er grinste von einem Ohr zum anderen, als Travis und Savannah den Baum auf die Ladefläche des Pick-ups legten.

Der Weg, der den Berg hinunterführte, war nun nicht nur holprig, sondern feucht und rutschig. Als der Pick-up leicht ins Schlingern geriet, wurde Savannah an Travis gedrückt. Sie versuchte erst, auf ihrer Seite der vorderen Sitzbank zu bleiben, doch die Wärme von Travis' Oberschenkel, der sich an ihren presste, war unwiderstehlich. Und es fühlt sich sogar völlig normal und selbstverständlich an, als Travis während des Schaltens zwischendurch immer wieder ihr Knie streichelte.

Mit bangem Herzen merkte sie, dass sie – trotz all ihrer guten Vorsätze – auf dem besten Weg war, sich von Neuem in ihn zu verlieben.

5. KAPITEL

Im Wohnzimmer roch es nach Tannenzweigen, Duft-
kerzen, brennenden Holzscheiten und heißer Schokolade. Savannah und Joshua waren noch immer dabei,
den Baum zu schmücken, obwohl Charmaine Virginia bereits
hinauf in ihr Zimmer gebracht hatte. Es war eine friedliche,
ruhige Nacht. In den Ecken der Fensterscheiben hatte sich
Schnee angesammelt, und die Lichter des Baums spiegelten
sich im Glas. Im Kamin prasselte ein Feuer. Das schwarz-rot
glühende Holzscheit auf dem Rost knisterte.

Savannah stellte ihren leeren Becher auf das Kaminsims.
Dann stieg sie auf die Leiter und versuchte, den Stern auf der
Baumspitze gerade zu rücken.

„Ich wünschte, Travis würde endlich kommen und uns helfen", beklagte sich Joshua, der gerade eine bunte Weihnachts-
figur auf einem Tannenzweig in seiner Höhe befestigte.

Savannah lächelte den Jungen liebevoll an. „Er kommt schon
noch."

„Wann?"

Sie zuckte die Achseln. „Wenn er fertig ist."

„Was dauert denn so lang?"

„Ich habe keinen blassen Schimmer", antwortete Savannah.
„Er hat gesagt, er müsste Papierkram erledigen." Der Stern
neigte sich auf der Baumspitze immer wieder leicht zur Seite.
Savannah seufzte und stieg die Leiter hinunter.

„Warum hat er sich denn in Grandpas Büro eingeschlossen?"

„Gute Frage." Sie guckte verstohlen durch den Türbogen
hinaus in die Eingangshalle zur geschlossenen Tür des Ar-
beitszimmers. „Ich nehme an, er braucht Ruhe, weil er ... sich
konzentrieren muss."

„Worauf?"

„Ach Josh, ich weiß es wirklich nicht."

„Grandpa mag es nicht, wenn jemand in seinem Büro ist."

„Ich weiß, aber Travis darf das. Er ist der Anwalt der Farm."

„Oh Mann, ich wünschte, er wäre endlich fertig."

„Ich auch." Savannah sammelte die leeren Becher ein. „Wie wär's mit noch etwas heißer Schokolade?"

„Au ja!"

„Ich bin gleich wieder da. Du schmückst inzwischen den Baum fertig", sagte sie mit einem Lächeln und ging aus dem Wohnzimmer. Draußen blieb sie vor der Tür zum Arbeitszimmer stehen. Travis hatte sich vor fast zwei Stunden eingeschlossen, nachdem er den Baum aufgestellt hatte. Sie hatte ihn gebeten, doch zu bleiben und beim Schmücken zu helfen, doch er hatte nur den Kopf geschüttelt und erklärt, er habe vor Reginalds und Wades Rückkehr noch etwas zu erledigen. Sein geheimnisvoller Blick hatte sich dabei so verdüstert, dass Savannah ein unheilvoller kalter Schauer über den Rücken gelaufen war.

Sie klopfte leise an der Tür. Travis öffnete fast unmittelbar danach, und Savannah musste unwillkürlich lächeln. Eine widerspenstige Locke seines kastanienbraunen Haars fiel ihm in die Stirn, und er hatte die Ärmel seines Pullovers hochgekrempelt.

„Was für ein erfreulicher Anblick", sagte er leise.

„Warum schließt du dich denn ein?" Sie guckte an ihm vorbei ins Arbeitszimmer. Es war offensichtlich, dass Travis am Schreibtisch ihres Vaters gearbeitet hatte. Auf der Tischplatte stapelten sich Papiere, und das Scheckbuch des Gestüts lag aufgeschlagen auf einem Stuhl.

„Geschäfte." Die Falten zwischen seinen Augen wurden tiefer, und er runzelte leicht die Stirn.

„Kannst du dir nicht mal die Zeit nehmen, den Baum anzusehen? Joshua kann es kaum erwarten, ihn dir zu zeigen."

„In einer Minute."

Laut seufzend kapitulierte sie. „Okay, du hast gewonnen. Spiel ruhig weiter den Geheimnisvollen. Wie wäre es mit einer Tasse Kaffee oder einer heißen Schokolade?"

Er lächelte sie an, schüttelte jedoch den Kopf. „Ich bin hier schon fast fertig. Dann stoße ich zum Rest der Familie, okay?"

„Du bist ja wie der geizige alte Scrooge aus der Weihnachts-
geschichte von Dickens. Hartherzig und ohne Sinn für Weihnachten", brummelte sie – und bekam von Travis prompt einen
Kuss auf die Nase.

„Vergiss nicht, einen Mistelzweig aufzuhängen." Er schmunzelte bedeutungsvoll. Dann drehte er sich um und machte die
Tür hinter sich zu.

„Auch dir fröhliche Weihnachten", sagte Savannah trocken.

Einigermaßen befremdet von Travis' Verhalten, ging sie in
die Küche und schenkte heiße Schokolade in ihren und Joshuas
Becher. *Warum hat sich Travis die Buchhaltung des Gestüts
vorgenommen?* Savannah hatte ein komisches Gefühl bei der
ganzen Sache, versuchte aber, nicht allzu viel darüber nachzudenken. Der Tag mit Travis und Joshua war zu schön gewesen,
um sich – vermutlich unnötig – zu sorgen oder zu ängstigen.
Allerdings würden Reginald und Wade jeden Moment nach
Hause kommen, und das allein war für Savannah Grund genug,
um sich Sorgen zu machen.

Als sie mit den dampfenden Bechern ins Wohnzimmer zu-
rückkam, legte Joshua gerade das Seidenpapier, in das der
Weihnachtsschmuck eingewickelt gewesen war, zurück in die
Kartons.

„Das ist der schönste Baum aller Zeiten!", rief er stolz, stand
auf und nahm den Becher, den Savannah ihm hinhielt.

„Ich glaube, da hast du recht." Savannah lachte.

„Wir sollten Travis und Mom holen."

„Gleich, Sportsfreund. Vorher sollten wir hier wohl besser noch ein bisschen aufräumen." Sie deutete auf die leeren
Schachteln, die am Boden herumlagen. „Du hast das alles toll
hingekriegt, aber vor uns liegt trotzdem noch ein schönes Stück
Arbeit."

Savannah hörte ein Auto kommen. Ihr Herz begann nervös
zu klopfen.

„Sieht so aus, als hätten dein Grandpa und dein Dad es endlich geschafft", sagte sie zu Joshua, der gerade einen Stapel leere

Schachteln in die kleine Kammer unter der Treppe in der Eingangshalle trug. „Und nur drei Stunden zu spät."

„Wurde auch Zeit."

„Sie können ja nichts dafür, dass am Flughafen wegen des Schnees das Chaos ausgebrochen ist. Nicht mal die Wetterfrösche im Fernsehen haben mit einem Sturm dieses Ausmaßes gerechnet. Komm, lassen wir uns die Stimmung nicht verderben."

„Okay."

Genau in diesem Moment ging die Haustür auf, und kurz darauf kam Reginald ins Wohnzimmer.

„Na, was haben wir denn da?" Reginald betrachtete den Baum. Dann zog er seine Handschuhe aus, nahm den Schal ab und warf alles auf die Couch.

„Das weißt du doch, Grandpa! Das ist der Baum!", rief Joshua aufgeregt. „Tante Savvy, Travis und ich haben ihn heute aus dem Wald geholt! Wir haben sogar eine Schneeballschlacht gemacht!"

„Ist das denn zu glauben?" Reginald zog seinen Mantel aus und legte ihn über die Lehne des Ohrensessels. Dann tätschelte er dem Jungen den Kopf und bewunderte den Baum. „Wer hat gewonnen?"

„Travis und ich!"

Reginald sah Savannah an. „Zwei gegen eine?"

„Archimedes war in meinem Team", antwortete sie schmunzelnd. „Er war allerdings keine allzu große Hilfe."

„Das kann ich mir vorstellen." Reginald lachte.

„Na, wie findest du den Baum?", fragte Josh.

Reginald ging um den Weihnachtsbaum herum und begutachtete ihn mit Kennerblick. „Da hast du ja ein echtes Prachtstück ausgesucht, mein Junge."

„Ich habe ihn ganz allein gefunden, aber gefallen hat ihn Travis."

Reginald blinzelte seinem Enkelsohn liebevoll zu. „Nächstes Jahr schaffst du das vielleicht schon selbst."

„Ja, vielleicht."

„So, und wo ist der Rest der Familie?" Reginald sah Savannah fragend an.

„Charmaine hat Mutter vor ungefähr einer Dreiviertelstunde nach oben gebracht."

Reginald runzelte die Stirn und schaute die Treppe hinauf. „Sag, wie geht es deiner Mutter?"

„Seit Travis da ist, geht es Mom insgesamt etwas besser. Es scheint ihrer Stimmung gutzutun. Sie war zwei Mal zum Abendessen unten, und bis vor ein paar Minuten war sie noch hier und hat geholfen, den Baum zu schmücken."

„Das ist erfreulich." Reginald war sichtlich erleichtert. „Wahrscheinlich sollte ich gleich nach ihr sehen."

„Ich bin sicher, dass du es kaum erwarten kannst."

Nachdem Reginald gegangen war, kam Wade ins Haus. Die Absätze seiner Lederschuhe klackten laut über den Fliesenboden in der Eingangshalle, als er in Richtung Wohnzimmer ging. Sein ebenmäßiges Gesicht war vor Nervosität angespannt, sein honigfarbenes Haar leicht zerzaust.

Es war nicht zu übersehen, dass Joshua beim Anblick seines Vaters regelrecht erstarrte.

„Hi, Dad", sagte der Junge. „Siehst du den Baum? Travis und ich haben ihn gefällt."

Bei der Erwähnung von Travis' Namen runzelte Wade die Stirn und zupfte an seinem Schnurrbart. „Oh, äh, sieht gut aus", sagte Wade ohne besondere Begeisterung und sah auf die Uhr. „Warum bist du so spät noch auf?"

„Joshua hat geholfen, den Baum zu schmücken", schaltete Savannah sich ein, bemüht, den Streit zu verhindern, den sie kommen spürte. „Er hat es toll gemacht, oder?"

„Toll", wiederholte Wade angespannt.

„Wir sind gerade fertig geworden."

„Gut. Morgen hat er Schule, nicht wahr?"

Joshua schüttelte den Kopf und grinste. „Es sind Ferien."

Wade schaute mürrisch drein. „Egal. Es ist spät."

„Aber Tante Savvy hat gesagt …"

„Kein Aber, mein Sohn!", fiel Wade ihm scharf ins Wort. „Jetzt bin ich wieder hier, und du tust, was ich dir sage." Dann deutete er, offenbar etwas verlegen über seine Unbeherrschtheit, auf ein paar Schachteln, die noch auf dem Boden herumlagen. „Du räumst hier sofort auf und gehst dann nach oben. Ich muss mit deinem Großvater noch unter vier Augen etwas Geschäftliches besprechen."

Joshua wollte schon protestieren, doch Savannah verhinderte es. „Das haben wir doch gleich erledigt, stimmt's, Sportsfreund?"

„Stimmt." Joshua bückte sich, um die Kartons aufzuheben.

Während Joshua seine Arbeit erledigte, ergriff Wade Savannahs Arm und zog sie weg vom Baum ans Fenster. „Wo ist McCord?", flüsterte er.

„Im Arbeitszimmer. Er hat gesagt, er kommt gleich."

Wade erbleichte. „Was zum Teufel hat er in Reginalds Arbeitszimmer verloren?", fragte er grimmig. „Verdammt, er schneit hier einfach rein und reißt sofort alles an sich. Warum ist er in Reginalds Zimmer?"

„Ich weiß es nicht. Das wirst du ihn schon selber fragen müssen." Sie schaute über Wades Schulter hinaus auf den Korridor und sah endlich Travis kommen. Er hatte die Hände in den Taschen seiner Cordhosen vergraben, und die Ärmel seines Hemds waren immer noch hochgekrempelt. Sein ernstes, verärgertes Gesicht hellte sich ein wenig auf, als er Savannahs besorgten Blick sah.

„Na, was sagst du jetzt?", fragte ihn Joshua und trat einen Schritt vom hell erleuchteten Baum zurück.

„Der schönste Baum, den ich je gesehen habe." Travis lächelte dem Jungen liebevoll zu. „Vielleicht solltest du ins Weihnachtsbaumgeschäft einsteigen."

„Und vielleicht sollte er jetzt endlich ins Bett gehen", brummte Wade und sah seinen Sohn mit hochgezogenen Augenbrauen an. Dann wandte er sich an Travis, als wäre das

Gespräch mit Joshua beendet. „So, McCord, was zum Teufel geht hier vor? Du kandidierst nicht als Gouverneur? Was soll der Unsinn?"

„Das ist kein Unsinn", antwortete Travis und begann, Joshua beim Stapeln der restlichen Schachteln zu helfen. „Nur eine Tatsache." Er trug die Schachteln aus dem Zimmer und verstaute sie in der Kammer unter der Treppe.

„Großartig!" Wade ging hinüber zur Hausbar und schenkte sich einen Drink ein.

„Dad", schaltete Joshua sich ein, der die angespannte Stimmung spürte. Er wollte die Situation wohl ein bisschen auflockern. „Travis hat diesen Baum ganz allein gefällt."

Wade schaute seinen Sohn so an, als würde er ihn zum ersten Mal sehen. In seinem Bemühen, seinen Zorn dem Jungen gegenüber zu zügeln, umklammerte er sein Glas so fest, dass seine Fingerknöchel weiß hervortraten. „Ich glaube, das hast du schon mal gesagt. Und ich habe dir gesagt, dass mir dieser Baum gefällt."

„Tante Savvy sagt, er ist megacool."

„Tja, und damit hat sie recht, nicht wahr?", stellte Reginald fest, der gerade wieder ins Wohnzimmer kam. Er nahm Joshua auf den Arm und drückte ihn an seine breite Brust. „Wichtig ist, dass Santa Claus ihn findet – was ich stark vermute."

„Es gibt keinen Santa Claus", erwiderte Joshua altklug.

„Oh nein!", rief Reginald dermaßen entsetzt, dass Joshua und Savannah lachen mussten. „Ich sehe mich jetzt mal in der Küche nach einem kleinen Snack um. Warum kommst du nicht mit?", fragte er den Jungen.

Joshua lächelte, schüttelte jedoch den Kopf. „Nicht, bevor ich mit dem Baum fertig bin."

„Wie du möchtest." Reginald sah seinen Enkelsohn liebevoll an und ging dann in die Küche.

Charmaine kam die Treppe herunter und ins Wohnzimmer. „Toll hast du den Baum geschmückt", lobte sie ihren Sohn. Dann bemerkte sie Wades verkniffenes Gesicht und das herausfordernde Funkeln in Travis' Augen. „Komm, Joshua, ich glaube, du gehörst langsam ins Bett."

„Noch nicht, Mom."

„Du hast gehört, was deine Mutter gesagt hat", wies Wade ihn gereizt zurecht.

„Aber ich bin mit dem Baum noch nicht fertig", protestierte der Junge.

Wades Blick wurde kalt. Er hatte sichtlich Mühe, sich zu beherrschen. „Das kann warten."

„Aber Dad, bitte!"

Ach, Josh, treib es bloß nicht zu weit, dachte Savannah und versuchte sich etwas einfallen zu lassen, damit die Situation nicht eskalierte.

„Nein! Du hast gehört, was ich gesagt habe. Sieh zu, dass du in dein Zimmer kommst. Sofort!"

„Aber Dad …"

„Widersprich mir nicht!" Wade wurde rot vor Zorn.

„Es ist ja nur dieser eine Abend", wandte Savannah ein und stellte sich instinktiv neben Joshua, als wollte sie ihn beschützen. „Wir sind ja schon fast fertig. Stimmt's, Josh?"

Wades Blick wurde eisig. „Halt dich da raus, Savannah. Es geht dich nichts an. Josh braucht seinen Schlaf, und ich möchte mit Reginald und McCord allein reden." Er sah seinen Sohn streng an. „Jetzt geh nach oben. Und keine Widerrede, Josh. Sonst gibt es dieses Jahr vielleicht kein Weihnachten."

„Wade!", zischte Charmaine entsetzt, verstummte jedoch sofort, als sie den wütenden Blick ihres Mannes bemerkte.

„Weihnachten gibt es jedes Jahr", entgegnete Joshua trotzig.

„Nicht, wenn du ungezogen bist", sagte Wade in warnendem Ton.

„Ich bin nicht ungezogen."

„Das wissen wir", schaltete Travis sich ein. „Du bist ein guter Junge, Joshua. Lass dir von niemandem etwas anderes einreden." Er sah Wade durchdringend an. „Ich bin sicher, dein Dad hat es nicht so gemeint."

Wade blickte unruhig hin und her. Anscheinend war ihm sein Verhalten plötzlich wirklich peinlich. Rasch trank er sein Glas leer und schenkte sich nach. Dennoch war ihm anzusehen, dass er innerlich vor Wut kochte. „Natürlich nicht", sagte er unsicher und strich sich mit zitternden Fingern die Haare glatt. „Du bist ein guter Junge, und darum wirst du jetzt auch brav nach oben gehen."

„Komm, Josh." Savannah streckte Josh eine Hand entgegen.

Jetzt verlor Wade endgültig die Beherrschung. „Halt dich da raus, Savannah", brüllte er und begann, am ganzen Körper vor Wut zu beben. „Verdammt, misch dich nicht in das Leben meines Sohnes ein!"

Travis erstarrte. „Benson …"

„Das geht nur mich und meinen Sohn etwas an!" Wade starrte Joshua wütend an und verschüttete dabei einen Teil seines Drinks. Das Missgeschick machte ihn noch zorniger. „Abmarsch, junger Mann. Los, nach oben mit dir!"

„Nein!"

„Ich meine es ernst!" Wade, der nun knallrot im Gesicht war, stellte sein Glas weg und ging auf den Jungen zu.

„Lass ihn in Ruhe." Travis bekam Wade von hinten an seinem Jackett zu fassen und versuchte, ihn zurückzuhalten, doch Wade riss sich los.

„Wade, nicht!", flehte Charmaine und eilte zu ihm. Zu spät.

„Ich hasse dich." Joshua war selbst so aufgebracht, dass er sich von Wades Zorn nicht einschüchtern ließ.

„Du musst lernen, Respekt vor deinem Vater zu haben. Und ich werde es dir beibringen!" Schnell wie eine Schlange, die sich zum Angriff aufrichtet, hob Wade die Hand und gab dem Jungen eine Ohrfeige. Der Schlag war so fest, dass Joshua gegen den Weihnachtsbaum taumelte.

Savannah war geschockt. Die Christbaumkugeln aus Glas stießen auf dem schwankenden Baum klirrend aneinander.

Travis konnte gerade noch verhindern, dass Wade ein zweites Mal zuschlug. Er packte Wade am Nacken und riss ihn zurück.

Jeder Muskel in Travis' Körper war angespannt und bereit zum Angriff. Seine Augen funkelten zornig. „Du elender Mistkerl", zischte er. Er hielt Wade mit eisernem Griff an den Schultern fest und sah so aus, als würde er ihn am liebsten umbringen. „Lass das Kind in Ruhe."

„Das geht dich nichts an, McCord."

„Doch, solange ich hier bin, geht es mich sehr wohl etwas an. Rühr den Jungen bloß nicht an, sonst kriegst du es mit mir zu tun."

„Er ist nicht dein Kind", entgegnete Wade, riss sich los und drehte sich mit geballten Fäusten wieder zu Joshua um.

„Ich wünschte, ich wäre es!", schrie Josh. Er hatte Tränen in den Augen und rieb sich die Wange, auf der Wades Hand einen leuchtend roten Abdruck hinterlassen hatte. „Du magst mich nicht, das weiß ich, und ich wünschte, ich wäre nicht dein Sohn."

„Du kleiner …"

„Aufhören!", rief Savannah energisch und zog Joshua an sich. „Hört auf! Alle!" Sie spürte die heißen Tränen des Jungen auf ihrer Bluse. „Josh. Ach, Josh", murmelte sie und küsste ihn aufs Haar. Dann sah sie Wade eisig an. „Wage es nicht, ihm noch einmal zu nahe zu kommen."

„Du hast hier nichts zu sagen. Josh ist mein Sohn."

Josh, der sich immer noch die Wange hielt, schaute seinen Vater wütend an. In seinen tränennassen Augen funkelte der blanke Hass. „Du hast mich nie gemocht", erwiderte er schluchzend. „Aber das ist okay. Ich mag dich nämlich auch nicht."

„Josh, nein", flüsterte Charmaine, die sich endlich aus ihrer Starre löste und zu ihrem Sohn lief. Als Wade einen Schritt in Richtung des Jungen machte, fuhr sie herum und schaute ihrem Mann in die Augen. „Wehe, du rührst ihn an", drohte sie ihm. „Es ist mein Ernst, Wade. Wehe, du rührst mein Kind noch ein einziges Mal an!" Charmaine nahm Joshuas kleine Hand in ihre. Obwohl sie bleich im Gesicht war, schaffte sie es, die Schultern zu straffen und das Kinn energisch emporzurecken. „Komm, Josh. Gehen wir nach oben." Ihre Lippen waren weiß, als sie hinzufügte: „Daddy ist bloß müde von dem langen Flug."

Joshua schaute Savannah an, und sie lächelte ihm aufmunternd zu. „Ich bin in ein paar Minuten bei dir und lese dir eine Geschichte vor. Oder vielleicht kannst ja du mir eine vorlesen. Okay?"

„Okay", flüsterte er mit brüchiger Stimme.

Als Joshua und Charmaine aus dem Zimmer gegangen waren, wandte sich Savannah wieder Wade zu. Ihre Hände zitterten vor Zorn. Alle Sorgen und die ganze Wut, die sich in den letzten Monaten in ihr aufgestaut hatten, brachen aus ihr heraus. „Wenn du dieses Kind jemals wieder schlägst, rufe ich die Polizei und lasse dich festnehmen", drohte sie und zeigte mit dem Finger auf ihren Schwager. Am liebsten hätte sie diesen Mistkerl erwürgt.

„Reg dich doch nicht so auf, Savannah", sagte Wade nervös. Er trank sein Glas aus, ging wieder zur Hausbar und schenkte sich einen Brandy ein.

„Sie regt sich völlig zu Recht auf." Travis war ebenso aufgebracht wie Savannah.

„Der Junge hat sich total danebenbenommen."

„Er ist doch noch ein Kind!", rief Savannah. „Ein sehr verwirrtes Kind, das sich unerwünscht und ungeliebt fühlt!"

„Was weißt du denn schon", fuhr Wade sie an.

„Ich kenne deinen Jungen besser als du. Und man braucht kein Genie zu sein, um zu wissen, dass man ein Kind nicht vor seiner Familie demütigen darf."

„Er hat es herausgefordert." Wade führte mit zitternder Hand sein Glas zum Mund und kippte seinen Brandy hinunter. Dann setzte er sich. Savannahs Vorwurf schien ihm etwas den Wind aus den Segeln genommen zu haben.

„Wenn du das Kind noch einmal anrührst, schlage ich dich krankenhausreif", sagte Travis ganz ruhig, ging zur Bar und schenkte sich ebenfalls einen Drink ein. Dann beugte er sich zu Wade hinunter, packte ihn am Revers seines glänzenden Jacketts und grinste ihm verächtlich und voller Genugtuung ins Gesicht. „Und glaub bloß nicht, ich würde dabei nicht jede Sekunde genießen."

Wade verschluckte sich fast an seinem Brandy.

Reginald war wieder ins Wohnzimmer gekommen und hatte den letzten Teil des Gesprächs gehört. „Das macht er wirklich, Wade. Als Travis ungefähr achtzehn war, habe ich gesehen, wie er ein Kind verprügelt hat, das ein paar Jahre älter und fast zwanzig Kilo schwerer war als er. An deiner Stelle würde ich seine Drohung ernst nehmen."

„Moment mal, Reginald!" Wade zerrte an seinem Krawattenknoten und versuchte, zumindest einen Teil seiner angeknacksten Würde wiederherzustellen. „Sag jetzt nicht, du wärst auf seiner …" Er deutete mit dem Daumen auf Travis. „… Seite!"

„Wir reden hier von meinem einzigen Enkelsohn, Wade." Reginald setzte sich auf die harte Kante der Samtcouch. „Ich weiß, Josh hat eine große Klappe, aber du solltest besser lernen, damit umzugehen."

„Das kann ich sehr wohl."

„Nicht besonders gut." Travis nippte an seinem Drink und grinste in sich hinein.

„Ich bin nicht Tausende von Meilen geflogen, um mir anhören zu müssen, wie ich mein Kind zu erziehen habe", erklärte Wade und zog seine Weste zurecht.

„Dann hättest du dich nicht vor allen dermaßen unmöglich aufführen sollen", murmelte Travis.

Wade ließ seinen Blick im Wohnzimmer umherschweifen und räusperte sich. „Ich glaube, es wird Zeit, dass wir zur Sache kommen."

„Noch nicht." Travis leerte sein Glas und stellte es auf den Tresen. „Zuerst sollte ich besser nach deinem Kind sehen, glaube ich."

Nach diesem Seitenhieb auf Wade ging er zu Savannah, nahm sie an der Hand und ging mit ihr die Treppe hinauf.

„Mistkerl", flüsterte Travis. Er hatte das Kinn grimmig nach vorn geschoben und versuchte, seine Wut zu zügeln.

Savannah nickte. „Da kann ich dir nicht widersprechen." Als sie oben auf der Treppe ankamen, hörten sie Joshua in seinem Zimmer schluchzen. „Oh nein", seufzte sie und zögerte einen Moment, ehe sie leise an seine Tür klopfte. „Josh?"

„Ja?"

„Alles in Ordnung?"

Charmaine öffnete die Tür. Sie war blass und verweint, schaffte es aber trotzdem, Savannah schwach anzulächeln. „Alles in Ordnung."

„Wirklich?" Savannah schaute von ihrer Schwester zu ihrem Neffen, der unter seiner Bettdecke plötzlich sehr klein und verletzlich wirkte.

„Ja."

„Ja!", sagte auch Joshua mit tränenerstickter Stimme.

Die Tapferkeit, die er an den Tag legte, rührte Savannah zutiefst. „Möchtest du immer noch, dass ich dir eine Geschichte vorlese?"

Joshua zuckte die Achseln, aber er wirkte nicht mehr ganz so verzweifelt. „Klar."

„Fein. Gib mir nur ein paar Minuten, okay?"

„Okay."

Charmaine war heraus auf den Korridor gekommen, und Travis legte ihr sanft eine Hand auf die Schulter. „Kommst du zurecht?"

„Ich denke schon."

„Du brauchst dir ein derartiges Verhalten nicht bieten zu lassen, das weißt du hoffentlich."

Sie starrte zur Decke und Travis spürte, dass sie einem Zusammenbruch nahe war. „Sprichst du jetzt als Scheidungsanwalt?"

Travis schüttelte den Kopf und ließ die Schultern ein wenig sinken. „Als Freund. Es gibt überhaupt keinen Grund, sich misshandeln zu lassen – weder körperlich noch psychisch."

„Es wird nicht wieder vorkommen", entgegnete Charmaine, wich Travis' besorgtem Blick jedoch aus. „Lasst mich nur noch ein bisschen mit Josh alleine. Und mit Wade … komme ich schon zurecht."

„Bist du sicher?", fragte Savannah.

„Selbstverständlich." Charmaine wischte sich die Tränen weg und zwang sich zu einem Lächeln. Ihre Lippen bebten. „Ich kann diesen Mann um den kleinen Finger wickeln."

„Ach, Charmaine …"

„Schon gut. Geht nur, ihr beide. Vielleicht könnt ihr ja herausfinden, warum er so schlecht gelaunt ist."

Ich wünschte, das könnten wir, dachte Savannah, ohne recht daran zu glauben. Sie verließ Joshuas Zimmer mit einem unheilvollen Gefühl.

„War es schon immer so schlimm?", wollte Travis wissen und legte tröstend den Arm um sie.

„Noch nie. Er hat den Jungen meines Wissens noch nie geschlagen." Es schauderte sie, als sie daran dachte. „Ich hätte nie gedacht, dass er handgreiflich wird."

„Du glaubst, es war das erste Mal?"

„Das hoffe ich." Ihre blauen Augen blitzten zornig. „Und es war hoffentlich auch das letzte Mal, sonst …"

Als sie wieder ins Wohnzimmer kamen, stand Wade neben dem Kamin. Mit einer Hand stützte er sich auf das Kaminsims aus italienischem Marmor, in der anderen hielt er einen Drink. Er wirkte nun etwas ruhiger, als er mit gerunzelter Stirn von Travis zu Savannah sah.

„Okay, McCord", fing er an und sah kurz zu Reginald. Dann starrte er in die bernsteinfarbene Flüssigkeit in seinem Glas. „Ich schätze, ich habe mich danebenbenommen." Er verlagerte sein Gewicht von einem Bein auf das andere, seufzte und schüttelte den Kopf. „Tut mir leid."

„Du entschuldigst dich bei den Falschen", meinte Travis kühl.

„Ja. Tja, darum kümmere ich mich dann schon. Später. Aber jetzt zu dir. Und warum du nicht als Gouverneur kandidierst?"

„Es interessiert mich einfach nicht."

„Das kann nicht dein Ernst sein."

„Doch. Das habe ich dir doch schon gesagt."

Wade schob sich die Haare aus der Stirn und schaute zu Reginald, der auf seinem Lieblingsstuhl am Fenster saß.

„Was geht dich das überhaupt an?" Travis lehnte sich an den Tresen der Hausbar und schaute Wade fragend an.

Savannah setzte sich auf die Couch. Eigentlich wollte sie an diesem Gespräch gar nicht teilnehmen, doch sie wusste auch nicht, wie sie es vermeiden sollte.

„Es wurde bereits viel Zeit und Geld in deine Kandidatur investiert."

„Vielleicht hätte irgendjemand das alles mit mir absprechen sollen."

„Schon vergessen? Du warst zu beschäftigt, bei diesem Eldridge-Prozess den Helden zu spielen. Du hattest sehr wohl vor zu kandidieren. Zumindest hast du dich Reginald gegenüber dahin gehend geäußert."

„Und du hast einfach angenommen, ich würde es durchziehen."

„Eine durchaus verständliche Vermutung, würde ich sagen."

„Also hast du schon mal begonnen, Wahlspenden zu sammeln, mit meinem Kanzleipartner die Buchhaltung in die Hand zu nehmen und weiß Gott was noch alles." Travis' Züge verhärteten sich, und seine Augen funkelten zornig.

„Reginald hat auf dich gezählt."

„Stimmt das?" Travis blickte zu Reginald.

„Es ist eine Schande, sich so eine Chance einfach entgehen zu lassen", antwortete Reginald. „Und ja, man kann sagen, dass ich mich auf deine Kandidatur verlassen habe", gab er zu, griff in seine Westentasche und zog eine Pfeife heraus.

Während er sie anzündete, herrschte angespanntes Schweigen im Wohnzimmer.

„Selbst wenn ich kandidierte", sagte Travis mehr zu sich selbst, „würde ich höchstwahrscheinlich nicht einmal die innerparteiliche Vorwahl gewinnen, geschweige denn die Gouverneurswahl! Warum ist es euch so verdammt wichtig?"

„Reginald hat Pläne", sagte Wade.

„Tja, vielleicht hätte er mich in diese Pläne einweihen sollen." Travis ging zu Reginald und blieb vor ihm stehen. „Seit ich siebzehn war, wollte ich immer, dass du zufrieden mit mir bist. Ich wollte es so sehr, dass ich meine eigenen Interessen zurückgestellt habe – nur, um es dir recht zu machen. Aber so läuft es jetzt nicht mehr."

Reginald strich mit den Fingern über den Pfeifenkopf, sah zu Wade hinüber und starrte dann mit düsterer Miene auf den Weihnachtsbaum.

Travis seufzte laut und massierte sich seinen verspannten Nacken. „Ich glaube, wir sollten wegen dieser Wahlspenden etwas unternehmen, die Willis Henderson und ihr beide in meinem Namen angenommen habt. Ich erwarte, dass das Geld den Leuten zurückgegeben wird, von denen ihr es bekommen habt. Ende des Jahres muss die ganze Angelegenheit erledigt sein. Die angewachsenen Zinsen auf sämtliche Spenden zahle ich."

„Du verstehst nicht, was ...." Wade musterte ihn genervt.

„Und ich will es auch nicht verstehen." Travis sah Reginald unverwandt an. „Ich bin raus. Mir gefällt die Politik genauso wenig wie Prozesse gegen Konzerne oder Scheidungen, Sorgerechtsverhandlungen und der verdammte Rest, der zur Arbeit eines Anwalts gehört."

„Den Ruhm, den dir der Eldridge-Prozess eingebracht hat, hast du aber schon genossen", merkte Reginald an und paffte an seiner Pfeife. Das ganze Wohnzimmer war von intensivem Tabakgeruch erfüllt.

„Sogar der war letztlich eine Enttäuschung."

„Aber du kannst nicht einfach aussteigen." Reginald hob abwehrend eine Hand und nickte Travis zu.

„Das bin ich schon. Frag Henderson. Er weiß, dass es mir ernst ist." Travis streckte sich und stellte sein Glas auf das Kaminsims. Dann lehnte er sich an die Rückenlehne der Samtcouch und starrte den Weihnachtsbaum an. „Ich weiß nicht genau, warum es so verdammt wichtig war, dass ich Gouverneur von Kalifornien werde. Aber dieses Amt interessiert mich wirklich nicht."

„Ich habe lange dafür gearbeitet, damit ich den Tag erlebe, an dem du Gouverneur wirst", flüsterte Reginald. Es klang fast so, als würde er mit sich selbst reden, und ihm war anzusehen, wie betroffen er war.

Savannah konnte die Enttäuschung ihres Vaters beinahe körperlich spüren.

Travis lächelte bitter. „Ich würde ja gern sagen, dass es mir leidtut, deine Pläne zu durchkreuzen. Aber das ist nun mal nicht der Fall. Mir gefällt nämlich nicht, wie ihr alle hinter meinem Rücken agiert habt. Und ich musste davon ausgehen, dass ihr auch dann noch alles bestimmt hättet, wenn ich gewählt worden wäre. Ich glaube, es wird Zeit, dass die Leute in diesem Staat einen Gouverneur bekommen, den sie verdienen. Einen, der ihre Interessen vertritt und das Beste für sie will."

„Das ist Schwachsinn, und das weißt du", sagte Wade. „Idealistisches Gerede bringt einen in der Welt da draußen nicht weiter."

Travis sah Savannah an. „Und du dachtest, ich sei zynisch?" Er lachte bitter und schüttelte den Kopf. „Mehr habe ich dazu nicht zu sagen."

Er ging aus dem Wohnzimmer hinaus in die Eingangshalle und nahm seinen Mantel von der Garderobe. Savannah ging ihm nach.

„Komm, gehen wir ein bisschen", murmelte er. „Ich muss an die frische Luft."

„Ich habe Joshua versprochen, dass ich ihm eine Geschichte vorlese." Zögernd ging sie zur Treppe. Als Travis sie rief, blieb sie stehen.

„Savannah?"

Sie drehte sich zu ihm um und sah die Leidenschaft in seinen Augen aufflackern. Er stand am Fuß der Treppe so nah vor ihr, dass sie sich fast berührten. Travis wirkte angespannt. Die Falten in seinen Augenwinkeln und um seinen Mund wirkten tiefer als sonst und ließen sein Gesicht noch kantiger wirken.

Savannah spürte seinen durchdringenden Blick auf ihrer Haut brennen, und ihr Herz begann wild zu klopfen. Plötzlich schoss ihr ein Gedanke durch den Kopf: Jetzt, da Travis ihrem Vater gesagt hatte, dass er nicht kandidierte, gab es für ihn keinen Grund mehr, auf der Farm zu bleiben. Der heutige Abend würde vielleicht der letzte sein, den sie gemeinsam hatten. Die Erkenntnis, dass Travis bald wieder aus ihrem Leben verschwinden würde, drückte sie förmlich nieder.

„Ich bin bald zurück." Sie legte ihm kurz eine Hand auf die Schulter. „Wartest du auf mich?"

Sein Schmunzeln ließ sein markantes, schönes Gesicht plötzlich weicher wirken. „Ich habe neun Jahre gewartet. Da machen mir ein paar Minuten länger nichts aus." Dann legte er ihr eine Hand in den Nacken und zog ihren Kopf zu sich. Seine Lippen, die sich drängend auf ihren Mund pressten, waren heiß und der Kuss so leidenschaftlich, dass es Savannah den Atem nahm. Ihre Lippen pulsierten vor Sehnsucht, und ihr wurde ganz schwindlig.

Ich bin verloren, dachte sie, schloss die Augen und schlang die Arme um Travis' Nacken. *Ich habe nie aufgehört, ihn zu lieben, und ich werde ihn immer lieben.*

Er nahm sie fester in den Arm und zog sie an seine muskulöse Brust. „Bleib nicht zu lang weg", flüsterte er ihr ins Ohr.

„Bestimmt nicht." Als sie ihre Augen öffnete und über Travis' Schulter hinweg zum Wohnzimmer schaute, sah sie ihren Vater in der Tür stehen. Er hatte die leidenschaftliche Umarmung beobachtet.

Travis lächelte, drehte sich um und ging zur Haustür hinaus. Savannah blieb auf der zweiten Treppenstufe stehen. Sie war so unsicher auf den Beinen, dass sie sich am Geländer festhalten musste.

„Du machst einen Fehler", stellte Reginald fest, zog an seiner Pfeife und kam in die Eingangshalle. „Es wird dir nur wehtun, wenn du dich noch einmal auf ihn einlässt, Savannah."

Also hat Reginald es tatsächlich gewusst! Travis hatte die Wahrheit gesagt! Savannah war froh und gleichzeitig enttäuscht. Travis war zwar ehrlich zu ihr gewesen, doch ihr Vater hatte sie neun Jahre lang belogen.

„Ich bin nicht mehr siebzehn." Ihr Finger schlossen sich fester um das Holzgeländer. Von da aus, wo sie stand, konnte sie Wade sehen. Er lag mit dem Rücken zur Eingangshalle im Wohnzimmer auf der Couch und schien seinen – alkoholverklärten – Gedanken nachzuhängen.

„Das vielleicht nicht. Aber du bist immer noch meine Tochter." Reginald zog die buschigen grauen Augenbrauen hoch. „Und Travis McCord ist nicht der Richtige für dich."

„Warum nicht?"

„Er hat immer nur Melinda geliebt."

Savannah wurde blass. Am liebsten hätte sie ihn angeschrien, dass es keine Rolle spielte, doch sie riss sich zusammen. „Aber Melinda lebt nicht mehr", sagte sie leise.

„Vielleicht für dich und mich, aber nicht für Travis. Sie war seine erste Liebe, Savannah. Das solltest du besser akzeptieren."

„Warum hast du mir nicht gesagt, dass du Bescheid über Travis und mich wusstest?", fragte sie. „Du weißt es seit Langem."

Reginald lächelte traurig und betrachtete den Kopf seiner Pfeife. „Weil es vorbei war. Er hat dir damals wehgetan, aber es war vorbei."

„Und jetzt?"

Reginald seufzte und lächelte sie väterlich an. „Ihr passt nicht zueinander. Du willst auf der Farm leben, mit Pferden arbeiten, heiraten und Kinder bekommen. Travis hingegen, nun ja, der ist aus einem anderen Holz geschnitzt. Er will Ruhm und Anerkennung – sei es im Gerichtssaal oder auf dem politischen Parkett."

„Hast du denn überhaupt nicht gehört, was er gesagt hat?" Savannah konnte es nicht fassen, dass ihr Vater in Travis immer noch den zukünftigen Politiker sah.

„Er ist momentan nur ernüchtert und enttäuscht. Er ist müde. Melindas Tod und der Eldridge-Prozess haben ihm viel abverlangt." Reginalds müde Augen leuchteten auf. „Das ändert sich wieder. Du wirst schon sehen."

„Das glaube ich nicht."

„Mag sein, aber du neigst dazu, Travis falsch zu verstehen, nicht wahr? Vor neun Jahren dachtest du, er und Melinda hätten Schluss gemacht."

Savannah ging die zwei Stufen der Treppe in die Eingangshalle hinunter, damit sie mit ihrem Vater auf Augenhöhe war. „Travis dachte, sie wäre schwanger. Und du hast dich hinter sie gestellt."

„Ich habe ihr geglaubt."

„Es war eine Lüge."

Reginald runzelte die Stirn. „Davon weiß ich nichts. Hat er dir das erzählt? Tja, das sieht ihm ähnlich." Er seufzte laut. „Savannah, vergiss nicht, dass kein Mensch ihm eine Pistole an den Kopf gehalten und gezwungen hat, Melinda zu heiraten. Egal, ob sie nun schwanger war oder nicht. Er hat sie aus freien Stücken geheiratet, und die beiden haben fast neun Jahre zusammengelebt. Neun Jahre! Heutzutage ist das schon fast ein Rekord.

Oh, ich garantiere dir, dass du ihm gefallen hast. Das war von Anfang an so. Aber das war nur körperliche Anziehung – der Unterschied zwischen Lust und Liebe, zwischen Geliebter und Ehefrau." Er tätschelte ihr sanft den Arm, als er ihren entsetzten Blick sah. „Ich will doch nur dein Bestes, das solltest du wissen."

„Wirklich, Dad?" Sie konnte sich vor Wut kaum noch beherrschen. „Ich frage mich, ob das stimmt. Du hättest mir wenigstens sagen können, dass du über Travis und mich Bescheid wusstest."

Reginald zuckte die Achseln. „Warum? Was hätte das für einen Sinn gehabt? Deine Affäre mit ihm war vorbei, und er war verheiratet. In solchen Fällen ist es klug, die Sache abzuhaken."

„Wann begreifst du endlich, dass du mich in meinen Entscheidungen nicht mehr beeinflussen kannst? Genauso wenig kannst du Travis zwingen, Gouverneur zu werden."

„Ich versuche nicht, dich zu beeinflussen, Savannah. Ich will dir doch nur helfen, die richtigen Entscheidungen zu treffen."

„Und richtig wäre, Travis zu vergessen?"

„Ich will doch nur, dass dir niemand wehtut", flüsterte er und gab ihr einen zarten Kuss auf die Wange. „Reicht denn nicht eine schwierige Ehe in dieser Familie?"

„Aber du und Wade …"

„Oh, als Geschäftspartner kommen wir gut miteinander aus", sagte Reginald und sah hinüber ins Wohnzimmer, wo Wade immer noch auf der Couch lag. „Aber er hätte Charmaine nie heiraten sollen, und er ist seinem Sohn ein lausiger Vater." Er sah sie mit einem angespannten Lächeln an. „Benütze deinen Verstand, Savannah. Du bist doch klug. Lass dir von deinem Herzen doch nicht alles durcheinanderbringen."

Reginald drehte sich um und ging in sein Arbeitszimmer. Savannah wiederum ging die Treppe hinauf, weiter den kurzen Korridor entlang in Joshuas Zimmer und versuchte, dem Rat ihres Vaters keine Bedeutung beizumessen.

*D*ie Sicherheitsleuchten warfen ihr blaues, gespenstisch wirkendes Licht auf den weißen Boden und die umliegenden Gebäude.

Travis wartete bei den Stallungen. Seine große Gestalt hob sich dunkel vom intensiven Weiß der Mauern und der schneebedeckten Dächer und Bäume ab.

Savannah schob die Gedanken an die warnenden Worte ihres Vaters beiseite und ging auf ihn zu. Es war kalt, und sie zitterte ein wenig.

„Na, wie geht es Josh?", erkundigte er sich, als sie in Hörweite war.

„Einigermaßen gut, glaube ich."

„Du bist dir nicht sicher?"

Sie schüttelte den Kopf, und die Schneeflocken in ihren schwarzen Haaren wirbelten durcheinander. „Wie würdest du dich fühlen, wenn dein Vater dich vor der ganzen Familie gedemütigt hätte?"

„Nicht so toll."

„Siehst du." Sie seufzte. „Josh fühlt sich mit Sicherheit nicht so toll."

Travis nahm ihre Hand, verschränkte seine Finger mit ihren und schob beide Hände in die Tasche seiner Jacke. „Du kannst nicht alle Probleme dieser Welt lösen, das weißt du doch, oder?"

„Hat man dir das bei deinem Jurastudium beigebracht?"

„Nein." Er schüttelte den Kopf und führte sie um den Stall herum zu dem mit Büschen überwucherten Weg, der hinunter zum See führte. „Ob du es glaubst oder nicht, ich habe viele Dinge allein gelernt."

„Und ich will nicht alle Probleme dieser Welt lösen. Nur die eines einzigen kleinen Jungen."

„Er ist nicht dein Sohn."

„Ich weiß, und das ist das Problem."

„Eines davon", stimmte Travis zu.

Gefrorene Zweige neigten sich von links und rechts über den Weg und streiften mit ihren spröden, eisigen Blättern über Savannahs Gesicht und ihre Kleidung. Ihre und Travis' Stiefel knirschten im frisch gefallenen Schnee.

Der matschige Boden am Seeufer war eisbedeckt, und die kahlen, schiefen Bäume rund um die schwarze Wasseroberfläche sahen aus wie Wachposten, die sich schützend um einen heiligen Ort gruppiert hatten. Einen heiligen Ort, an dem eine ursprünglich nur zarte Liebe zu lodern begonnen hatte.

Travis blieb bei der alten Eiche stehen, neben der er auch damals gestanden hatte. „Es ist lange her", sagte er und starrte auf das dunkle Wasser.

Der Schmerz der Vergangenheit war wieder gegenwärtig. „Zu lang."

„Du warst die schönste Frau, die ich jemals gesehen habe. Das hat mir Angst gemacht. Wahnsinnige Angst." Er schüttelte staunend den Kopf darüber, wie lebendig die Erinnerung war. „Damals hatte ich mir gerade zwei Tage lang versucht einzureden, dass du tabu bist. Du lieber Himmel, du warst Reginalds Tochter! Und dann bist du aus dem Wasser gekommen, splitterfasernackt und mit diesem herausfordernden Blick." Er lehnte sich mit einer Schulter an den Stamm der Eiche. „Da war es um mich geschehen. Alle meine guten Vorsätze waren beim Teufel."

„Du warst betrunken", rief sie ihm in Erinnerung.

„Ehrlich gesagt glaube ich nicht, dass das einen Unterschied gemacht hat." Er legte einen Arm um sie und strich mit dem Zeigefinger über ihre Wange. Seine Hand war kalt, die Berührung jedoch verführerisch. Savannah zitterte.

Er schaute ihr tief in die Augen. In ihren dichten, schön geschwungenen Wimpern hingen Schneeflöckchen. „In diesem Moment habe ich mich rettungslos in dich verliebt, Savannah. Ich wollte es nicht. Weiß Gott, ich habe dagegen angekämpft, aber ich habe mich verliebt." Er lächelte bitter. „Und bin es immer noch."

Als seine eiskalten Lippen ihren Mund berührten, schrillten

sofort tausend Alarmglocken in Savannahs Kopf. Sie ignorierte sie alle. Das Gefühl, wie Travis' Körper sich an ihren presste, war genauso elektrisierend wie vor neun Jahren, in jenem Sommer, an genau dieser Stelle am See.

Sie spürte seine starken Arme, die sie festhielten, spürte seine feuchten Lippen auf ihrem Mund und konnte den Mann, den sie nie zu lieben aufgehört hatte, endlich wieder schmecken und riechen. Es machte sie traurig und glücklich gleichzeitig.

Er hob den Kopf und sah ihr in die Augen. „Ich will, dass du heute Nacht bei mir bleibst", flüsterte er. Sein warmer Atem streichelte über ihr Gesicht. „Du brauchst mir keine Zukunft zu versprechen; bleib einfach nur eine Nacht bei mir. Dann sehen wir weiter."

Der Unterschied zwischen Lust und Liebe, zwischen Geliebter und Ehefrau.

„Travis …"

„Sag einfach Ja."

Sie sah ihm tief in seine freundlichen, ehrlichen Augen. Dann schluckte sie und blinzelte ihre Tränen weg. „Ja."

Travis nahm sie wieder an der Hand, und sie gingen zusammen zurück zum Farmhaus. Dann führte er sie die Treppe hinauf in die Wohnung über der Garage, in der Charmaine ihr Atelier eingerichtet hatte.

Nachdem er die Tür hinter ihnen zugemacht hatte, rieb er sich die klammen, kalten Hände und hauchte sie an. Die Temperatur in der Wohnung war kaum über null Grad; Savannah konnte im Halbdunkel ihren Atem sehen.

Sie sah sich in dem kleinen Refugium ihrer Schwester um. Durch die Fenster fiel das fahle Licht der Sicherheitsleuchten, das der Schnee draußen reflektierte. Die mit Tüchern verhüllten selbst gemachten Kunstwerke, die Charmaine hier aufbewahrte, sahen in den Zimmerecken wie Geister aus.

„Es hat sich in diesen neun Jahren hier alles ein wenig verändert", stellte Travis fest. Er machte sich nicht die Mühe, das Licht einzuschalten.

Ursprünglich war diese Etage über der Garage eine große Dreizimmerwohnung mit Dachschrägen gewesen. Hier hatte Travis früher immer gewohnt. Vor ein paar Jahren hatte Charmaine sein ehemaliges Wohnzimmer und die Küche zu einem Künstleratelier umgebaut.

Das Schlafzimmer im hinteren Teil der Wohnung gab es immer noch und wurde wieder von Travis benutzt, seit er auf die Farm zurückgekehrt war. Jetzt, in der Dunkelheit dieser eisigen Nacht, zog er Savannah den kurzen Korridor hinunter in den Raum, der von seiner ehemaligen Wohnung noch übrig war.

Savannah hatte das Zimmer seit Jahren nicht mehr betreten. Sie verband damit zu viele Erinnerungen an Travis. Schmerzhafte Erinnerungen. Sie lehnte sich an den hohen Bettpfosten und erinnerte sich plötzlich wieder, wie sehr sie sich damals im Stich gelassen gefühlt hatte.

„Versuch, die Vergangenheit zu vergessen", beschwor er Savannah, als hätte er ihre Gedanken gelesen. Er legte seine Hand unter ihr Kinn und hob ihren Kopf an, damit sie ihn anschaute. „Hab wieder Vertrauen zu mir." Er zog sie wieder an sich und küsste sie.

Seine Nähe raubte ihr den Atem. Wahrscheinlich hätte sie den Rat ihres Vaters beherzigen und ihn von sich stoßen sollen, allerdings schaffte sie es nicht. Stattdessen raste ihr Puls, und mit jeder Faser ihres Körpers begehrte sie ihn.

Er stöhnte, sowie sie sich an ihn schmiegte. „Es gibt für uns beide keine Ausreden mehr, Savannah", flüsterte er. „Heute Nacht steht uns nichts und niemand mehr im Weg."

Und wir haben nicht mehr viel Zeit, fügte sie in Gedanken hinzu. Morgen bist du vielleicht nicht mehr hier. Verzweifelt schlang sie die Arme um seinen Nacken und erwiderte Travis' Kuss mit der ganzen Leidenschaft einer Frau, die schon viel zu lang auf den Mann, den sie liebte, verzichten musste.

Sie spürte seine Lippen auf ihrem Mund, ihren Augen, ihren Wangen, spürte, wie er seine Zunge in ihren Mund gleiten ließ – suchend, fordernd, drängend.

Travis presste sich an sie, und sie konnte die geradezu explosive Spannung seiner festen Sehnen und Muskeln durch seine Kleidung hindurch auf ihrer Haut fühlen. Er küsste und streichelte ihren Hals und ihr Gesicht.

„Ich habe lange auf dich gewartet." Ungeduldig knöpfte er Savannah den Mantel auf und streifte in über die Schultern.

„Ich auch auf dich", gestand sie leise, während sie ihm die Jacke auszog.

Langsam fielen alle Kleidungsstücke auf den Boden, bis nichts mehr zwischen ihnen war als nur der Schmerz von neun verlorenen Jahren.

Jetzt stand er vor ihr – ein nackter Mann, von dem sie in der Dunkelheit nur die Silhouette erkennen konnte. Er hob eine Hand und streichelte leicht zitternd eine ihrer Brüste.

Die Berührung ließ Savannah erbeben. Es war ein unglaublich erregendes Gefühl, wie er zart und erkundend über ihren Busen strich, und eine geradezu glühend heiße Begierde durchströmte sie. „Travis."

„Psst, sag nichts." Mit seinen Fingern reizte und liebkoste er sie immer weiter und drückte sich noch fester, noch drängender an sie. Sie lehnte sich mit dem Rücken an einen der Bettpfosten, dessen glattes, kühles Holz sich im Gegensatz zu Travis' warmem Körper kalt anfühlte.

Er bedeckte ihren Hals mit heißen, hungrigen Küssen, ließ seine Zunge über ihre zarte Haut gleiten, griff mit einer seiner starken Hände an ihre Pobacken und zog sie fest an seine Hüften. „Ich habe noch nie eine Frau so begehrt wie dich", murmelte er, beugte sich zu ihr und küsste erst eine ihrer vollen Brüste, dann die andere. Dann fuhr er mit den Daumen über ihre dunklen, von seinen Lippen feuchten Spitzen, die unter seiner Liebkosung sofort hart wurden und sich aufrichteten. „Gott, bist du schön", stieß er stöhnend hervor. Der Hauch seines Atems streifte über ihren Nabel.

Unwillkürlich spannte sich ihr Bauch an, und sowie er seine Zunge um ihren Nabel kreisen ließ, keuchte sie auf und ihre

Beine schienen zu versagen. Sie wäre fast zu Boden gesunken, doch er fing sie auf, drückte sie wieder gegen den Bettpfosten und verteilte feurige Küsse auf ihrer Hüfte. Savannah vergrub die Finger in seinem dichten Haar. Das verzweifelte Verlangen tief in ihrem Inneren wurde intensiver. Sie wand sich unter seinen Zärtlichkeiten und drängte sich an ihn. Nur er konnte die Leere füllen, die sie in sich spürte.

„Bitte", flüsterte sie, fast von Sinnen vor verzweifelter Sehnsucht und Lust. „Travis … bitte …"

„Was wünschst du dir", fragte er, während er mit seiner Zunge und seinen Zähnen an ihrer Haut knabberte und verführerisch darüberleckte.

„Alles."

Als er sie jetzt hochhob und ihren Kopf mit einer Hand sanft abstützte, konnte sie nicht mehr widerstehen, wollte nicht mehr widerstehen, selbst wenn sie noch die Kraft dazu gehabt hätte. Ihr schwarzes Haar fiel über seinen Arm, während er sie vorsichtig auf dem Bett runterließ. Die Patchworkdecke fühlte sich so eiskalt auf Savannahs Haut an, dass sie erschauerte. Doch das Feuer in ihrem Blick loderte heiß.

„Ich bin froh über deine Entscheidung, heute Nacht bei mir zu bleiben." Er schaute ihr in ihre blauen Augen und fuhr mit einem Finger über ihren Mund.

Erwartungsvoll zitternd legte sie ihm eine Hand in den Nacken und zog seinen Kopf zu sich, damit ihre geöffneten Lippen sich mit seinen vereinigen konnten.

Er schob sich auf sie und sie nahm den Druck seines harten Oberkörpers auf ihren Brüsten wahr und sein dunkles Brusthaar, das erregend über ihre Brüste strich. Sein muskulöser Rücken und seine Brust glänzten leicht vom Schweiß.

Savannah stöhnte auf, da er seine Beine um sie schlang. Köstlich und zugleich wunderbar lustvoll widmete er sich nun ihrer Spitzen, leckte und biss sie sanft. Anschließend küsste er Savannah noch einmal auf die Lippen.

„Ich liebe dich", sagte er und schloss die Augen, übermannt

von der Erkenntnis dieser Wahrheit. „Ich habe dich immer geliebt."

Savannah schaute ihm unverwandt in seine stahlgrauen Augen, während er nun behutsam ihre Schenkel spreizte und in sie eindrang. Sie spürte, wie die Glut seines Körpers sie erfüllte, als er sich in ihr zu bewegen begann, langsam zuerst, dann schneller und schneller, bis Savannahs Hüften sich scheinbar wie von selbst seinem Rhythmus anpassten und Savannah in den Tanz der Lust hineingerissen wurde, den die Menschen seit ewigen Zeiten vollführten.

Sie klammerte sich an ihn, sie schmeckte seinen Schweiß und sah in seine unergründlich tiefen Augen, unterdessen er sie beide mit dem Fieber seiner Leidenschaft immer weiter auf den Höhepunkt zutrieb. Schließlich zerbarsten die schimmernden Lichter in Savannahs Kopf in tausend winzige Funken. Sie schrie seinen Namen, und in der nächsten Sekunde wurde auch Travis von einem alles übersteigenden Orgasmus erfasst. Dann sank er auf sie, umarmte sie und bettete seinen Kopf auf ihre Brüste.

„Gott, ich liebe dich", murmelte er, ohne aufzuhören, ihre Brüste zu streicheln, bis er in ihren Armen einschlief.

Oh Travis, wie sehr ich mir wünsche, dass das stimmt. Ich möchte dir so gern glauben, dachte sie verzweifelt. *Bitte sag, dass es mehr ist als eine letzte gemeinsame Nacht!* In ihren Augen brannten Tränen.

Sie lauschte seinen ruhigen, regelmäßigen Atemzügen. Womöglich wäre es besser, ins Haus zurückzugehen, überlegte Savannah. Doch dann fielen ihr tausend Ausreden ein, bei ihm zu bleiben, und endlich schlief sie eng umschlungen mit ihm ein.

Stunden später wachte sie auf. Einer von Travis' braun gebrannten Armen lag in einer beschützenden Geste quer über ihren Brüsten. Savannah wollte sich gerade zu ihm drehen und ihn küssen, da merkte sie, dass er schon wach war und sie betrachtete.

„Guten Morgen." Verschlafen strich Travis ihr ein paar schwarze Haarsträhnen aus der Stirn.

Savannah gähnte und streckte sich lächelnd. „Auch dir einen schönen guten Morgen."

Sie versuchte, die Bettdecke zurückzuschlagen und aus dem Bett zu springen, doch Travis hielt sie an den Handgelenken fest und drückte sie aufs Bett. „Wo willst du denn hin, hm?", wollte er wissen.

„Mir ist schon klar, dass du auf Urlaub oder im Vorruhestand – oder wie auch immer du es nennen möchtest – bist", neckte sie ihn, „aber arme Erwerbstätige wie ich haben einen Job, der auf sie wartet."

Leise lachte er. „Dein Vater ist doch wieder da; du kannst dich also entspannen."

„Noch nicht ganz", widersprach sie und wollte seine Hand abschütteln. Vergeblich. Schließlich gab sie seufzend auf. „Was ist denn so wichtig?"

„Ich glaube, wir sollten ein paar Dinge klären, ehe du dich aus dem Staub machst."

„Zum Beispiel?"

„Zum Beispiel die Frage, was wir tun, wenn du schwanger bist."

Was war das denn für eine Frage, dachte Savannah enttäuscht. Was sie selbst betraf, gab es nur eines: Sie würde Travis' Kind zur Welt bringen und es großziehen – allein, wenn es sein musste. Leider musste sie deswegen nicht beunruhigt sein. „Bin ich nicht."

Er lächelte verführerisch. „Zu früh, um dir sicher zu sein?"

Sie rechnete rasch nach. „Sagen wir einfach, es wäre höchst unwahrscheinlich, Herr Anwalt."

„Aha?"

„Bei der Arbeit habe ich tagtäglich mit Zuchtstuten zu tun, schon vergessen? Ich glaube, ich kann mir ungefähr ausrechnen, wann meine fruchtbaren Tage sind. Heute Nacht hatten wir Glück."

„Glück? Tja, vielleicht." Er runzelte die Stirn.

„So, und jetzt würde ich gern aufstehen – falls du nicht noch etwas Dringendes besprechen möchtest."

„Doch genau das ist das Problem, verstehst du?" Er hielt sie immer noch fest, presste ihre Hände seitlich neben ihrem Körper aufs Bett und beugte sich mit seinem verführerisch nackten Körper über sie. „Da gibt es nämlich etwas, das nicht warten kann. Etwas, das mich sehr beschäftigt."

Sie rang nach Luft. „Travis …"

Er zog ihre Hände über ihren Kopf, legte sich auf sie und küsste sie zärtlich auf den Mund.

„Ich sollte jetzt wirklich arbeiten …"

„Bald", versprach er und küsste zärtlich ihre Brüste. Dann beobachtete er fasziniert, wie ihre Brustwarzen hart wurden und sich aufrichteten. „Bald …"

Travis war wieder eingeschlafen, und Savannah konnte aufstehen und rasch in ihre Sachen schlüpfen. Es musste kurz nach sechs Uhr sein. Bald würde die Sonne aufgehen, und Lester würde jeden Moment auf der Farm auftauchen.

Leise wie eine Katze schlich sie sich aus dem Zimmer hinaus ins Atelier und lief dann die Treppe hinunter in den Hof. Es hatte aufgehört zu schneien, doch der graue wolkenverhangene Himmel verhieß für den heutigen Tag noch viele weiße Flöckchen. Die Spuren, die ihre und Travis' Stiefel gestern hinterlassen hatten, waren fast nicht mehr zu sehen. Es musste fast die ganze Nacht geschneit haben.

Vielleicht haben wir dieses Jahr weiße Weihnachten, dachte sie und steckte lächelnd die Hände in die Taschen ihrer Wildlederjacke. Joshua hätte eine Riesenfreude! In diesem Teil des Landes war so viel Schnee eine Seltenheit.

Gut gelaunt ging sie über den Hof zum Haus hinüber. Eine Nacht allein mit Travis zu verbringen und die Tatsache, dass er ihr seine Liebe gestanden hatte, gab ihr Hoffnung. Vielleicht würde doch noch alles gut werden. Vielleicht war es doch richtig, dass sie ihn liebte. Zwar hatte er dieses „Ich liebe dich" auf dem Höhepunkt seiner Lust gesagt, doch niemand hatte ihn dazu gezwungen. Es gab also keinen Grund, seine Worte anzuzweifeln, nicht wahr? Es schien so, als hätte sich alles, was je zwischen ihnen gestanden hatte, in dieser einen Nacht aufgelöst. Nur ein kleiner Zweifel versteckte sich noch irgendwo in ihren Gedanken.

Leise vor sich hin summend ging sie zur hinteren Veranda, ließ Archimedes von der Leine und machte sich auf ihren frühmorgendlichen Rundgang. Der Hund sprang neben ihr her, tollte im Schnee herum und zog seine erste Spur durch die weiße Pracht.

Auf dem Weg zum Stall knirschten Savannahs Stiefel im gut zehn Zentimeter hohen Neuschnee, und ihr Atem bildete in der kalten Luft weiße Nebelwölkchen. Mittlerweile hatte es wieder zu schneien begonnen.

Die trächtigen Zuchtstuten mit ihren dicken Bäuchen schnaubten und wieherten leise, als Savannah in den Stall kam. Nachdem sie sich vergewissert hatte, dass jede Stute genug Wasser und Futter hatte, ging sie wieder hinaus ins Freie und über den Parkplatz bis zu dem Ziegelweg, der zum Hengststall führte. Seltsam, dachte sie, als ihr die Fußspuren auffielen, die von der Eingangstür des Hauses zum Stall führten. Die Abdrücke waren kleiner als ihre eigenen und bereits leicht mit Schnee angezuckert.

„Was ist los?" Travis' Stimme hallte laut durch die morgendliche Stille.

Savannah erschrak beinahe zu Tode und fuhr herum. Travis kam von der Garage zu ihr herüber. Er hatte einen Cowboyhut tief in die Stirn gezogen und die Hände in den Taschen seiner Jeans vergraben. „Oh Mann, Handschuhe wären jetzt nicht schlecht."

„Ich dachte, du würdest noch schlafen."

„Hab ich auch. Bis jemand Bestimmtes so viel Lärm gemacht hat, dass ich aufgewacht bin."

„Was?!" *Sie war doch auf Zehenspitzen herumgeschlichen!* „Jetzt mach mal halblang."

Er beugte sich schmunzelnd zu ihr und gab ihr einen Kuss auf die Nasenspitze. „Ich habe dich vermisst, Savvy."

Savannahs Herz machte einen Freudensprung. *Gott, wie sehr sie diesen Mann liebte.* „Fein, ich könnte nämlich sowohl ein wenig Gesellschaft als auch deine Muskelkraft ganz gut gebrauchen. Du kannst mir helfen, die Hengste zu füttern."

„Da wüsste ich etwas Besseres, was wir tun könnten."

Savannah lachte ausgelassen. Es war ein gutes Gefühl, die Last der Vergangenheit abzuschütteln. „Nicht jetzt, Mister", sagte sie. „Wie gesagt, ich muss arbeiten." Sie gingen nebeneinander durch den Schnee zum Stall. „Apropos, sagst du mir irgendwann vielleicht mal, was du gestern Abend in Dads Arbeitszimmer gemacht hast? Wade wäre vor Schreck beinahe umgekippt, als ich es ihm erzählt habe."

„Das kann ich mir vorstellen", murmelte Travis und zog die Schultern ein, weil ihnen gerade ein eisiger Windstoß entgegenblies. „Ich wollte nur etwas überprüfen."

„Was denn?"

„Die Buchhaltung."

„Die des Gestüts und der Farm?"

Er nickte.

Savannah versteifte sich. „Warum?"

„Reine Neugier." Er starrte auf den Boden und bemerkte nun auch die anderen Fußspuren im Schnee. „Von wem sind die denn?", fragte er und redete dann sofort weiter, ohne Savannahs Antwort abzuwarten. „Normalerweise ist Lester morgens der Erste bei den Pferden, aber diese Abdrücke können nicht von ihm sein. Dafür sind sie zu klein." Er runzelte die Stirn. „Und schau mal genau hin. Das sind eindeutig keine Abdrücke, die man mit Stiefeln hinterlässt. Sieht für mich eher nach Turnschuhen aus."

Savannah blieb beinahe das Herz stehen. Auf ihrem Haar lagen Schneeflöckchen, und ihre Wangen waren von der Kälte gerötet. Ihre blauen Augen verdunkelten sich plötzlich sorgenvoll.

„So ähnlich wie Joshuas Schuhe?"

Travis nickte und betrachtete die Fußspuren, die direkt vom

Farmhaus zum Hengststall führten. Die Falten auf seiner Stirn wurden tiefer.

Eine düstere Vorahnung schnürte ihr die Brust zusammen und machte es ihr fast unmöglich zu atmen. Irgendetwas Furchtbares war passiert, das spürte sie. „Aber was sollte er so früh hier tun?"

„Das werden wir gleich herausfinden."

Travis öffnete die Stalltür, schaltete das Licht ein und ging den Mittelgang zwischen den Pferdeboxen hinunter. Savannah folgte ihm langsam und sah sich aufmerksam im Stall um.

„Morgen, Jungs", sagte sie, blieb kurz bei Night Magic stehen und tätschelte ihm liebevoll die Nüstern. Dann wandte sie sich an Travis. „Sieht nicht so aus, als wäre jemand hier. Genau wie gestern früh. Lester hat ein Geräusch gehört, aber niemanden gesehen."

„Seltsam, oder?"

„Sie nickte. „Irgendwie unheimlich."

Ein paar der jüngeren Hengste schnaubten, während Night Magic leise wieherte. „Du hast ein sonniges Gemüt, stimmt's?", sagte sie zu dem pechschwarzen Hengst und streichelte ihm noch einmal über die Nüstern.

Ganz hinten im Stall blieb Travis stehen. „Wo ist Mystic?", wollte er wissen.

„Wie meinst du das? Er ist doch hier. In der letzten Box." Dann wurde Savannah plötzlich bewusst, was Travis' Frage offenbar bedeutete. Ihr Herz begann wie wild zu klopfen, und sie lief zu ihm. Als sie die leere Box sah, schnürte es ihr sofort vor Angst die Kehle zu.

„Könnte der Hengst irgendwo anders sein?", überlegte Travis.

„Nirgends …" Mit klopfendem Herzen ging sie den Mittelgang zurück und zählte die Pferde. Alle sieben Hengste und Fohlen standen in ihren entsprechenden Boxen. Nur Mystic fehlte. Er war weg. Über Nacht einfach verschwunden.

„Hat Joshua nicht mal gesagt, er könnte Mystic reiten?"

Vor Schreck verschlug es Savannah fast die Sprache. „Aber er würde ... er könnte doch nie mit ihm fertig werden." Ihre Beine zitterten dermaßen, dass sie sich an die Stalltür lehnen musste.

„Warum nicht?"

„Er ist doch noch ein Kind ..."

„Ein wütendes, gedemütigtes Kind."

Savannah war in Panik. „Oh Gott. Ich kann mir nicht vorstellen, dass Josh einfach abhaut. Nicht mitten in einem Schneesturm. Nicht ausgerechnet mit Mystic", wandte sie ein, doch es hörte sich sogar für sie selbst wenig überzeugend an.

„Wade hat Josh gestern Abend in die Enge getrieben", sagte Travis nachdenklich. Er ging mit geballten Fäusten und grimmig vorgeschobenem Kinn zwischen den Boxen auf und ab, und Savannah musste daran denken, wie rebellisch Travis als Teenager gewesen war. „Ich bringe ihn um", murmelte er. „Ich schwöre, ich bringe Benson um, falls dem Jungen irgendetwas zustößt."

„Warte! Bevor wir ins Haus gehen, sollten wir noch in den anderen Ställen und auf den Koppeln nachsehen. Vielleicht ist Mystic einfach aus seiner Box ausgebrochen."

„Glaubst du das wirklich?" Travis war vor Zorn ganz rot im Gesicht.

„Ich möchte doch nur auf Nummer sicher gehen, mehr nicht." Savannah schrie ihn beinahe an. „Du siehst in den anderen Ställen nach, und ich rufe Lester an."

Travis machte sich auf den Weg zu den anderen Ställen. Savannah ging zu dem Telefon im Hengststall und wählte Lesters Nummer. Während es am anderen Ende der Leitung klingelte, klopfte sie ungeduldig mit den Fingern an die Wand und sah sich nervös im Stall um.

„Geh endlich ran", flüsterte sie nach dem vierten Klingeln.

„Hallo?"

„Lester!", rief sie erleichtert.

„Ich wollte gerade aufs Gestüt fahren", sagte der Pferdetrainer. „Was gibt's?"

„Es geht um Mystic. Er ist nicht in seiner Box."

„Was?"

„Er ist weg."

Lester stieß einen leisen Pfiff aus. Dann fluchte er. „Ich habe ihn gestern Abend selbst eingesperrt."

„Sind Sie sich sicher?"

„Natürlich", antwortete Lester gekränkt.

Savannah bekam weiche Knie und musste sich an die Wand lehnen.

„Ist Ihnen sonst noch etwas Ungewöhnliches aufgefallen?", wollte Lester wissen.

„Nur eine Fußspur zum Stall. Kleine Abdrücke im Schnee. Vielleicht weiß Josh, was passiert ist."

„Na, dann fragen Sie ihn doch."

„Das mache ich", antwortete sie. *Falls er da ist.*

„Ich bin in zwanzig Minuten bei Ihnen. Haben Sie Reginald schon erzählt, was passiert ist?"

„Nein. Travis sieht gerade nach, ob Mystic nicht bei den Stuten oder bei den Einjährigen ist …"

„Ich habe ihn selbst in seine Box gebracht und den Riegel vorgeschoben! Wenn er weg ist, muss ihn irgendjemand rausgelassen haben."

Jemand wie Joshua, dachte Savannah unglücklich.

Travis kam gerade wieder in den Stall, als sie aufgelegt hatte. Sein Gesichtsausdruck war grimmig und entschlossen. Er hatte kein Glück gehabt, das sah Savannah ihm an.

„Lester hat ihn persönlich in seiner Box eingeschlossen."

„Dann sieht es ganz so aus, als hätte Josh ihn rausgeholt." Travis ging zu Mystics Box und schob das Tor auf. Es wurde sonst nur geöffnet, wenn das Futter für die Pferde geliefert wurde. „Und hier haben wir den Beweis." Im Neuschnee hinter dem Stall waren zwei Spuren zu sehen: die eines Pferdes und die, die zu den Abdrücken vor dem Stall passten.

„Oh mein Gott", flüsterte Savannah und ballte ihre kleinen Fäuste, als sie den zertrampelten Schnee und Matsch sah. Neben dem Zaun musste der Reiter auf Mystic gestiegen sein, denn von dort aus führten nur Hufspuren zum Gatter, über die Weide und in Richtung der Berge. „Er wird erfrieren", murmelte sie. Ihr stiegen Tränen in die Augen, und es schnürte ihr vor Angst regelrecht das Herz zusammen.

„Nicht, wenn ich es verhindern kann", sagte Travis. „Komm, gehen wir."

Nachdem sie den Hengststall abgeschlossen hatten, eilten sie im Laufschritt zum Farmhaus. Ohne sich damit aufzuhalten, ihre Stiefel auszuziehen, lief Savannah die Verandatreppe hoch und hinauf in Joshuas Zimmer. Das Bett des Jungen war leer, und das bestätigte ihre schlimmsten Befürchtungen. Sie sank gegen die Wand. Die Bettdecke lag auf dem Boden, und die Jacke ihres Neffen war nicht in seinem Schrank. Seine Lieblingsschuhe und seine Mütze fehlten ebenfalls.

Charmaine kam ins Zimmer. „Wo ist Josh?", fragte sie mit vor Angst erstickter Stimme. „Wo ist er?"

„Ich weiß es nicht", antwortete Savannah verzweifelt. Die Vorstellung, dass das Kind gerade draußen dem eisigen Schneesturm trotzte, war unerträglich. „Aber wir glauben, dass er Mystic genommen hat."

„Mystic?!" Charmaine erschrak dermaßen, dass sie sich an der Kommode abstützen musste und dabei einen Stapel Comichefte umwarf. „Was meinst du damit?"

„Gute Frage", sagte Travis. „Wir wissen derzeit nur, dass Mystic verschwunden ist. Vom Farmhaus führen kleine Fußspuren zum Stall. Und es sieht so aus, als hätte irgendjemand Mystic aus seiner Box hinaus ins Freie geführt und wäre mit ihm in die Berge geritten."

„Aber doch nicht Josh", flüsterte Charmaine und schüttelte ungläubig den Kopf. „So etwas würde er nie tun. Er muss hier irgendwo auf der Farm sein. Jemand anderer hat das Pferd aus dem Stall gebracht und ist damit ausgeritten. Aber Josh ist hier ... Bestimmt versteckt er sich bloß ..."

„Er hat mir gesagt, dass er Mystic reiten kann." Savannah

versuchte, ihre Schwester den Tatsachen etwas näherzubringen.

„Was zum Teufel geht hier vor?" Wade kam verschlafen ins Zimmer und fuhr sich mit der Hand durch sein zerzaustes Haar. „Wo ist der Junge?"

„Die beiden glauben, dass Josh verschwunden ist", flüsterte Charmaine unglücklich.

„Verschwunden?"

„Weg, Wade." Sie deutete mit einer kraftlosen Handbewegung auf Savannah und Travis. „Sie glauben, er ist mit Mystic weggeritten."

„Josh hat Mystic genommen? Unmöglich. Dieses Teufelspferd lässt doch niemanden auch nur in seine Nähe ..." Wade verstummte, als er die besorgten Gesichter der anderen sah. „Oh Gott, ihr meint es ernst, nicht wahr?" Plötzlich wirkte er hellwach.

„Todernst", murmelte Travis.

„Ich glaube es nicht. Er ist bestimmt hier irgendwo." Charmaine sah sich panisch in Joshs Zimmer um. „Josh? Josh!"

Travis packte sie am Arm. „Wir sind uns ziemlich sicher, dass er weg ist. Sonst würden wir euch nicht unnötig in Sorge versetzen."

Charmaine schüttelte seine Hand ab. „Es ist eiskalt draußen. Josh würde niemals bei diesem Wetter ins Freie gehen. Und er würde nie dieses Pferd nehmen und ..." Plötzlich wurde ihr die Situation in ihrer ganzen Tragweite bewusst. „Oh Gott, das darf einfach nicht wahr sein." Sie stöhnte, schlug verzweifelt die Hände vors Gesicht, begann zu schluchzen und ließ endlich den Tränen freien Lauf, die sich in den letzten Minuten in ihr aufgestaut hatten.

„Hör mal, Charmaine, ich rufe den Sheriff an", schlug Savannah vor.

„Den Sheriff?!", rief Charmaine entsetzt. „Was soll denn das bringen?" Ihr blasses Gesicht war angstverzerrt, und sie richtete ihre Aggression gegen den – oder besser die – Nächstbeste.

„Weißt du, Savannah, wenn es stimmt, was du sagst, ist es alles deine Schuld. Du warst diejenige, die immer mit ihm reiten gegangen ist! Du warst diejenige, die ihn mit dieser verdammten Liebe zu Pferden angesteckt hat. Und du warst es, die ihn auf die Idee gebracht hat, dieses schreckliche Pferd zu reiten."

Travis stellte sich zwischen Charmaine und Savannah. „Mit Schuldzuweisungen kommen wir jetzt nicht weiter! Wir müssen Josh suchen."

„Wir reden hier von meinem Sohn!" Charmaine liefen Tränen über die bleichen Wangen. „Meinen Sohn, verdammt! Er ist weg!"

„Das ist doch verrückt." Wade schüttelte den Kopf, als wollte er einen bösen Traum vertreiben. „Josh würde Mystic nie aus dem Stall holen. Warum um alles in der Welt würde ein Junge schon ein Rennpferd reiten wollen?"

„Vielleicht denkt er, es wäre der einzige Freund, den er hat." Savannah hatte nun selbst mit den Tränen zu kämpfen.

„Da irrst du dich!" Wade ging nervös auf und ab und rieb sich die hellen Bartstoppel auf seinem Kinn. „Josh zieht wahrscheinlich nur wieder eine Show ab. Bestimmt versteckt er sich irgendwo auf der Farm und lacht sich ins Fäustchen."

„Er ist doch nur ein neunjähriges Kind", stieß Charmaine schluchzend aus.

„Eines, das du gestern gedemütigt hast." Savannah sah Wade durch ihre tränenverschleierten Augen vorwurfsvoll an.

„Jetzt hör aber auf", wehrte Wade ab, doch es hatte auch ihn eine heftige Nervosität ergriffen. „Weißt du, Savannah, Charmaine hat recht. Du hast den Jungen immer auf dumme Ideen gebracht. Du hättest Josh nie ermutigen dürfen, sich den Pferden zu nähern. Vor allem nicht Mystic. Falls meinem Sohn etwas zustößt, werde ich dich persönlich zur Verantwortung ziehen!"

Travis' Augen funkelten wie frisch geschmiedeter Stahl. „Und falls Savannah oder Josh etwas passiert, bekommst du es mit mir zu tun, Benson", drohte er mit eisiger Stimme. „Aber jetzt hören wir besser auf zu streiten und machen uns an die Arbeit. Savannah, du rufst den Sheriff an. Charmaine bleibt mit Virginia hier, falls Josh wiederauftaucht. Wir anderen suchen die Farm ab und folgen den Spuren, so weit wir können."

Savannah versuchte, sich zusammenzureißen. „Ich komme mit", sagte sie energisch.

„Vergiss es. Du bleibst hier und wartest auf Lester und die anderen Arbeiter. Jemand muss sich um das Gestüt – und um Charmaine – kümmern. Außerdem will ich, dass du mit dieser Firma redest, die die Alarmanlage installiert hat. Erkundige dich, ob das abgerissene Kabel eine normale Verschleißerscheinung ist oder nicht. Wenn wir uns jetzt auf die Suche nach Josh machen, stehen die Chancen gut, dass wir ihn bis Mittag eingeholt haben."

Travis ging aus dem Zimmer und zur Treppe. Wade war nur zwei Schritte hinter ihm. Auf der obersten Treppenstufe drehte er sich zu Wade um und durchbohrte ihn regelrecht mit seinem Blick. „Ich glaube, du solltest Reginald besser erzählen, was passiert ist. Und zwar, dass sowohl ein wertvoller Hengst als auch sein einziger Enkel verschwunden sind."

Wade nickte folgsam und ging zu Reginalds Zimmer.

Savannah, die Travis und Wade bis zur Treppe nachgegangen war, wischte sich die Tränen aus dem Gesicht und sah Travis mit hoch erhobenem Kopf direkt in die Augen. „Ich komme mit", verkündete sie. „Josh ist mein Neffe."

„Kommt nicht infrage."

„Du kannst mich nicht daran hindern."

Travis seufzte genervt und lief eilig die Treppe hinunter. „Sei doch vernünftig, Savannah. Du wirst hier gebraucht."

„Aber ich kenne Josh. Ich weiß vielleicht, wo er hinwollte."

„Wir finden ihn schon. Du bleibst bei deiner Schwester. Sie braucht dich jetzt – egal, ob sie sich dessen bewusst ist oder nicht."

„Ich kann nicht hierbleiben! Nicht, solange Josh irgendwo da draußen ist!"

Travis schaute zur Zimmerdecke. „Haben wir nicht schon genug Probleme? Musst du denn alles noch komplizierter machen?"

„Aber ich will doch nur helfen."

„Dann sei vernünftig und bleib hier!", fuhr er sie barsch an. Erst als er sich zu ihr umdrehte, sah er, dass sie Tränen in den Augen hatte. Er umarmte sie seufzend. „Hör zu, Savannah, du bist der einzige Mensch auf diesem verfluchten Gestüt, auf den ich mich verlassen kann. Bleib hier. Hilf deiner Mutter und der Polizei!"

„Aber ..."

„Und hör auf, dir Vorwürfe zu machen. Wenn Joshua wirklich abgehauen ist, dann wegen seines Vaters."

„Aber ich war es, die sein Interesse für Pferde unterstützt hat."

„Weil du seine Freundin bist." Travis' Gesichtszüge wurden weicher. „Und im Moment kann Josh alle Freunde gebrauchen, die er hat. Also halt hier die Stellung, okay? Hilf mir."

Draußen im Hof hörte man das Motorengeräusch von Lesters Pick-up. Travis ließ Savannah los und ging hinaus. Wade hatte Reginald informiert, der sehr bleich aus seinem Zimmer stürzte und sich im Gehen sein Hemd in die Hose steckte. Die Männer beschlossen, sich für die Suche aufzuteilen. Ein Teil würde mit Autos mit Allradantrieb losfahren, ein Teil würde reiten.

Da es wieder heftig zu schneien begonnen hatte und das Tal im Schnee regelrecht zu versinken drohte, war die Sicht schlecht. Es würde schwierig werden, einen Neunjährigen und ein Pferd zu finden.

Savannah stand am Zaun neben dem Hengststall. Sie hatte die Arme verschränkt und fühlte sich völlig hilflos.

„Bis später", rief Travis ihr zu, während er sich auf Jones schwang. Der Fuchswallach bewegte seinen Schweif erwartungsvoll hin und her und legte ungeduldig die Ohren an.

Travis' Plan war, dass Reginald und Wade mit dem Jeep den

Hufspuren im Schnee folgten. Er selbst würde hinterherreiten – für den Fall, dass Josh mit dem Vollblut im Wald einen Weg eingeschlagen hatte, der nicht befahrbar war. Lester und Johnny, einer der Stallbuschen, würden in einem Pick-up das restliche Gelände der Farm nach Joshuas Versteck absuchen – wenn er sich denn wirklich versteckt hatte.

Savannah bebte innerlich und schickte ein Stoßgebet zum Himmel, als der Suchtrupp sich endlich in Bewegung setzte. Komm nach Hause, Josh, dachte sie verzweifelt. Bitte, komm nach Hause.

Sie stieg auf den Zaun und sah Travis nach, wie er hinter dem Jeep am Hengststall vorbei über die eingezäunte Weide und weiter den Berg hinaufritt; sie folgte ihm mit zusammengekniffenen Augen so lange, bis er außer Sichtweite war.

Mit bangem Herzen kletterte sie vom Zaun, drehte sich zum Farmhaus um und nahm all ihren Mut zusammen. Sie würde ihn brauchen, wenn sie Charmaine und dem Sheriff gegenübertreten musste.

*S*avannah lehnte mit geschlossenen Augen am Schreibtisch ihres Vaters und versuchte zu verstehen, was die Person am Telefon sagte. Die Verbindung war schlecht, es krachte in der Leitung, und die Hintergrundgeräusche im Büro des Sheriffs waren fast genauso laut wie die Stimme des Polizisten. Deputy Smith klang müde und hörte sich so an, als wäre er die ganze Nacht im Dienst gewesen. Und das, was er Savannah mitteilte, war alles andere als ermutigend.

„Ich bin mir Ihres Problems durchaus bewusst, Ms Beaumont", sagte er ernst, „und wir werden tun, was wir können. Aber Sie müssen verstehen, dass es wegen des Schneesturms nicht nur in Ihrer Familie Probleme gibt, sondern auch bei vielen anderen Leuten. Mehrere Städte sind ohne Strom, und über die Straßenverhältnisse brauche ich Ihnen sicherlich nichts zu erzählen. Wir haben aufgrund von zwei quergestellten Lastwagen auf dem eisigen Freeway einen fast zehn Kilometer langen Stau." Er brach ab, und Savannah hörte ihn mit gedämpfter Stimme etwas zu einem anderen Polizeibeamten sagen. Dann meldete er sich wieder. „Wir schicken so bald wie möglich jemanden zu Ihnen auf die Farm."

„Danke." Savannah legte auf und fühlte sich dann mit einem Mal mutlos und völlig ausgelaugt. *Travis und die anderen Männer waren also bei ihrer Suche völlig auf sich gestellt. Travis.* Sie hätte seinen Ärger ignorieren und sich einfach über seine vernünftigen Einwände hinwegsetzen sollen. Dann hätte sie jetzt wenigstens das Gefühl, irgendetwas Nützliches tun zu können.

Sie nahm ihre Tasse, in der der Kaffee längst kalt geworden war, trank einen Schluck, verzog das Gesicht und stellte sie wieder auf den Schreibtisch.

Dann atmete sie tief durch, um sich zu beruhigen, und rief nacheinander alle Nachbarn im Umkreis von fünf Kilometern an. Und auch das war, wie sich herausstellte, reine Zeitverschwendung. Niemand hatte Joshua oder Mystic gesehen.

Tja, was hast du dir erwartet? fragte sie sich, nachdem sie aufgelegt hatte, und starrte besorgt aus dem Fenster auf die weißen Flocken, die unablässig vom dunkelgrauen Himmel fielen. *Ach Josh, wo bist du?* Vielleicht, überlegte sie, war es ja ein gutes Zeichen, dass keiner der Nachbarn den Jungen gesehen hatte. Möglich, dass er tatsächlich irgendwo auf dem Beaumont-Gelände war. Aber vielleicht, dachte sie grimmig, waren die Nachbarn auch nur zu sehr mit sich selbst und dem Schneesturm beschäftigt, um einen kleinen Jungen oder sein Pferd zu bemerken.

Sie schob sich eine Haarsträhne aus dem Gesicht und versuchte weder an Travis noch an Joshua zu denken. Ohne Erfolg. Egal, womit sie sich auch beschäftigte, ihre Gedanken kehrten immer wieder zu den beiden zurück. Travis war nun schon zwei Stunden mit einem Pferd im Schneesturm unterwegs und hatte nichts als eine schwache Spur als Anhaltspunkt. Je länger der Schneefall andauerte, desto weniger Aussicht bestand, dass er Mystics Spuren verfolgen konnte. Gott, wie lang war Joshua schon der Kälte und dem Wind ausgesetzt? Saß er noch auf dem Pferd oder hatte er sich irgendwo im Schnee zusammengekauert und erfror?

Savannah brannten heiße Tränen in den Augen. Sie lehnte sich mit der Stirn an die kühle Fensterscheibe. „Benütz deinen Verstand, Sportsfreund", flüsterte sie, als wäre der Junge bei ihr statt irgendwo da draußen in der Kälte. „Sei vernünftig und komm nach Hause."

Doch sie durfte jetzt auf keinen Fall panisch werden, das wusste Savannah. Sie ging in die Küche, um sich frischen Kaffee zu machen. Als sie Archimedes von der Veranda ins Haus ließ, sah sie, dass der Sturm nicht nachgelassen hatte und den Schnee gegen die Wände des Stalls und die Mauern der Garage wehte, wo er haften blieb.

Irgendwo da draußen war Joshua. Allein. Genau wie Travis. Savannah ging fröstelnd wieder ins Haus. Archimedes hatte es sich auf seinem Lieblingsplatz unter dem Küchentisch gemütlich gemacht und klopfte mit dem Schwanz auf den Fußboden.

„Du machst dir keine Sorgen, stimmt's?", fragte sie den Hund, der den Kopf hob und erwartungsvoll die Ohren aufstellte.

Das Licht flackerte zwei Mal. Savannah schickte ein Stoßgebet zum Himmel. Wenn der Strom ausfiel, war der Betrieb der gesamten Farm lahmgelegt. Sie schaltete den kleinen Fernseher in der Küche ein und sah sich ein paar Minuten die Nachrichten an. Der starke Schneefall, hieß es, würde in absehbarer Zeit nicht nachlassen. Sie schaltete den Fernseher wieder aus, schenkte zwei Tassen Kaffee ein, stellte sie auf ein Tablett und trug sie hinauf in Virginias Zimmer.

Ihre Mutter saß aufrecht im Bett, als Savannah eintrat. Sie hatte die bleichen Hände im Schoß gefaltet und starrte aus dem Fenster, das sich am anderen Ende des Zimmers vom Fußboden bis zur Decke erstreckte. Man konnte die Berge rund um die Farm sehen.

„Irgendwelche Neuigkeiten?", erkundigte sich Virginia leise.

Savannah schüttelte den Kopf. „Noch nicht."

Mit einem lauten Seufzer sank Virginia zurück in die Kissen, die ihren Rücken stützten. „Was ist mit der Polizei?"

„Ich habe im Büro des Sheriffs angerufen. Im Moment haben sie alle Hände voll zu tun."

„Ja, das kann ich mir vorstellen", sagte Virginia abwesend. Sie tastete nach dem kleinen Kreuz an ihrer goldenen Halskette. „Und dann dieser Sturm … Wer hätte gedacht, dass wir so viel Schnee bekommen? Sehr ungewöhnlich … Kann der Sheriff nicht herkommen?"

„Der Deputy hat versprochen, dass er so bald wie möglich jemanden zu uns schickt."

„Wenn das denn überhaupt einen Sinn hat …"

„Aber Mom …", sagte Savannah vorwurfsvoll.

Virginia seufzte wieder. Dann straffte sie die Schultern. „Ich weiß, ich weiß. Und ich habe die Hoffnung ja noch nicht aufgegeben. Wirklich. Ich … ich muss nur immer an Josh und dieses Pferd denken, die beide irgendwo in den Bergen oder weiß Gott wo herumirren …" Sie brach ab und schluckte. „Er ist so ein lieber, lieber Junge."

„Da kann ich dir nicht widersprechen", sagte Savannah liebevoll. „Aber ganz bestimmt wird Travis ihn finden." Sie hatte nun selbst einen dicken Kloß im Hals und merkte, wie wenig überzeugend sie klang. Also wechselte sie das Thema. „Schau, ich habe dir einen Kaffee gebracht. Möchtest du etwas essen?"

Virginia winkte ab. „Keinen Hunger", murmelte sie und schüttelte den Kopf.

„Bist du sicher?"

„Ja."

„Gut, wie du möchtest." Savannah stellte die Tasse und die Untertasse auf das Nachttischchen neben dem Bett ihrer Mutter und ging mit der zweiten Tasse zur Tür. „Ich sehe jetzt nach Charmaine und dann nach den Pferden. In ungefähr einer Stunde bin ich wieder da, falls du etwas brauchst."

„Ich brauche nichts", flüsterte Virginia. „Und was Charmaine betrifft …" Virginias Blick war schmerzerfüllt, und sie hob kraftlos eine Hand. „Vielleicht wäre es am besten, wenn du sie in Ruhe ließest, bis sie sich beruhigt hat."

„Das heißt, sie gibt immer noch mir die Schuld." Savannah lehnte sich an die Wand.

„Sie kann momentan nicht vernünftig denken. Josh ist das Einzige, was sie im Leben hat. Sogar Wade …" Virginia zog die Schultern hoch. „Tja, so ist es nun mal, wenn man ein Kind hat."

„Ich glaube, ich sollte doch zu ihr gehen."

„Aber denk daran, dass die Situation für sie schrecklich belastend ist."

„Ja, das werde ich." Auf dem Weg zu Charmaine kam sie an Joshuas Zimmer vorbei. Die Tür stand offen, und Savannah sah ihre Schwester im Schneidersitz auf dem Bettvorleger sitzen und leise vor sich hin weinen. Charmaine hatte immer noch ihren Morgenmantel an.

„Wie wär's mit einer Tasse Kaffee und ein wenig Gesellschaft?", fragte Savannah und stellte die Tasse auf die Kommode. Dann lehnte sie sich an den Türrahmen und verschränkte die Arme.

„Nein, danke."

„Charmaine, ich weiß, was du gerade durchmachst …"

Als würde sie versuchen, sich zu beruhigen, atmete Savannahs Schwester tief durch. „Du weißt, was ich gerade durchmache?" Es schien ihr unfassbar, was Savannah gerade gesagt hatte. „Wirklich?" Charmaine sah ihre Schwester mit verweinten, roten Augen zornig an. „Wie soll das gehen? Du hast ja nicht einmal ein Kind."

Savannah versuchte, die kränkenden Worte nicht an sich heranzulassen. „Aber ich liebe Josh. Sehr sogar."

„Zu sehr. Du behandelst ihn so, als wäre er dein Kind und nicht meines", stieß Charmaine aufgebracht hervor.

„Ich wollte doch nur eine Art Freundin für ihn sein."

„Dass ich nicht lache!" Charmaine warf wütend den Kopf in den Nacken, und ihre dunklen Haare fielen ihr über die bebenden Schultern. „Du hast versucht, seine Mutter zu sein, Savannah. Und du hast ihm erlaubt, ständig in den Stall zu den Pferden zu gehen und zu reiten. Du hast ihn regelrecht dazu ermutigt."

„Genau so, wie wir als Kinder dazu ermutigt wurden."

Charmaine schüttelte bloß den Kopf. Ihr liefen Tränen über die Wangen. „Du verstehst es einfach nicht, oder? Weil du kein Kind hast. Diese Pferde sind gefährlich, und Mystic … Mystic ist so unberechenbar und bösartig, dass sogar Lester nur schwer mit ihm zurechtkommt. Und du hast einen kleinen Jungen, meinen Jungen, in die Nähe dieses Pferdes gelassen. Und was ist passiert, hm? Jetzt ist er irgendwo da draußen, mit diesem Teufelspferd, wahrscheinlich verletzt, vielleicht … vielleicht tot. Alles nur, weil du seine Freundin sein wolltest." Sie fing wieder zu schluchzen an und fuhr sich aufgebracht durchs Haar.

„Ist dir jemals in den Sinn gekommen, dass Josh wegen des Streits mit Wade von zu Hause abgehauen ist?"

„Abgehauen?" Charmaine erbleichte. „Abgehauen?" Sie schüttelte den Kopf. „Josh ist nicht abgehauen! Sicher, er war wütend auf seinen Vater, aber er hat sich einfach nur das Pferd genommen und ist ausgeritten. Das ist alles. Er hatte doch nicht vor, von zu Hause wegzulaufen!" Charmaines Finger zitterten, als sie den Gürtel ihres Morgenmantels enger zog.

„Ich hoffe, du hast recht", flüsterte Savannah. Sie hätte sich gern verteidigt, wusste aber, dass nichts, was sie sagte, ihrer Schwester helfen würde. Charmaine war außer sich vor Angst und Sorge und viel zu aufgeregt, als dass man sie hätte trösten können. Und sie gab dem Menschen die Schuld, der gerade da war. In diesem Fall war dieser Mensch Savannah.

„Natürlich habe ich recht. Ich bin seine Mutter … Ich … ich verstehe ihn", sagte Charmaine und stand auf. Ihre Beine zitterten. „Und jetzt lass mich einfach in Ruhe." Sie schaute sich im Zimmer des Jungen um, als sähe sie die Poster von Footballspielern, Rockstars und Rennpferden zum ersten Mal. Dann räusperte sie sich. „Ich halte es keine Minute länger in diesem Haus aus. Wenn Travis oder Wade zurückkommen oder du irgendetwas von Josh hörst, findest du mich im Atelier."

„Ich gebe dir sofort Bescheid, wenn ich etwas erfahre."

Ohne Savannah auch nur eines Blickes zu würdigen, verließ Charmaine das Zimmer. Kurze Zeit später knallte sie die Tür ihres Schlafzimmers so laut zu, dass es in Savannahs Kopf regelrecht dröhnte.

Verzweiflung und Angst nahmen wieder Besitz von Savannah, aber sie durfte das nicht zulassen. Schnell verließ sie Joshuas Zimmer. Travis würde Joshua bestimmt finden, und in ein paar Stunden würden sie alle wieder glücklich vereint sein. Es war nur eine Frage der Zeit.

Sie beschloss, noch einmal nach ihrer Mutter zu sehen. Virginia schlief. Savannah nahm die Tasse Kaffee, die unberührt auf dem Nachttisch stand, ging hinunter in die Küche und stellte sie in die Spüle. Dann rief sie einer spontanen Eingebung folgend Sadie Stinson an. Die Haushälterin wohnte zwar ein paar Kilometer entfernt in der entgegengesetzten Richtung von Mystics Hufspuren, doch es bestand eine minimale Chance, dass Josh bei Sadie Zuflucht gesucht hatte. Das Telefon klingelte ein paar Mal, aber niemand hob ab.

Einmal mehr überkam Savannah ein banges Gefühl, dass irgendetwas Schlimmes passiert war, aber sie versuchte tapfer, es zu ignorieren und stattdessen positiv zu denken. Alles wird gut, redete sie sich ein, ging aus dem Haus und zum Stall der Zuchtstuten. Es gab jede Menge zu tun. Zuallererst musste Wasser aus dem Brunnen gepumpt und dafür gesorgt werden, dass der Reservetank voll war. Ohne Strom konnte die Farm notfalls eine Zeit lang auskommen. Ein zugefrorener Brunnen hingegen war eine ganz andere Sache.

Am frühen Vormittag tauchte ein Deputy des Sheriffbüros auf der Farm auf, ein rothaariger junger Mann mit braunen Augen, ernstem Blick und aufmunterndem Lächeln. Nach vielen Entschuldigungen für sein spätes Kommen – querstehende Lastwagen auf dem vereisten Freeway und Stromausfälle in ganz Kalifornien – folgte er Savannah hinauf ins Büro über dem Fohlenstall.

„Sie glauben also, dass das Pferd gestohlen wurde", erkundigte er sich und sah Savannah dabei fragend an.

Sie reichte ihm eine Tasse Kaffee und setzte sich an den Tisch neben dem Fenster. „Nein, es sieht so aus, als hätte Joshua sich das Pferd genommen."

„Hat der Junge irgendeine Nachricht hinterlassen?"

Sie schüttelte den Kopf und starrte mit gerunzelter Stirn in ihre Tasse. „Zumindest keine, die wir gefunden hätten."

„Und er hat sich auch von niemandem verabschiedet, nehme ich an."

„Nein."

Der junge Deputy nahm seinen Hut ab und kratzte sich den Kopf, ehe er sich auf seinem Klemmbrett etwas notierte. „Jetzt zu diesem Hengst. Mystic. Das ist das Pferd, das dieses Jahr das Preakness-Rennen gewonnen hat, oder?"

„Ja."

„Es ist also viel Geld wert."

„Sehr viel."

„Und versichert?"

„Natürlich." Savannah sah den jungen Polizisten durchdringend an. „Worauf wollen Sie hinaus?"

„Ich möchte mir nur ein Bild machen. Würden Sie sagen, dass dieser Mystic das wertvollste Pferd des Gestüts ist?"

„Daran besteht kein Zweifel."

„Und wäre es leicht für jemanden, der den Betrieb des Gestüts, sagen wir mal, nicht gut kennt, Mystic zu erkennen?"

„Sie meinen, für jemanden, der ihn nicht trainiert hat?"

Der Deputy nickte und trank einen Schluck Kaffee. „Genau."

Savannah dachte kurz nach. „Ich weiß es nicht. Er ist ganz schwarz, und das ist an und für sich recht ungewöhnlich, glaube ich. Die meisten Vollblüter sind rotbraun mit schwarzer Mähne und schwarzem Schweif oder Füchse."

„Was ist mit den anderen Hengsten?"

„Wir haben noch ein zweites schwarzes Pferd, Black Magic, aber das ist um einiges älter als Mystic; er ist Mystics ‚V'."

Der Deputy schaute von seinem Klemmbrett auf. „Sein was?"

„Black Magic ist Mystics ‚V'. Das ‚V' im Stammbaum eines Pferdes ist das Kürzel für ‚Vater'."

„Oh. Aber könnte ein Außenstehender die beiden denn auseinanderhalten?"

„Vom Temperament her sind sie wie Tag und Nacht. Black Magic ist ziemlich sanftmütig, Mystic hingegen schwer in den Griff zu bekommen. Mystic ist außerdem etwas größer und hat einen weißen Fuß. Beide Pferde sind beim ‚Jockey Club' registriert, das heißt, sie haben jeweils eine Zuchtbuchnummer, die ihnen innen auf die Oberlippe tätowiert wurde. Jeder, der es auf ein bestimmtes Rennpferd abgesehen hat, würde anhand dieser Nummer überprüfen, ob es auch das richtige Pferd ist", erklärte sie. „Aber ich glaube nicht, dass wir uns darüber Sorgen machen müssen. Joshua ist verschwunden. Der Junge liebt dieses Pferd und hatte außerdem gestern Abend einen fürchterlichen Streit mit seinem Vater."

„Sie glauben also, er ist ausgerechnet mitten im schlimmsten Schneesturm seit fünfzehn Jahren mit dem wertvollsten Pferd Ihres Gestüts abgehauen?" Deputy Smith hatte offensichtlich seine Zweifel an der ganzen Sache.

„Ja, das glaube ich. Er ist erst neun, und er war wütend."

Der Deputy rieb sich über die rötlichen Stoppel an seinem Kinn und betrachtete nachdenklich das abgerissene Kabel, das aus der Alarmanlage baumelte. „Halten Sie es nicht für einen merkwürdigen Zufall, dass jemand das Pferd ausgerechnet zu der Zeit aus dem Stall holt, in der die Alarmanlage nicht funktioniert?"

„Dazu kann ich nichts sagen."

„Gut." Er steckte sich sein Klemmbrett unter den Arm und trank seinen Kaffee aus. „Sehen wir uns mal den Stall an, aus dem das Pferd verschwunden ist."

Savannah führte den Deputy zum Hengststall. Die Spuren im Schnee, die Travis und sie heute hinterlassen hatten, waren – wie vermutlich auch Mystics Spuren – mittlerweile größtenteils zugeschneit.

Savannah machte die Stalltür auf und trat zur Seite, damit Deputy Smith sich einen Überblick verschaffen konnte. Er sah sich jedes einzelne Pferd genau an und machte sich wieder Notizen. Dann untersuchte er den ganzen Stall und vor allem Mystics Box nach Spuren und erkundigte sich bei Savannah nochmals nach dem Geräusch, das Lester gestern in der Früh zu hören geglaubt hatte. Schließlich sah er sich den Stall auch noch von außen genau an. Als er mit allem fertig war und sich wieder auf den Weg ins Sheriffbüro machte, war es fast drei Uhr nachmittags. Savannah war hundemüde und überaus mutlos.

„Man sollte annehmen, die Polizei würde etwas mehr tun, als nur hier herumzuschnüffeln und ein paar Fragen zu stellen", sagte Charmaine bitter, als Savannah in die Küche kam. Charmaine war vom Atelier ins Haus gekommen, als der junge Deputy aufgetaucht war. Viel zu sagen hatte sie ihm allerdings nicht gehabt.

„Er hat versprochen, auf allen Straßen nach Josh Ausschau zu halten und alle Polizeistationen über Josh und Mystic zu informieren", erklärte Savannah leise. Sie zitterte leicht, als sie ihre Jacke auszog und sie an den Haken neben der Tür hängte. „Und sobald mehr Männer verfügbar sind, schicken sie wieder Leute auf die Farm. Ich wüsste nicht, was sie sonst noch tun könnten."

„Ich habe einfach geglaubt, dass Josh jetzt schon wieder daheim sein würde", flüsterte Charmaine.

„Ich auch."

Charmaine nagte an ihrer Unterlippe und starrte auf den Boden. „Ich weiß, dass ich gemein zu dir war, Savannah. Es tut mir leid, dass ich dir die Schuld gegeben habe. Es war nicht so gemeint."

„Ich weiß."

„Ich habe vorhin ein paar schreckliche Dinge zu dir gesagt."

„Das tust du immer, wenn du wütend bist."

„Warum lässt du es dir gefallen?" Charmaines Kinn bebte.

„Weil ich weiß, dass du nicht anders kannst und krank vor Sorge um Josh bist. Und …" Sie zögerte kurz, beschloss dann aber, offen zu sagen, was sie empfand. „… und du möchtest Wade nicht die Schuld geben."

Charmaine schloss die Augen. „Du hast recht", gab sie zu, schüttelte den Kopf und runzelte die Stirn. „Danke, dass du so verständnisvoll bist."

Savannah zuckte die Achseln und zwang sich zu einem Lächeln. „Wozu sind Schwestern denn da?"

„Nun ja, ich glaube nicht, dass sie dafür da sind, den Sündenbock spielen zu müssen. Es tut mir leid, dass ich vorhin die Beherrschung verloren habe."

„Schon okay."

„Wir müssen alle dankbar sein, dass du heute hier die Stellung hältst."

„Dank mir nicht zu früh. Wir haben es noch nicht überstanden. Noch lange nicht." Savannah beobachtete, wie der Wind an den Stromleitungen neben den Stallungen zerrte. In Gedanken war sie bei Travis und Josh. Wo auch immer die beiden sein mochten …

Travis sah sich wieder die Spuren im Schnee an und fluchte. Die Abdrücke von Mystics Hufen waren auf den letzten Metern immer schwerer zu erkennen gewesen, bis sie sich schließlich in einem Birkenwäldchen an einem zugefrorenen Fluss verloren hatten.

„Verdammt", murmelte er und stieg vom Pferd ab. Dann band er Jones an einem Baum fest und ging den Bereich zu Fuß langsam noch einmal ab, um sich die Spuren genauer anzusehen. Dabei versuchte er, sich vorzustellen, welche Richtung das Kind von hier aus eingeschlagen haben könnte. Der Wind war eisig und die Kälte beißend, doch Travis nahm nichts davon wahr.

Die Spuren hatten sich dort verloren, wo das Land der Beaumonts aufhörte. Das Land auf der anderen Seite des hohen Zauns gehörte dem Bundesstaat Kalifornien, und Travis hoffte, dass Joshua nicht so dumm gewesen war, das Grundstück der Beaumont-Farm zu verlassen. Wenn die Regierung sich einschaltete, bedeutete das lediglich zusätzliche Bürokratie, und sie würden noch mehr Zeit verlieren.

„Er kann nicht hinter dem Zaun sein", sagte Travis sich bereits zum dritten Mal. „Es gibt kein Gatter, und Mystic ist zu intelligent, um über einen Zaun dieser Höhe zu springen. Hoffe ich zumindest."

Er starrte kopfschüttelnd auf die schwache Spur und dachte an den Jungen. Joshua musste mittlerweile fürchterliche Angst haben. „Wo zum Teufel bist du?", murmelte Travis, als könnte das Kind ihn hören.

Vielleicht hatten Reginald und Wade ihn ja gefunden. Die beiden waren vor zwei Stunden zum Farmhaus zurückgefahren – in der Hoffnung, Joshua auf dem Rückweg zu finden. Himmel, ich hoffe, dass der Junge schon wieder zu Hause ist, dachte Travis. Bei diesem Wetter sollte niemand draußen sein, weder Mensch noch Tier. Der Wind war stärker geworden, und der Schnee – halb Eisregen, halb Hagel – fiel in kleinen, harten Kristallen vom Himmel. Ein neunjähriges Kind würde hier draußen nicht lange überleben.

Travis massierte sich den schmerzenden Rücken und dachte an Savannah. Er sah ihr schönes Gesicht und ihre faszinierend blauen Augen vor sich. Vor weniger als zwölf Stunden hatte sie in seinen Armen gelegen – nackt, warm und leidenschaftlich. Es wäre ein furchtbarer Schlag für sie, wenn man den Jungen nicht fand.

Travis stieg wieder aufs Pferd und versuchte erneut, die Spur aufzunehmen. „Josh!", schrie er, nachdem er mit den Händen einen Trichter vor dem Mund geformt hatte. Dann horchte er dem Echo seiner eigenen Stimme. „Josh!"

Das Pfeifen des Windes war die einzige Antwort. Verflucht, dachte Travis wütend und ritt weiter den fast zugeschneiten Spuren nach, die Mystic hinterlassen hatte. Wenn Joshua etwas zugestoßen ist, wird Wade Benson dafür bezahlen. Teuer bezahlen. Travis' stahlblaue Augen waren immer noch auf die gefrorene Erde gerichtet. Er versuchte, die rätselhaften Abdrücke im Schnee zu entschlüsseln.

Savannah hatte in den letzten Stunden versucht, sich durch Arbeit im Farmhaus abzulenken, und es war ihr außerdem glücklicherweise gelungen, Sadie Stinson doch noch telefonisch zu erreichen. Die Haushälterin hatte sofort beschlossen, Wind und Wetter zu trotzen und zur Farm zu fahren, und sich auch von Savannahs heftigem Protest nicht davon abhalten lassen.

„Wenn der Junge nach Hause kommt, ist er bestimmt hungrig", hatte Sadie zu Savannah gesagt, als sie wenig später im Farmhaus ihren Mantel und ihren Schal abgelegt und ihre Lieblingsschürze umgebunden hatte. „Und ich wette, auch die Männer gehen davon aus, dass etwas auf dem Tisch steht."

„Sie müssen wirklich nicht …"

„Still, Liebes. Sie haben bestimmt genug im Haus zu tun." Die Haushälterin scheuchte Savannah gütig lächelnd aus der Küche. „Und du auch", fügte sie streng hinzu, als sie Archimedes unter dem Tisch bemerkte. „Ein Hund hat in einer Küche nichts verloren." Sie zwinkerte Archimedes zu, gab ihm einen Suppenknochen und machte ihm die Verandatür auf. Der Hund lief mit seinem Schatz im Maul hinaus.

„Machen Sie sich bloß keine Sorgen, Savannah", sagte Sadie, als Savannah schon fast aus der Küche draußen war. „Josh ist ein schlaues Kerlchen; ihm passiert schon nichts. Und Travis … Auf den kann man sich verlassen. Er findet den Jungen und das Pferd bestimmt."

Sicher, Sadies Optimismus war nur gespielt, und trotzdem war Savannah sehr dankbar für die aufmunternden Worte der Haushälterin. Die gedrückte Stimmung im Haus war in den letzten Stunden immer unerträglicher geworden. Savannah war froh über den vertrauten Anblick von Sadies heiterem Gesicht und ihr fröhliches – wenn auch falsches – Pfeifen, das nun aus der Küche zu hören war.

Bei einem Blick durchs Fenster stellte Savannah fest, dass der Himmel zwar immer noch dunkel war, es aber nicht mehr schneite. Vielleicht legt sich der Sturm ja bald, dachte sie ohne große Hoffnung.

Sie ging in den Stall und wies die wenigen Stallburschen, die noch da waren, an, die Pferde wenigstens kurz ins Freie zu lassen. Die Tiere brauchten Bewegung. „Bringt sie nur auf die Koppeln direkt neben den Ställen", sagte sie zu einem Stallburschen. „Sie müssen sich ein wenig bewegen." Skeptisch betrachtete sie den wolkenbedeckten Himmel. „Wir wissen nicht, wann das Unwetter aufhört, und wenn der Boden auf den Koppeln gefriert, kann man die Pferde nicht mehr aus dem Stall lassen."

Und was ist mit Josh, wenn es noch kälter wird, dachte sie bedrückt.

Sie wagte nicht einmal, daran zu denken, wie es dem Jungen gerade gehen mochte. Am besten, sie konzentrierte sich auf die Pferde. Als sie die Jährlinge aus dem Stall kommen sah, musste sie lächeln. Die meisten dieser jungen Pferde hatten noch nie Schnee gesehen und setzten ihre Hufe mit großer Vorsicht auf das unbekannte weiße Etwas auf dem Boden. Savannah, die selbst einen jungen Fuchshengst auf der eingezäunten Koppel im Kreis herumführte, hätte fast laut herausgelacht, als das Tier versuchte, die weißen Flocken auf seinen Wimpern abzuschütteln.

„Ganz ruhig", ermahnte sie den aufgekratzten Hengst, der auf dem Weg zurück in den Stall den Kopf zurückwarf und am Halfterstrick riss.

Plötzlich horchte sie auf. In der winterlichen Stille war das Geräusch eines herannahenden Wagens zu hören. Savannahs Herz begann aufgeregt zu klopfen.

Das muss jemand sein, der Neuigkeiten von Joshua und Travis hat, dachte sie, gab den Stallburschen noch rasch letzte Anweisungen und lief dann hinüber zum schneebedeckten Parkplatz.

Ein silberfarbener Geländewagen, ein *Blazer*, parkte neben dem Farmhaus. Savannah kannte das Auto zwar nicht, doch möglicherweise gehörte es einem Nachbarn. *Vielleicht hat irgendjemand Josh gesehen!*

Sie rutschte beinahe aus, als sie die Verandastufen hinaufstürmte. Dann zog sie eilig die Stiefel aus, schlüpfte in ihre Hausschuhe, die neben der Verandatür standen, und ging durch die Küche hinaus in die Eingangshalle. Aus dem Wohnzimmer waren Stimmen zu hören, die Savannah nicht kannte. Sie rannte los.

Als sie schließlich beim Treppenaufgang in der Eingangshalle um die Ecke und ins Wohnzimmer gelaufen war, klopfte ihr das Herz bis zum Hals. Charmaine stand bleich und sichtlich nervös neben dem Kamin. Als sie Savannah erblickte, atmete sie erleichtert auf.

Zwei junge Männer, die Savannah nie zuvor gesehen hatte, saßen auf der Couch. Der blonde, kleinere der beiden hatte einen Fotoapparat dabei. Der größere hielt ein Aufnahmegerät in der Hand.

Charmaine beeilte sich, Savannah die beiden Männer vorzustellen. „Das sind John Herman und Ed Cook vom *Register*", erklärte sie. Die zwei Reporter erhoben sich, und John Herman reichte Savannah die Hand. „Meine Schwester, Savannah Beaumont."

„Angenehm", sagte Savannah automatisch, während sie dem Reporter mit misstrauischem Blick die Hand schüttelte.

„Freut mich", antwortete John Herman grinsend. „Das Vergnügen ist ganz meinerseits, Miss Beaumont."

„Sie haben von Mystic und Joshua gehört." Charmaines Stimme war kaum mehr als ein Flüstern, und sie musste sich an das Kaminsims lehnen, um nicht das Gleichgewicht zu verlieren.

„Ich glaube nicht, dass wir Ihnen viel erzählen können." Savannah bedachte die beiden Männer mit einem – wie sie hoffte – ehrlich wirkenden Lächeln. *Was zum Teufel hat die Presse hier verloren? Und wer hatte sie hierher geschickt?* „Noch nicht."

„Aber Sie können doch bestimmt das Gerücht bestätigen, dass Mystic verschwunden ist", wandte John ein.

„Das ist richtig." Savannah fragte sich, warum sie plötzlich so nervös wurde. „Er ist heute Nacht verschwunden."

„Und er wurde gestohlen …"

„Er wurde nicht gestohlen", schaltete Charmaine sich ein. „Wie es aussieht, ist mein Sohn Josh mit ihm ausgeritten."

John Herman zog skeptisch die Augenbrauen hoch. „Bei diesem Sturm?" Er schüttelte den Kopf, als würde er Charmaine kein Wort glauben. Dann machte er sich an seinem Aufnahmegerät zu schaffen. „Aber Sie sind bestimmt in großer Sorge, sonst hätten Sie nicht die Polizei verständigt."

„Das Sheriffbüro."

„Ja." Er warf einen Blick auf seine Notizen und sah dann Savannah direkt an. „Und was ist wirklich passiert?"

„Nichts, was ich Ihnen nicht bereits gesagt hätte."

Der Reporter wandte sich wieder an Charmaine. „Sie glauben also, Ihr Sohn würde sich ein Pferd nehmen und losreiten? Einfach so?"

„Ich weiß es nicht."

„Ist er von zu Hause abgehauen?"

„Nein!" Wütend ging Charmaine vom Kamin zum Fenster, als könnte sie Joshua zurückbringen, indem sie in den dunklen Nachmittag hinausstarrte.

„Und wer sucht ihn?", wollte Herman wissen.

„Ein paar unserer Leute. Wir haben außerdem alle Nachbarn und natürlich auch bei der Polizei angerufen."

„Vielleicht können ja wir helfen", sagte Herman.

„Wie denn?"

„Wenn Sie uns ein Foto von Josh geben, können wir es in der Zeitung veröffentlichen. Falls jemand den Jungen gesehen hat, erkennt er ihn vielleicht auf dem Foto. Was das Pferd betrifft, haben wir ohnehin jede Menge Bilder, nicht wahr, Ed?"

Ed Cook nickte. „Klar. Ungefähr dreißig, schätze ich."

„Gut."

John lächelte listig und sah Charmaine an. „Einen Versuch wäre es wert, glauben Sie nicht?"

„Ja." Charmaine nickte. „Ich habe ein Foto von Josh, das erst kürzlich gemacht wurde; er hat es für die Schule gebraucht. Es ist oben. Ich hole es." Savannah merkte ihr an, wie froh sie war, das Zimmer verlassen zu können. Der Gedanke daran, dass sich eine neue Möglichkeit aufgetan hatte, ihren Sohn zu finden, schien sie zu beflügeln, und so eilte sie die Treppe hinauf.

„Ich bin für jede Hilfe dankbar." Savannah entspannte sich ein wenig.

„Fein. Dann können Sie mir vielleicht ein paar Dinge erklären."

„Zum Beispiel?"

„Warum ist Travis McCord wieder hier? Er ist auf der Farm aufgewachsen, richtig?"

Savannah spürte plötzlich ein beklemmendes Gefühl in ihrer Brust. „Er ist mit siebzehn zu uns gekommen und hat dann hier gelebt."

„Und jetzt ist er zurückgekehrt. Es kursieren derzeit ein paar Gerüchte über ihn."

Irgendetwas stimmt hier nicht, dachte Savannah. Ihre Augen funkelten böse. „Ach ja?"

„Es heißt, er will nicht mehr für das Amt des Gouverneurs kandidieren."

„Ich wüsste nicht, dass er seine Kandidatur überhaupt bekannt gegeben hätte", entgegnete sie nervös und grub ihre Finger in die mit Samt bezogene Lehne eines Sessels.

„Hat er auch nicht. Nicht offiziell. Aber diesbezüglich gibt es unterschiedliche Meinungen. Ein paar Leute – besonders eine gewisse Dame namens Eleanor Phillips – behaupten, sie hätten Geld für die Wahlkampagne gespendet."

„Obwohl er seine Kandidatur nicht bekannt gegeben hat?", fragte Savannah gelassen, obwohl ihr angesichts der Wendung, die das Gespräch genommen hatte, regelrecht graute. „Das kommt mir nicht besonders klug vor. Sind Sie sicher, dass Sie richtig informiert sind?"

Der Reporter lächelte eine Spur verunsichert. „Meine Informationen stimmen mit Sicherheit. Aber ich würde mich natürlich freuen, wenn ich die Gelegenheit hätte, mit Mr McCord diesbezüglich ein Interview zu machen."

„Er ist momentan nicht da."

„Dann können ja vielleicht Sie oder jemand anderer uns erzählen, was wirklich los ist. Warum er von L. A. zurückgekommen ist und warum er gedroht hat, sowohl seinen Job als Anwalt als auch den Vorwahlkampf hinzuschmeißen, den er leicht gewinnen könnte."

„Ich habe nicht die leiseste Ahnung", log Savannah. „Und ich möchte es auch gar nicht wissen. Was Travis McCord mit seinem Leben anfängt, ist seine Sache."

„Hier ist es!", verkündete Charmaine, die gerade ins Wohnzimmer zurückkam. Sie gab Herman das Foto. „Ich bin Ihnen wirklich sehr dankbar, dass Sie helfen wollen."

„Kein Problem", antwortete er und sah Savannah dabei genauso eisig an wie sie ihn. „Und falls Sie Ihre Meinung ändern oder Ihnen noch etwas einfällt, was Sie mir erzählen möchten …" Er gab Savannah seine Visitenkarte. „Sagen Sie McCord, dass ich ihn anrufe."

„Mach ich", versprach Savannah mit gepresster Stimme, während Charmaine die beiden Männer zur Tür begleitete. Doch als sie den silbernen Geländewagen wegfahren hörte, zerknüllte sie John Hermans Visitenkarte und warf sie ins Kaminfeuer.

Charmaine, die auf dem Weg zur Treppe war, um wieder nach oben zu gehen, blieb noch einmal stehen. „Glaubst du, es hilft, wenn Joshs Foto in der Zeitung zu sehen ist?"

„Ich weiß es nicht", antwortete Savannah, „aber schaden kann es bestimmt nicht. Hoffen wir einfach, dass Josh und Mystic schon wieder zu Hause sind, wenn der *Register* erscheint."

„Oh Gott, ja", flüsterte Charmaine verzweifelt. „Wenn er heute Abend noch immer nicht da ist …" Sie schaute aus dem Fenster und betrachtete den Himmel, der immer dunkler wurde.

„Bis dahin ist er bestimmt zurück", versicherte ihr Savannah und merkte selbst, wie leer sich ihre Worte anhörten.

Lester und der Stallbursche kehrten bei Einbruch der Dunkelheit zurück und berichteten, dass es weit und breit keine Spur von dem Jungen und dem Pferd gab. Als Lester anschließend in den Stall ging, um nach den Pferden zu sehen, begleitete Savannah ihn und erzählte, was sich in der Zwischenzeit im Haus ereignet hatte.

„Warum ist dieser verdammte Techniker nicht hergekommen und hat die Alarmanlage repariert?", wollte Lester wissen.

„Wegen des Schneesturms", antwortete Savannah. „Das hat er zumindest behauptet, als er angerufen hat."

„Das hat uns gerade noch gefehlt", murmelte der grauhaarige Pferdetrainer. „Wie verkraftet Ihre Mutter eigentlich die ganze Sache?"

„Nicht gut. Josh bedeutet ihr sehr viel."

„Uns allen." Lesters Miene verfinsterte sich. „Außer vielleicht seinem Dad. Wissen Sie, ich verstehe einfach nicht, wie dieser Mann sein Kind so behandeln kann. An Reginalds Stelle hätte ich …" Er brach ab, und seine grimmigen Gesichtszüge entspannten sich etwas. „Tja, ich nehme an, Ihr Vater weiß, was er tut. Wenn jemand kein besonders guter Vater ist, bedeutet das ja nicht, dass er auch ein schlechter Gutsverwalter ist. Ich hätte nie gedacht, so etwas einmal zu sagen, aber ich muss zugeben, dass Wade seinen Job ganz anständig macht."

„Aber nicht hervorragend, oder?"

Lesters Wangenmuskeln arbeiteten heftig. „Nun ja, der Mann war früher mal Buchhalter, und sogar ein relativ guter, nehme ich an. Aber dass er gern mit Pferden arbeitet, nehme ich ihm nicht ab."

Er machte die Tür des Hengststalls auf und seufzte. „Warum um alles in der Welt hat dieser Junge ausgerechnet Mystic genommen?", überlegte er laut.

„Das ist die große Frage."

Lester klopfte ihr aufmunternd auf die Schulter. „Machen Sie sich keine Sorgen um Josh. Travis findet ihn schon."

„Das hoffe ich." Lange würde Savannah sich nicht mehr zusammenreißen können. Schon wieder standen ihr Tränen in den Augen. Sie streichelte Vagabond die seidigen Nüstern und starrte auf Mystics leere Box. „Das hoffe ich."

Eine Stunde später war Savannah wieder im Farmhaus, sah sich die Buchhaltung des Gestüts an und fragte sich, was Travis gestern Abend wohl überprüft haben mochte. Ihr hatten Zahlen noch nie sonderlich gelegen, und heute, da sie den Kopf voller Sorgen hatte, konnte sie sich auf die Aufstellung der Einnahmen und Ausgaben besonders schlecht konzentrieren. Sie klappte die Bücher zu und lehnte sich in ihrem Stuhl zurück.

Gestern Nacht noch hatte sie in Travis' Armen gelegen. Nie zuvor hatte sie sich so geborgen und geliebt gefühlt. Und jetzt war Travis irgendwo da draußen in der Dunkelheit und suchte Josh.

Im gleichen Moment, als sie aufstand, hörte sie von fern das Geräusch eines Wagens. Es hörte sich an wie der Jeep ihres Vaters. Mit klopfendem Herzen nahm sie ihre Jacke und lief durch die Küche hinaus ins Freie. Es war später Abend, der Himmel war dunkel, und das dröhnende Motorengeräusch des Jeeps, der sich querfeldein dem Haus näherte, kam immer näher.

Bitte, lieber Gott, mach, dass Josh bei ihnen ist, betete Savannah leise, während sie in der Dunkelheit nach den Scheinwerfern des Wagens Ausschau hielt.

Charmaine kam ebenfalls auf die hintere Veranda geeilt. „Oh Gott", flüsterte sie, als der Jeep endlich auftauchte, „oh Gott, ist er bei ihnen?" Sie lief die rutschigen Verandastufen hinunter und rannte zur Garage.

Savannah blieb dicht hinter ihr.

Reginald stellte den Motor ab und stieg aus. Er sah erschöpft aus. Sein müder Blick suchte die Augen seiner ältesten Tochter. „Ich schätze, das bedeutet, das Josh noch nicht aufgetaucht ist."

Charmaine wurde kreidebleich und war einer Ohnmacht nahe. „Ihr habt ihn nicht gefunden?", fragte sie ungläubig.

Wade stieg auf der Beifahrerseite des Jeeps aus und versuchte, tröstend den Arm um seine Frau zu legen, doch Charmaine wich zurück. Er erstarrte und warf Savannah einen bösen Blick zu. „Ich nehme an, du gibst mir die Schuld", sagte er zu seiner Frau.

„Ich gebe niemandem die Schuld", flüsterte Charmaine und schlug mit der Faust auf den Kotflügel des Jeeps. „Ich will nur, dass Josh heil und gesund nach Hause kommt."

„Was ist mit Travis?" Savannah klopfte vor Angst um ihren Neffen und Travis das Herz bis zum Hals. *Wo waren die beiden? Und warum war Travis noch nicht zurück?*

Reginald schüttelte den Kopf. „Als wir ihn zuletzt gesehen haben, hatte er vor, Mystics Spur weiterzuverfolgen. Wir mussten mit dem Jeep bei einem Birkenwäldchen kehrtmachen, in das das Pferd anscheinend gelaufen ist."

„Ich glaube nicht einmal, dass es Mystics Spuren waren." Wade zupfte nervös an seinem Schnurrbart. Er wirkte verängstigt. „Das Schlimme ist, dass ihn Travis nicht finden wird. Nicht heute Nacht. Diese Hufspuren waren fast nicht mehr zu erkennen. Jetzt, da es finster ist, wäre jede weitere Suche reine Zeitverschwendung. Wir müssen die Polizei bitten, dass sie morgen mit Hubschraubern weitersucht."

„Nein!", schrie Charmaine, schüttelte heftig den Kopf und sah ihren Mann mit ihren grünen Augen wütend an. „Wir müssen ihn finden! Heute! Er erfriert, wenn er die ganze Nacht da draußen ist."

Savannah stimmte ihr insgeheim zu. Sie musste selbst auf die Suche gehen, das wurde ihr langsam klar. Travis und Joshua waren irgendwo in der Wildnis, möglicherweise verletzt, und sie konnte unmöglich die ganze lange Nacht untätig herumsitzen und auf morgen warten. Sie behielt ihre Gedanken jedoch für sich und erzählte ihrem Vater lediglich die wichtigsten Fakten, als sie zum Haus gingen. „Wir haben mit dem Büro des Sheriffs telefoniert, und sie haben einen Deputy vorbeigeschickt."

„Ich glaube, wir sollten noch einmal dort anrufen", überlegte Reginald laut.

Im Haus angekommen, rief Savannah sofort Deputy Smith an und teilte ihm mit, dass der Suchtrupp ohne Joshua und Mystic zurückgekehrt sei. Charmaine, die sich mittlerweile wieder etwas gefangen hatte, berichtete Reginald und Wade inzwischen von dem Besuch der beiden Reporter und erzählte außerdem, dass auch Lesters Suche nach ihrem Sohn ohne Erfolg gewesen war.

„Wo kann er denn bloß sein?", fragte Wade verärgert, marschierte zielstrebig zur Hausbar im Wohnzimmer und schenkte sich einen Whiskey ein.

„Er muss irgendwo auf der Farm sein", überlegte Reginald.

„Wir haben jeden Quadratzentimeter abgesucht", erinnerte ihn Wade und kippte seinen Bourbon hinunter.

„Außer dort, wo man mit dem Jeep nicht hinkommt."

„Dort muss McCord suchen." Wade schenkte sich nach. „Er wird die Schluchten und die Wälder abreiten müssen. Aber ich glaube, nur die Polizeihubschrauber morgen früh können uns weiterhelfen."

Savannah kam ins Wohnzimmer. Obwohl sie nur den letzten Teil des Gesprächs gehört hatte, war ihr angesichts Charmaines ängstlich aufgerissener Augen sofort klar, dass über eine weitere Suche noch nicht entschieden worden war.

„Ich gehe besser nach oben und rede mit eurer Mutter", sagte Reginald. Es war ihm deutlich anzumerken, dass er Angst vor dem Gespräch hatte. „Wie ist es ihr heute gegangen?"

„Sie wollte allein sein."

„Ich wette, sie ist krank vor Sorge", murmelte Reginald. „Das sind wir wohl alle."

Sadie kam ins Wohnzimmer. „Das Abendessen steht auf dem Tisch", sagte sie betont fröhlich, um die Stimmung ein wenig zu heben. „Kommen Sie doch alle ins Esszimmer. Wir essen und überlegen gemeinsam, wie wir den Jungen finden können. Mit leerem Magen kann doch keiner von uns klar denken."

„Ich habe keinen Hunger", sagte Charmaine.

„Ich habe im Esszimmer gedeckt und auch für Virginia ein Gedeck aufgelegt. Eine warme Mahlzeit wird uns allen guttun." Sadie sah sie streng an und ihr Ton duldete keine Widerrede.

Alle gingen ins Esszimmer und setzten sich. Die Stimmung war angespannt, und obwohl das Essen hervorragend war, brachte Savannah kaum einen Bissen hinunter. Sie war dermaßen in Gedanken versunken, dass sie regelrecht zusammenzuckte, als die Standuhr neun schlug und Sadie das Dessert servierte.

Savannah löffelte die Zitronen-Mousse in sich hinein, ohne zu merken, wie es schmeckte. Sie dachte fieberhaft nach. Wenn Travis in einer Stunde noch immer nicht zurück war, würde sie ihn suchen gehen. Ihr Vater würde darauf natürlich entsetzt reagieren, also musste sie sich heimlich aus dem Haus schleichen und dann mit dem Wachposten am Stall diskutieren, was am besten zu tun war. Aber sie hielt es keine Minute länger mehr im Haus aus. Komme, was wolle – sie hatte vor, Travis und Joshua zu finden. Und zwar vor morgen früh!

8. KAPITEL

*U*m elf Uhr nachts war Savannah endlich allein. Nach den Zehn-Uhr-Nachrichten hatten sich alle in ihre Schlafzimmer zurückgezogen und im ganzen Haus war Ruhe eingekehrt.

Erschöpft von diesem nervenzermürbenden Tag setzte sie sich auf die Bettkante und überlegte. Sie war zwar müde, doch viel zu unruhig und besorgt, um einschlafen zu können. Ihre Gedanken kreisten ständig um Travis und Joshua.

Sie schaute aus dem Fenster und fluchte leise. Es schneite schon wieder. Plötzlich schlug sie mit einer Hand auf die kalte Fensterbank. Sie hatte es satt zu warten, hatte es satt, sich Sorgen zu machen. Sie musste etwas unternehmen, sonst würde sie langsam durchdrehen!

Entschlossen ging sie zum Schrank, zog schnell ihre wärmste Reithose und dickste Jacke an, ging leise nach unten und schlich sich durch die Eingangshalle in die Küche. Dann nahm sie eine Schachtel Streichhölzer, zwei Fackeln und eine Taschenlampe aus der Vorratskammer.

Was könnte ich noch brauchen, überlegte sie und trommelte mit den Fingern auf der Tür der Vorratskammer herum. „Himmel, wenn ich das nur wüsste." Sie schnappte sich ein paar Schokoriegel und steckte sie in ihre Jackentasche. „So viel zur gesunden Ernährung …", murmelte Savannah vor sich hin.

Bei diesem Wetter loszuziehen ist verrückt, sagte sie sich, während sie ihre Handschuhe anzog und sich einen Schal um den Hals wickelte. Dann huschte sie durch die Hintertür hinaus ins Freie. Trotz der dicken Lederjacke spürte sie die schneidende Kälte sofort am ganzen Körper. Wenn Travis mich so sieht, wird er mich umbringen, dachte sie noch, bevor sie durch den Garten weiter bis zur Garage und dann über den Parkplatz zu den Ställen lief.

Der Wind pfiff und heulte durch die Bäume und peitschte Savannah den eisigen Schnee regelrecht ins Gesicht, doch ihr

Entschluss stand fest. Sie musste Travis und Joshua finden und durfte keine Zeit mehr verlieren. In den Nachrichten war berichtet worden, dass der Sturm auch in den nächsten Tagen nicht nachlassen würde. Jetzt oder nie, dachte sie, während sie durch den Schnee stapfte.

„Moment mal!", rief ihr jemand zu, als sie gerade ihre Hand auf den Türgriff zum Hauptstall gelegt hatte. „Was wollen Sie hier?" Johnny, einer der Stallburschen, legte Savannah eine Hand auf die Schulter. Er hatte sich freiwillig gemeldet, vor den Ställen Wache zu schieben, als er von Joshuas und Mystics Verschwinden erfahren hatte. „Miss Beaumont? Was tun Sie hier draußen?"

Savannah fuhr herum. Trotz der Dunkelheit konnte sie erkennen, wie verdutzt der Stallbursche war, sie zu sehen.

„Ich gehe Joshua suchen."

„Heute Nacht? Sind Sie verrückt?"

„Ja, vielleicht. Aber mir fällt im Haus sonst bald die Decke auf den Kopf."

Der junge Mann war sichtlich nervös. Er nahm seine Hand von ihrer Schulter und rieb sich nachdenklich das Kinn. Zwar war er es gewöhnt, von Savannah Anweisungen zu bekommen, aber dass sie mitten in einer kalten Winternacht wie dieser allen Ernstes reiten gehen wollte, konnte er nicht recht glauben. „Kein Pferd darf den Stall verlassen und niemand darf hinein, das hat Reginald angewiesen."

„Ich weiß, Johnny, aber Mattie ist mein Pferd."

„Ich kann mir nicht vorstellen, dass eine Suche bei diesem Wetter in der Dunkelheit etwas bringt." Er deutete hilflos auf die schneebedeckten Weiden.

„Es bringt genauso wenig, im Haus herumzusitzen."

„Aber was nützt es, wenn wir morgen dann auch noch nach Ihnen einen Suchtrupp losschicken müssen?"

„Morgen früh soll der Sturm noch schlimmer werden."

„Ich weiß nicht recht …"

„Ich passe schon auf mich auf", versprach sie und legte ihre Hand wieder auf den Türgriff.

„Miss Beaumont, ich halte das wirklich für keine gute Idee."

Sie schenkte ihm ihr nettestes Lächeln. „Sie haben von meinem Vater nichts zu befürchten. Ich übernehme die volle Verantwortung."

Johnny wirkte immer noch nicht überzeugt.

Savannah ließ nicht locker. „Hören Sie, ich verspreche, dass ich auf unserem Land bleibe und sofort umkehre, falls der Sturm stärker wird. Sie kennen Mattie doch, sie würde sogar bei einem Erdbeben zurück in den Stall finden."

„Meine Sorge gilt nicht dem Pferd ..."

„Ach, um mich brauchen Sie sich keine Gedanken zu machen. Ich bin sechsundzwanzig und kann auf mich allein aufpassen. Außerdem drehe ich noch durch, wenn ich länger untätig im Haus herumsitzen muss."

Der arme Kerl steckte in der Zwickmühle. „Sie sind der Boss", gab er schließlich nach. „Aber ich glaube, ich sollte Wade oder Reginald Bescheid geben."

„Und die beiden noch mehr beunruhigen? Das hat doch keinen Sinn. Denn ob es den beiden nun gefällt oder nicht – ich mache mich in jedem Fall auf die Suche nach Josh." Savannah machte energisch – wenn auch nicht ganz so energisch, wie sie dem Stallburschen gegenüber gerade aufgetreten war – die Tür auf und ging in den Stall. Johnny ließ sie gewähren. Vielleicht geht er gleich zu Reginald und sagt es ihm, dachte Savannah, während sie den Sattel vom Halter nahm und ihn dann auf Matties breiten Rücken legte. Wenn Johnny seine Drohung wahr machte, musste sie damit rechnen, dass ihr Vater gleich wütend aus dem Haus gestürmt kam.

Die kleine Stute schnaubte und stampfte mit einem Fuß auf, weil man sie in ihrer Nachtruhe gestört hatte. Auch ein paar andere Pferde schauten Savannah neugierig an und stellten erwartungsvoll die Ohren auf.

„Alles in Ordnung, mein Mädchen", flüsterte Savannah, zog den Sattelgurt fest und legte der nervösen Stute das Zaumzeug an. „So weit, so gut."

Johnny hatte es sich offenbar anders überlegt und Reginald doch nicht geweckt, um ihm zu erzählen, dass seine jüngere Tochter auf die Suche nach ihrem Neffen ging. Jedenfalls blieb alles ruhig. Wenigstens etwas, dachte Savannah erfreut.

Dann führte sie die Stute durch die hintere Stalltür ins Freie und ging mit ihr über die kleineren Koppeln. Der Sturm war noch heftiger geworden. Als sie mit Mattie am Hengststall vorbeikam, hörte sie eines der Pferde, das durch die ungewohnten nächtlichen Geräusche geweckt worden war, leise wiehern.

Mystics Hufspuren, die man heute Morgen noch gesehen hatte, waren mittlerweile mit Schnee bedeckt. Nur die tiefen Spuren, die die Zwillingsreifen des Jeeps hinterlassen hatten, waren noch zu erkennen. Doch auch sie wurden zusehends undeutlicher. Savannah stieg aufs Pferd und drückte Mattie die Fersen in die warmen Flanken. „Los geht's, Mädchen", sagte sie aufmunternd und fragte sich gleichzeitig, ob sie mit der Stute oder sich selbst redete.

Einer inneren Eingebung und weniger ihrer Vernunft folgend, beschloss sie, nicht Mystics Spuren zu folgen, sondern zum See hinunter zu reiten. Während Mattie im Schritt am Ufer entlangging, rief Savannah laut Joshuas Namen.

Keine Antwort. Man hörte nur das Heulen des Windes.

Savannah hielt die Stute an und rief erneut nach Joshua. Immer noch keine Antwort.

„Volltreffer …", murmelte sie resigniert. Bedrückt ritt sie um den See herum bis zu einer Wiese, auf der ein alter Apfelbaum mit einem Baumhaus stand, das Joshua letzten Sommer gebaut hatte.

Sie stieg ab, band Mattie am dicken Stamm des Baums fest und kletterte über etwas, das wohl eine Leiter sein sollte und aus wackeligen kleinen Brettern bestand, die Joshua an die Rinde genagelt hatte, hinauf. Dann leuchtete sie mit der Taschenlampe in die Bretterbude hinein. Das Baumhaus war leer. Auf den schmutzigen Bodenplanken lag Schnee, der durch die Ritzen zwischen den Dachbrettern heruntergefallen war.

Savannah ließ den schwachen Lichtkegel über die grob gezimmerten Wände gleiten und leuchtete dann von oben hinunter auf die schneebedeckte Wiese. Keine Spur von dem Jungen oder dem Pferd.

„Großartig", sagte sie leise und knipste die Taschenlampe aus. Das bringt nichts, dachte sie seufzend. Wie oft hatte sie Joshua letzten Sommer vor dem Abendessen suchen müssen und ihn immer an seinem Lieblingsplatz gefunden, versteckt zwischen den Ästen eines knorrigen alten Apfelbaums? *Aber nicht heute Nacht.*

Sie kletterte wieder vom Baum hinunter und band Mattie los. Als sie sich in den Sattel schwang, fiel ihr plötzlich noch etwas ein. Sie erinnerte sich daran, wie sie als siebzehnjähriges Mädchen mit der damals viel jüngeren Mattie während eines Ausritts im Schatten eines alten Apfelbaums stehen geblieben war und heimlich Travis beim Reparieren eines kaputten Weidezauns beobachtet hatte. Damals, vor neun Jahren.

Quäl dich doch nicht selbst, ermahnte sie sich, doch dann merkte sie, dass die Gedanken an Travis und Joshua sie nicht bedrückten, sondern vielmehr anspornten weiterzusuchen. Sie trieb ihre kleine Stute zurück zu den Koppeln neben dem Hengststall. Da sie Joshuas Lieblingsplätze alle abgesucht hatte, würde sie nun doch Mystics imaginäre Spuren verfolgen.

Solange sie die Spur von Reginalds Jeep erkennen konnte, wusste sie auch, in welche Richtung Mystic gelaufen war. Fröstelnd und mit hochgezogenen Schultern ritt sie weiter, trotzte dem eisigen Sturm und schwor sich, Travis und Joshua nie mehr aus den Augen zu lassen, falls sie die beiden jemals wiedersah. *Falls.*

An so etwas darfst du überhaupt nicht denken, schalt sie sich ärgerlich. Denk positiv. Doch der kalte Wind und die Stille um sie herum ließen die Zweifel und Ängste, die ihr wie unheilvolle Geister durch den Kopf spukten und sich nicht vertreiben ließen, immer größer werden.

Travis fluchte leise. *Verdammt, weit und breit keine Spur von dem Jungen! Wo zum Teufel steckte er? Er konnte sich doch nicht in Luft aufgelöst haben?* Natürlich bestand die schwache Chance, dass Joshua mittlerweile wieder zu Hause war, doch Travis glaubte das nicht. Reginald hatte versprochen, Signalraketen abzuschießen und drei Mal hintereinander mit dem Gewehr in die Luft zu feuern, sobald man den Jungen gefunden hatte. Bisher hatte Travis keines der beiden vereinbarten Signale bemerkt. Und das bedeutete nichts Gutes. Travis misstraute zwar Reginalds politischen Machenschaften, aber er war sich sicher, dass der alte Mann sein Wort halten und ihn über Joshua informieren würde.

Travis stemmte sich mit hochgezogenen Schultern gegen den Wind, der ihm direkt entgegenblies, und beschloss, einen kurzen Halt zu machen. Er war völlig durchgefroren, und die Haut in seinem Gesicht war durch die beißende Kälte bereits wund geworden. Außerdem brauchte Jones, so einsatzfreudig er auch war, eine Pause. Sich mit einem neunzig Kilo schweren Mann auf dem Rücken durch den Schnee zu kämpfen hatte das Pferd müde gemacht.

„Na, dann wollen wir mal sehen, was wir hier haben", sagte Travis zu sich selbst, stieg ab und ließ Jones ein wenig Wasser aus einem halb zugefrorenen Bach trinken.

Den Blick konzentriert auf den Boden gerichtet, stapfte Travis durch den gut dreißig Zentimeter hohen Schnee zum Rand der Waldlichtung. Er lockerte seine Beine und streckte sich; seit Jahren hatte er nicht mehr so lange im Sattel gesessen, und seine Oberschenkel und seine Rückenmuskeln fingen bereits an, wehzutun und sich zu verkrampfen.

Travis wusste, dass die Chance, Joshua in dieser Nacht noch zu finden, gleich null war. Morgen früh würde er wohl oder übel umkehren und auf die Farm zurückkehren müssen. Sowohl er als auch das Pferd mussten sich von den Strapazen erholen. Vielleicht waren die Straßen morgen wieder einigermaßen befahrbar, und vielleicht würde man den Jungen dann finden.

Mit zusammengekniffenen Augen spähte er in den dunklen Birkenwald. Etwas hatte sich gerade bewegt. Travis versuchte, durch den Schneefall, der wie ein dicker Teppich seine Sicht verschleierte, etwas zu erkennen.

Nichts zu sehen. Stellten sich bei seiner verzweifelten Suche nach dem Kind jetzt schon Halluzinationen ein, fragte sich Travis.

Wo zum Teufel war Josh? Travis hatte jeden Zentimeter des Lands der Beaumonts durchkämmt. Keine Spur von dem Jungen oder dem feurigen schwarzen Hengst. Seit sich Mystics Spuren kurz vor Einbruch der Dunkelheit im Nichts verloren hatten, hatte Travis nirgendwo einen Hinweis auf den Verbleib des Jungen finden können. Ihm graute bei der Vorstellung, was auf dem noch viel unwirtlicheren Land des Bundesstaats Kalifornien passiert sein könnte, das an die Farm grenzte.

Lag der Junge irgendwo bewusstlos auf dem Boden und war bereits zugeschneit? Oder war das Kind so schlau gewesen, für sich und das Pferd einen Unterschlupf zu suchen? Erneut ging ihm der entsetzliche Gedanke durch den Kopf, dass Joshua möglicherweise nicht mehr am Leben war. Travis riss sich zusammen. Er musste weitersuchen. Je länger der Junge in der Wildnis allein auf sich gestellt war, desto geringer waren seine Überlebenschancen.

Travis ging zurück zu seinem Pferd, nahm seinen Stetson ab, kratzte sich den Kopf und setzte den Hut wieder auf. „Weiter geht's", brummte er missmutig, schwang sich in den Sattel und dirigierte sein Pferd über die eisig glatten Steine des Bachs. Dann schrie er Joshuas Namen in die Dunkelheit hinaus.

Wieder sah er, dass sich zwischen den Bäumen etwas bewegte. Diesmal verlor er keine Zeit, sondern drückte seine Fersen in Jones' Flanken und ritt direkt auf dieses undefinierbare Etwas zu, das sich anscheinend hinter den Bäumen versteckte.

Wahrscheinlich würden ihre Zehen jeden Moment abfallen, befürchtete Savannah, und ihre Finger waren trotz der Reithandschuhe völlig steif. Vielleicht hat Johnny recht gehabt, dachte sie frustriert. Vielleicht war es wirklich eine denkbar schlechte Idee, hier durch die Gegend zu reiten. Wenn ich vor morgen früh nicht wieder zu Hause bin, werden Mom und Dad krank vor Sorge sein! Dem Gedanken, jetzt umzukehren, konnte sie allerdings auch nichts abgewinnen. Joshua zu suchen war immer noch besser, als nur im warmen Bett zu liegen und zu hoffen, dass es dem Jungen gut ging.

Sie biss sich auf die Unterlippe und starrte auf den schneebedeckten Boden. Ab jener Stelle, an der der Jeep umgedreht hatte und seine Reifenspuren zurück zum Farmhaus führten, hatte Savannah weder Travis noch Josh irgendwo gesehen. Das war vor einer Stunde gewesen. Falls es Hufspuren gegeben hatte, waren sie längst zugeschneit.

Travis. War es erst gestern gewesen, als sie in seinen starken Armen eingeschlafen war? Eine Ewigkeit schien seitdem vergangen zu sein. *Oh Gott, wo war er? Ging es ihm gut?*

Sie hatte so oft Joshuas Namen gerufen, dass sie heiser war. Die einzige Antwort war das Echo ihrer eigenen Stimme gewesen. Die Stille um sie herum machte ihr Angst. „Fröhliche Weihnachten", flüsterte sie bitter. Der eisige Wind und die quälende Sorge trieben ihr Tränen in die Augen.

Sie zitterte, als sie zu der Lichtung kam, an der Joshua und Travis erst vor zwei Tagen den Weihnachtsbaum gefällt hatten. Sie trieb Mattie vorwärts und versuchte, nicht daran zu denken, wie schön dieser Tag gewesen war: der Ausflug in den Wald, die Schneeballschlacht, das Schmücken des Baums und die Liebesnacht mit Travis … Es schien alles so lange her.

Der Sturm tobte immer noch, und Savannah zog den Kopf ein, um sich zu schützen. Mattie kämpfte sich tapfer voran. Es schneite mittlerweile so stark, dass man kaum noch die eigene Hand vor den Augen sah.

Savannah war knapp davor, die Suche aufzugeben und zum Farmhaus zurückzukehren, als sie sah, dass sich zwischen den Bäumen etwas bewegte. Mattie scheute und wieherte nervös, und auch Savannah bekam es mit der Angst zu tun. Dann sah sie den großen schwarzen Hengst.

„Mystic!", schrie sie, und ihr Herz machte einen Freudensprung. „Josh?"

Dann erstarrte sie. Mystics Sattel fehlte, und die Zügel waren abgerissen und hingen herunter. „Oh mein Gott", stöhnte sie, stieg ab und band die verängstigte Mattie an einen Busch. „Josh! Josh, kannst du mich hören?" *Bitte, lieber Gott, mach, dass ihm nichts passiert ist.*

Vorsichtig ging sie auf Mystic zu, doch der schwarze Hengst wich aus, bäumte sich auf und schlug mit den Vorderbeinen aus. Dann warf er drohend seinen Kopf hin und her und schnaubte. Sein Blick war panisch und seine Augen so weit aufgerissen, dass man die weißen Ränder sah. Während er auf den Hinterbeinen nach hinten auswich, geriet er ins Taumeln und wieherte schrill und laut.

„Alles gut, mein Junge", flüsterte Savannah. Das Pferd reagierte nicht nur aus Angst so panisch. Mystic hatte offensichtlich starke Schmerzen. Sie musste den nervösen Hengst ein wenig beruhigen und näherte sich ihm noch einmal.

„Vorsicht!", rief plötzlich jemand warnend. Savannah drehte sich um und sah Travis neben Jones aus dem Wald kommen. Sowohl er als auch das Pferd sahen extrem erschöpft aus.

„Gott sei Dank ist dir nichts passiert", flüsterte sie, lief zu Travis und warf ihre Arme um seinen Hals. Als er sie an sich drückte, wurde ihr sofort wärmer. „Ich war krank vor Sorge!" Vor Erleichterung traten ihr Tränen in die Augen, während sie sich an ihn schmiegte und ihn auf die raue, bärtige Wange küsste. Ihn zu riechen und zu spüren war wunderbar. Doch die Freude war nur von kurzer Dauer. „Hast du Josh noch immer nicht gefunden?" Sie merkte an seiner Umarmung, dass irgendetwas nicht stimmte.

„Ich weiß es nicht", sagte er leise. „Ich habe ihn nicht gesehen."

Savannah erschrak. „Aber Mystic …"

Travis ließ sie langsam los und rieb sich müde die Stirn. „Ist mir klar. Ich dachte, wenn ich das Pferd finde, finde ich auch den Jungen. Fehlanzeige. Aber jetzt müssen wir Mystic einfangen und zusehen, dass er sich beruhigt." Er band Jones neben Mattie an den Busch, ohne den verängstigten Hengst dabei aus den Augen zu lassen. „Und du musst in seiner Nähe gut aufpassen", warnte er Savannah leise, während er vorsichtig auf das Pferd zuging. „Er ist verletzt und hat panische Angst. Ich verfolge ihn schon seit ein paar hundert Metern. Mit seinem rechten Vorderbein stimmt irgendetwas nicht."

„Oh nein …"

„Ruhig …" Travis ging weiter auf das nervöse Pferd zu. „Ganz ruhig, mein Junge", flüsterte er und streckte Mystic langsam eine Hand entgegen.

Das Tier scheute und galoppierte davon. „Mistkerl", brummte Travis. „Genau das Gleiche ist passiert, als ich ihm vor ein paar Stunden das erste Mal begegnet bin. Aber weit kommt er nicht …" Travis richtete den Strahl seiner Taschenlampe auf die Stelle, wo Mystic gestanden hatte. Im Schnee waren seine Hufspuren, aber auch Blutflecken zu sehen.

Verzweifelt starrte Savannah auf die roten Flecken. „Was mag da wohl passiert sein? Wo ist nur der Junge?"

„Ich wünschte, ich wüsste es. Komm, wir müssen hinterher."

Langsam und konzentriert wie ein Raubtier, das seine Beute verfolgt, ging Travis dem Hengst nach. Mystic stand unter einem kahlen Ahornbaum. Sein pechschwarzes Fell war schweißbedeckt, und seine Muskeln zitterten nervös. Mit weit aufgerissenen Augen und bereit, jeden Moment auszubrechen, sah er zu, wie Travis und Savannah näher kamen.

„Ganz ruhig", sprach Savannah auf das Pferd ein.

Der Hengst schnaubte, versuchte sich aufzubäumen und blieb schließlich stehen, als Travis ihn am Zaumzeug zu fassen bekam und sich dann die Zügel fest um seine rechte Hand wickelte.

„Oh nein", flüsterte Savannah, als sie den gefrorenen

Schweiß auf Mystics Fell aus der Nähe sah. Sie hielt den Atem an, während Travis die Schultern und die Beine des Tiers mit geübtem Griff untersuchte.

Als Travis mit der Hand über Mystics Vorderbein strich, bäumte der Hengst sich auf und riss seinen schwarzen Kopf so ruckartig hoch, dass es Travis beinahe den Arm ausgekugelt hätte.

„Ruhig, Mystic." Travis verzog vor Schmerz das Gesicht und zog den Kopf des Hengstes wieder herunter, um ihn weiter zu untersuchen. Als er mit den Fingern den Vorderlauf des Tieres befühlte und dabei eine Beule beim Fesselgelenk ertastete, wollte Mystic sich wieder aufbäumen. „Verdammt!"

„Was hat er?", fragte Savannah.

Travis schüttelte den Kopf und seufzte. „Ich glaube, es ist etwas gebrochen. Das Bein ist geschwollen, und Mystic versucht, es nicht zu belasten. Wenn ich sein Gleichbein berühre, dreht er vor Schmerz durch."

Travis band Mystics Zügel an einem Baum fest und leuchtete mit der Taschenlampe auf das verletzte Gelenk. Eine klaffende, blutige Wunde wurde sichtbar, die übel aussah. „Vielleicht ist es nur eine Verstauchung", flüsterte sie.

„Ja, vielleicht." Travis klang nicht sonderlich überzeugt.

„Was nun?"

Travis sah sie mit grimmig vorgeschobenem Kinn an. Seine Augen funkelten. „Zuerst müssen wir uns einfallen lassen, wie wir Mystic am besten zurück in den Stall bringen, dann suchen wir Josh, und irgendwann bist du vielleicht so nett und erklärst mir, was du überhaupt hier draußen verloren hast."

„Für Erklärungen ist jetzt wirklich keine Zeit." Savannah musterte Mystic intensiv, um Travis' Blick auszuweichen.

Er gab es nur ungern zu, aber Savannah hatte recht. Sie mussten schnell handeln, damit das Tier sich nicht noch mehr verletzte. Und dann war da noch Joshua, den sie finden mussten … „Okay, du hast gewonnen. Fürs Erste. Aber wenn das alles vorbei ist, erwarte ich eine Erklärung von dir. Hoffentlich hast du eine gute!"

„Verlass dich drauf", sagte sie kühl und wandte sich wieder dem Pferd zu. „Ich glaube nicht, dass er weiter gehen sollte, als unbedingt nötig ist."

„Richtig." Travis rieb sich die Bartstoppeln an seinem Kinn. „Wenn du mit Mattie querfeldein zurück zum Farmhaus reitest, bist du in einer Stunde dort. Vielleicht sogar schneller. Ich bleibe inzwischen hier bei Mystic." Travis betrachtete den großen Hengst mit fachmännischem Blick. „Dann fährst du mit Lester oder Reginald hierher. Bringt einen Pferdeanhänger mit. Und nehmt die Bundesstraße. Sie hat knapp hundert Meter nördlich eine Abzweigung zu dem Stück Land hinter dem Zaun, glaube ich."

„Stimmt."

„Und bringt Drahtzangen mit. Wir müssen den Stacheldraht aufschneiden, damit wir Mystic auf die andere Seite bringen können."

Savannah zögerte. „Ich will nicht weg von dir."

Travis lächelte. „Es ist ja nur für kurze Zeit", versprach er. „Bis wir es geschafft haben, das Pferd zurück auf die Farm zu bringen. Oh, und ruf den Tierarzt an."

„Wird gemacht."

„Und bringt ein paar Decken für die beiden mit." Er deutete auf Mystic und Jones. „Und noch ein Pferd."

„Warum ein zusätzliches Pferd?", fragte sie bang.

„Jones ist müde."

„Das heißt, du willst weiter nach Josh suchen?" Sie wusste nicht, ob sie froh oder entsetzt darüber sein sollte.

„Ich habe schließlich das Pferd gefunden, nicht wahr? Der Junge kann nicht weit weg sein."

„Es können auch viele Kilometer sein", gab sie zu bedenken.

„Nicht, wenn er vom Pferd gefallen ist, als Mystic sich das Bein verletzt hat. Ich kann mir nicht vorstellen, dass er bei diesen Schmerzen noch weit gelaufen ist. Hoffen wir zumindest für Josh, dass ich recht habe."

Travis' Argument klang vernünftig, und zum ersten Mal in

dieser Nacht sah Savannah einen Hoffnungsschimmer. Vielleicht fanden sie Joshua ja wirklich und konnten ihn nach Hause bringen. Wenn er nicht schon tot ist, dachte sie. Ihr Herz klopfte ängstlich.

„So etwas darfst du gar nicht denken", beruhigte Travis sie, als hätte er ihre Gedanken erraten. „Ihm ist bestimmt nichts zugestoßen. Wir finden ihn."

„Oh Gott, das hoffe ich."

„Komm schon", sagte er eindringlich, drückte seine kalten Lippen auf ihre Stirn und zog Savannah fest an sich. „Gib die Hoffnung nicht auf. Nicht jetzt. Josh, Mystic und ich zählen auf dich."

„Okay", flüsterte Savannah. Dann schniefte sie, versuchte all ihre Ängste von sich zu schieben und stellte sich innerlich auf die eine lange, anstrengende Nacht ein.

„Ich wusste, dass ich mich auf dich verlassen kann."

Nur zögernd bestieg Savannah ihr Pferd. Es war fast unmöglich, sich von Travis loszureißen. Irgendetwas sagte ihr, dass eine Katastrophe passieren würde, wenn sie ihn allein ließ.

Travis bemerkte ihr Zögern. Er sah zu ihr hinauf und zwang sich zu einem Lächeln. „Kopf hoch. Es dauert nicht mehr lange", flüsterte er und streichelte ihr mit einer Hand das bebende Kinn. „Und dann haben wir es überstanden."

„Und Josh?"

„Ich finde ihn schon", versicherte Travis ihr. Er hoffte, dass er sich optimistischer anhörte, als ihm zumute war. „Vorher gebe ich nicht auf."

Er legte ihr eine Hand in den Nacken und zog ihren Kopf langsam zu sich herunter, bis seine Lippen ihren Mund berührten. „Weißt du denn nicht, dass nichts mich von dir fernhalten kann?"

Savannah musste mit den Tränen kämpfen. „Hoffentlich", flüsterte sie, während er ihre eiskalten Lippen küsste und ihr bewusst wurde, wie sehr sie ihn liebte. Die Vorstellung, ihn allein zu lassen, brach ihr fast das Herz.

„Los jetzt. Sieh zu, dass du von hier wegkommst", sagte er schließlich energisch, straffte die Schultern und schaute ihr in die Augen. „Beeil dich. Ich gebe dir nämlich nur einen Vorsprung von fünfundvierzig Minuten, bevor ich ein paarmal mit dem Gewehr in die Luft schieße. Das sollte genügen, um alle auf der Farm aufzuwecken. Anschließend schieße ich meine Leuchtraketen ab. Bis dahin müsstest du zu Hause sein und alles zum Losfahren bereit sein. Lester soll irgendein Pferd im Anhänger herbringen."

„Und Drahtzangen."

„Genau."

„Ich packe außerdem eine Thermoskanne Kaffee und ein Sandwich ein." Dann fiel ihr plötzlich die Schokolade ein, und sie griff in ihre Jackentasche. „Es ist nicht viel, aber besser als nichts." Sie warf ihm die Schokoriegel zu.

Travis fing sie lächelnd auf. „Du bist ein Engel."

„Das bezweifle ich." Sie starrte nachdenklich in die Dunkelheit. „Glaubst du wirklich, dass es etwas bringt, wenn du Josh heute Nacht noch suchst?"

Travis sah sie an. Er wirkte plötzlich sehr ernst. „Ich glaube, ich habe keine andere Wahl. Oder?"

„Nein, ich schätze, das hast du nicht." Sie sah ihn noch einmal sehnsüchtig an, dann ritt sie mit Mattie los.

Travis sah ihr nach, bis sie aus der Lichtung verschwunden war, ehe er durch den Schnee zu Jones stapfte und ihm den Sattel und die Satteldecke abnahm. Anschließend legte er Mystic die Decke über die zitternden Schultern.

„Ich weiß nicht, ob dir das hilft, alter Junge, aber es ist besser als nichts." Er tätschelte dem Hengst den Hals und ging zurück zu Jones. „Das kommt dir bestimmt nicht sehr fair vor", sagte er und streichelte dem Wallach über den Kopf, „aber so ist das Leben nun mal. Leider."

Savannah ließ Travis nur ungern allein zurück, als sie sich auf den Weg zurück zur Farm machte. Unterwegs rief sie immer wieder Joshuas Namen, doch außer dem gleichmäßigen Knirschen von Matties Hufen im Schnee war nichts zu hören. Der Wind wehte Savannah ins Gesicht und blies ihr die Haare aus dem Nacken, während sie an Travis dachte, der bei Mystic geblieben war.

Sie formte mit ihren Händen einen Trichter vor dem Mund. „Josh!" Keine Antwort. Nur der Wind raschelte durch die spröden Blätter, und ein Wintervogel, der aus dem Schlaf hochgeschreckt war, stieß einen lang gezogenen Schrei aus. „Lieber Gott, lass mich ihn finden", flüsterte sie. Wo war er nur? Lebte er noch, oder lag er hier irgendwo halb erfroren im Schnee?

Mattie blieb abrupt stehen und scheute.

Von fern hörte man jemand rufen. Es klang wie ein schwaches Stöhnen in der Dunkelheit. Savannah stockte der Atem. Hatte sie sich das Geräusch nur eingebildet? Sie rief noch einmal, so laut sie konnte, nach Josh und wartete. Dabei wagte sie nicht einmal zu atmen. Diesmal war die Antwort deutlicher zu hören.

Ihr schlug das Herz bis zum Hals. Rasch trieb sie Mattie in die Richtung, aus der die Stimme gekommen war. „Ich komme!", schrie sie gegen den Wind an und schickte ein Stoßgebet zum Himmel, dass Joshua sie hören möge. Zu ihrer großen Erleichterung tauchte plötzlich Travis auf Jones zwischen den Bäumen auf.

„Ich habe dich gehört, musste aber erst den alten Jones satteln, sonst wäre ich schneller da gewesen." Dann rief er, so laut er konnte, nach Joshua.

Das Stöhnen wurde deutlicher.

„Er lebt", flüsterte Savannah. Sie war so erleichtert, dass ihr Tränen in die Augen stiegen, während Mattie sich durch den Schnee bis zu einer steilen Schlucht kämpfte. Ab hier war es nicht möglich weiterzureiten. „Josh, wo bist du?", rief sie. Die zugeschneite Schlucht warf das Echo ihrer Stimme zurück.

„Hier … Hilf mir …" Die schwache Stimme des Jungen kam von irgendwo da unten.

„Ich bin hier, Josh." Savannah sprang vom Pferd und rannte zum Rand der tiefen Schlucht. *Oh Gott, es war so dunkel da unten.* Sie konnte Joshs Umrisse im Schnee kaum erkennen. „Wir holen dich gleich da raus", sagte sie und versuchte, überzeugter zu klingen, als sie es in Wahrheit war. „Halt durch."

Travis war nun an ihrer Seite und suchte mit zusammengekniffenen Augen im Schnee nach dem schnellsten Weg zu dem Jungen. „Ich glaube, das überlässt du besser mir."

„Aber er braucht mich", protestierte sie.

„Und wie willst du ihn tragen?" Ohne eine Antwort abzuwarten, nahm er ein Seil aus seiner Satteltasche und befestigte es an einem dicken Eichenstamm.

„Lass mich zu ihm hinunter", bettelte sie.

„Tu nur dieses eine Mal das, was man dir sagt, Savannah. Okay? Falls ich Hilfe brauche, rufe ich dich. Aber das Letzte, was ich im Moment brauchen kann, ist, dass du dich beim Versuch, den Jungen zu retten, verletzt. Und jetzt lass mich machen. Ich habe keine Zeit, mich mit dir herumzustreiten."

Zähneknirschend gab Savannah nach. „Hol ihn bloß da raus."

Er nickte.

Nachdem sich Travis das andere Ende des Seils um den Bauch gebunden hatte, seilte er sich vorsichtig in die steile Schlucht ab. „Alles klar, Josh?", fragte er, als der Junge in Hörweite war.

Joshua gab keine Antwort. Man hörte nur das Klappern seiner Zähne. Der Junge bibberte offenbar am ganzen Körper.

„Komm. Jetzt sehen wir mal, ob du so weit in Ordnung bist, dass ich dich hier rausbringen kann." Travis untersuchte den Jungen behutsam, um zu sehen, ob er sich etwas gebrochen hatte. „Ich weiß, das wird jetzt wehtun, Josh, aber wir müssen dich nach Hause bringen. Schaffst du das?"

Josh nickte schwach, versuchte jedoch nicht, aufzustehen.

Travis warf seine Jacke über ihn und nahm ihn vorsichtig hoch. Dann dachte er nach. Er konnte den Jungen entweder jetzt gleich nach oben tragen oder warten, bis Savannah Hilfe geholt hatte. Das konnte allerdings Stunden dauern. „Hör zu, Josh, ich versuche mit dir hinaufzuklettern. Hältst du das aus?"

„Weiß nicht." Josh stöhnte.

„Gleich ist es überstanden", sagte Travis aufmunternd. Dann drückte er das Kind fest an seine Brust und begann, den steilen, schneebedeckten Hang hinaufzuklettern.

Savannah sah zu, wie sich Travis Meter für Meter hocharbeitete. Zweimal rutschte er zu ihrem Entsetzen aus und taumelte. Doch dann fanden seine Füße wieder Halt in der steilen Wand, und er kletterte weiter, bis er es schließlich ganz nach oben geschafft hatte.

„Oh, Josh", presste sie leise schluchzend heraus und küsste den Jungen auf die Stirn. „Gott sei Dank bist du am Leben." Ihr liefen Tränen über die Wangen, als sie über sein kaltes Gesicht strich. Sie wandte sich an Travis. „Er ist halb erfroren."

„Wir müssen ihn nach Hause bringen. Allerdings glaube ich nicht, dass er sich allein auf einem Pferd halten kann, und Jones ist zu erschöpft. Er kann nicht uns beide tragen. Du musst Josh vor dir in den Sattel setzen und festhalten. Meinst du, das klappt?"

„Natürlich."

„Gut." Nachdem Savannah auf Mattie aufgestiegen war, half Travis dem Jungen in den Sattel.

„Wo ist Mystic?", fragte Josh mit schwacher Stimme, als sie losritten. Savannah, die ihn fest an sich drückte, spürte, dass er vor Schmerz zitterte.

„Ich habe ihn an einen Baum gebunden. Jemand holt ihn mit dem Anhänger, sobald wir unten im Tal sind", beruhigte Travis den Jungen.

„Nicht sprechen, Josh. Mach dir keine Sorgen um Mystic", sagte Savannah. „Wir bringen ihn nach Hause. Wichtig ist jetzt, dass es dir bald wieder bessergeht."

Der Ritt zurück zum Farmhaus schien ewig zu dauern. Es war anstrengend, Josh zu halten und dabei nicht das Gleichgewicht im Sattel zu verlieren, und Savannahs Arme schmerzten. Josh redete nicht, sondern stöhnte auf dem Heimweg nur vor sich hin.

Savannah sah ihn die ganze Zeit an und hielt ihn so fest an sich gedrückt, dass sie irgendwann dachte, ihre Arme würden abbrechen. Als die Gebäude der Farm in Sicht kamen, durchzogen die ersten orangefarbenen Streifen der Morgendämmerung den Himmel. Irgendwann konnte Savannah Lesters Pick-up am Parkplatz erkennen.

Sie hatten kaum die Koppel neben den Ställen erreicht, als Lester sie entdeckte. Ein breites Lächeln überzog sein Gesicht. Sofort wies er Johnny an, alle im Haus zu wecken und ihnen die Neuigkeiten zu überbringen.

„Es tut verdammt gut, dich wiederzusehen, Kleiner", sagte Lester zu Joshua, als er und Travis den Jungen vorsichtig aus dem Sattel hoben.

Charmaine und Wade kamen aus dem Haus gelaufen. Charmaine hatte ihr Nachthemd, einen Morgenmantel und Stiefel an. „Josh!", rief sie. Ihr Gesicht war tränenüberströmt. „Ach Schatz, geht es dir gut? Lass mich dich ansehen."

„Ich glaube, ich trage ihn besser ins Haus", meinte Travis.

„Nein. Gib ihn mir." Sie nahm den Jungen auf den Arm und drückte ihn fest an ihre Brust, ehe sie Travis mit Tränen in den Augen ansah. „Gott sei Dank hast du ihn gefunden."

„Du solltest schleunigst einen Notarzt rufen. Josh ist verletzt und halb erfroren."

„Oh, mein Baby", flüsterte Charmaine. Josh klammerte sich an seine Mutter, als wollte er sie nie mehr loslassen. Charmaine schluchzte, und auch Savannah standen die Tränen in den Augen.

„Bringen wir ihn ins Haus", schlug Wade vor. Er wusste nicht recht, was zu tun war, und tat, als wäre er besorgt. „Was zum Teufel hast du da draußen gemacht?", fragte er Savannah, doch sie machte sich nicht die Mühe, ihm zu antworten.

„Was ist mit Mystic?", wollte Lester wissen.

„Wir müssen noch mal zurück und ihn holen." Travis beobachtete Charmaine, die mit dem Jungen im Arm zur Hintertür ging. „Er ist verletzt, und es sieht nicht gut aus. Es ist das rechte Vorderbein, vermutlich das Fesselgelenk."

Lesters Miene verfinsterte sich, doch er wusste sofort, was zu tun war. „Ich hole den Anhänger."

Travis sah müde aus und hatte dunkle Schatten unter den Augen. Doch sein Einsatz war noch immer nicht zu Ende. Sein Blick war besorgt, als er sich jetzt an Savannah richtete. „Ich muss wegen des Pferdes noch einmal zurück. Kümmere du dich um Josh. Sorg dafür, dass ein Rettungswagen herkommt, und vergiss nicht, den Tierarzt anzurufen."

„Mach ich." Sie lief ins Haus.

Nachdem sie auf der hinteren Veranda die Stiefel abgestreift hatte, ging sie in die Küche. Beim Anblick von Archimedes unter dem Tisch musste sie lächeln. „Sadie wird dir bei lebendigem Leib die Haut abziehen, wenn sie dich erwischt", flüsterte sie dem Hund zu. Archimedes seufzte.

Im Haus war es so warm, dass Savannahs durchfrorene Hände zu kribbeln begannen. Sie zog sich mit den Zähnen die Handschuhe aus, legte sie auf die Anrichte und rieb sich die Hände.

Dann ging sie durch die Küche hinaus und über den kurzen Korridor ins Arbeitszimmer. Wade telefonierte gerade.

„Ein Rettungswagen?", erkundigte sie sich.

„Schon unterwegs."

„Gut. Wie geht es Josh?"

Wade runzelte die Stirn. Ihm hingen ein paar blonde Haarsträhnen wirr ins Gesicht, und er war bleich vor Sorge. „Charmaine hat ihn hinauf in sein Zimmer gebracht. Es … es sieht nicht besonders gut aus", antwortete er nervös.

„Er wurde von einem Pferd abgeworfen, ist in eine Schlucht gefallen und hat mehr als vierundzwanzig Stunden im Freien verbracht. Und das während eines heftigen Schneesturms, der für diese Gegend sehr unüblich ist. Josh fühlt sich wahrscheinlich schrecklich."

„Ich hoffe, er ist bald wieder okay."

Savannah sah ihren Schwager mit zusammengekniffenen Augen an, und ihre ganze Wut und ihr ganzer Frust entluden sich. „Er würde mehr als nur ‚okay' sein, wenn du ihn wie deinen Sohn behandelt hättest. So, als würde er dir etwas bedeuten. Und nicht, als wäre er nur eine Last."

„Ich versuche ja, ihn …"

„Blödsinn!"

„Ich kann nicht besonders gut mit Kindern umgehen."

„Er ist dein Sohn, verdammt noch mal. Versuch doch nicht, dich zu rechtfertigen. Und komm mir nicht mit irgendwelchen Phrasen wie ‚umgehen'. Gib dem Jungen einfach eine Chance, mehr will er doch gar nicht. Letztlich braucht er doch nur eines: deine Liebe!"

„Ich weiß, ich weiß." Wade rieb sich nervös die Hände. „Aber manchmal geht er mir einfach auf die Nerven."

„Du lieber Himmel, du hast fast dein Kind verloren, und alles, was dir einfällt, ist, dass es dir auf die Nerven geht. Das ist widerlich, Wade. Überleg mal, was Josh alles durchgemacht hat! Vielleicht solltest du langsam ein wenig Mitgefühl zeigen!" Savannahs Wangen glühten, und sie versuchte erst gar nicht zu verbergen, wie sehr sie ihren Schwager verabscheute.

Wade erbleichte, reagierte jedoch nicht auf ihre heftigen Vorwürfe. „Meine Güte, Savannah, jetzt ist wirklich nicht der Zeitpunkt, wütend zu werden. Was ist mit Mystic. Wo ist er?"

„Immer noch auf dem Berg. Travis und Lester sind mit dem Anhänger losgefahren, um ihn zu holen." Sie wandte sich angeekelt von Wade ab, schnappte sich den Telefonhörer und wählte die Nummer von Steven Anderson, dem örtlichen Tierarzt. Als er abhob, schilderte sie ihm Mystics Zustand, und der Tierarzt versprach, so schnell zu kommen, wie es die winterlichen Straßenbedingungen erlaubten.

In gleichen Moment, als Savannah auflegte, kam Reginald ins Arbeitszimmer. Er sah so aus, als hätte er die ganze Nacht kein Auge zugetan. „Was habe ich da gerade gehört? Du bist heute Nacht während des Sturms einfach weggeritten?", wollte er wissen.

„Ich konnte nicht schlafen."

Reginald wurde blass und fuhr sich mit einer Hand über den Kopf. „Ich war gerade mit Charmaine bei Josh. Der Junge ist durch die Hölle gegangen. Und weiß Gott, was dir da draußen alles hätte passieren können! Du lieber Gott, Savannah, wir hätten auch dich noch verlieren können!"

Sie schüttelte den Kopf und machte eine gleichgültige Handbewegung. „Aber ihr habt mich nicht verloren, und Josh ist in Sicherheit."

„Gott sei Dank. Ich glaube, ich brauche jetzt einen Drink."

„Ich auch." Wade ging zur Hausbar.

„Warum bist du nicht bei deinem Sohn?", fragte Reginald streng.

Wade blieb abrupt stehen und drehte sich zu seinem Schwiegervater um. „Ich habe gerade die Rettung verständigt."

„Soso …"

Wade erstarrte. „Ich bin genauso besorgt um Josh wie du. Aber ich dachte, es wäre besser, wenn er erst mal mit seiner Mutter allein ist."

Savannah hatte genug von Wades lahmen Ausreden. Sie seufzte und sah Reginald an. „Travis und Lester fahren gleich los und holen Mystic."

„Ich fahre mit", sagte Reginald kurz entschlossen.

„Da gibt es noch etwas, was du wissen musst", sagte sie leise. „Mystic hat sich verletzt, Dad."

Reginald wurde aschfahl, als er Savannahs sorgenvolles Gesicht sah. „Schwer verletzt?"

„Das weiß ich nicht. Aber es ist eines seiner Vorderbeine. In der Nähe des Fesselgelenks. Tja, du kannst es dir dann ja selbst ansehen. Ich habe schon den Tierarzt angerufen."

„Das Pferd wird sich wieder erholen", sagte Wade und sah Savannah dabei Hilfe suchend an.

„Ich hoffe es", antwortete sie, ehe sie in die Eingangshalle ging. „Ich möchte noch nach Josh sehen, bevor die Sanitäter da sind."

„Und du kümmerst dich auch um deine Mutter, ja?", bat Reginald, der ebenfalls in die Eingangshalle ging, seine Jacke von der Garderobe nahm und sich eine warme Mütze aufsetzte. „Sie war krank vor Sorge um den Jungen."

„Natürlich."

„Sag Josh, dass ich gleich zu ihm hinaufkomme", sagte Wade, der Reginald hinaus in den Hof folgte. „Ich möchte mich nur vergewissern, dass genug Männer da sind, um das Pferd nach Hause zu holen."

„Klar." Savannah seufzte genervt. Und schon wieder kommt dein Kind für dich an letzter Stelle, dachte sie, als sie die Treppe zu Joshs Zimmer hinaufeilte. Er lag im Bett. Charmaine beugte sich gerade über ihn.

„Wie geht es dir, Sportsfreund?", erkundigte sich Savannah. Josh versuchte zu lächeln, doch es gelang ihm nicht.

Savannah zerriss es fast das Herz. „Jeden Moment kommt der Rettungswagen. Die Sanitäter kriegen dich schon wieder hin, das verspreche ich dir."

Josh runzelte voller Sorge die Stirn. „Was wird aus Mystic?", flüsterte er kraftlos.

„Grandpa und Travis fahren gerade los, um ihn zu holen", antwortete Savannah. „Mach dir keine Sorgen um ihn. Wichtig ist, dass du selbst bald wieder auf die Beine kommst."

Joshua drehte sich von ihr weg, schloss die Augen und schlief erschöpft ein.

Wenig später traf der Rettungswagen ein, und zwei Sanitäter transportierten Joshua auf einer Trage die Treppe hinunter. Savannah sah zu, wie Wade in der Eingangshalle nervös zwischen dem Arbeitszimmer und dem Wohnzimmer auf und ab ging.

„Tante Savvy?", flüsterte Joshua, als die Sanitäter am Fuß der Treppe stehen blieben.

Sie trat an seine Trage und nahm seine Hand. „Ja?"

„Kommst du mit?"

„Aber natürlich."

Wade hob abwehrend eine Hand. „Keine Chance, Savannah", zischte er. „Ich will, dass du Joshua in Ruhe lässt. Wenn du ihn nicht ermutigt hättest, dieses Pferd zu reiten, wären wir überhaupt nicht in diese Situation gekommen, nicht wahr?"

„Dad …"

Savannah gab dem Jungen mit einem vielsagenden Blick zu verstehen, dass er besser nichts mehr sagen sollte. „Ich will doch nur das Beste für Joshua."

„Bitte", bettelte der Junge mit brüchiger Stimme. „Komm mit."

Es kostete sie fast übermenschliche Kräfte, ihre Tränen zurückzuhalten. Dann schüttelte sie den Kopf. „Ich komme dich später besuchen. Jetzt sollte ich mich besser darum kümmern, dass der Tierarzt kommt und sich Mystic ansieht, glaube ich."

„Hat er sich wehgetan?"

„Das wissen wir nicht genau, aber er hat auch schlimme Stunden durchgemacht. Ich verspreche, dass ich dir Bescheid gebe, wie es ihm geht, okay?"

„Okay." Das Sprechen strengte Joshua an, und die Schmerzen standen ihm ins Gesicht geschrieben.

„Gut. Und sobald du wieder zu Hause bist, feiern wir Weihnachten."

„Aber Weihnachten ist schon morgen."

„Wir warten auf dich", versicherte ihm Savannah.

„Versprochen?"

„Versprochen!"

Mit den Tränen kämpfend ließ sie die Hand ihres Neffen los.

„Wir fahren ins Krankenhaus", sagte Charmaine zu Savannah, während sie mit einer kleinen Reisetasche die Treppe heruntereilte. „Ich fahre mit Josh mit, und Wade kommt mit dem Wagen nach."

„Und nicht nur er", schaltete Virginia sich ein, die oben auf der Treppe stand. Sie war angezogen und kam nun langsam die

Stufen herunter. Dabei stützte sie sich auf das Geländer. „Ich komme auch mit."

„Aber das ist doch nicht nötig", wandte Charmaine ein.

„Ich weiß. Aber Josh ist mein Enkel, und ich möchte im Krankenhaus bei ihm sein."

Einer der beiden Sanitäter rief ungeduldig nach Charmaine.

„Komme gleich", antwortete sie. Dann wandte sie sich an Wade und Virginia. „Das könnt ihr beide ausdiskutieren", sagte sie, folgte den Sanitätern ins Freie und machte die Tür hinter sich zu.

„Da gibt es nichts zu diskutieren." Virginias Blick war ebenso gelassen wie entschlossen.

Savannah wollte etwas sagen, schwieg beim Anblick ihrer Mutter aber.

„Bist du sicher, dass es nicht zu anstrengend für dich wird?", fragte Wade skeptisch. „Ich glaube, du solltest dich besser ausruhen …"

„Ich fahre mit ins Krankenhaus. Ich glaube, es ist eine gute Gelegenheit, dass wir beide uns einmal über deine Beziehung zu Josh unterhalten."

„Ich glaube nicht, dass …"

„Dass wir viel Zeit haben, das glaube ich", fiel Virginia ihm ins Wort. „Los, fahren wir."

„Na gut." Wade war nicht besonders erfreut. Dann wandte er sich an Savannah. „Ich möchte, dass du mich anrufst, sobald der Tierarzt sich Mystic angesehen hat."

„Und ich erwarte das Gleiche von dir, sobald der Arzt Josh untersucht hat."

Wade verzog genervt das Gesicht und verließ rasch hinter Virginia das Haus. Savannah blieb allein zurück und wartete auf Neuigkeiten von Mystic.

Travis und Lester kamen nach nicht einmal einer Stunde wieder zurück.

Steve Anderson, der Tierarzt des Gestüts, wartete bereits in dem Büro über dem Stall, als der große Pferdetransporter in den Hof einbog.

„So, dann wollen wir mal sehen, wie schlimm es ist." Der Tierarzt erhob sich und stellte seine Kaffeetasse ab. Dann zogen er und Savannah rasch ihre Jacken an und gingen nach draußen.

Travis stieg als Erster aus. Savannah sah ihm sofort an, dass es schwieriger als erwartet gewesen war, Mystic auf die Farm zurückzubringen. Die Anstrengung war Travis ins Gesicht geschrieben.

„Es sieht nicht gut aus." Er legte Savannah tröstend einen Arm um die Schulter. „Lester ist der gleichen Meinung wie ich; er glaubt, dass Mystic sich das Gleichbein gebrochen hat."

„Vielleicht ist es doch nicht so schlimm." Savannah versuchte, optimistisch zu bleiben, doch Travis' sorgenvolles Gesicht belehrte sie eines Besseren.

Lester und Reginald hatten die Tür des Transporters aufgemacht und versuchten nun, Mystic herauszuführen.

Das Pferd war völlig panisch und trat nach allem, was sich bewegte. Als der Tierarzt sich bückte, um das Vorderbein zu untersuchen, versuchte der Hengst, seitlich auszubrechen.

„Ich glaube, er hat sich den Fuß gebrochen, ich glaube das Gleichbein", sagte Lester, während sich Steve mit gerunzelter Stirn die Wunde am Fesselgelenk ansah.

„Möglich." Der Tierarzt schüttelte nachdenklich den Kopf. Dann begann er, Mystics Bein mit einer aufblasbaren Schiene zu fixieren. Der verängstigte Hengst jedoch boykottierte sämtliche Versuche, sich helfen zu lassen.

Es brach Savannah fast das Herz, Mystic in diesem Zustand zu sehen.

„Am besten, wir bringen ihn in die Tierklinik", überlegte Steve laut. „Ich möchte das Gelenk röntgen lassen und werde ihn dann vielleicht operieren müssen."

„Aber sein Zustand ist nicht stabil genug für eine Operation", wandte Savannah ein.

Steve nickte. „Ich gebe ihm etwas zur Beruhigung, und dann

sehen wir weiter. Vielleicht haben wir ja Glück, und es ist nichts gebrochen. Aber ich glaube, das ist Wunschdenken. Wie es aussieht, hat Lester recht."

Die Nachricht war einfach zu viel für Savannah, die sich kaum noch auf den Beinen halten konnte. Travis nahm sie fest in den Arm.

„Wir sollten besser losfahren", sagte Steve.

„Dann lasst uns das tun." Reginald betrachtete kopfschüttelnd den Hengst, der sichtlich große Schmerzen hatte. „Travis, kannst du den Pferdetransporter fahren?"

Travis runzelte die Stirn. Dann nickte er. „Sicher."

„Ich komme auch mit", verkündete Savannah energisch. „Diesmal lasst ihr mich nicht allein zu Hause."

„Meinst du nicht, du solltest dich ein wenig ausruhen?", fragte Travis.

„Nein."

„Du musst hierbleiben", schaltete Reginald sich ein.

„Warum?"

„Stell jetzt keine dummen Fragen", antwortete ihr Vater gereizt. „Du musst dich ausruhen."

„Mir geht es bestens!"

„Na gut, du hast die Heldin gespielt und geholfen, Josh zu finden. Aber jetzt lass es gut sein. Du wirst hier gebraucht. Überleg doch mal. Was ist, wenn Charmaine wegen Josh anruft? Der Junge ist längst nicht über den Berg."

Savannah sah unschlüssig erst ihren Vater, dann Travis und schließlich Mystic an, den Lester gerade wieder in den Transporter brachte. „Na gut", gab sie zögernd nach. „Aber das klingt schon so, als hättet ihr euch gegen mich verschworen."

„Ganz so schlimm ist es nicht", beruhigte ihr Vater sie. „Ich brauche einfach jemanden, der hier die Stellung hält. Jemanden, auf den ich mich verlassen kann. Sobald wir Näheres über Mystics Zustand wissen, rufen wir an."

Steve ging wieder zu seinem Wagen, und Reginald und Lester waren bereits vorne in den Transporter eingestiegen.

Travis sah schrecklich erschöpft aus. „Ich bin bald wieder da", versprach er Savannah. „Sehr bald."

Sie zwang sich zu einem schwachen Lächeln und streichelte über die Bartstoppeln an seinem Kinn. „Ich warte auf dich."

Er lächelte ebenfalls. „Allein für diesen Satz lohnen sich diese ganzen Anstrengungen." Dann kletterte er rasch auf den Fahrersitz, als wollte er die verlorene Zeit wieder wettmachen, ließ den Motor an und folgte Steve Andersons Wagen über den vereisten Hof hinaus.

Savannah sah ihm nach. Sie fühlte sich so einsam wie schon Jahre nicht mehr. Joshua war mit dem Rest der Familie auf dem Weg ins Krankenhaus, Travis, Reginald und Lester brachten Mystic, über dessen Schicksal sie nicht nachdenken wollte, in die Tierklinik. Sie selbst blieb mit der Verantwortung für die gesamte Farm allein zurück.

Fröstelnd ging sie zurück ins Haus und nahm Archimedes mit hinein. Zumindest der Hund konnte ihr etwas Gesellschaft leisten. „Tja", sagte sie, während sie sich eine Tasse heiße Schokolade machte, „ich schätze, jetzt können wir nur mehr abwarten."

Sie sah kopfschüttelnd aus dem Fenster hinaus in die Morgendämmerung und wünschte, Travis würde sie in seine starken Arme nehmen.

9. KAPITEL

Die Zeit war für Savannah noch nie so langsam vergangen wie während des Wartens auf Nachricht von Josh und Mystic. Als das Telefon endlich klingelte, war der Tag schon fast wieder vorbei. Sie hob ab. Es war Charmaine, die völlig erschöpft klang.

„Josh wird wieder gesund", verkündete sie.

Savannah, die gerade in der Küche war, lehnte sich erleichtert an die Wand. „Gott sei Dank!"

„Allerdings muss er ein paar Tage hierbleiben. Er hat ein gebrochenes Schlüsselbein, ein paar angeknackste Rippen und außerdem viele Abschürfungen und Prellungen. Glücklicherweise deutet nichts auf innere Blutungen oder auf ein verletztes Organ hin. In zwei oder drei Tagen dürfte er wieder zu Hause sein."

„Ich bin froh, dass es nichts Schlimmeres ist."

„Mir geht es genauso." Charmaine seufzte. „Weißt du … weißt du denn schon, wie es Mystic geht? Josh fragt ständig nach diesem verdammten Vieh."

Savannah zuckte bei Charmaines harten Worten zusammen, verkniff sich jedoch eine Bemerkung. Die Situation war für Charmaine sehr belastend. „Es gibt noch keine Neuigkeiten. Der Tierarzt war da und hat Mystic in eine Pferdeklinik in der Nähe von Sacramento gebracht. Alle – inklusive Steve – scheinen zu glauben, dass Mystic sich wahrscheinlich das Gleichbein am rechten Vorderbein gebrochen hat."

Am anderen Ende der Leitung herrschte Schweigen. Dann hörte man Charmaine seufzen. „Welches Bein hat er sich gebrochen? Du musst es mir so erklären, dass auch ein Laie es versteht, fürchte ich. Ich habe meistens versucht, mich aus diesen Gesprächen über Pferde herauszuhalten – vor allem dann, wenn es um die Anatomie gegangen ist", gestand sie. „Wie schlimm ist es?"

„Ziemlich schlimm."

„Verstehe", flüsterte Charmaine. „Aber er wird doch durchkommen, oder? Vielleicht kann er ja keine Rennen mehr laufen, aber er wird doch wieder gesund, nicht wahr?"

„Das weiß ich nicht genau. Viele Pferde erholen sich nach einer derartigen Verletzung wieder", überlegte Savannah laut. „Es hängt davon ab, wie gut der operierende Arzt und in welcher psychischen Verfassung das Pferd zum Zeitpunkt des Eingriffs ist. Und natürlich braucht man auch etwas Glück, glaube ich. Das Problem ist Mystics Temperament. Vor der Operation waren seine Nerven nämlich stark überreizt. Das ist nicht gut."

„Aber sie können ihn doch bestimmt retten, oder?" Charmaine ließ nicht locker.

„Ich hoffe es. Ich hoffe es für uns alle." Joshua würde sich mit schrecklichen Schuldgefühlen herumquälen, wenn Mystic nicht überlebte.

„Dann können wir also nur das Beste hoffen. Hör mal, ich rufe dich wieder an, falls wir unsere Pläne ändern", sagte Charmaine. „Aber zumindest heute Nacht bleiben Wade und ich in der Stadt."

„Wie kommt Wade mit der Situation zurecht?", erkundigte sich Savannah.

„Nicht allzu gut. Josh hat zugegeben, dass er böse auf seinen Vater war und das Pferd deshalb genommen hat. Außerdem hat er gesagt, dass er wirklich von zu Hause abhauen wollte. Ach ja, und jetzt wissen wir auch, warum das Kabel der Alarmanlage kaputt ist. Josh hat sich an einem Morgen den Schlüssel seines Vaters für die Anlage geborgt und versucht, das Ding auszuschalten, weil er zu Mystic in den Stall wollte. Und dabei ist das Kabel gerissen."

Savannah seufzte müde. Der Junge hatte wirklich ganze Arbeit geleistet, um sich Schwierigkeiten einzuhandeln.

„Und jetzt hat Josh Angst, dass Wade ihm zur Strafe nicht mehr erlaubt, Mystic zu sehen. Die Situation ist schrecklich verfahren."

„Kann ich irgendetwas für euch tun?"

„Im Moment nicht."

„Ich rufe Josh morgen früh an, wenn es ihm bessergeht", sagte Savannah.

„Darüber freut er sich bestimmt."

„Wie geht es Mom?", erkundigte sich Savannah.

„Gut. Sie bleibt hier bei uns."

Die Gesundheit ihrer Mutter war sehr labil und die Sorge um Josh und Mystic taten ihr sicherlich nicht gut. „Wie verkraftet sie das alles bloß?"

„Sie hält sich großartig. Kaum zu glauben, nicht wahr?", antwortete Charmaine, ehe sie Savannah den Namen und die Telefonnummer des Hotels durchgab, in dem sie und Wade übernachten würden. „Ruf mich an, sobald du etwas von Mystic hörst."

„Mach ich", versprach Savannah. „Richte Josh liebe Grüße aus."

Nachdem Savannah aufgelegt hatte, sah sie auf die Uhr. Halb fünf. Sie hatte sich die vergangenen sechs Stunden darum gekümmert, dass die Pferde – besonders Mattie und Jones – gut versorgt und die Ställe ausgemistet wurden. Außerdem hatte sie sich vergewissert, dass das Wasser nicht gefroren war und die Heizung funktionierte.

Jetzt merkte sie, wie schrecklich erschöpft sie war. Auch ein kleiner Imbiss – etwas Käse und ein paar Cracker – änderte nichts daran, dass sie sich kaum noch auf den Beinen halten konnte.

Sie ging nach oben, nahm eine heiße Dusche, fiel ins Bett und schlief sofort ein.

Als Savannah aufwachte, war es völlig dunkel. Sie sah auf die Uhr auf dem Nachttisch. Vier Stunden waren vergangen. Immer noch müde, zwang sie sich aufzustehen. Sie war gerade dabei, den Tierarzt anzurufen, als sie unten vertraute Stimmen hörte. *Travis!* Savannahs Herz machte einen Freudensprung. *Er ist zu Hause! Vielleicht ist Mystic schon wieder im Hengststall!*

Rasch schlüpfte sie in ihren Morgenmantel, eilte die Treppe hinunter und in die Küche, wo Travis und Lester miteinander redeten. Die beiden sahen so aus, als hätten sie seit über einer Woche nicht mehr geschlafen.

Travis saß auf der Anrichte. Er hatte die Ellbogen auf die Knie gestützt. Die Sorgenfalten in seinem Gesicht waren tiefer denn je, und aus seinen grauen Augen war jeglicher Glanz verschwunden. Sein zerknittertes Hemd spannte sich straff über seine breiten, frustriert nach unten hängenden Schultern, und dunkle Bartstoppeln bedeckten die untere Gesichtshälfte. Alles in allem sah er komplett erschöpft aus.

Lester wirkte ebenfalls müde. Der drahtige kleine Pferdetrainer, der am Küchentisch saß, langsam seinen Kaffee trank und rauchte, schien um Jahre gealtert. Seine Augenlider fielen ständig zu, seine Wangen wirkten eingefallen. Grauer Rauch kräuselte sich träge zur Decke hinauf.

Savannah bereitete sich instinktiv auf das Schlimmste vor.

„Wie geht es Mystic?", fragte sie ohne Einleitung, ging zu Travis und blieb neben ihm stehen.

Die beiden Männer sahen sich bekümmert an. „Er ist tot", sagte Travis tonlos. „Er hatte nie eine Chance." Er schüttelte den Kopf, rutschte von der Anrichte herunter und goss den Rest seines Kaffees ärgerlich in die Spüle.

„Tot?", wiederholte sie ungläubig, lehnte sich an den Kühlschrank und kämpfte gegen die Trockenheit in ihrer Kehle. „Oh nein …"

Lester starrte in die schwarze Flüssigkeit in seiner Tasse. „Ihr Vater hat Mystic einschläfern lassen, Savannah. Mehr konnte man nicht für ihn tun." Er zog an seiner Zigarette, blies den Rauch aus und drückte die Kippe dann aus.

„Aber warum?" Savannah ließ sich langsam auf einen der Stühle am Tisch sinken und sah den Pferdetrainer dabei unverwandt an.

„Niemand hatte Schuld. Und Steve … Steve hat mit allen Mitteln versucht, Mystics Bein zu retten." Lester rieb sich das

Kinn und holte eine zerknitterte Packung Zigaretten aus seiner Jackentasche. „Ich dachte auch, es würde ihm gelingen, aber …" Er schüttelte den Kopf, zündete sich wieder eine Zigarette an und blies den Rauch durch die Nase aus. „Es war einfach … zu viel für Mystic."

„Was ist passiert?", fragte sie, obwohl die Gründe eigentlich keine Rolle mehr spielten. Mystic war tot, daran war nichts mehr zu ändern. Die Erinnerung an den stolzen schwarzen Hengst trieb Savannah trotzdem die Tränen in die Augen. Mystic war das beste Pferd gewesen, das jemals auf dem Gestüt der Beaumonts gezüchtet worden war. Ein wilder Teufelsbraten, ja, aber auch ein edles Vollblut, das so schnell und ausdauernd gelaufen war wie kaum ein anderes. Savannah musste sich räuspern. Der schmerzhafte Kloß in ihrem Hals blockierte ihre Stimme.

Travis streckte die Schultern und rieb sich das Kinn. „Soweit ich es verstanden habe, war die Operation am Fesselgelenk ein Erfolg. Steve konnte die Wunde reinigen, die Knochensplitter entfernen und die gerissenen Bänder zusammenflicken. Dann hat er die Knochen eingerichtet und das Bein eingegipst."

„Und was ist schiefgelaufen?", fragte Savannah, obwohl sie die Antwort bereits zu wissen glaubte. Sie kannte Mystics nervöses Temperament.

„Mystic war panisch, als er aus der Narkose aufgewacht ist", erklärte Lester, zog an seiner Zigarette und starrte aus dem Fenster in die schwarze Nacht hinaus. „Es ist uns nicht gelungen, ihn unter Kontrolle zu bekommen."

„Er war wie in Rage, hat um sich getreten und sich aufgebäumt. Niemand konnte ihn niederhalten. Schließlich ist es ihm gelungen, sich sowohl seinen Spezialschuh als auch den Gips herunterzureißen. Er hat Lester sogar einen Tritt in den Oberschenkel verpasst."

Lester schüttelte lediglich den Kopf und starrte aus dem Fenster.

„Hätte Steve das Bein nicht noch einmal richten und Mystic dann an Gurten aufhängen können, damit das Pferd das Bein nicht belasten kann? Mit dieser Methode erzielt man mittlerweile ausgezeichnete Erfolge."

„Möglich." Lester nickte. „Aber Ihr Dad, nun ja, er hat das getan, was menschlich gesehen am gnädigsten für das Tier war. Mystic war außer sich vor Angst; noch eine Narkose und eine weitere Operation wären zu traumatisch für ihn gewesen. Die Chancen, dass er einen zweiten Eingriff übersteht, waren gering. Es ist ein Jammer", sagte Lester leise. „Ein verdammter Jammer."

Es kostete sie viel Selbstbeherrschung, nicht loszuschluchzen. Sie starrte auf ihre Hände. „Und was ist mit Josh? Was sagen wir ihm?"

„Ich weiß es nicht", antwortete Travis. „Dein Vater ist von der Pferdeklinik direkt ins Mercy-Krankenhaus gefahren, wo Josh liegt. Aber ich glaube nicht, dass er ihm von Mystic erzählt, bevor es dem Jungen nicht bessergeht."

„Glaubst du ... glaubst du, es ist eine gute Idee, ihn anzulügen?"

Travis setzte sich auf den Stuhl neben ihr und nahm ihre Hände in seine. „Ich wünschte, ich wüsste es. Ich habe mir heute schon viele Fragen gestellt und keine wirklichen Antworten gefunden."

„Tja ..." Savannah atmete tief durch, um sich zu beruhigen. Sie sollte nicht um den großen schwarzen Hengst trauern. Wenigstens hatte Mystic jetzt keine Schmerzen mehr, und es gab nichts, was sie oder irgendjemand anderer noch tun konnte. Und Josh würde bald wieder auf den Beinen sein.

Savannah berichtete Lester und Travis von Charmaines Anruf. Als sie ihnen erzählte, dass es Josh bald wieder bessergehen würde, entspannten sich die beiden Männer ein wenig. „Na, wie wäre es mit einer kleinen Stärkung", fragte sie, bemüht, heiter zu klingen. „Ich habe vorhin eine Suppe gekocht."

„Für mich nicht, danke." Lester drückte seine Zigarette in einem Aschenbecher auf der Anrichte aus. „Es war ein langer Tag. Ich glaube, ich sollte mich auf den Heimweg machen."

„Sind Sie sicher?"

„So sicher, wie man nur sein kann." Er nahm seinen Hut, der auf dem Tisch in einer Ecke lag, setzte ihn auf und verließ die Küche durch die Hintertür. Kurz darauf hörte man seinen Pick-up die Einfahrt hinausfahren.

„Was ist mit dir?"

„Ich bin am Verhungern." Travis sah Savannah liebevoll an. Seine Augen jedoch waren umschattet, und in seinem Blick lag eine stille Trauer. „Ich hoffe nur, dass ich so einen Tag nicht noch einmal erleben muss", sagte er und streckte seine müden Rückenmuskeln. „Es gab einfach nichts, was man für das Tier hätte tun können."

„Es ist vorbei."

„Nur nicht für Josh."

„Nur nicht für Josh", wiederholte sie heiser. „Es wird nicht leicht für ihn."

Travis, der ihr die Niedergeschlagenheit ansah, drückte ihr die Schultern und legte dann seine großen, kräftigen Hände auf ihre. „Tja, wir müssen ihm einfach helfen, damit zurechtzukommen. Aber wie war das vorhin? Hattest du mir nicht etwas zu essen versprochen?"

„Oh! Richtig. Es dauert nur ein paar Minuten, bis die Suppe warm ist."

„Habe ich Zeit für eine Dusche?"

„Klar." Sie versuchte, ihre düstere Stimmung abzuschütteln, und lächelte Travis zaghaft an.

Travis, der immer noch ihre Hand hielt, zog sie näher zu sich, bis sein Gesicht nur wenige Zentimeter von ihrem entfernt war.

„Die vergangenen sechsunddreißig Stunden waren die Hölle", erklärte er mit tiefer Stimme und streichelte mit einem Finger über die Haut zwischen den Aufschlägen von Savannahs Morgenmantel. Ihr Herz schlug schneller.

Sein Blick wanderte hinunter zu der verführerischen Vertiefung zwischen ihren Brüsten. „Das Einzige, was mir geholfen hat durchzuhalten, war der Gedanke daran, dass ich bei dir bin, wenn alles überstanden ist."

Savannahs Kehle war wie zugeschnürt. „Darauf, dass du genau diese Worte sagst, habe ich lange gewartet, Herr Anwalt", entgegnete sie seufzend.

Seine Hände glitten hinunter zu dem Gürtel ihres Morgenmantels aus Samt und lösten den Knoten.

Savannah stöhnte leise, als er mit seinen Fingern die zarte Haut zwischen ihren Brüsten streichelte.

„Es gibt da eine einzige Sache, die mir lieber wäre als eine heiße Dusche." Seine Stimme klang rau und er schaute sie vielsagend an. Es war ein Blick voll knisternder Erotik.

Savannahs Blut pulsierte bereits heiß und schnell durch ihren Körper. Sie konnte es kaum noch erwarten. „Und das wäre?"

„Eine heiße Dusche mit dir."

Der Morgenmantel ging auf und gab den Blick frei auf Savannahs kurzes, seidiges Spitzennachthemd. Travis grinste. „Scheint so, als hättest du mich erwartet."

Als sie das verführerische Funkeln in seinen Augen erkannte, musste sie unwillkürlich lachen. „Gib nicht so an."

„Aber ich habe doch recht."

Schüchtern lächelte sie. „Ja, ich schätze, das stimmt", räumte sie ein und seufzte leise, da er mit einer Hand unter ihr dünnes, rosa Hemdchen wanderte und seine Finger aufreizend ihre Brustwarzen massierten.

Seine andere Hand glitt nach oben zu ihrem Nacken und spielte mit ihrem schwarzen, seidigen Haar. Dann zog er sie sanft ganz nahe zu sich heran.

Savannahs Herz schlug schneller. Als seine warmen Lippen mit ihren verschmolzen, durchströmten heiße Wellen der Lust ihren Körper.

Stöhnend schmiegte Travis sein Kinn an ihren Nacken, sowie er spürte, dass sich Savannahs harte Spitze fest in seine Handfläche drückte. Er merkte, wie sie unter seinen Berührungen erbebte. Es war schon beinahe ein schmerzhaftes Sehnen nach der Vereinigung mit ihr. Er sehnte sich danach, die Anstrengungen und Sorgen der letzten beiden Tage zu vergessen und sich ganz in ihrer gemeinsamen Leidenschaft zu verlieren. Und er sehnte sich danach, von ihren zärtlichen Händen gestreichelt zu werden.

Er schloss die Augen und küsste sie fordernd, fast zornig, so als wollte er seine aufgestaute Wut in Leidenschaft verwandeln und dadurch die zwei Tage in der Wildnis auszulöschen. Zwei Tage, in denen er verzweifelt versucht hatte, einen Jungen und ein Pferd zu retten. Und das Pferd lebte nicht mehr. Er hatte versagt.

„Liebe mich einfach, meine Süße", murmelte er. Er wollte an nichts mehr denken als an diese Frau in seinen Armen, den Duft ihres Haars, ihre weichen Formen und daran, wie ihre Haut schmeckte. „Liebe mich, bis nichts mehr zählt außer uns beiden. Du und ich."

Das Stöhnen, mit dem sie ihm antwortete, war alles an Ermutigung, was er brauchte. Travis hob Savannah hoch und trug sie die Treppe hinauf in ihr Schlafzimmer.

Dann legte er sie aufs Bett und betrachtete sie liebevoll. Sein Blick wanderte über jede weiche Rundung ihres Körpers.

Das rosa Seidenhemdchen schimmerte im Halbdunkel. Die Brustwarzen unter dem dünnen Stoff hatten sich aufgerichtet. Savannahs zerzauste, tiefschwarze Locken umrahmten ihr ovales Gesicht auf dem Kissen, ihre samtige Haut war leicht gerötet, und der sehnsüchtige Blick ihrer tiefblauen Augen berührte ihn bis in sein Innerstes.

Während er zusah, wie sich ihre Brüste sanft hoben und senkten, spürte er, wie seine Erektion hart und schmerzhaft gegen seine Jeans drückte. Er würde es langsam angehen, sich zurückhalten und jeden Moment ganz auskosten, während sie miteinander schliefen.

„Ich habe dich nie vergessen können", gestand er heiser, knöpfte langsam sein Hemd auf und ließ es auf den Boden fallen.

Fasziniert beobachtete Savannah, wie er die breite Schnalle seines Gürtels öffnete.

„Ich habe es probiert", fuhr er fort, als würde er sich gerade an etwas Unangenehmes erinnern. „Neun Jahre lang habe ich versucht, mir einzureden, dass du nur ein Sommerflirt warst, nur eine Nacht in einer anderen Welt, die nichts bedeutet." Er streifte die Jeans über seine Hüften und kickte seine Stiefel in eine Ecke. „Aber ich konnte es nicht. Verdammt, ich konnte dich nicht vergessen."

„Und das bereust du?"

Er verzog den Mund zu einem schiefen Lächeln. „Nein." Er sank neben ihr auf die Matratze und umfasste mit einer vertrauten Bewegung ihre Taille. Dann stieß er einen langen Seufzer aus. „Wir hätten zusammenbleiben sollen. Das hätte allen viel Kummer erspart."

„Wir sind jetzt zusammen."

„Und nur das zählt." Er lächelte wieder. Seine Finger wanderten langsam hinauf und streichelten die Unterseite einer ihrer Brüste unter dem seidigen Stoff ihres Hemdchens.

„Du hast ja so recht." Seufzend schmiegte sie sich an ihn und küsste ihn leidenschaftlich. Ihre Zunge erforschte seinen Mund.

Travis stöhnte, und glitt mit der Hand unter den Saum ihres Nachthemds. „Was ist mit der Dusche?"

„Später …", hauchte sie und lauschte dem Pochen seines Herzens. „Viel später."

Savannah wachte auf, weil sie undeutlich wahrnahm, dass jemand gerade etwas zu ihr sagte. Sie drehte sich stöhnend im Bett auf die Seite, ehe sie spürte, wie eine warme Hand ihr die Haare aus der Stirn strich.

„Frohe Weihnachten", flüsterte Travis.

Savannah öffnete die Augen und lächelte Travis an, während sie sich streckte. „Es ist Weihnachtsmorgen, nicht wahr?"

„Weihnachtsmittag."

Mit einem Mal war sie hellwach und stützte sich auf einen Ellbogen, damit sie die Uhr auf dem Nachttisch sehen konnte. *Halb eins!* Sofort schwang sie ihre Beine über die Bettkante. „Oh mein Gott! Die Pferde …"

Travis legte ihr einen Arm um die Taille und hielt sie fest. „Würdest du wohl einen Moment warten, hm? Lester war schon da und hat sich um die Pferde gekümmert. Alles ist in wunderbarer Ordnung. Sogar Mattie und Jones haben ohne dich überlebt. Lester hat gesagt, er kommt am Nachmittag wieder her."

„Und ich habe geschlafen und von allem nichts mitbekommen?", fragte sie ungläubig.

„Geschlafen wie ein Baby."

„Ich fasse es nicht!" Sie strich sich die Haare aus dem Gesicht und stieß einen Seufzer aus. „So tief habe ich seit Jahren nicht mehr geschlafen."

„Seit neun Jahren vielleicht?", fragte er leise und knabberte liebevoll an ihrem Ohr.

Sie dachte zurück an jenen Morgen vor langer Zeit. Sie war spät wach geworden und hatte dann erfahren, dass Travis Melinda in wenigen Tagen heiraten würde. Der alte Stachel des Verrats saß noch immer tief und tat weh. „Möglich", antwortete sie mit heiserer Stimme.

„Tja, dann gewöhnst du dich schon mal besser ans Ausschlafen." Travis zwinkerte ihr zu. „Ich habe nämlich nicht vor, dich jemals wieder herzugeben. Und ich nehme an, die letzte Nacht war nur ein kleiner Vorgeschmack darauf, was die Zukunft für uns bringt."

Sie errötete leicht, als sie an die hemmungslose Leidenschaft dachte, die sie erst vor ein paar Stunden übermannt hatte. Ihre Lust war so unersättlich gewesen, dass sie schließlich aus rein körperlicher Erschöpfung eingeschlafen war.

Sie sah ihn liebevoll an und streichelte ihm zärtlich übers Kinn. Dann stellte sie ihm jene Frage, die ihr in den vergangenen zwei Tagen nicht aus dem Kopf gegangen war. „Was wird die Zukunft denn für dich und mich bringen?"

„Bevor wir heiraten? Oder danach?"

Hatte sie richtig gehört? Heiraten? Travis? Das war ja fast zu schön, um wahr zu sein, dachte Savannah verwirrt.

Er begann wieder, zärtlich an ihrem Ohr zu knabbern, doch sie stieß ihn weg. Sie musste ihre Gedanken ordnen und ihn zwingen, ernsthaft mit ihr zu reden.

„Beides", antwortete sie schließlich nachdenklich.

„Spaßbremse." Dann dachte er daran, was sie vor ein paar Stunden miteinander erlebt hatten, und grinste spitzbübisch. „Zumindest heute Morgen kann man keinen Spaß mit dir haben."

„Und du drückst dich davor, darüber zu reden."

„Mach mir Frühstück, und ich verspreche, dass ich über alles mit dir rede", schlug er vor, vergrub sein Gesicht in ihren Haaren und fuhr zärtlich mit einer Hand über ihren Rücken. „Aber vielleicht hast du ja eine bessere Idee …"

Sie lachte, weil seine Finger auf ihrer Haut kitzelten. „Okay, okay, ich denke, das ist das Wenigste, was ich tun kann", murmelte sie. Die letzten zwei Tage kamen ihr wieder ins Gedächtnis, in denen Travis kaum etwas zu essen bekommen hatte.

Sie stand auf und begann, sich vor der Kommode anzuziehen. Ihr war bewusst, dass Travis sie die ganze Zeit ansah, während sie ihre Sachen aus den Schubladen nahm. Sie hatte ihm zwar den Rücken zugewandt, konnte ihn jedoch im Spiegel über der Kommode sehen. Nachdem sie sich ihren Pullover über den Kopf gezogen und ihr dichtes Haar unter dem Kragen hervorgezogen hatte, schüttelte sie sich die dunklen Strähnen aus dem Gesicht und sah Travis mit hochgezogenen Brauen an. Er lag immer noch auf dem Rücken im Bett, und die Laken bedeckten nur die Beine und seinen Bauch.

„Ich bringe dir das Frühstück nicht ans Bett, falls du das glaubst", sagte sie.

„Wie gesagt, du bist eine Spaßbremse." Er griff hinter seinen Kopf, zog ein dickes Kissen hervor und warf es nach ihr.

Savannah gelang es durch einen schnellen Sprung zur Seite,

dem weichen Geschoss auszuweichen. „Sei bloß vorsichtig, Freundchen, sonst kriegst du nur trockenen Toast und Wasser statt Crêpes und Lachspastete", warnte sie lachend.

Er zog eine dichte, dunkle Augenbraue hoch. „Gott sei Dank."

„Das wird dir noch leidtun."

„Das glaube ich nicht. Solange ich hier mit dir zusammen bin, ist mir so etwas wirklich nicht wichtig."

„Jetzt mach mal halblang", murmelte sie. Trotzdem musste sie schmunzeln, als sie aus dem Schlafzimmer ging.

Eine halbe Stunde später duftete es in der Küche nach gebratenem Speck, warmen Apfelmuffins und heißem Kaffee. Travis zog sich gerade seinen Pullover über den Kopf, als er in die Küche kam. Er sah den kleinen Tisch, der mit Messingkerzenhaltern, einem Tischtuch in weihnachtlichem Rot und Stechpalmenzweigen geschmückt war, und lächelte begeistert.

„Für mich?"

Savannah nickte. „Für dich, Herr Anwalt." Sie schenkte zwei Gläser Champagner ein und stellte sie neben die Teller auf den Tisch. Dann zündete sie die Kerzen an.

„Champagner?"

„Es ist doch Weihnachten, nicht wahr?"

„Das ist vielleicht das schönste Weihnachten meines Lebens", flüsterte Travis tief berührt.

Sie stand an der Spüle und war gerade dabei, frisches Obst zu schneiden, als er von hinten an sie herantrat, sein Kinn auf ihre Schulter legte und seine starken Arme besitzergreifend um ihre Taille legte. „Ich liebe dich."

Savannah spürte, wie Freudentränen ihr in die Augen stiegen. „Und ich liebe dich."

„Ich kann mir nichts Schöneres vorstellen, als Weihnachten mit dir zu verbringen", sagte er leise und drückte seine glatt rasierte Wange an ihr Gesicht. „Du bist heute so häuslich. Steht dir gut."

„Ach ja? Ich weiß nicht, ob mir das gefällt."

„Es ist ein Kompliment, und du solltest dich besser daran gewöhnen. Ich glaube, ich möchte jeden Morgen mit dir aufwachen und mich verwöhnen lassen."

„Ich verwöhne dich nicht." Sie sah ihn schmunzelnd an.

„Ach nein?"

Sie lächelte und dachte kurz nach. „Nun ja, vielleicht ein bisschen. Aber eigentlich wollte ich mich nur dafür bedanken, dass du Josh gefunden hast. Wenn du dich da draußen nicht auf die Suche nach ihm gemacht hättest ..." Ihr wurde ganz flau im Magen bei der Vorstellung, was hätte passieren können.

Travis drückte sie fester an sich. „Wir haben ihn ja gefunden. Ich wünschte bloß, wir hätten irgendetwas für Mystic tun können."

„Ich auch", flüsterte Savannah. Sie dachte an Joshua und daran, wie verzweifelt der Junge sein würde, wenn er erfuhr, dass Mystic eingeschläfert worden war.

Sie hatte Charmaine die schlechte Nachricht vorhin am Telefon erzählt, als Travis noch oben gewesen war. Niemand durfte Joshua etwas von Mystic erzählen, darauf hatte sie bestanden. Zumindest noch nicht. Als Savannah anschließend mit dem Jungen gesprochen hatte, war es ihr schwergefallen, ihm nur die halbe Wahrheit über sein geliebtes Pferd zu erzählen. Er hatte müde geklungen, es jedoch kaum erwarten können, Weihnachten zu Hause zu feiern und Mystic wiederzusehen. Savannah hatte mit gemischten Gefühlen aufgelegt.

Jetzt musste sie wieder daran denken. Aber es war Weihnachten, sie war mit Travis allein und würde sich von nichts und niemandem dieses Glück verderben lassen. Nicht heute. „Komm, lass und frühstücken. Und danach schicke ich dich an die Arbeit."

„Klingt interessant", murmelte er und küsste sie auf den Nacken.

„Nicht diese Art von Arbeit", korrigierte sie ihn schmunzelnd. „Ich spreche von harter Stallarbeit."

„Sogar an Weihnachten?"

„Vor allem an Weihnachten. Es ist sonst niemand da."

„Genau davon rede ich ja."

Sie erzitterte unter dem sanften Angriff seiner Zunge auf ihr Ohr. Er verströmte einen wunderbar männlichen Duft, und die Art, wie er mit den Fingern über ihren flachen Bauch streichelte, entfachte die winzigen Funken der Leidenschaft erneut in ihrem Blut. Sie konnte sich kaum noch auf den Apfel konzentrieren, den sie gerade mit dem Messer zerkleinerte.

„Travis", flüsterte sie heiser, „wenn du nicht aufhörst, schneide ich mich noch. Oder dich."

„Spielverderberin", sagte er vorwurfsvoll und lachte leise. Dann hauchte er einen Kuss auf ihr Haar und ließ sie los.

Das Frühstück war perfekt. Sie aßen in der Küche und tranken die Flasche Champagner danach im Wohnzimmer zwischen dem warmen Kaminfeuer und dem geschmückten Weihnachtsbaum.

„Noch vor zwei Nächten habe ich geglaubt, mir würde nie mehr wieder warm werden." Travis, der entspannt auf dem dicken Teppich am Boden lag, stellte sein leeres Glas auf ein Tischchen.

„Und ich habe mich gefragt, ob ich dich je wiedersehe."

„Na, das liegt ja nun alles hinter uns." Er stützte sich auf einen Ellbogen und sah zu, wie Savannah sich vor dem Baum hinkniete und einen Weihnachtsstern gerade rückte. „Und jetzt wirst du mich nicht mehr so schnell los."

„Versprochen?"

„Versprochen!" Er beugte sich zu ihr und bedeckte ihren Nacken so lange mit Küssen, bis sie sich in seine Arme sinken ließ.

Den Rest des Tages verbrachten sie damit zu kontrollieren, ob genug Futter in den Ställen vorrätig und auch sonst alles vorhanden war, was die Pferde brauchten. Es war – neben all den Routinearbeiten, die sonst noch erledigt werden mussten – eine anstrengende Arbeit, und Savannah war todmüde, als sie ins Haus zurückkehrte.

Sadie Stinson war im Laufe des Tages vorbeigekommen und hatte eine gefüllte Gans in den Ofen geschoben und einen Teller Zimtplätzchen auf die Anrichte und eine Schüssel Gemüsesalat in Aspik in den Kühlschrank gestellt.

„Es ist nicht viel", hatte Sadie entschuldigend gesagt, bevor sie nach Hause gegangen war.

„Sadie, das ist wunderbar. Ihr Festessen ist meine Rettung! Ich habe ja nichts vorbereitet!", hatte Savannah erwidert.

„Nun ja, ich wäre gern länger geblieben und hätte Ihnen geholfen."

„Kommt nicht infrage! Sie haben eine eigene Familie, um die Sie sich kümmern müssen. Es ist Weihachten!"

Die Haushälterin hatte schließlich eingewilligt zu gehen und sich mit einem Geschenk von Savannah unterm Arm auf den Heimweg gemacht. Davor hatte sie noch versprochen, wiederzukommen und „für das Kind das beste Beef Wellington diesseits der Rocky Mountains" zuzubereiten, sobald Joshua aus dem Krankenhaus entlassen würde.

„Ich nehme Sie beim Wort!", hatte Savannah geantwortet und Sadie nachgewinkt, die vorsichtig die schneebedeckte Einfahrt hinausgefahren war.

Jetzt, Stunden später, als Savannah die Tür zur Küche aufmachte, stieg ihr der Duft des Gänsebratens in die Nase. „Danke, Sadie Stinson", murmelte sie, während sie ihre Stiefel auszog und in Socken durch die Küche in die Eingangshalle ging.

Sie lief nach oben, um sich rasch zu duschen, und eilte dann wieder hinunter in die Küche. Als sie gerade dabei war, dem Abendessen den letzten Schliff zu geben, kam Travis aus dem Stall zurück.

„Ich hatte ganz vergessen, wie es ist, mit Pferden zu arbeiten." Er fuhr sich mit einer Hand durch die Haare. „Ich habe so viele Stunden hinter dem Schreibtisch oder in der juristischen Bibliothek verbracht, dass ich gar nicht mehr weiß, wann ich zum letzten Mal einen Heuballen aufgeschnitten habe."

„Und wie hat es dir gefallen?"

„Gut." Er runzelte die Stirn und musterte sie nachdenklich. „Aber vielleicht liegt das ja an der netten Gesellschaft, die ich habe. Was meinst du?"

„Ich meine, dass du übermüdet bist, Herr Anwalt."

Travis machte im Kamin im Wohnzimmer ein Feuer, während Savannah den Tisch deckte. Sie aßen bei Kerzenlicht im Esszimmer und tranken dann im halbdunklen Wohnzimmer Kaffee mit einem Schuss Cognac. Das flackernde Feuer und die Lichter des Weihnachtsbaums warfen bunte Schatten an die Wände und spiegelten sich in den Fensterscheiben.

Savannah saß mit Travis auf dem Boden. Sie lehnte mit dem Rücken an der Couch, und Travis hatte seinen Kopf in ihren Schoß gelegt. Er hatte seine Schuhe ausgezogen und wärmte sich die Füße am Kamin, während sie mit seinen kastanienbraunen Locken spielte, die ihm in die Stirn hingen.

„Ich möchte, dass du mich heiratest", sagte er schließlich und drehte den Kopf, damit er ihr Gesicht besser sehen konnte.

Sie zog eine schmale, dunkle Augenbraue hoch. „So schnell?"

„So schnell ist das nun auch wieder nicht. Ich kenne dich ja schon fast mein ganzes Leben lang – nun ja, zumindest fast dein ganzes Leben lang", antwortete er lächelnd. „Ich glaube, man kann nicht unbedingt sagen, wir würden es überstürzen, oder?"

„Nein …"

„Aber?"

„Oh, da gäbe es einiges, glaube ich."

„Zum Beispiel?"

„Melinda."

Savannah spürte, wie sich Travis' Rückenmuskeln verhärteten. „Melinda lebt nicht mehr", erwiderte er verärgert.

„Aber wenn sie noch leben würde?"

„Das ist eine schwierige Frage." Travis setzte sich auf, sodass er ihr in die Augen schauen konnte. „Und keine wirklich faire. Als sie noch am Leben war, habe ich mein Bestes getan, ihr ein guter Ehemann zu sein. Vielleicht habe ich versagt, aber ich habe mich weiß Gott bemüht. Jetzt ist es vorbei. Sie ist tot. Versteh mich nicht falsch, ich habe ihr nicht gewünscht, dass sie stirbt, aber ich kann sie auch nicht mehr lebendig machen."

Savannah hatte einen Kloß im Hals. „Du hast sie geliebt."

„Ja." Er starrte abwesend ins Feuer. „Ja, das habe ich. Vor langer, langer Zeit. Aber ich habe sie sehr geliebt."

Sein Geständnis – so vorhersehbar es für Savannah auch gewesen war – zerriss ihr das Herz. Diese Liebe war Vergangenheit und spielte keine Rolle mehr, versuchte sie sich einzureden. Nur die Zukunft war wichtig. Doch an Savannah nagten immer noch Zweifel. Sie liebte Travis so sehr und konnte den Gedanken daran nicht ertragen, dass Travis einmal Gefühle für eine andere Frau gehabt hatte.

„Aber ich habe mich in dich verliebt." Traurigkeit stand in seinem Gesicht geschrieben, als hätte er ihre Gedanken gelesen. „Ich glaube, ich habe mich an jenem Tag in dich verliebt, als ich dich auf Mattie über die Felder reiten sah. Du bist unter dem Apfelbaum stehen geblieben, hast mich beobachtet und versucht, dabei sehr erwachsen und erfahren zu wirken. Weißt du noch?"

Wie könnte ich das jemals vergessen? „Ja, ich erinnere mich."

„Von diesem Tag an bist du mir nicht mehr aus dem Kopf gegangen." Er sah sie ernst an, und seine Augen schienen die sanften Züge ihres Gesichts zu streicheln. „Du musst mir glauben, dass ich Melinda nie geheiratet hätte, wenn ich nicht davon ausgegangen wäre, dass sie ein Kind von mir erwartet. Und dich konnte ich ja wohl kaum heiraten, als ich erfahren habe, dass Melinda schwanger ist, oder?"

„Wahrscheinlich nicht. Aber Dad denkt anscheinend … Ach, ich glaube, das spielt keine Rolle."

Travis richtete sich auf und runzelte die Stirn. „Natürlich spielt das eine Rolle. Sag schon, was denkt Reginald?"

„Dad hat mir geraten, mich von dir fernzuhalten. Er sagt, dass du nicht der Richtige für mich bist, dass du Melinda immer lieben und sie stets zwischen uns stehen wird."

Travis' Züge verhärteten sich. „Glaubst du das etwa?"

„Nein …"

„Also?"

„Ich wollte mich nur vergewissern."

„Meine Güte, Savannah", stöhnte er. „Hast du denn kein Wort von dem begriffen, was ich dir in den letzten Tagen gesagt habe? Weißt du denn nicht, dass dein Vater immer noch versucht, uns beide zu manipulieren?"

„Das jedenfalls glaube ich nicht. Meinem Vater geht es nur darum, dass ich glücklich bin."

„Und deshalb hat er dir nicht erzählt, dass er über unsere Affäre Bescheid wusste?"

Savannah wurde wütend. „Du meinst unseren One-Night-Stand, nicht wahr? Es ist ja nur einmal passiert, schon vergessen? Unten am See."

„Oh, daran erinnere ich mich sehr wohl. Diese Nacht hat mir neun Jahre lang keine Ruhe gelassen, und jetzt unternehme ich zum ersten Mal etwas dagegen. Ich werde dich heiraten, Savannah, und ich will keine weiteren Ausreden von dir hören."

An dieser Stelle hätten sie den Streit beenden und die Sache auf sich beruhen lassen sollen. Doch Savannah konnte einfach nicht aufhören. Stattdessen stand sie auf, ging zum Kamin, drehte sich dann zu Travis um und sah ihn an. „Angenommen, wir heiraten wirklich, Travis. Was dann?"

„Dann ziehen wir nach Colorado."

„Colorado?", wiederholte sie ungläubig. „Warum ausgerechnet Colorado?"

„Mir gehört dort ein Stück Land; meine Eltern haben es mir vererbt. Ich dachte, wir könnten dort gemeinsam neu anfangen."

„Du meinst, wir sollten davonlaufen und alles hinter uns lassen, oder?"

„Nein", antwortete er missmutig. „Ich meine, dass wir Pferde züchten könnten, falls es das ist, was du gern tun möchtest. Reginald würde uns in Colorado nicht über die Schulter schauen, und ich könnte endlich meinen Beruf als Anwalt an den Nagel hängen."

Sie spürte, wie sie vor Aufregung Bauchkribbeln bekam, doch Travis' grimmiger Blick dämpfte ihre Freude sofort wieder. „Willst du das denn?"

„Ich will dich. So einfach ist es. Ich habe genug Geld, um irgendwo anders einen Neubeginn zu machen, und ich will nichts mehr mit Prozessen und der Politik zu tun haben. Und ich möchte mit der Vergangenheit abschließen." Er sah ihr direkt in die Augen. „Ich laufe vor nichts davon, Savannah. Im Gegenteil, ich möchte endlich ankommen. Ich möchte ein Zuhause, einen sicheren Hafen für meine Frau und meine Kinder, und ich bitte dich, mit mir zu kommen."

„Das würde ich ja gern, Travis, aber ich habe hier eine Familie. Eine Familie, die ich sehr liebe. Meiner Mutter geht es gesundheitlich nicht gut, mein Vater zählt auf mich, und auch meine Schwester braucht mich. Und dann ist da noch Joshua. Er ist mehr als ein Neffe für mich. Er ist fast wie mein eigener Sohn."

„Ich verlange nicht, dass du sie alle aufgibst. Nicht völlig."

Sie hob abwehrend die Hände und ließ sie dann wieder fallen. Es hatte keinen Sinn zu streiten, doch sie konnte das, was Travis gerade gesagt hatte, auch nicht einfach hinnehmen. „Ich verstehe, dass du mit deiner Arbeit und deinem Leben unzufrieden bist, aber ich bin es nicht. Ich bin gern hier. Die Arbeit mit Pferden ist meine Berufung. Ich habe einmal versucht, in der Stadt zu leben und zu arbeiten, und es hat nicht funktioniert. Dieses Haus, dieses Land, diese Pferde …" Sie deutete in Richtung Fenster. „Sie mögen ja Dad gehören, aber es ist mein Zuhause."

„Du kommst also nicht mit mir, oder?"

Warum wehrte sie sich gegen seine Pläne? Sie hatte sich immer gewünscht, mit Travis zusammen zu sein, und jetzt versprach er ihr ein glückliches gemeinsames Leben, für das sie allerdings ihre Familie verlassen musste. Ihre Familie, die sie über alles liebte. „Du weißt, ich liebe dich", sagte sie und ihre Augen füllten sich mit Tränen. „Ich habe dich immer geliebt. Aber ich brauche etwas Zeit, um über alles nachzudenken."

„Ich kann nicht ewig warten", sagte er langsam.

„Das würde ich auch nicht von dir erwarten." Sie zuckte die Achseln und versuchte, rational zu denken. „Wäre es für dich eine Möglichkeit, hier auf der Farm zu bleiben?"

„Und hier bei deiner Familie zu leben?"

„Ja."

„Nein", antwortete er kurz und bündig. „Ich möchte nicht so leben wie Wade und Charmaine. Ich will meine eigene Farm, meine Unabhängigkeit, mein eigenes Haus. Ich bin hergekommen, um meine Beziehung mit Reginald zu beenden, Savannah, und das habe ich immer noch vor."

Travis' Undankbarkeit ihrem Vater gegenüber war für Savannah ein dermaßen rotes Tuch, dass sie vor Empörung rot im Gesicht wurde. „Du willst also vergessen, dass er dich bei sich aufgenommen und dich wie einen eigenen Sohn behandelt hat?", fragte sie bitter. „Als niemand sonst dich wollte, weil du so schwierig warst, hat dir mein Vater ein Zuhause gegeben!"

Travis stand auf. „Ich werde immer in der Schuld deines Vaters stehen, keine Frage. Aber ich werde nicht mit meinem Leben dafür bezahlen. Er wollte mich manipulieren und ist dabei sogar so weit gegangen, mit meinem Kanzleipartner Henderson hinter meinem Rücken die Fäden zu ziehen. Ich werde versuchen, das zu vergessen. Aber ich habe nicht vor, mich von irgendjemandem zur Marionette machen zu lassen – auch nicht von Reginald Beaumont!"

„Du solltest besser aufpassen", zischte sie. Ihre blauen Augen funkelten zornig. „Sonst fällst du noch von deinem hohen Ross direkt in einen Graben. Und dann musst du mühsam wieder hochklettern – so wie gestern."

„Das ist unfair, Savannah."

„Aber wahr."

Er sah sie wütend an, als wollte er sich rächen. „Wenn wir schon dabei sind, unfair zu werden …"

„Nur raus mit der Sprache."

„Wenigstens habe ich keine Angst, mich der Vergangenheit zu stellen oder das Risiko einzugehen, ein selbstständiger, unabhängiger Mensch zu werden. Ich bin kein Kälbchen, das sich lieber das Brandzeichen der Farm des Vaters verpassen lässt, weil es Angst hat, sein eigenes Leben zu führen und möglicherweise auch zu scheitern."

„Ich bin nicht gescheitert!"

„Weil du es nicht einmal versucht hast. Wir alle versagen manchmal, Savannah."

Zornig umgriff sie den Rand des Kaminsimses. „Ich habe nur einmal versagt, und das war vor neun Jahren. Mein Fehler war, dass ich dir vertraut habe", sagte sie zitternd vor Empörung. „Ich habe dir vertraut und dich geliebt, während für dich alles nur ein Spiel war. Und überhaupt! Du warst so feige, dass du dich nicht einmal von mir verabschiedet hast, bevor du eine andere Frau geheiratet hast!"

Travis ging zu Savannah und fasste sie fest an den Schultern. Seine Augen blitzten wütend, und er hatte sein Kinn grimmig nach vorn geschoben. „Ja, ich habe einen Fehler gemacht", stieß er zwischen zusammengepressten Zähnen hervor. „Aber ich werde ihn kein zweites Mal machen, verdammt noch mal. Ich habe mit dem Wissen leben müssen, dass ich dich liebe. Das hat mich fast um den Verstand gebracht und dazu geführt, dass ich das Selbstwertgefühl meiner Frau zerstört habe. Dafür habe ich bitter bezahlt. Immer und immer wieder. Jetzt habe ich all die Lügen und Selbstvorwürfe satt. Und auch für dich ist jetzt Schluss mit den Lügen. Du kannst dich vor mir verstecken, Savannah, aber ich werde dich finden. Und früher oder später musst du dich der Tatsache stellen, dass die Vergangenheit abgeschlossen ist. Vorbei. Tot und begraben, wie Melinda und Mystic. Wir haben eine Zukunft, verdammt, und es wird unsere gemeinsame Zukunft sein."

Er zog sie ungestüm an sich und küsste sie zornig. Seine Lippen waren hart und rau, seine Zunge war fordernd. Savannah sollte sich von ihm losmachen und ihm widerstehen, doch sie konnte es nicht. Die Leidenschaft, die heiß in ihr brannte, machte all ihre Vorsätze zunichte. Sie lehnte sich an ihn und ließ ihren Tränen freien Lauf.

„Sag mir, dass du mich liebst." Seine Worte waren fast herrisch und er drückte sie besitzergreifend an sich, sodass sie den harten Beweis seiner Leidenschaft spürte.

„Das weißt du doch."

„Sag es!"

„Ich liebe dich", entgegnete sie leise schluchzend.

Endlich schien er wieder etwas ruhiger zu werden. „Dann hör doch auf, auf alles und jeden Rücksicht zu nehmen. Ich lasse es nicht zu, dass irgendetwas oder irgendjemand zwischen uns steht!" Seine Schultern sackten ein wenig nach unten, als sein Zorn sich endgültig verflüchtigte. „Ach, Savannah, wir haben es so weit geschafft. Es ist zu spät, um kehrtzumachen oder sich zu verstecken. Wir werden uns der Zukunft stellen, und zwar gemeinsam!"

Er küsste sie wieder, diesmal sanfter, und sie schlang ihre Arme um seinen Nacken. Und dann, neben dem warmen Kaminfeuer und umgeben von den bunten Lichtern des Baums, die warm und heimelig flackerten, zog er sie langsam aus und liebte sie bis spät in die Nacht hinein.

*W*ährend der restlichen Woche herrschte zwischen Savannah und Travis Waffenstillstand. Die Zukunft war vorerst kein Thema mehr, und Savannah konzentrierte sich darauf, dass der Betrieb des Gestüts gewohnt reibungslos funktionierte.

Am dritten Tag nach Weihnachten hatte der Schnee schließlich zu schmelzen begonnen und das Leben auf der Farm normalisierte sich langsam wieder.

Travis schien durch die körperliche Arbeit regelrecht aufzublühen, und Lester war froh, ihn um sich zu haben. Savannah hatte den Eindruck, dass Lester sehr zufrieden mit der Situation war. Hin und wieder nickte er, wenn er Travis bei der Arbeit mit den Tieren beobachtete.

Am Samstagnachmittag beobachtete Lester gerade, wie Vagabond und ein paar andere Hengste sich auf der Koppel austobten. Savannah und Travis gesellten sich zu ihm. Der Schnee war größtenteils wieder weggetaut, nur vereinzelte Schneeflecken verteilten sich auf der Erde und die Pferde genossen ihre Freiheit in vollen Zügen.

Vagabond galoppierte mit hocherhobenem Kopf und aufgerichtetem Schweif von einem Ende der Koppel zum anderen. Dabei schnaubte und buckelte er ausgelassen.

„Damit kann kein Anwaltsjob der Welt konkurrieren, nicht wahr? Sogar Perry Mason wäre neidisch", stellte Lester fest, während er die Kapriolen des Pferds und seine leichtfüßigen Bewegungen beobachtete.

Travis warf den Kopf in den Nacken und lachte laut auf. „Wären meine Fälle bloß so interessant wie die von Perry gewesen. Dann hätte ich meinen Job nicht an den Nagel gehängt." Er lehnte sich an den Zaunpfahl und massierte sich die verspannten Schultern. „Die meiste Zeit war ich in der Bibliothek und habe Urteile in gesellschaftsrechtlichen Prozessen gelesen."

Lesters weise, alte Augen funkelten. „Nicht unbedingt dein Ding."

„Nicht unbedingt", stimmte Travis trocken zu und presste die Lippen aufeinander.

„Aber du hast ein gutes Händchen für Pferde", sagte Lester.

„Das stimmt." Savannah schmunzelte. „Bald frisst dir Vagabond aus der Hand."

„Schön wär's." Travis deutete mit dem Kopf auf den braunen Hengst. „Erst gestern hat er versucht, mir ein Stück Arm abzubeißen."

„Er ist eben temperamentvoll." Savannah grinste.

„Nervös trifft es eher", fügte Lester hinzu.

„Temperamentvoll?", wiederholte Travis ungläubig. „Nervös? Ich würde eher hinterhältig und böse dazu sagen." Dann musste auch er grinsen.

„Aber du musst zugeben, er hat Persönlichkeit", sagte Savannah.

„Und schnell ist er auch", erklärte Lester, der Vagabond dabei beobachtete, wie er erneut mit donnernden Hufen quer über die Koppel galoppierte. Das seidige braune Fell des Pferds glänzte im fahlen Morgenlicht. „Hoffen wir nur, dass er auch ein wenig Glück hat!"

Savannah nickte. „Das könnten wir alle gebrauchen."

Etwas später am Morgen rief Charmaine an und hatte die wunderbare Neuigkeit, dass Joshua heute aus dem Krankenhaus entlassen würde. Sowohl Reginald und Virginia als auch Wade und Charmaine würden am späten Nachmittag mit dem Jungen nach Hause kommen.

„Machst du dir Sorgen?", erkundigte sich Travis, stützte sich auf den Stiel der Heugabel und schaute Savannah in ihre bekümmert dreinblickenden blauen Augen.

„Ein wenig", gab sie zu. „In den letzten paar Tagen habe ich alle Probleme vergessen, schätze ich." Sie lächelte matt und kletterte die Leiter vom Heuboden hinunter, die direkt vor Mystics leerer Box stand. Die Box war gereinigt worden und wartete darauf, dass ein anderer Hengst des Beaumont-Gestüts einzog. Noch immer machte ihr der Tod von Mystic sehr zu schaffen.

„Das heißt, wir haben das Haus bald wieder voller Probleme?" Travis stieg hinter ihr die Leiter hinunter und sprang von der letzten Sprosse auf den Boden.

„Ja, sieht ganz so aus."

„Mach dir keine Sorgen." Er lächelte ihr aufmunternd zu.

„Leichter gesagt als getan." Sie beugte sich über die halbhohe Tür von Mystics Box und dachte an den prächtigen schwarzen Hengst.

„Du kannst ihn nicht mehr lebendig machen", sagte Travis leise.

Savannah nickte seufzend. „Ich weiß, aber ich mache mir trotzdem Sorgen wegen Josh und Wade …"

„Wade ist Joshs Dad."

„Ja, leider", flüsterte sie. „Ich wünschte, ich könnte Wade Benson dieses Kind wegnehmen."

„Er ist nun mal der Vater des Jungen, ob es dir gefällt oder nicht."

Es machte Savannah so unglaublich wütend, dass sie nichts tun konnte. Sie drehte sich zu Travis um, der sie zärtlich ansah. „Ist es denn wirklich so einfach?", fragte sie. „Ist die rechtliche Lage denn so eindeutig, wenn ein Mann, der besser überhaupt nie Vater geworden wäre, sein Kind so sehr einschüchtert, dass es sein Selbstvertrauen völlig verliert?"

Nachdenklich biss sich Travis auf die Unterlippe. „Wenn man keine Misshandlung beweisen kann …"

„Du meinst körperliche Misshandlung", sagte sie barsch und schob grimmig das Kinn vor. „Aber es ist egal, welchen seelischen Grausamkeiten ein Kind wie Josh ausgesetzt ist."

„Das ist Charmaines Problem", gab Travis zu bedenken und legte Savannah die Hände auf die Schultern, damit sie sich beruhigte.

„Rechtlich gesehen, ja! Aber ich fühle mich für dieses Kind verantwortlich. Es ist einfach so verdammt ungerecht!" Sie

verschränkte die Arme und versuchte, sich von Travis weg-
zudrehen.

„Hey, ganz ruhig. Komm mit ins Haus … Wie wär's mit einer
Tasse Kaffee? Josh kommt bald nach Hause und dann kannst
du ihn mit deiner Liebe überschütten und alles nachholen, was
du als Tantchen in den letzten Tagen versäumt hast."

„Tantchen?"

„Das bist du doch, oder?" Er zog sie an den Schultern an sich,
umarmte sie und küsste sie zärtlich auf den Scheitel.

Sie musste trotz ihres Ärgers lächeln. „Ich nehme an, das
bin ich."

„Und ich tippe darauf, dass du jede Menge dieser hässlichen Actionfiguren und Roboter gekauft hast, die ihm so gut
gefallen. Die Läden in der Umgebung sind bestimmt alle leer."

„Noch nicht."

Travis lachte. „Dann beeil dich besser, ja? Josh kommt heute
Abend nach Hause, und du hast ihm versprochen, dass wir gemeinsam Weihnachten feiern. Also streng dich ein bisschen an,
sonst enttäuschst du den Neffen noch, den du so sehr liebst.
Ich habe noch etwas in der Stadt zu erledigen, also kannst du
später mit Sadie in der Küche ungestört schalten und walten."

„Sie würde mich umbringen. Wenn sie da ist, ist die Küche
ihr Reich. Nicht einmal Archimedes ist dann willkommen."

„Dann geh und mach Popcorn, häng Mistelzweige auf, sing
ein paar Weihnachtslieder oder tu, was auch immer man an den
Festtagen so macht. Und vergiss nicht, dabei ein Lächeln auf
dein hübsches Gesicht zu zaubern."

„Weihnachtslieder singen? Ich?" Sie schmunzelte. „Wohl
kaum."

Er wurde wieder ernst und drückte sanft ihre Schultern. „Sei
einfach glücklich, das ist alles."

Ihre unglaubliche Liebe zu ihm spiegelte sich in ihrem Blick
wider, als sie ihn anlächelte. „Und wo gehst du hin?"

Er zwinkerte ihr zu. „Ich besorge Josh jetzt ein Geschenk,
das ihn so richtig umhauen wird."

„Wirklich?" Savannah war sichtlich begeistert.

„Darauf kannst du wetten!"

„Tja, aber wer wird sich um die Pferde kümmern, während ich, äh, Weihnachtslieder vor mich hin trällere?"

„Das erledige ich, wenn ich wieder da bin."

„Du?"

„Natürlich. Was spricht dagegen?"

„Nichts." Sie zwinkerte ihm frech zu. „Dann mach mal." Kichernd drückte sie ihm einen Eimer und eine Bürste in die Hand. „Zuerst machst du die Ställe sauber, und dann …"

Travis stellte den Eimer auf den Boden, legte die Bürste daneben hin und guckte Savannah mit gespielter Entrüstung an. „Und dann komme ich ins Haus und zeige dir, wer hier der Boss ist."

„Leere Versprechungen", zog sie ihn auf, löste sich aus seiner Umarmung, flüchtete aus dem Stall und lief zum Haus hinüber. Travis folgte ihr.

„Ich dachte, du wolltest in die Stadt fahren", lachte sie, als er sie eingeholt und sie ungestüm an sich gezogen hatte.

„Das mache ich auch. Aber wenn ich zurückkomme, dann …" Er presste seine warmen Lippen auf ihren Mund und hielt sie so fest, als hätte er Angst, sie loszulassen.

„Dann?", fragte sie herausfordernd und lächelte wissend.

„Dann kriegst du es mit mir zu tun."

„Ich kann es kaum erwarten." Sie machte sich aus seiner Umarmung frei und hörte ihn leise fluchen, als er zum Pick-up auf dem Parkplatz ging.

Savannah lief mit gebeugtem Kopf die Treppe hinunter und steckte sich eilig eine Nadel ins Haar. Sie hatte tatsächlich Sadie in der Küche geholfen und dann die letzte Stunde damit verbracht, sich zu duschen, die Haare zu einem Knoten hochzustecken und auf Travis zu warten. Joshua würde jeden Moment nach Hause kommen, und Travis war noch immer nicht aus der Stadt zurück.

Es klingelte an der Tür.

„Ich gehe schon!", rief sie in Richtung Küche, wo Sadie noch immer fleißig vor sich hin arbeitete, lief die letzten Treppenstufen hinunter und durch die Eingangshalle zur Tür.

Schwungvoll öffnete sie die Tür und sah zu ihrer Überraschung den Reporter vom *Register* vor sich stehen. Ihr blieb beinahe das Herz stehen, und ihr gefror das Lächeln auf den Lippen. Nicht jetzt, dachte sie verärgert. Nicht ausgerechnet dann, wenn doch Josh jeden Moment nach Hause kommen kann!

„Guten Abend." John Herman streckte ihr die Hand entgegen.

„Guten Abend. Was kann ich für Sie tun?", fragte sie unsicher.

„Fürs Erste würde ich gern mit Ihnen über Mystic reden", antwortete Herman und lächelte ungezwungen. „Ich möchte nämlich einen Artikel über ein außergewöhnliches Pferd schreiben. Angefangen von der Zeit, als Mystic ein Fohlen war, bis zum heutigen Tag."

Sie blieb in der Tür stehen, damit er nicht hereinkommen konnte. „Ich dachte, der *Register* hätte bereits einen Artikel über Mystic gebracht."

„Richtig, aber ich möchte eine größere Story über ihn machen. Sie wissen schon, eine Art Schicksalsstory. Ich muss herausfinden, wo er aufgezogen wurde und wer ihn trainiert hat. Ich möchte seinen Trainer und den Jockey interviewen und über die Rennen schreiben, die Mystic gelaufen ist – besonders das Preakness-Stake-Rennen, damit die Geschichte für die Leser in unserer Gegend ansprechender wird."

„Ich glaube nicht, dass wir daran interessiert sind."

Herman ließ sich nicht so leicht abwimmeln. „Aber es wäre eine gute Werbung für das Gestüt", entgegnete er. „Wir wären auch gern bereit, etwaige aktuelle Entwicklungen – beispielsweise neue Pferde – zu erwähnen. Sie haben doch noch ein Rennpferd, diesen …" Er warf einen Blick in seine Notizen.

„… diesen Vagabond, nicht wahr?“

„Ja. Er ist ein Zweijähriger.“

„Man hört, dass er oft mit Mystic verglichen wird.“

„Die beiden haben das gleiche Temperament.“ Savannah zwang sich zu einem Lächeln. „Aber das ist auch schon alles. Und was Mystic betrifft … Ich bin noch nicht so weit, dass ich Ihnen Material für eine Story über ihn liefern könnte. Zumindest noch nicht.“ *Nicht, bevor wir Josh die Wahrheit gesagt haben.* „Es tut mir leid, dass Sie sich umsonst herbemüht haben. Vielleicht rufen Sie nächstes Mal vorher an“, fügte sie rasch entschuldigend hinzu, als sie den Motor eines Pick-ups hörte, der sich dem Haus näherte, und ihr klar wurde, dass Travis endlich zurückgekommen war.

„Dann könnte ich ja vielleicht mit Mr McCord reden?“ John Herman gab nicht auf.

„Er ist … er ist momentan nicht da.“

Die Fliegengittertür der hinteren Veranda viel krachend ins Schloss. Savannah hörte Travis durch die Küche in die Eingangshalle kommen.

„Ich richte ihm aus, dass Sie hier waren und mit ihm reden wollten“, sagte sie eilig.

„Savannah?“, rief Travis. Dann sah er sie in der Tür stehen. „Was zum Teufel ist hier los?“

„Mr McCord!“, rief John Herman begeistert, schaute Savannah über die Schulter und lächelte breit.

Es gab nichts, was sie dagegen tun konnte. Zögernd ließ sie ihn herein. Angesichts der Tatsache, wie sehr Hermans Augen gerade aufgeleuchtet hatten, war klar, dass der Hauptgrund seines Besuchs auf der Farm Travis war.

„John Herman“, stellte er sich vor und reichte Travis die Hand. Travis schüttelte sie, versuchte allerdings nicht, seine Skepsis zu verbergen. „Ich bin Reporter beim *Register*.“

„Verstehe.“ Travis lächelte zynisch. „Warum kommen Sie nicht ins Wohnzimmer? Dort können wir uns unterhalten.“ Er sah Savannah fragend an. „Savannah?“

Sein höfliches Verhalten der Presse gegenüber verblüffte sie, doch dann wurde ihr bewusst, dass sie ihre guten Manieren völlig vergessen hatte. „Ja, bitte kommen Sie ins Wohnzimmer. Ich bringe gleich Kaffee." Sie warf Travis einen „Ich hoffe, du weißt was du tust"-Blick zu und ging in die Küche. Dort nahm sie die blaue Emaillekanne und ein paar Tassen und erklärte Sadie rasch, was gerade los war.

„Du lieber Himmel." Sadie verdrehte die Augen. Dann legte sie Kekse auf ein Tablett. „Sorgen Sie bloß dafür, dass dieser Reporter verschwindet, bevor der Junge kommt. Er weiß ja immer noch nicht, dass das Pferd tot ist."

„Ich weiß", murmelte Savannah missmutig.

Sadie bemerkte Savannahs zitternde Finger und legte ihre Hand auf Savannahs Handgelenk. „Sie gehen da jetzt rein und passen auf, dass Travis keine Schwierigkeiten bekommt. Ich serviere den Kaffee, sobald er fertig ist."

„Sind Sie sich sicher?"

„Gehen Sie … Gehen Sie schon."

„Na gut." Savannah ging aus der Küche.

John Herman hatte etwas an sich, das ihr suspekt war und ihr auf die Nerven ging. Der Reporter hatte eine bissige Kolumne im *Register*, die sich durch Scharfsinnigkeit, die Wiedergabe von Halbwahrheiten und jede Menge Gerüchte auszeichnete.

Mach dir keine Sorgen, redete sie sich auf dem Weg ins Wohnzimmer ein. Travis kann auf sich selbst aufpassen. Er ist Anwalt und wäre fast Politiker geworden. Er kann mit Journalisten umgehen.

„Sie ziehen Ihre Kandidatur also tatsächlich zurück?", fragte Herman gerade, der sein Aufnahmegerät bereits auf die Armlehne der Couch gelegt hatte.

Travis, der ruhig und fast desinteressiert wirkte, lehnte sich an den Kamin. Nur das Zucken eines winzigen Muskels an einer Wange verriet seine innere Anspannung. „Ich habe nie kandidiert."

„Aber Sie haben doch Wahlspenden angenommen?"

„Nein."

Hermans Lippen wurden schmal und er vertiefte sich kurz in seine Notizen. „Es gibt mehrere Personen, die das Gegenteil behaupten. Mrs Eleanor Phillips ist eine von den bekanntesten. Sie behauptet, Ihnen fünftausend Dollar gegeben zu haben."

„Wenn das der Fall war, habe ich das Geld zumindest nie zu Gesicht bekommen."

John Herman hob abwehrend die Hand, als wollte er Travis bitten, mit dem Lügen aufzuhören. „Mr McCord …"

„Es hat möglicherweise ein paar Leute gegeben, die für mich gearbeitet haben und etwas übereifrig in der Annahme waren, ich würde kandidieren. Und diese Leute haben eventuell Wahlspenden in meinem Namen angenommen. Allerdings ohne mein Wissen. Ich habe sie angewiesen, das Geld inklusive Zinsen zurückzugeben."

„Sie sagen also, dass Sie sich nicht zu einer Kandidatur überreden lassen."

„Ganz recht."

Herman schlug eine leere Seite in seinem Notizblock auf, vergewisserte sich, dass sein Aufnahmegerät funktionierte, und wandte sich genau in dem Augenblick an Savannah, als Sadie mit dem Kaffee hereinkam.

„Also, was können Sie mir über Mystic erzählen", fragte er und nahm die Tasse Kaffee, die Sadie ihm mit frostiger Miene reichte.

„Nichts, was Sie nicht ohnehin schon wüssten."

Herman ließ nicht locker. „Wir haben die offizielle Geschichte von Steve Anderson, dem Tierarzt, aber wir wüssten gern, was genau dazu geführt hat, dass sich das Pferd das Bein gebrochen hat."

„Ich weiß es wirklich nicht."

„Nun ja, wie ist er aus dem Stall gekommen? Stimmt die Geschichte, dass Ihr Neffe etwas damit zu tun hat?"

Sie nickte. „Joshua hat ihn aus dem Stall geholt."

„Aber warum? Wo wollte der Junge hin? Hatte er einen Komplizen?"

„Ich glaube, das waren genug Fragen", schaltete Travis sich ein. Er lächelte eisig. „Josh ist mit dem Pferd ausgeritten und in den Schneesturm geraten. Dabei hat Mystic sich verletzt und konnte leider nicht mehr gerettet werden. Die Angelegenheit war für alle Beteiligten sehr unerfreulich und tragisch."

„Ja, aber ..."

„Wenn Sie uns jetzt bitte entschuldigen würden", sagte Travis ruhig. „Ms Beaumont und ich müssen noch einiges erledigen."

John Herman erhob sich widerwillig von der Couch, schaltete sein Aufnahmegerät aus und klemmte es sich zusammen mit seinem Notizblock unter den Arm.

„Es war mir ein Vergnügen, Mr McCord." Dann nickte er Savannah zu. „Vielen Dank, Ms Beaumont."

„Gern geschehen."

Travis begleitete den Reporter zur Tür, und Savannah ließ sich auf die Couch fallen.

„Aasgeier", murmelte Travis, als Herman verschwunden war. Dann nahm er eine Tasse Kaffee vom Tisch, setzte sich auf die Armlehne der Couch und tätschelte Savannah das Knie. „Die gute Nachricht ist, dass er meiner Meinung nach nicht noch einmal kommen wird."

„Wenn du dich da mal nicht täuschst." Savannah schob ihre Finger zwischen Travis' kräftige Finger. „Typen wie ihn wird man schwer wieder los."

Travis nickte und machte eine gleichgültige Handbewegung. „Tja, es hat keinen Sinn, uns allzu viele Sorgen wegen John Herman zu machen. Er schreibt ja doch, was er will. Wir können nur hoffen, dass der Chefredakteur des *Register* etwas mehr Wahrheitsliebe an den Tag legt." Er sah auf seine Armbanduhr und trank seinen Kaffee aus. „Sie werden bald nach Hause kommen. Vor uns liegt immer noch ein Weihnachtsfest, das wir gebührend feiern müssen."

„Apropos, was hast du Josh gekauft?"

Travis lächelte breit. „Etwas, von dem er garantiert hingerissen sein wird."

„Ich frage ja nur ungern, aber …"

„Dann frag nicht. Ich gehe mich jetzt duschen, und dann muss ich noch etwas im Arbeitszimmer erledigen."

„Schon wieder?" Savannah zog verwirrt die schmalen Augenbrauen zusammen.

„Es dauert nicht lang", versprach er und küsste sie zärtlich auf die Wange.

„Was musst du denn erledigen?"

„Ach, nur Buchhaltung", antwortete er geheimnisvoll.

„Warum?"

Sein Lächeln wurde breiter. „Damit ich ruhig schlafen kann."

„Das glaube ich dir nicht."

„Du hast gefragt …", er stand auf und streckte sich, „… und ich habe dir geantwortet. Aber warum bereitest du diese Couch hier nicht schon mal für Josh vor? Damit er hier vor dem Weihnachtsbaum liegen kann, bevor wir ihn zum Schlafen hinauf in sein Zimmer tragen."

„Das ist eine gute Idee. Aber ich habe dich durchschaut. Du bist nur darauf gekommen, um das Thema zu wechseln."

„Halt dich an mich", sagte er leise und streichelte ihre Wange. „Ich habe jede Menge guter Ideen. Es wäre mir ein Vergnügen, dir später ein paar davon persönlich zu zeigen." Seine Augen blitzten verführerisch.

Savannah musste lachen. „Was für eine abgedroschene Phrase, Herr Anwalt. Nur gut, dass ich dich liebe. Sonst hätte ich dir das nie durchgehen lassen."

Sie ging lächelnd aus dem Zimmer, um Kissen und die warme Patchworkdecke für Joshua zu holen. Ihr Herz war so voller Liebe, dass sie spürte, wie es regelrecht überströmte.

Joshua sah furchtbar klein und schmal aus. Er war blass und steckte in einem Stützverband, der fast seinen ganzen Oberkörper bedeckte. Seine sonst so strahlenden Augen waren matt, und seine Haare hatten ihren normalen Glanz ein wenig verloren.

„Du siehst ganz schön mitgenommen aus", sagte Savannah, nachdem sie eine Decke auf der Couch ausgebreitet hatte.

„So fühle ich mich auch."

„Erzähl mal", forderte sie ihn auf und half dem Jungen, der einen Pyjama trug, sich hinzulegen. Dann legte sie die schöne Patchworkdecke mit den Weihnachtsornamenten über seine Beine.

„Eigentlich geht es mir ganz gut, glaube ich", sagte er tapfer und ließ seinen Blick über die Erwachsenen schweifen, die alle im Wohnzimmer standen.

„Bist du bereit für Weihnachten?"

„Und wie!" Seine Augen glänzten und seine Wangen röteten sich.

„Sehr gut. Bleib einfach hier liegen. Ich schiebe diesen Tisch neben die Couch, dann kannst du hier essen."

„Isst du hier bei mir?", fragte er schüchtern.

„Natürlich. Wo sonst?" Sie lächelte ihm liebevoll zu und zog sich einen Stuhl an die Couch heran.

Während der Rest der Familie sich für das Abendessen umzog, hatte Savannah Zeit, Joshua nach allen Regeln der Kunst zu verwöhnen. „Ich habe dich vermisst", gestand sie ihm, als der kleine Tisch neben der Couch sich förmlich unter all den Köstlichkeiten bog. Es gab mehr zu essen, als eine ganze Armee verdrücken konnte.

„Wirklich?"

„Wirklich."

„Ich habe dich auch vermisst", sagte Joshua. „Und Mystic auch. Meinst du, du kannst mich in den Stall bringen, damit ich ihn sehen kann?"

Savannah hatte geglaubt, sie hätte sich auf diese Frage vorbereitet, doch ihre vorsichtig formulierte Antwort fühlte sich – zu Recht – wie eine Lüge an und blieb ihr fast im Hals stecken.

Sie zwang sich, ihrem Neffen in die Augen zu schauen. „Nein, Josh, das kann ich nicht. Und das weißt du auch. Du musst im Haus bleiben und dich ausruhen. Zumindest solange du deinen Stützverband tragen musst."

„Das kann noch Wochen dauern."

„Tja, im Moment sind der Hengststall und die anderen Ställe jedenfalls tabu." In der Hoffnung, dass für Joshua das Thema Mystic vorerst abgehakt war, begann Savannah demonstrativ zu essen.

Der Junge starrte auf das Tablett voller Essen vor sich, rührte es jedoch nicht an. „Ist mit Mystic denn irgendetwas nicht in Ordnung?", fragte er schließlich.

Kleine Schweißperlchen bildeten sich in Savannahs Handflächen und auf der Stirn. „Nicht in Ordnung? Warum?"

Er sah sie skeptisch an. „Alle werden immer ganz nervös, wenn ich von ihm rede."

„Aber nur, weil wir besorgt um dich sind."

Er schüttelte den Kopf und verzog gleich darauf das Gesicht, weil die Bewegung ihm wehgetan hatte. „Das glaube ich nicht", sagte er und erbleichte ein wenig. „Dad, Mom und sogar Grandpa verhalten sich so, als würden sie mir etwas verheimlichen."

„Vielleicht haben sie eine Weihnachtsüberraschung für dich."

„Tante Savvy?"

Jetzt kommt's, dachte sie.

„Du würdest mich nicht anlügen, oder?"

Savannah spürte, wie es ihr das Herz zusammenzog, doch sie schaffte es, Joshua in die Augen zu schauen. „Ich würde nie etwas tun, was dir wehtut, Josh."

„Das war nicht meine Frage."

„Habe ich dich schon mal angelogen?"

Er schwieg einen Moment. „Nein."

„Warum sollte ich es dann jetzt tun?"

„Weil etwas Schlimmes passiert ist. Etwas, das ich nicht wissen darf."

Savannah zwang sich zu einem Lächeln. „Du weißt, was ich denke, stimmt's?"

„Nein, was?" Er sah sie mit ernsthaftem Blick durchdringend an.

„Dass du im Krankenhaus viel zu viel Zeit zum Nachdenken und wenig zu tun hattest. Tja, Sportsfreund, das werden wir jetzt ändern. Iss dein Abendessen, und dann machen wir ein paar Geschenke auf. Was hältst du davon, hm?"

„Oh ja!", rief Joshua begeistert, aber nicht ohne einen fragenden Blick aus dem Fenster auf den Hengststall zu werfen.

Der Junge ging früh zu Bett, und er war so vernarrt in den jungen Cockerspanielmischling, den Travis ihm geschenkt hatte, dass er sich nicht mehr nach Mystic erkundigte.

Der Abend war anstrengend gewesen, und Savannah war froh, als er vorbei war. Aber da ist immer noch morgen und übermorgen, dachte sie bedrückt. Früher oder später wird irgendjemand Joshua die Wahrheit sagen müssen.

Savannah und Travis stopften gerade das gebrauchte Geschenkpapier in einen Pappkarton, als Charmaine die Treppe herunterkam. Sie trug ihren Morgenmantel und Hausschuhe und wirkte zum Umfallen müde.

„Ich wollte nur noch Gute Nacht sagen", erklärte sie und lehnte sich mit einer Schulter an den Torbogen zwischen der Eingangshalle und dem Wohnzimmer. „Und mich bei Travis für den Welpen bedanken."

„Ich dachte, Josh könnte einen Freund gebrauchen, wenn er erfährt, was mit Mystic passiert ist."

„Ich weiß, ich weiß." Charmaine schüttelte den Kopf. „Ich hätte es ihm längst sagen müssen, aber ich bringe es einfach nicht übers Herz. Er hat dieses unberechenbare Pferd nun mal geliebt. Es wird ihn umbringen, wenn er erfährt, dass Mystic gestorben ist."

„Früher oder später wird man es ihm nicht mehr verheimlichen können", wandte Travis ein. „Heute war ein Reporter hier. Es wird bestimmt noch ein Artikel erscheinen. Und selbst wenn nicht, könnte einer von Joshs Freunden anrufen und ihn nach dem Pferd fragen."

Charmaine wurde bleich. „Du hast recht. Aber es ist nun mal nicht einfach."

„Es ist besser, wenn er es von dir erfährt." Savannah steckte den letzten Bogen Papier in den Karton und richtete sich dann auf. „Auf diese Weise wird die Lüge nicht ganz so groß wirken."

„Vielleicht sagen wir es ihm morgen", sagte Charmaine. „Ich kann momentan einfach nicht mehr darüber nachdenken. Ich bin zu müde." Sie lächelte traurig und ging.

„Irgendjemand muss es ihm sagen." Savannah verschränkte die Arme vor der Brust.

„Aber nicht du", erinnerte sie Travis. Er nahm ihre Hand und zog sie unter den Torbogen. „Das ist die Aufgabe seiner Eltern."

„Dann sollten sie es auch tun. Und zwar bald."

„Da kann ich dir nicht widersprechen. Aber wir sollten darauf vertrauen, dass Charmaine und Wade es auf ihre Art schon richtig machen. Ob es dir nun gefällt oder nicht, du bist nicht seine Mutter."

„Ja, das sagst du ständig. Aber ich bin seine Tante und seine Freundin, und ich ertrage es nicht, ihn anzulügen."

„Dann tu's nicht. Vermeide einfach, über Mystic zu reden."

„So kann nur ein Anwalt reden", entgegnete sie bissig. „Es hilft nichts, wenn ich versuche, das Thema Mystic zu vermeiden. Ich bin für Josh wie ein offenes Buch."

„Ach, komm schon", sagte er aufmunternd und steckte die Lichterkette am Weihnachtsbaum aus. Dann drückte er Savannah sacht an die Wand und umarmte sie. „Darüber kannst du dir morgen den Kopf zerbrechen. Heute wirst du noch genug damit zu tun haben, mich glücklich zu machen."

„Ach ja?"

Das Licht, das vom Hof durch das Fenster in das dunkle Wohnzimmer fiel, warf geheimnisvolle Schatten auf Travis' attraktives Gesicht. Er sah ihr tief in die Augen, und sein Kuss ließ sie erbeben. „Da ist noch etwas anderes, das ich mit dir besprechen wollte", murmelte er dicht an ihrem Ohr.

„Was denn?"

„Etwas, was ich schon seit Langem vorhabe." Er zog einen weißgoldenen Ring mit einem großen, tränenförmigen Diamanten aus der Tasche seiner Jeans. Der Stein schimmerte im Feuer und reflektierte die roten und gelben Flammen. „Fröhliche Weihnachten", flüsterte er.

Savannah starrte den Ring an. „Aber wann hast du den denn besorgt?" Sie kämpfte mit den Tränen.

„Es hat ihn zum Hund dazugegeben."

„Sicher." Nun hatte er sie tatsächlich trotz Tränen zum Lachen gebracht.

„Wirklich."

„Ich hätte mir nie träumen lassen, dass …", hauchte sie.

„Träum nur. Träum mit mir." Seine Lippen streiften über ihren Mund, und seine grauen Augen schienen ihr bis in die Seele zu schauen. „Vergiss nur nicht, dass ich dich liebe. Egal, was passiert."

„Was soll das heißen?"

„Nur, dass das Feuerwerk gleich beginnt."

Sie schluckte. „Du wirst Dad noch einmal zur Rede stellen, nicht wahr?", fragte sie vorwurfsvoll. „Ach Gott, Travis. Was ist los? Was hast du herausgefunden?"

„Nichts. Noch nicht."

„Aber du rechnest damit."

„Vertrau mir einfach." Er legte den Ring in ihre Handfläche und schloss sanft ihre Finger um ihn. „Ich gebe dir diesen Ring, weil ich dich liebe und weil ich möchte, dass du mich heiratest. Was auch immer passiert, vergiss das nicht."

„Du verhältst dich so, als würdest du von hier weggehen", sagte sie.

„Das werde ich, und zwar für eine Weile. Aber ich komme zurück."

„Und dann?"

„Und dann erwarte ich, dass du mit mir kommst."

„Nach Colorado, nehme ich an." Sie hatte plötzlich das Gefühl, als läge eine schwere Last auf ihren schmalen Schultern.

„Wohin auch immer. Ich glaube nicht, dass das eine Rolle spielt."

Es würde sich gleich etwas in ihrem Leben dramatisch verändern, das spürte Savannah. Alles, was sie liebte, wurde möglicherweise durch jenen Mann zerstört werden, den sie mit einer Verzweiflung liebte, die ihr den Atem nahm. „Was hast du vor?", fragte sie, packte ihn am Hemd und hielt ihn fest.

„Eine Falle stellen", antwortete er mit einem traurigen Lächeln.

„Und du reist heute Abend ab?"

„Morgen früh." Travis sah ihren ängstlichen Blick und gab ihr einen Kuss auf die Stirn. „Mach dir keine Sorgen, ich komme ja zurück. Und wenn ich wieder da bin, hält dich hier nichts mehr, und du kannst mit mir kommen."

Sie ignorierte den unheilvollen Schauer, der ihr über den Rücken lief, und reagierte auf den sanften Druck seiner Hände und die Wärme seiner Lippen auf ihrem Mund.

„Wir haben noch diese eine Nacht zusammen", murmelte er. „Lass sie uns genießen." Ohne ihre Antwort abzuwarten, zog er sie zärtlich an der Hand aus dem Wohnzimmer in die Küche. Dort nahmen sie ihre Jacken und liefen dann durch die Hintertür hinaus zur Wohnung unter dem Dach.

Am nächsten Morgen bewahrheitete sich Savannahs düstere Vorahnung: Ihr Leben veränderte sich drastisch.

„Was zum Teufel soll das?", brüllte Reginald, während er seine Stiefel auf der hinteren Veranda auszog. Er hatte bereits seinen morgendlichen Rundgang gemacht und kam nun mit der Zeitung unterm Arm zurück in die Küche. Travis und Savannah zusammmen zu sehen brachte offensichtlich sein Blut in Wallung.

Er knallte die aufgeschlagene Zeitung auf den Tisch. Die Schlagzeile auf der Titelseite verkündete schwarz auf weiß, dass Travis nicht für das Amt des Senators kandidierte.

„Ich habe dir doch gesagt, dass ich nicht kandidiere." Travis lächelte gelassen.

„Aber ich dachte, du würdest es dir noch mal anders überlegen. Ein Mann wirft eine Chance wie diese doch nicht so einfach weg! Wir reden hier über das Amt des Gouverneurs von Kalifornien – eine der einflussreichsten Positionen an der ganzen Westküste! Warum um alles in der Welt solltest du diesen Job nicht wollen?" Reginald wirkte verblüfft und fassungslos, als wäre Travis ein Fremder, dessen Verhalten er nicht einmal ansatzweise verstand.

„Das habe ich doch schon alles erklärt."

Reginald ließ sich auf einen Stuhl fallen, und Savannah schenkte ihm ein Glas Orangensaft ein. „Ich dachte, du würdest deine Meinung doch noch ändern. Ich dachte, du hättest bloß einen Tapetenwechsel gebraucht, um dich sowohl von dem Eldridge-Prozess als auch von Melindas Tod zu erholen."

„Ich habe meine Meinung nicht geändert und werde es auch nicht tun."

„Du hättest warten sollen, bevor du es der Presse mitteilst." Reginald klang deprimiert.

„Dafür gab es keinen Grund."

„Aber es wäre doch möglich, dass du deine Entscheidung noch einmal überdenkst."

„Ausgeschlossen. Ich bin raus." Travis trank seinen Orangensaft aus und griff nach der Kaffeetasse.

„Und was hast du jetzt vor? Willis Henderson sagt, du möchtest ihm deine Hälfte der Kanzlei verkaufen."

„Richtig. Ich fliege heute zurück nach L. A., unterzeichne die Verträge und kläre noch ein paar offene Fragen."

„Und dann?"

„Dann komme ich zurück und hole Savannah." Travis konnte sich ein Grinsen nicht verkneifen.

„Du machst was?" Reginald wurde blass. Er sackte regelrecht in sich zusammen und seufzte. Dann sah er Savannah an. „Du denkst doch nicht ernsthaft daran zu heiraten, oder?"

„Ich bin sechsundzwanzig, Dad."

„Aber du empfindest doch nichts mehr für ihn. Deine Gefühle haben sich doch seit diesem unsäglichen Sommer verändert!" Er rieb sich müde das Gesicht. Dann sah er Travis mit einem kalten, bohrenden Blick an. „Und nach der Heirat? Was dann?"

„Colorado."

„Colorado? Himmel, was willst du denn dort?"

„Ein neues Leben beginnen."

Reginald zog seine Pfeife aus der Jackentasche. „Tja, das kann ich dir nicht mal verübeln, schätze ich", sagte er matt. „Wie es scheint ..." Er klopfte mit der Pfeife auf die Zeitung. „... wirst du das auch tun müssen."

Savannah nahm die Zeitung. Als sie zu lesen begann, wurde ihr ganz schwindlig. Obwohl der Großteil der Fakten stimmte, las sich der Artikel so, als würde Travis wegen eines Skandals um Wahlspenden nicht kandidieren; Wahlspenden, die er angeblich für eine Kampagne angenommen hatte, die es gar nicht gab.

Gegen Ende des Artikels wurde auch noch erwähnt, dass Travis möglicherweise in die fragwürdigen Umstände verwickelt war, die zu Mystics Tod geführt hatten.

Als Savannah fertig gelesen hatte, war sie sehr blass und zitterte. „Welche fragwürdigen Umstände?", fragte sie und sah ihren Vater an.

„Es gibt ein paar Leute, die der Meinung sind, man hätte Mystic retten können", antwortete Reginald. „Ich habe davon gehört, als ich in Sacramento war, um in Joshs Nähe zu sein."

„Aber Steve hat doch alles Menschenmögliche getan."

„Es gibt immer Leute, die alles anzweifeln, obwohl sie keine Ahnung haben." Reginald betrachtete nachdenklich seine Pfeife. „Ich habe eine zweite Operation für das Pferd in Erwägung gezogen, aber es ist mir Mystic gegenüber einfach nicht fair erschienen. Die Chancen, dass er es überlebt hätte, waren minimal, und wir – Lester, Steve und ich – waren uns einig, dass man das Tier am besten von seinen Qualen erlöst. Das habe ich der Presse auch erklärt, aber manche Leute – darunter ein paar aus dem Pferderennsport – waren natürlich anderer Ansicht."

„Und was hat das mit Travis zu tun?"

„In Wahrheit nichts." Travis verzog das Gesicht. „Aber es ist eine interessante Story, besonders deshalb, weil ich derzeit auf der Farm zu Besuch bin und mich an der Suche nach Mystic beteiligt habe."

„Du solltest bleiben und kämpfen." Reginald war plötzlich rot im Gesicht. „Du solltest kandidieren und Gouverneur werden, verdammt. Dann wäre Schluss mit dem Gerede …"

Travis setzte sich gegenüber von Reginald an den Tisch. „Aber das ist es doch gar nicht, was dir Sorgen macht, oder? Du hast andere Gründe, warum du mich als Politiker sehen willst."

„Natürlich habe ich die."

„Nenn mir einen."

„Ich glaube, es wäre ein großer Erfolg für dich."

„Ich meinte, du sollst mir einen wahren Grund nennen."

Reginald sah erst Travis, dann Savannah und dann wieder Travis an. „Du weißt, ich wäre stolz auf dich", sagte er nervös.

„Warum?" Travis stützte sich mit den Ellbogen auf den Tisch, beugte sich vor und schaute Reginald kalt und durchdringend an.

„Ich habe dich praktisch wie meinen eigenen Sohn großgezogen, und …"

„Das hat mit der ganzen Sache doch nichts zu tun. Abgesehen davon, dass du schon immer versucht hast, mich für deine Zwecke zu benutzen." Er klopfte mit dem Zeigefinger auf die glänzende Tischplatte aus Holz. „Und jetzt nenne mir endlich den wahren Grund."

„Es gibt keinen."

Travis runzelte die Stirn, lehnte sich zurück und verschränkte die Arme. Dann lächelte er bitter. Sein Blick allerdings blieb kalt.

„Worum geht es hier überhaupt?", fragte Savannah, die das Gespräch der beiden Männer mit wachsendem Unbehagen verfolgte.

„Ich glaube, es hat alles mit einem Stück Land am Stadtrand von San Francisco begonnen", antwortete Travis.

„Du meinst Dads Land?" Savannah bemerkte, wie bei diesen Worten Reginalds Schultern nach unten sackten. „Ich verstehe nicht …"

„Du würdest es verstehen, wenn du in Reginalds Arbeitszimmer ein bisschen herumstöbern und die Buchhaltung mal genauer unter die Lupe nehmen würdest."

„Oh, Travis, du hast doch nicht wirklich rumgeschnüffelt, oder?"

„Warum lässt du deinen Vater nicht alles erklären?"

Reginald zog die buschigen Augenbrauen hoch. „Wade hat befürchtet, du würdest deine Nase in Dinge stecken, die dich nichts angehen."

„Er hatte allen Grund, sich zu fürchten", sagte Travis verärgert.

„Was ist denn das Problem mit diesem Stück Land?", wollte Savannah wissen.

„Nichts. Noch nicht. Aber es gibt bereits Pläne."

„Was für Pläne?" Sie lehnte sich gegen die Anrichte und starrte ihren Vater mit weit aufgerissenen Augen ungläubig an.

Reginald runzelte die Stirn. „Es ist eigentlich keine große Sache", sagte er. „Du weißt ja, dass ich immer der Meinung war, Travis sollte in die Politik gehen."

Savannah nickte, und Travis' Augen wurden schmal. „Und weiter?", drängte Savannah ihren Vater.

„Vor zwei Jahren hatte ich die Gelegenheit, ein Stück Land in der Nähe von San Francisco zu einem guten Preis zu kaufen. Die Firma, der es gehört hat, ist damals gerade in Konkurs gegangen. Ich habe von dem Notverkauf erfahren und zugeschlagen. Im Grunde war ich einfach zur richtigen Zeit am richtigen Ort. Jedenfalls habe ich das Land dann begutachten lassen und beschlossen, eine Rennbahn zu bauen. Ich wollte damit eine Art Denkmal für mich und die Pferde, die wir gezüchtet haben, errichten und die Rennbahn Beaumont-Park nennen." Er sah Travis an. „Das ist doch kein Verbrechen, oder?"

„Davon wusste ich ja überhaupt nichts", sagte Savannah verwirrt. „Und was hat das alles mit Travis zu tun?"

„Behördenkram", erklärte Travis. „Es ging um die Flächennutzung. Das Gebiet war nicht für den Bau einer Rennbahn ausgewiesen, und es hätte mit Sicherheit Proteste vonseiten der Farmer gegeben, deren Grundstücke an Reginalds Land angrenzen."

„Aber Travis war damals doch noch gar nicht Gouverneur", sagte Savannah zu ihrem Vater.

„Ich weiß. Aber ich hatte gehofft, er würde es werden. Als ich damals von Travis keine eindeutige Antwort bekommen habe, ob und wann er kandidiert, habe ich mich an Melinda gewandt. Und Melinda hat mir gesagt, dass er bei der nächsten Gouverneurswahl antritt. Ich wusste, dass er mir in dieser einflussreichen Position helfen könnte, die Rennbahn zu bauen."

„Und auch eine Menge Geld zu machen", ergänzte Travis.

„Das natürlich auch."

„Natürlich", wiederholte Travis. „Es ist schon erstaunlich, Reginald, wie verdammt sicher du dir warst, dass dein Plan aufgeht. Vor allem, wenn man bedenkt, dass ich damals meine Kandidatur noch nicht einmal bekannt gegeben hatte."

„Aber ich habe Melinda gekannt und gewusst, welchen Einfluss sie auf dich hatte." Reginald sah kurz seine Tochter an. „Sie hat dich dazu gebracht, sie zu heiraten, obwohl du alles für Savannah aufgegeben hättest, nicht wahr?"

Alle schweigen. Savannah spürte, wie eine leichte Röte ihr Gesicht überzog.

„Sie hat hinter dir gestanden und dich sowohl bei deinen beruflichen als auch privaten Entscheidungen unterstützt. Ich wusste, dass du dich auf ihr Urteil verlassen hast, Travis. Und als sie damals gesagt hat, du kandidierst, dann hat mir das gereicht."

„Alles hinter meinem Rücken."

„Du warst sehr beschäftigt."

„Und was war, als Melinda gestorben ist?", wollte Travis wissen.

„Da war dieser aufsehenerregende Eldridge-Prozess, den du gewonnen hast. Du warst nach dem Urteil gegen dieses Pharmaunternehmen der absolute Held …"

Es war nicht leicht für Travis, seine Wut unter Kontrolle zu halten. „Was, wenn ich kandidiert und die Wahl verloren hätte? Das wäre durchaus möglich gewesen, oder?"

„Den Umfragen zufolge nicht."

„Es hätte alles Mögliche passieren können, außerdem ändern die Leute ihre Meinung manchmal."

„Das habe ich berücksichtigt", gab Reginald zu. „Ich könnte dieses Stück Land immer noch mit beträchtlichem Gewinn veräußern. Aber natürlich würde das weit weniger Geld bringen, als wenn ich es an eine Investorengruppe verkaufte, die daran interessiert ist, den Beaumont-Park zu bauen."

„Ich glaube das alles nicht." Savannah schüttelte immer wieder den Kopf.

„Das ist noch nicht alles", dachte Travis laut vor sich hin. Dann wandte er sich wieder an Reginald. „Du hast damit gerechnet, dass ich dich zu einem Mitglied des ‚California Horse Racing'-Komitees mache, nicht wahr?"

Reginald runzelte nachdenklich die Stirn. „Ja, das hatte ich gehofft", gab er zu.

Travis fluchte. „Du hattest ja verdammt hohe Erwartungen. Du lieber Himmel, du hast dich nicht nur darauf verlassen, dass ich einen Wahlkampf gewinne, an dem ich nicht einmal teilgenommen habe, sondern auch noch damit gerechnet, dass ich dir einen persönlichen Gefallen tue." Travis regte sich nun derartig auf, dass er rot im Gesicht wurde. „Und nur, damit du es weißt, ich bin niemandem irgendetwas schuldig, falls ich jemals beschließen sollte, in die Politik zu gehen."

„Das ist doch verrückt", murmelte Savannah. „Travis hatte doch noch nicht einmal seine Kandidatur bekannt gegeben."

Reginald sah seine Tochter verlegen lächelnd an. „Ich habe immer noch Träume, bitte versteh das. Träume, die ich noch verwirklichen möchte. Und mir rinnt langsam die Zeit davon. Ich bin kein Mensch, der einfach in Rente geht …" Er hob wie um Verständnis bittend die Hände.

„Aber das musst du doch nicht."

Reginald schüttelte den Kopf und zündete sich seine Pfeife an. Eine dicke Wolke herb duftenden Rauchs stieg zur Zimmerdecke hoch. „Ich fürchte, doch. Ich sollte mit deiner Mutter in die Stadt ziehen, damit sie die Dinge, die sie gern macht, in ihrer Nähe hat. Außerdem muss sie in der Nähe eines Krankenhauses wohnen. Aber ich selbst würde mich in der Stadt zu Tode langweilen. Das weißt du."

„Ja." Savannah musste an ihr – kurzes – berufliches Gastspiel in San Francisco denken. Die ganze Zeit hatte sie sich danach gesehnt, auf die Farm zurückzukehren. Mit Pferden im Freien zu arbeiten lag ihr genauso im Blut wie ihrem Vater.

Reginald stand auf und ging zur Tür. „Dann versuch, es zu verstehen, und hab Geduld mit mir."

Savannah sah fassungslos zu, wie Reginald – sichtlich um Haltung bemüht – aus der Küche ging. „Du hattest also recht", flüsterte sie Travis zu, während sie ihren Vater durchs Fenster beobachtete, wie er durch das nasse Gras zu den Stallungen ging. Archimedes trottete hinter ihm her.

„Ändert sich dadurch etwas?" Travis wirkte müde und resigniert.

Sie lächelte schwach. „Ein bisschen schon, schätze ich."

Er sah ihre Hand und den Diamantring an, der auf ihrem Ringfinger funkelte. „Komm mit mir nach L. A."

„Ich kann nicht." Sie schüttelte lächelnd den Kopf. „Hier auf der Farm läuft längst noch nicht alles in gewohnten Bahnen.

Josh ist gewissermaßen ans Bett gefesselt, Charmaine macht sich Sorgen, Dad ist wegen Mystic und Wade immer noch sehr bedrückt ...“

„Stimmt, das ist mir aufgefallen. Er hat sich jeden Abend mit einer Flasche Whiskey irgendwo verkrochen.“ Travis seufzte müde und schaute Savannah tief in die Augen. „Sag, was passiert eigentlich, wenn ich zurückkomme? Kannst du dann mit mir von hier weggehen?“

„Das hoffe ich.“ Ihr Blick schweifte über die vertrauten Berge und Felder, die sie so sehr liebte.

„Aber du weißt es noch nicht genau?“

„Nein, noch nicht.“

„Ich habe befürchtet, dass es so kommen würde. Aber vielleicht kann ich dir bei deiner Entscheidung helfen.“ Er lächelte bitter. „Wie ich dir gestern ja schon gesagt habe, fliege ich nach L. A., weil ich jemandem eine Falle stellen will. Und wenn ich dann zurückkomme, wird sich das ganze Durcheinander aufklären.“

„Ich wüsste nicht, wie“, flüsterte sie.

„Vertrau mir.“ Er küsste sie zärtlich auf den Mund. „Ich habe dir gesagt, dass ich dich nie mehr wieder hergebe, und ich habe vor, dieses Versprechen zu halten.“

Travis war nun seit einer Woche weg, und Joshua ging es langsam besser. Bis jetzt war es Charmaine gelungen, den Jungen weitestgehend von den Anrufen seiner Freunde abzuschirmen. Niemand hatte ihm erzählt, dass Mystic tot war.

Savannah wurde mit jedem Tag nervöser. Sie hatte Angst, dass sie oder jemand anderes auf der Farm sich versehentlich in Joshuas Gegenwart verplapperte. Aber ihre Bemühungen, Wade und Charmaine davon zu überzeugen, Joshua die Wahrheit zu sagen, waren leider gescheitert.

Sie vermisste Travis mehr, als sie für möglich gehalten hatte, und gestand sich zögernd ein, dass er in allem recht gehabt hatte. Es war Zeit, sich ein eigenes Leben aufzubauen – ein Leben mit ihm. Andererseits hatte sie bei dem Gedanken, ihre geliebte Familie und die Farm, die ihr immer so wichtig gewesen war, zu verlassen, das Gefühl, als würde ihr ein riesiges Stück aus ihrem Herzen herausgerissen. Was bliebe, wäre eine große, dunkle Leere.

„Sei nicht albern", sagte sie sich. Doch gegen das Gefühl der Trauer, das sie bereits jetzt empfand, kam sie einfach nicht an.

Sie ging langsam vom Hauptstall zum Hengststall und fragte sich, wann Travis wohl zurückkommen mochte. Er hatte zwar einmal angerufen, doch das Telefongespräch war nur kurz und wenig persönlich gewesen.

Der funkelnde Verlobungsring an ihrem Finger erinnerte sie daran, dass sie bald Travis' Frau sein würde. Sie würde endlich ein neues Leben beginnen können und vielleicht sogar ein Kind bekommen. Travis' Kind.

In Gedanken versunken ging sie weiter. Dann sah sie plötzlich Joshua neben der Tür zum Hengststall und blieb abrupt stehen.

„Hey, Sportsfreund", rief sie. Der Junge fuhr erschrocken herum und sah sie an. „Was tust du hier draußen", erkundigte sie sich liebevoll. „Ich dachte, du hättest deine morgendlichen Rundgänge aufgegeben."

„Ich wollte bloß Mystic sehen." Seine Augen waren ernst auf Savannah gerichtet.

„Weiß deine Mom, dass du hier bist?"

Joshua bohrte mit der Spitze seines Stiefels verlegen im schlammigen Boden vor dem Stall herum. „Nein."

„Und dein Dad und deine Grandma?"

„Außer dir weiß es niemand, Tante Savvy. Du verrätst mich doch nicht, oder?"

Savannah schüttelte lächelnd den Kopf. Dann beugte sie sich zu ihm hinunter, um mit ihm auf Augenhöhe zu sein, und zwinkerte ihm zu. „Das fiele mir nicht mal im Traum ein."

Joshua nutzte die Gunst der Stunde. „Dann lässt du mich also in den Stall?"

Sie lehnte sich mit dem Rücken an die Tür und überlegte. Noch eine Woche, dann würde der Stützverband abgenommen werden und der Junge würde wieder zur Schule gehen. Er brauchte Zeit, den Tod des geliebten Pferdes zu verarbeiten, und Zeit zu trauern, bevor er seine Schulfreunde wiedersah.

„Ich bekäme große Probleme mit deinen Eltern", sagte sie.

„Sie werden es nie erfahren."

„Doch." Ihr Lächeln erstarb.

„Wie denn?"

Seine Frage war so unschuldig, dass es Savannah einen Stich ins Herz gab. Sie atmete tief durch und legte dem Jungen eine Hand auf die Schulter. „Lass mich dir zuerst etwas erklären."

„Warum?"

„Hör ausnahmsweise einfach mal zu, ja?"

Joshua schluckte und schob ein wenig beleidigt das Kinn vor. „Okay."

„Du weißt, dass wir dich alle sehr lieb haben." Als er sie unterbrechen wollte, hob sie die Hand und redete ganz schnell weiter. „Und alles, was wir getan haben, hatte nur einen einzigen Grund: dich zu beschützen."

„Wovor denn?"

„Josh, ich weiß wirklich nicht, wie ich es dir sagen soll, aber ich wünschte, ich hätte es schon vor langer Zeit getan. Komm mit." Sie schob die Stalltür auf. Die alten Scharniere quietschten, und es fiel ein wenig Tageslicht in den dunklen Stall. Ein paar Hengste wieherten leise, als Savannah das Licht einschaltete. Sie wappnete sich im Stillen und war auf das Schlimmste gefasst.

„Was ist denn hier los?" Schon von Weitem sah er, dass die hintere Box leer war.

„Mystic ist nicht mehr bei uns", sagte Savannah leise und legte dem Jungen tröstend eine Hand auf die Schulter.

„Nicht mehr bei uns?", fragte er erschrocken und schüttelte ihre Hand ab. „Wo ist er?" Er rannte den Mittelgang hinunter und blieb vor Mystics Box stehen. „Wo ist er?", fragte er wieder. Er hatte Tränen in den Augen. „Grandpa hat ihn doch nicht etwa verkauft, oder? Das würde er doch niemals tun!"

„Nein", antwortete Savannah ruhig. „Aber Grandpa musste Mystic einschläfern lassen. Er hatte eine Verletzung, und der Tierarzt konnte ihm nicht helfen."

„Eine Verletzung?" Der Junge erbleichte und riss entsetzt die Augen auf. „Wie meinst du das?"

„Er hat sich das Bein gebrochen", sagte sie so gelassen wie möglich.

Joshuas kleines Gesicht war schmerzverzerrt, und ihm liefen Tränen über die Wangen. „Weil ich mit ihm während des Schneesturms weggeritten bin, stimmt's?"

Savannah zog sich der Magen zusammen. „Da ist es passiert, ja."

„Dann ist es meine Schuld!"

„Natürlich nicht." Sie trat langsam wieder näher an ihn heran, legte ihm den Arm auf die Schulter und lächelte ihm aufmunternd und gleichzeitig verständnisvoll zu.

„Wie kannst du so etwas sagen?" Joshuas Stimmer überschlug sich. „Ich habe ihn aus dem Stall geholt, oder? Ich habe ihn geritten, obwohl ich es nicht durfte! Ach, Tante Savvy, ich habe ihn getötet! Ich habe Mystic getötet!"

„Mystic hat sich verletzt. Es war ein Unfall!"

„Und warum hat es mir dann niemand erzählt?" Er wischte sich mit dem Ärmel seiner Jacke über die Augen.

„Weil die Ärzte anfangs befürchtet haben, es würde dich deprimieren. Und als du dann wieder zu Hause warst, war es einfach sehr schwer, es dir zu sagen, weil du ihn ja so lieb gehabt hast."

„Ich hätte nie mit ihm wegreiten dürfen", erwiderte er schluchzend.

„Das stimmt, das hättest du nicht tun dürfen. Aber es ist nun mal passiert, und du darfst dich nicht für den Unfall verantwortlich fühlen. Du hast das Pferd geliebt; niemand macht dich für seinen Tod verantwortlich. Und jetzt komm, Josh. Gehen wir ins Haus, und dann mache ich dir Frühstück."

„Nein!" Joshua wich vor ihr zurück und schob wütend ihren Arm von seiner Schulter. „Du hast mich angelogen! Ihr alle habt mich angelogen! Ihr habt so getan, als würde Mystic noch leben, dabei war er die ganze Zeit schon tot!"

Er rannte weg.

„Josh, warte!", rief ihm Savannah nach, doch er war bereits durch die Stalltür ins Freie gelaufen. „Verdammt!" Sie machte eine Faust und schlug auf die obere Kante von Mystics Boxentür. Vagabond schnaubte und warf den Kopf zurück, doch Savannah beachtete ihn nicht. Sie war in Gedanken nur bei ihrem Neffen. „Da hast du ja ganz schön was angerichtet, Beaumont", murmelte sie, ehe sie Joshua nachlief.

Als sie ins Haus kam, war die ganze Familie bereits wach, und Wade saß in der Küche.

„Du hast es ihm gesagt, nicht wahr?", fragte Wade barsch. Er nahm gerade einen Schluck Kaffee und durchbohrte Savannah regelrecht mit seinem grausamen Blick.

„Josh war schon bei der Stalltür. Was hätte ich denn tun sollen?"

„Ihn gefälligst zurück ins Haus bringen und ihm sagen, dass er mit mir reden soll. Ich bin sein Vater."

„Dann schlage ich vor, dass du dich langsam auch so benimmst und aufhörst, das Kind anzulügen. Du hattest doch schon ein paar Mal die Gelegenheit, ihm alles zu sagen."

„Und da ich es nicht getan habe, hast natürlich du diese Aufgabe übernommen."

„Schieb die Schuld jetzt nicht auf mich, Wade. Seien wir ehrlich, du hast es vermasselt." Sie drehte sich um und wollte aus der Küche gehen, um nach Joshua zu sehen, doch Wade hielt sie am Arm fest.

„Lass ihn in Ruhe, Savannah. Charmaine ist bei ihm. Sie kümmert sich um ihn. Halt du dich besser aus seinem Leben raus, und aus meinem auch, verdammt."

„Ich liebe Josh, Wade."

„Aber er hat schon eine Mutter." Er ließ ihren Arm los und fuhr sich nervös durchs Haar. „Und was Travis McCord betrifft … Du kannst ihm ausrichten, dass er mich auch in Ruhe lassen soll."

Savannah stutzte. „Was hat Travis denn mit dir zu tun?"

Wade sah sie argwöhnisch an und presste die Finger an seine Schläfen. „Nichts. Vergiss es."

„Was soll ich vergessen?", wollte sie wissen. „Hast du etwa mit ihm geredet?"

„Natürlich nicht!", fuhr Wade sie an.

„Dann …"

„Ich sagte, vergiss es", brummte Wade, nahm seine Jacke von einem Haken neben der Hintertür und stürmte aus dem Haus.

„Was war das denn?", flüsterte sie mehr zu sich selbst, als sie ihm nachsah, wie er zu seinem Wagen in der Garage lief. Kurz darauf raste er mit halsbrecherischem Tempo davon.

Offensichtlich war zwischen ihrem Schwager und Travis irgendetwas etwas vorgefallen. Sie musste das mit Travis klären und versuchte, ihn in seinem Apartment in L. A. anzurufen.

Doch obwohl sie es mehrere Minuten klingeln ließ, hob er nicht ab. „Wo bist du?", fragte sie sich, legte auf und merkte mit einem Mal, wie sehr sie auf ihn angewiesen war.

Sie atmete tief durch, ging die Treppe hinauf und sah Charmaine gerade aus Joshuas Zimmer kommen.

„Ich habe die Katze aus dem Sack gelassen", sagte Savannah entschuldigend.

„Ich weiß. Ist schon in Ordnung. Ich hätte es ihm von Anfang an sagen müssen." Charmaine lächelte schwach. „Er möchte jetzt eine Weile allein sein."

„Glaubst du, dass das gut ist?"

„Ja. Es geht ihm gut. Und Banjo ist ja bei ihm."

„Gott sei Dank hat Travis ihm diesen Hund geschenkt."

Charmaine warf ihrer Schwester einen verschwörerischen Blick zu. „Es hat eine Weile gedauert, bis ich Wade dazu überreden konnte, dass der Hund bleiben darf."

„Das kann ich mir vorstellen. Wade ist gerade weggefahren."

„Ich habe es gehört." Charmaines Stimme nach zu urteilen, war es ihr völlig egal, was Wade machte.

„Wie läuft es denn so … zwischen euch?"

„Nicht schlimmer als sonst auch, würde ich sagen. Er ist ein nervliches Wrack, seit Travis vor ein paar Wochen hier aufgetaucht ist, und ich bin nahe dran, mich von ihm zu trennen." Sie wischte sich mit zitternder Hand über die Augen.

„Charmaine …"

„Es geht mir gut. Wirklich. Ich verstehe Wade nur nicht mehr. Und seine Reaktion auf Travis ist … erschreckend. Wade verhält sich fast paranoid."

„Wegen der Gouverneurswahl?"

Charmaine schüttelte nachdenklich den Kopf. „Da steckt mehr dahinter, glaube ich. Ich weiß nur nicht genau, was." Sie sah Savannah direkt an. „Aber die ganze Sache macht mir Angst. Schreckliche Angst."

„Warum?"

„Ich weiß nicht. Ich habe das Gefühl, als würde Wade sich

wegen irgendetwas Sorgen machen – etwas Wichtigem. Aber er wollte sich mir nicht anvertrauen."

„Vielleicht bildest du dir das ja bloß ein", überlegte Savannah. „Wir sind seit Mystics Unfall alle nervlich ziemlich angespannt."

„Ich wünschte, ich könnte glauben, es läge nur daran", antwortete Charmaine düster. „Aber ich bin nicht recht überzeugt."

Zwei Tage später kehrte Travis auf die Farm zurück. Savannah stand mit Lester gerade am Zaun neben der Trainingsrennbahn, als sie Schritte hinter sich hörte. Sie drehte sich um und sah ihn auf sich zukommen. Seine silbergrauen Augen funkelten im Morgenlicht.

„Ich dachte schon, du hättest deine Meinung geändert." Sie drohte ihm lachend mit dem Zeigefinger.

„Über dich? Niemals!" Travis nahm sie in die Arme und hob sie hoch. „Gott, ist das schön, dich zu sehen", sagte er und drückte ihr einen innigen Kuss auf die Lippen.

„Du hättest wenigstens anrufen können." Savannah sah ihn ein wenig vorwurfsvoll an.

„Zu unpersönlich. Außerdem wollte ich keine Zeit verschwenden. Je eher ich in L. A. alles erledigt hatte, desto schneller konnte ich zu dir zurückkommen!" Er küsste sie wieder. Diesmal war sein Kuss so leidenschaftlich und so erregend, dass sich in Savannahs Kopf alles zu drehen begann.

Die beiden hatten die Welt um sich herum völlig vergessen, und erst als Savannah ihre Augen wieder öffnete, bemerkte sie Lesters erstaunten Blick. Sie wurde rot.

„Lassen Sie sich nicht stören." Lester grinste. „Ich habe schon immer gewusst, dass Sie beide zusammengehören."

„Ja?"

Der Pferdetrainer schmunzelte. „Ich war auch mal jung und verliebt. Aber es hat nicht geklappt."

Savannah sah ihn überrascht an. „Warum denn nicht?"

Lester lächelte wehmütig. „Es hat sich herausgestellt, dass die Dame verheiratet war. Mit einem anständigen Mann noch dazu." Er zuckte die Achseln. „Schnee von gestern. Aber mit Ihnen beiden, tja, das ist eine ganz andere Geschichte."

Vagabond war gerade mit dem Training fertig, und Lester betrachtete den Hengst mit zusammengekniffenen Augen. „Der da ... Der schafft es dieses Jahr vielleicht."

„Schafft was?"

„Sämtliche Rennen zu gewinnen!"

Savannah lachte und steckte die Hände in die Hosentaschen. „Das haben Sie über Mystic auch gesagt."

„Ach, manche Dinge entwickeln sich nun mal nicht so, wie man es sich wünscht", erwiderte er seufzend.

Lester ging zu dem Pferd hinüber, und Travis und Savannah machten sich auf den Weg zum Haus.

„Meinst du, du kannst jemals von hier weggehen?", fragte Travis plötzlich.

„Mit dir? Ja."

„Aber du wärst nicht glücklich."

Es war eine einfache Feststellung, der Savannah schlecht widersprechen konnte. Sie ließ den Blick über die grünen Berge und die sorgfältig gepflegten Gebäude der Farm schweifen. In ein paar Monaten würden die Zuchtstuten ihre Fohlen auf die Welt bringen, und die Neugeborenen mit ihren spindeldürren Beinen würden auf dem Gestüt den ersten Atemzug ihres Lebens tun.

Sie nickte. „Ich werde das alles vermissen."

„Selbst dann, wenn wir uns ein neues Leben aufbauen?"

„In Colorado?"

„Wo auch immer."

Sie legte den Kopf schief und sah zu ihm hinauf. Die Strahlen der Wintersonne fielen warm auf ihr Gesicht. „Diese Farm ist für mich etwas ganz Besonderes. Für dich repräsentiert sie meinen Vater und den Umstand, dass er aus dir einen anderen Menschen machen wollte. Für dich ist die Farm ein Gefängnis.

Aber für mich ist sie gleichbedeutend mit der Freiheit, genau das zu tun, was mir gefällt."

„Das heißt, mit Pferden zu arbeiten."

„Und bei meiner Familie zu sein."

„Verstehe", sagte er, als sie zur hinteren Veranda kamen. „Ich glaube, es wird Zeit, dass ich mich mit Reginald unter vier Augen unterhalte."

„Ach Gott, habt ihr nicht schon genug gestritten?"

„Das liegt hinter uns."

„Wie meinst du das …"

„Oh, du wirst es bald verstehen. Ich habe in letzter Zeit viel nachgedacht und jeden Tag mit Reginald telefoniert."

„Du hast hier angerufen und nicht mit mir geredet?", fragte sie empört und sah ihn verständnislos an. *Was ging hier vor?*

„Schuldig im Sinne der Anklage", gab er zu und lächelte schelmisch.

„Das wirst du mir büßen, das schwöre ich dir."

Ein Grinsen breitete sich auf seinem sonnengebräunten Gesicht aus. „Ich kann es kaum erwarten."

Sie gingen ins Arbeitszimmer, wo Reginald an seinem Schreibtisch saß, sich über den Rand seiner Brille hinweg gerade ein paar Rechnungen und Kontoauszüge durchsah und Notizen machte.

„Da bist du ja", sagte Reginald. Die alte Feindseligkeit in seiner Stimme war völlig verschwunden.

„Gerade vor ein paar Minuten angekommen."

„Du wusstest, dass er heute kommt?", fragte Savannah überrascht.

„Du etwa nicht? Oh, verstehe." Reginald schob die Unterlagen auf seinem Schreibtisch beiseite und bedeutete Savannah, auf seinem Lehnstuhl Platz zu nehmen. „Tja, ich denke, es wird dich vielleicht interessieren, dass ich beschlossen habe, in den Ruhestand zu gehen."

„Wann?"

„So bald wie möglich."

„Was?!"

Er tippte sich mit einem Stift an die Lippen und lächelte seine Tochter an. „Ich habe seit der Tragödie mit Mystic die ganze Zeit darüber nachgedacht. Und nach allem, was Travis entdeckt hat, schien mir jetzt der richtige Zeitpunkt, dir das Gestüt zu übergeben."

„Mir?", wiederholte Savannah verblüfft. „Moment mal. Was ist mit Wade?"

Reginald runzelte die Stirn und sah Travis an. „Du hast ihr also noch nichts erzählt, nicht wahr?"

„Ich dachte, das wäre deine Pflicht."

„Welche Pflicht?", wollte Savannah wissen. „Was geht hier vor?" Dann fielen ihr Travis' Worte wieder ein. *Ich werde eine Falle stellen.* Was war geschehen?

„Ich habe mich entschieden, das Stück Land in der Nähe von San Francisco zu verkaufen und mit deiner Mutter in eine wärmere Gegend ziehen. Irgendwo südlich von San Diego, denke ich."

„Aber warum jetzt?"

„Ich habe dir ja gesagt, dass deine Mutter näher bei einem Krankenhaus wohnen muss. Und darüber, in den Ruhestand zu gehen, habe ich ohnehin schon lange nachgedacht. Als Travis entdeckt hat, dass Wade Gelder von der Farm abzweigt, habe ich die Buchhaltung nochmals überprüft. Leider hatte Travis recht. In den letzten sechs Jahren hat Wade das Beaumont-Gestüt um fast eine Viertelmillion Dollar betrogen."

Savannah wurde blass. „Nein!", rief sie ungläubig, doch der grimmige Gesichtsausdruck ihres Vaters belehrte sie eines Besseren.

„Ja, das stimmt." Travis nickte zur Bestätigung. „Sehr zur Schande meines Partners Will Henderson hat Wade mit gefälschten Rechnungen auch die Anwaltskanzlei um Geld betrogen."

„Genau wie hier." Reginald deutete auf den Stapel Papiere auf seinem Schreibtisch. „Scheinfirmen, die uns für alles Mögliche Rechnungen gestellt haben, von Büroklammern über Schneckenklee bis zum angeblichen Zukauf der Leistungen fremder Deckhengste." Reginald nahm seine Pfeife und begann sie zu reinigen. „Ich glaube, ich werde langsam zu alt, um überall durchzublicken. Vor ein paar Jahren wäre das niemals passiert. Ich hätte es sofort gemerkt." Er seufzte schwer. „Ich kann mir Fehler dieser Art nicht leisten – auch nicht, wenn es dabei um meinen Schwiegersohn geht."

„Ich kann das alles nicht glauben", flüsterte Savannah, doch Travis' Blick sagte mehr als tausend Worte. Wade? Ein Dieb?

„Ich rechne also damit, dass du den Betrieb des Gestüts weiterführst", sagte Reginald mit einem traurigen Lächeln. „Charmaine kann mit Pferden nichts anfangen, aber du, du hattest schon als kleines Mädchen ein Gespür für diese Tiere."

Savannah schaute von ihrem Vater zu Travis. „Du hast das alles gewusst, nicht wahr? Und du hast mich trotzdem im Glauben gelassen, wir gingen nach Colorado."

„Nur ein kleiner Test." Travis' Augen blitzten frech. „Ich musste doch wissen, ob es dir ernst ist, mich zu heiraten."

„Nichts wird mich jemals davon abbringen", sagte sie und sah den Mann an, den sie von ganzem Herzen liebte.

Wade stürmte ins Arbeitszimmer. „Was zum Teufel ist hier los?", rief er. Er war rot im Gesicht, sein Blick war verstört, und er zitterte am ganzen Körper. „Charmaine hat gerade irgendetwas davon gefaselt, dass du in den Ruhestand gehen und die Verwaltung des Gestüts Savannah übergeben willst."

„Das ist richtig", sagte Reginald ruhig.

„Aber ..." Wade sah den Stapel Rechnungen auf dem Schreibtisch und verstummte.

„Ich glaube, du solltest jetzt einen guten Anwalt anrufen", sagte Reginald. „Wir sind dir auf die Schliche gekommen, Wade."

„Und mach dir nicht die Mühe, Willis Henderson zu kontaktieren", fügte Travis hinzu. „Er weiß ebenfalls über alles Bescheid."

„Was soll das heißen?"

„Gib es auf, Benson. Wir wissen nicht nur von den gefälschten Rechnungen und wie viel Geld du für dich abgezweigt hast. Wir wissen auch von den Wettschulden, die du zurückzahlen musst." Travis seufzte.

Wade erbleichte, taumelte zurück und lehnte sich an die Wand. „Lügen", stieß er hervor. „Alles nur Lügen."

„Das glaube ich kaum."

Wade fuchtelte wild mit dem Zeigefinger vor Travis' Gesicht herum. „Aha, du warst es also, der Charmaine diese ganzen Lügen erzählt hat! Stimmt doch, oder?"

„Sie weiß alles. Wenn du willst, kannst du ja versuchen, ihr deine Version der Geschichte zu schildern", sagte Travis gelassen. „Aber sie kennt die Fakten."

Wade ballte die Fäuste und sah Travis hasserfüllt an. „Das ist alles deine Schuld, McCord. Du hast die vergangenen Wochen nichts anderes getan als versucht, mich zu zerstören. Aber ich werde mich wehren. Mit aller Macht. Nur, weil du ein bekannter Anwalt bist, kannst du mich nicht für etwas ins Gefängnis bringen, was ich nicht getan habe!"

Er stürmte aus dem Zimmer und polterte die Treppe hinauf.

„Tja, das wäre erledigt", sagte Reginald matt. „Ich kann nicht sagen, dass ich froh darüber bin." Er steckte seine Pfeife an und seufzte, während der Rauch um sein Gesicht kleine Wolken bildete. „Es wird deine Mutter wahrscheinlich umbringen."

„Sie ist stärker, als du denkst", flüsterte Savannah.

„Das hoffe ich." Reginald schüttelte den Kopf, stützte sich mit den Händen auf den Schreibtisch und stand auf. „Oh, und noch etwas Savannah. Du sollst wissen, dass ich von Travis erwarte, dass er dir auf dem Gestüt zur Seite steht. Ich habe mit ihm bereits darüber geredet."

„Das stimmt." Travis nickte. „Dein alter Herr versucht immer noch, mich zu manipulieren."

„Und das lässt du dir gefallen?" Savannah lachte befreit.

„Vielleicht deshalb, weil er will, dass wir dieses Haus mit Enkelkindern füllen. Das hat er jedenfalls gesagt."

Die ganzen Neuigkeiten konnte Savannah gar nicht auf einmal verarbeiten. „Moment mal, Dad. Heißt das, du willst jetzt plötzlich, dass ich Travis heirate? Und das, nachdem du mich immer vor ihm gewarnt hast?"

„Mir wäre lieber gewesen, wenn er Gouverneur geworden wäre. Ich hätte auch nichts dagegen gehabt, wenn meine Tochter in diesem Bundesstaat als First Lady geglänzt hätte. Aber ich schätze, ich muss mich wohl mit einem Schwiegersohn begnügen, der dieses Gestüt gewissenhaft und ehrlich verwaltet."

„Und was wird aus Wade?", wollte Savannah wissen.

„Keine Ahnung", antwortete Reginald, der nun sichtlich müde war. „Aber er hat sich die Suppe selbst eingebrockt, jetzt muss er sie auslöffeln." Reginald verließ das Arbeitszimmer und schleppte sich müde über die Treppe nach oben, um mit Virginia zu reden.

Savannah wandte sich an Travis. „Sag du mir, was aus Wade wird."

„Wenn es nach Willis Henderson und deinem Vater geht, wird Wade wohl angeklagt werden, schätze ich."

„Und Charmaine?"

„Die verkraftet das schon. Aber sie könnte wahrscheinlich ein wenig Unterstützung von dir gut gebrauchen."

„Und was wird aus Josh?", fragte sie mitfühlend.

„Charmaine hat bereits mit ihm geredet. Der Junge scheint ganz gut damit zurechtzukommen. Die beiden haben sich ja ohnehin nicht besonders gut verstanden."

„Er und Charmaine stehen sich seit Mystics Tod viel näher als früher." Savannah war froh über diese Wendung.

Travis lehnte sich mit den Hüften an den Schreibtisch, zog Savannah zu sich und nahm sie in die Arme. „Für mich sieht alles so aus, als würden wir hier so lange leben, bis wir uns ein eigenes Haus bauen können. Und dein Vater hat versprochen, sich nicht in unser Leben einzumischen."

„Ich kann nicht glauben, dass ihr beide euer Kriegsbeil begraben habt."

„Tja, er ist nun mal dein Vater. So schnell werde ich ihn nicht mehr los – und er mich auch nicht. Dir zuliebe bemühen wir uns, gut miteinander auszukommen."

„Unglaublich", murmelte sie. „Aber jetzt sag mal, was stört dich denn an diesem Haus?"

„Nichts. Nur, dass es Reginald und Virginia gehört. Charmaine und Josh bleiben wahrscheinlich hier."

„Aber vorhin warst du doch ganz begeistert von der Idee, hier ein Haus voller Kinder zu haben." Sie drehte sich zu ihm und sah ihn an. Ihre blauen Augen glänzten.

„Ach, das Haus, das ich mit Kindern zu füllen vorhabe, muss doppelt so groß sein, damit alle Platz haben."

„Du bist ja verrückt, Herr Anwalt." Dann strich sie sich eine Haarsträhne aus dem Gesicht und musste bei der Vorstellung von Travis' Riesenhaus lachen.

„Nur verrückt nach dir." Er zog sie an sich, und ihr Ohr lag an seiner Brust. Sie konnte das gleichmäßige Klopfen seines Herzens hören. „Mach dir keine Sorgen. Wir können alles erreichen, was wir wollen."

„Und Wade?"

„Der geht wahrscheinlich ein paar Jahre in den Knast, wo er meiner Meinung nach auch hingehört. Wenn er wieder rauskommt und Charmaine sich nicht von ihm scheiden lassen will, ist Josh alt genug, um sich gegen ihn zu behaupten."

„Du hast alles ganz genau durchdacht, was?"

„Bis auf eine Sache."

„Ach ja?" Sie hob den Kopf und strich mit einem Finger über seine verführerisch geschwungenen Lippen. „Und die wäre?"

„Wie ich dich dazu bringe, mich noch heute zu heiraten."

„Das ist unmöglich."

„Reno ist gar nicht so weit weg …"

„Das ist doch nicht dein Ernst oder? Ich gebe mich nicht mit einer schnellen Zehn-Minuten-Zeremonie vor irgendeinem

Friedensrichter zufrieden, den ich noch nie gesehen habe. Ich will das volle Programm – da musst du durch. Du weißt schon: große Kirche, langes, weißes Kleid, ein steifer, unbequemer Smoking und mindestens vier Trauzeugen."

Travis drückte sie an sich. „Du willst dich ja wirklich an mir rächen, was?"

„Ich habe lang darauf gewartet."

„Und es hat sich gelohnt, nicht wahr?" Ohne eine Antwort abzuwarten, küsste er sie stürmisch. „Sag jetzt nichts dazu", flüsterte er ihr ins Ohr. „Im Moment haben wir viel Wichtigeres zu tun."

Ohne zu widersprechen, schlang Savannah die Arme um seinen Nacken und schaute ihm in die Augen. „Und den Rest unseres Lebens", fügte sie hinzu.

Travis lächelte, hob sie hoch und ging mit ihr hinaus in die Empfangshalle und weiter in die Küche.

„Hey, wo bringst du mich hin?"

„An einen Ort, wo wir allein sein können." Er trug sie hinaus auf die Veranda, über den Parkplatz zur Garage und die Treppe zur Wohnung unter dem Dach hinauf. Dann setzte er sie ab, trat mit dem Fuß die Tür zu und sperrte ab. „So, Ms Beaumont." Er zwinkerte ihr zu. „Ich glaube, es wird Zeit, dass wir die nächsten paar Tage abgeschieden vom Rest der Welt verbringen."

„Geht das denn?"

„Wahrscheinlich nicht, aber wir können es ja versuchen." Er grinste spitzbübisch, holte einen goldenen Schlüssel aus seiner Hosentasche und ließ ihn vor Savannahs Nase hin und her baumeln. „Finde dich damit ab, junge Dame, du kannst mir nicht entkommen."

„Das würde ich auch um nichts in der Welt wollen", flüsterte sie, als er sie hochhob und sie ins Schlafzimmer trug.

– ENDE–

Flammende Zweifel

Roman

Aus dem Amerikanischen von
Barbara Alberter

PROLOG

Boise, Idaho im Frühling

Misstrauisch und sehr gereizt sah Chase McEnroe auf den Bankscheck in seiner Hand. Zweihunderttausend Dollar. Das war mehr, als er in den zweiunddreißig Jahren seines Lebens zusammengebracht hatte, und sie wurden ihm auf einem Silbertablett serviert. Oder besser gesagt, es waren Bedingungen daran geknüpft.

„Also, wo ist der Haken?", fragte er vorsichtig und ließ das Stück Papier auf seinen mit Briefen übersäten Schreibtisch fallen. Ironischerweise landete der Scheck auf einem Stapel Rechnungen, die bereits vor mehr als sechzig Tagen fällig waren.

„Da gibt es keinen Haken", antwortete Caleb Johnson mit einem zufriedenen Lächeln. „Wir haben alles längst durchgesprochen, und sämtliche Details sind in dem Vertrag geregelt." Der ältere Mann lächelte ihm aufmunternd zu und klopfte mit den Fingern auf den Partnerschaftsvertrag. „Ich nehme doch an, den hast du von deinem Anwalt prüfen lassen."

Chase schaute Caleb direkt in sein gerötetes Gesicht und nickte. Aber seine Stimmung blieb getrübt und seine wie erstarrt wirkenden Gesichtszüge wurden kein bisschen weicher. „Sagen wir mal so, Fremden, die mir mit Geschenken kommen, traue ich nicht."

„Das ist kein Geschenk. Wenn du das Geld annimmst, gehören fünfzig Prozent deiner Firma mir."

Richtig, dachte Chase, das ist sie: die Falle! Müde rieb er sein raues Stoppelkinn, erhob sich und ging zum Fenster seines kleinen Büros, das kaum mehr war als ein gebrauchter Bauwagen. Er goss sich eine Tasse Kaffee aus der Glaskanne ein, die auf einer heißen Platte unter dem Fenster stand.

„Ich habe etwas gegen Partner", sagte Chase mehr zu sich selbst, während er durch die staubige Scheibe auf den leeren Parkplatz schaute, wo Salbeisträucher und Gras aus den Ritzen des brüchigen Asphalts wuchsen, als wollten sie ihn daran erinnern, wie dringend er auf Caleb Johnsons Geld angewiesen war.

„Soweit ich weiß, könntest du gerade jetzt einen Partner brauchen."

„Wie kommst du darauf?"

„Haben nicht die meisten deiner Leute vor fünf Wochen den Job gekündigt?"

Darauf gab Chase keine Antwort und starrte nur düster in seine alte Kaffeetasse. Calebs Argument hatte gesessen; das verriet die Art, wie er unbewusst die Zähne zusammenpresste.

„Und ist es nicht so, dass in Twin Falls ein Konkurrenzunternehmen an den Start gehen soll, mit einem Mann namens Eric Conway als Generaldirektor?", bohrte Johnson weiter.

„Ja, das wird gemunkelt", bestätigte Chase knapp.

„Angeblich sollen sie über die Sachkenntnis, das Kapital zur Finanzierung ihres Projekts sowie genügend Leute verfügen, um effizient arbeiten zu können. Obendrein haben sie wohl auch noch sämtliche Aufträge bekommen, die du dir in zehn Jahren an Land gezogen hast. Stimmt's?"

„Vielleicht." Chase merkte, wie seine Muskeln sich unter der Anspannung verkrampften. Der Betrug seines besten Freundes lag ihm noch immer wie Blei im Magen. Er hätte Eric Conway sein Leben anvertraut, und der Mann hatte ihm einen Schlag ins Gesicht verpasst.

„Also, wenn ich das richtig sehe, bleibt dir kaum eine andere Möglichkeit."

„Nicht ganz." Langsam trank Chase einen Schluck Kaffee und stellte die Tasse auf die Fensterbank zurück. „Ich will auch in Zukunft der Boss bleiben."

„Das wirst du auch." Lächelnd zuckte Caleb mit den breiten Schultern. „Betrachte mich als deinen stillen Partner."

„Und was hast du davon?"

„Die Garantie, dass du, wenn ich mit meinem Ferienresort loslegen kann …"

„,Summer Ridge'?"

„Genau. Ich sage dir Bescheid, wenn es so weit ist. Dann kannst du nach Martinville kommen und dafür sorgen, dass der Grizzly Creek ein Lebensraum für Forellen wird. Nachdem du die Arbeit erledigt hast, werde ich dich bezahlen, indem ich dir fünfundzwanzig Prozent deiner ‚Relive Inc.‘ zurücküberschreibe, genauso wie es im Vertrag steht." Zufrieden, an alles gedacht zu haben, wies Caleb auf das Dokument.

„Und was ist mit den übrigen fünfundzwanzig Prozent?", fragte Chase, die blauen Augen zusammengekniffen.

„Oh, die wirst du zurückkaufen müssen."

„Mit einem saftigen Profit im Vergleich zu dem, was du dafür gezahlt hast", argwöhnte Chase.

„Zum Marktwert. Egal, wie der aussehen mag."

„Klingt, als wäre nichts dagegen einzuwenden", dachte Chase laut. Er hatte nicht nur selbst nach den Fallen in diesem Vertrag gesucht, sondern auch seinen Anwalt zwei Wochen lang über den Dokumenten brüten lassen. Es schien alles legal zu sein. *Und viel zu gut, um wahr zu sein.*

Er kehrte wieder zu seinem Stuhl zurück, warf noch einen Blick auf den Scheck, der auf dem Rechnungsstapel lag, und musterte den leicht korpulenten Mann vor sich. In seinem ganzen Leben war ihm Johnson nicht ein einziges Mal über den Weg gelaufen, und plötzlich saß der Kerl hier in seinem Büro und bot ihm ein Geschenk des Himmels.

„Warum eigentlich ich?", fragte er ihn schließlich. „Warum hältst du dich nicht an Conways Truppe?"

„Ich denke, dafür gibt es zwei Gründe. Zum einen verfügst du über eine gute Erfolgsbilanz, und auch wenn du momentan ein wenig überfordert bist, du wirst dein gesamtes Geld wieder für die Operation ‚Relive' einsetzen. Falls nicht Conway der Kopf des Unternehmens war, bist du der Beste in diesem Geschäft."

„Und der andere Grund?"

Caleb Johnsons Augen glänzten wässrig blau. „Ich kannte deine Mutter", antwortete er und lächelte versonnen.

Irgendetwas an der Stimme des älteren Mannes veranlasste Chase, den Kopf zu heben, und mit schmalen Augen musterte er ihn prüfend an. „Sie hat nie etwas von dir erzählt", erwiderte er gedehnt.

„Das ist lange her", entgegnete Caleb und biss nachdenklich auf seiner Unterlippe, während er Chase' Reaktion taxierte. „Vor deiner Geburt."

„Und das reicht, um dich zu überzeugen?"

„Ein Sohn von Ella Simpson muss ein Kämpfer sein."

„Ihr Name war aber Ella McEnroe", korrigierte Chase.

„Nicht, als ich sie traf …"

Der wehmütige Ton in Calebs Stimme machte Chase zu schaffen. Welche Verbindung hatte es zwischen seiner Mutter und diesem Kerl hier gegeben? Schon der Gedanke, dass sie Caleb Johnson auch nur gekannt haben könnte, quälte Chase mehr, als er sich eingestehen wollte.

Aus der Ferne drang der schrille Pfiff eines Güterzugs durch die Luft, während die Waggons über uralte Schienen ratterten. Der Lärm brach die zunehmende Spannung im Raum. Caleb warf einen Blick auf seine Uhr, schüttelte die Erinnerungen an eine ferne Vergangenheit ab und stand abrupt auf. „Hör zu, ich muss meinen Flug kriegen. Sind wir uns einig?"

Chase schaute auf den Scheck. Zweihunderttausend. Verflucht, das Geld allerdings könnte den Ausschlag geben zwischen Erfolg und Niederlage, vor allem jetzt, wo Conway es darauf angelegt hatte, ihn zu ruinieren. Obwohl das Gefühl, die schlechteste Entscheidung seines Lebens zu treffen, weiterhin an ihm nagte, schlug Chase in Caleb Johnsons ausgestreckte Hand ein.

„Abgemacht." Er nahm einen Stift aus seiner Schreibtischschublade und unterschrieb die vier Ausfertigungen des Partnerschaftsvertrags.

„Du hast die richtige Wahl getroffen."

Das bezweifelte Chase zwar, versuchte jedoch, seinen Entschluss im Nachhinein nicht mehr zu hinterfragen.

Caleb steckte seine Kopien des Schriftstücks in die Tasche seiner teuren Westernjacke und lächelte zufrieden. „Oh, da wäre noch etwas", sagte er, während er bereits auf dem Weg zur Tür war.

Jetzt kommt's, überlegte Chase und wappnete sich vor der schlüpfrigen Falle in dieser Vereinbarung. „Was denn?"

„Ein Nachbar versucht zu verhindern, dass ich ‚Summer Ridge' erschließe."

„Nur einer?"

„Bis jetzt … Ach, na ja, das wird sich alles geklärt haben, bevor du nach Martinville kommst. Weißt du, es gibt immer Möglichkeiten, die Leute von seinen Ansichten zu überzeugen."

Ja klar, zweihunderttausend Dollar zum Beispiel, sinnierte Chase zynisch.

Caleb winkte ihm zu, öffnete die Tür des Bauwagens und stieg die drei abgetretenen Stufen zum Parkplatz hinunter.

Chase beobachtete, wie der große Mann aus Montana in einem gemieteten weißen Cadillac davonfuhr, und probierte das absurde Gefühl zu ignorieren, gerade dem Teufel seine Seele verkauft zu haben; dem Teufel, der seine Mutter vor so vielen Jahren gekannt hatte.

1. KAPITEL

Zwei Jahre später im Sommer
Hawthorne-Farm, Martinville, Montana

Glühend heiß stach die Sonne vom Sommerhimmel. Das trockene Gras knisterte, und die Heuschrecken hüpften dem rehbraunen Wallach und seiner Reiterin aus dem Weg, als sie sich dem klaren Strom näherten, der durch das ausgedörrte Feld lief.

Feine Schweißperlen glänzten auf Danis Stirn und rannen ihr über den Rücken. Sie hob das Gewehr an die Schulter, spannte den Hahn und kniff die Augen zusammen, um durch das Fernrohr ihr Ziel anzupeilen. Es war ein großer blonder Mann mit breiten Schultern, einem braun gebrannten, muskulösen Oberkörper und schmalen Hüften, der die Frechheit besaß, durch den Grizzly Creek zu waten, und damit widerrechtlich ihr Grundstück betrat. Kein Zweifel, dieser Fremde war wieder einer von Caleb Johnsons Männern.

Der Überraschungseffekt war auf ihrer Seite, wodurch sie eindeutig im Vorteil war. Der Fremde stand mit dem Rücken zu ihr und ließ die schweißglänzenden Muskeln spielen, während er durch den Gebirgsbach stapfte und mit den Blicken das klare eiskalte Wasser absuchte. Es sah nicht so aus, als hätte er das warnende Klicken des Bolzens ihrer Winchester gehört oder gesehen, wie Pferd und Reiterin sich näherten.

Dani streckte entschlossen das Kinn vor, auch wenn ihr die Hände beim Zielen zitterten. „Verziehen Sie sich, Mister!", rief sie.

Ihr Ziel zuckte sichtlich erschrocken zusammen und hob den Kopf. Die Muskeln auf seinem nackten Rücken spannten sich an, sowie er zu ihr herumfuhr und durch die plötzliche Bewegung das Wasser aufspritzen ließ.

„Sehen Sie verdammt noch mal zu, dass Sie von meinem Grundstück verschwinden!"

Wie vor den Kopf geschlagen, blieb der Fremde mitten im Bach einfach stehen und kniff die Augen vor der hellen Montana-Sonne zusammen. Sein Körper nahm zwar eine Fluchthaltung ein, aber er konnte nichts entdecken, wo er sich hätte verstecken können, denn abgesehen von ein paar wild wachsenden Eichen, boten die Felder mit sprödem sonnentrockenen Gras keinerlei Deckung. Das leicht ansteigende Land war kahl und dürr wie ein Knochen.

Dani gab dem Rehbraunen sanft die Fersen und näherte sich dem Objekt ihres Zorns. Nachdem sie dicht genug war, um den Mann klar zu erkennen, musste sie über die Mischung aus Empörung, Erschrockenheit und Wut in seinen himmelblauen Augen lächeln.

„Ich sagte, Sie sollen verschwinden", wiederholte sie, brachte den Wallach ein paar Schritte vom Bach entfernt zum Halten und wies mit dem Kopf zu der Stelle am Ufer, wo seine Sachen – Hemd, Fischkorb und abgetragene Stiefel – in einem Haufen auf dem Gras lagen.

Der Mann schob den kantigen Unterkiefer vor und wirkte trotz der gebräunten Haut ganz weiß im Gesicht, während er langsam aus dem Grizzly Creek stieg. Dabei ließ er den Gewehrlauf nicht aus den Augen, als sich Dani ihm näherte. In der Nachmittagssonne glänzte der Stahl bedrohlich blau, und die junge Frau verfolgte jede Bewegung des Fremden mit der Winchester. Er bückte sich, griff nach seinem karierten Arbeitshemd und zog es sichtlich erbost an.

Nun legte Dani das Gewehr quer über die Oberschenkel. „Warum erzählen Sie mir nicht, was Sie auf meinem Land zu suchen haben?", schlug sie vor. Der Mann schien sich ihren Befehlen nicht zu widersetzen, und Dani entspannte sich etwas. Ein paar der Schlägertypen, die Caleb Johnson angeheuert hatte, waren nicht so leicht einzuschüchtern.

Die Miene des Eindringlings war undurchdringlich, langsam knöpfte er sein Hemd zu. Die Lippen hatte er so fest zusammengepresst, dass sein Mund kaum mehr als ein wütender

Strich war. „Mir wurde gesagt, dass dieses Land einem Daniel Summers gehört."

„*Danielle* Summers", korrigierte sie.

„Und das sind Sie", schloss er.

„Richtig." Fast musste Dani über seine Reaktion lächeln. „Also, wie wär's denn, wenn Sie mir mal verraten, wer Sie sind und was Sie Ihrer Meinung nach auf meinem Grundstück zu suchen zu haben?"

„Warum nicht?" Der rhetorischen Frage ließ er einen undeutlich leisen Fluch folgen.

„Ich warte."

Er schüttelte den Kopf und schaute hinauf in den wolkenlosen Himmel. „Wie schaffe ich es nur immer, mich in derartige Situationen zu bringen?", murmelte er und verzog das Gesicht. Schließlich ließ er ein langes, verdrossenes Seufzen hören und sein Blick wanderte vom Himmel wieder zu Pferd und Reiterin. „Okay, wenn Sie unbedingt ein schlechtes B-Western-Szenario ablaufen lassen wollen, will ich Ihnen sagen, wie ich heiße und was ich hier mache."

„Gut." Ohne zu lächeln, musterte sie seine kantigen Gesichtszüge. Sie schätzte ihn auf etwa fünfunddreißig, plus minus ein paar Jahre. So wie er aussah, stand der arme Mistkerl wahrscheinlich noch keine ganze Woche auf Caleb Johnsons Lohnliste. Andernfalls würde er nicht so dumm sein, am helllichten Tag unverhohlen die Grundstücksgrenze zu überschreiten.

„Mein Name ist McEnroe."

„Wie der Tennisspieler?"

Für ihre Assoziation hatte er lediglich ein Schnauben übrig, als hätte er das schon hundertmal gehört. Wahrscheinlich war es auch so. „Nicht verwandt, nicht verschwägert. Ich bin Chase McEnroe."

„Und Sie arbeiten für Caleb Johnson", stellte sie fest, beugte sich über das Sattelhorn und durchbohrte ihn mit einem Blick aus ihren großen graugrünen Augen. Dabei fiel ihr ein Zopf sonnengebleichter Haare über die Schulter nach vorne, wo er auf der Rundung einer Brust landete. Sie zwang sich zu einem kühlen Lächeln. „Nun, dann will ich Sie mal aufklären, Mr Chase nicht-verwandt-mit-dem-Tennisstar McEnroe. Dies ist mein Land, und ich dulde nicht, dass irgendwer, schon gar nicht einer von Caleb Johnsons Handlangern, hier herumschnüffelt. Also richten Sie das Ihrem Boss aus und teilen Sie ihm mit, dass ich das nächste Mal den Sheriff rufe, sobald er mir noch einmal einen seiner Lakaien schickt."

McEnroes blaue Augen versprühten zornige Funken. „Ich glaube, der Satz, nach dem Sie gesucht haben, geht so: ‚Sagen Sie Ihrem hinterhältigen Boss, dass ich das nächste Mal, wenn einer seiner zwielichtigen Rancharbeiter auch nur einen Fuß auf meinen Boden setzt, erst schießen werde und die Fragen hinterher stelle.'"

Dani verkniff sich ein Lächeln und zog eine schön geschwungene dunkle Augenbraue nach oben. „Sie sind ein ganz schön arroganter Typ, nicht wahr?" Nicht wie der Abschaum, den Caleb Johnson normalerweise anheuert, überlegte sie. Dazu war er viel zu klug. McEnroe würde es bei Johnson nicht lange machen, und seltsamerweise empfand Dani bei dem Gedanken Erleichterung.

Seine strahlend blauen Augen wurden schmal, und ein zynisches Lächeln umspielte seine Lippen, sowie Chase wieder auf die Waffe schielte. „Also sehen Sie, ich würde ja gerne noch länger hier herumhocken und Beleidigungen mit Ihnen austauschen, aber ich habe Arbeit, die ich erledigen muss."

„Arbeit? Wie unbefugtes Betreten?"

„Ich habe mir nur den Bach angeschaut."

„Auf meiner Seite des Zauns."

„Ich weiß."

„*Das* soll Ihre Arbeit sein?" Mit einem ungläubigen Seufzen setzte sie sich im Sattel zurück, balancierte das Gewehr auf ihren Oberschenkeln und verschränkte die Arme unter der Brust. „Sicher fällt Ihnen noch eine bessere Entschuldigung ein."

Und als würde es ihn nicht wirklich interessieren, was sie dachte, zuckte er nur mit den Schultern, stopfte sich das Hemd in die Jeans und schloss die Gürtelschnalle.

„Also, weshalb sind Sie hier? Ich habe Johnson längst gesagt, dass ich ihm mein Land nicht verkaufe. Niemals. Wenn er will, kann er von mir aus sein Resort bis zur Grundstücksgrenze bauen, doch mein Land bekommt er nur über meine Leiche."

„Also sehen Sie mal, Lady." McEnroes Gesicht entspannte sich leicht, während er sich die Watstiefel abstreifte, das Wasser ausschüttete und in seine schmutzigen Lederstiefel stieg. „Es interessiert mich eigentlich herzlich wenig, was Sie tun oder nicht tun. Johnson hat mich lediglich gebeten, den Bach zu untersuchen, und das habe ich gemacht. Da er nun mal über Ihr Grundstück fließt, bin ich über den Zaun geklettert und habe einen Blick daraufgeworfen."

„Warum?"

„Ich weiß nun wirklich nicht, ob Sie das etwas angeht."

„Sie befinden sich auf meinem Land, nicht wahr?"

„Ein Fehler, den ich sofort korrigieren werde." Er schnappte sich seine Stiefel sowie den Fischkorb und ging zu dem durchhängenden Zaun. Ohne die Winchester aus den Augen zu lassen, stieg er über den Stacheldraht.

„Es gibt noch etwas, was sie Johnson ausrichten können", rief sie ihm nach, da er sich dem Jeep zuwandte, der mitten auf dem Feld stand.

Chase drehte sich wieder zu ihr um, und die Ungeduld in seinem Gesicht war unübersehbar. „Was noch?"

„Sagen Sie Johnson, dass ich mir einen Anwalt genommen habe, und wenn er wieder einmal eine seiner hinterhältigen Nummern abzieht, werde ich ihn verklagen."

„Sagen Sie ihm das selbst", erwiderte McEnroe wütend. „Ich habe mit diesem Mist nichts zu tun … ganz egal, worum es geht, verdammt!"

Mit dieser abschließenden Bemerkung schüttelte er nur noch verärgert den Kopf, schritt zu seinem Jeep, kletterte hinein und legte krachend den Gang ein, bevor er den Motor anließ. Der Jeep röhrte durch das staubtrockene Feld und hinterließ eine Staubwolke, als er in einem Kiefernwäldchen verschwand.

„Das werde ich auch", schrie Dani ihm entschlossen nach, sowie sie sicher sein konnte, dass dieser Chase McEnroe, wer immer der Kerl auch sein mochte, abgedampft war und sich nie wieder blicken lassen würde. „Und das wird nicht alles sein, was ich Johnson zu sagen habe!" Sie wand sich beide Zügel um eine Hand, hielt das ungeladene Gewehr in der anderen und beugte sich im Sattel leicht vor.

Traitor verstand die Botschaft und galoppierte den leichten Anstieg zum Haus hinauf. Der Wind schlug Dani ins Gesicht und kühlte ihre Haut, während das Quarter Horse mühelos zum Stall lief.

„Ich werde nicht zulassen, dass sie uns unterkriegen", sagte Dani, als könnte Traitor sie verstehen. „Nicht, solange noch ein Funken Leben in mir ist. Caleb Johnson kann so viele neue Leute anheuern, wie er will, ich werde nicht verkaufen! Dieses Land gehört mir, und eines Tages wird es Cody gehören!"

Sie dachte an den Mann im Bach. Er war anders als der Rest von Johnsons Truppe, weniger ungehobelt. „Lass ihm nur Zeit", murmelte sie, brachte Traitor vor der verwitterten Scheune zum Stehen und schwang sich aus dem Sattel.

Hatte er erst einmal zwei Wochen für Caleb Johnson gearbeitet, würde auch Chase McEnroe nicht mehr daran denken, sich zu rasieren. Er würde lernen, Tabak durch die Zähne zu spucken, und sich jeden Freitagabend in der Dorfkneipe von Martinville sinnlos besaufen.

„Was für eine Verschwendung!" Traurig schüttelte Dani den Kopf, als sie daran dachte, wie erbost er gewesen war. Sie band die Zügel an einen Zaunpfahl neben der Scheune, sattelte Traitor ab und striegelte ihm das rehbraune Fell. Immer wieder kehrten ihre Gedanken zu Chase zurück. Sie erinnerte sich an seine kühlen blauen Augen, seine festen Muskeln unter der sonnenbraunen Haut, den dichten Schopf dunkelblonder Haare, die in der späten Nachmittagssonne wie Gold glänzten, und an die gezügelte Wut in seiner unbeugsamen Haltung.

„Es ergibt einfach keinen Sinn", überlegte sie laut, nahm Traitor das Zaumzeug ab und gab ihm einen Klaps auf die Kruppe. Das Pferd schnaubte und rannte davon, um sich zu der übrigen Herde zu gesellen. Wie konnte ein Mann wie Chase McEnroe sich nur mit jemandem wie Caleb Johnson zusammentun?

Mit quietschenden Reifen hielt Chase den Jeep vor einem zweistöckigen Farmhaus an. Ohne sich die Mühe zu machen, vorher anzuklopfen, stürmte er laut fluchend in das Gebäude. Das harte Klappern seiner Stiefel auf dem polierten Holzparkett hallte durchs ganze Haus und verkündete jedem, dass er wieder zurück war … und vor Wut kochte.

Seine sämtlichen Nervenenden schrien förmlich vor Empörung, als er die Tür zu Johnsons Büro aufstieß. „Okay, Johnson, in was, zum Teufel, hast du mich da reingeritten?"

Caleb Johnson besaß die Unverfrorenheit zu lächeln. Seit Chase ihn vor zweieinhalb Jahren getroffen hatte, hatte sich Caleb nicht wesentlich verändert. Nach wie vor war Johnson ein kräftiger Mann. Er war in Montana aufgewachsen, hatte sich in der Lokalpolitik hervorgetan und im Umkreis von Butte für kaum mehr als hundert Dollar pro Hektar Land aufgekauft. Mit siebzig wiesen seine Augen noch immer einen intensiven Blauton auf, seine gebräunte Haut war nahezu faltenfrei, und lediglich die leichte Speckwulst um seine Mitte war überhaupt ein Hinweis auf sein Alter.

„Wovon sprichst du?" Caleb schenkte bereits einen Bourbon Whiskey in ein Schnapsglas, stellte es auf die Ecke seines Schreibtischs und bedeutete Chase, sich zu bedienen. Dann goss er sich selbst einen kräftigen Schluck ein.

Chase ignorierte den Drink und verschränkte die Arme vor der Brust, eine Haltung, die den Stoff seines Hemdes bedenklich über den harten Schultern spannen ließ. „Diese Frau! Danielle Summers. Sie hat ein verdammt fettes Hühnchen mit dir zu rupfen, und ich habe nicht vor, mich da reinziehen zu lassen!"

Caleb wirkte nahezu erfreut. Er setzte sich auf die ochsenblutrote Ledercouch. „Du hast sie also kennengelernt?"

Chase' Blick verfinsterte sich zusehends. „Sie kennengelernt? Fast hätte sie meinen Arsch als Ziel für ihre Schießübungen benutzt, verdammt noch mal. Pass auf, Johnson, es gehört nicht zu unserer Abmachung, dass ich mich erschießen lasse!"

„Sie wird dich nicht erschießen."

„Du hast gut reden!"

„Sie mag keine Gewalt." Caleb nippte an seinem Drink und lächelte.

„Ja, alles klar!"

„Dani Summers würde keiner Fliege etwas zuleide tun."

„Und wie, zum Teufel, kommt es dann, dass sie ihr Grundstück abreitet wie ein verfluchter Wachposten?" Chase schüttelte den Kopf und strich sich die verschwitzten Haare aus dem Gesicht. Als er den unberührten Drink auf dem Schreibtisch sah, entschied er, dass er etwas zur Beruhigung brauchte, griff nach dem Glas und trank es in einem Schluck aus. „Ich lasse mich nicht gern bedrohen, Caleb."

„Mach dir keine Sorgen wegen Dani."

„Ich soll mir wegen ihr keine Sorgen machen!" Die Gelassenheit des älteren Mannes verblüffte Chase. Er schenkte sich noch einen Bourbon ein. „Okay, du hast recht. Ich werde mir wegen ihr keine Sorgen mehr machen, denn ich werde mich weder mit ihr noch mit sonst jemand abgeben, der mir ein Gewehr vor den Bauch hält! Lass uns den ganzen Deal einfach vergessen, okay?"

„Keine Chance, das ist wichtig."

„Das ist mir mein Leben auch."

„Ich hab's dir doch erklärt, die Frau verabscheut Gewalt. Sie will einfach in Ruhe gelassen werden."

„Und warum musste ich dann heute auf ihrem Land rumlatschen?", fragte Chase stinksauer.

„Weil es nicht mehr lange ihr Land sein wird."

Chase ging um den verschrammten Eichenholzschreibtisch herum und lehnte sich mit der Hüfte an die Fensterbank. Nachdenklich rieb er sich das Kinn. Auf einmal sah er seinen Partner und auch das Haus, das Caleb Johnson sein Heim nannte, mit anderen Augen. Flechtteppiche bedeckten Holzfußböden, Kiefernholzwände waren kaum mehr als eine Schautafel für Waffen und Werkzeuge aus dem Wilden Westen, ein gemauerter Kamin nahm eine ganze Wand ein und die Möbel in diesem Raum waren schwer, maskulin und leicht abgenutzt. „Sie hat mir eine Botschaft für dich mitgegeben. Unterm Strich soll ich dir ausrichten, dass du sie in Ruhe lassen sollst, sonst wird sie einen Anwalt einschalten."

„Das kann sie nicht."

„Warum nicht?"

„Sie kann sich keinen Anwalt leisten." Lässig trank Caleb einen Schluck und legte die Füße auf den Sofatisch, der mit Zeitschriften überhäuft war.

Chase zog sich der Magen zusammen, und er verspürte dasselbe Gefühl wie an dem Tag, als er widerwillig die zweihunderttausend Dollar von Johnson akzeptiert hatte; es war das Gefühl, nichts weiter als eine Marionette zu sein, an der Johnson die Strippen zog. „Woher weißt du, wie viel Geld sie hat?"

„Das ist allgemein bekannt." Caleb lächelte selbstgefällig und spielte mit dem Glas zwischen seinen Händen. „Ihr Mann hat sie und ihren Jungen vor sechs oder sieben Jahren verlassen. Der Kerl ist einfach verschwunden. Angeblich soll er sich mit einer Hotelangestellten aus Missoula abgesetzt haben, doch das ist nur Gerede. Jedenfalls hat Dani Summers nichts weiter als einen neunjährigen Jungen und eine Staubschüssel Land, aus der sie versucht ein Einkommen zu kratzen."

„Warum bewässert sie es nicht und holt mehr aus dem Boden heraus?"

„Bewässerungssysteme kosten Geld."

„Was sie nicht hat."

„Richtig."

„Aber eine Bank würde ihr doch sicherlich einen Kredit geben, falls ihr Grundstück nicht bis zum Anschlag mit Hypotheken belastet ist."

„Wer weiß?" Caleb zuckte mit den Schultern. „Vielleicht stellt sie ein zu hohes Kreditrisiko dar."

„Du bist nicht zufällig im Vorstand der lokalen Bank?" Chase hatte plötzlich eine Ahnung, bei der ihm ganz übel wurde.

Wie zur Bestätigung grinste Caleb ihn an.

„Du bist ein elender Mistkerl!"

„Nein, nur ein praktisch denkender Geschäftsmann."

„Und du willst dir ihr Land unter den Nagel reißen", stellte Chase angewidert fest. „Sicher ist Dani Summers die Nachbarin, die schon vor zwei Jahren nicht an dich verkaufen wollte, habe ich recht?"

Caleb lächelte breit und seine Augen glänzten zufrieden. „Ihre circa hundert Hektar liegen mitten in meinem Land. Ohne dieses Stück kann ich die gesamte Fläche schlecht für ein Ferienresort nutzen."

„Wenn das Land doch so wenig abwirft, warum verkauft sie es dann nicht?"

Zum ersten Mal während ihrer Unterhaltung runzelte Caleb die Stirn, starrte in sein Glas und zuckte die Achseln. „Wer weiß? Irgendeine alberne Idee. Du kennst doch die Frauen."

Aber keine Frau wie Dani Summers, dachte Chase. Sie gehörte zu den Frauen, bei denen der Ärger vorprogrammiert war, und Chase hielt sich zugute, dass es ihm gelungen war, um alle Frauen mit Problemen einen großen Bogen zu machen. Seiner Meinung nach hatte er selbst genug davon, und jetzt schien es ganz so, als säße er mitten im sprichwörtlichen Wespennest.

„Kannst du ,Summer Ridge' nicht auch ohne ihr Grundstück aufbauen?"

Calebs Laune schien sich weiter zu verschlechtern. „Nein."

„Warum nicht?"

Caleb zögerte und musterte die gespannte Miene seines Gegenübers. Der Junge hatte noch so viel übers Geschäft zu lernen. Es wurde Zeit, dass er damit anfing. Also versuchte Caleb es einmal mit der Wahrheit. „Ihr Gebiet, also die Hawthorne-Farm, reicht bis ins Vorgebirge. Und genau dort, am Fuß der Berge befinden sich die heißen Quellen."

Chase betrachtete seinen vermeintlichen Partner abschätzig. „Die Hawthorne-Farm?"

Caleb fuhr mit der Hand durch die Luft, wie um ein lästiges Insekt zu erschlagen. „Jawohl, das Land der Hawthornes. Sie war eine Hawthorne, bevor sie Summers geheiratet hat."

„Dann ist Dani Hawthorne-Summers' Land also gar nicht so wertlos, wie du sie glauben lassen willst."

„Versteh mich nicht falsch", erwiderte der alte Mann gereizt. „Ich habe ihr einen … vernünftigen Preis für diese armselige Farm geboten."

„Doch sie will nicht verkaufen, und du stößt zum ersten Mal auf jemanden, der nicht nachgibt."

„Ich wäre an deiner Stelle weniger überheblich. Vergiss nicht, dich habe ich vor zwei Jahren gekauft."

Chase gab sich keine Mühe, seinen Zynismus zu verbergen. „Ich weiß."

„Gut. Solange wir uns also verstehen – warum suchst du nicht nach einer Möglichkeit, Dani Summers zum Verkauf zu überreden?"

„Das gehört nicht zu unserer Abmachung. Ich habe zugesagt, die Gewässer zu untersuchen und alles zu unternehmen, damit die Forellen zurückkehren. Aber mit dieser Frau habe ich nichts zu tun. Keine Chance!" Chase trank aus und stellte das leere Glas auf die Fensterbank.

„Und wie sieht's aus, wenn ich dir anbiete, meinen gesamten Anteil an deiner Firma zurückzugeben, falls du sie dazu bringst, auf der gepunkteten Linie zu unterschreiben?"

Chase horchte auf. Aus dem Joch dieser Partnerschaft mit

Caleb Johnson wollte er sich praktisch schon seit dem Tag, an dem er sich darauf eingelassen hatte, wieder befreien. Auf Calebs Ranch zu kommen war der erste Schritt dazu, und jetzt hielt er ihm auch noch die letzte Karotte vor die Nase. Auch die übrigen fünfundzwanzig Prozent würden ihm wieder gehören, falls er Dani überzeugen könnte, ihr Land wegzugeben. Chase konnte es sich kaum erlauben, das Angebot ruhigen Gewissens abzulehnen, dennoch antwortete er schweren Herzens: „Das kann ich nicht."

„Warum nicht?"

„Die Lady will nicht verkaufen. Es ist ihr gutes Recht."

„Überzeuge sie."

„Ha!" Chase konzentrierte sich auf Calebs ruhiges Gesicht. „Sie scheint mir nicht der Typ zu sein, der sich leicht überzeugen lässt."

Wieder lächelte Caleb. „Nun, es ist deine Entscheidung, McEnroe. Entweder du willst deine Firma wiederhaben oder nicht."

„Mir gefallen bloß die Bedingungen nicht, die damit verbunden sind."

„Sieh es doch mal so: Ohne Dani Summers' Land wirst du kaum in der Lage sein, den Grizzly Creek komplett zu regenerieren, sodass Forellen dort angesiedelt werden können. Der Bach fließt mitten durch ihr Land. Auf die eine oder andere Weise wirst du Dani Summers also klarmachen müssen, dass sie mir ihr Land verkauft."

Chase merkte, wie sich sein Rücken versteifte. „Und wie soll ich das deiner Meinung nach anstellen?"

„Das ist dein Problem." Caleb zwinkerte ihm schalkhaft zu. „Benutz deine Fantasie ein. Sie ist jetzt seit über sechs Jahren ohne Mann und fast die ganze Zeit allein." Zufrieden trank er noch einen großen Schluck von seinem Bourbon. „Weißt du, auch Frauen haben so ihre Bedürfnisse."

Chase musste über die Arroganz dieses Mannes laut lachen. „Du erwartest also von mir, dass ich sie verführe?"

„Warum nicht? Das wäre für dich doch nun wirklich ein angenehmes Unterfangen, würde ich sagen. Die Frau sieht gut aus."

„Du musst den Verstand verloren haben! Die Lady wollte mich heute erschießen!"

„Was soll ich sagen? Sie ist leidenschaftlich. Ich wette, im Bett wird sie die reinste Wildkatze sein."

„Und du bist ein skrupelloser Hundesohn, doch das weißt du ja längst, nicht wahr? Ich kann nicht glauben, dass wir diese Unterhaltung wirklich führen!" Chase stieß sich abrupt von der Fensterbank ab und schaute durchs Fenster auf die gepflegten Gebäude, die das Zentrum von Johnsons Besitz ausmachten. Währenddessen versuchte er die unerwünschten Gefühle zu ignorieren, die sich bei der Vorstellung in ihm regten, mit Dani Summers zu schlafen. Das Bild ihres geschmeidigen Körpers tauchte vor seinen Augen auf: ihre dichten honigbraunen Haare mit den hellen Strähnen, die die Sonne gefärbt hatte, ihre kleinen festen Brüste ... lieber Himmel, es war ewig her, dass er mit einer Frau zusammen gewesen war ...

Im Stillen lächelte Caleb über die Reaktion seines Partners. „Ich bin nicht an den Punkt gelangt, wo ich heute bin, weil ich mir erlaubt habe, Gelegenheiten zu versäumen."

„Und ich wette, ein paar davon hast du dir selbst geschaffen."

„Wenn es nötig war."

Chase schüttelte den Kopf. „Diesmal musst du allein zusehen, wie du klarkommst. Ich werde nicht wegen irgendwelcher Geschäfte mit einer Frau ins Bett steigen."

„Selbst schuld!"

„Hör zu, ich habe dir bereits gesagt, dass ich mit dem Problem zwischen dir und Dani Summers nichts zu tun habe." Chase marschierte zur Tür, legte die Hand auf den Knauf und riss sie auf. Nachdem er sich wieder zu Caleb umgedreht hatte, fügte er etwas ruhiger hinzu. „Warum lässt du sie nicht einfach in Frieden? Nach allem, was du erzählt hast, glaube ich, dass die Lady eher einen Freund braucht als einen weiteren Feind."

„Ganz meine Meinung", stimmte Caleb schief grinsend zu. Und als Chase den Raum verließ, wiederholte er: „Ganz meine Meinung."

„Haben wir heute Post bekommen?", fragte Cody, während Dani ins Haus kam. Der Junge saß am Küchentisch und trank ein Glas Milch. Der Schweiß tropfte ihm vom rot erhitzten Gesicht und hatte ihm die Haare in viele kleine Löckchen gelegt. Unter seinem Arm klemmte ein staubiger Basketball, und auf dem Boden unter dem Tisch lag Runt, ein kleiner Bordercollie.

Insgeheim verfluchte Dani ihren Ex, doch sie schüttelte nur den Kopf und lächelte ihrem Sohn aufmunternd zu. „Keine Ahnung. Ich war noch nicht am Briefkasten."

„Ich geh sie holen." Cody leerte das Glas, ließ den Ball fallen und rannte aus dem Haus. Der Hund heftete sich ihm an die Fersen.

„Ich könnte dich umbringen, Blake Summers", murmelte Dani. „Wie kannst du Cody solche Hoffnungen machen?" Sie ging zum Küchenfenster, lehnte sich an den Tresen und schaute ihrem Sohn nach, der die vierhundert Meter über den staubigen, ausgefahrenen Weg zum Briefkasten im Laufschritt zurücklegte. In seinen abgeschnittenen Jeans und einem zerschlissenen T-Shirt sprintete Cody am Zaun entlang, hinter ihm her der schwarze Hund.

Jedes Mal, wenn ihr Sohn seinen Vater zur Sprache brachte, blutete Dani das Herz für den Jungen. Vielleicht hätte sie ihm doch lieber die ganze schmerzhafte Wahrheit sagen sollen … dass Blake ihn nie gewollt hatte; dass er nach einer endlosen Reihe von Affären Dani nur deshalb geheiratet hatte, weil sie dieses Stück Land, die Hawthorne-Farm, geerbt hatte, dass er seinen eigenen Besitz, das Land der Summers, an Caleb Johnson verkauft und anschließend das Geld verspielt hatte …

Sie kniff die Augen vor der hellen Nachmittagssonne zusammen und beobachtete, wie Cody zum Haus zurückkehrte. Die dünnen Schultern waren nach vorne gesackt, die braunen Beine bewegten sich immer langsamer. Vielleicht war jetzt der richtige Zeitpunkt gekommen, mit ihm über seinen Vater zu reden. Mit neun Jahren war Cody fast ein Meter fünfzig groß und ließ erste Anzeichen der Vorpubertät erkennen. Möglicherweise war er nun reif genug, die Wahrheit zu erfahren.

Sie empfing ihren Sohn auf der Veranda.

„Nicht viel", nuschelte Cody und reichte ihr einen Stapel Rechnungen. Dabei zuckte er mit den Schultern, als würde der Brief, den er vermisste, ihm nichts bedeuten.

„Hier ist deine Anglerzeitschrift." Dani wollte ihm einen kleinen Teil der Post wieder zurückgeben, aber doch er sah nicht einmal hoch, sondern stieß die Fliegengittertür auf.

„Cody …"

Der Junge drehte sich zu ihr um. „Ja?"

„Mir ist klar, dass du Post von deinem Vater erwartet hast."

Ihr Sohn versteifte sich. Der Blick seiner braunen Augen bohrte sich in ihre, und im selben Moment wusste Dani, dass sie nichts gegen Blake sagen durfte. Noch nicht.

„Und wenn?"

„Er hat nicht gesagt, wann er zu Besuch kommen wird oder noch einmal schreibt", stellte Dani klar.

„Aber das ist jetzt drei Monate her."

„Ich weiß. Vielleicht hat er viel zu tun."

„Und vielleicht sind wir ihm auch einfach egal. Ich, und du auch!" Codys Unterlippe zitterte zwar, dennoch schaffte er es, die Tränen zurückzuhalten.

„Denk einfach nicht daran", riet Dani und versuchte ihn zu trösten.

„Ich soll nicht an meinen Dad denken?", wiederholte er ärgerlich. Seine kleine Faust traf auf das ramponierte Fliegengitter. „Denkst du etwa nicht an ihn?"

„Manchmal", räumte sie ein, dachte jedoch: Wie jetzt zum Beispiel, wenn ich sehe, dass du leidest.

„Du müsstest darauf warten, dass er nach Hause kommt!" Dani strich sich die Haare, die sich aus ihrem Pferdeschwanz gelöst hatten, aus dem Gesicht. „Ich habe lange auf ihn gewartet, Cody."

„Und dann hast du dich von ihm scheiden lassen", warf der Junge ihr vor.

Dani blieb geduldig und lächelte traurig. „Ich weiß, es fällt dir schwer, das zu verstehen, doch ich kann nicht ... Wir können nicht in der Vergangenheit leben."

„Aber er hat mir geschrieben!" Codys Stimme überschlug sich. „Er hat mir einen Brief geschrieben und gesagt, dass er nach Hause kommt!"

Dani lehnte sich mit einer Schulter an die Hauswand. „Das weiß ich doch, mein Schatz ..."

„Nenn mich nicht so! Das ist was für Babys."

„Und du bist kein Baby mehr, nicht wahr?" Sie streckte die Hand aus, um ihm die Haare aus den Augen zu streifen, allerdings zuckte er zurück.

„Oh Mann, Mom, verschone mich!" Cody verschwand in der Küche, und quietschend schlug das Fliegengitter hinter ihm zu.

Dani musterte die strahlend weißen Umschläge in ihrer Hand; kein Brief von Blake dabei. Sie war sich nicht sicher, ob das ein Segen oder ein Fluch war, denn Cody wurde von Tag zu Tag schwieriger.

Seufzend ging sie durchs Haus zur hinteren Veranda, wo sie sich für einen Moment aufs Geländer setzte, um den Blick über das Land schweifen zu lassen, das ihr Ururgroßvater vor fast hundert Jahren besiedelt hatte. Vor ihr ausgebreitet lagen die Felder der Farm. Ein kleiner Bestand an Eichen, Kiefern und Pappeln wuchs auf dem Ackerland, das zum Grizzly Creek hin abfiel, bevor es sanft zu den Ausläufern der Rocky Mountains wieder anstieg. Das Bild der Viehherde, die versuchte, auf den ausgedörrten Weiden zu grasen, wurde durch die starke Hitze wellenhaft verzerrt.

Gott sei Dank führte der Bach noch Wasser! Und auf den Bergen waren noch immer die Schneekappen zu entdecken.

Wenigstens würde ihr in diesem Jahr das Wasser nicht ausgehen.

Was konnte Chase McEnroe nur in dem Bach gesucht haben? Eine neue Angst lähmte sie, sowie sie an den so schroff wirkenden Fremden und vor allem die Tatsache dachte, dass er für Caleb Johnson arbeitete. Caleb würde sich doch sicherlich nicht so weit erniedrigen, die einzige Wasserquelle, die sie für ihr Vieh hatte, zu sabotieren, oder etwa doch? Er hatte bereits eine Menge hinterhältiger Methoden angewandt, um sie mit Gewalt zu vertreiben, aber er würde doch nicht … konnte ihr das Wasser nicht abschneiden!

„Ich denke, es wird Zeit, meinem Nachbarn mal einen Besuch abzustatten", murmelte sie und richtete sich auf. Morgen vielleicht. Im Augenblick musste sie sich um Cody kümmern, daher würden Caleb Johnson und Chase McEnroe warten müssen.

Sie musste nur einen Fuß auf Caleb Johnsons Land setzen, und Dani überlief ein eisiger Schauer. Der Mann war Gift, und das konnte sie spüren, während sie ihren Pick-up parkte und über den gepflasterten Weg zu dem imposanten zweistöckigen Farmhaus marschierte. Mit den stabilen weißen Schindeln, den schwarzen Fensterläden und einer breiten Eingangsveranda, die sich über die gesamte Front erstreckte, war das Haus so beeindruckend und wirkte genauso kalt wie Johnson selbst.

Dani klopfte an die Haustür und wartete ungeduldig darauf, dass jemand öffnete.

Das geschah dann auch, allerdings war es nicht Caleb Johnson. Anstatt, wie gehofft, endlich in der Lage zu sein, ihren Zorn an Johnson auszulassen, sah Dani sich schon wieder mit Chase McEnroe konfrontiert.

Sobald er sie erkannte, verengte Chase die Augen. „Wenn das mal nicht unsere Calamity Jane ist", meinte er gedehnt und gab die Tür frei, wie um sie eintreten zu lassen. „Was kann ich für Sie tun?"

„Nichts", antwortete sie steif. Vor lauter Nervosität bekam sie feuchte Hände. Es war eine Sache, dem Mann zu begegnen, wenn man sich vorteilhafterweise auf eigenem Grund und Boden befand, auf einem großen Wallach saß und ein Gewehr in der Hand hielt. Ihm jedoch Zeh an Zeh auf Caleb Johnsons Veranda gegenüberzustehen, war eine völlig andere Geschichte. Sie straffte sich, nahm ihre schlanken Schultern zurück und teilte ihm den Grund ihres Besuchs mit: „Ich suche Caleb."

Skeptisch zog er eine Augenbraue hoch. „Ist im Moment nicht da."

„Wo ist er?"

„Im Ort."

„Wann ist er zurück?"

„Keine Ahnung." Chase bot ihr ein demütiges Grinsen. „Ich bin nur der Handlanger." Plötzlich wirkte sein Lächeln hart. „Sie erinnern sich … der arrogante Mistkerl und Lakai, den Sie auf Ihrem Grundstück gestellt haben."

„Ich erinnere mich." Ohne mit der Wimper zu zucken, hielt sie seinem Blick stand und hob stolz das Kinn. „Ich hoffe nur, dass Sie Johnson meine Nachricht überbracht haben."

„Klar und deutlich."

„Dann darf ich wohl annehmen, dass wir keine Probleme mehr miteinander haben werden?"

„Bestimmt nicht, wenn Sie Ihr Gewehr in einem Waffenschrank einschließen und den Schlüssel wegwerfen."

„Das glaube ich nicht, Mr McEnroe. Das tue erst dann, wenn ich mir sicher sein kann, dass Sie sich von meinem Grundstück fernhalten." Sie sah, wie er mit den Zähnen knirschte, und beschloss, sich klar und deutlich auszudrücken. „Und das beinhaltet auch, dass Sie sich von allen Gewässern, die durch mein Land fließen, fernhalten. Ich habe Wasserrechte und gedenke, sie zu schützen."

„Mit einer Flinte."

„Mit einem Gewehr", korrigierte sie, da sie merkte, dass er sie aufziehen wollte. „Und mit allem, was sonst nötig ist, um

Ihrem Boss die Nachricht in seinen Dickschädel einzuhämmern: Mein Grundstück wird weder verkauft noch verpachtet. Von mir aus kann er um mein Land herum eine Stadt bauen, so groß wie New York, ich werde meine Meinung nicht ändern."

Chase lehnte sich an den Türpfosten und verschränkte die Arme vor der Brust. Seine Miene wurde etwas weicher. „Sagen Sie mir, Mrs Summers, sind Sie immer so hart?" Ihm fiel ihre Nervosität auf, als er durch die förmliche Anrede auf ihren Familienstand anspielte.

„Ja, immer", log Dani. „Vor allem, wenn ich mit Caleb Johnson oder seinen Handlangern zu tun habe."

Chase lächelte amüsiert und seine strahlend blauen Augen funkelten so, dass Dani bemerkte, wie attraktiv sein markantes Gesicht sein konnte.

„Ich werde ihm berichten, dass Sie vorbeigeschaut haben."

„Und werden Sie ihm auch sagen, dass es kein geselliger Besuch war?"

„Ich vermute mal, Sie sind seit Jahren nicht mehr mit einem Apfelkuchen auf ein Plauderstündchen zu Besuch hier gewesen", erwiderte er spöttisch.

„Richten Sie es ihm einfach aus."

„Erwarten Sie eine Antwort?"

„Nein." Sie stemmte die Hände in die Hüften und hakte die Daumen in den Bund ihrer Jeans. „Solange Sie und alle anderen, die für Johnson arbeiten, auf dieser Seite des Zauns bleiben, bin ich zufrieden. Wenn nicht, werde ich meinen Anwalt einschalten."

„Und wie heißt dieser Anwalt?"

Dani hoffte, ihr Lächeln würde nicht allzu gezwungen wirken. Immerhin hatte dieser Mann sie gerade aufgefordert, die Karten offen auf den Tisch zu legen. „Wir wollen lieber versuchen, ihn da rauszuhalten", wich sie der Frage aus. „Ich glaube nicht, dass Caleb mehr Lust hat als ich, sich auf einen Rechtsstreit einzulassen."

„Er behauptet, Sie hätten keinen Anwalt, und hält Ihre potenzielle Anzeige für eine leere Drohung."

„Wollen Sie wetten?", fragte Dani forsch und hoffte zugleich, McEnroe würde auf ihren Vorschlag nicht eingehen. „Ich rechne einfach damit, dass es nicht zu einem kostspieligen Rechtsstreit kommt. Weder Caleb noch ich sind an einer negativen Publicity oder dem Kostenaufwand interessiert."

„Ich weiß nicht", überlegte Chase laut. „Caleb scheint es sich in den Kopf gesetzt zu haben. Er hat bereits ein Vermögen für Architekten, Ingenieure, Gutachter, Anwälte und Politiker ausgegeben. Ich kann mir nicht vorstellen, dass er sich durch ein weiteres Hindernis von seinem Plan abbringen lässt."

„Wir werden sehen", sagte sie finster.

„Ich fürchte, das werden wir, Lady." Zum ersten Mal entdeckte er eine Spur Angst in ihren großen graugrünen Augen.

„Erzählen Sie ihm nur, weshalb ich hier war."

Dani drehte sich auf dem Absatz um und versuchte die große Furcht zu ignorieren, die sich in ihr Herz schlich. Johnson hatte also vor, mit harten Bandagen zu kämpfen. Während sie über den gepflasterten Weg zurückging, musste sie gegen das Bedürfnis ankämpfen zu laufen. Sie konnte McEnroes Blick noch im Rücken spüren, als sie in den Pick-up stieg und den Gang einlegte. Als sie das Lenkrad einschlug und die alte Kiste wendete, streifte sie ihn mit einem Blick durchs Fenster. Er stand noch dort, wo sie ihn auf der Veranda verlassen hatte, und lässig an den Pfosten gelehnt beobachtete er sie aufmerksam. Sie hatte das Gefühl, als würde er ihr mit den Augen die Haut verbrennen.

Oh Gott, dachte sie verzweifelt, Johnson wird sich nicht zufriedengeben, bis er alles hat! Dann allerdings zwang sie sich, diesen fatalistischen Gedanken beiseitezuschieben, und murmelte: „Reiß dich zusammen, Dani. Verdammt, Johnson kann zwar versuchen, dir dein Land wegzunehmen, doch wenn er das tut, wird er feststellen, dass er, McEnroe und alle anderen, die mit ihm zu tun haben, sich auf den Kampf ihres nichtsnutzigen Lebens eingelassen haben."

2. KAPITEL

*D*rei Tage lang ließ Dani Chase nicht aus den Augen. Ihr Haus war wie ein Aussichtspunkt, von dem aus sie die Umgebung in allen Richtungen überschauen konnte. Im Osten trennten sie nur zwei kleine Felder von der Landstraße, auf denen derzeit Hereford-Rinder und ein paar Pferde bunt gemischt die trockenen Weiden abgrasten. Im Westen senkte sich der größere Teil des Ackerlands hinter ihrem Holzhaus zunächst ab, bevor es sich langsam zum Fuß der Berge hin wieder anhob. Der Grizzly Creek floss im Norden von Caleb Johnsons Land herein und durchzog den westlichen Teil ihres Grundstücks in südlicher Richtung wie ein klares blaues Band, das – von einem handgegrabenen Brunnen einmal abgesehen – dem ausgedörrten Boden die einzige Erholung bot.

Dani zollte Anerkennung, wo Anerkennung gezollt werden musste, und Chase McEnroe war der beharrlichste Mann, der ihr je begegnet war. Obwohl er sich an seinen Teil ihrer Übereinkunft hielt und auf Caleb Johnsons Land blieb, ging er bis an die äußerste Grenze und schritt oft die Zaunpfähle ab, den Blick immer prüfend auf das Wasser gerichtet, das durch ihr Land floss.

Auch konnte sie sehen, wie er im Bach herumwatete. Manchmal war ein anderer Mann dabei, aber meistens war er allein. Obwohl ihr nicht ganz klar war, warum sie es tat, beobachtete sie ihn von weitem.

Sie war gerade mit der Heuernte beschäftigt, als sie Chase zuerst beim Fliegenfischen im Bach sah, und später, nachdem sie mit Codys Hilfe die Heuballen in der Scheune gestapelt hatte, war ihr aufgefallen, dass Chase im Bachbett herumbuddelte. Aber Dani hatte ihn nie auf ihrer Seite des Zauns ertappt, selbst wenn er sich nahe an der Grundstücksgrenze herumtrieb und über den Stacheldrahtzaun auf ihr Land und das lebenspendende Wasser blickte, das durch ihre trockenen Felder floss.

„Was mag Johnson nur im Schilde führen?", fragte sie sich laut, als sie eine Reihe Kartoffeln in dem kleinen Garten hinter dem Haus aufhackte. Sie hatte ein ungutes Gefühl, und das bereits, seit sie vor Johnsons Haustür mit Chase gesprochen hatte. In seinen Augen hatte sie etwas wahrgenommen, das Mitleid sehr nahe kam. Zwar hatte sie sich nichts anmerken lassen und den Rücken stolz durchgebogen, aber gleichzeitig war ihr die Furcht ins Herz geschossen. „Der Kerl weiß etwas", entschied sie, richtete sich auf und stützte sich auf ihre Hacke, um die Muskeln im Kreuz zu entspannen. „Und wenn ich klug wäre, würde ich versuchen, herauszufinden, was es ist."

Es wurde schon langsam dunkel, und McEnroe stand noch immer am Bach, schützte die Augen vor der sinkenden Sonne und beobachtete das sich kräuselnde Wasser. Dani dachte daran, dass er auf die Dunkelheit warten könnte, um heimlich ihr Grundstück zu betreten. Aber warum? Und was könnte er im Dunkeln finden?

„Na und!", sagte sie laut zu sich selbst, nahm ihre Hacke und ging gereizt zum Haus zurück. Der Schweiß lief ihr über das staubige Gesicht, als sie die Hacke in den Schuppen neben der Gartenveranda stellte und hineinging.

Cody lag vor dem Fernseher auf dem abgewetzten Sofa, und Runt hatte sich vor ihm auf dem Boden ausgebreitet. Als sie hereinkam, hob Runt den schwarzen Kopf und klopfte mit dem Schwanz auf den Boden. Cody bemerkte nicht einmal die Anwesenheit seiner Mutter.

Stirnrunzelnd sah Dani sich im Zimmer um. Das Geschirr stand noch auf dem Tisch, und Runts Futternapf war leer. „Cody?"

Er warf zwar einen Blick in ihre Richtung, rührte sich jedoch nicht. „Ja?"

„Ich dachte, du wolltest den Tisch abräumen."

„Ja, ja … mach ich gleich."

Dani setzte sich auf die Lehne der dick gepolsterten Couch

und lächelte ihren Sohn an. „Ich hatte gehofft, das würde noch in diesem Jahrhundert geschehen."

„Au Mann, Mom", motzte Cody und runzelte die Stirn, als er versuchte, sich wieder aufs Fernsehen zu konzentrieren.

„Es ist mein Ernst."

„Ich habe doch gesagt, dass ich's mache."

Seufzend sank Dani an die Rückenlehne der Couch. „Hör mal, wir hatten eine Abmachung. Du fütterst Runt, erledigst deine Arbeiten im Haus und räumst den Tisch ab, richtig?"

„Ja."

„Ich fände es nur fair, wenn du die Sachen auch dann erledigst, wenn sie erledigt werden müssen."

Verständnislos sah er sie an. „Warum?"

„Weil Kühe, Pferde und Hunde rechtzeitig gefüttert werden müssen. Was das Geschirr angeht, wär's schön, wenn es noch vor Mitternacht vom Tisch verschwunden und eingeräumt sein könnte, okay?"

Mit einer Miene, die mehr als deutlich machte, wie ausgenutzt er sich fühlte, stieß Cody einen Seufzer aus. „Das wäre alles anders, wenn Dad zu Hause wäre." Der Junge beobachtete verstohlen ihre Reaktion.

„Das kannst du nicht wissen."

„Dann müsstest du nicht so schwer arbeiten und … und … ich auch nicht!"

Dani rang um Geduld. „Cody, du musst begreifen, dass es mit deinem Vater und mir niemals gut gegangen wäre, selbst wenn er auf der Farm geblieben wäre."

Dazu sagte Cody nichts und starrte nur weiter auf den Fernseher. Erst als Dani sich von der Couch erhob, murmelte er: „Du hast ihm nie eine Chance gegeben." Als er sah, wie seine Mutter sich versteifte, fügte er etwas lauter hinzu: „Die Kinder in der Schule sagen, dass er mit einer anderen Frau durchgebrannt ist. Stimmt das?"

„Wo hast du das denn gehört? Du hast seit zwei Monaten Ferien."

„Stimmt das oder stimmt das nicht?"

Dani ließ die Schultern hängen und rieb sich die Schläfen. Sie war viel zu müde, um sich auf ein solches Gespräch mit Cody einzulassen, sah aber keine Möglichkeit, sich dem zu entziehen. „Ich glaube ja", räumte sie ein.

„Warum?" Vorwurfsvoll sah Cody sie mit seinen braunen Augen an.

„Keine Ahnung."

„Die Kinder in der Schule haben mir das an dem Tag erzählt, als ich den Brief von Dad bekommen habe."

„Den hast du in die Schule mitgenommen?"

„Ja." Cody kaute auf der Unterlippe. „War vielleicht keine so tolle Idee, oder?"

„Was glaubst du?"

„Der Pa von Isabelle Reece hat gesagt, dass Dad weggegangen ist, weil du nicht Frau genug warst, ihn zu halten. Das hat sie mir jedenfalls erzählt."

Dani merkte, wie sich ihr die Kehle zuschnürte, brachte jedoch ein Lächeln zustande. „Das ist genau die Art, wie Isabelles Vater sich tatsächlich auszudrücken pflegt. Aber auf die Meinung von Bill Reece würde ich nicht allzu viel geben …" Sie griff nach Codys Hand, drückte sie kurz und ließ sie wieder los. „Die Dinge sind nicht immer so einfach."

„Dad hat dir wehgetan, oder?", folgerte Cody.

„Ein bisschen."

„Hast du ihn noch immer lieb?"

Dani zögerte mit der Antwort. Es war eine Frage, die sie sich in den letzten sechseinhalb Jahren oft genug gestellt hatte. „Nein." Sie sah, wie ihr Sohn zusammenzuckte. „Oh, ich habe ihn geliebt. Früher einmal. Vor langer Zeit."

„Aber was ist dann passiert?"

„Ich schätze, da ist vieles zusammengekommen." Dani merkte, wie ihr die Tränen in den Augen brannten, aber sie wollte auf keinen Fall wegen Blake Summers weinen. Was sie einmal verbunden hatte, war seit Langem Vergangenheit. „Wir wurden älter und haben uns unterschiedlich entwickelt. Dein Dad wollte die Farm verkaufen und nach Duluth ziehen."

„In Minnesota?"

„Stimmt genau."

„Warum wolltest du das nicht?"

Dani zögerte. „Es ist mir schwergefallen, die Farm zu verlassen."

„Warum?"

„Aus demselben Grund, weshalb es mir auch jetzt schwerfallen würde. Das Land hier bedeutet mir sehr viel, und da rede ich nicht von Geld. So viele Jahre hat es unserer Familie gehört."

„Und?"

„Ich hänge daran."

„Mehr als du an Dad gehangen hast."

Dani lächelte traurig. „Ich mag nicht so denken. Ich weiß, für dich ist das schwer zu verstehen, aber als dein Dad mich verlassen hat, lebte meine Mutter – deine Großmutter – noch. Sie hat hier bei uns gewohnt. In Wirklichkeit gehörte die Farm ihr, weißt du. Ich konnte sie nicht darum bitten, sie zu verkaufen. Ihr Urgroßvater hatte dieses Land besiedelt."

„Cool!"

„Ja, das war tatsächlich cool. Und ist es noch. Jedenfalls habe ich deinem Dad gesagt, dass ich nicht mitkomme, aber er meinte, dass er das zusätzliche Geld aus dem Verkauf des Grundstücks brauchen würde, um in Duluth Fuß fassen zu können.

Als er schließlich ging, war deine Grandma krank, und du warst noch sehr jung. Es war mitten im Winter, und er versprach, im Frühling etwas Geld zu schicken, damit ich … wir – also du und ich – zu ihm kommen könnten."

„Aber das Geld hat er nie geschickt."

„Richtig."

„Und er hat eine andere … Frau gefunden?"

„Das vermute ich", sagte Dani leise. Sie sah keinen Grund, weshalb sie erwähnen sollte, dass Blakes Interesse an anderen

Frauen schon lange vor seinem Aufbruch nach Minnesota erwacht war.

Cody blieb eine Weile reglos sitzen, bevor er seine Mutter mit großen, hoffnungsvollen Augen wieder ansah. „Also, vielleicht hat er ja seine Meinung geändert und will zurückkommen. Vielleicht will er jetzt wieder nach Hause kommen."

„Davon hat er in seinem Brief aber doch nichts gesagt, oder?"

„Irgendwie schon. Du weißt doch, er hat geschrieben: ‚Wir sehen uns bald. Alles Liebe, Dad.'"

Und jetzt sind fast drei Monate vergangen, seit dieser verdammte Brief eingetroffen ist, dachte sie.

„Und er hat gesagt, dass er wieder schreiben wird", fügte Cody hinzu. „Kann doch sein, dass er nach Hause kommen will. Vielleicht ist er jetzt gerade unterwegs hierher! Wäre das nicht cool!"

Weil sie es hasste, Cody zu entmutigen, lächelte sie schwach. „Ich glaube nicht, dass er zurückkommt. Jedenfalls vorläufig nicht."

„Aber was ist, wenn er kommt?" Cody wollte einfach die Hoffnung nicht aufgeben.

„Falls er kommt", betonte sie. „Kommt Zeit, kommt Rat." Sie wies mit dem Kopf Richtung Küche. „Jetzt werde ich erst mal nach oben gehen und duschen. Warum nimmst du nicht solange mal das Geschirr in Angriff?" Liebevoll klopfte sie ihm aufs Knie. „Abgemacht?"

„Okay." Cody rollte sich von der Couch und wäre fast dabei auf Runt geplumpst, der knurrte, weil er sich von seinem Lieblingsplatz beim Kamin fortbewegen musste.

Dani stieg die Treppe hinauf und hörte die Teller klappern, als Cody den Tisch abräumte. Er ist ein guter Junge, dachte sie. Du musst dir nur die Zeit nehmen, mit ihm zu reden, und endlich einmal aufhören, ihm die ganze Wahrheit über seinen Vater zu verschweigen.

Fünfundvierzig Minuten und eine entspannende Dusche später fand Dani, als sie die Treppe herunterkam, ihren Sohn mit einer riesigen Schüssel Popcorn auf dem Schoß wieder vor dem Fernseher. Der Tisch war zwar abgeräumt und das Geschirr befand sich in der Spülmaschine, aber das Chaos, das seine Popcorn-Herstellung hinterlassen hatte, breitete sich über die ganze Küche aus. Dani beschloss, es nicht zu erwähnen.

„Du warst fleißig, nicht wahr?"

„Ja. Ich finde, du hast schon recht mit diesen Hausarbeiten."

„Habe ich nicht immer recht?", zog Dani ihn auf.

„Oh, Mom, verschone mich!" Aber Cody lachte und hielt Runt ein Stückchen Popcorn hin, das der Hund gierig verschlang, als hätte er tagelang gehungert.

Ein Blick in den Napf neben der Hintertür verriet Dani, dass Runt vor Kurzem gefüttert worden war. Während sie die Küche in Schuss brachte und die Tresen reinigte, die Cody vergessen hatte, rief sie ihm über die Schulter zu: „Ich denke, es wird langsam Zeit für dich, ins Bett zu gehen, was meinst du?"

„Draußen ist es noch hell!"

Dani sah aus dem Fenster über der Spüle. Die einzige Beleuchtung in der Finsternis war der silbrige Halbmond. „Es ist nicht hell, und es ist fast zehn", stellte sie klar, während sie ihre Küchenarbeit abschloss.

„Nur noch ein bisschen", bettelte der Junge.

„Also gut. Wenn die Show vorbei ist, kannst du noch ein Weilchen im Bett lesen, aber ich denke, du solltest bald unter die Federn kriechen, mein Freund. Morgen haben wir einiges vor."

„Was denn?"

„Rate mal!"

Cody stöhnte. „Schon wieder Heu schleppen."

„Richtig!"

„Und warum hast du dich so schick gemacht? Kommt noch Besuch?" Cody musterte nachdenklich seine Mutter.

„Wohl kaum. Es ist viel zu spät für Besucher." Lachend schüttelte Dani den Kopf und fühlte durch den dünnen Stoff ihres Kleides, wie ihr die feuchten Strähnen der langen Haare über den Rücken streiften. „Und zu deiner Information, ich habe mich nicht schick gemacht. Du bist nur daran gewöhnt, mich ständig in meinen Arbeitsklamotten zu sehen."

Cody beäugte das leichte Sommerkleid aus Baumwolle. „Und warum hast du nicht einfach deinen Schlafanzug angezogen?"

„Viel zu heiß. Außerdem dachte ich daran, auf der Gartenveranda vielleicht noch eine Limonade zu trinken." Sie drehte sich um, und als sie die besorgten Augen ihres Sohnes sah, lächelte sie ihm liebevoll zu. „Hey, nur weil ich mir meine schmutzigen Arbeitsklamotten ausgezogen habe, heißt das noch längst nicht, dass du mich ins Kreuzverhör nehmen musst. Aber danke für das Kompliment."

Ein paar Minuten später stellte Runt die schwarzen Ohren auf und knurrte. Im selben Moment wurde auch Dani auf das Geräusch eines herannahenden Fahrzeugs aufmerksam.

„Hey, Mom, ich glaube, da ist jemand", stellte Cody vorwurfsvoll fest. „Du hast doch gesagt, du erwartest niemanden!"

„Hatte ich auch nicht … Ich meine, ich erwarte wirklich niemanden." Dani trocknete sich die Hände an einem Küchentuch ab, als es auch schon an die Tür klopfte. Sie schaute durchs Fenster und erkannte Chase McEnroe auf der Veranda. Und der hatte ihr gerade noch gefehlt. Dani wappnete sich innerlich vor einer weiteren Konfrontation mit Caleb Johnsons neuester Errungenschaft.

Sie öffnete die Tür, schürzte die Lippen und sah ihm direkt in die Augen. „Einen gut gemeinten Wink können Sie offenbar nicht verstehen, Mr McEnroe."

„Ich war in der Nähe", konterte er trocken.

„Hey, Mom, wer ist das?" Cody verließ tatsächlich seinen Platz auf der Couch und trottete zur Tür.

„Das ist Mr McEnroe …"

„Chase", korrigierte er und reichte lächelnd dem Jungen die Hand.

„Und das ist mein Sohn Cody", stellte Dani die beiden vor, während Cody, wenn auch misstrauisch, die Hand ergriff.

„Chase arbeitet für Caleb Johnson", fügte Dani hinzu, und sogleich zog Cody seine Hand wieder zurück. „Ich denke, du solltest vielleicht lieber rauf ins Bett gehen. Wie es aussieht, hat Mr McEnroe etwas Geschäftliches mit mir zu besprechen."

„Bist du sicher?", fragte Cody.

„Absolut." Dani wandte den Kopf und sah Chase in seine rätselhaften blauen Augen.

„Na gut." Cody ging zum Fuß der Treppe, drehte sich noch einmal um, pfiff nach Runt, der ihm schnell folgte. Ein paar Sekunden später hörte Dani die Tür zu Codys Zimmer ins Schloss fallen.

Sie verschränkte die Arme vor der Brust und lehnte sich mit der Hüfte an eine antike Anrichte, die neben der Tür stand. „Was wollen Sie?"

„Mit Ihnen reden."

„Also reden Sie."

„Es könnte eine Weile dauern."

Seufzend wies Dani in Richtung Wohnzimmer. „Also gut. Kommen Sie herein."

Chase ging langsam und nahm währenddessen die Einrichtung des Holzhauses in Augenschein. Leicht abgenutzte, aber bequem aussehende rustikale Sitzmöbel standen zwischen Antiquitäten und Familienerbstücken. Über die Rückenlehne der Couch war eine Häkeldecke drapiert, und Stickereien und Applikationen zierten die Holzwände. Es war ein kleiner Raum, aber gemütlich und komfortabel. Das Haus passt zu ihr, dachte Chase, als er auf dem Kaminsitz Platz nahm, sich vorbeugte und die Hände auf die Knie stützte. Genauso wie auch Calebs bis ins kleinste Detail geplante, aber kalte Farmhaus zu ihm passt.

Dani beschloss, dass es nichts brachte, um den heißen Brei herumzureden, also folgte sie ihm ins Wohnzimmer, stellte den Fernseher ab, setzte sich auf die Armlehne der Couch und sah ihn an. „Also, was wollen Sie? Weshalb sind Sie hier?"

Chase lächelte. Es war ein strahlendes Lächeln, bei dem er die weißen Zähne im gebräunten Gesicht blitzen ließ, ein Lächeln, das seine blauen Augen zum Leuchten brachte. „Mir gegenüber können Sie getrost die Rolle der abgebrühten Lady fallen lassen."

„Das ist keine Rolle."

„Caleb erzählt etwas anderes."

Dani presste die Lippen zusammen und sah ihn herausfordernd an. „Caleb kennt mich nicht besonders gut. Andernfalls würde er nicht ständig versuchen, mich zu zwingen, ihm mein Land zu verkaufen."

„Indem er Ihnen einen vernünftigen Preis anbietet?"

Dani hatte nicht vor, sich einem von Johnsons Männern anzuvertrauen, ob er nun interessant war oder nicht. „Vernünftig?", wiederholte sie und verdrehte die Augen. „Hören Sie zu, Mr McEnroe, offensichtlich sind Sie aus einem bestimmten Grund hier, also warum kommen Sie nicht auf den Punkt und sagen mir, worum es geht?"

„Ganz geschäftsmäßig, ja?"

„Ja. Schießen Sie los", forderte sie ihn auf und entlockte Chase mit dieser Aufforderung ein tiefes, polterndes Lachen, das von den Dachsparren zurückschallte und Dani tief in ihrem Inneren anrührte.

„Schlechte Wortwahl", stellte er dann fest.

„Okay." Sie lächelte, ohne es zu wollen. „Also, warum sind Sie gekommen?"

„Ich will Antworten haben."

„Von mir?"

„Irgendwo muss ich anfangen." Er stand auf und streckte sich, bevor er nach dem Gewehr griff, das über dem Kaminsims hing.

Dani fuhr hoch. „Was soll das werden?" Sie sprang auf und stürzte auf ihn zu.

Völlig ungerührt öffnete er das Patronenlager. Es war leer. „Ich wollt's nur wissen", sagte er, fast wie zu sich selbst.

„Was wollen Sie wissen?"

„Wer von Ihnen beiden lügt. Sie oder Caleb Johnson." Er

hing die Winchester wieder an ihren Platz und sah sie über die Schulter an. „Bis jetzt steht es null zu null für die Wahrheit."

„Ich denke, Sie sollten besser gehen." Sie war wütend auf sich selbst, weil sie ihm überhaupt erlaubt hatte, ihr Haus zu betreten.

„Noch nicht."

„Wenn Sie nicht ..."

„Ja, ich weiß, ich weiß." Er ging weiter im Zimmer umher und sah sich die geflochtenen Körbe an, die Kupfertöpfe, die abgewetzten Polster und den zerkratzten Holzfußboden. „Wenn ich nicht verschwinde, werden Sie den Sheriff anrufen oder diesen Anwalt, den Sie da angeblich haben."

Es bedurfte ihrer ganzen Selbstbeherrschung, diesen unverschämten Kerl nicht anzuschreien. Sie stemmte die Hände fest in die Hüften. „Sagen Sie einfach, was Sie hier wollen, Mr McEnroe."

„Wie oft muss ich Ihnen noch sagen, dass Sie mich Chase nennen sollen?"

„Und wie oft muss ich Ihnen noch sagen, dass Sie aus meinem Haus verschwinden sollen?"

„Ich geh ja schon, ich geh ja schon", erklärte er sich freundlicherweise einverstanden. „Ich will nur ein paar Antworten."

Aufbrausend erwiderte sie. „Nun, die hätte ich auch gern! Sagen Sie mir einfach, wer Sie sind und warum Sie hier sind."

„Ich habe Ihnen neulich, als Sie mir so freundlich den Gewehrlauf unter die Nase hielten, schon gesagt, wer ich bin. Und falls es Sie interessiert, was ich mache, nun, ich besitze ein kleines Unternehmen mit Hauptsitz in Boise." Eindringlich sah er sie an. „Ich regeneriere Gewässer, wie zum Beispiel den Grizzly Creek, damit wieder Forellen darin leben können."

„Wie bitte?"

Er schmunzelte. „Viele Gewässer und Flüsse sind heutzutage so verschmutzt, dass sie als Laichplatz für Fische nicht mehr infrage kommen."

Dani schüttelte den Kopf und drehte die Hände, um sie ruhig zu halten. „Ich glaube Ihnen nicht."

„Warum sollte ich das erfinden?"

„Weiß der Teufel. Wahrscheinlich, weil Caleb Johnson Sie darum gebeten hat."

Chase schob die Hände in die Taschen seiner Jeans und lehnte sich mit seinen breiten Schultern an den Kaminsims. „Auch wenn Sie mir nicht glauben, ich mache nicht alles, worum Johnson mich bittet."

„Dann werden Sie bald gefeuert", stellte sie sachlich fest.

„Das glaube ich nicht. Caleb Johnson und ich sind Partner."

„Partner!", wiederholte Dani, wobei ihr das Wort fast in der Kehle stecken blieb. *Lieber Himmel, das wird ja immer schlimmer!* „Partner wobei?"

„Vor ein paar Jahren brauchte ich Kapital für mein Geschäft." Chase sah die Fotos auf dem Kaminsims und berührte eins davon mit der Hand. Auf dem Schnappschuss saßen Dani und Cody rittlings auf dem rehbraunen Wallach; Dani lachte und hatte die Arme fest um den strahlenden Cody gelegt, der damals etwa vier Jahre alt war. Chase betrachtete das Foto lange und nahm es von seinem Platz auf dem Sims herunter.

„Sie sagten gerade ...", schob sie ihn an, damit er weiterredete. Seine Gegenwart füllte auf eine beunruhigende Weise das kleine Holzhaus. Allein die Tatsache, dass er sich in ihrem Haus befand, machte sie nervös, aber eher, weil sie ihn als Mann wahrnahm, weniger, weil sie sich bedroht fühlte. Er war der Feind, das musste sie sich wohl in Erinnerung rufen.

Chase stellte das Foto wieder an seinen Platz. „Ich wollte Ihnen sagen, dass just in dem Moment, als mein Geschäft eine Finanzspritze für Werbung und Expansionen brauchte, Caleb Johnson in mein Leben trat."

„Wie praktisch."

Bei der unangenehmen Erinnerung verfinsterte sich seine Miene, und er dachte an die merkwürdigen Ereignisse und seltsamen Umstände, die Caleb Johnson zu ihm geführt hatten. „Vielleicht zu praktisch", bestätigte er, und wieder einmal beunruhigte ihn die Verbindung zwischen Caleb und seiner Mutter. Er trat ans Fenster, von wo aus er den Grizzly Creek sehen konnte. „Jedenfalls hatte Caleb mir zweihunderttausend Dollar angeboten, um bei mir einzusteigen, und ich habe sein Geld angenommen, weil ich glaubte, dass Relive eine Finanzspritze brauchte."

„Relive?"

„Meine Firma."

„Oh. Und Johnson hat die Spritze geliefert."

„Genau."

„Geld." Dani sank auf die Couch. „Natürlich. Das ist alles, was ein Mann wie Johnson verstehen kann." Nachdenklich betrachtete sie Chase.

Chase fühlte sich wie gebannt von ihrem Blick. Ihre graugrünen Augen schienen durch die Oberfläche zu blicken und den Mann zu suchen, der dahintersteckte.

„Lassen Sie mich raten", überlegte Dani. „Diese ‚Partnerschaft' hat einen Haken."

Anerkennend zog er die dunklen Augenbrauen hoch. „Einen kleinen. Johnson hat sich bereit erklärt, mir ein Viertel des Firmenanteils zurückzuzahlen, wenn ich den Grizzly Creek sanieren kann. Aber ohne Ihre Mitwirkung geht das schlecht."

Und jetzt kommt's, dachte sie. „Wie sollte meine Mitwirkung aussehen?"

„Wenn Sie Ihr Land nicht an Caleb verkaufen oder verpachten wollen …"

„Kommt nicht infrage. Das wissen Sie."

„Warum nicht?"

Weil Caleb alles will, dachte sie, und diese Farm alles ist, was ich habe. Dieses Land und mein Sohn. „Johnson ist eine Schlange. Ich mag ihn nicht, und ich vertraue ihm nicht."

„Wo liegt der Unterschied? Auch sein Geld ist grün."

Ihre Augen glänzten. „Es geht nicht ums Geld."

„Worum dann?"

„Es geht um mein Recht, hier zu leben, auf diesem Land, ohne verkaufen zu müssen. Eigentlich habe ich gar nichts gegen dieses Resort, ich habe nur etwas gegen ein Resort auf meinem Land."

„Ist das nicht ein wenig besitzergreifend?"

„Ja, verflucht. Soweit ich weiß, bin ich immer noch die Eigentümerin. Und vielleicht hätte ich meine Meinung sogar geändert, wenn Johnson nach den Regeln gespielt hätte."

„Hat er nicht?"

„Was glauben Sie?"

„Ich weiß es nicht."

Vor lauter Anspannung schmerzten Dani die Muskeln. „Glauben Sie mir, er hat mit allen Mitteln versucht, mich loszuwerden, und das steckt mir noch in den Knochen."

„Sie wollen also versuchen, seine Pläne zu durchkreuzen."

„Ich betrachte das als Ausübung meiner Rechte", stellte sie mit angehobener Stimme klar.

Chase dachte einen Augenblick nach. Er konnte Dani wirklich keinen Vorwurf machen. Hatte er nicht selbst ganz ähnliche Vorbehalte gegenüber Caleb? Ein paar der Dinge, die Caleb ihm erzählt hatte, schienen ihm einfach nicht ganz wasserdicht zu sein. Er versuchte es auf einer anderen Schiene. „Dann hätte ich gerne Ihre Erlaubnis, auf Ihrem Land im Wasser arbeiten zu dürfen."

„Vergessen Sie's." Sie schüttelte den Kopf und das Licht der gedämpften Zimmerbeleuchtung ließ ihre Haare schimmern. „Wie gesagt, ich vertraue diesem Mann nicht, und ich vertraue Ihnen nicht."

„Was hat Caleb Johnson getan, um Sie derart misstrauisch zu machen?"

Dani lachte bitter und betrachtete ihre Hände. „Abgesehen davon, dass er mir das Haus noch nicht über dem Kopf weggesprengt hat, eigentlich alles." Als ihr klar wurde, dass Chase nur gekommen sein könnte, um sie auszuhorchen und die Informationen seinem „Partner" zuzutragen, schwieg sie.

Sie hörte zwar, dass er näher kam, rechnete aber nicht damit, seine warme Hand auf ihrer Schulter zu fühlen. Überrascht hob sie den Kopf und schaute ihm verwundert·in die Augen.

„Sie können mir vertrauen", sagte er mit tiefer Stimme, die ein wenig heiser klang. „Ich will offen zu Ihnen sein."

Dani musterte ihn. Seine rauen Gesichtszüge wirkten ehrlich, und in den Tiefen seiner intensiv blauen Augen lag Aufrichtigkeit. Sie spürte, wenn es jemanden gab, dem sie vertrauen konnte, könnte Chase McEnroe genau dieser Mann sein.

Er beugte sich leicht über sie, und einen Moment lang hatte Dani die absurde Empfindung, er könnte sie küssen. Aber rasch zog er sich wieder zurück, und sie schüttelte den Kopf über ihre eigene Dummheit. Wenn sie von Blake und Caleb Johnson etwas gelernt hatte, dann mit Sicherheit, niemals einem Mann zu vertrauen, der Hintergedanken haben musste.

„Ich denke, Sie sollten lieber gehen", flüsterte sie und rutschte zur Seite, sodass seine Hand sie nicht mehr berührte. „Und kommen Sie nicht wieder her."

„Sie glauben, ich bin Ihr Feind."

„Das sind Sie."

„Ich und der Rest der Welt?", fragte er. „Oder nur Männer im Allgemeinen?"

Getroffen und wütend zugleich stand Dani auf und drehte sich zu ihm um. „Sie, Caleb Johnson und jeder andere, Mann oder Frau, der versucht, mir mein Land zu stehlen."

„Stehlen?" Nachdenklich kniff er die Augen zusammen. „Caleb Johnson hat versucht, Ihnen dieses Land zu rauben?" Er wirkte aufrichtig überrascht und nicht nur leicht verunsichert.

Dani verzog den Mund, als ihr bewusst wurde, wie absurd das alles war. „Gehen Sie zu Johnson und fragen Sie ihn." In Gedanken fügte sie noch hinzu: Als wenn du das nicht längst wüsstest. Nach Danis Informationsstand über Chase konnte er sowohl ein vortrefflicher Schauspieler sein, der eine gut einstudierte Rolle spielte, als auch einfach ein Betrüger, der sie mit seinem hübschen Zahnpastalächeln anlog.

„Das werde ich", versprach er und ging zur Haustür.

„Gut!"

Vor der Tür zögerte er, ließ die breiten Schultern sinken und drehte sich zu ihr um. „Dani?"

Sie antwortete zwar nicht, neigte aber den Kopf.

„Auch wenn's nicht viel bringt, ich will nur sagen: Was auch immer … dieses Problem zwischen Ihnen und Johnson ist, ich habe nichts damit zu tun. Dasselbe habe ich Johnson auch gesagt."

„Aber Sie sind sein Partner."

Chase knirschte mit den Backenzähnen. „Das trifft zu."

„Und Sie sind hier, um mich dazu zu bewegen, mein Land entweder zu verkaufen, zu verpachten, zu vermieten oder Ihnen zu gestatten, es für Ihre Zwecke zu nutzen."

Schweigend betrachtete er sie, und es schien, als würde die Spannung, die in der Luft lag, durch das Feuer in ihren Augen zum Knistern gebracht.

„Dann müssen Sie begreifen, Mr McEnroe, dass Sie vor dieser Tür stehen bleiben können, bis die Hölle zufriert. Ich werde kein Wort von dem glauben, was Sie sagen."

Seine Augen schienen vor Zorn zu glühen. „Okay, Lady, machen Sie doch, was Sie wollen. Ich dachte bloß, ich könnte Ihnen helfen. Tut mir leid, dass ich Ihre Zeit verschwendet habe!"

Wütend marschierte Chase aus dem Haus und warf die Tür mit einem lauten Knall hinter sich zu. Die heiße Nachtluft half wenig, um auf dem Weg zu seinem Jeep den Zorn abzukühlen, der in ihm brodelte. Er stieg ein und fuhr mit röhrendem Motor den langen Weg hinunter, der ihn wieder zur Landstraße und schließlich zu Caleb Johnsons Grundstück führen würde.

Nur noch ein paar Wochen, dachte er innerlich stöhnend. Dann habe ich mit alldem nichts mehr zu tun. Ich werde Dani Summers hinter mir lassen können, ihren misstrauischen Sohn und Caleb Johnson. Sollen sie sich von mir aus doch alle gegenseitig an die Kehle gehen!

Kurz vor der Hauptstraße drosselte er die Geschwindigkeit, und als sein Fahrzeug völlig zum Stehen kam, schlug er das Lenkrad scharf nach rechts ein. Im Augenblick konnte er Caleb Johnsons selbstgefällige Miene nicht ertragen und schon gar nicht den Gestank des ganzen Geldes, das der alte Mann besaß. Ihm kam die Galle hoch, wenn er daran dachte, wie Dani Summers lebte.

In der Ferne erhellten die Lichter von Martinville den Nachthimmel. Der Ort bestand aus wenig mehr als einem Lebensmittelladen, einer Tankstelle und zwei Kirchen, aber es gab dort auch eine Bar. Chase entschied, dass die miefige Atmosphäre im Yukon Jack's angenehmer war als das kalte Innenleben von Caleb Johnsons Haus. Im Augenblick war ihm alles recht.

Unvernünftigerweise dachte er wieder an Dani und empfand eine leichte Spannung im Bauch. Sie war schön, daran bestand kein Zweifel. Mit den welligen, von der Sonne gebleichten Haaren, die ihr fast bis zur Taille fielen, den hohen Wangenknochen und den vollen sinnlichen Lippen war sie die attraktivste Frau, die ihm seit langer Zeit begegnet war.

Sie schien in ihn hineinschauen zu können, aber das steigerte nur ihre Anziehungskraft und natürliche Sexualität. Sie war rank und schlank, wahrscheinlich stark und offensichtlich intelligent; Eigenschaften, die Chase bei Frauen normalerweise nicht suchte. Allerdings spürte er, dass Dani sich von den Frauen unterschied, mit denen er in den letzten Jahren zu tun hatte, und das bereitete ihm Sorgen. Große Sorgen.

„Vergiss nicht, dass sie einen großen Komplex hat", warnte er sich selbst, während er versuchte, seine Fantasien von diesem Hitzkopf einer Frau zu drosseln. „Und dieses Gewehr – ob nun geladen oder nicht. Eine gefährliche Lady, du kannst es drehen und wenden, wie du willst."

So, und warum dachte er dann an das Foto auf dem Kaminsims? Es war der Schnappschuss einer lachenden Frau mit einem glücklichen Kind, die in der hellen Sonne Montanas rittlings auf einem großen Pferd saßen. Das Bild stand ihm noch vor Augen, als er schon geparkt und den Betonbürgersteig überquert hatte und in das lärmende, miefige Innenleben des Yukon Jack's eintauchte.

3. KAPITEL

*D*as war jetzt der Rest." Dani wischte sich den Schweiß von der Stirn.

„Gott sei Dank", stöhnte Jake. Der schlaksige Junge war einer der Anders-Brüder, die Dani für die Heuernte angeheuert hatte.

In dieser Saison war sie spät dran, aber ihre eigene Ballenpresse hatte im Frühsommer überraschend den Geist aufgegeben. Sie hatte warten müssen, bis ein Rancher aus der Nachbarschaft mit seinen eigenen Feldern fertig war, bevor sie sich seine Maschine ausleihen konnte. Obwohl sie es nicht beweisen konnte, hatte sie den Verdacht, dass ihre Maschine manipuliert worden war – durch einen von Caleb Johnsons Leuten. Auch einige andere Probleme, die sie auf der Farm hatte, führte sie insgeheim auf Johnson oder einen seiner Handlanger zurück. Benzindiebstahl, kranke Rinder und die kaputte Heuballenpresse waren nur ein paar der Sorgen, mit denen sie sich im letzten Jahr auseinandersetzen musste. Vielleicht war alles nur Zufall. Allerdings häuften sich die Probleme, nachdem Dani es abgelehnt hatte, ihre Farm komplett an Johnson zu verkaufen, und das beunruhigte sie. Beunruhigte sie sogar sehr.

Ärgerlich schaute sie über den Zaun zum Land ihres Nachbarn und runzelte die Stirn. „Allmählich fängst du an, dir Sachen einzubilden", murmelte sie und warf den Traktor an. „Nur, weil du das Ersatzteil nicht auftreiben konntest, um die alte Presse zu reparieren." Laut tuckernd setzte der Traktor sich wieder in Bewegung.

Cody, Jake und Jonathon kletterten oben auf die Heuballen, die sie sorgfältig auf dem Anhänger gestapelt hatten, und langsam fuhr Dani über das Stoppelfeld zur Scheune.

Es wurde schon dunkel, aber sie wollte lieber lange durcharbeiten, als noch einmal in mühevoller Kleinarbeit den Traktor über die Felder zu fahren und fünfzig Kilo schwere Ballen aus trockenem Heu auf den Flachbettanhänger zu wuchten.

Ebenso wenig wollte sie das Risiko eingehen, ihr geschnittenes Heu vom Regen ruinieren zu lassen. Ein Blick in den blauroten Himmel verriet ihr, dass Wolken aufgezogen waren. Wenn man dem Wetterbericht glauben konnte, war die Wahrscheinlichkeit groß, dass es später noch zu einem Gewitterregen kam.

Der alte Traktor tuckerte den leichten Anstieg zur Scheune hinauf, und vorsichtig manövrierte Dani den Anhänger rückwärts durch das offene Tor. Die Jungs waren müde und durstig, zogen aber trotzdem ihre Handschuhe an und griffen nach den Ballen, um sie auf die Hebeplattform zu werfen und auf dem Heuboden zu stapeln.

Dani stellte den Motor ab, sprang vom Traktor und stieg zum Heuboden hinauf, um Cody und Jake beim Stapeln zu helfen, während Jonathon unten den Aufzug belud. Im Innern der verwitterten Scheune war es dunkel und muffig, aber der Duft des frisch geernteten Heus vermischte sich mit dem Staub.

„Jetzt reicht's aber auch", sagte Dani und lächelte müde, als Jake endlich den letzten Ballen an seinen Platz schob. Nachdem sie die Leiter hinuntergeklettert war, warf sie ihre Handschuhe auf eine alte Tonne und schob sich die Haare aus dem Gesicht. „So, und wer will jetzt eine Coke?"

„Für mich am besten gleich zwei", rief Jake dreist und grinste Dani an, während er mit dem Übermut eines Sechzehnjährigen vom Heuboden sprang.

„Für mich auch", fiel sein jüngerer Bruder ein.

„Cody?"

„Japp", antwortete ihr Sohn lächelnd.

„Kommt sofort." Sie lachte. „Und Cody, heute Abend hast du frei, ich übernehme deine Arbeiten im Haushalt und räume auch den Tisch ab. Für heute hast du genug gearbeitet."

Cody strahlte, kraulte Runt hinter den Ohren und ging mit den anderen Jungs zur Gartenveranda. Dani begab sich ins Haus, holte die eiskalten Flaschen aus dem Kühlschrank, kehrte wieder auf die Veranda zurück und verteilte sie. Jake hielt sich die kalte Flasche zuerst an die heiße Stirn, warf anschließend den Kopf zurück, setzte sie an die Lippen und leerte sie in einem einzigen langen Zug.

„Die Botschaft ist angekommen." Noch einmal ging Dani ins Haus zurück und holte drei weitere Colas. Als sie damit zurückkam, stellte sie erleichtert fest, dass der Durst der Jungen langsam nachließ. Cody, Jake und Jonathon gaben sich nun damit zufrieden, ihre Flaschen in kleinen Schlucken zu leeren.

„Ich geh mal die Post holen", sagte Cody, während die beiden älteren Jungen auf dem Geländer sitzen blieben und zu Ende tranken.

Dani versetzte es einen Stich in die Brust, weil Cody noch immer nicht die Hoffnung aufgab, dass sein Dad ihm wieder schreiben würde. „In Ordnung."

Ihr Sohn pfiff nach Runt und verschwand um die Hausecke. Geschlagen ließ Dani die Schultern hängen und trank nun selbst auch einen kräftigen Schluck von der kalten Cola. In der Hoffnung, einen Brief von seinem Vater zu bekommen, war Cody in diesem Sommer jeden einzelnen Tag zum Briefkasten gelaufen, und dieser Brief war nie dabei. Dani konnte sich nicht vorstellen, dass es an diesem Tag anders sein würde, und dasselbe galt für die folgenden Tage. Hätte Blake doch bloß nicht diesen einen netten Brief geschrieben und Cody ermutigt.

Wenn ich ihn je zu fassen kriege, werde ich ihn erwürgen, dachte sie sauer und schloss die Finger fester um die Flasche.

Während die beiden Brüder sich unterhielten, lehnte Dani an einem der Pfosten, die das Dach der Veranda stützten, und blickte über den Zaun auf Caleb Johnsons Grundstück und den Grizzly Creek. In der letzten Woche hatte sich dort einiges getan.

Einen Tag nach dem Besuch von Chase waren schwere Maschinen über Johnsons Land gerollt. Der kleine Bach war nicht nur ausgebaggert worden, es wurden auch mehrere Ladungen Kies sorgfältig im Wasser verteilt und ein paar umgestürzte Nadelbäume strategisch an den Flussufern platziert.

Bei der Heuernte hatte Dani beobachtet, wie Chase mit nacktem Oberkörper das Vorhaben beaufsichtigte. Jeden Morgen war er bei Sonnenaufgang am Bach, wo er das klare Wasser untersuchte und irgendwelche Arbeiten ausführte. Er dirigierte die Verteilung von Kies und Felsblöcken ebenso wie die Aushebung tieferer Becken im Bachbett.

Das kraftvolle Spiel seiner Muskeln, wenn er half, einen Baumstamm in Position zu bringen, entging ihr dabei ebenso wenig wie die Spannung in seinen Schultern, wenn etwas nicht so lief, wie er es geplant hatte. Unter der starken Sonne bleichten seine blonden Haare allmählich aus, und jeden Tag wurde seine Haut etwas dunkler. Von ihrer erhöhten Position auf dem Traktor aus hatte sie ihn heimlich beobachten können und angefangen, seine Gesten zu lesen. Die Art, wie er sich entrüstet mit den Fingern durch die Haare fuhr, seine Angewohnheit, auf dem Daumennagel herumzukauen, wenn er nervös war, oder wie er die Hände in die Hüften stemmte, wenn er sich ärgerte.

Einige Male hatte sie bemerkt, dass auch er in ihre Richtung schaute, und jedes Mal, wenn ihre Blicke sich trafen, erntete sie ein spöttisches Grinsen. Einmal hatte er sogar die Frechheit besessen, ihr zuzuwinken, und unerwartet war ihr die Hitze in die Wangen gestiegen. Rasch hatte sie den Gashebel ihres Traktors betätigt und sich wieder voll auf ihre Aufgabe, das Heu in die Scheune zu bringen, konzentriert.

„Was ist da drüben eigentlich los?", fragte Jake, als ihm auffiel, dass Dani zu den schweren Maschinen auf dem angrenzenden Grundstück hinüberblickte.

„Ich glaube, Johnson hat jemanden angeheuert, der den Bach sanieren soll … damit wieder Forellen darin leben können." In Wirklichkeit wusste sie genau, dass es so war. Sie hatte auf Nummer sicher gehen wollen und das „Better Business Bureau" in Boise angerufen. Dort bekam sie die Information, dass die „Relive Incorporated" tatsächlich Chase McEnroe und Caleb Johnson gehörte.

„Dann saniert er den Grizzly Creek also für dieses Resort, ‚Summer Ridge‘ oder wie das heißen soll?"

„Richtig." Danis Rücken versteifte sich leicht.

„Wird das nach Ihnen benannt?"

Über den Witz der Frage musste Dani lächeln und schüttelte den Kopf. „Nein. Ich bin in Wirklichkeit eine Hawthorne", erklärte sie. „Das Land hier gehörte immer der Familie Hawthorne, und das Stück nebenan, also das Land, auf dem jetzt die Maschinen stehen, gehörte früher der Familie Summers."

„Aber nicht Ihnen?"

„Nein … es gehörte der Familie meines Mannes", beantwortete sie seine Frage, und wieder einmal wurmte es sie, wenn sie daran dachte, wie Blake den Hof seiner Familie verkauft hatte, nur um das Geld anschließend zu verspielen.

„Mein Pa kann es kaum abwarten, dass das Resort fertig wird. Er sagt, es wird Martinville auf die Landkarte bringen."

„Daran besteht kein Zweifel."

„Pa sagt, dass er sein Geschäft in den nächsten ein bis zwei Jahren verdoppeln kann, wo Johnson jetzt so viele Arbeiter anstellen muss. Und wenn das Resort erst mal eröffnet ist, meint Pa, wird er einen Haufen Geld verdienen!"

„Kein Mensch hat jemals mit dem Verkauf von Lebensmitteln einen Haufen Geld verdient", kommentierte Jakes jüngerer Bruder Jonathon aus der gesammelten Kenntnis eines Fünfzehnjährigen.

„Du wirst schon sehen!"

„Mom! Hey, Mom!", schrie Cody aus voller Lunge, als er um die Hausecke geprescht kam. Sein junges Gesicht war rot vor Aufregung, und er bekam kaum noch Luft.

„Er hat wieder geschrieben! Hier! Da ist ein Brief von Dad!" In seiner überschwänglichen Freude hüpfte Cody auf und ab, während Runt hinter ihm wie wild bellte.

Fast wäre Dani von den verwitterten Brettern der Veranda gefallen. Hol dich der Teufel, Blake! dachte sie, schaffte es aber dennoch, sich ein liebevolles Lächeln für ihren Sohn abzuringen. „Was schreibt er denn?"

„Dass er nach Hause kommt!" Cody sah zwischen den beiden Brüdern Anders hin und her. „Habt ihr das gehört, mein Pa kommt nach Hause!"

„Nach Hause? Hierher?", fragte Dani.

„Jawohl! Um uns zu besuchen und Onkel Bob!" Triumphierend hielt Cody den Brief hoch, und seinem Verhalten nach zu urteilen, vermutete Dani, dass Jake und Jonathon zu den Kindern gehörten, die ihn wegen der Abwesenheit seines Vaters aufgezogen hatten. Immerhin besaßen die Brüder so viel Anstand, beschämt dreinzublicken, und Dani musste sich auf die Zunge beißen, um den beiden keinen Vortrag über die Grausamkeit von Tratsch zu halten. Mit neun Jahren musste Cody die meisten seiner Schlachten schon selbst austragen. Und diesmal hatte er, wenigstens für den Augenblick, gewonnen.

„Ich glaube, wir sollten lieber gehen", sagte Jake und reichte Dani seine leere Flasche.

„Augenblick, ihr bekommt noch Geld von mir." Sie nahm die Flaschen, stellte sie in den Kasten neben der Hintertür und ging zu dem alten Schreibtisch im Haus, der in einer Ecke der Küche stand. Aus der oberen Schublade nahm sie das Scheckheft und seufzte, als sie ausgerechnet hatte, was da zusammengekommen war.

Zurück auf der Veranda, händigte sie jedem der Jungs einen Scheck über seinen Lohn aus. „Bitte sehr! Und vielen Dank."

„Gern geschehen. Und werden Sie uns noch mal anrufen, wenn Sie wieder etwas zu tun haben?", fragte Jake.

„Ganz bestimmt."

Erleichtert seufzte Jake. „Hey, Cody, sind ja tolle Nachrichten von deinem Vater."

„Ja wirklich", fügte Jonathon hinzu und verschwand hinter seinem Bruder um die Hausecke. Wenige Sekunden später war das Rumpeln von Jakes Pick-up zu hören, als die beiden davonfuhren.

„Ich habe dir gesagt, dass er zurückkommt!" Codys braune Augen strahlten vor Freude.

„Das hast du allerdings." Dani schmerzten bereits die Mundwinkel vom Lächeln. „Warum lässt du mich nicht einmal lesen, was er schreibt?"

„Klar." Cody reichte ihr den Brief, und sie überflog das hastig hingeworfene Gekritzel. Es war weniger als eine Seite, aber es enthielt das Versprechen, dass Blake nach Martinville zurückkommen würde. „Irgendwann in diesem Herbst." Sie schaute sich den Stempel auf der Briefmarke an. Molalla, Oregon. Ein Ort, von dem Dani noch nie gehört hatte.

Der Brief war so vage gehalten, dass man Blake nicht festnageln konnte, aber vielversprechend genug, um Codys Hoffnung zu schüren. Dani fühlte die Wut von sieben langen Jahren in ihrem Herzen brennen.

„Wann glaubst du, dass er hier ankommt?", wollte Cody wissen.

„Das weiß ich nicht", antwortete Dani aufrichtig.

„Bevor die Schule wieder anfängt?"

„Ich … Darauf würde ich mich nicht verlassen …"

Cody wich zurück. „Ja klar, ich weiß, *du* nicht. Aber *ich* schon! Dad sagt, dass er nach Hause kommt, und das wird er!" Er ging ein paar Schritte in Richtung Küche, blieb aber stehen, als ihm ein Gedanke in den Kopf kam. „Wenn Dad hier ist, wird er doch bei uns wohnen, nicht wahr?"

„Nein, Cody", antwortete Dani entschieden.

„Warum nicht?"

„Weil dein Vater und ich nicht verheiratet sind. Er kann nicht hier wohnen. Das wäre nicht richtig."

„Aber er ist mein Dad, und er hat vorher auch hier gewohnt!"

„Ich weiß, aber Blake wird wahrscheinlich bei seinem Bruder Bob im Ort bleiben wollen. Er wird gar nicht hier wohnen wollen."

„Das weißt du nicht! Er kommt wegen mir und wegen dir zurück! Deshalb lässt du ihn lieber hier wohnen, denn wenn er bei Onkel Bob bleiben muss, will ich auch da hin!" Cody nahm ihr den Brief aus der Hand und marschierte durch die Tür.

Warum jetzt? grübelte Dani und kämpfte gegen die aufsteigenden Tränen an. Warum muss Blake ausgerechnet jetzt zurückkommen ... oder es jedenfalls versprechen? Ausgerechnet jetzt, wo Cody schwieriger war als je zuvor und Caleb Johnson wild entschlossen, ihr das Land zu nehmen?

„Mach dich nicht unnötig verrückt", ermutigte sie sich standhaft. Blake war in sieben Jahren nicht zurückgekehrt; die Chance war gering, dass er überhaupt auftauchte. So oder so, Cody würde einmal mehr vollkommen untröstlich sein.

„Bleib einfach in Oregon, Blake", murmelte sie und spähte an den Maschinen vorbei zu Johnsons Besitz hinüber. Es war fast dunkel, und auf dem Feld war von den Arbeitern, die tagsüber dort herumliefen, niemand mehr zu sehen. Selbst Chase schien verschwunden zu sein. Wahrscheinlich wird er mit seinem Partner gerade irgendwelche Komplotte schmieden, dachte sie bitter, obwohl sie eigentlich gar nicht daran glaubte, dass Chase so heimtückisch war. „Das sind Klapperschlangen auch nicht", seufzte sie und sah hinauf in den dunklen Himmel.

Schwere Gewitterwolken, die Regen versprachen, schoben sich über die Gipfel der Rocky Mountains und verdunkelten den Abendhimmel.

Ein kühler Sommerregen ist genau das, was ich brauche, dachte Dani traurig. Der Sommer war in diesem Jahr unerträglich heiß gewesen, und die Spannungen mit Cody setzten ihr ebenso zu wie der Stress mit Caleb Johnson und Chase McEnroe. Der Gedanke an Regen, der gegen die Fensterscheiben prasselte und den Staub klärte, war tröstlich. Vielleicht würde der Regen auch ein wenig von der Belastung wegwaschen ... aber gewiss nicht, wenn Blake tatsächlich zurückkehrte.

Seufzend ging Dani ins Haus. Der gedämpfte Klang irgendwelcher Techno-Hits verriet ihr, dass Cody in seinem Zimmer war. Am liebsten wäre sie zu ihrem Sohn gegangen, um endlich vernünftig mit ihm über seinen Vater zu reden, doch wahrscheinlich war es besser zu warten, bis sie sich beide etwas beruhigt hatten.

Müde ging sie die Treppe hinauf und blieb abrupt stehen, als ihr plötzlich bewusst wurde, dass Blake mit der ausdrücklichen Absicht nach Martinville zurückkehren könnte, ihr Cody zu nehmen. „Nie und nimmer!", dachte sie laut und umklammerte das Geländer. Aber so schnell wie der schreckliche Gedanke gekommen war, verflog er auch wieder. Blake hatte Cody von Anfang an nicht gewollt; er war sogar so weit gegangen, ihr in den ersten Monaten der Schwangerschaft nahezulegen, eine Abtreibung vorzunehmen. Weshalb also sollte er jetzt an einem neunjährigen Jungen Interesse haben?

Sie weigerte sich, von den bitteren Erinnerungen an ihre stürmische Ehe mit Blake eingeholt zu werden, zog ihre schmutzigen, verschwitzten Klamotten aus und bürstete sich den Staub aus den Haaren, die sie anschließend zusammendrehte und auf dem Kopf feststeckte. Schließlich ließ sie sich dankbar in ein heißes Bad sinken.

Das warme Wasser entspannte ihre steifen Muskeln und wog sie in Sicherheit. Falls Blake die Frechheit besaß, jetzt Anspruch auf Cody zu erheben, würde er sein blaues Wunder erleben. Schon lange hatte Dani ihre schüchterne Persönlichkeit gegen die einer unabhängigen Frau getauscht. Niemand, nicht einmal Blake Summers würde ihr ihren Sohn wegnehmen; ebenso wenig wie sie irgendjemandem erlauben würde, ihr Land zu stehlen. Und ob Chase McEnroe es nun wusste oder nicht, es war genau das, was Caleb Johnson während der letzten Jahre versucht hatte. Er hatte ihr ein Kaufangebot gemacht, das weit unter dem Marktwert lag, und am Ende hatte er versucht zu behaupten, sie hätte ihn beim Verkauf des Summers-Hofs betrogen. Jawohl, Caleb Johnson war krumm wie das Hinterbein eines Hundes, und er wollte ihr Land; das Land, auf dem ihre Urgroßeltern geschuftet hatten, um es durch die Depression zu retten, das Land, das ihre Vorfahren mit ihren eigenen Händen urbar gemacht hatten.

Und vielleicht ist es ja wirklich dumm von dir, dachte sie für einen kurzen Moment, als sie den Schwamm an ihren Schultern ausdrückte und das heiße Wasser über den Rücken laufen ließ. Vielleicht solltest du einfach alles verkaufen und es dir für den Rest deines Lebens einfach gut gehen lassen.

„Niemals", flüsterte sie dann. „Jedenfalls nicht an Johnson."

Mit neu gewonnener Klarheit rutschte sie lächelnd tiefer in die Badewanne.

Lange nachdem er gesehen hatte, wie Dani hineingegangen war, starrte Chase auf das Licht in den Fenstern des Holzhauses. Die ersten schweren Regentropfen fielen bereits, als er noch immer nicht sicher war, ob er es wagen sollte, ihr ein weiteres Mal gegenüberzutreten. Es war jetzt fast eine Woche her, seit sie ihn aus dem Haus geworfen hatte. Sechs Tage hatte er ihren Wunsch respektiert und sich von ihr ferngehalten. Aber ihr Anblick auf dem Feld bei der Arbeit, zu sehen, wie ihr geschmeidiger Körper mit schweren Maschinen und Heuballen fertig wurde, die eine Belastung für die Muskeln eines doppelt so schweren Mannes gewesen wären, ließ ihn noch einmal darüber nachdenken.

„Du bist ein Idiot", schimpfte er mit sich selbst. Aber er ignorierte seine eigene Warnung, schlüpfte durch den Stacheldrahtzaun und stieg den kurzen Weg zu ihrer Farm die Anhöhe hinauf.

Nun begann es ernsthaft zu regnen. Dicke Tropfen liefen ihm übers Gesicht, und in den Bergen grollte der Donner. Er ging schneller, und schließlich rannte er die letzten hundert Meter bis unter das Scheunendach, wo er sich das Wasser aus den Haaren schüttelte. Dann setzte er seinen Weg zur Gartenveranda fort.

Dort saß Dani mittlerweile in einem alten Schaukelstuhl neben der Tür und trug nichts weiter als einen Morgenmantel.

„Dani?", rief Chase und hoffte, sie nicht zu erschrecken.

Sie zuckte zusammen. „Was wollen Sie hier?" Sie hatte seine

Stimme erkannt, ehe sie seine markanten Gesichtszüge in der Dunkelheit erkennen konnte.

„Ich flüchte vor dem Gewitter."

Dani lehnte sich wieder im Schaukelstuhl zurück und musterte ihn mit schmalen Augen. „Und warum sind Sie nicht zu Caleb Johnsons Haus geflüchtet?"

„Zu weit weg." Ohne sie aus den Augen zu lassen, stieg er die zwei Stufen zur Veranda hinauf und lehnte sich mit der Hüfte ans Geländer. „Abgesehen davon wollte ich gern noch einmal mit Ihnen reden."

„Ich denke, wir haben beim letzten Mal alles geklärt."

„Nicht wirklich." Er trat an einen der Dachpfosten der Veranda, verschränkte die Arme vor der Brust und sah mit dunklen Augen zu ihr hinunter. Der Regen ließ seine blonden Haare braun aussehen und hatte sein Hemd an Schultern und Rücken durchnässt. „In den letzten Tagen habe ich viel nachgedacht, denn als ich neulich hier war, haben Sie angedeutet, Caleb hätte versucht, Ihnen Ihr Land zu stehlen."

„Das war keine Andeutung."

„Eine Tatsache?"

Dani wich aus. „Nicht direkt ..."

„Also was ist passiert?"

Eine einfache Frage. Und eine Frage von allgemeinem Interesse. Warum also zögerte sie, es ihm zu sagen? „Warum fragen Sie nicht Johnson?"

„Er hat mich abgewimmelt, genau wie Sie. Und im Augenblick ist er gar nicht da."

„Für wie lange?"

„Noch ein paar Tage."

Dani hielt sich weiterhin bedeckt. Der Streit mit Caleb war noch nicht ausgestanden.

„Verstehen Sie doch, ich möchte einfach gerne wissen, was zwischen Ihnen beiden abläuft, denn ob es mir nun gefällt oder nicht, ich bin genau mitten in Ihre ... Meinungsverschiedenheit geraten."

„Meinungsverschiedenheit?", wiederholte sie und lächelte über die Untertreibung.

„Mir fällt gerade kein besseres Wort ein."

Sie trommelte mit den Fingern auf den Rahmen ihres Schaukelstuhls, ließ den Blick über das hügelige Land schweifen und lauschte dem schweren Regen, der aufs Dach klopfte und durch die Regenrinne rauschte. „Eigentlich ist es kein Geheimnis", sagte sie schließlich und wandte ihm ihr Gesicht zu. „Vor zwei Jahren hat Caleb Johnson versucht, mich vor Gericht zu zerren. Er behauptete, dass das Land, das mein Ururgroßvater besiedelt hat, also dieser Hof hier, nicht korrekt abgesteckt sei, und nach seiner Vermessung würde ich tatsächlich auf dem Teil leben, der jetzt sein Eigentum wäre."

„Das war doch wohl leicht genug zu beweisen."

„Das sollte man meinen", flüsterte sie.

„Und?"

„Nun, Johnsons Land ist nicht einfach nur sein Eigentum. Ein Teil davon hatte meinem geschiedenen Mann Blake gehört, und er hat es vor Jahren an Caleb Johnson verkauft. Damals waren wir gerade frisch verheiratet. Mein Besitz, also der Hawthorne-Hof, grenzte immer an Blakes Familienbesitz. Nachdem Blake alles komplett an Johnson verkauft hatte, wurde Caleb mein Nachbar."

„Und der Familienhof Summers existiert nicht mehr."

„Genau. Das gehört jetzt alles zu Johnsons Ranch, obwohl er Blakes Familie ein kleines Zugeständnis gemacht hat, indem er beschloss, sein Resort ‚Summer Ridge' zu nennen."

„Was hat das mit den Grundstücksgrenzen zu tun?"

„Johnson hat behauptet, dass Blake, als er ihm das Land verkauft hat, auch beabsichtigte, den Streifen meines Grundbesitzes auf dem Gebirgskamm mit einzuschließen." Sie zeigte in Richtung Westen zu den Rocky Mountains. „Ich bewirtschafte nicht das ganze Land; ein Teil davon reicht bis ins Vorgebirge hinauf."

„Und auf diesem Streifen gibt es heiße Quellen."

Überrascht hörte sie auf zu schaukeln. „Vermutlich ist Johnson deshalb so versessen auf dieses Land."

Chase verlagerte sein Gewicht und fuhr sich mit einer Hand über den Nacken. „Davon gehe ich auch aus. Also was ist passiert?"

„Nichts."

„Nichts?"

„Der Richter hat den Fall abgelehnt. Das hat mich ein paar tausend Dollar Anwaltsgebühren gekostet, aber das Land gehört mir."

„Wie hat Caleb es aufgenommen?"

„Nicht besonders gut. Jeder weiß, dass er einige Richter in diesem Teil des Staates geschmiert hat. Ich würde wetten, dass ein paar von ihnen sogar in ‚Summer Ridge' investiert haben. Zum Glück bin ich bei einem gelandet, der zufällig nicht bei Johnson auf der Gesäßtasche liegt."

„Was wollen Sie damit sagen?"

„Nur so viel, dass Johnson einflussreiche Freunde hat." Sie hatte das schmale Kinn vorgeschoben, und ihr Blick war vorsichtig geworden. „Und ich traue keinem von ihnen, Sie mit eingeschlossen."

„Ich habe nicht behauptet, dass ich sein Freund bin."

„Partner. Das reicht." Sie stand auf und zog den Gürtel ihres Morgenmantels fester um die Taille. „Obwohl Caleb Johnson sich mein Land nicht unter den Nagel reißen konnte, hat er mir damit trotzdem eine Schlinge um den Hals gelegt. Ich musste Schulden machen, um meinen Anwalt bezahlen zu können, und habe eine Hypothek auf dieses Land aufgenommen. Irgendwann geriet ich mit der Steuer in Verzug und habe zwei Jahre gebraucht, um das alles wieder auszugleichen." Wenn sie an die ganze Ungerechtigkeit dachte, fing sie an, innerlich zu kochen. Mit einem leichten Zittern in der Stimme fuhr sie fort: „Einmal hatte ich ihm angeboten, einen Teil meiner Farm zu verkaufen. Das war ihm nicht genug. Er hat versucht zu mauscheln und wollte mich sowohl mit dem Preis für das Teilstück als auch für den Rest der Farm über den Tisch ziehen! Deshalb will ich nichts mehr mit ihm zu tun haben. Ich will ihm nicht die Befriedigung verschaffen, auch nur einen Quadratzentimeter von diesem Land kaufen zu können!"

„Egal was?"

„Egal was! Falls Sie also die Absicht hegen sollten, mich zum Verkauf zu bewegen, vergessen Sie's."

„Deshalb bin ich nicht hier."

Sie zog eine zierliche dunkle Augenbraue hoch und neigte den Kopf zur Seite. „Warum sonst?"

Chase zuckte mit den Schultern. „Keine Ahnung. Ich schätze, ich wollte Sie einfach nur wiedersehen."

Nimm dich in Acht, Dani! meldete sich ihre innere Stimme, und sie wich einen Schritt zurück auf die Tür zu. Lass dich von seiner Masche nicht einwickeln. Du weißt nicht, welche Rolle dieser McEnroe spielt. „Warum?"

„Das wüsste ich selbst gern", antwortete er kopfschüttelnd. „Sie sind eine sehr schöne Frau. Eine faszinierende Frau."

„Eine Herausforderung, Mr McEnroe?"

Über sein Gesicht huschte ein schiefes Lächeln. „Vielleicht …"

„Dann vergessen Sie's. Ich will nichts mit jemandem zu tun haben, der mit Caleb Johnson verbandelt ist. Ich weiß nicht, warum Sie sich haben breitschlagen lassen, sein Geschäftspartner zu sein … Aber ja, irgendwie ging es darum, dass Sie Ihrem Geschäft eine Spritze geben wollten … finanziell, so war es doch? Nun, das kaufe ich Ihnen nicht ab. Es gibt viele Möglichkeiten, Kapital aufzutreiben. Da muss man nicht bei Leuten wie Johnson ankriechen!"

„Er kam zu mir."

„Warum?"

„Gute Frage", bemerkte Chase nachdenklich. Wie oft schon hatte er sich selbst gefragt, warum Caleb den ganzen Weg nach Boise auf sich genommen hatte. Es ergab einfach nicht besonders viel Sinn. Und als wollte er vor Chase etwas verheimlichen, war Caleb in seinen Antworten recht vage geblieben. Die Situation beunruhigte Chase und bereitete ihm ein ungutes Gefühl.

„In einem Punkt haben Sie recht", sagte er, stieß sich vom Pfosten ab und trat auf sie zu.

Dani wich nicht von der Stelle. „Nur in einem?"

„Alles hat seinen Preis", flüsterte er. „Und glauben Sie mir, ich zahle für diese Partnerschaft."

Während Chase langsam die wenigen Schritte zurücklegte, die sie voneinander trennten, fühlte Dani, wie ihr Puls sich beschleunigte. „Mir tut jeder leid, der mit Johnson zu tun hat."

„Ich will Ihr Mitleid nicht." Chase blieb nur wenige Zentimeter vor ihr stehen, und Dani sah sich eingezwängt zwischen der Fliegengittertür im Rücken und seinem attraktiven Körper vor ihr. Er sah sie mit einem glühend heißen Blick an, der sich durch alle Fassaden hindurch in die Frau dahinter einbrannte.

„Und was wollen Sie?" Dani erschrak, als sie merkte, wie atemlos ihre Stimme klang.

Er stützte eine Hand gleich neben ihrem Kopf an den hölzernen Türrahmen. „Ich möchte Sie einfach besser kennenlernen", flüsterte er, senkte den Kopf und streifte ihre Lippen mit seinen.

Ihr Herz hämmerte in der Brust. Es war verführerisch, seine warmen Lippen auf ihren zu spüren, und unter ihrer Haut prickelten kleine Funken der Erregung. Das ist Wahnsinn! schrie ihr Gewissen, als seine Lippen sich fester auf ihre pressten, aber sie stieß ihn nicht zurück.

Seine freie Hand platzierte er nun an die andere Seite neben ihrem Kopf, womit er sie in der Falle hatte. Mit Ausnahme des zarten Kontakts ihrer Lippen, berührte er sie jedoch nicht. Sie roch den Regen in seinen Haaren, schmeckte die Spur von Salz auf seinen Lippen …

Eigentlich müsste Dani sich in die Enge getrieben fühlen, und sie war sich dessen bewusst. Aber so war es nicht. Im Gegenteil, sie erlebte das wundervolle Gefühl, gewollt und begehrt zu sein … Wie seit Jahren nicht mehr, fühlte sie sich als Frau.

„Ich ... ich glaube, du solltest gehen", sagte sie und räusperte sich, als er den Kopf hob, um ihr in die Augen zu schauen.

„Warum?"

„Es ist spät."

„Aber nicht so spät."

„Chase ..." Die Stimme versagte ihr, als sie seinen Namen aussprach. „Sieh mal, ich glaube, es wäre besser, wenn wir nichts miteinander zu tun hätten."

„Zu spät."

Der Mann machte sie wahnsinnig! „Ich ... versteh bitte, ich kann einfach nicht. Ich habe keine Zeit ..."

„Natürlich hast du die." Wieder presste er seinen Mund auf ihren, und diesmal schloss er Dani in seine kräftigen Arme. Sie fühlte sich klein, schwach und hilflos, ein Gefühl, das sie normalerweise verabscheute, aber im Augenblick sehr genoss.

„Chase ... Bitte ...", flüsterte sie, doch ihre Worte klangen mehr nach Zustimmung als Ablehnung.

Mühelos fand seine Zunge den Weg zwischen ihren Lippen hindurch, und ihre Finger, die sie an seine Brust drückte, boten seiner Stärke wenig Widerstand. Unter seinem feuchten Hemd konnte sie seine festen kräftigen Muskeln spüren und schmeckte förmlich seine Erregung, während er sie küsste.

Dani stöhnte, da er sie noch näher an sich zog, und merkte gar nicht, wie sich ihr Morgenmantel ein Stück weit öffnete und die Kurven ihrer Brüste freigab. Sie war sich nur der starken Hände bewusst, die sie festhielten, der harten Oberschenkel, die sich an ihre schmiegten, und des Klopfens ihres Herzens, das ihr das Blut wie wild durch die Venen pumpte.

Sowie er sie wieder anschaute, waren seine Augen dunkel geworden und verrieten eine stürmische Leidenschaft, die es ihm schwermachte, die Beherrschung zu wahren.

Dani bemerkte, dass heftige Auf und Ab ihrer Brüste im Rhythmus ihres Atems.

Zärtlich küsste er ihr Wangen und Hals, bevor er mit den Mund zu ihren Brüsten wanderte. Dani rang nach Luft. Seine

Lippen und seine Zunge fühlten sich heiß an und steigerten ihre eigene Lust.

„Dani", flüsterte er erstickt mit heiserer Stimme, sein Atem warm zwischen ihren Brüsten.

Sie versuchte klar zu denken, versuchte ihn von sich zu schieben, konnte aber weder die Kraft dazu finden noch den Wunsch aufbringen, ihn gehen zu lassen. Es war völlig verrückt, doch sie wollte mit ihm zusammen sein, ihn kennenlernen, mit ihm schlafen. Er war anders als alle Männer, die ihr bisher begegnet waren, und er hatte ein Feuer in ihr entfacht, das sie längst verloren geglaubt hatte.

„Oh Gott", murmelte er, während er vorsichtig an ihrem Morgenmantel zog, der sich sogleich lockerte und ihre wunderschönen Brüste offenbarte. Die dunklen Spitzen hatten sich aufgerichtet.

„Bitte, nicht", wisperte sie, nahm alle Kraft zusammen und schloss den Morgenmantel wieder.

Sämtliche Muskeln in seinem Körper erschlafften, und er lehnte sich an sie. „Ich kann nicht sagen, dass es mir leidtut, was hier geschieht, Dani." Sein Atem strich über ihr Haar. „Ich habe versucht, mich gegen deine Anziehungskraft zu wehren, und es ist mir nicht gelungen." Er seufzte laut, sah ihr in die Augen und fuhr langsam die Kontur ihres Kinnes mit einem Finger nach. „Weißt du, ich habe nicht gewollt, dass es dazu kommt."

Dani schluckte, verschränkte die Arme vor der Brust und trat einen Schritt von ihm weg. „Ich genauso wenig."

„Aber es ist da."

„Nicht, wenn wir es nicht zulassen." Allmählich bekam sie wieder einen klaren Kopf. „Sieh mal, im Moment kann ich mich wirklich mit niemandem einlassen. Schon gar nicht mit dir."

„Warum nicht?"

„Du bist Caleb Johnsons Partner, um Himmels willen!"

„Also kannst du mir nicht vertrauen?"

„Könntest du das?", fragte sie ihn mit leuchtenden Augen.

Der bezaubernde Glanz in ihren Augen, ihre vollen kräftigen Haare, die Art, wie sie stolz das Kinn reckte … all die Schönheit quälte Chase, und er musste wegschauen. „Vielleicht nicht."

„Dann haben wir uns ja verstanden."

„Nicht ganz." Als er sich ihr wieder zuwandte, hatten sich die Konturen seines Gesichts verzerrt. Er ballte eine Hand zur Faust und öffnete sie langsam wieder, als könnte er so die knisternde Spannung loswerden, die alles in ihm auf den Kopf stellte und in der Leidenschaft verbrannte. „Ich verstehe nämlich nicht, warum ich mich nicht von dir fernhalten kann, warum ich nicht aufhören kann, an dich zu denken, warum ich nachts im Bett wach liege und von dir träume. Das alles will ich nicht, Lady, und weiß Gott, ich habe nicht darum gebeten. Aber es ist da. Ich kann dich nicht aus meinen Gedanken verbannen, und wenn ich mich nicht irre, geht es dir genauso."

Er fasste nach ihr, und als sie versuchte sich loszureißen, zog er sie hart an sich. „Du kannst doch nicht leugnen, dass du mich genauso willst wie ich dich."

„Ich will dich nicht!"

„Lügnerin!"

„Chase, nicht!" Am liebsten hätte sie ihm eine Ohrfeige verpasst, doch als seine Lippen wieder auf ihre trafen, küsste sie ihn gierig, und feurig rauschte das Blut durch ihre Adern. Eine tiefe, ursprüngliche Sehnsucht erwachte in ihrem Körper, und ihre Hände verfingen sich in den regenfeuchten Strähnen seiner Haare.

„Was nicht?", fragte er mit rauer Stimme, bevor er sie wieder leidenschaftlich küsste.

„Mach nicht, dass ich mich in dich verliebe", flüsterte sie, von ihrer eigenen Aufrichtigkeit überrascht.

Seufzend versuchte er seinen Atem und Herzschlag unter Kontrolle zu bringen, als er die Sorge in ihren Augen bemerkte. „In Ordnung", gab er schließlich nach und strich sich mit unsicherer Hand über die Stirn. „Ich werde dich in Ruhe lassen, wenn es das ist, was du willst."

„Es ist das, was ich will", log sie.

„Weil du mir nicht vertraust."

„Weil ich nicht anders kann, verflucht!"

Chase warf einen Blick in den strömenden Regen, ehe er sich wieder Dani zuwandte. „Vergiss nur bitte nie, dass du diejenige warst, die die Regeln festgelegt hat. Ich kann nicht versprechen, dass ich mich daran halten werde, ich werde es allerdings probieren." Mit einem glühenden Blick, der die verbotensten Winkel in ihrem Herzen berührte, schaute er sie noch einmal an, stieg dann langsam von der Veranda und trat in den strömenden Regen hinaus.

Dani umklammerte die Aufschläge an ihrem Morgenmantel, und während sie zusah, wie Chase in der Dunkelheit verschwand, fühlte sie sich so einsam und niedergeschlagen wie seit Jahren nicht mehr.

4. KAPITEL

*D*ie ganze Nacht lauschte Dani auf den Regen, der in den Dachrinnen plätscherte, und fragte sich, was da mit Chase geschehen war. Besser gesagt, sie fragte sich, wie sie nun mit ihm umgehen sollte. Aber ganz gleich, wie sie es drehte und wendete, Chase McEnroe war und blieb Caleb Johnsons Partner. Selbst wenn er noch so attraktiv war, ihre Reaktion auf ihn war völlig verkehrt und viel zu heftig, um einfach darüber hinwegzugehen.

„Von allen Männern der Welt, warum ausgerechnet er?" Sie warf sich im Bett hin und her, bis sie schließlich entnervt die Decke zurückschlug und sich aufsetzte. Die Haare völlig wirr und zerzaust, schaute sie durch das regenverhangene Fenster und dachte daran, wie sie bei seinem Kuss innerlich dahingeschmolzen war.

Als sie sich daran erinnerte, wie ihr Herz und ihre Brüste auf die Wärme und Zärtlichkeit seiner Berührung reagiert hatten, brannten ihr sogar jetzt vor Verlegenheit die Wangen. „Oh, Dani", seufzte sie, ließ sich wieder in die Kissen fallen und versuchte ihren rasenden Puls zu beruhigen. „Wo bist du da hineingeraten?"

Nachdem er ganz schnell geduscht hatte, tropfte Cody das Wasser noch aus den Haaren, als er die Treppe heruntersprang und sich an den Küchentisch setzte.

In der Hoffnung, dass man ihr die Strapazen der Nacht nicht ansah, hob Dani den Kopf und lächelte ihren Sohn an. „Guten Morgen", sagte sie und stellte ihm einen Teller Pfannkuchen hin.

„Morgen." Cody verteilte Sirup auf seinen Pfannkuchen, dann hob er die Augen und sah seine Mutter eindringlich an. „Was wollte denn dieser Kerl gestern Abend hier?"

Dani merkte, wie sich alles in ihr versteifte, schaffte es aber, mit ruhiger Hand eine Tasse Kaffee einzuschenken, über die heiße Flüssigkeit zu blasen und dem neugierigen Blick ihres Sohnes standzuhalten. „Chase?"

„Wenn das der neue Mann ist, der für Caleb Johnson arbeitet."

„Genau, das ist er", bestätigte Dani nachdenklich. Als sie an ihr intimes Gespräch mit Chase auf der Gartenveranda zurückdachte, wurde sie rot und trank einen Schluck aus ihrem Becher. „Ich wusste nicht, dass du wach warst."

„Ich konnte nicht schlafen. Mein Fenster war auf, und ich habe gehört, wie er mit dir gesprochen hat. Was wollte er?"

Dani zog die Augenbrauen hoch. „Hast du das denn nicht auch gehört?"

„Ich konnte nicht verstehen, was ihr gesagt habt. Das war viel zu laut wegen dem Regen. Ich habe bloß Stimmen gehört."

Gott sei Dank!

„Aber ich wusste, dass er das war." Er konzentrierte sich wieder auf den dicken Stapel Pfannkuchen und eine Schüssel Pfirsiche, die Dani auf den uralten Tisch gestellt hatte.

„Wie denn?"

„Ich hab seine Stimme erkannt."

Ihre Gefühle waren ein einziges emotionales Chaos. Dani saß ihrem Sohn gegenüber und spielte mit ihrem Frühstück. Sie wusste, dass sie Chase nicht trauen konnte, aber der Mann hatte etwas so Erdverbundenes und zugleich Verführerisches an sich, das sie nicht vergessen konnte. Sie sah aus dem Fenster zum Bach, wo Chase und mindestens ein anderer Mann arbeiteten, und fragte sich wieder einmal, warum er mitten im Regen zu ihrem Haus gekommen war.

„Mom?"

„Was ist?" Dani konzentrierte sich wieder auf ihren Sohn und merkte, dass er auf eine Erklärung wartete. Seine Augen waren rund vor Sorge. „Zerbrich dir wegen Chase nicht den Kopf", sagte sie und hoffte, Cody beruhigen zu können. „Er ist gestern Abend vorbeigekommen, weil er meine Erlaubnis will, am Bach arbeiten zu können, wo er durch unser Land fließt."

„Warum?"

Dani hob eine Schulter. „Keine Ahnung … Vermutlich wird Caleb ihn darum gebeten haben."

Cody gab einen angewiderten Laut von sich und aß seine Pfannkuchen auf. Anschließend trank er sein Glas Milch fast in einem Zug leer, sah seine Mutter über das Glas hinweg an und wischte sich hinterher mit dem Handrücken über den Mund.

„Mehr?"

„Nö."

„Nächstes Mal benutzt du deine Serviette", sagte sie automatisch. Sie betrachtete ihren Sohn, als er den Stuhl zurückschrammte und sein Geschirr zum Spülbecken trug.

Wie sehr Cody doch seinem Vater ähnlich sah, dasselbe dunkelbraune krause Haar und die tiefbraunen Augen. Cody wuchs tatsächlich zu einem Ebenbild von Blake heran, wenn man einmal davon absah, dass ihm der zynische Zug um den Mund fehlte und sein Lächeln stattdessen warm und aufrichtig war.

„Warum gibst du dich mit einem von Caleb Johnsons Männern ab?"

„Mich mit ihm abgeben?", wiederholte Dani lachend. „Das tue ich nicht."

Cody schwang sich auf den Tresen und ließ die Beine baumeln. Stirnrunzelnd sah er seine Mutter an. „Aber du hasst ihn nicht … jedenfalls nicht so, wie du die anderen Männer von Johnson hasst."

„Ich hasse niemanden. Nicht einmal Caleb Johnson. Und was Chase angeht, den kenne ich nicht einmal."

„Das macht nichts. Du magst ihn."

Lächelnd trank Dani ihren Kaffee aus.

„Stimmt doch, oder?"

„Es geht nicht darum, ob ich ihn mag; ich kenne ihn einfach nicht."

„Du hast ihn gestern Abend nicht rausgeworfen und neulich Abend auch nicht", stellte Cody klar. Er nahm eine Gabel vom Tresen und drehte sie nervös zwischen den Fingern.

„Es ist nicht so einfach, wie es sich anhört."

„Aber es ist dein Land."

„Nun ja, das schon. Und es bedeutet mir sehr viel. Vielleicht mehr als es sollte."

„Warum?"

Sie zögerte einen Moment. Würde Cody ihre Liebe und ihr Pflichtgefühl gegenüber der Farm ihrer Familie überhaupt verstehen können? Wahrscheinlich nicht. „Ich hänge an diesem Platz aus sentimentalen Gründen. Und davon gibt es reichlich. Schon seit Generationen haben Leute aus meiner Familie – die ja auch deine Familie ist, wie du weißt – hier gewohnt und hart dafür gearbeitet, dass das Land in der Familie bleibt. Auch als es wirklich schwere Zeiten gab, sehr viel schwerer als heute. Ich finde einfach, es wäre irgendwie eine Schande, das alles aufzugeben, nur damit Caleb Johnson sein Resort bauen kann."

Cody blieb auf dem Tresen sitzen und ließ die Gabel in die Spüle fallen. „So ein Resort, ist das wirklich so schlimm?"

„Das weiß ich nicht." Dani erhob sich und trug ihre Tasse zur Spüle. Sie lehnte sich an den Tresen und sah zu ihrem Sohn hoch, während sie versuchte, ruhig über das Ferienresort nachzudenken, das für sie so bedrohlich war. Aber eigentlich war es weniger das Resort selbst, es war Johnson, der sie mit seinen Methoden auf die Palme trieb. „Nicht wirklich, nehme ich an. So ein Ferienresort würde vielen Leuten nützen und das Aussehen des Orts verändern."

„Das wär doch gut."

„Vielleicht. Vielleicht auch nicht. Ich bin mir nicht wirklich sicher. Auf jeden Fall würde es dem Ort mehr Geld und eine wirtschaftliche Entwicklung bringen. Aber damit verbunden wären auch mehr Menschen, Touristen, neue Gebietsabgrenzungen, neue Straßen und Gebäude. Das verschlafene kleine Martinville würde wachsen. Und zwar schnell."

„Cool!"

Dani lächelte traurig und biss sich auf die Unterlippe. „Vielleicht ist es egoistisch von mir, wenn ich das Land behalten will." Durch das offene Fenster ließ sie den Blick über die ausgedörrten Felder, das silberne Band des Baches und die knorrigen Eichen bis zu dem Teil ihres Besitzes schweifen, der zu den Bergen hin sanft anstieg. In der Ferne erhoben sich die stolzen Rockies in den blauen Morgenhimmel, wo ein paar vereinzelte Wolken sie zierten.

„Und warum verkaufst du es dann nicht?"

„Einmal hatte ich das vor", gab sie zu und dachte daran, wie dumm sie gewesen war, Caleb Johnson zu trauen. „Es war kurz nachdem deine Grandma gestorben war. Damals warst du noch nicht einmal in der Schule. Johnson und ich hatten uns auf einen Preis für die hinteren zwanzig Hektar geeinigt. Aber als es darum ging, den Vertrag zu unterschreiben, wollte er mich übers Ohr hauen und meinte, er bräuchte unbedingt mein ganzes Land. Alles oder nichts. Und ich konnte einfach nicht das ganze Land deiner Großeltern weggeben. Also ist nichts daraus geworden. Seitdem ist Caleb stinksauer."

„Und macht Ärger?"

„Was ich nicht beweisen kann."

„Ich glaube, der steckt hinter allem, was hier schiefläuft", verkündete Cody.

„Nicht wirklich", erwiderte Dani. „Manchmal war es einfach Pech, oder ich habe irgendeinen Fehler gemacht."

Entschieden schüttelte Cody den Kopf. „Ich glaube, er hat die Kühe vergiftet, als sie damals krank geworden sind, und ich wette, er hat auch unser Benzin gestohlen!"

„Das wissen wir aber nicht."

„Wer denn sonst?"

Nachdenklich kniff Dani die Augenbrauen zusammen. Wie oft hatte sie sich die Frage selbst schon gestellt? Wie viele schlaflose Nächte hatte sie sich den Kopf darüber zerbrochen, ob Caleb wirklich so schlecht war, wie sie annahm. „Gute Frage."

„Was ich nicht kapiere", fuhr Cody fort und wirkte plötzlich sehr reif für sein Alter. „Warum will er eigentlich das ganze Land?"

„Noch eine gute Frage." Liebevoll zerzauste sie ihm die dunklen Haare. „Ich wünschte, ich könnte sie dir beantworten."

Unruhig rutschte Cody hin und her und hob die Augen zur Decke, um Danis Blick auszuweichen. „Isabelle Reece hat gesagt, ihr Pa findet, du wärst ein Dummkopf."

Dani lachte. *Ein Dummkopf!* Na ja, vielleicht war sie das. Wenn sie daran dachte, wie sie auf Chase reagiert hatte, beschlich sie das Gefühl, es könnte etwas daran sein. „Also, seit wann ist Isabelle Reece' Dad zum Experten geworden?", zog sie ihren Sohn auf.

„Du meinst, Dummkopf-Experte?", fragte er grinsend. „Oh, verstehe! Man muss selbst einer sein, um einen anderen zu erkennen?"

„So ungefähr." Lachend klopfte Dani ihm aufs Knie. „Also, Detektiv Summers, wenn ich jetzt alle Fragen beantwortet habe, warum springst du dann nicht runter und fütterst die Tiere, während ich kurz das Geschirr wegräume?"

„Aber ich will doch angeln gehen."

„Später, Sportsfreund. Ich bin in einer Minute da und helfe dir."

Cody schwang die Beine und sprang vom Tresen. „Mom?"

Sie drehte den Wasserhahn auf. „Ja?"

„Und was hat dieser komische Chase mit all dem zu tun?"

„Das wüsste ich auch gern", gab sie zu und hielt einen Teller unter den Wasserstrahl. Genau darüber hatte sie sich die ganze Nacht den Kopf zerbrochen. Ihre Empfindungen für Chase waren schwer zu definieren, und das ganze Gefühlschaos, das er angerichtet hatte, war beängstigend, sehr beängstigend. Seit sieben Jahren wusste sie genau, was sie vom Leben erwartete, und er hatte gerade mal zwei Wochen gebraucht, um alles auf den Kopf zu stellen, wovon sie überzeugt gewesen war.

„Also, ich würde ihm nicht trauen", stellte Cody sachkundig fest. „Jeder, der für Caleb Johnson arbeitet, macht nur Ärger."

„Hat Isabelle Reece' Pa das gesagt?" Sie sah ihren Sohn über die Schulter an.

Cody grinste. „Ich glaube, da muss ich sie erst noch fragen."

„Die Mühe kannst du dir sparen." Dani legte einen Arm um den Jungen und drückte ihn. „Irgendwie habe ich das Gefühl, dass Isabelle es dir schon sagen wird, wenn die Schule wieder anfängt."

„Ja, wahrscheinlich."

Lachend verließ Cody das Haus durch die Hintertür und rief nach Runt. Der schwarze Hund streckte die Beine und folgte ihm nach draußen.

Nachdem sie die Spülmaschine eingeräumt und die Küche etwas aufgeräumt hatte, zog Dani ihre Arbeitshandschuhe an, während sie die Fliegengittertür mit der Schulter aufstieß. Auf dem Weg zur Scheune blickte sie über den Zaun zu der Stelle, wo Chase und seine Männer arbeiteten. Chase war leicht zu erkennen. Größer als die beiden anderen Männer, trug er weder Hemd noch Hut und seine blonden Haare glänzten schweißnass unter der Sommersonne. Er lehnte an einem schmutzigen Kipplaster, schenkte den Arbeiten, die um ihn herum vorgingen, keine Beachtung, sondern verfolgte jede ihrer Bewegungen mit den Augen.

Wie auf Kommando machte Danis Herz einen Sprung, und die Erinnerungen an letzte Nacht schossen ihr durch den Kopf. Noch immer konnte sie den Regen riechen, Chase' Lippen schmecken, fühlen, wie seine Hände sich unter die Aufschläge ihres Morgenmantels schoben …

„Mom?"

Dani fuhr zusammen, denn sie hatte gar nicht gemerkt, dass sie stehengeblieben war. „Oh, was ist?"

Cody saß auf einem Zaunpfahl und wies mit dem Kopf zur Stalltür. „Falls du nichts dagegen hast?" Er sprang auf den Boden. „Du willst doch immer, dass die Tiere früh gefüttert werden."

„Ja, und was hast du gemacht?"

„Auf dich gewartet."

„Cody …"

„Allein ist das total schwer", erwiderte er und wirkte auf einmal zerknirscht.

Der Junge war erst neun! „Tut mir leid", entschuldigte sie sich rasch, zog die Handschuhe an und begab sich in den dunklen Stall, der als abgetrennter Teil der Scheune den Tieren bei Wind und Wetter einen Unterschlupf bot.

Das Vieh war bereits vollständig versammelt und drängte sich mit lautem Gemuhe und Geschubse vor dem Futtertrog.

„Warum hast du so zu Johnsons Land rübergestarrt?"

„Ich habe nur nachgedacht."

„Das weiß ich." Cody kletterte die Leiter zum Heuboden hinauf und warf ein paar Heuballen vom letzten Jahr nach unten. „Ich hab dich ja gesehen." Ein wenig frustriert betrachtete der Junge seine Mutter. „Du hast wieder zu dem Kerl rübergeguckt."

Dani durchschnitt die Schnüre an den Ballen mit dem Taschenmesser und lockerte das Heu mit den Händen, bevor sie es in den Trog warf. „Ich werde einfach nicht schlau aus ihm."

„An deiner Stelle würde ich es gar nicht erst versuchen." Cody sprang vom Heuboden herunter, und als er auf den staubigen Dielen landete, krachten ein paar verstreute Getreidekörner unter seinen Stiefeln.

Dani schüttelte den Kopf. „Nächstes Mal geh über die Leiter …"

„Ach, Mom!"

„Ich will bloß nicht, dass du dir den Hals brichst. Schon gar nicht vor meiner Nase", fügte sie hinzu, um die Stimmung etwas aufzuheitern.

„Ich bin kein kleines Kind mehr", behauptete Cody fest.

„Genau das macht mir Sorgen." Dani musterte ihren Sohn, als er das Getreide für die Rinder portionierte. Sein Körper veränderte sich; er wuchs schneller heran, als ihr lieb war. „Ich schau mal, ob heut Nacht genug Wasser in den Trögen gelandet ist, und du kannst den Boden fegen, okay?"

„Okay", grummelte Cody.

Dani trat aus dem Stall in das helle Licht der Morgensonne. Sie stopfte die Handschuhe in die Gesäßtaschen ihrer Jeans und fing an, die Tröge neben der Scheune mit frischem Wasser aufzufüllen. Während sie dem kühlen Klang des Wassers lauschte, wie es in die alten Metallwannen plätscherte, und darauf wartete, dass sie voll wurden, wanderte ihr Blick wie zufällig wieder zu Chase hinüber.

Er lehnte nicht mehr an dem Kipplaster, sondern war damit beschäftigt, Schlamm aus dem Bachboden zu schaufeln und gleichzeitig die Pflanzung mehrerer Bäume zu beaufsichtigen. Die Morgensonne verfing sich in seinen blonden Haaren und spiegelte sich im Schweiß auf seinem Rücken. Aus der Entfernung wirkte das Spiel seiner Muskeln unter den braun glänzenden Schultern fließend.

„Hey, Mom, pass auf, was du machst!", schrie Cody, der gerade aus dem Stall gekommen war.

Aus ihren Gedanken aufgeschreckt, merkte Dani erst jetzt, dass die Tränke überfloss und das kostbare Wasser sich erst darin drehte, um dann als wilder Strom den Abhang hinunterzufließen.

„Ach du Schande!", schimpfte sie mit sich selbst, während sie sofort das Wasser abstellte und sich über die Schulter nach der anderen Tränke umschaute, wo Cody aufgebracht den Griff des Wasserhahns betätigte.

Er wischte sich die Hände an der Jeans ab, als er mit finsterem Gesicht auf sie zukam. „Du bist wohl scharf auf den Kerl, was?"

„Cody!"

Er zuckte mit den Schultern. „Sag bloß hinterher nicht, ich hätte dich nicht gewarnt."

„Ich würde nicht im Traum daran denken", erwiderte Dani. „Hey ... Moment mal. Du warnst mich? Was verstehst du überhaupt unter ‚scharf auf jemanden sein'?"

Wohl wissend, dass es ihm gelungen war, seine Mutter aufzustacheln, warf Cody ihr einen verschmitzten Blick zu. „Isabelle Reece sagt, dass ihr Pa ..."

„Ich bin mir nicht sicher, ob ich das jetzt hören will …"

„War doch nur 'n Witz, Mom." Er grinste von einem Ohr zum anderen, dann wurde er wieder ernst. „Aber …"

„Aber was?"

„Du hast das mit Dad doch nicht vergessen, oder? Er wird nach Hause kommen."

Dani wollte ihren Sohn nicht verletzen. Und sie wollte auch nicht, dass seine ganzen Hoffnungen zerplatzen würden wie eine Seifenblase. „Wenn dein Dad kommt, werden wir reden. Wir alle zusammen."

Cody war sichtlich erleichtert.

„Aber du musst verstehen, dass wir uns nicht mehr lieben, nicht so, wie ein Mann und eine Frau sich lieben."

Zweifelnd sah er sie an. „Aber ihr wart verheiratet!"

„Die Menschen verändern sich leider."

„Oder geben auf", erwiderte er vorwurfsvoll, schob trotzig das Kinn vor und sah sie herausfordernd an.

„Oder sie geben auf", stimmte sie ihm zu. „Ich will ja nicht behaupten, ich hätte alles richtig …"

„Das hast du auch nicht! Du hättest mit ihm verheiratet bleiben sollen!"

„Glaube mir, das habe ich versucht."

„Nicht genug!"

„Cody …"

Als ihm die Tränen in die Augen stiegen, versuchte er dagegen anzukämpfen. „Kann ich jetzt angeln gehen?"

„Jetzt?"

„Ja."

„Ich finde, wir sollten darüber reden."

„Wozu soll das gut sein?", entgegnete er wütend. „Nichts wird sich ändern. Ich habe noch immer keinen Pa. Genau wie die Kinder sagen!"

„Das ist nicht wahr!"

Sein Trotz legte sich ein wenig. „Ich will einfach nur angeln, okay?"

Auch wenn sich ihr das Herz schmerzhaft zusammenzog und Schuldgefühle sie heiß überliefen, nickte Dani. „Je früher du zurück bist, desto besser", ermahnte sie ihn, aber gleich darauf war ihr Ärger auch schon verklungen. „Sei einfach mittags wieder da, okay?"

„Klar."

Er wollte sich umdrehen, aber sie hielt ihn am Arm zurück. Sofort riss er ihn weg. „Wo gehst du angeln?"

„Wahrscheinlich unten am Loch bei der südlichen Gabelung."

„Okay. Willst du nicht etwas zu essen mitnehmen?"

Er rang sich ein Lächeln ab und suchte in seinen Taschen herum, bis er schließlich drei Schokoriegel herauszog. „Ich habe alles."

„Für den Nahrungsselbstmord."

Cody versuchte, sich die Tränen aus dem Gesicht zu wischen, und Dani tat so, als würde sie es nicht bemerken. Er drehte ihr den Rücken zu, ging zur Gartenveranda, schnappte sich seine Angelrute und die fleckige Weste und pfiff nach Runt. Schon lief er durch die Felder auf die Berge zu, während der Hund vor ihm her tollte und Heuschrecken, Vögel und Kaninchen auf dem Stoppelfeld in Angst und Schrecken versetzte.

Müde seufzend stieg Dani auf die Veranda, griff nach ihrer Hacke und stützte sich darauf, während sie ihrem Sohn nachsah, bis sie ihn nicht mehr sehen konnte. Was hatte sie dem Jungen angetan? Hätte sie ihrem Sohn zuliebe mit einem Mann verheiratet bleiben sollen, den sie nicht liebte? Einem Mann, der nach Kräften alles getan hatte, um sie zu verletzen und in Verlegenheit zu bringen?

Ohne irgendeine Antwort auf ihre Fragen zu finden, blickte sie über den Zaun zu Johnsons Feld, wo Chase abgewandt von ihr stand und Cody nachschaute, als der unter dem Zaun durchkroch, der zwei ihrer Felder voneinander trennte, bevor er zwischen dem Gestrüpp am anderen Ende der Weide verschwand.

Chase sah dem Jungen zu, der mit seinem Hund über die trockenen Felder lief, und einen Moment lang erinnerte er sich an seine eigene Jugend und die warmen Sommer in Idaho.

Der Junge schlüpfte unter dem Zaun hindurch und verschwand in einem Dickicht aus Brombeeren und Gestrüpp, den Hund mit den Hängeohren immer dicht auf den Fersen. Ein Lächeln huschte über sein Gesicht. Cody und seine schöne Mutter sorgten dafür, dass er sich auf gefährliche Weise sehr viel jünger fühlte als vierunddreißig Jahre, die er alt war.

Zum ersten Mal seit Ewigkeiten ging eine Frau Chase McEnroe unter die Haut. Es war erst Stunden her, seit er Dani verlassen hatte, und er wartete jetzt schon unruhig darauf, sie wiederzusehen, auch wenn das ganz und gar gegen ihre Abmachung verstieß. Die Tatsache, dass sie so nahe war, dass er sie sehen konnte, machte alles nur schlimmer.

Still vor sich hin fluchend, schob er die Schaufel in die weiche Erde nahe am Bachufer. Die vergangene Nacht war ihm durch die Erinnerung daran, wie er sie berührt hatte, zur Qual geworden. Stundenlang hatte er wach gelegen, sich auf durchgeschwitzten Laken hin und her gewälzt und das leise, aber beständige Pochen in seinen Lenden gespürt. Ein Pochen, das Chase ihren anschmiegsamen warmen Körper, die weichen Lippen und ihre vollkommen geformten Brüste ins Gedächtnis rief. Zum Teufel, er war kein sexhungriger Teenager mehr. Diese verdammte Frau brachte sein Leben völlig aus den Fugen!

Unzufrieden mit allem fuhr Chase fort zu graben und setzte bei jedem Stoß die ganze Kraft seiner Schultern und Arme ein. Der Boden im Bachbett gab dem Druck seiner Schaufel nach, und strudelnd floss schlammiges Wasser in das Loch.

Dennoch, er konnte nicht aufhören, an sie zu denken, und das lag mit Sicherheit nicht daran, dass er es nicht versuchte. Er nahm sich vor, ihr – koste es, was es wolle – aus dem Weg zu gehen, und stürzte sich mit Vehemenz in seine Arbeit. Schultern und Geist wollte er voll auf seine Aufgabe konzentrieren und die Arbeit am Bach abschließen, um Montana so schnell wie möglich hinter sich zu lassen.

Den ganzen Vormittag verlangte er Unmögliches von den Männern und sich selbst, während er versuchte Danis Bild aus seinem Kopf zu verbannen.

Aber jedes Mal, wenn er von seiner Arbeit aufschaute, war sie da. Ob sie nun am Küchenfenster stand, die Rinder versorgte oder, wie jetzt, dieses erbärmliche Stück Boden, das sie ihren Garten nannte, mit der Hacke bearbeitete. Sie war da, nur wenige hundert Meter von ihm entfernt.

Für Chase war die Wirkung verheerend. Das ist die reinste Folter, dachte er wütend. Es war eine Qual für ihn, so in ihrer Nähe zu arbeiten. „Sie ist nur eine Frau", brummte er vor sich hin, „aber was für eine Frau!"

„Hey, Chase! Komm mal her!" Ben Marx, einer seiner Angestellten, brüllte regelrecht und riss ihn damit aus seinen Fantasien.

„Was gibt's?"

„Ich weiß nicht." Ben war jung, trug einen Bart und arbeitete nun seit fast zwei Jahren für Chase. Seit damals, als Eric Conway aus der Relive ausgestiegen war, um ein Konkurrenzunternehmen aufzuziehen. Ben hatte sich den Hut in den Nacken geschoben und nun schauten verschwitzte Strähnen sandfarbener Haare unter der Krempe hervor. Er starrte auf ein großes Metallfass von etwa vierzig Litern, das er aus dem Bach gezogen hatte. Als er es umdrehte, ließ er ein langes, leises Pfeifen hören. Just in dem Moment kam Chase auf ihn zu.

„Sieht aus wie eine alte Tonne Herbizid."

„Herbizid?" Chase bückte sich, um die Tonne genauer anzusehen.

„Moment. Hier steht es. Dioxin."

„Und das hast du im Bach gefunden?"

Ben sah zu Chase hoch. „Sie war im Bachbett vergraben."

„Wie tief?"

Ben zuckte mit den Schultern. „Schwer zu sagen. Wir haben jetzt eine ganze Weile an dieser Stelle gearbeitet, deshalb bin ich mir nicht sicher, aber ich würde schätzen, so zehn bis fünfzehn Zentimeter. Und sieh mal hier", er wies auf den Deckel der Tonne. „Sieht aus, als wäre sie durchbohrt worden."

„Absichtlich?"

„Ich denke nicht, dass ein Specht die Löcher gemacht hat, du etwa?"

„Verdammte Scheiße!" Chase zog seine Handschuhe aus der Gesäßtasche und drehte das Metallfass noch einmal um. Das Etikett war zerkratzt und verschlammt, aber ein paar Buchstaben waren noch zu erkennen. Und der Deckel der Tonne enthielt mehrere Löcher, die kaum zu erkennen waren. „Kein Wunder, dass in dem Bach kein Fisch mehr lebt …" Er verengte die Augen, als er sah, dass die Tonne leer war.

„Du glaubst, dass sie nicht leer war, als sie vergraben wurde?", fragte Ben, griff in seine Hemdtasche und zog ein zerknittertes Päckchen Zigaretten heraus.

„Schwer zu sagen."

„Wer verbuddelt denn so nahe am Bach eine Tonne?" Er zündete die Zigarette an und nahm einen tiefen Zug.

Chase presste die Lippen zusammen. „Ich kann es nicht wagen, Vermutungen anzustellen. Zeig mir genau, wo du sie gefunden hast."

Aber erst einmal wickelten sie die Tonne in Wachstuch und verstauten sie hinten auf seinem Jeep. Dann folgte er Ben wieder zum Wasser und sah sich das Loch genauer an, in dem Ben die Tonne mit dem Umweltgift gefunden hatte. Falls es das denn tatsächlich war.

„Ich war damit beschäftigt, den Bachboden zu glätten, damit wir noch eine Schicht Kies auflegen können. Dann wollte ich den Bach am Ufer noch etwas vertiefen und bin dabei mit der Schaufel auf Metall gestoßen. Also habe ich weitergegraben, um herauszufinden, was es ist."

„Fass nichts an", wies Chase ihn an. „Ich will ein paar Wasser- und Erdproben nehmen." Er ging wieder zu seinem Jeep, holte seine Watstiefel sowie ein paar sterile Glasfläschchen und machte sich daran, Proben einzufüllen und jedes Exemplar sorgfältig zu beschriften. Leise fluchend kroch er anschließend durch die verrosteten Drähte des Stacheldrahtzauns und entnahm ein paar Schritte weiter innerhalb Danis Grenzen gleichfalls ein paar Proben.

„Sag den Männern, sie sollen sich den Rest des Tages freinehmen. Und keiner soll ohne Watstiefel in den Bach gehen."

Ben nickte.

„Und sollte einer aus dem Bach trinken wollen …"

„Das macht sowieso keiner."

„Dann wollen wir es auch dabei belassen. Und verlier kein Wort darüber", warnte Chase und sah den Mann eindringlich an.

Ben nahm noch einen letzten Zug aus seiner Zigarette, bevor er sie auf das schlammige Bachufer schnippte, wo sie langsam verglühte. „Du kannst dich auf mich verlassen. Ich habe einige Geschichten von der da drüben gehört." Er wies mit dem Kopf zu Danis Haus. „Wenn sie herausfindet, dass du wieder auf ihrem Land warst, wird sie dir die Hölle heißmachen."

Obwohl ihm ganz und gar nicht danach zumute war, brachte Chase ein listiges Lächeln zustande. „Kein Grund, die Lady zu beunruhigen, was?"

„Logisch." Ben zog sich die Handschuhe aus und fügte träge lächelnd hinzu: „Jedenfalls nicht, indem man ihr Land betritt." Auf einmal wirkte er ganz abwesend, als er wieder zu Danis Haus hinübersah. „Aber ein paar andere Möglichkeiten gäbe es schon, die Lady aus der Ruhe zu bringen."

Chase presste die Zähne fest zusammen und seine blauen Augen wirkten eiskalt. „Keine gute Idee, mein Freund."

„Nicht?"

Chase war klar, dass er Streit suchte. Aber sich mit Ben Marx anzulegen war völlig blödsinnig. „Wenn man bedenkt, wie sie zu Caleb steht, halte ich es für das Beste, die Finger von ihr zu lassen. Meinst du nicht?"

Die Botschaft schien anzukommen. Unter dem durchdringenden Blick dieser kalten Augen verflog Bens träges Lächeln, und er griff nach einer weiteren Zigarette. „Ganz wie du meinst, du bist der Boss."

„Dann sind wir uns also einig, dass Dani Summers für jeden tabu ist, der für mich arbeitet." Chase konnte kaum fassen, was er da tat. Er verhielt sich wie ein Rüde, der sein Territorium absteckte. Und das bei niemand Geringerem als seinen eigenen Männern! Und trotzdem konnte er das Gefühl, dass sie ihm gehörte, einfach nicht loswerden, ein Gefühl, das ihn jedes Mal durchfuhr, wenn ein anderer Mann ihren Namen in den Mund nahm.

„Klar, Mann, sicher." Chase konnte manchmal ganz ordentlich ausrasten. Das hatte Ben oft genug erlebt. Er wollte auf keinen Fall Ärger mit McEnroe, schon gar nicht, wenn es um eine Frau ging. Chase war ein fairer Arbeitgeber, aber wenn man ihn dazu trieb, konnte er einen ungeheuren Wutanfall bekommen und sich so richtig hineinsteigern. Ben war der Meinung, dass es sinnlos schien, es darauf anzulegen.

„Gut. Dann sorg dafür, dass auch die anderen Männer Bescheid wissen. Und erzähle niemandem von dem Dioxin, oder was auch immer in diesem verdammten Fass ist. Ich will es erst überprüfen." Aber wenn das tatsächlich der Fall sein sollte, wird es Ärger geben, dachte er. Großen Ärger.

Ben zündete seine Zigarette an, zog den Hut in die Stirn und nickte schweigend.

Beklommen blickte Chase zum Hügel hinauf, wo Dani im Garten arbeitete. Aber wie üblich wirkte sie desinteressiert, als würde sie dem Geschehen auf dem Gelände nebenan keinerlei Beachtung schenken. Er betete zu Gott, dass sie ihm nicht nur etwas vorspielte, und watete weiter stromabwärts durch den Bach bis er mitten auf Danis Land stand, wo er weitere Proben sammelte.

Als Dani sah, wie Chase durch den Zaun schlüpfte, schüttelte sie verwundert den Kopf. Während sie ihn aus dem Augenwinkel weiter beobachtete, stützte sie sich auf ihre Hacke, wischte sich den Schweiß von der Stirn und überlegte, ob sie ihm wirklich vor seinen Leuten eine Szene machen sollte. Es war ja nicht so, dass sie es wollte, aber verdammt, der Mann zwang sie dazu! Sie sah, wie er rückwärts den Bach hinunterging und immer weiter in ihr Land eindrang.

Erst gestern Abend hatte er versprochen, sich fernzuhalten! Und schon jetzt brach er sein Wort und provozierte sie vor den Augen seiner Arbeiter. Nach der Auseinandersetzung mit Cody war sie absolut nicht in der Stimmung, sich auf einen weiteren Streit einzulassen. Aber er ließ ihr wirklich kaum eine andere Wahl.

Seufzend stellte sie die Hacke auf die Veranda, wischte sich die Hände an der Jeans ab und ging durchs Tor über das abschüssige Feld zum Bach hinunter.

Chase stand mitten auf ihrem Grund und Boden, grub am Bachufer herum und nahm Wasserproben. Von ihrem Wasser!

Sie merkte, wie ihr Puls sich beschleunigte, aber zum Glück lag es nur daran, dass sie sowohl auf ihn wie auf Caleb Johnson stinksauer war.

„Ich dachte, du hättest verstanden, dass ich dich nicht mehr hier sehen will", sagte sie, als sie sich dem Bachufer näherte.

„Das habe ich auch." Er schaute auf, lächelte und machte einfach weiter.

Wütend stemmte Dani die Hände in die Hüften. „Es war kein Scherz, als ich gesagt habe, dass ich den Sheriff rufe."

„Nur zu, rufe ihn."

„Chase …"

Wieder hob er den Kopf, und sein Blick schien sie zu durchbohren und brachte ihr dummes Herz zum Flattern. „Wenigstens hast du diesmal dieses verdammte Gewehr nicht mitgebracht."

„Ich hatte gehofft, dass ich es nicht brauche."

„Du brauchst es nicht."

Er schenkte ihr ein strahlendes Lächeln, das geeignet war, ihre Sorgen zu zerstreuen. Und tatsächlich beruhigte sich ihr Herzschlag wieder, auch wenn ihr Verstand daran zweifelte, dass er es wirklich ehrlich meinte.

„Was machst du da?"

„Ich nehme Proben."

„Das kann ich sehen, aber warum?"

„Ich will einfach den Bach untersuchen. Vielleicht erinnerst du dich, ich hatte dich um Erlaubnis gebeten."

„Und die habe ich dir nicht gegeben."

„Richtig."

„Also bist du einfach hier eingedrungen." Ohne sich die Mühe zu machen, ihre Erbitterung zu verbergen, verschränkte sie die Arme vor der Brust.

„Eigentlich hatte ich versucht, mich heimlich einzuschleichen", murmelte er und grinste dabei.

„Am helllichten Tag? Während ich oben im Garten arbeite?" Sie lächelte, obwohl ihr allmählich der Schädel brummte. „Ich gebe ja zu, dass ich dich nicht besonders gut kenne, aber trotzdem möchte ich bezweifeln, dass du versucht hast, dich einzuschleichen. Dein Auftritt als Einbrecher gestern Abend war sehr viel gekonnter."

Chase runzelte die Stirn. „Vielleicht sollten wir lieber nicht von gestern Abend reden."

Dani war absolut derselben Meinung. „Ich will über gar nichts reden. Ich will nur wissen, warum du mich derart herausforderst."

„Ich mag es nicht, wenn man mir Vorschriften macht."

„Aber das ist mein Land …"

„Das ist mir bekannt. Du hast es mir schon ungefähr hundertmal gesagt."

Seufzend legte er eine weitere kleine Flasche in den Korb und watete stromabwärts noch weiter in ihr Land hinein.

„Ich weiß, warum du hier bist."

„Natürlich weißt du das, denn wie gesagt, ich entnehme Proben."

„Das ist nicht der einzige Grund. Du willst diesen Männern beweisen …", mit einer ausholenden Geste wies sie zu Johnsons Besitz hinüber, wo Ben Marx vorgab, nichts von der Auseinandersetzung mitzubekommen, „… dass ich dir nichts zu sagen habe."

„Die haben nichts damit zu tun."

„Na klar!"

Auf einmal wirkte Chase ernst und entschlossen. „Nur dieses eine Mal, vertraue mir einfach."

„Chase …"

Aber da bewegte er sich schon weiter und beobachtete, wie das Wasser am Ende des Felds in ein Dickicht aus Gestrüpp und Bäumen strudelte. Der kleine Bestand an Pappeln und Kiefern bot auf der gesamten Fläche den einzigen Sichtschutz und Schatten, und auf einmal war Chase unter den Bäumen hinter dem Gebüsch verschwunden.

Wenn sie das Gespräch fortsetzen wollte, musste Dani sich also durchs Gestrüpp schlagen und sich unter den niedrigen Ästen bücken, die an ihrer Bluse zerrten. Chase war im Pappelgehölz stehen geblieben, das sich auf beiden Seiten des Baches am Ufer ausgebreitet hatte, und entnahm ungerührt weitere Wasserproben.

Wütend stellte Dani sich am Wasserrand auf einen großen Felsblock. „Ich dachte, das wäre bei dir angekommen." Sie blickte stromaufwärts, konnte aber nicht erkennen, ob Chase' Männer zuschauten. Die Zweige boten sowohl Schatten als auch Schutz vor neugierigen Blicken, und im Blätterdach über dem Wasser hauchte eine leichte Brise.

„Habe ich auch. Aber das hier ist etwas, was ich einfach tun muss, okay?"

„Und dabei willst du es belassen?"

„Fürs Erste."

„Nein, Chase. Das ist nicht okay. Ich dachte, du wärst anders als die anderen Typen, die für Caleb arbeiten. Ich dachte, du würdest dich an deinen Teil unserer Abmachung halten."

„Meine Abmachung habe ich mit Johnson."

„Verstehe." Die Enttäuschung, die sie bei seinen Worten empfand, war wie ein Schlag in ihre Magengrube. Chase stand fest auf Caleb Johnsons Seite, obwohl er auch andere Meinungen vertrat. Er war ihr Feind. „Wenn das so ist, denke ich, du solltest mal ganz schnell die Mücke machen und von hier verschwinden, denn ich werde Tim Bennett tatsächlich anrufen."

Skeptisch zog Chase eine Augenbraue hoch, arbeitete jedoch weiter.

„Das ist der Sheriff", stellte Dani klar.

„Ich weiß, wer das ist. Es ist mir nur völlig schnuppe."

„Jedenfalls bist du ganz schön mutig! Du besitzt mehr Mut als Verstand."

Chase steckte das letzte Fläschchen in den Fischkorb und schaute sichtlich entspannter zu ihr hoch. Sogar wütend war sie noch immer schön.

So wie sie dort am Ufer stand – im warmen Licht der Morgensonne, das durch die silbrig schimmernden Blätter der Pappeln fiel, die Arme unter der Brust verschränkt –, wirkte Dani beinahe majestätisch. Sie hatte sich nicht die Mühe gemacht, die langen Haare zurückzubinden, die ihr nun von der duftenden Sommerbrise aus dem erhitzten Gesicht geweht wurden. „Und du bist umwerfend", erwiderte Chase und beobachtete, wie sie die Lippen spitzte und das Feuer in ihren haselnussbraunen Augen aufflammte.

„Das will ich gar nicht hören."

„Aber sicher doch."

„Mitten in dieser Auseinandersetzung die Aufmerksamkeit auf mein Aussehen zu lenken ist nur ein typisch männlicher Trick, um das Thema zu wechseln."

„Das ist kein Trick", sagte er ruhig, und ohne sie aus den Augen zu lassen, wischte er sich die nassen Hände an seiner Jeans ab.

Dani verfolgte fasziniert seine Bewegungen und musste den Blick von seinem flachen Bauch und der engen zerschlissenen Jeans auf seinen Hüften geradezu losreißen.

Sie leckte sich die trockenen Lippen, und er lächelte; es war dieses träge, verführerische Lächeln, das ein erwartungsvolles Flattern in ihrem Herzen zur Folge hatte. „Verschwinde einfach von hier." Es ärgerte sie maßlos, wie atemlos ihre Stimme klang.

„Dani …"

„Was?"

„Warum bittest du mich nicht zu bleiben?" Er stopfte die Handschuhe in seine Gesäßtaschen und ging langsam durch das knietiefe Wasser zum Ufer.

Ihre Abwehr schmolz dahin, und haltsuchend lehnte sie sich an die weiße Rinde einer Pappel. „Musst du dich immer widersetzen?"

„Nur, wenn es nötig ist." Er stieg aus dem Wasser, stellte sich neben sie und trat sich die Stiefel von den Füßen.

Sie versuchte, nicht auf die Schweißperlen zu achten, die an seinem Hals hinunterliefen, oder auf die fließenden Bewegungen seiner Schultermuskeln, als er sich an einen der unteren Äste einer Buscheiche lehnte. „Und wann ist das?", fragte sie mit plötzlich zugeschnürter Kehle. „Wenn Caleb es dir sagt?"

Er legte einen Arm über den Zweig und brach einen kleinen Trieb ab, den er zwischen den Fingern zwirbelte. „Anders als du glaubst, tue ich nicht alles, was Caleb gerne hätte."

„Du könntest mir leicht etwas vorspielen."

Er hielt ihren Blick fest und sah ihr tief in die Augen, und plötzlich schien ihr die Brust eng geworden zu sein, sodass sie kaum noch atmen konnte. „Warum hasst du ihn so sehr?"

Trotz der Spannung, die in der Sommerluft lag, lächelte sie. „Hassen wäre zu viel gesagt." Ihr fiel ein, dass auch Cody an diesem Vormittag bereits von Hass gegenüber ihrem Nachbarn gesprochen hatte.

„Wie würdest du es nennen?"

„Ich vertraue ihm nicht."

„So viel hatte ich verstanden." Er legte den Kopf zur Seite. „Aber du hast mir nie wirklich gesagt, warum."

„Auch wenn ich es nicht beweisen kann, er hat ein paar Sachen gemacht, die ... Ich bin überzeugt ... Moment mal, warum sollte ich dir das überhaupt erzählen?"

„Weil ich dich danach gefragt habe. Versteh doch, Dani, ich bin nicht gegen dich."

„Es fällt mir schwer, das zu glauben."

„Wirklich?"

Sie sah die Aufrichtigkeit in seinen klaren blauen Augen und hätte ihm von Herzen gern vertraut. Stattdessen aber zuckte sie mit den Schultern. „Ich denke, das habe ich dir alles längst erklärt."

„Nicht wirklich. Warum bist du so absolut gegen ‚Summer Ridge'?"

„Gegen das Resort habe ich gar nichts, jedenfalls nicht wirklich. Ich habe etwas gegen die Tatsache, dass Caleb Johnson glaubt, mich auf Biegen und Brechen dazu bewegen zu können, meinen Besitz zu verkaufen. Es mag schmalzig klingen, aber dieses Land bedeutet mir sehr viel."

„Womit du sagen willst, dass du dir einen höheren Preis vorstellst."

Sie fuhr sich mit den Fingern durch die Haare und setzte sich an den Uferrand, wo sie die Arme um die Knie schlang und ins fließende Wasser starrte. „Sieh dich vor, McEnroe. Du hörst dich allmählich schon an wie er."

Chase knickte einen trockenen Grashalm ab, kaute darauf herum und ließ sich neben ihr nieder. Als er die nackten Füße vor sich ausstreckte, hätten seine Schenkel ihre beinahe gestreift. „Dann ist Geld also nicht das Problem?"

Dani sah die Besorgnis in seinen Augen. „Hat Caleb dir mal erzählt, dass ich bereit war, ihm ein paar Hektar zu verkaufen?"

„Nein."

„Das war vor etwa zwei Jahren, glaube ich." Sie dachte zurück an das Treffen in Calebs Haus. „Er hatte sogar schon zugestimmt. Aber dann hat er es sich anders überlegt; es war ihm nicht genug. Er wollte die ganze Farm."

„Und die wolltest du nicht verkaufen."

„Nein, nicht alles. Meine Ururgroßeltern haben das Land hier besiedelt, und ich wollte es in der Familie halten." Sie nahm eine Handvoll Erde und ließ sie durch die Finger rieseln. „Dieses Land ist alles, was meine Leute je besessen haben, und sie haben bis zum Umfallen geschuftet, um es zu behalten."

„Du hältst also dein Erbe zusammen. Wozu? Für deinen Sohn?"

„Wenn er es will."

„Und was ist, wenn nicht?"

Dani runzelte die Stirn und faltete die Hände. „Daran habe ich auch schon gedacht, und ich schätze, wenn Cody sein Erbe verkaufen will, kann ich nichts dagegen tun." Lächelnd schob sie sich die Haare aus dem Gesicht. „Mit Sicherheit wird es mir dann auch nichts mehr ausmachen."

„Also traust du Caleb nicht, weil er versucht hat, deine ganze Farm zu kaufen."

Sie wich seinem Blick aus. „Es gibt auch noch andere Gründe."

„Nenn mir einen."

„Das kann ich nicht", gab sie zu. „Es ist nur ein Gefühl von mir; nichts, was ich beweisen kann."

„Beweisen?" Als sie nicht antwortete, streckte er den Arm aus und tippte ihr mit dem Zeigefinger an die Wange. „Was beweisen?"

„Nichts", sagte sie schnell.

„Dani", flüsterte er, zog ihr Kinn herum, sodass sie gezwungen war, ihm in die Augen zu sehen, „du kannst mir vertrauen."

„Bist du nicht der Mann, der mir gerade gesagt hat, dass er eine Abmachung mit Johnson hat … nicht mit mir?"

Sein Blick fiel auf ihren Mund. „Was glaubst du, hat Caleb dir angetan?"

Also gut, sie würde das Risiko eingehen. „Ich glaube, dass er alles, was ihm einfiel, getan hat, um mich in Misskredit zu bringen, um mich zu zwingen, ihm mein Land zu verkaufen, und mich finanziell zu ruinieren."

Chase ließ seine Hand fallen und pfiff leise durch die Zähne. „Schwere Vorwürfe."

„Wie gesagt, nichts davon kann ich beweisen." Dani warf einen Stein ins Wasser. „Jedenfalls noch nicht. Also wie kommt es, dass du mit ihm zu tun hast?"

„Gute Frage."

„Du hast dich an ihn gewandt, als du finanzielle Hilfe brauchtest."

„Tatsächlich hatte ich ihn vorher nie zu Gesicht bekommen. Aber er wusste alles über mich und mein Unternehmen."

„Ist das nicht seltsam? Immerhin befindet sich dein Unternehmen in Boise?"

„Ich weiß es auch nicht", gestand Chase. Seine Augen verdunkelten sich, als er über die Frage nachdachte, die nun seit zwei Jahren an ihm nagte. „Damals gab es nicht allzu viel Konkurrenz in der Branche. Die Relive Inc. hatte sich auf dem Gebiet der Regenerierung von Flüssen einen Namen gemacht, und Caleb behauptete, er hätte meine Mutter gekannt, bevor sie geheiratet hat."

„Und sie hat ihn nie erwähnt?"

Chase schüttelte den Kopf. „Sie lebt nicht mehr."

„Oh … das tut mir leid."

Jedes Mal, wenn er an die Bekanntschaft seiner Mutter mit Caleb dachte, überkam ihn ein ungutes Gefühl. Die Hände hinter dem Kopf verschränkt, lehnte er sich an den Stamm einer Pappel. „Warum sagst du mir nicht, was genau Caleb getan hat, um dich so wahnsinnig gegen ihn aufzubringen?"

„Das halte ich nicht für klug."

„Warum nicht?"

„Wahrscheinlich aus demselben Grund, weshalb du mir nicht sagen willst, weshalb du meine Vorschrift, wie du es nennst, nicht respektierst und über den Zaun geklettert bist."

Langsam breitete sich ein Lächeln auf seinem Gesicht aus, und mit warmen Augen schaute er sie an. „Vielleicht wollte ich dich einfach nur wiedersehen."

„Und deshalb bist du mit all diesen Fläschchen, die du da hast, durch den eiskalten Bach gewatet? Nie und nimmer!"

Höchst verführerisch schaute er ihr tief in die Augen. „Es hat doch funktioniert, nicht wahr?" Er strich eine goldblonde Haarsträhne von ihrer Wange und massierte sanft ihren Nacken.

Kurzzeitig setzte Danis Herzschlag aus und ihr Atem stockte. „Musst du nicht arbeiten?"

„Wahrscheinlich." Zentimeter für Zentimeter kam sein Kopf immer näher, bis sein Atem ihr Gesicht streifte. Er schlang seine Arme um ihre Schultern, und während sein Blick in ihren Augen versank, beugte er sich noch weiter vor und fuhr zart mit den Lippen über ihren Mund. Es war wie ein qualvoll bittersüßes Versprechen, das ihre Abwehr völlig zum Erliegen brachte.

Ich kann das nicht noch einmal zulassen, dachte Dani, stoppte ihn jedoch nicht. Seine Hände streichelten ihre Arme, als er sie näher zog, fester an seine Brust, und sie konnte hören, wie ihr Herz im Einklang mit seinem schlug. Sowie er ihren Mund eroberte und sie küsste, konnte sie die rasende Leidenschaft spüren, die ihm nachts den Schlaf geraubt und ihn tagsüber verrückt gemacht hatte. Sein Feuer entfachte ihr eigenes, das heiß und wild ihren bebenden Körper erfasste.

Seine Zunge umspielte ihre. Dani protestierte nicht, sondern legte die Arme um seinen Nacken. Keuchend flüsterte sie seinen Namen, während er ihre Bluse öffnete und in langsamen, kreisenden, verführerischen Bewegungen ihre Brust liebkoste, eine Zärtlichkeit, die tief in ihrer Seele noch gefährlichere Feuer entfachte. Seine Hände lagen warm auf ihrer Haut, und nur ein leichtes Zittern in dieser Berührung verriet, wie leicht er die Kontrolle verlieren könnte.

Er hauchte Küsse auf ihr Dekolleté, strich mit der Zunge über die Spitzenborde ihres BHs und verwöhnte auch die zarten Stellen, die unter dem feinen Material durchschimmerten.

„Bitte, Chase", wisperte sie heiser, denn ihr war klar, dass sie diesem sinnlichen Spiel ein Ende bereiten musste, konnte jedoch nicht die Kraft dazu finden, sie konnte nichts anderes tun, als sich seinen Zärtlichkeiten hinzugeben.

Als er aufschaute, erkannte er den Zweifel in ihrem Blick und ließ sie seufzend los. Er drehte sich zur Seite und schloss die Augen, überwältigt von der tobenden Lust.

Dani war plötzlich kalt, und sie fühlte sich sehr allein.

„Oh, Dani", raunte er heiser, legte sich auf den Bauch und versuchte mit äußerster Willenskraft seine Erregung zu beherrschen. „Wenn du nur wüsstest, was du mir antust." Mit Daumen und Zeigefinger rieb er sich die noch geschlossenen Augen und massierte seinen Nasenrücken. „Ich bin mir nicht sicher, wie viel ich noch davon ertragen kann."

Mit einem tiefen Atemzug versuchte sie, ihre Emotionen wieder in den Griff zu bekommen. „Warum willst du mich verwirren?", fragte sie ihn mit belegter Stimme, während sie sich die Bluse zuknöpfte.

„Das will ich überhaupt nicht."

„Und warum entscheidest du dich dann nicht?"

„Ich begreife es einfach nicht."

„Das geht mir genauso, Chase. Aber es sieht ganz danach aus, als würdest du beide Enden zur Mitte hin ausspielen."

„Soll heißen?"

„Dass du mir in einer Minute erzählst, dass deine Loyalität einzig und allein Caleb Johnson gehört, einem Mann, der alles Erdenkliche gemacht hat, um mich zu ruinieren. Und in der nächsten Minute bist du ... bist du ... *tust du so*, als würde ich dir etwas bedeuten!"

„Ich tue nicht so", gestand er, „du bedeutest mir etwas. Viel zu viel, glaube ich."

Traurig lächelte sie. „Ich wünschte, ich könnte dir glauben."

„Vertraue mir einfach …"

Immer dieselben Worte! Vertraue mir! Ihre Traurigkeit verwandelte sich in Wut. Sie ärgerte sich über ihre verzwickten Gefühle und über ihn, weil er sie so durcheinanderbrachte. „Dir vertrauen? Wie könnte ich? Ich glaube nicht an blindes Vertrauen, Chase." Nicht seit Blake mich verlassen hat, fügte sie in Gedanken hinzu. „Du hattest versprochen, dich von meinem Land fernzuhalten und mich in Ruhe zu lassen. Kaum habe ich mich umgedreht, da bist du schon wieder hier, buddelst im Schlamm herum und nimmst Wasserproben aus dem Bach."

„Dani …"

„Ich bin noch nicht fertig!"

„Halt nur mal eine Minute die Luft an! Hör dir doch selbst zu! Warum stört es dich denn, wenn ich auf deinem Land bin? Ich richte hier nicht den geringsten Schaden an!"

Sie zitterte, weil Leidenschaft und Wut gleichermaßen in ihr tobten, und wünschte, sie hätte Chase McEnroe niemals zu Gesicht bekommen und müsste sich nicht mit dem Rätsel, das er für sie darstellte, beschäftigen. „Du richtest keinen Schaden an?", wiederholte sie. „Nun, vielleicht jetzt noch nicht! Doch du arbeitest für Johnson, und Gott allein weiß, was der wieder ausheckt!"

Dani wollte aufstehen, aber Chase hielt sie am Handgelenk fest und zog sie zu sich. „Dir ist aber doch klar, dass du dich verhältst wie jemand, der etwas zu verbergen hat."

„Ich!" Sie lachte, weil ihr die Situation so absurd erschien, aber seinem faszinierenden Blick konnte sie sich nicht entziehen. „Warum gehst du nicht einfach und stöberst deinen Boss auf? Frag ihn doch mal nach meinen toten Rindern. Frag ihn doch, wie es damals war, als ich versucht hatte, ihm einen Teil meiner Äcker zu verkaufen. Frag ihn nach der Heuballenpresse! Und frag ihn auch, was er sich dabei gedacht hat, als er damals das ganze Wasser im Grizzly Creek für seinen privaten See abschöpfen wollte!"

Sie entwand ihm ihren Arm, stand auf und sah bebend vor Zorn zu ihm hinunter. „Nach allem, was ich weiß, spielst auch du nur eine Rolle in einer seiner Intrigen. Das würde ich ihm durchaus zutrauen. Wahrscheinlich hat er dich gebeten, hierher zu kommen und zu versuchen, dich mit allen möglichen Mitteln in mein Vertrauen einzuschleichen!"

Als er an Calebs Vorschlag dachte, mit Dani ins Bett zu gehen, biss Chase die Zähne zusammen. Er durfte sich auf keinen Fall etwas anmerken lassen, aber allein sein Schweigen war verdächtig.

„Oh mein Gott, Caleb steckt wirklich dahinter, stimmt's?" Es war nur eine Vermutung, doch plötzlich wurde ihr übel. Den Beweis dafür sah sie in seinen Augen. Erbittert und angewidert wandte sie sich von ihm ab, und sogleich wurde sie von Selbstverachtung gepackt. „Und es ist lächerlich, dass ich eine so leichte Beute für dich war!"

„Was zwischen uns passiert ist, hat mit Johnson nichts zu tun", meinte Chase und kam nun auch auf die Beine.

„Ja klar!" Sie wollte vor ihm zurückweichen, stieß aber gegen einen Baum, der sie am Weitergehen hinderte. Sie sah blass und mitgenommen aus. „Verschwinde einfach nur von meinem Land und lass dich nie wieder hier blicken!"

„Dani …"

„Du bist ein solcher Mistkerl. Ein Arschloch erster Klasse! Und ich will, dass du nie … *nie wieder* einen Fuß auf meinen Boden setzt!"

„Du irrst dich", sagte er langsam. Auf seiner Wange zuckte ein Muskel, und die Hände hatte Chase zu Fäusten geballt.

„Wohl kaum auch nur annähernd so sehr, wie ich mich beinahe in dir geirrt hätte."

Er schob die Hände in die Gesäßtaschen und blickte durch die Blätter der überhängenden Zweige stromaufwärts bis hinter den Zaun, wo seine Männer und die Maschinen auf Johnsons Besitz noch in Position waren. Als er sich wieder zu ihr umdrehte, hatte er seine Beherrschung einigermaßen wiedergefunden. „Das habe ich alles nicht beabsichtigt."

„Gut. Dann können wir beide vergessen, was passiert ist."

„Ich will dir helfen", gestand er, und fast hätte seine gequälte Stimme sie überzeugt. Aber nicht ganz.

„Ich will keine weiteren Lügen mehr von dir hören. Jetzt sieh einfach zu, dass du von hier verschwindest!" Sie bückte sich und hob seinen Fischkorb auf. „Und nimm diesen ganzen Krempel mit!" Sie warf ihm den Korb zu und Chase sprang hoch, um ihn aufzufangen, aber der Korb fiel auf die Steine am Ufer. Das Glas im Weidenkorb klirrte und zerbrach. Schlamm und Wasser begannen durch den geflochtenen Boden zu sickern.

„Nein!" Chase griff entsetzt nach dem Korb. Ohne zu merken, dass das Wasser aus dem Korb über seine Jeans lief, prüfte er die zerbrochenen Glasfläschchen. „Ist dir klar, was du da gemacht hast!" Sein Blick war vorwurfsvoll, und trotzdem konnte sie das Feuer in seinen Augen wieder aufflackern sehen. „Jedes Fläschchen ist ruiniert!"

„Das ist mir wirklich völlig schnuppe!"

Er ließ den Korb einfach fallen und ging auf sie zu. „Was da in diesen Fläschchen war, könnte sehr gut genau der Beweis gewesen sein, den du brauchst!"

„Welcher Beweis?"

„Dass Caleb mit gezinkten Karten spielt!"

„Was? Wie können Wasserproben ..." Sie schüttelte den Kopf, wie um klar denken zu können, dann sah sie ihn scharf an. „Falls du von mir erwartest, dass ich dir glaube, du hättest versucht zu beweisen, dass Caleb Johnson ein Betrüger ist, bist du gewaltig auf dem Holzweg! Du bist sein Partner", erinnerte sie ihn mit lauter werdender Stimme. „Du schuldest ihm nicht nur eine Menge Geld, sondern auch dein ganzes Unternehmen!"

Es kostete ihn viel Selbstbeherrschung, doch Chase blieb besonnen. „Glaube, was du willst, Lady, aber ich werde diesem

Kleinkrieg zwischen dir und Johnson auf den Grund gehen, mit oder ohne deine Hilfe."

„Tu dir keinen Zwang an", konterte sie, „solange das nicht auf meinem Grund und Boden geschieht!"

Die Frustration und der Zorn in seinem Blick trafen sie in tiefster Seele. Aber dann blieb ihr das Herz stehen und überrascht öffnete sie den Mund, als er sie an sich riss und ihr mit einem fordernden Kuss den Atem raubte.

Dani musste kämpfen, um einen Arm freizubekommen. Sie holte aus und wollte ihm mit voller Kraft eine Ohrfeige verpassen. Doch er war schneller, fasste sie am Handgelenk und hielt es hinter ihrem Rücken fest. Es gelang ihm, mit seiner Zunge ihren Mund zu öffnen und seinen Körper so lange auf höchst sinnliche Art an ihrem zu bewegen, bis sie zu ihrer Schande feststellen musste, wie ihr Körper ihm antwortete. Sie spürte ein Kribbeln, ihr Puls beschleunigte sich, und sie hatte das Gefühl, tausend Tode zu sterben.

Nach einer Weile wandte er sich von ihr ab und hob den Kopf. Wie würde er sich selbst noch verabscheuen! „Oh Gott, Dani", flüsterte Chase und schob sich mit zitternden Händen die Haare aus den Augen. „Es tut mir leid."

Sie schluckte und seufzte schaudernd. „Mir auch."

„Du bist ausnahmslos die schönste, faszinierendste und frustrierendste Frau, die mir je begegnet ist."

„Und du bist der arroganteste, eigennützigste Schuft, den ich kenne", gab sie zurück und hielt den Handrücken an ihre geschwollenen Lippen.

Er trat auf sie zu, aber abwehrend hob sie eine Hand. „Geh einfach", flüsterte sie. „Geh von mir weg und halte dich von mir fern! Warum nimmst du nicht einfach den nächsten Zug nach Boise? Mit Caleb Johnson komme ich schon allein klar!"

„Ach ja?"

„Ja!"

In seinen Augen funkelte es silbrig blau. Chase schob das Kinn vor, bückte sich, zog hastig seine Watstiefel an, schnappte sich den Fischkorb und stapfte am Bachufer entlang von dannen.

Dani sah ihm nach und ging vor dem Gebüsch in Stellung, sodass sie jede seiner Bewegungen verfolgen konnte. Sie sah, wie er durch die Bäume ins Sonnenlicht trat, über das Feld ging und durch die aufgebogenen Drähte des Stacheldrahtzauns stieg. Währenddessen füllten sich ihre großen Augen mit Tränen, und sie fragte sich, warum sie die Kraft nicht aufbrachte, ihn zu hassen.

Am frühen Nachmittag kehrte Cody mit einem stolzen Lächeln, klitschnassen Jeans und zwei kleinen Forellen nach Hause zurück. Runt sprang die beiden Stufen zur Veranda hinauf und ließ sich hechelnd neben Dani im Schatten nieder.

Sie saß in ihrem geliebten Schaukelstuhl und flickte ein paar Kleidungsstücke ihres Sohnes, in der Hoffnung, dass ihm die Hosen im kommenden Schuljahr noch passen würden.

„Super! Herzlichen Glückwunsch", rief sie, als Cody ihr stolz seinen Fang zeigte. „Sieht ganz danach aus, als hätten wir heute Abend Fisch auf dem Tisch."

Cody verzog das Gesicht. „Ich kann Fisch nicht ausstehen."

„Dann hättest du sie besser wieder ins Wasser zurückgeworfen." Dani verkniff sich ein Lächeln.

Cody setzte sich auf die obere Stufe und sah zu ihr hoch. „Was hast du mit dem Kerl da am Bach gemacht?"

Völlig überrumpelt hob Dani den Kopf und legte das Hemd, das sie gerade reparierte, langsam beiseite. „Du warst da?"

„Ja. Also nein, nicht wirklich. Ich war schon auf dem Rückweg und hatte ja eigentlich vorgehabt, es mal in diesem Loch vor der Mündung zu probieren. Du weißt schon, da, wo die Pappeln sind."

Dani nickte und konnte nur hoffen, dass ihre Wangen nicht so rot waren, wie sie sich anfühlten. Sie hatte keine Sekunde daran gedacht, dass Cody sie und Chase überraschen könnte. Aber schließlich hatte sie auch nicht damit gerechnet, Chase im Bach zu sehen … auf ihrer Seite des Zauns.

„Ich hab diesen Chase – keine Ahnung wie der Kerl heißt …"

„McEnroe", half Dani ihm aus und hielt dem neugierigen Blick ihres Sohnes stand.

„Ja. Den hab ich gesehen, wie der wieder zu Johnsons Besitz rüber ist und wütender aussah als eine nasse Henne. Du hast dahinten gestanden." Er wies auf die Stelle mit den Pappeln. „Und du hast ihm nachgesehen und warst irgendwie echt traurig."

Dani verschränkte die Hände auf ihrem Schoß. „Das hast du also gesehen, ja?"

Cody nickte. „Hat er dich geärgert?"

„Ein bisschen", antwortete sie ausweichend. „Ich habe ihn dabei erwischt, als er Wasserproben genommen hat", erklärte sie. „Wir hatten eine ziemlich unfreundliche … Diskussion."

„Du meinst, einen Streit."

„Ich meine einen gewaltigen Krach."

„Was will er denn mit unserem Wasser?"

„Keine Ahnung", gestand Dani und fragte sich zum tausendsten Mal, warum genau Chase eigentlich so erpicht auf diese Wasserproben aus ihrem Teil des Baches war. Und was hatte es mit diesem „Beweis" auf sich? Dieser verfluchte Chase McEnroe; er hielt alle Karten in der Hand. Und das wusste er. „Ich vermute, dass Caleb ihn darum gebeten hat."

„Und dann ist er sauer geworden, als du ihm gesagt hast, er soll verschwinden."

Die Untertreibung des Jahrhunderts! „Sehr sauer."

„Ich dachte, du hättest ihm gesagt, er soll sich hier nicht mehr blicken lassen." Cody fing an, mit einem Stock im Staub herumzuspielen, und wich Danis Blick aus.

„Das habe ich auch."

„Und?"

„Ich weiß nicht, warum er immer wieder zurückkommt", gab sie zu und blickte über die Felder. „Ich schätze, es gehört einfach zu seinem Job."

„Vielleicht kommt er aber auch, weil er dich mag." Wieder warf Cody seiner Mutter einen Blick über die Schulter zu, und diesmal schienen seine dunklen Augen sie zu durchbohren.

„Wie kommst du darauf?" Dani hoffte, dass es nicht schon wieder zu einer Auseinandersetzung mit ihrem Sohn kommen würde.

„Weil es das ist, was du immer sagst. Jedes Mal, wenn mich

in der Schule irgendein Mädchen ärgert, sagst du immer, dass sie das nur macht, weil sie mich mag."

Lachend wischte Dani sich den Schweiß von der Stirn. „Ja stimmt, das sage ich wirklich immer, was? Und du glaubst es mir nie."

„Vielleicht hast du ja recht."

„Das ist wahrhaftig ein großes Zugeständnis, wenn es von dir kommt."

Codys ernste Miene verwandelte sich in ein Lächeln. „Ich schätze, manchmal könntest du schon auch recht haben …"

„Geh mir aus den Augen!", schimpfte Dani scherzhaft.

Cody stand auf und fragte augenzwinkernd: „Wie wär's mit 'ner Coke?"

„Du gehst am besten mal duschen und ziehst dir was Frisches an, und ich mache uns beiden eine auf. Dann solltest du aber vielleicht mal deinen Schulstoff ein bisschen auffrischen, finde ich."

„Warum?"

Dani erhob sich, legte beide Arme um den Dachpfosten und schaute zum Bach hinüber. „Der Sommer ist jetzt fast vorbei, Cody." Sie kratzte mit den Fingernägeln die abblätternde Farbe vom Pfosten. Bald würde Chase nicht mehr da sein, und damit auch alle Probleme, die er in ihr Leben brachte. Und Caleb Johnson würde dafür sorgen, dass diese Probleme durch neue ersetzt wurden. „Na, mach schon. Beeil dich."

„Ach Mom …" Er ließ ein übertriebenes Seufzen hören. „Ich fang morgen Abend damit an. Okay?"

„Ist das ein Versprechen?"

Cody nickte zwar, biss sich dabei aber auf die Unterlippe.

„Ich werde dich beim Wort nehmen."

„Ich weiß, ich weiß." Schnell schlüpfte der Junge durch die quietschende Fliegengittertür und lief die Treppe hinauf.

Ein paar Minuten später hörte Dani das Wasser durch die Rohre rauschen. Sie faltete die geflickten Sachen zusammen und warf einen Blick den Hügel hinunter auf Johnsons Seite hinter dem Zaun. Alle Gerätschaften standen noch an ihrem Platz, aber es war niemand zu sehen. Wahrscheinlich waren sie alle zum Mittagessen ins Haus gegangen.

„Und tschüss!", murmelte sie, aber die Sehnsucht in ihrem Herzen klang deshalb noch längst nicht ab.

Das Wasser tropfte Cody noch aus den dunklen Haaren, als er eine halbe Stunde später die Treppe heruntersprang. Erfreut grinste er seine Mutter an, als er die zwei Gläser Coke auf dem Tisch sah.

„Ich habe dich vor einem Schicksal bewahrt, das schlimmer wäre als der Tod", bemerkte Dani gutmütig. Sie stand am Herd und briet Codys Forellen. Die beiden kleinen Fische brutzelten in der Pfanne und waren schon fast braun.

„Was meinst du?"

„Wir essen die Fische, die du gefangen hast, zu Mittag."

„Moment mal …"

Vorsichtig, um kein Fett zu verkleckern, hob Dani den Fisch aus der Pfanne und legte ihn auf eine Platte, die sie mit Haushaltspapier ausgelegt hatte. „So musst du heute Abend keinen Fisch essen."

„Mom …", wollte er protestieren, aber Dani stellte ungerührt die Platte auf den Tisch zwischen ihre beiden Teller.

„Iss, mein Sohn, und ich verspreche dir, keine Vorträge über die hungernden Kinder auf der ganzen Welt zu halten." Dani setzte sich an den Tisch, nahm sich einen Fisch und ein Stück Zitrone und drückte den Saft über der köstlichen Mahlzeit aus.

Naserümpfend spießte Cody den zweiten Fisch mit der Gabel auf und platzierte ihn auf seinem Teller. Dann setzte er sich und spülte jeden Bissen mit sehr viel Coke hinunter, während er die ganze Zeit vor sich hin brummelte und grummelte.

„Eine fantastische Forelle ist das", zog Dani ihn lächelnd auf.

„Du musst es mir nicht unter die Nase reiben." Aber Cody erwiderte ihr Lächeln. „Hast du heute schon die Post geholt?"

Dani nickte.

„War da, ähm, was für mich dabei?", fragte er und starrte auf seinen Teller.

Dani rang sich ein gequältes Lächeln ab. „Heute nicht."

„Oh." Langsam spießte ihr Sohn noch ein Stück Fisch auf die Gabel, und Dani schaute ihm sorgenvoll dabei zu.

Das Telefon klingelte, Cody lief hin und nahm ab. Nach einem kurzen Gespräch legte er wieder auf und kehrte an den Tisch zurück. „Das war Shane. Er will, dass ich bei ihm übernachte."

„Heute?"

„Mhm. Ich habe ihm gesagt, das wäre okay. Ist es doch, oder?"

Dani zuckte mit den Schultern. „Natürlich. Aber nächstes Mal solltest du lieber vorher fragen, meinst du nicht?"

„Ja, wahrscheinlich. Er hat gesagt, ich könnte so um vier Uhr kommen."

„Na gut. Ich muss eh noch in den Ort, um ein paar Lebensmittel einzukaufen. Dann kann ich dich dort absetzen. In Ordnung?"

„Super!" Und schon flitzte Cody die Treppe hinauf, um eine Tasche mit Sachen zum Wechseln zu packen, nebst seiner Schätze. Dani sah ihm ein wenig traurig nach. Er wuchs so schnell heran und wurde selbstständig.

Den Kopf nachdenklich zur Seite gelegt, stand sie auf und räumte den Tisch ab. Kleine Jungs werden groß, und wenn ihre Mütter klug sind, lassen sie es zu, sagte sie sich. Während sie darüber nachdachte, warum das so wehtun musste, stellte sie das Geschirr auf den Tresen, und hielt die Teller kurz unter heißes Wasser, bevor sie sie in die Spülmaschine einräumte. Dabei sah sie aus dem Fenster. Auf Johnsons Gelände hatte man die Arbeit wieder aufgenommen. Die Männer schwangen ihre Schaufeln, und schwere Maschinen platzierten weiter Baumstämme und Felsbrocken.

Zwei Männer, die sie nicht kannte, waren damit beschäftigt, junge Bäume ans Ufer zu pflanzen. Aber Chase war nirgends zu sehen. Kein großer Verlust, sagte sie sich, fühlte aber dennoch einen dumpfen Schmerz in ihrem Herzen. „Du bist eine Idiotin! Eine Oberidiotin", murmelte sie und schrubbte die Pfanne, als hinge ihr Leben davon ab.

Auf dem ganzen Weg zu Johnsons Haus schäumte Chase vor Wut. Die letzten vier Stunden hatte er mit dem Leiter eines unabhängigen Chemielabors verbracht und hatte sich tierisch aufgeregt. Wie vermutet, hatte die Tonne, die Ben im Bach gefunden hatte, einmal Dioxin enthalten. In dem nun leeren Behälter fanden sich immer noch Spuren des Giftes. Obwohl noch weitere Tests durchzuführen waren und letztendlich auch der Landwirtschaftsbeauftragte des Countys in Kenntnis gesetzt werden musste, war Chase mittlerweile davon überzeugt, dass irgendjemand die Tonne Dioxin absichtlich im Bach deponiert hatte, um das Wasser zu vergiften. Aber warum? Um die Fische zu töten? Das Leben der Pflanzen zu ruinieren? Illegales Dioxin loszuwerden? Wohl kaum.

Kein Zweifel, Caleb Johnson würde es wissen.

So sehr er sich auch danach sehnte, den Streit mit Caleb auszutragen, erst einmal musste Chase die Füße stillhalten. Jedenfalls so still, wie es sein Temperament zuließ.

Er parkte den Jeep neben der Scheune, stellte den Motor ab und sprang aus der Fahrerkabine. Während er versuchte, seinen Ärger unter Kontrolle zu bringen, trat er durch die Haustür von Calebs Heim. Außer der Haushälterin, die in der Küche summte und mit dem Geschirr klapperte, schien niemand im Haus zu sein.

Chase zögerte nur eine Sekunde, dann betrat er Calebs Arbeitszimmer und zog nach einigem Suchen die Akte heraus, in der er die Dokumente fand, die er brauchte. Zunehmend erschüttert las er die Bewertungsgutachten, geografischen Studien, Auskünfte über die finanziellen Belastungen und jedes andere Stück Papier, das mit Danis Farm zu tun hatte. Als er mit der Akte fertig war, legte er sie an ihren Platz zurück, und wieder kochte die Wut in ihm hoch.

„Du elender Schweinehund", murmelte er, knallte das Aktenschubfach zu und ging über den kurzen Flur in den hinteren Teil des Hauses, wo Jenna noch immer summend in der Küche arbeitete.

„Hat Johnson sich noch nicht blicken lassen?", fragte Chase die ältere Frau, während er sich eine Flasche Bier aus dem Kühlschrank nahm.

„So gegen halb eins war er mal kurz hier", antwortete Jenna und fuhr fort, ihren Kuchenteig auszurollen.

Chase konnte sich kaum beherrschen. „Er hat sich nicht einmal die Mühe gemacht, am Bach vorbeizuschauen."

„Oh, nein, er ist viel zu sehr mit diesen neuen Quarter Horses beschäftigt."

„In den Ställen?"

Jenna schüttelte den grauen Kopf und wischte sich die Hände an ihrer mehlbestäubten Schürze ab. „Ich bin mir nicht sicher. Er ist zwar zu den Ställen gegangen, hat aber etwas davon gesagt, dass er die Pferde zur Trainingsbahn rausbringen will."

Chase war schon auf dem Weg zur Tür, als er noch mal stehen blieb und einen großen Schluck aus seiner Flasche nahm. „Sie kennen ihn schon sehr lange, nicht wahr?"

„Seit wir beide Kinder waren", antwortete Jenna.

An die Tür gelehnt stand Chase der molligen Frau mit dem faltenlosen Gesicht und den rosigen Wangen direkt gegenüber. Jenna Peterson war die einzige Person auf dieser gesamten verdammten Johnson-Ranch, bei der Chase das Gefühl hatte, ihr trauen zu können. „Und würden Sie sagen, dass man ihm vertrauen kann?"

Überrascht trat sie vom Marmortresen zurück. „Oh, ja. Als wir jünger waren, also während der Schulzeit, war er immer absolut offen und ehrlich, wissen Sie das nicht?" Lächelnd sah sie aus dem Küchenfenster. „Aber das war vor vielen Jahren."

„Wie sieht es heute aus?"

„Er ist noch immer derselbe Mensch ... aber ..."

„Aber was?"

„Oh, also eigentlich nichts, wirklich. Natürlich hat er sich verändert. Aber wir sind alle älter geworden. Nach der Schule hatte ich ihn aus den Augen verloren. Ich hatte geheiratet und die Kinder bekommen. Damals habe ich nicht viel über Caleb nachgedacht und nur den Klatsch aus dem Ort mitbekommen. Das war nicht viel. Aber mehrere Jahre später, nachdem seine Eltern längst gestorben waren, habe ich gehört, dass er eine Frau aus einer anderen Stadt heiraten wollte."

Chase riss die Augen auf. „Ich wusste nicht einmal, dass er eine Frau hatte."

„Oh, hatte er auch nicht. Anscheinend wollte die Frau ihn aus dem einen oder anderen Grund nicht heiraten; niemand weiß da Genaues. Er kam wieder zurück und hat sich in die Arbeit gestürzt. Er war ganz versessen darauf, die Farm zu vergrößern und zur besten im Staate zu machen. Daran hat er jahrelang gearbeitet."

„Und warum jetzt auf einmal dieses Ferienresort? Warum bedeutet ihm das so viel?"

Jenna sah ihn mit freundlichen blauen Augen an. „Sie dürfen nicht vergessen, dass Caleb keine Familie hat. Keine Kinder oder Enkel, die seinen Namen tragen werden. Er braucht etwas, das die Erinnerung an ihn wachhält."

„Das also ist der Grund – Unsterblichkeit?"

„Vielleicht ein bisschen. Abgesehen davon muss ein Mann etwas tun, um sich zu beschäftigen. Nur, weil man ein gewisses Alter erreicht hat, heißt das noch längst nicht, dass man sich einigelt und irgendwann stirbt."

„Vermutlich nicht", dachte Chase laut und trank noch einen großen Schluck Bier. „Aber sagen Sie mir, glauben Sie, dass er etwas tun könnte … also heimlich tun könnte, um das Resort an den Start zu bringen?"

„Sie meinen, etwas Illegales?"

Auf diese Frage gab Chase keine Antwort.

„Das würde ich bezweifeln."

„Nicht einmal, dass er ein paar Regeln umgehen könnte?"

Jennas Miene wurde auf einmal streng. „Sie mögen ihn nicht besonders, nicht wahr?"

Nachdenklich kniff Chase die Augenbrauen zusammen. „Ich glaube, es geht mir weniger um die Frage, ob ich den Mann mag; ich bin einfach nicht sicher, ob ich ihm trauen kann."

Seufzend schüttelte Jenna den Kopf und legte die obere Teigschicht auf die gezuckerten Äpfel in der Kuchenform. „Ich weiß nur, dass er immer ein fairer Arbeitgeber war. Und …" Sie unterbrach ihre Arbeit und blickte Chase in die Augen. „Für Sie hat er eine besondere Zuneigung."

„Das glaube ich nicht …"

Mit einer Handbewegung winkte Jenna ab. „Ich habe ihn schon im Umgang mit vielen Männern erlebt. Sie behandelt er anders."

„Anders? Wie anders?"

Jenna dachte einen Augenblick nach und versuchte die richtigen Worte zu finden. „Als wären Sie mit ihm verwandt", sagte sie schließlich und nickte, wie um ihre eigenen Gedanken zu bestätigen. „Genau. Er behandelt Sie, wie er einen Sohn behandeln würde, wenn er einen hätte."

Chase merkte, wie sich irgendetwas in seinem Bauch seltsam zusammenzog, und zwang sich zu einem Lächeln. „Zum Glück habe ich bereits einen Vater. Er ist vor ein paar Jahren gestorben, aber ich brauche Johnson gewiss nicht, um ihn zu ersetzen."

„Ich glaube nicht, dass Caleb das versuchen wollte."

„Und ich glaube nicht, dass Caleb etwas anderes in mir sieht als einen Geschäftspartner." Chase trank noch einen Schluck Bier, bevor er durch die Hintertür auf die Veranda ging.

Wespen und Fliegen saßen auf der heißen Gartenveranda in der Falle und schwirrten immer wieder gegen die alten Fliegengitter. Er blieb kurz stehen, um die Krempe seines Stetsons anzupassen, und trat dann in die späte Nachmittagssonne.

Caleb hatte sich über die obere Holzplanke eines Zauns gelehnt und blickte auf die trockene Weide, wo seine Pferde das ausgedörrte Gras abzupften.

Chase merkte, wie die Wut in ihm wie eine Zeitbombe tickte. Wie viel mochte an Danis Geschichte wohl stimmen? Hatte Caleb wirklich alles getan, was er konnte, um sie von ihrem Land zu vertreiben? Und wie viel davon beruhte einfach darauf, dass die Fantasie mit ihr durchging? Wusste Caleb von der Dioxintonne, die das Wasser vergiftete? Wie weit würde der alte Mann tatsächlich gehen, um sein Ziel zu erreichen? Die Bauchmuskeln angespannt, die Lippen zusammengepresst, ging Chase auf ihn zu.

„Wir könnten wirklich noch mehr von dem Regen brauchen, den wir gestern Abend hatten", bemerkte Caleb, als er Chase entdeckte.

Regen. Gestern Abend. Dani. „Der Wetterdienst sagt für die nächsten Tage noch einen Schauer voraus."

„Gut."

„Wie war dein Trip?"

„Ungefähr das, was ich erwartet hatte."

Chase stellte einen Fuß auf die untere Planke des Zauns, und versuchte sich entgegenkommend zu zeigen. Er war zwar kein Schauspieler, aber wenn es sein musste, konnte er sich beherrschen, und im Augenblick musste es sein. Danis Zukunft stand auf dem Spiel. *Wenn er ihr glauben konnte.* Die Dinge waren nicht mehr nur schwarz und weiß, allerdings war grau noch nie seine bevorzugte Farbe. „Klingt gut."

„Hätt besser sein können."

„Oder schlechter."

„Schätz ich mal." Caleb schlug nach einer Fliege und fluchte leise. „Diese verdammten Biester. Früher haben wir's immer geschafft, die loszuwerden."

„Jetzt nicht mehr?"

Caleb schnitt eine Grimasse. „Heutzutage ist das verdammt viel schwieriger."

„Was benutzt du denn, um die Insekten und das Grünzeug hier unter Kontrolle zu halten?", fragte Chase und ließ den Blick über die Felder schweifen, um den springenden Fohlen zuzuschauen, die neben ihren gelassenen Müttern die Fersen in die Luft warfen. Die Stuten standen paarweise zusammen, Kopf an Hinterteil, und zuckten mit Schweifen und Ohren gegen die Fliegen an.

„Was ich kriegen kann." Caleb lehnte sich zurück und fasste den jüngeren Mann ins Auge. „Und was immer uns die Regierung einzusetzen erlaubt. Die werden immer strenger."

„Das ist zweifellos richtig. Es gab mal eine Zeit, als man DDT oder Pestizide mit Dioxin benutzen konnte, und niemand hat sich darum geschert", sagte Chase monoton, schaute kurz zu Caleb und gleich wieder zurück zu den grasenden Stuten.

„Das Zeug hat einem das Leben als Rancher sehr viel leichter gemacht", bestätigte Caleb mit einem trägen Lächeln.

„Hast du das Zeug auch schon mal benutzt?"

„Klar. Also eher mein Vater, und zwar jede Menge. Damals war das noch legal. Aber das ist ewig her. Später musste ich das ganze Zeug entsorgen."

„Wie hast du das gemacht? Vergraben?" Chase fühlte die Spannung in seinen Muskeln, bewahrte jedoch eine ruhige Miene, ganz so, als wäre es nur ein müßiges Geplauder.

Calebs wässrige Augen verengten sich, aber er schüttelte den Kopf. „Zum Teufel, nein. Das ging nicht. Ich hatte Angst, es würde in den Boden sickern, von da ins Gras und schließlich in die Nahrungskette gelangen. Nee. Ich habe mein ganzes Zeug beim Landwirtschaftsministerium abgeliefert. Und ich kann dir sagen, seitdem war es verdammt schwierig, die Brombeeren und den Rainfarn unter Kontrolle zu halten." Er schlug mit der Hand auf die Zaunplanke, richtete sich auf und wechselte das Thema. „Also, sag mir, wie ist es hier gelaufen? Alles nach Plan?"

„Wir hinken ein wenig hinterher", räumte Chase ein, „aber nicht viel. Noch ein paar Wochen, und es ist geschafft."

„Dann ist es dir also gelungen, zu Dani Summers durchzudringen?"

Chase verzog das Gesicht. „Nein. Ich bezweifle, dass überhaupt irgendjemand dazu in der Lage ist."

Anzüglich grinsend stimmte Caleb ihm zu. „Die Frau ist ein ausgesprochener Hitzkopf." Seine Augen glänzten. „Komm schon, Junge, erzähl mir nicht, das hättest du nicht bemerkt."

„Und ob ich das bemerkt habe. Du erinnerst dich, sie war die Lady, die mir ein Gewehr vor den Bauch gehalten hat."

„Das ist doch nichts weiter als eine kleine Einschüchterungstaktik."

„Na ja, jedenfalls hat es funktioniert. Sie hat mir einen tierischen Schreck eingejagt!" Chase trank einen Schluck Bier und versuchte den Eindruck zu erwecken, als würde Dani Summers ihn nicht weiter interessieren. Dabei fiel es ihm schwer, nicht an ihre funkelnden, nahezu grünen Augen zu denken und an ihre blonden Haare, die ihr bis zur Taille reichten und in die die Sonne helle Strähnen zaubern konnte.

„Pah! Du bist kein Mann, wenn dich eine solche Schnitte nicht interessiert."

Chase konnte sich kaum noch beherrschen. Mit eiskalten Augen sah er Caleb an. „Nicht mein Typ."

„Ihr Mann wird das vermutlich auch so gesehen haben", sagte Caleb gedehnt, als er bemerkte, wie die Muskeln an Chase' Kiefer arbeiteten. Caleb musterte Chase, der über den Zaun gebeugt vor ihm stand, ewig für seine Flasche Bier brauchte und so tat, als würde er keinen Furz auf die Unterhaltung geben, obwohl er auf jedes Detail achtete. Caleb lächelte in sich hinein. Allmählich begannen die Dinge sich zum Besseren zu wenden.

„Warum erzählst du mir nicht mal was über ihren Ex?", schlug Chase vor.

„Da gibt's nicht viel zu erzählen. Soweit ich weiß, ist er ein Mistkerl. Er hat mir sein Land verkauft, sich mit dem Geld und einer anderen Frau aus dem Staub gemacht und Dani mit dem Kind und einer kranken Mutter sitzen lassen. Wie gesagt, die Frau ist eine echte Kämpferin." Caleb legte eine Pause ein. „Sie erinnert mich an deine Ma, als sie noch jung war."

Auf diese Bemerkung ging Chase nicht ein. Er wollte nicht über seine Mutter und Caleb nachdenken. Nicht jetzt. „Mit

Sicherheit hast du doch versucht, Dani Summers' Mann einzuspannen, um sie zum Verkauf ihrer Farm zu überreden."

Caleb hob die breiten Schultern. „Geschäft ist Geschäft. Und es ginge ihr besser, wenn sie verkauft hätte. Sie hätte sich im Ort ein kleines Haus kaufen und noch etwas Geld zurücklegen können. Dann wäre sie in der Lage, ihrem Kind ein halbwegs angemessenes Leben zu bieten."

„Was den Kleinen angeht, hat sie gute Arbeit geleistet."

„Du hast ihn kennengelernt?"

Chase schob das Kinn vor. „Ich bin ihm mal begegnet."

„Ein guter Junge?"

„Ja, würde ich sagen."

„Es ist schwer für eine alleinstehende Frau, mit einem Jungen in dem Alter fertigzuwerden."

„Wie gesagt, offenbar schafft sie es gut." Chase trank seine Flasche aus und richtete sich auf. „Sie hat mir auch erzählt, dass sie einmal bereit war, dir einen Teil zu verkaufen, du dich aber nicht an die Absprache gehalten hast."

„Das Stück Land war mir einfach nicht genug."

„Aber du hattest es mit ihr abgemacht", betonte Chase.

„Dann habe ich meine Meinung halt geändert", erwiderte Caleb defensiv. „So wie ich auch vorhabe, ihre Meinung zu ändern."

„Mit allen Mitteln?"

„Im Rahmen des Gesetzes, Junge. Mit jedem verfügbaren Mittel im Rahmen des Gesetzes." Er warf einen Blick auf die leere braune Flasche, die Chase noch in der Hand hielt. „Also, was hältst du davon, wenn wir beide uns jetzt im Arbeitszimmer mal einen richtigen Drink gönnen. Du könntest mir mal erzählen, wie es mit dem Grizzly Creek vorangeht? Ich will mit dem Bau loslegen, sobald alle Genehmigungen vorliegen. Und wenn im nächsten Sommer die Broschüren gedruckt werden, will ich, dass die Forellen sich im Bach tummeln und er nachweisbar ein Lebensraum für Fische geworden ist."

„Ich habe gesagt, dass ich in diesem Monat damit fertig werde. Spätestens Ende September."

Caleb klopfte ihm auf die Schulter. „Ich weiß, ich weiß. Aber verstehst du, ich will sicher sein, dass die Forellen überleben und sich vermehren. Und damit sind wir nicht durch, solange Dani Summers nicht einlenkt. Du musst auch auf ihrer Seite des Zauns arbeiten."

„Das wird nicht geschehen."

„Aber sicher doch. Das braucht nur ein bisschen Zeit." Caleb ging aufs Haus zu. Er war eine große, schwerfällige Gestalt, die mit der Autorität eines Menschen ausschritt, der wusste, dass seine Befehle ohne Wenn und Aber befolgt wurden.

Chase dachte an die Informationen, die er in Calebs Arbeitszimmer gefunden hatte. Er zögerte, ging dem alten Mann aber schließlich zähneknirschend hinterher. Wenigstens vorläufig musste er seinen Forderungen Folge leisten und so tun, als würde er sie bis aufs i-Tüpfelchen ausführen. Aber auch nur so lange, bis er herausgefunden hatte, wie Caleb Johnson und Dani Summers tickten.

Dani startete den Pick-up und winkte Cody zu, der sie schon gar nicht mehr wahrnahm. Er war mit Shane zum Park unterwegs, wo sie mit ein paar Freunden ein improvisiertes Spiel austragen wollten. Auf dem Weg dorthin warfen sie den Basketball zwischen sich hin und her.

„Ihr werdet in der Hitze schmoren", hatte Dani sie gewarnt, von Cody aber nur eine abwertende Handbewegung geerntet.

„Besser, als bei Eis und Schnee zu spielen." Lachend hatte er Shane den Ball zugeworfen.

Beim Abliefern ihres Sohnes hatte Dani angeboten, Cody am nächsten Tag wieder abzuholen. Aber Shanes Mutter wollte es sich nicht nehmen lassen, Cody am nächsten Tag selbst nach Hause zu fahren.

„Sieht also ganz so aus, als wären wir beide jetzt allein, was?" Dani kraulte Runt hinter den Ohren, als sie das Haus der Familie Donahue hinter sich ließ.

Winselnd steckte Runt den Kopf aus dem Fenster.

„Du Verräter", beschwerte Dani sich lachend, klopfte dem Hund auf den Rücken und fuhr in den Ort, um Lebensmittel und andere Vorräte zu besorgen.

Nachdem sie ihre Einkäufe auf dem Pick-up verstaut hatte, verließ sie den Ort und wollte eigentlich sofort nach Hause. Aber an der Einfahrt auf ihr Gelände zögerte sie und hielt nur kurz an, um Runt aus dem Wagen zu lassen. Sobald der Hund am Haus angekommen war, folgte sie der Landstraße weiter nach Norden bis zur nächsten schmalen Baumallee, der langen Kiesauffahrt, die zu Caleb Johnsons Farmhaus führte. Sie hatte etwas mit Johnson zu regeln, und jetzt war der beste Zeitpunkt, es auch zu tun.

Vor lauter Nervosität hämmerte ihr das Herz in der Brust, als sie die stattlichen Eichen und Kiefern passierte und den Pick-up schließlich zwischen Scheune und Haus parkte. Eher wild entschlossen als sonderlich mutig sprang sie aus der Fahrerkabine, ging zur Tür und klopfte an.

Wenige Minuten später wurde ihr geöffnet und Calebs Köchin und Haushälterin Jenna Peterson stand in dem aufwendig eingerichteten Foyer. Sie lächelte, als sie Dani sah.

„Dani! Das ist aber eine Überraschung."

„Hi, Jenna", grüßte Dani und versuchte, sich zu beruhigen und freundlich zu sein. „Wie ist es dir ergangen?"

„Ich kann mich nicht beklagen. Und du?"

„Gut", antwortete Dani automatisch.

„Was macht dein Junge?", plauderte Jenna weiter und ließ sie eintreten. „Der wächst ja wie Unkraut. Das Ebenbild seines Vaters."

„Du hast Cody gesehen?"

„Nur Schulfotos, letztes Jahr. Mein jüngster Enkel geht in dieselbe Klasse. Komm herein, komm herein. Kann ich dir etwas anbieten? Eistee?"

Angesichts der Gastfreundlichkeit der älteren Frau lächelte Dani und kam sich ein wenig dumm vor. „Nein, danke. Ich wollte nur kurz mit Caleb sprechen. Ist er hier?"

„Du hast Glück", antwortete Jenna lächelnd. Dani hatte so ihre Zweifel. „Caleb ist mit Mr McEnroe im Arbeitszimmer."

Auch wenn es ihr einen gewaltigen Schock versetzte, gelang es Dani doch, sich nichts anmerken zu lassen. „Gut. Dann kann ich gleich zwei Fliegen mit einer Klappe schlagen."

„Wie bitte?"

„Keine Sorge", beruhigte Dani sie freundlich. „Ich wollte nur auch gern mit Mr McEnroe sprechen."

„Wunderbar!" Jenna ging zu einer Flügeltür im Foyer, klopfte leise an, bevor sie eintrat und den Männern sagte, dass Dani gekommen sei.

„Für ein Gespräch unter Nachbarn bin ich immer zu haben", tönte Caleb, und Dani zuckte innerlich zusammen. „Schick sie herein."

Jenna hielt die Tür auf und ließ Dani vorbei. Chase lehnte mit der Schulter am Fenster und hielt einen Drink in der Hand. „Schönen Nachmittag", sagte er gedehnt.

„Chase", grüßte sie. Bei seinem Anblick tat ihr Herz einen Sprung, aber ihre Miene blieb unverändert. Sie biss die Zähne zusammen, nickte ihm leicht zu und richtete ihre Aufmerksamkeit schließlich auf Caleb.

Der ältere Mann saß hinter dem Schreibtisch. Über den Rand seiner Brille, die ihm auf der Nasenspitze saß, musterte er jede ihrer Bewegungen. Als sie hereingekommen war, hatte er sich halb erhoben, jedoch gleich wieder gesetzt.

„Nun, Mrs Summers", sagte er und lehnte sich im Sessel zurück. „Darf ich Ihnen einen Drink anbieten?"

„Nein, danke."

Caleb grinste. „Verstehe. Wie üblich. Es ist das, was ich an Ihnen bewundere, Dani, die Art, wie Sie immer gleich auf den Punkt kommen. Also, was verschafft uns die Ehre?"

Dani stellte sich direkt vor Calebs Schreibtisch. Sie konnte Chase zwar nicht sehen, aber regelrecht fühlen, wie sich sein Blick in ihren Rücken bohrte. Ohne mit der Wimper zu zucken, begegnete sie dem Blick des alten Mannes. „Ich bin nur vorbeigekommen, um Ihnen zu sagen, dass ich keinen Ihrer Leute auf meinem Land sehen will. Und das schließt auch Mr McEnroe ein."

„Hat es etwa ein Problem gegeben?", fragte Caleb mit geheuchelter Besorgnis.

„Bei mehr als einer Gelegenheit."

Caleb wandte sich an Chase. „Davon habe ich ja gar nichts gehört."

„Du kannst mit dem Quatsch aufhören, Caleb. Du weißt, dass ich auf Danis Land war", erwiderte Chase, trank sein Glas aus und stellte es auf die Fensterbank.

„Ich habe aber nichts davon gehört, dass sie etwas dagegen einzuwenden hatte."

„Aber natürlich hast du das." Chase sprach in einem ruhigen Tonfall.

Chase hatte sie mal wieder aus dem Konzept gebracht und schien sie jetzt amüsiert zu beobachten. Dani beugte sich leicht vor und presste einen Finger auf das glatte Holz des Schreibtisches vor ihr. „Dann lassen Sie mich das jetzt einmal eindeutig klarstellen. Ich möchte keinen Ihrer Mitarbeiter sehen, der sich meinem Land auch nur nähert. Wie ich Mr McEnroe bereits mitgeteilt habe, bin ich entschlossen, die Polizei zu rufen, das FBI oder den Präsidenten ... jeden, den ich anrufen kann, um Sie von meinem Besitz fernzuhalten!" Sie zitterte vor Wut, aber ihr Blick blieb fest und ruhig auf Caleb Johnson gerichtet.

Caleb breitete die Hände über dem Schreibtisch aus und zuckte mit den Schultern. „Finden Sie nicht, dass Sie ein wenig melodramatisch sind, Dani? Letztendlich sind wir Nachbarn. Beruhigen Sie sich doch, und ich schenke Ihnen einen Drink ein oder auch eine Tasse Tee. Jenna hat frischen Apfelkuchen gebacken, und wenn ich das selbst sagen darf, es ist wirklich der beste Apfelkuchen im ganzen County."

„Nein, danke." Sie machte auf dem Absatz kehrt, fing noch einen Blick von Chase auf und schritt zur Tür.

„Dani …", Calebs Stimme hielt sie zurück.

Langsam drehte sie sich zu ihm um.

„Wir wollen uns doch nicht wie Feinde verhalten, in Ordnung? Sie können nie wissen, wann Sie vielleicht einmal meine Hilfe brauchen."

„Soll das eine Drohung sein?"

„Selbstverständlich nicht. Nur der Ratschlag eines Nachbarn. Und was Ihr Land angeht, es wäre vielleicht leichter für uns alle, wenn Sie es mir komplett verkaufen."

Chase richtete sich auf. „Wie hoch ist denn dein Angebot, Caleb?", fragte er zynisch und sah den alten Mann kritisch an.

„Das ist eine Sache zwischen Dani und mir."

„Ach wirklich?" Chase ging zu dem Aktenschrank, zog die Akte heraus und warf ein Wertgutachten über Danis Besitz auf den Schreibtisch. „Ist das die Summe, von der du sprichst?"

Aus Calebs Gesicht wich zunächst alle Farbe, dann wurde es dunkelrot. „Nicht ganz so viel …"

„Das hatte ich auch nicht erwartet", murmelte Chase.

„Für wen, zum Teufel, hältst du dich, dass du einfach in meinen Akten rumschnüffelst?"

„Für deinen Partner", antwortete Chase trocken und ging zur Tür. Im Hinausgehen griff er nach Danis Arm und zog sie mit sich.

„Was war das denn?" Verwirrt blickte sie Chase an.

„Ich habe heute etwas ausgegraben, und ich rede nicht vom Bach. Es scheint, als wäre Caleb auch noch aus einem anderen Grund als dem Resort an deinem Land interessiert."

„Was meinst du?"

„Ich erzähl's dir später." Chase sah sich über die Schulter nach Caleb um, der noch immer mit hochrotem Gesicht am Schreibtisch saß. „Ich denke, du hast deinen Standpunkt klargestellt. Du solltest lieber gehen, bevor hier die Hölle losbricht."

„Ich habe keine Angst vor Johnson."

„Vielleicht wäre das aber klüger." Entschlossen ließ Chase

ihren Arm los und wies mit dem Kopf zu ihrem Pick-up. „Überlass Johnson mir", schlug er vor.

„Du hast mit dem Streit nichts zu tun ..."

„Oh, aber selbstverständlich", widersprach Chase. „Mehr als du ahnst."

Seine rätselhaften Worte klangen Dani noch in den Ohren, als sie schließlich zu Hause ankam. Was sollte das? Warum stellte Chase sich zwischen Caleb und sie? Tausend Fragen gingen ihr im Kopf herum, während sie die Lebensmittel einräumte und anschließend noch mühsam den großen Sack Getreide in einer Ecke der Scheune verstaute. Als sie mit allem fertig war, hatte sie zwar immer noch keine Antworten, fühlte sich aber so verschwitzt und verstaubt, dass sie sich nach einer Dusche sehnte. Wenn sie sich den Schweiß mit der Hand von der Stirn wischte, konnte sie fühlen, wie sie Schmutzstreifen auf ihrer Haut hinterließ.

„Für eine Primadonna ist das wirklich kein Leben", erklärte sie Runt auf dem Weg zurück ins Haus.

Die Sonne schien noch heißer geworden zu sein. Obwohl es schon später Nachmittag war, verzerrten wellenförmige Hitzespiegelungen den Blick auf ihr Land. Dani überschattete die Augen mit der Hand und blickte nach Nordwesten über den Zaun und zu den Ufern des Baches auf Calebs Seite. Dort tat sich nichts. Alle Männer schienen früh Feierabend gemacht zu haben.

Was wird Chase gerade machen, überlegte sie gedankenverloren und runzelte die Stirn, als ihr die Konfrontation mit Caleb wieder einfiel. Sie ging ins Haus und blieb länger unter der Dusche stehen als nötig. Nachdem sie sich die Haare gewaschen und mit einem dünnen Handtuch umwickelt hatte, schlüpfte sie in ein leichtes Sommerkleid und ging nach unten, um einen Krug Limonade zuzubereiten.

„Schade, dass Cody nicht hier ist", sagte sie zu dem Hund, der kurz die Ohren aufstellte, den Kopf zur Seite legte und gleich wieder weiter an der Tür winselte. „Lieber Himmel, Runt, hör auf zu jammern, ja? Du machst mich noch ganz trübsinnig."

Als die Limonade fertig war und sie eine Weile zugesehen hatte, wie sich die Zitronenstücke in dem gläsernen Krug drehten, schenkte Dani sich ein großes Glas ein, hielt es an die Stirn und schloss die Augen. Obwohl sie gerade erst geduscht hatte, war ihr schon wieder viel zu heiß.

Sie kämmte sich die Haare und setzte sich mit dem kühlen Getränk auf die Veranda, und schon wieder waren ihre Gedanken bei Chase. Ihr ging nicht aus dem Kopf, dass sie sich am Bach beinahe geliebt hätten. Und dann die Art, wie er ihr bei Caleb zur Seite gestanden hatte! Trotzdem: Er hatte gesagt, dass er Johnsons Partner sei, nicht ihrer. Seine Loyalität galt Caleb Johnson … oder was? Und was genau hatte er sich davon erhofft, Erd- und Wasserproben auf ihrem Land zu sammeln? *Beweise*, hatte er gesagt. Aber Beweise gegen wen?

„Hör auf damit", sagte sie laut, als die Fragen sie allzu sehr verwirrten. Seufzend versuchte sie sich auf einen Kriminalroman zu konzentrieren, den sie schon begonnen hatte, lange bevor Chase in ihr Leben gestürmt war. Aber die Zeilen konnten ihr Interesse nicht fesseln, und in der zunehmenden Dämmerung wurde es immer schwerer, etwas zu sehen.

Sauer auf sich selbst, warf sie das Buch beiseite, blieb aber in ihrem Schaukelstuhl sitzen und genoss einen herrlichen Sonnenuntergang über den Rocky Mountains, bei dem sich der Himmel von einem strahlend hellen Rotviolett in ein dunkles Lila verwandelte.

Sie tupfte sich Nacken und Hals mit einem Taschentuch ab und wandte den Kopf, um über die schattigen Felder nach Norden zu blicken, wo Caleb Johnsons Besitz lag, wo Chase sein musste …

Chase lief auf dem Hof zwischen den Ställen im Kreis herum, als könnte er dadurch seine Wut in den Griff bekommen. Er fühlte sich wie auf einem Hochseil, von dem er auf jeden Fall in den schwarzen Abgrund der Zukunft fallen würde, ganz gleich, in welche Richtung er sich bewegte.

Einen markigen Fluch auf den Lippen, ging er wieder ins Haus zurück ... um sich mit seinem Partner auseinanderzusetzen. *Partner.* Das Wort blieb ihm im Hals stecken. Er war ein Idiot, weil er Calebs Geld überhaupt angenommen hatte, und jetzt fragte er sich einmal mehr, was sein Partner wirklich bezweckte.

Die Haustür war offen, und er ging gleich durch in Calebs Arbeitszimmer. Es überraschte ihn nicht, den alten Mann immer noch hinter seinem Schreibtisch vorzufinden, das Gesicht vom Alkohol gerötet, die blauen Augen klein und hart. Die nahezu leere Flasche Scotch stand auf einer Ecke des Tisches, und das Glas, aus dem er trank, war voll.

„Wie es aussieht, kann ich dir kein Wort glauben", knurrte Caleb angewidert und trank einen kräftigen Schluck. Seine Wut hatte sich ein wenig gelegt, aber sein produktiver Kopf arbeitete schnell. Die Finger um das Glas zuckten nervös. „Zum Teufel, welches Recht hast du, in meinen Akten zu schnüffeln?"

„Ich habe dasselbe Recht wie du, wenn du Dani um ihr Land betrügst."

„Betrügen?" Caleb schnaubte. „Ich wollte bloß einen fairen Preis."

„Nennst du hunderttausend unter dem Marktwert fair?"

„Das Land ist nichts wert."

„Das gilt weder für sie noch für dich." Mit einem Blick stellte Chase klar, dass ihn Calebs Wut nicht beeindruckte. „Sie scheint zu glauben, du hättest versucht sie zu sabotieren."

Caleb besaß die Frechheit zu grinsen, als hätte Chase einen Witz gemacht. „Sabotieren? Erzähl mir nicht, dass du ihr glaubst."

„Ich weiß nicht, was ich glauben soll."

„Sabotieren", wiederholte Caleb schnaubend und verzog die Lippen zu einem höhnischen Lächeln. „Das klingt wirklich so, als könnte es von ihr stammen. Ich weiß, dass sie eine Pechsträhne hatte, aber ich habe keine Ahnung, wie sie darauf kommt, mir das in die Schuhe zu schieben."

Chase fuhr sich mit den Fingern durch die Haare, lockerte seine verspannten Schultern und seufzte. „Ich wüsste nur gerne, wie du darauf kommst zu glauben, du könntest jeden kaufen, der dir im Weg ist!"

„Geschäft ist Geschäft", erwiderte Caleb scharf und füllte sein Glas aufs Neue. „Vielleicht wirst du das eines Tages begreifen." Missbilligend richtete er den Zeigefinger auf den jüngeren Mann. „Und du solltest lieber mal hoffen, dass das bald geschieht, bevor noch mal ein Betrüger wie Eric Conway versucht, dir deinen Laden komplett abzuzocken. Einmal ist es ihm fast gelungen, und vielleicht bin ich dann nicht mehr da, um dir noch mal aus der Patsche zu helfen."

Chase blieb ruhig, obwohl es ihm noch immer zu schaffen machte, dass Eric Conway ihn betrogen hatte. „Ich hatte dich nicht um deine Hilfe gebeten."

„Aber angenommen hast du sie jedenfalls, richtig? Und jetzt musst du mir helfen, die Hawthorne-Farm zu bekommen."

„Ich wüsste nicht, wie das gehen soll."

„Überzeuge Dani. Es muss eine Möglichkeit geben, sie zu gewinnen."

„Vergiss es." Chase nahm seinen Hut von der Fensterbank und drückte sich den alten Stetson auf den Kopf.

Caleb lachte verächtlich, als er die entschlossene Miene seines Partners sah. „Noch was vor heute Abend?"

„Nur raus hier." Chase war schon auf dem Weg zur Tür, als die Stimme des alten Mannes ihn zurückhielt.

„Um Dani Summers zu besuchen?"

Chase zögerte. „Warst du nicht derjenige, der mir nahegelegt hat, sie näher kennenzulernen … und meine Fantasie zu benutzen?"

Caleb kniff die Augen zusammen. „Sie ist dir ganz schön an die Nieren gegangen, was? So sehr, dass du tatsächlich bereit bist, dir ins eigene Fleisch zu schneiden."

Chase bedachte Caleb mit einem kalten Blick. „Du musst nicht aufbleiben."

Caleb nahm noch einen Schluck aus dem Glas, das er schützend in beiden Händen hielt. „Das hatte ich nicht vor. Aber ich hätte gerne mal gehört, wie du gedenkst, mit Dani Summers fertigzuwerden."

„Fertigzuwerden?", wiederholte Chase angewidert. „Hör zu, nicht, als ginge dich das etwas an, aber was mich betrifft, ich verhandle mit Dani nicht über ihr Land. Nicht mehr. Begreife es endlich, Johnson, die Lady will nicht verkaufen. Weder du noch ich oder irgendwer sonst auf Gottes grünem Planeten kann sie dazu bewegen, ihre Meinung zu ändern!"

In der Absicht, Caleb im eigenen Saft schmoren zu lassen, stürmte Chase aus der Tür.

Aber anstatt zu toben und zu schimpfen, wie Chase es erwartet hätte, schmunzelte Caleb nur selbstgefällig und sagte laut genug, sodass Chase es noch hören konnte: „Nun, das bleibt wohl einfach noch abzuwarten, nicht wahr?"

Chase verließ das Haus und knallte die Tür hinter sich zu. Von Caleb Johnson hatte er so die Nase voll, dass es ihm für ein Leben reichte. Er sprang in seinen Jeep.

Durchs offene Fenster beobachtete Caleb, wie sein Partner die Kupplung seines recht mitgenommenen Fahrzeugs krachen ließ und mit röhrendem Motor auf dem Weg zwischen den hohen Bäumen davonfuhr. Anschließend setzte er sich die Lesebrille auf und suchte nach einer Telefonnummer, die er erst vor zwei Tagen auf einen Zettel gekritzelt hatte, griff nach dem Telefon und gab die Nummer ein. Zerstreut sah er der Staubwolke nach, die Chase hinter sich aufwirbelte.

Wütend auf Chase, aber in dem Wissen, noch eine Trumpfkarte im Ärmel zu haben, klemmte sich Caleb den Hörer zwischen Ohr und Schulter und schenkte sich einen ordentlichen Schluck nach, während er ungeduldig darauf wartete, dass das Ferngespräch angenommen wurde.

Calebs ominöse Drohung hing in der heißen Sommerluft und nagte an Chase, als er Johnsons Ranch hinter sich ließ. Was hatte der alte Mann damit gemeint? Die Lippen fest zusammengepresst, versuchte er, durch die staubige und verschmierte Windschutzscheibe etwas zu erkennen, und fragte sich unterdessen, was zum Teufel Caleb vorhaben mochte. Die Sonne war bereits untergegangen, und lavendelfarbene Schatten breiteten sich über dem Ackerland aus. Von der Schönheit der Landschaft um ihn herum nahm Chase allerdings keine Notiz. Seine Finger umklammerten das Lenkrad und seine Schultermuskeln traten hervor, als wollte er sich einem Kampf stellen.

„Entspann dich", mahnte er sich, stellte das Radio an und versuchte, an alles andere zu denken, nur nicht an Johnsons Gier und Danis gefährliche Lage. „Caleb hat nichts gegen Dani in der Hand", sagte er sich immer wieder. Aber er konnte den zufriedenen Glanz in Calebs blassen Augen nicht vergessen, und ebenso wenig dieses wissende Grinsen, das der alte Mann aufgesetzt hatte. „Lass dich nicht von ihm nerven", versuchte er sich zu beruhigen.

In einem rasanten Tempo strebte er Martinville und der lärmenden Anonymität des Yukon Jack's entgegen. Alles, was er brauchte, waren ein paar Gläser Bier, etwas laute Musik und den Schleier des Vergessens, den die Bar bieten konnte, um nicht mehr an Caleb Johnson, ‚Summer Ridge' und Dani Summers denken zu müssen.

Dani zu vergessen war allerdings alles andere als einfach. Nachdem sich sein Ärger ein wenig gelegt und sich sein Fahrstil wieder den Vorschriften angepasst hatte, huschten seine Gedanken wieder zu ihr.

Es war bewiesen, dass Caleb die Hawthorne-Farm zu einem Preis erwerben wollte, der weit unter dem eigentlichen Wert lag, und das ärgerte Chase gewaltig.

Aber auch Caleb war verärgert. Chase war sich bewusst, dass der alte Mann ihn nach der Konfrontation mit Dani in seinem Arbeitszimmer am liebsten in der Luft zerfetzt hätte. Caleb war lediglich gerissen genug, sein Temperament zu zügeln, und genau das bereitete Chase Sorgen, große Sorgen. Denn ob es ihm nun gefiel oder nicht, es ging ihm dabei nicht um sich oder seine Firma. Nicht mehr. Im Augenblick machte er sich unglaubliche Sorgen um Dani.

Dani.

Allein der Gedanke an sie brachte seine Gefühle in Aufruhr, und die Vorstellung, mit ihr zu schlafen, brannte in seinem Kopf. Ihre honigblonde Mähne kam ihm in den Sinn – lose, wild zerzauste Locken – und ihr Gesicht sorgenfrei, vor Lust schimmernd, ihre graugrünen Augen warm vor Erregtheit und Verlangen.

„Beherrsche dich!", wies er sich an, trat aufs Gas und fuhr in den Ort. „Vergiss sie!"

Er steuerte direkt die Bar an, parkte den Jeep, steckte die Schlüssel in die Hosentasche und betrat den schwach beleuchteten Raum, wo er sich einen Tisch in der Ecke aussuchte und ein Bier bestellte. Die abschätzenden Blicke einiger weiblicher Gäste ignorierte er und blieb allein. Langsam trank er sein Bier und gab vor, interessiert ein langweiliges Poolbillard-Match zu verfolgen.

Die Gespräche um ihn herum waren wenig geeignet, sein Interesse zu wecken, bis er hörte, wie ein bulliger, bärtiger Mann – einer der beiden Billardspieler – versuchte, seinen Freund davon zu überzeugen, dass Caleb Johnsons ‚Summer Ridge' das Beste sei, was Martinville je passieren könnte.

Über klirrenden Flaschen, klickenden Kugeln und lauten Lachsalven konnte Chase immer nur Bruchstücke des Gesprächs verstehen.

„Jawohl. Denk nur mal an den Wert, den die Farm deines alten Herrn dann haben wird", sagte der Bärtige gerade. „… doppelt so hoch. Noch im selben Jahr. Bei mir genauso. Vor ein paar Jahren wäre ich den Steinhaufen nicht mal losgeworden, wenn ich ihn verschenkt hätte. Und jetzt ist er, dank Johnson, ein Vermögen wert!" Grinsend ließ er eine Zahnlücke sehen, während er sein Queue einkreidete. „Nie wieder Scheunen aufräumen oder Zäune flicken, jedenfalls was mich betrifft. Ich habe vor, mir die Zeit auf den Bahamas zu vertreiben und mein Geld zu zählen!"

Sein Freund lachte und antwortete so leise, dass Chase ihn nicht verstehen konnte.

„Oh, sie wird schon verkaufen, das geht in Ordnung", behauptete der Bärtige und signalisierte dem Barkeeper, dass er noch ein Bier wollte. Endlich setzte er seinen Stoß ab. „Die Sechs in die Ecke." Er wartete, bis die Kugel über das grüne Feld ins richtige Loch gerollt war. „Wie ich das sehe, bleibt Dani kaum etwas anderes übrig …"

Chase fühlte sich zwar zunehmend genervt, blieb jedoch weiter lässig zurückgelehnt auf seinem Stuhl sitzen und beobachtete die Männer unter der Hutkrempe.

„… noch keiner hat Johnson bislang aufhalten können. Erinnerst du dich an Red Haines? Der hat sich auch gegen Johnson gewehrt, und sieh dir an, was passiert ist. Heute ist Red noch wild entschlossen, sich mit dem Bauamt wegen der Zoneneinteilung und weiß der Teufel was anzulegen, und behauptet, Johnson wär ein krummer Hund, und morgen hört man ihn schon einen völlig anderen Ton anschlagen. Wenn du mich fragst, Red ging's nur darum, mehr Geld rauszuholen … genau wie Dani Summers … die Neun in die Seite …"

Chase schrammte seinen Stuhl zurück, und just in dem Moment schlug die Kugel neben dem Loch an die Bande.

„Verdammt!"

„Du glaubst also, dass Dani nur auf ein besseres Angebot

wartet", schob der magere Freund den Dicken an, während er seinen Stoß anpeilte.

„Selbstverständlich. Weißt du, sie war immer eine kluge Frau. Sie wird sich von Johnson schon noch überzeugen lassen, wart's nur ab. Und dann sieh dich vor!"

Chase hatte die Nase voll. Er warf ein paar Münzen auf den Tresen und verließ die Bar. Vor der Tür atmete er ein paar Mal tief durch, um die Anspannung loszuwerden, die sich während des Gesprächs der beiden Männer in ihm aufgebaut hatte. Dann ging er zu seinem Jeep.

„Du fängst an, den Kopf zu verlieren, alter Junge", sagte er laut zu sich selbst, während er aus dem Ort fuhr. Und als er an die Abzweigung kam, die zu Danis Haus führte, nahm er die Geschwindigkeit zurück und riss, sich selbst verfluchend, im letzten Moment das Steuer herum. Die Räder gerieten auf der dünnen Kiesauflage leicht ins Rutschen, aber Chase hielt seinen Jeep im Griff und fuhr auf der holprigen Allee zu ihrem Haus.

Dani saß noch auf der Gartenveranda, als ein Motorengeräusch die Stille der Nacht durchbrach und das monotone Summen der Insekten störte. Als ihr bewusst wurde, dass die Maschine wahrscheinlich zu Chase' Ausrüstung gehörte und er auf der Allee zu ihrem Haus unterwegs war, begann ihr Herz erwartungsvoll zu klopfen.

Bitte, Chase, dreh wieder um, betete sie, obwohl ihr Herz etwas anderes sagte und ihr Puls vor Begeisterung raste. Sie hörte, wie er laut an die Haustür klopfte. Also riss sie sich zusammen, stand auf und ging außen ums Haus herum nach vorne.

Er stand unter der Lampe der Eingangsveranda. Sein Gesicht wirkte angespannt, die hageren Gesichtszüge kantig unter dem gedämpften Licht der einzelnen Lampe. Die Ärmel an seinem Hemd hatte er aufgerollt und den Hut hielt er in der Hand.

„Du musst nicht die Nachbarn aufwecken", sagte sie und stieg die zwei Stufen zur Veranda hinauf.

„Nachbarn?" Er ließ den Blick über die gespenstischen Felder schweifen. In der Ferne waren ein paar Lichter zu sehen, aus Häusern, die an der Hauptstraße standen. Etwas näher schien noch das Licht aus Caleb Johnsons großem Haus in die Dunkelheit. Entschieden zog Chase die Lippen zu einer dünnen Linie. „Unmöglich."

„Mag sein", stimmte sie zu und lehnte sich mit einer Schulter an die Wand.

„Und falls du von Caleb sprichst, es ist mir wirklich vollkommen schnuppe, ob ich ihn aufwecke oder nicht. Abgesehen davon wird er sich noch zu Tode trinken, bevor die Nacht vorüber ist."

„Ich kann mir auch nicht vorstellen, dass er über das, was heute Nachmittag passiert ist, allzu glücklich ist", bemerkte Dani.

„Ich würde sagen, am liebsten hätte er mich umgebracht. Offenbar glaubt er, ich hätte ihm mein Leben zu verdanken."

„Vielleicht ist es ja so", sagte sie freundlich. „Zweihunderttausend Dollar sind nicht zu verachten."

Er hob einen Mundwinkel zu einem schiefen Lächeln. „Ich weiß, du wirst es mir kaum glauben, aber ich bin nicht zu kaufen."

„Weiß Caleb das?"

„Noch nicht."

Seufzend fuhr Dani sich mit den Fingern durch die langen Haare. „Sag es ihm lieber nicht, denn du könntest in einer sehr leidvollen Welt landen."

„So wie du?"

„Ich komme zurecht."

Er schmunzelte, und als er ihr in die Augen sah, hatte er das Gefühl, nach einem langen erbitterten Kampf endlich heimzukommen. „Ja", bestätigte er. „Ich glaube, so ist es."

„Und du?"

„Ich komme mit mir aus."

„Selbst bei Caleb?"

„Vor allem bei Caleb."

„Das hoffe ich." Unruhig wandte sie den Blick ab.

„Wirklich?"

Dani hob eine Schulter, und der dünne Träger ihres Sommerkleids rutschte herunter. „Ich will, dass niemand Caleb Johnson in die Falle geht."

„Mich eingeschlossen?"

„Ja, dich eingeschlossen", gab sie aufrichtig zu.

„Dann sind wir also Freunde?"

„Ich schätze, irgendwie schon. Ich bin mir nicht sicher … aber …"

„Aber was?"

„Aber manchmal würde ich das gerne glauben", gestand sie und zupfte an dem widerspenstigen Stückchen Stoff.

Chase streckte die Hand aus und half ihr, den Träger wieder auf die Schulter zu schieben. Wie zufällig streifte er mit seinen Fingern ihren Hals, und bemerkte ein Zittern, das von Danis Körper ausging.

„Wie wär's, mit jetzt?" Seine Miene wirkte nun weniger zynisch und seine Augen verdunkelten sich, als er sie ansah. „Sind wir jetzt Freunde?"

Nervös hob sie eine Augenbraue und schluckte. „Du meinst, weil du mir heute Nachmittag zur Seite geeilt bist, um mich gegen Caleb zu verteidigen?" Sie legte eine Pause ein und biss sich nachdenklich auf die Unterlippe. „Nun, ja, ich nehme an, heute Abend sind wir auf jeden Fall Freunde."

Sein Blick wurde weich, und er schenkte ihr sein gewinnendstes Lächeln. „Warum bittest du mich dann nicht herein?"

„Gute Frage. Und es ist eine Frage, auf die ich keine gute Antwort habe." Sie trat einen Schritt zurück. „Wahrscheinlich, weil ich mir nicht so ganz sicher bin, ob es eine gute Idee ist, mit dir allein zu sein."

„Warum nicht?"

„Ich dachte, das ‚Warum nicht?' hätten wir am Bach geklärt … und dann noch einmal in Calebs Haus."

Chase stieß ein Seufzen aus und verdrehte die Augen zum Himmel. „Vor zwei Stunden dachte ich noch, dass ich nie wieder auch nur einen Schatten auf deine Treppe werfen werde. Und jetzt bin ich hier."

„Warum?"

„Vielleicht, um mich zu entschuldigen", antwortete er nachdenklich. Seine Stimme war tief und verführerisch wie die kühle Brise, die von Westen wehte.

„Und vielleicht, um mich mürbe zu machen, damit ich Caleb mein Land verkaufe."

„Glaubst du das wirklich? Nach allem, was heute Nachmittag in Johnsons Arbeitszimmer passiert ist? Falls du dich nicht mehr daran erinnerst – der Typ auf dem weißen Ross, das war …"

Lachend schüttelte sie den Kopf. Das Licht der Lampe fiel auf ihre langen seidigen Haare und verwandelte den honigbraunen Ton in Gold. „Wie gesagt, ich weiß wirklich nicht, was ich glauben soll. Nicht mehr. Aber eins muss ich dir lassen, Mr McEnroe, leicht gibst du nicht auf."

„Nicht, wenn es um etwas Wichtiges geht." Zärtlich hob er ihr das Kinn an und zwang sie, ihm in die Augen zu sehen.

Sie schluckte, um die Trockenheit in ihrer Kehle etwas abzuschwächen. „Und das wäre? Ist es dir so wichtig, dein Unternehmen zurückzugewinnen?"

Sinnlich strich er ihr mit einem Finger am Hals hinunter und weiter über die Schulter bis kurz vor den Träger ihres Sommerkleids. „Das war es einmal", gestand er, während sein Blick dem Weg seines Fingers folgte. „Aber ich fürchte, es ist mehr als das."

„Oh?"

„Weit mehr."

„Was könnte das sein?"

Er konzentrierte sich auf ihre Lippen. „Dieser ganze Mist macht mich wahnsinnig. Und es geht mir dabei nicht mehr nur um mein Unternehmen. Zum Teufel, ich bin mir nicht einmal mehr sicher, ob mir das nach all dem Ärger, den ich mit Johnson hatte, überhaupt noch etwas bedeutet. Aber du. Du bist etwas völlig anderes. Das, was einmal wichtig für mich war, ist völlig aus den Fugen geraten, und das Schlimmste daran ist, dass ich an gar nichts anderes mehr denken kann als an dich. Und mich. Zusammen."

Sie befeuchtete mit der Zunge die Lippen und wartete, was als Nächstes passieren würde, wobei ihr das Herz derart laut in der Brust pochte, dass es alle anderen Geräusche der Nacht zu übertönen schien.

„Du bist das, was mir wichtig ist. Du, Dani."

Obwohl sie sich dafür verabscheute, ihn danach zu fragen, trat sie einen Schritt zurück, um die Intimität des Augenblicks zu brechen, und flüsterte: „Warum, Chase?" Ihre Stimme klang heiser vor Emotion. „Warum bin ich dir wichtig? Damit du dein Unternehmen wiederbekommst? Um deine Arbeit für Caleb abschließen und nach Idaho zurückkehren zu können?" Langsam zog sie sich immer weiter von ihm zurück, bis sie den rauen Verputz des Hauses spürte.

„Wenn doch alles nur so einfach wäre." Er strich sich mit einer Hand übers Gesicht, lehnte sich an die Fliegengittertür und sah hinaus in die Nacht. Schließlich schob er beide Hände in die Taschen und versuchte, seine verspannten Schultermuskeln zu lockern, indem er den Kopf hin und her drehte. „Vor ein paar Wochen war alles noch so klar und eindeutig. Schwarz und weiß. Da gab es kein Grau. Jetzt ist alles ein einziges Durcheinander." Er sah die Skepsis in ihren Augen. „Ich weiß eigentlich nur, dass nichts mehr so ist, wie es war, nachdem ich dir begegnet bin."

„Besser oder schlechter?"

Sein Lächeln war ungezwungen und breitete sich langsam über sein ganzes Gesicht aus. „Vielleicht ein wenig von beidem."

„So schlimm kann es wohl kaum sein, denn du bist immer noch hier, obwohl ich Caleb gesagt habe, dass ich keinen seiner Männer auf meinem Land sehen will."

Müde rieb Chase sich das Kinn. „Ich gehöre nicht zu ‚seinen Männern'. Wenn es so wäre, hätte ich dir heute nicht den Hals gerettet."

Dani reckte das Kinn ein wenig. „Mir den Hals gerettet?", wiederholte sie. „Ich hatte alles im Griff …"

„Du warst dabei, die Kontrolle zu verlieren." Chase stieß sich von der Tür ab, setzte sich aufs Geländer, sodass er über die Felder zum Hügel hinübersehen konnte, auf dem Johnsons Haus stand. „Caleb hatte dich genau da, wo er dich haben wollte, und …"

„Und?", fragte sie und sah ihn herausfordernd an.

Er erwiderte ihren Blick. „… und du hast einen so hinreißenden Hals."

„Du wechselst das Thema."

„Nein, tue ich nicht."

„Dann bist du ein arroganter, chauvinistischer Macho." Aber sie musste einfach grinsen und ließ dabei die Spur eines Grübchens erkennen.

„Ich bin ehrlich. Und solche Beleidigungen sind doch schon seit Ewigkeiten out."

„Jedenfalls bist du mit Abstand der frustrierendste Mann, der mir je begegnet ist."

„Das hoffe ich, Lady", flüsterte er, die Augen auf ihren Mund gerichtet. Er streckte die Arme aus, legte beide Hände an ihre Taille und zog sie näher, sodass sie ihm direkt gegenüberstand, nahe genug, um die Wärme seines Körpers zu spüren, den Hauch von Alkohol in seinem Atem zu riechen und die Schatten in seinen Augen zu erkennen.

Sie musste schlucken und leckte sich die plötzlich trockenen Lippen. „Also, warum bist du hier?"

Er zuckte mit den Schultern, sah ihr jedoch weiter offen ins Gesicht. „Ich dachte, ich könnte dich und Cody vielleicht zum Abendessen ausführen. Du verstehst, so eine Art Friedensangebot, nachdem ich heute Mittag trotz Verbot dein Land betreten habe."

„Cody übernachtet heute bei einem Freund."

„Zu schade", sagte er, aber sein Grinsen wurde breiter.

„Wie ich sehe, bricht es dir das Herz."

„Versteh mich nicht falsch, ich mag deinen Sohn … aber ich kann mich kaum über die Chance beklagen, mit dir allein zu sein. Da Cody schon weg ist, wie wär's – nur wir beide?" Er strich ihr eine widerspenstige Haarsträhne von der Wange. „Vielleicht wird es Zeit, dass wir uns mal ein wenig besser kennenlernen."

„Hattest du nicht gesagt, dass du Calebs Partner bist."

Chase runzelte die Stirn. „Das bin ich auch noch. Ob ich will oder nicht. Bin ich deswegen gebrandmarkt?"

Dani hätte gern gelächelt, aber es gelang ihr nicht. „Ich habe Angst, und das aus mehr als einem Grund."

„Und was war das deiner Meinung nach heute Nachmittag in Calebs Haus?"

Sie versuchte sich von ihm zu lösen, aber er hielt sie an der Taille fest. „Ich bin mir nicht sicher, ob ich so ganz begreife, was da passiert ist."

„Ich hatte herausgefunden, dass Caleb versucht hat, dich zu betrügen."

„Ist das der Beweis, von dem du gesprochen hast, als wir am Bach waren?" Sie zögerte. „Nein, da ging es um die Wasserproben. Was haben die damit zu tun, dass Caleb mein Land kaufen will?"

„Das wüsste ich auch gern", gestand er und versuchte die Teile des seltsamen Puzzles zusammenzufügen. „Vielleicht sind es nur irgendwelche Spielchen, die Caleb da spielt."

„Mit meinem Wasser?"

„Glaube mir, was dein Wasser angeht – das ist kein Spiel." Die Linien um seinen Mund vertieften sich mit einem Mal zu scharfen Kerben. Es sei denn, dachte er, es ist ein tödliches Spiel. Und falls das zutreffen sollte, würden Caleb, außer ‚Summer Ridge', auch noch einige andere Sorgen ins Haus stehen …

„Chase …" Dani sah ihn stirnrunzelnd an. „Was ist los? Du verschweigst mir doch etwas …"

Chase entschied, dass es mehr schaden als nützen würde, sie unnötig aufzuregen, und versuchte seinen Verdacht zu vergessen, wenigstens für diesen Abend. Mit einem schiefen Lächeln stupste er seine Nase an ihre. „Ich habe dir eine ganze Menge noch nicht erzählt", sagte er. „Und bestimmt gibt es eine Menge, was du mir noch nicht erzählt hast. Lass uns alles beim Essen besprechen."

„Ich weiß nicht …"

„Hast du Angst, dich mit dem Feind zu verbrüdern?"

Bei seinen Worten musste Dani grinsen. „So ungefähr."

„Nur ein einziges Mal. Ich wünschte, du würdest deine Abwehr ein einziges Mal aufgeben. Einverstanden? Vergiss einfach, dass ich irgendetwas mit Caleb Johnson zu tun habe oder dass Johnson überhaupt existiert."

„Das ist ziemlich viel verlangt."

„Komm schon, Dani. Glaube mir doch einfach mal."

Sie musterte die Linien, die sich in seiner Haut um Augen und Mund abzeichneten und Ehrlichkeit auszudrücken schienen. Sie betrachtete sein hartes, aber anständiges Gesicht aus allen Blickwinkeln und schaute ihm in die Augen. Lieber Himmel, diese lebhaften blauen Augen würden noch einmal ihr Untergang sein, und seine Blicke schienen bis in ihre Seele vorzudringen. Seinem Äußeren nach zu urteilen, konnte sie nicht an ihm zweifeln, und zum ersten Mal, seit sie ihn kannte, versuchte sie es auch gar nicht.

„Also gut", flüsterte sie. „Ich will's versuchen. Schieß los."

Er lachte, und es war ein warmer Laut, der durch die Stille der Nacht klang.

„Schlechte Wahl der Worte", gab sie zu, und in ihren Augenwinkeln bildeten sich kleine Lachfältchen, als sie Chase ein unwiderstehliches Lächeln schenkte.

„Ich werde dir vergeben." Mit einer Zärtlichkeit, bei der es ihr einen Stich ins Herz versetzte, streifte er ihren Mund mit den

Lippen. Sie spürte seine Hände, die durch den dünnen Stoff des Kleides ihre Haut wärmten und mit denen er eine heiße Spur entlang ihrer Taille zog.

„Du wirst mir vergeben", wiederholte sie in einem Tonfall, der beleidigt klingen sollte, während sie noch versuchte, es auch zu sein. Aber längst schon existierte für sie nichts anderes mehr als seine Lippen, seine Finger, die nun über ihren Rücken strichen, sowie das laute Trommeln ihres Herzens.

„Wenn du mich darum bittest …"

„Chase McEnroe!", sagte sie und hob den Kopf. Aber alle weiteren Einwände und jeder Gedanke daran, sich aus seiner Umarmung zu lösen, waren im Nu verflogen, als er seine Lippen verlangend auf ihre drückte, mit seiner Zunge in ihren Mund eindrang und ihn erforschte. Es war so lange her, dass ein Mann Dani begehrt und sie sich zu einem Mann hingezogen fühlte. Und dieser verfluchte Kerl war so etwas ganz Besonderes.

Sie spürte, wie ihr Träger wieder herunterrutschte, und dann die brennenden Küsse auf ihren Hals, den Schultern und auf dem Dekolleté. Überwältigt von der Macht seiner Verführungskünste lehnte sie sich mit zitternden Knien zurück an den Pfosten.

Er spreizte die Finger einer Hand über den festen Muskeln ihres Rückens, die andere nahm er nach vorne, um die zarte Haut der weichen Rundung über dem Ausschnitt ihres Kleides zu berühren.

Stöhnend senkte er den Kopf. Seine Zunge fühlte sich rau an und warm, und sie hinterließ feuchte Schimmer auf ihrem Kleid, sowie er sich schließlich hinkniete, damit er ihren Oberkörper verwöhnen und sein Gesicht in ihrem Duft vergraben konnte. Gefangen in dem Stoff umfasste er die Rundungen ihres Pos und presste sie drängend näher zu sich heran.

Sein warmer Atem entfachte die Feuer der Lust in ihr. Ihr Unterleib war ganz nah an seinem Gesicht, und er hielt sie dort fest. Die Haare fielen ihr bis zur Hüfte und berührten seinen

Handrücken. Dani wand sich, allerdings nicht, um sich von ihm loszureißen, sondern voller Ungeduld und Erwartung, was als Nächstes geschehen würde.

„Ich will dich", flüsterte er. Sein Atem drang durch den weichen Stoff und erregte sie noch mehr. „Und du willst mich. Du kannst es nicht leugnen."

„Wollen allein reicht nicht", wisperte sie.

Langsam erhob Chase sich, ganz dicht an ihrem Körper, und seine Hände lagen immer auf ihren Hüften. Sie spürte das kühle verwitterte Holz des Pfostens im Rücken und konnte fühlen, wie hart er vor Verlangen geworden war. Seine Augen glänzten, während er seine Finger durch die goldenen Strähnen ihrer Haare gleiten ließ.

„Ich wünschte, ich wäre dir nie begegnet", gestand er und hasste sich selbst für das Bedürfnis, ihr seine Seele zu offenbaren. „Du machst mich wahnsinnig. Ich habe noch nie eine Frau so sehr begehrt wie dich. In meinem ganzen Leben noch nicht. Ich weiß, es ist verrückt, doch ich kann mich nicht länger dagegen wehren."

Auch wenn Dani gewollt hätte, sie brachte keinen Ton heraus. Die Spannung in der schwülen Nachtluft lud sich immer weiter auf.

„Sag Nein", meinte er rau, küsste ihre Lippen und zupfte an dem Träger ihres Kleides. Schließlich schob er das schmale Stoffband noch ein Stückchen tiefer herunter, bis er eine Brust entblößt hatte und der weiche Hügel mit der dunklen Spitze hervorragte, begierig nach seiner Berührung.

Sie hob eine Hand, um sich zu bedecken, allerdings begann er ihre Brust zu massieren. Ein Glühen erfasste Dani, da Chase nach ihrem Handgelenk fasste, ihre Finger sanft beiseitenahm und ihre Haut der mondhellen Nacht preisgab. „Du kannst dich nicht vor mir verstecken." Chase umkreiste ihre Brustwarze mit dem Daumen seiner freien Hand. „Und du willst es auch gar nicht."

„Es ist nur, dass ich … Ich habe keine Ahnung, was ich

möchte." Das pochende Begehren in ihrem Inneren verhinderte jegliches rationale Denken.

„Lass mich dich lieben."

„Chase ... oh Gott", flüsterte sie, denn nun beugte er sich vor und verteilte Küsse auf ihrer Brustspitze und reizte sie leicht mit den Lippen, saugte an ihr und ließ sie in der Nachtluft kühlen.

Dani war schon ganz schwindlig vor Lust, und die Knie drohten unter ihr nachzugeben, dennoch schaffte sie es, einen letzten Zweifel anzumelden. „Ich ... ich kann Caleb einfach nicht vergessen."

Chase erstarrte und schaute sie dann durchdringend an. „Caleb hat nichts damit zu tun."

„Aber ... aber heute am Bach. Ich habe gesehen, wie du reagiert hast. Ich weiß, dass Caleb von dir will, dass du ..."

„Zum Teufel mit Caleb Johnson", fluchte er. „Wenn du an irgendetwas auf dieser Welt glaubst, Dani, musst du mir glauben, dass das, was zwischen dir und mir geschieht, nichts, aber auch *gar* nichts mit Johnson oder seinem verdammten Resort zu tun hat. Ich hatte nicht vor, mich in dich zu verlieben, weiß Gott, ich hasse mich selbst dafür, allerdings kann ich es auch nicht verleugnen."

Bevor sie etwas einwenden konnte, hatte er besitzergreifend die Arme um sie geschlungen und ihre geöffneten Lippen in Besitz genommen, während er mit seiner Zunge ihre umkreiste. Dani schmiegte sich endlich an ihn, fühlte sich von der Wärme seines Körpers umhüllt und erkannte einfach, dass sie ihm heute Nacht ganz gehören würde!

Er hob sie hoch, trug sie in das dunkle Haus und ließ die Fliegengittertür hinter sich zufallen.

Dani konnte gar nicht mehr aufhören, seine fiebrigen Küsse zu erwidern. Selbst als er sie sanft auf den alten Teppich vor dem Kamin runterließ, klammerte sie sich mit einer schon fast verzweifelten Sehnsucht nach der Geborgenheit und Wärme seines Körpers an ihn. Er fand den Reißverschluss ihres Kleides und zog ihn herunter, ohne dass sie protestierte, und streifte den weichen Baumwollstoff dann langsam über Brüste, Hüften und Beine nach unten.

Der zunehmende Mond und ein paar blinkende Sterne verbreiteten ein blasses Licht, das durch die offenen Fenster fiel und gerade hell genug war, um die schattigen Konturen seines Gesichts sehen und die Leidenschaft in seinen halb geschlossenen Augen wahrnehmen zu können.

Einen kurzen Moment fröstelte sie, während die schwüle Sommerbrise über ihren erhitzten Leib strich. Als Chase ihr aber das Kleid über die Füße zog und anfing, ihre nackten Beine zu küssen, und seine Lippen immer weiter nach oben wandern ließ, als er die weiche Haut auf Hüften und Bauch liebkoste und sie behutsam enger an sich presste, da entflammte die Begierde in ihr und verwandelte sich in Funken sprühende Lust, eine Lust, die lange erloschen war, jetzt allerdings weiß glühend zu neuem Leben erwachte.

Sobald Chase seine eigene Kleidung abgelegt hatte und sie eng beieinanderlagen, begann er seinen muskulösen Körper an ihrem zu reiben. Sie fühlte seine festen angespannten Muskeln und die Kraft seiner rauen Männlichkeit.

Anfangs zögerte sie noch, seine Zärtlichkeiten zu erwidern, und er flüsterte ihr zu, wie schade das wäre, da konnte sie plötzlich gar nicht mehr aufhören, die festen Linien seiner Muskeln mit ihren Fingern nachzuzeichnen, und sie genoss das Geräusch, das Chase ausstieß, als sie ihre Zunge seine flache Brustwarze umkreisen ließ.

„Du hast keine Ahnung, was du mir antust", murmelte er stöhnend, beugte sich über sie und verwöhnte sie von Kopf bis Fuß mit zärtlichen Küssen.

Mit Lippen und Fingern erkundete er sie, bis sie sich beide nur noch nach der Ekstase der Vereinigung sehnten. Voller Anspannung hämmerte ihr das Herz, als er in sie eindrang. Ganz langsam bewegte er sich in ihr, doch kaum reckte sie ihm die Hüften entgegen, schlang sie die Arme um ihn und krallte ihre Finger in seinen Rücken, wurde er schneller. Wieder und wieder flüsterte sie seinen Namen, während ihr das Blut heiß durch die Venen raste.

Sie fühlte sich geliebt und geheilt. Die Freude in ihrem Herzen wuchs mit dem Tempo ihres Liebesspiels, bis sie das Gefühl hatte, nicht mehr atmen, nicht mehr sprechen oder überhaupt etwas anderes tun zu können, als in der Hitze und der Lust zu erbeben, die Körper und Seele beherrschte.

In dem Moment, in dem ihre beiden Körper die Spannung verströmten, die sich seit Wochen zwischen ihnen aufgebaut hatte, schloss sie die Augen. Sie schrie seinen Namen und schien in einer Explosion zu erzittern, die tausend Sternschnuppen in ihrem Kopf tanzen ließ.

Tränen der Freude und Erleichterung traten ihr in die Augen. Als Chase sich auf sie sinken ließ, sie sein Gewicht auf sich spürte und sein Atem über ihr Ohr strich, schlugen ihre beiden Herzen in demselben Rhythmus.

„Lieber Himmel, Dani", murmelte er irgendwann, umfasste ihr Gesicht mit seinen großen rauen Händen und schaute ihr in die Augen. „Was werden wir jetzt tun?"

„Ich weiß es nicht." Sie schob ihm das Haar aus der Stirn und glättete die tiefe Furche, die sich dort abzeichnete. Langsam konnte sie wieder klar denken. „Wir werden weitermachen müssen wie bisher, schätze ich."

„Das kann ich nicht." Er bemerkte die Tränen in ihren Augen und küsste sie, schloss sie liebevoll in die Arme und drehte sich mit ihr auf dem abgenutzten Teppich herum, sodass sie auf ihm lag.

„Wir haben keine andere Wahl."

„Es gibt immer eine andere Möglichkeit", erwiderte er leise.

„Chase …"

„Schschsch." Er legte ihr einen Finger auf die Lippen. „Nur dieses eine Mal, widersprich mir nicht."

Sie richtete sich auf, und seine Augen konnten sich nicht sattsehen am Anblick ihres Körpers. Feucht schimmerte ihre Haut. „Du bist eine unglaublich schöne Frau."

Sie stützte sich neben ihm auf einen Ellbogen, wischte sich lachend die letzten Tränen aus den Augen und warf die Haare aus dem Gesicht zurück. Chase streckte eine Hand aus und berührte eine widerspenstige Locke, die ihr wieder über die Schulter nach vorne fiel und ihre Brustspitze streifte.

„Lady Godiva", flüsterte er, und wieder lachte Dani.

„Das glaube ich kaum. Abgesehen davon war sie mehr als ein bisschen berüchtigt."

„Das gilt auch für dich."

„Für mich?" Sie schüttelte den Kopf und Chase beobachtete völlig fasziniert, wie die zerzausten Locken über ihre Brüste strichen. „Da hast du die falsche Lady erwischt."

„Wirklich?" Langsam umkreiste er mit einem Finger ihre Brustwarze und verfolgte, wie die dunkle Spitze hart wurde. „Das will ich doch nicht hoffen. Bei Gott, das hoffe ich wirklich nicht."

Als er sich vorbeugte und an der Brustwarze saugte, fühlte Dani Wonneschauer in sich aufsteigen. „Chase ... bitte ... Ich glaube nicht ..."

„Denk einfach nicht nach." Wieder küsste er sie; zunächst zart, dann leidenschaftlicher und schließlich mit einem gierigen, lodernden Feuer, das selbst ihn überraschte. Es war, als könnte er nicht genug von ihr bekommen, als müsste er sie besitzen und ihr sein Zeichen aufdrücken.

Geschickt zog er sie vom Boden hoch, nahm sie auf die Arme und trug sie an seinen Körper geschmiegt die Treppe hinauf. Oben zögerte er nur kurz vor Codys Zimmer, marschierte weiter über den Flur zu ihrem Schlafzimmer und ließ sie auf dem alten Himmelbett runter. Die Sprungfedern quietschten, die Matratze senkte sich, und die alte Patchworkdecke, die ihre Großmutter selbst genäht hatte, rutschte irgendwann vom Bett. Doch Dani bemerkte es nicht. Ihre Sinne waren voll und ganz auf Chase konzentriert, Dani gab und empfing Geborgenheit.

Ein weiteres Mal liebten sie sich, und diesmal wurde Dani

von keinen Zweifeln mehr geplagt. Mit Freuden überließ sie sich dem Liebesspiel und kam gar nicht auf den Gedanken, dass es nur eine einzige Nacht dauern sollte.

Dani erwachte, als die Sonne aufging. Licht fiel durch das offene Fenster, die Vögel zwitscherten fröhlich, und das Vieh forderte schon lautstark sein Frühstück.

Chase schlief noch und beanspruchte dafür immerhin drei Viertel des Bettes. Besitzergreifend hatte er einen braun gebrannten Arm über Danis Brüste gelegt und schnarchte in sein Kissen.

Ohne sich zu rühren, betrachtete sie ihn. Sie sah, wie ihm seine blonden Haare in die Stirn fielen, wie lang seine dunklen Wimpern waren und wie seine Muskeln an Rücken und Schultern sich entspannt im gleichmäßigen Rhythmus seines Atems hoben und senkten.

Bei seinem Anblick klopfte ihr Herz schneller, und sie musste sich ermahnen, dass das, was erst wenige Stunden zuvor geschehen war, niemals wiederholt werden durfte. Ganz gleich, wie richtig es sich angefühlt hatte, sich Chase hinzugeben, sie konnte ihm noch immer nicht trauen. Eine törichte Nacht konnte sie sich noch verzeihen, aber eine weitere wäre selbstmörderisch, denn je näher sie ihm kam, desto süchtiger würde sie nach ihm werden.

„Es wäre so leicht, dich zu lieben", flüsterte sie und gab ihm einen Kuss auf die Stirn, bevor sie seinen Arm anhob und vorsichtig aus dem Bett schlüpfte. „Viel zu leicht. Viel zu passend." Und Caleb Johnson baute wahrscheinlich darauf, dass sie auf Chase hereinfiel.

Entschlossen biss sie die Zähne zusammen und nahm saubere Sachen aus der Kommode. Im Spiegel konnte sie sehen, dass Chase noch fest schlief, also band sie sich die Haare zurück und schlüpfte in Jeans und T-Shirt.

Und noch ehe etwa ein launenhafter Sinneswandel sie veranlassen könnte, wieder zu Chase ins Bett zu krabbeln, lief sie ganz schnell aus dem Zimmer und die Treppe hinunter. Sie hatte es fast in die Küche geschafft, als sie den Haufen achtlos hingeworfener Kleidungsstücke auf dem Boden sah, seine Jeans wild verknäult mit ihrem zerknitterten Sommerkleid.

„Oh, Dani, wie konntest du nur so dumm sein?", fragte sie sich laut, drehte die Augen zur Decke und dem Zimmer darüber, wo Chase noch friedlich schlief. „Du kannst dich nicht in ihn verlieben. Das geht einfach nicht!" Sie hob die Sachen auf und faltete sie. Mit gerunzelter Stirn betrachtete sie die Knitterfalten in ihrem Kleid, während sie sich nur allzu lebhaft daran erinnerte, wie es dazu gekommen war.

Sie eilte nach draußen. Es war noch früh. Die Luft war noch kühl und frisch. Routiniert erledigte sie ihre morgendlichen Arbeiten, auch wenn sie mit den Gedanken nicht ganz bei der Sache war, als sie den Rindern und Pferden Futter gab, den Garten wässerte oder auch Runt kraulte. Aber sie schaffte all das und mehr, während sie sich in Gedanken mit dem Mann in ihrem Schlafzimmer befasste, der Mann, mit dem sie die Nacht verbracht hatte: Caleb Johnsons Partner.

Bei Tageslicht erschien ihr alles in einem sehr viel klareren Licht. „Du tust wirklich alles Erdenkliche, um dich selbst zu verletzen", schimpfte sie mit sich, als sie in die Scheune kam und der Geruch von Staub und Heu ihr in die Nase stieg. Nachdem sich ihre Augen an das schummrige Licht im Raum gewöhnt hatten, sah sie sich liebevoll darin um. Altes Zaumzeug, Sättel und Pferdedecken hingen an der Wand oder lagen auf Sägeböcken in der Ecke. Die Silos mit Getreide und Mais waren noch immer fast übervoll. Rinder und Pferde drängten sich unruhig auf der anderen Seite der Futterkrippe, kauten geräuschvoll und stampften ungehalten mit den Füßen oder zuckten mit den Ohren, weil die allgegenwärtigen Fliegen sie plagten.

„Gott, ich liebe diesen Platz", flüsterte Dani. „Wie könnte ich das jemals aufgeben?" Sie ließ sich auf einen angebrochenen Heuballen sinken, zog ihre Handschuhe aus und legte sie auf die alte Tonne, in der sie ihren Hafer aufbewahrte.

„Bedauern?", hörte sie Chase hinter sich. Seine Stimme klang ziemlich laut.

Erschrocken fuhr Dani zusammen. Klopfenden Herzens drehte sie sich um und sah Chase faul am Scheunentor lehnen, die Arme über der Brust verschränkt, die helle Morgensonne im Rücken. Er sah ihr tief in die Augen.

„Ich schätze, ja, ein wenig", gab sie zu. Sie stand auf und staubte nervös die Hände aneinander ab.

„Ich dachte, die Hürde hätten wir gestern Abend hinter uns gebracht."

„Gestern Abend ..." Zu ihrer Verlegenheit wurde sie rot. „Versteh mich richtig, Chase, i...ich bin nicht prüde, nicht wirklich. Aber ich gehöre auch nicht zu den Frauen, die mit Männern schlafen, die sie kaum kennen."

„Du kennst mich."

„Das ist das Problem, ich kenne dich nicht. Ich weiß nicht das Geringste von dir! Oh, sicher, ich weiß, dass du ein Unternehmen hast und Caleb Johnsons Partner bist, dass du ihm eine Menge Geld schuldest und er deine Mutter vor ewigen Zeiten gekannt hat. Aber das ist es dann auch schon fast." Ihre ganze Unsicherheit kam an die Oberfläche. „Sonst weiß ich gar nichts. Du könntest mit einer Frau verheiratet sein und sechs Kinder haben."

„Ich bin nicht verheiratet, und ich habe keine Kinder." Er schob sich die Haare aus der Stirn und schüttelte den Kopf. „Aber das war dir doch klar, oder? Jedenfalls kennst du mich gut genug, um zu wissen, dass ich nicht hier wäre, wenn ich eine Familie hätte."

„Ich weiß nur, dass du hier bist und dass du Calebs Partner bist."

Er ließ ein tiefes, müdes Seufzen hören.

Dani beugte sich über die Futterkrippe und kraulte ein zweijähriges Kalb zwischen den Augen, bis seine Mutter den Kopf hochwarf. Da zog Dani ihre Hand wieder zurück und wandte sich stattdessen Chase zu. „Tatsächlich bist du hier, weil du mit Caleb Geschäfte machst."

Verärgert schüttelte er den Kopf. „Ja, ich bin wegen Caleb in Martinville. Und wegen ihm arbeite ich am Bach." Er begann auf sie zuzugehen. „Aber es hat mit Johnson nichts zu tun, dass ich hier bei dir bin. Ich bin hier, weil ich mit dir zusammen sein möchte; weil ich aus einem Grund, den ich nicht verstehe, gezwungen bin, hier zu sein."

Er redete immer weiter, bis er bei ihr war und die Arme um ihre Taille legte. Dani wusste, sie sollte sich losreißen, sonst war sie verloren. Als sie jedoch versuchte, sich dagegen zu wehren, schloss er seine Arme nur noch enger um sie, und er besaß sogar die Frechheit zu lächeln. „Sag mir, dass du das gestern Abend nicht wolltest."

„Ich wollte es nicht."

Er küsste sie langsam, gelassen. „Sag mir, dass du es bedauerst."

Allmählich begann sich Wärme in ihrem Körper auszubreiten. „Ich … ich bedaure es", flüsterte sie.

Chase konnte sehen, wie der Puls in ihrer Halskuhle raste. „Sag mir, dass es nie wieder vorkommt."

„Das wird es nicht … oh, Chase, … bitte, nein", wisperte sie, um gleich darauf tief zu seufzen, da seine Hände unter ihr T-Shirt glitten und er in vertrauter Weise die Finger auf ihrem Rücken spreizte. Sie zitterte bei seiner Berührung, und erwartungsvoll öffnete sie ihre Lippen, sowie er sie küsste.

„Sag mir, dass du mich nicht liebst", spornte er sie an.

„Ich kenne dich nicht einmal."

Der Druck seiner Hände verstärkte sich. „Dann sag es."

„Ich … ich liebe dich nicht."

„Und du bist eine Lügnerin." Auf ihrem Rücken fühlte sie die sinnlichen Bewegungen seiner Finger auf ihrer Haut, während er den Kopf hob, damit er die Unsicherheit in ihren Augen erkennen konnte.

„Chase …" Sie versuchte, ihn von sich zu schieben, doch was er dann ausstieß, ließ sie ihr Vorhaben vollkommen vergessen.

„Ich liebe dich, Dani. So einfach ist das. Ich liebe dich, und ich weiß nicht, was zum Teufel ich dagegen tun soll. Mein Instinkt rät mir, ich soll weglaufen. Dir wird es genauso gehen. Doch das kann ich nicht."

Sie schluckte und wünschte, sie könnte das dröhnende Trommeln ihres Herzens dämpfen.

„Dani, ich möchte dich heiraten."

7. KAPITEL

Fast hätte sie ihm zugestimmt, aber ihr war klar, dass es ein Fehler wäre, Chase zu heiraten. Wahrscheinlich der größte Fehler ihres Lebens.

„Weißt du, wir sind nicht mehr im neunzehnten Jahrhundert", sagte sie ruhig. „Es ist nicht mehr nötig, dass du meine Ehre rettest, nur weil wir einmal miteinander geschlafen haben."

Lächelnd trat er auf sie zu. „Ich wünsche mir, dass du mich heiratest", wiederholte er und streichelte ihre Wange. „Ich habe keine Hintergedanken, und mit Caleb, deinem Bach oder irgendwelchen Schuldgefühlen wegen letzter Nacht hat das nichts zu tun." Liebevoll sah er sie an. „Ich bin vierunddreißig Jahre alt und möchte, dass du meine Frau wirst. Ist das so schwer zu glauben?"

„Angesichts der Umstände …"

„Zum Teufel mit den Umständen! Heirate mich, Dani."

Wie rasend schlug ihr das Herz in der Brust, und bei all den verrückten weiblichen Emotionen, die in ihr um die Wette eiferten, hätte sie am liebsten gesagt: *Ja, ja, ich will dich heiraten.* Stattdessen aber flüsterte sie: „Ich … ich würde ja gerne. Aber da gibt es so viel zu bedenken."

„Was zum Beispiel?"

„Oh, Chase …"

„Was zum Beispiel?"

Sie presste die Lippen zusammen und schob sich die Haare aus dem Gesicht. „Cody zum Beispiel."

„Ich werde ihn adoptieren."

„Einfach so?"

Chase murmelte etwas Unverständliches und schüttelte den Kopf. „Natürlich nicht. Das wird Zeit brauchen. Momentan traut er mir noch nicht besonders."

„Woran das wohl liegen mag?", stichelte sie. „Es kann ja wohl kaum etwas damit zu tun haben, dass du Johnsons Partner bist oder du immer wieder unbefugt mein Land betrittst und dich ständig mit mir zu streiten scheinst, was meinst du?"

Chase kniff sich in den Nasenrücken. „Ich werde das mit Cody klären. Also, nenne mir einen weiteren Grund?"

Dani sah ihn mit schmalen Augen an. „Okay. Was ist mit der Tatsache, dass du in Idaho lebst und ich hier, auf dieser Farm?"

„Du meinst, solange sie dir gehört."

„Okay, kommen wir zum nächsten Punkt. Und das ist ein fetter Brocken. Caleb. Und ‚Summer Ridge'. Der Bach. Dieser ganze verdammte Mist, der dich überhaupt hergeführt hat. Du bist Calebs Partner, und aus der Nummer kommst du nicht raus, jedenfalls nicht, solange du mich nicht überredet hast, ihm mein Land zu verkaufen, stimmt's?"

Er hob eine Schulter. „Im Wesentlichen, ja."

„Dann würde ich sagen, dass wir noch ein paar gewaltige Hindernisse zu überwinden haben, bevor wir an Heirat auch nur denken können."

Chase wirkte nicht überzeugt, stopfte jedoch die Fäuste in die Hosentaschen und fragte ärgerlich: „Also gut, Dani, vorläufig werden wir nach deinen Regeln spielen. Aber beantworte mir eine Frage."

„Wenn ich kann", stimmte sie zu.

„Liebst du mich?"

Die Frage hing in der Luft, während sie den dicken Knoten im Hals herunterschluckte. „Ich weiß es nicht", flüsterte sie schließlich und dachte dabei an die Liebe, die sie mit Blake verbunden hatte, und wie fragil sie gewesen war. Ihre Gefühle für Chase waren stark, sehr stark. Aber konnte sie von Liebe sprechen? „Ich hoffe … ich glaube, es wäre sehr leicht, dich zu lieben …"

„Aber du willst es dir nicht erlauben", stellte er trocken fest.

„Das kann ich nicht. Noch nicht." Sie räusperte sich und hob eine Hand, als könnte sie damit erreichen, dass er sie verstand. „Wenn alles anders wäre, wenn Caleb nicht versuchen würde, mich zu manipulieren, wenn du nicht sein Partner wärest und wenn Cody … in der Beziehung zu seinem Vater mehr Sicherheit hätte, ich glaube, dann könnte ich mich sehr leicht in dich verlieben."

„Das sind viele Wenn, und nichts davon lässt sich ändern." Er trat gegen einen Heuballen, setzte sich darauf und nahm einen Halm in die Hand, den er zwischen den Fingern zwirbelte. „Weißt du, was ich glaube?"

„Ich bin nicht sicher, ob ich das wissen will."

„Ich glaube, du hast Angst, Dani. Angst davor, dich zu verlieben, Angst zu vertrauen, Angst vor Gefühlen." Er musterte kurz das trockene Stück Gras und sah sie wieder an. „Ich glaube, dein Mann hat dich tiefer verletzt, als du dir eingestehen willst, und deshalb gehst du jeder Beziehung aus dem Weg, bei der es einen Haken geben könnte."

„Dann hätte ich dich gestern Abend niemals in mein Haus gelassen", flüsterte sie, „denn mir ist noch nie ein Mann begegnet, der mit so vielen Haken versehen ist wie du!"

Bevor Chase noch etwas dazu sagen konnte, marschierte sie aus der Scheune und zum Haus hinauf. Vor der Tür zog sie sich die Stiefel aus, ging in die Küche und schenkte sich eine Tasse starken Kaffee ein. Sie saß am Tisch und sah wütend aus dem Fenster, als sie Chase hörte, der gerade in die Küche kam.

„Es ist noch Kaffee in der Kanne", erklärte sie, warf ihm einen kurzen Blick zu und starrte wieder aus dem Fenster.

„Danke." Er goss sich einen Becher voll und trank einen großen Schluck. Ohne Dani aus den Augen zu lassen, drehte er einen Stuhl herum und ließ sich rittlings darauf nieder. „Es tut mir leid."

„Keine Ursache."

„Ich habe ein paar Sachen gesagt, die ich nicht hätte sagen dürfen."

„Nein … es ist in Ordnung." Sie dachte daran, wie nah bei der Wahrheit er lag. Tatsächlich war sie vor Männern davongelaufen und hatte sich aus Angst, noch einmal verletzt zu werden, mit keinem eingelassen. In mehrfacher Hinsicht leckten sowohl sie als auch Cody noch immer ihre Wunden.

„Möchtest du darüber reden?"

Sie zuckte mit den Schultern und blies über ihren heißen Kaffee. „Ich glaube nicht."

„Vielleicht kann ich helfen." Über den Tisch hinweg griff er nach ihrer Hand. Die Tränen, gegen die sie schon den ganzen Morgen angekämpft hatte, stiegen ihr in die Augen. „Du bedeutest mir sehr viel", flüsterte er. „Mehr als mir lieb ist. Dani, glaube mir doch einfach: Ich liebe dich."

„Wenn es doch nur so einfach wäre", erwiderte sie mit erstickter Stimme, wischte sich die Tränen weg und entzog ihm langsam ihre Hand. „Wie wär's mit einem Frühstück?", fragte sie in der Hoffnung, die zunehmend bedrückende Atmosphäre im Raum auflockern zu können. „Eier und Schinken?"

„Klingt verlockend." Er stützte sich auf die Armlehne seines Stuhls und lächelte sie an. Es war ein warmes, entspanntes Lächeln, das sich über sein ganzes Gesicht ausbreitete und sich in ihr Herz stahl. „Und ich schulde dir noch immer ein Essen. Wie wär's mit heute Abend?"

„Heute Abend? Da ist Cody wieder zu Hause."

„Er ist natürlich auch willkommen."

„Ich werde darüber nachdenken." Dani trank ihren Kaffee aus, erhob sich vom Tisch, nahm ein paar Sachen aus dem Kühlschrank und zog eine gusseiserne Pfanne aus dem Schrank. Sie schnitt eine dicke Scheibe Schinken in Stücke, die sie darin anbriet. Und während sie das Frühstück zubereitete, war sie sich die ganze Zeit bewusst, dass Chase, der schweigend seinen Kaffee trank, ihr dabei zusah.

„Die Zeitung ist im Briefkasten", versuchte sie ihn abzulenken.

„Später. Im Augenblick genieße ich die Aussicht."

„Das klingt wie ein Spruch aus einem Film, Cowboy." Dennoch musste sie lachen.

„Ist es auch."

„Wenigstens bist du ehrlich …" Sie drehte sich kurz zu ihm um, und das Ei, das sie gerade aufgeschlagen hatte, fiel ihr zu Boden. „Mist!"

„Das übernehme ich." Chase sprang vom Stuhl auf, nahm ein feuchtes Spültuch und beseitigte, so gut es ging, das Missgeschick. Auch Dani bückte sich, um den Fußboden mit Papiertüchern zu säubern. „Weißt du, ich versuche es", sagte Chase, nachdem er das Ei in Runts Futternapf befördert hatte und der Boden wieder sauber war.

„Du versuchst was?"

„Ehrlich zu sein."

„Oh." Dani wich seinem Blick aus und konzentrierte sich auf die Bratkartoffeln, die zusammen mit den Eiern und dem Schinken noch auf dem Herd brutzelten. Wie gern würde sie ihm glauben. Als sie seinen Arm an ihrer Taille und seinen warmen Atem an ihrem Haar fühlte, schloss sie für einen herrlichen Moment die Augen, dann musste sie sich wieder ihrem Frühstück widmen.

„Vorsicht", warnte sie ihn freundlich. „Es wäre schlimm, wenn ich dieses heiße Fett …"

„Dani …"

„Was?" Sie drehte sich in seinen Armen um, und er eroberte ihren Mund mit so einem Verlangen, das es ihr den Atem raubte und sie schwach werden ließ.

„Du kannst nicht leugnen, was wir füreinander empfinden."

„Das tue ich auch nicht. Ich bin mir nur nicht sicher, ob ich Leidenschaft als Liebe bezeichnen soll."

Zweifelnd zog er die dichten Augenbrauen hoch. „Wie oft hast du denn schon Leidenschaft für andere Männer empfunden?"

„Noch nie … nicht seit Blake."

„Und warum fällt es dir so schwer zuzugeben, dass du mich liebst? Wegen ihm?"

„Vielleicht ein wenig", räumte sie ein, drehte sich wieder um und beschäftigte sich mit dem Essen.

„Du kannst mir vertrauen, das weißt du", flüsterte er und küsste zärtlich ihren Nacken. „Ich werde dich nicht verletzen."

Bitte, verletz mich nicht, dachte sie. Aber sie sagte nichts, sondern schob die Spiegeleier, den Schinken und die Bratkartoffeln auf einen Servierteller. Chase gab sie frei und setzte sich an den Tisch. Nachdem sie Butter auf den Toast gestrichen hatte, stellte sie den Brotkorb nebst Besteck, Tellern und Marmelade auf das rot-weiß karierte Tischtuch.

„Sieht fantastisch aus", murmelte er.

„Vor allem wenn man Hunger hat."

Er nahm einen Bissen und zwinkerte ihr zu. „Vor allem wenn du mir am Tisch gegenübersitzt."

„Nicht …"

„Nicht was?" Seine kristallblauen Augen glitzerten amüsiert, während er weiter aß, ohne den Blick von ihr abzuwenden.

„Sei nicht so charmant. Okay? Ich kann heute Morgen einfach nicht damit umgehen."

„Warum nicht?"

Sie verteilte Himbeermarmelade auf ihrem Toast und wich seinem Blick aus. „Das würdest du nicht verstehen."

„Versuch's doch mal."

Mehrere Sekunden versuchte sie, ihr Frühstück zu essen und das Thema zu vermeiden, dann schob sie ärgerlich den Teller beiseite. „Es ist nur, dass es im Augenblick einfach zu viel gibt, worüber ich nachdenken muss. Cody versucht viel zu schnell erwachsen zu werden. Er sitzt auf glühenden Kohlen und wartet auf einen Vater, der niemals kommt. Die Farm wirft kaum genug ab, um zu überleben. Die Hälfte der Maschinen ist kaputt. Caleb tut, was er kann, um mich zum Verkauf zu zwingen, und …"

„Und so ein Kerl, den du kaum kennst und der mit deinem schlimmsten Feind zusammenarbeitet, hat gerade um deine Hand angehalten."

„Ja! Ja!" Sie nickte. „Es ist momentan einfach zu viel. Verstehst du das nicht?"

„Nee. Du hast recht. Das verstehe ich nicht. Denn dein Leben könnte so viel leichter sein, wenn du einfach mal lernen würdest, ein wenig zu vertrauen."

Sie warf ihm über den Tisch einen wütenden Blick zu, nahm ihren Teller und trug ihn zur Spüle. „Du hast wohl auf alles eine Antwort, was?"

„Nicht auf alles", gab er zu, verspeiste die letzten Bissen von seinem Frühstück und brachte ihr den Teller.

„Dann nenn mir doch mal eine Frage, auf die du keine Antwort hast", zog sie ihn auf.

Er schenkte sich noch Kaffee nach und lehnte sich nachdenklich an den Türrahmen. „Ich weiß nicht, was letztes Jahr mit deinen Rindern passiert ist. Hattest du nicht mal erwähnt, dass sie krank geworden waren?"

„Meine Rinder?" Sie sah ihn durchdringend an, erklärte dann aber achselzuckend. „Es lag an der Unordnung, nehme ich an. Sie waren in Kontakt mit einem alten Pestizid geraten, das wir irgendwie noch hier hatten. Zwei sind gestorben, das heißt, zwei Kühe und ein Kalb mussten eingeschläfert werden. Aber alle anderen haben überlebt."

„Ein Pestizid?" Chase' Miene verhärtete sich.

„In der Scheune war ein alter Kanister Dioxin umgekippt und der Inhalt ausgelaufen, obwohl mir noch immer völlig schleierhaft ist, wie es dazu kommen konnte. Ich wusste nicht einmal, dass wir von dem Zeug überhaupt noch etwas rumliegen hatten."

„Du hattest gesagt, Caleb wäre schuld daran."

„Ich hatte gesagt, ich würde ihm gern die Schuld dafür geben."

„Aber das kannst du nicht?"

„Ich kann ihm nicht nachweisen, dass er in meiner Scheune herumhantiert hat, falls es das ist, was du meinst. Er hat immer sorgsam darauf geachtet, sich auf seiner Seite des Zauns zu halten. Bis du aufgetaucht bist."

„Und ich habe alle Regeln gebrochen."

Sie grinste. „Vielleicht nicht alle, aber mehr, als dir zusteht."

Er trank seinen Kaffee aus und stellte die Tasse auf den Tresen. „Ich muss mich beeilen, denn ich kann Caleb nicht allzu lange warten lassen."

Dani verzog das Gesicht, wollte sich aber nicht streiten. Sie brauchte Zeit zum Nachdenken. Allein. Bevor Cody zurückkam. Chase hatte ihr Leben mehr durcheinandergewirbelt, als sie es je für möglich gehalten hätte.

Als er davonfuhr, sah sie ihm von der Eingangsveranda aus nach. Sein Jeep zog eine große Staubwolke hinter sich her. Müde lehnte sie sich an einen Pfosten und schloss die Augen vor der unübersehbaren Tatsache, dass sie ihn von ganzem Herzen liebte.

„Das ist verrückt", sagte sie sich. „Du darfst ihn nicht lieben. Er wird dir nur Kummer bereiten, denn ganz gleich, was er sagt, er arbeitet immer noch für Caleb Johnson."

Am Ende der Zufahrt bog der Jeep nach links ab, und traurig beobachtete Dani, wie er den Anstieg zu Caleb Johnsons hügeligem Besitz zurücklegte, einer weiten Fläche Land im Staate Montana.

Am liebsten hätte sie geweint, aber stattdessen biss sie mit neu gewonnener Entschlossenheit die Zähne zusammen. Ganz gleich, wie sehr sie leiden mochte, niemals durfte Chase erfahren, was sie für ihn empfand. Das Liebesspiel von letzter Nacht würde keine Wiederholung finden!

Um fünf Dollar reicher kehrte Cody von Shane zurück.

„Verstehe ich das richtig?", fragte Dani und versuchte ruhig zu bleiben, während sie zusah, wie ihr Sohn die zerknitterten Dollarscheine auf dem Küchentisch glatt strich. „Ihr habt gewettet, wer die meisten Treffer hat?"

„Ja, und Shane und ich haben die beiden andern Jungs geschlagen."

„Und wer war das?"

Cody zuckte mit den Schultern. „Keine Ahnung, bloß zwei Kids, die Shane kannte. Don und Mark, glaube ich."

„Kannst du vielleicht mal runterkommen, geht das?", bat sie. „Wie konntest du überhaupt wetten? Soweit ich weiß, hattest du doch gar kein Geld bei dir."

„Fünfzig Cent."

„Und die hast du eingesetzt und bist mit fünf Dollar rausgekommen?", fragte Dani verblüfft.

Cody öffnete den Kühlschrank und holte den Krug Limonade heraus. „Weißt du nicht, wie das geht mit dem Wetten, Mom? Shane und ich waren denen voraus, und da haben die immer höhere Einsätze gewollt."

„Was soll das heißen?"

„Das Doppelte oder nichts." Er schenkte sich ein großes Glas Limonade ein und leerte es in drei langen Zügen bis auf den letzten Tropfen.

„Was wäre denn, wenn ihr verloren hättet?"

Achselzuckend schenkte er sich ein weiteres Glas ein. „Dann würde ich denen jetzt was schulden."

Die Kopfschmerzen, mit denen Dani schon den ganzen Morgen kämpfte, wurden immer stärker. „Und wie hättest du das bezahlt?"

„Von dem, was du mir gibst, wenn ich hier helfe."

„Aber das ist doch fürs College."

„Nicht alles." Cody funkelte seine Mutter böse an.

„Ich mag es einfach nicht, wenn du um Geld spielst."

„Ach, Mom, reg dich nicht auf. Okay? Wir haben nur auf ein Basketballmatch gewettet, das ist nicht das Ende der Welt!" Er ging ins Wohnzimmer, schaltete den Fernseher ein, trat sich die Schuhe von den Füßen und ließ sich auf die Couch fallen.

„Über deine Einstellung müssen wir uns mal unterhalten."

„Schon wieder?"

Sie ging ins Zimmer und setzte sich auf die Armlehne der Couch. „Cody …"

„Meine Güte, Mom, lass es gut sein, ja? Es tut mir leid, dass ich das blöde Spiel überhaupt erwähnt habe. Ich dachte, du wärst begeistert." Er richtete seine Aufmerksamkeit auf den Fernseher, trank seine Limonade und schaffte es erfolgreich, seine Mutter zu ignorieren.

Dani zählte bis zehn und sagte dann freundlich: „Ich freue mich, dass du bei Shane eine schöne Zeit hattest. Ich freue mich auch, dass dir das Spiel Spaß gemacht hat und dass ihr gewonnen habt. Aber ich bin einfach nicht begeistert davon, dass du Wetten abschließt."

„Warum?"

„Normalerweise ist es so, dass Leute beim Wetten Geld verlieren, das sie gar nicht haben."

„Dann sollten sie nicht wetten", bemerkte Cody gelassen.

„Genau."

Cody bedachte sie mit einem wissenden Blick. „Du bist nur sauer wegen Dad, richtig?"

„Was meinst du?"

„Ich habe mal gehört, wie du gesagt hast, dass Dad sein ganzes Geld verspielt hat. Irgendwie ging es um die Kohle, die er von Caleb Johnson für sein Land bekommen hat. Das war in Las Vegas oder so. Stimmt das?"

„Reno", korrigierte sie hölzern. „Aber woher wusstest du…"

„Ich habe gehört, wie du ein paar Sachen gesagt hast, und dann waren da noch ein paar Kinder in der Schule …" Er zuckte mit den Schultern, als wäre das Thema für ihn völlig uninteressant.

„Lass mich raten: Isabelle Reece."

Cody grinste und trank sein Glas leer. „Stimmt. Aber das war ja wohl nicht schwer zu erraten, hm?"

Dani schürzte die Lippen. „Sieht ganz so aus, als wüsste Isabelles Vater mehr über unsere Familie als über seine eigene."

„Vielleicht ist seine eigene Familie langweilig."

„Gerade jetzt fände ich es klasse, wenn es bei uns auch ein bisschen langweiliger wäre", flüsterte sie und tätschelte Cody liebevoll das Knie. „Hör zu, Diamond Jim, versuch einfach, dich von Pokerspielen mit hohem Einsatz fernzuhalten, okay?"

Cody nickte lachend und reichte seiner Mutter das leere Glas. „Alles klar, Mom. Abgemacht."

Hoffentlich, dachte sie, als sie in die Küche zurückging und versuchte, ihren Sohn nicht mit seinem Vater zu vergleichen.

Das Mondlicht lag wie ein silbernes Band auf dem sich kräuselnden Wasser, wo es tanzte und flatterte. Vorsichtig watete Chase hinein und bückte sich unter dem Zaun hindurch, während er immer wieder hoch zu Danis Haus auf dem Hügel sah. Vor lauter Nervosität lief ihm der Schweiß in den Nacken und zwischen seine Schulterblätter. Wenn Dani ihn jetzt erwischte …

Im Stillen über seine eigene Doppelzüngigkeit fluchend, nahm er sorgfältig die Wasser- und Erdproben, die er brauchte, und beschriftete jede einzelne mit Hilfe einer Taschenlampe und einem wasserfesten Stift.

„Hol dich der Teufel, Johnson", murmelte er, während er sich weiter stromabwärts bewegte und so leise wie möglich arbeitete. Seine Watstiefel rutschten auf dem steinigen Bachgrund, aber es gelang ihm, sich auf den Beinen zu halten und die Fläschchen in seinen Fischkorb zu schieben.

Das Geräusch des fließenden Wassers übertönte so ziemlich alles, dennoch lauschte Cody angestrengt auf jedes andere Rascheln, das die Nacht störte, und hoffte wider alle Vernunft, dass Dani sicher im Bett lag und fest schlief. In der Ferne hörte er das Bellen eines Hundes und Runts laute Antwort.

Geh wieder schlafen, dachte Chase. Was du auch machst, Hund, weck nicht das ganze Haus auf! Aber bei Dani blieb alles dunkel, nirgendwo ging ein Licht an.

Mittlerweile hatte Chase das Gebüsch mit den Pappeln erreicht und musste sich bücken, um den überhängenden Zweigen der Buscheichen und Pappeln auszuweichen. Hinter dem Gestrüpp war es dunkler und abgeschiedener, und trotzdem fühlte er sich die ganze Zeit über als Betrüger, auch wenn er nur versuchte, Dani zu helfen.

Du versuchst lediglich, der Sache auf den Grund zu gehen, sagte er sich zum tausendsten Mal. Und du kannst ihr nicht sagen, was du gefunden hast, solange du dir nicht sicher bist.

Wieder hörte er Runt bellen, und diesmal schien er sehr viel näher zu sein. Chase erstarrte. Verdammt! Er versuchte durch die Zweige etwas zu erkennen, konnte aber nichts sehen außer den dunklen Gestalten der Rinder, die langsam über die umliegenden Felder streiften.

Erleichtert atmete er auf, legte seine letzte Probe in den Korb und beschloss zu entkommen, solange die Gelegenheit günstig war.

„Was machen Sie hier?", ertönte plötzlich die Stimme eines Jungen.

Chase drehte sich um und sah Cody am Ufer stehen.

Super! Genau das, was ich jetzt brauche, dachte er. „Ich wollte ein paar Erd- und Wasserproben holen."

„Von unserem Land?" Das dunkle Haar des Jungen war zerzaust, und er trug nur eine abgeschnittene Jeans, die er sich hastig angezogen hatte.

„Ja." Chase watete zum Uferrand.

„Ich glaube nicht, dass Sie hier sein dürfen, Mr McEnroe ..."

„Chase."

Cody verschränkte die Arme vor der nackten Brust und schob wütend das Kinn vor. „Weiß Mom darüber Bescheid?"

„Noch nicht."

„Es wird ihr nicht gefallen."

Chase richtete den Blick zum Himmel und schüttelte den Kopf. „Am Anfang vielleicht nicht, aber dann werde ich ihr erklären, warum ich die Proben brauche."

„Warum fängst du nicht gleich damit an?", fragte Dani und trat aus dem Gebüsch. Da sie nicht hatte schlafen können, war auch ihr Runts Bellen nicht entgangen, und dann hatte sie Cody gehört, als er die Treppe hinunterging und durch die Hintertür das Haus verließ. Also hatte sie sich den

Morgenrock übergeworfen und war ihrem Sohn gefolgt, den sie erst jetzt einholte, nachdem er Chase gestellt hatte. Und Chase stand – wie nicht anders zu erwarten – im Bach. „Ich hatte dir unmissverständlich gesagt, dass du dich von meinem Land fernhalten sollst", sagte sie und fuhr sich mit den Fingern durch die wirren Strähnen ihrer Mähne. „Aber ich hatte wohl vergessen, dass du nicht auf das hörst, was ich dir sage."

„Mom?"

„Geh du ins Haus zurück", wandte sie sich an Cody. „Du solltest wahrhaftig nicht mitten in der Nacht einfach aufstehen und rauslaufen."

„Aber ich hatte Runt gehört …"

„Nimm ihn mit zurück."

Cody sah zwischen seiner Mutter und Chase hin und her. „Vielleicht sollte ich lieber bleiben."

„Ich komme schon allein klar", erwiderte Dani gereizt. „Geh wieder ins Haus. Wenn ich in einer halben Stunde nicht da bin, rufst du den Sheriff an und sagst ihm, dass einer von Caleb Johnsons Leuten unerlaubt unser Land betreten hat!"

Cody riss im Dunkeln die Augen auf, tat aber, was seine Mutter ihm gesagt hatte. Mit einem kurzen schrillen Pfiff rief er den Hund und war gleich darauf verschwunden.

„Kein Grund, melodramatisch zu werden." Entnervt watete Chase aus dem Bach. „Ich habe verstanden."

„Das wird auch Zeit."

„Dani, hör zu. Ich will diese Proben nur haben, um beweisen zu können, dass Caleb versucht, dich mit Gewalt von deinem Land zu vertreiben."

„Wie das?"

„Ich bin mir noch nicht sicher. Aber das wird sich bald ändern. Kannst du mir noch ein paar Tage vertrauen?"

„Du treibst es wirklich auf die Spitze, Chase. Warum hast du nicht gesagt, dass du weitere Proben brauchst?"

„Ich denke, das war doch ziemlich offensichtlich, nachdem

du die letzten zerschlagen hast. Und ich dachte, du wüsstest, dass ich die brauche …"

„Also musstest du mitten in der Nacht hier einmarschieren?", spottete sie und schürzte die Lippen. „Du hättest es mir sagen können … gestern Abend oder heute Morgen. Oder ist dir das gar nicht in den Sinn gekommen?"

„Ich wollte warten, bis ich sicher sein könnte."

„Sicher sein könnte?", wiederholte sie bebend vor Zorn. „Was wolltest du sicherstellen? Dass ich auf dich hereinfalle?"

Chase fluchte. „Habe ich mich gestern etwa nicht für dich eingesetzt?"

„Ja", antwortete sie knapp und versuchte ihren Zorn wachzuhalten. Aber Chase so im Mondlicht zu sehen, mit flatterndem Hemd, das strohblonde Haar vom Nachtwind zerzaust … es löste seltsame Reaktionen in ihr aus.

„Bedeutet dir letzte Nacht denn gar nichts?", fragte er leise.

Dani musste sich daran erinnern, dass sie stinksauer war. „Ich weiß nicht. Sag du es mir."

„Für mich hat sich seitdem nichts geändert."

„Außer, dass du dich wieder einmal ohne mein Wissen hier herüberschleichst und dich daranmachst, in meinem Bach zu graben. Es ist ja gar nicht mehr so, als hätte ich wirklich etwas dagegen, dass du mein Land betrittst", räumte sie ein, „aber es ist dieses Herumschleichen und die ganze Heimlichtuerei, die ich nicht verstehe. Seit wir uns zum ersten Mal begegnet sind, warst du nicht aufrichtig zu mir."

„Doch, das war ich."

„Dann sag mir, zum Teufel, was du hier machst?"

„Beweise suchen."

„Beweise wofür?"

Er sah ihr gerade in die Augen. „Das Caleb bewusst dein Wasser kontaminiert hat."

„Was!"

„Hör zu, Dani. Geh einfach nach Hause und leg dich ins

Bett. Ich sage dir Bescheid, wenn ich mehr weiß", versprach er und stieg die kleine Uferböschung zu ihr hinauf.

„Aber … Moment mal. Was sagst du da? Caleb hat mein Wasser kontaminiert."

„Den Bach."

„Womit?"

„Dioxin."

„Dioxin?", wiederholte sie ungläubig. „Hast … hast du mich deshalb heute Morgen nach den Pflanzenschutzmitteln gefragt?"

„Ja."

„Du hast geglaubt, dass ich das war?"

„Nein, ich wollte mich nur vergewissern."

Sie lehnte sich an einen Baumstamm, völlig überrumpelt von dieser Neuigkeit. „Aber … wie?"

„Neulich – also an dem Tag, an dem du meine ersten Proben zerschlagen hast – hatten wir eine Fünf-Gallonen-Tonne mit irgendeinem Inhalt aus dem Bachbett gegraben, gleich hinter dem Zaun. Das habe ich untersuchen lassen. Es war Dioxin. Aber bis heute weiß ich noch nicht, warum diese Tonne vergraben wurde, wer sie vergraben hat und ob eine böswillige Absicht dahintersteckt."

„Aber du glaubst es", flüsterte sie und schüttelte sich voller Abscheu.

„Hast du mir nicht gesagt, dass ein paar deiner Rinder letztes Jahr gestorben sind?"

„Ja, aber …"

„Haben sie Wasser aus dem Bach getrunken?"

„Natürlich."

„Und der Rest der Herde?"

„War nicht betroffen. Ein paar wurden zwar krank, haben sich aber wieder erholt. Weißt du, ich hatte … man könnte sagen, so ein Gefühl, dass Johnson hinter dieser Vergiftung steckte, war mir aber nicht sicher. Meine Güte", flüsterte sie, denn sie wollte immer noch nicht wirklich glauben, dass Caleb

Johnson derart zum Äußersten entschlossen war, dass er sich dazu herabließ, ihr Vieh umzubringen.

„Ich bin mir noch nicht sicher, dass Caleb damit zu tun hat. Aber ich arbeite dran."

Als er auf sie zutrat, schaute sie auf und direkt in seine blauen Augen, die die Farbe der Nacht angenommen hatten. „Weißt du, ich möchte dir wirklich glauben und darauf vertrauen, dass du auf meiner Seite bist."

„Aber du tust es nicht?"

„Das habe ich nicht gesagt", flüsterte sie. Er zog sich die Handschuhe aus und legte die Fingerspitzen unter ihr Kinn. Ihre graugrünen Augen hatten im Mondlicht einen silbrigen Glanz. „Es ist nur … es ist nur, dass ich nicht wirklich weiß, was ich noch denken soll. Seit du hier aufgetaucht bist, verstehe ich überhaupt kaum noch etwas."

„Vertraue mir einfach."

„Himmel, Chase, das will ich ja!" Die Kehle wurde ihr eng, als seine kühlen Lippen ihren Mund berührten. Bereitwillig schlang sie die Arme um seinen Hals und seufzte, als er ihren Morgenmantel auseinanderschob, um ihre Brüste zu berühren.

„Ich liebe dich, Dani", flüsterte er. „Vergiss bitte nie, dass ich dich liebe …"

„Mom!", klang Codys besorgte Stimme aus der Ferne durch die Nacht.

„Ach du liebe Güte, ich habe ihm doch gesagt, er soll den Sheriff rufen, nicht wahr?" Sie schob Chase von sich und raffte die Aufschläge ihres Morgenmantels zusammen. „Bin sofort da!", rief sie laut und wandte sich wieder an Chase. „Belüge mich einfach nicht", flüsterte sie. „Um Gottes willen, Chase, lüg mich nicht an."

Und schon war sie verschwunden und lief durch das trockene Feld zum Haus hinauf. Einmal wandte sie sich noch um. Chase stand breitbeinig vor den Bäumen und sah ihr nach.

Sie stolperte kurz und ging weiter.

Aufgewühlt und völlig außer Atem erreichte sie die Gartenveranda.

„Alles in Ordnung mit dir?", fragte Cody besorgt.

„Natürlich, Kumpel", sagte sie und umarmte den Jungen. „Ich passe schon auf mich auf."

„Aber dieser Kerl arbeitet für Johnson."

„Ich weiß, trotzdem glaube ich, dass er anders ist als der größte Teil von Johnsons Männern. Hey, du hast doch nicht den Sheriff angerufen, oder?"

„Noch nicht."

„Gut." Erleichtert atmete sie auf und drückte ihren Sohn, der aber weiterhin verwirrt dreinschaute.

„Wie kannst du dir so sicher sein? Ich meine, dass er anders ist."

„Ich weiß nicht. Vielleicht ist es Intuition." Sie gab Cody einen dicken Kuss auf den Kopf. „Jetzt geh aber schnell rauf und ins Bett, okay?"

„Okay", stimmte Cody widerwillig zu, als sie gemeinsam durch die Fliegengittertür ins Haus gingen.

Dani blieb noch einen Augenblick an der Tür stehen und blickte zum Bach hinaus, bis sich eine Wolke vor den Mond schob.

Chase war gegangen, zumindest hatte sie ihn nicht mehr sehen können. Unbewusst berührte sie ihre noch immer geschwollenen Lippen mit den Fingern und fragte sich, ob sie sich nur Kummer einhandelte, wenn sie Chase vertraute.

Den Rest der Woche hörte sie nichts mehr von ihm. Wahrscheinlich war er wieder zu sich gekommen, nahm sie an, und hatte ihr im Übrigen nur eine Räuberpistole über dieses Dioxinfass aufgetischt. Also versuchte sie den Kummer in ihrem Herzen zu ignorieren und redete sich ein, dass es das Beste war, wenn sie ihn nicht mehr wiedersah.

„Warum hast du überhaupt die ganze letzte Woche von morgens bis abends an ihn gedacht?", murmelte sie, als sie mit einer Ladung Winterweizen für die Aussaat im Oktober aus Martinville zurückfuhr.

Ihr Pick-up hüpfte über den holprigen Weg, während sie versuchte, den schlimmsten Schlaglöchern auszuweichen. Bevor das Wetter umschlug, musste sie unbedingt noch mehrere Kubikmeter Kies besorgen und auf der ausgefahrenen Zufahrt verteilen.

„Nur eine Ausgabe mehr", sagte sie sich. Ein Kostenpunkt von hunderten, für die das Geld fehlte.

Chase' Jeep stand vor ihrem Haus. Beim Anblick des staubigen Fahrzeugs machte ihr Herz einen Sprung. Und ihr Verstand stellte Fragen: Warum war er gekommen? Hatte er gesehen, dass sie weggefahren war?

Misstrauisch stieg sie aus dem Pick-up, als sie von der Scheune her Stimmen hörte. Sie folgte dem Lärm, und als sie um die Hausecke bog, sah sie Chase und Cody, die am anderen Ende der Scheune One-on-One-Basketball spielten. Vor zwei Jahren hatte Cody dort einen Korb aufgehängt, und das Netz an der Metallfassung war inzwischen so gut wie verrottet, aber Cody benutzte ihn noch immer zur Übung.

Sowohl Chase als auch Cody waren völlig in das Spiel vertieft und hatten Danis Ankunft nicht bemerkt. Im Schatten eines uralten Apfelbaums neben der Gartenveranda sah Dani zu, wie Chase mit Cody spielte, dem Jungen Tipps gab und ihn zum Schluss gewinnen ließ.

„Gutes Spiel", klang seine tiefe Stimme zum Haus herüber, als er dem Jungen auf den nackten Rücken klopfte.

„Ach, du hast mich gewinnen lassen."

„Glaubst du das?"

„Etwa nicht?", fragte Cody und kniff die braunen Augen zusammen, als er sein verschwitztes, rot erhitztes Gesicht strahlend dem großen Mann entgegenhob.

Chase wischte sich mit seinem T-Shirt den Schweiß vom Gesicht. Die Haut über seinen festen Muskeln glänzte in der heißen Sommersonne, und die blonden Haare hingen ihm in dunklen, feuchten Strähnen in die Stirn. „Was hältst du davon, etwas zu trinken?", fragte er den Jungen.

„Klar. Mom hat Limonade gemacht und vielleicht sind auch noch ein paar Flaschen Coke übrig." Cody lief bereits zum Haus, bevor er seine Mutter entdeckte. „Hey … wann bist du denn gekommen?"

„Erst vor ein paar Minuten." Dani wies mit dem Kopf auf Chase. „Und er?"

„Oh, keine Ahnung. Eine ganze Weile."

„Es überrascht mich, dass du ihm erlaubt hast zu bleiben."

„Warum nicht? Machst du doch auch", sagte Cody und flitzte ganz schnell ins Haus.

Dani sah ihm noch nach und überlegte, was sie von seinem Abgang halten sollte, als Chase auf sie zukam und ihren irritierten Blick bemerkte. „Mach dir keine Sorgen um ihn. Er ist ein guter Junge."

„Aber er wird so erwachsen."

„Das haben Kinder so an sich."

„Ich weiß", sagte sie leise. „Aber manchmal finde ich, es geht einfach alles viel zu schnell."

Vertraulich legte ihr Chase einen Arm um die Schultern. „Ich kenne keine Eltern, die dir da nicht zustimmen würden."

„Wie hast du ihn davon überzeugt, dich warten zu lassen?"

„Das war gar nicht so einfach", antwortete Chase gedehnt und lächelte sie an. „Als ich hier auftauchte, war er nicht sonderlich begeistert."

„Darauf würde ich wetten."

„Aber ich habe ihm gesagt, dass ich ein Freund von dir bin."

„Na super."

„Ja, das war nicht besonders klug von mir. Aber dann fiel mir auf, dass er einen Basketball unter dem Arm trug, also habe ich angeboten, ihm zu zeigen, wie das Spiel läuft."

„Und?"

„Er fand nicht, dass er einen Lehrer brauchte."

Dani lachte. Wie oft hatte sie es schon erlebt, wenn Codys Eigensinn sich zeigte!

„Aber ich war nicht bereit, ein Nein zu akzeptieren. Ich

wollte auf dich warten. Also habe ich ihm angeboten, One-on-One mit ihm zu spielen, wenn er mir dafür das Privileg einräumt, bleiben zu dürfen."

„Und damit war er einverstanden?" Dani war überrascht.

„Nicht direkt."

„Also was?"

Sein Grinsen wurde breiter. „Er wollte um einen Dollar pro Match mit mir spielen."

„Oh, Gott!", stöhnte sie.

Chase drückte ihre Schultern und legte sich sein T-Shirt um den verschwitzten Hals. „Keine Sorge. Er hat mir nicht mein letztes Hemd genommen. Sieh her, ich habe es noch." Er lachte. „Und mach dir nicht die Mühe, ihm deswegen einen Vortrag zu halten. Wenn ich ihn richtig verstanden habe, hast du das bereits getan."

„Offensichtlich hat es nichts genützt." Sie musste noch mal auf ihn einwirken und wollte schnell ins Haus gehen.

Chase hielt sie am Arm zurück. „Sag ihm nichts."

„Warum nicht?"

„Weil es zu unserer Abmachung gehört, dass ich dir nichts davon sage. Und", er schmunzelte, „ich glaube, seine Lektion hat er gelernt."

„Oh, nein", wisperte Dani. „Wie viel schuldet er dir?"

„Das willst du nicht wissen."

„Doch, das will ich! Er ist mein Sohn und …"

„Und ich glaube, seine Tage als Glücksspieler sind jetzt Vergangenheit. Lass es auf sich beruhen."

Dani stieß ein frustriertes Seufzen aus. „Also gut. Dieses eine Mal. Aber wenn er auch nur …"

„Das wird er nicht."

„Du scheinst dir sehr sicher zu sein."

„Das bin ich auch. Es ist eine Lektion, die mir mein Vater erteilt hat, als ich kaum älter war als Cody. Wir haben mit einem Nachbarn Karten gespielt, und Dad hatte mir erlaubt, gegen ihn zu wetten. Ich habe meine Einsätze immer weiter erhöht und ständig verloren, bis ich dem Mann mehr als zweihundert Dollar schuldete. Hinterher durfte ich den ganzen Sommer in dem Jahr meine Schulden im Garten dieses Nachbarn abarbeiten."

„Und jede Minute des Kartenspiels bereuen."

„Genau."

„Und wie wird Cody dir das zurückzahlen?"

„Das muss er nicht. Diesmal habe ich ihn vom Haken gelassen. Aber ich bezweifle, dass du jemals wieder Ärger mit ihm haben wirst, weil er Geld verspielt."

„Ich hoffe, du hast recht."

Cody kehrte mit drei Gläsern Limonade zurück, trank seins in einem Zug leer und bat Dani um Erlaubnis, mit dem Fahrrad die Brüder Anders besuchen zu dürfen.

„Geh ihnen nicht auf die Nerven, wenn sie arbeiten müssen", fügte Dani noch hinzu, als er sich auf sein Mountainbike schwang.

„Kann nicht passieren! Ich hab angerufen. Jonathon will mit mir angeln gehen." Schon trat er in die Pedale und war bald verschwunden, Runt im Galopp hinterher.

Chase lehnte sich im Schatten des Apfelbaums an den Zaun. „Er ist ein guter Junge", bemerkte er und trank sein Glas aus. „Du machst dir zu viele Sorgen um ihn."

Dani ließ die Eiswürfel im Glas kreisen und starrte über die Felder zum Bach. „Daran kann ich nichts ändern."

Sie fühlte, wie seine Hand auf ihrer Schulter sie sanft drängte, sich ihm zuzuwenden, und sah ihn an.

„Hast du dich nicht gefragt, warum ich mich letzte Woche nicht habe blicken lassen?"

„Ich dachte, du hättest es dir anders überlegt."

„Erstens wollte ich Caleb nicht allzu argwöhnisch machen, denn wenn er Wind davon bekommt, dass ich die Dioxintonne gefunden habe, wird er seine Spuren verwischen."

„Dann war das also nicht nur eine Story."

„Was? Das Pflanzenschutzmittel?"

Sie nickte.

„Nein. Aber ich bin noch dabei, einiges abzuklären … mit dem Landwirtschaftsministerium und dem *Extension Office*. Das ist immer die beste Informationsquelle, wenn es um regionale landwirtschaftliche Fragen geht. Ich will genau wissen, wo ich stehe, bevor ich Caleb damit konfrontiere."

„Verstehe."

Er sah die Zweifel in ihren Augen und atmete tief durch. „Abgesehen davon musste ich mich auch zurückziehen, weil ich dir Zeit geben wollte, über alles nachzudenken und zu erkennen, dass ich es ernst meine. Ich dachte, du würdest zu demselben Schluss kommen wie ich, dass wir uns nämlich lieben und zusammen sein sollten."

„Ganz wie im Märchen."

Er verzog das Gesicht und stützte sich auf den Zaun. „Ganz das, was zwei vernünftige Menschen tun würden. Du kannst mir doch nicht erzählen, dass du nicht darüber nachgedacht hast."

„Um ehrlich zu sein, ich habe kaum an etwas anderes gedacht", gab sie zu.

„Und?"

Seufzend hob sie eine Schulter. „Ich finde, wir sollten uns einfach ein bisschen Zeit lassen, das ist alles. Ich … diesmal will ich sicher sein."

„Ich dachte, dir wäre inzwischen klar, dass ich nicht wie dein Ex bin", sagte er leise.

Dani zuckte bei seinen Worten zusammen.

„Und ich werde weder dir noch Cody wehtun."

Unsicher lächelnd sah sie ihm in die Augen. „Ich würde dich ja gerne heiraten", gestand sie ihm heiser. „Aber ich kann es nicht. Noch nicht. Ich brauche einfach etwas Zeit, um mir über alles klar zu werden."

„Ich werde noch ungefähr zwei Wochen hier zu tun haben."

„Und dann?"

Er fuhr sich mit den Fingern durch die Haare. „Dann kommt bald der erste Oktober, und ich muss zu einem anderen Job."

„In Idaho?"

Er schüttelte den Kopf und ließ den Blick über die Weiden schweifen, auf denen die Rinder grasten. „Nein, das ist mitten in Oregon. Anschließend kehre ich nach Boise zurück."

Es war heiß, und trotzdem fühlte Dani eine innere Kälte, die sie erzittern ließ. Nachdenklich klopfte sie mit den Fingern über die obere Zaunplanke. „Und was ist mit Caleb Johnson?"

„Keine Ahnung."

„Du hast mir erzählt, ein Teil eurer Abmachung war, dass du mich dazu bewegst, ihm mein ganzes Land zu verkaufen."

„Das hätte er gern. Für die restlichen fünfundzwanzig Prozent."

„Und ... und glaubst du, wenn du mich heiratest, dass du mich dann überzeugen kannst, mein Land herzugeben und mit dir nach Boise zu ziehen?"

Er runzelte die Stirn und rieb sich ungeduldig mit der Hand übers Kinn. „Du vertraust mir immer noch nicht?"

„Ich möchte es gern."

„Doch es ist unmöglich?", fragte er zunehmend gereizt.

„Ich versuche nur vorsichtig zu sein."

Chase schloss die Augen und probierte, bis zehn zu zählen. Bei drei gab er auf. „Dieser Mistkerl!", flüsterte er zwischen zusammengebissenen Zähnen und lief am Zaun auf und ab. „Du hast guten Grund, Caleb nicht zu trauen, und ich bin überzeugt, dass er beinahe alles tun würde, um dich von diesem Land zu vertreiben. Aber Himmelherrgott, Dani, es geht nicht um Caleb Johnson, wenn ich dich bitte, mich zu heiraten! Oder um meine Firma! Von mir aus soll er seine fünfundzwanzig Prozent behalten. Das reicht nicht aus, damit er die Kontrolle über das Unternehmen hat! Ich werde tun können, was ich will, verdammt noch mal!"

Sein Ärger war noch nicht verflogen, doch er ging zu ihr und legte die Hände auf ihre Schultern. „Und was ich will, Lady, bist du! Ich habe gewartet und war geduldig und habe dich freundlich gefragt, ob du mich heiraten willst, und du bist auf leisen Sohlen um das Thema herumgeschlichen, als hätte ich dunkle

Hintergedanken. Jetzt begreife ich zwar, dass du deine Gründe hast, an mir zu zweifeln, doch verdammt, ich liebe dich!"

Er küsste sie mit einem solchen Verlangen und schloss sie dabei so fest in seine starken Arme, dass sie kaum noch atmen konnte. Seine breiten Hände bedeckten ihren Rücken, und ohne den Kuss zu unterbrechen, stöhnte er und zog sie noch ein Stück näher an seine muskulöse Brust und zwischen seine Oberschenkel.

„Lieber Himmel, Dani", flüsterte er. Sein Atem klang rau und abgehackt, sein Herz hämmerte wild. „Sag einfach Ja."

Dani schaute ihm in die tiefblauen Augen und nickte zittrig lächelnd. „Ja, Chase. Ich … ich will dich heiraten."

„Gott sei Dank." Ein erschöpftes Lächeln breitete sich auf seinem Gesicht aus, und als er sie noch einmal küsste, war es ein zärtlicher Kuss. „Die ganze letzte Woche habe ich nachts wach gelegen und mich gefragt, was ich machen würde, wenn du mir einen Korb gibst."

„Und was wäre das gewesen?"

„Ganz einfach. Ich hätte Jenna Peterson gebeten, sich um Cody zu kümmern, dann hätte ich dich gekidnappt und in eine Berghütte entführt, wo ich dich so lange als Geisel festhalten wollte, bis du deine Meinung geändert hättest."

Dani lachte. „Vielleicht hätte ich doch noch ein Weilchen durchhalten sollen. Das klingt ganz so, als würde ich eine Menge Spaß versäumen."

Chase presste sie wieder enger an sich und zeichnete mit einem Finger ihre Kinnlinie nach. „Das mache ich wieder gut, versprochen." In einem verheißungsvollen Kuss hielt er ihre Lippen gefangen.

„Und was wird Caleb dazu sagen?"

„Wir wollen uns über Caleb nicht den Kopf zerbrechen. Wir haben Besseres zu tun."

„Zum Beispiel?"

Er legte die Hände auf ihre Schultern. „Nun, da fällt mir eine Menge ein …" Vielsagend ließ er den Blick über ihren

Hals nach unten wandern. „Aber das kann warten. Was hältst du von einem Picknick?"

„Ein Picknick, jetzt?" Sie war überrascht.

„Natürlich. Eine Art Feier. Du könntest mir doch mal dein Land zeigen." Er richtete sich auf. „Ich will nur kurz unter die Dusche springen, und du kannst ein paar Sachen in einen Korb werfen."

Dani lachte. „Du klingst ja jetzt schon wie ein Ehemann."

Grübelnd zog er eine dichte Augenbraue hoch. „Wenn ich genauer darüber nachdenke, wir könnten auch zusammen duschen ..."

„Dann kommen wir nie von hier weg."

„Ich hätte nichts dagegen."

Er wollte sich zu ihr vorbeugen, aber sie drückte ihn mit den Händen an den Schultern zurück. „Später, Cowboy. Jetzt gehst du erst mal unter die Dusche, und ich packe etwas ein und schreibe eine Nachricht für Cody."

Arm in Arm spazierten sie ins Haus, und Dani hatte das Gefühl, auf Wolken zu schweben.

Wenig später aber, als sie die Sandwiches zubereitete und das Wasser in der Dusche laufen hörte, überfielen sie schon wieder erste Zweifel. Alle Höhenflüge endeten mit einer Bruchlandung ... am Ende gab es dabei immer nur einen Weg.

*D*en ursprünglichen Siedlerhof erreichte man am leichtesten auf dem Rücken eines Pferdes. Also sattelte Chase die Pferde, während Dani noch mit dem Picknickkorb beschäftigt war. Der Ritt führte sie über mehrere Felder am Bach entlang und schließlich durch den Wald, der die alten Gebäude umgab, und dauerte ungefähr zwanzig Minuten.

Dani zog die Zügel an, und Traitor, der große rehbraune Wallach, zuckte mit den Ohren, warf den Kopf hoch und blieb stehen. Chase ritt Whistlestop, eine kräftige braune Stute mit schwarzer Mähne und schwarzem Schweif. Auf dem Rücken eines kleinen Hügels brachte er sein unruhiges Pferd neben Danis zum Halt.

„Hier hat also alles angefangen", stellte er fest.

„Jedenfalls für die Hawthornes", erklärte sie Chase. Mit einer ausholenden Geste deutete sie auf die umliegenden Hügel und ließ liebevoll den Blick über das weitflächige Ackerland schweifen, das immer wieder von kleinen Wäldchen durchbrochen war. „Das hier …", sie wies auf ein Gemäuer, das einmal ein großes zweistöckiges Farmhaus gewesen war, „ist der Fleck, den meine Ururgroßeltern sich für ihr Heim ausgesucht hatten." Dani sprang ab, ließ die Zügel hängen und hörte das Zaumzeug klirren, als Traitor begann, trockenes Gras und Unkraut abzuzupfen.

Chase beugte sich rittlings auf Whistlestop vor und schaute sich in der Nachmittagssonne blinzelnd um. Vor dem Hintergrund eines ursprünglichen Baumbestands und den zerklüfteten Rocky Mountains, die hoch in den Himmel Montanas aufragten, wirkte das alte Haus mitleiderregend vernachlässigt. Es war nur noch das Skelett dessen, was einmal ein fantastisches altes Farmhaus gewesen sein musste und nun von Disteln und Gestrüpp überwuchert wurde.

Die tragenden Balken waren eingesackt, sämtliche Fensterscheiben zerbrochen und das Dach über dem zweiten Stock war zerstört, sodass das Innere den rauen Elementen der harten Winter in Montana ausgesetzt war. Brombeerranken, jetzt mit schweren Früchten beladen, hatten sich über die ehemalige Eingangsveranda ausgebreitet und hafteten zäh um den Eingang.

Zum Teil war die ausgebleichte fleckige Tapete noch sichtbar, wo Teile der Wände im zweiten Stock vom Wind weggerissen worden waren.

„Früher war es einmal sehr schön", sagte Dani und musterte das heruntergekommene Bauwerk.

„Das kann ich sehen." Chase stieg von der Stute und ließ sie ebenfalls grasen. Er schob die Hände in die Gesäßtaschen seiner Jeans und nahm das alte Haus weiter in Augenschein, während er auf Dani zuging. Als er ihr den Arm um die Schultern legte, ließ das Gefühl trostloser Verlassenheit, das sich in ihr ausgebreitet hatte, ein wenig nach.

„Die heißen Quellen sind dort drüben." Sie wies auf das Rinnsal, das nahe der Rückseite des Hauses durch die Erde sickerte. „Und da es noch kein fließendes heißes und kaltes Wasser gab, als das Haus gebaut wurde, war diese Wasserquelle ein echter Luxus. Von dort konnte man das heiße Wasser ins Haus tragen."

„Und was ist geschehen?", fragte er. „Warum wurde das Haus nicht weiter genutzt?"

„Geld", antwortete Dani mit düsterer Miene. „Als meine Großeltern jung waren – also irgendwann in den Vierzigern oder Fünfzigern, glaube ich –, haben sie das Holzhaus gebaut, in dem ich heute mit Cody lebe, weil es viel näher an der Straße lag. Der Neubau mit allem modernen Komfort wie Gas, Elektrizität und fließendem Wasser war billiger, als dieses Haus hier umzubauen. Und sie haben immer gedacht, wenn sie eines Tages genug Geld zusammenhätten, würden sie das alte Haus restaurieren."

„Aber dazu ist es nie gekommen."

„Nein." Sie stieg auf die Veranda und strich seufzend mit der Hand über einen der verrotteten Balken an der Ecke des

Hauses. „Aber es ist eine Schande. Ich habe alte Fotos davon gesehen. Diese Veranda erstreckte sich ums ganze Haus. Sie war wirklich riesig …"

„Lass uns mal einen Blick hinein werfen."

„Ich glaube nicht, dass das sicher ist."

„Ich werde aufpassen, dass wir auf keine maroden Bretter treten."

„Aber die Brombeerranken; die Tür ist fast zugewachsen …"

„Komm schon. Wo bleibt deine Abenteuerlust?" Er griff nach ihrer Hand und zog sie langsam weiter. Mit der anderen Hand schob er das Gestrüpp zur Seite, und sie bahnten sich einen Pfad zur Haustür. Über ihren Köpfen summten die Bienen in den Beerenranken, und die Dornen verfingen sich in Danis Haar und Bluse. Aber schließlich hatte es Chase geschafft und konnte sie vorsichtig gebückt durch die offene Tür führen.

Es war lange her, seit Dani das Haus zuletzt von innen gesehen hatte, und die Jahre und das Wetter hatten ihren Tribut gefordert. Die Holzböden waren zerkratzt und mit einer dicken Schmutzschicht bedeckt. Obwohl die Treppenstufen noch intakt waren, hatte sich das Geländer schon vor langer Zeit davon abgelöst und lag in Einzelteilen auf dem Boden der Diele. Spinnweben hingen in dunklen Ecken, und überall auf dem Boden verstreut lagen Glassplitter herum.

Chase bückte sich und hob eine der handgeschnitzten Geländersäulen auf, wischte den Staub ab und musterte das einstmals schöne Stück, das als Stütze für das Geländer gedacht war. „Wie alt ist dieses Haus?", fragte er und sah sich um. Vom Hauptflur gingen auf jeder Seite zwei große Räume ab, an deren Außenwand jeweils eine rußschwarze Feuerstelle erkennbar war.

„Ich weiß es nicht genau. Mehr als hundert Jahre."

„Mindestens." Chase betrat den Raum, der das Esszimmer gewesen sein musste, und blieb vor der Feuerstelle stehen. „Sieht aus, als hätte der Maurer gewusst, was er tat." Er legte eine Hand auf die uralten Ziegel und bemerkte, dass der Mörtel nur an wenigen Stellen zerbröselt war. Stirnrunzelnd ging er durch einen offenen Torbogen.

Dani folgte ihm durch das große Esszimmer und eine Stufe tiefer in die Küche. Es war ein einstöckiger Anbau, der seinen eigenen Kamin hatte. Noch immer hing über dem Herd ein riesiger schwarzer Topf an einem Haken, und die Kette quietschte, als Chase versuchte, die Spinnweben von dem alten Kessel zu entfernen.

„Ich würde wahnsinnig gern dieses Haus restaurieren", dachte Dani laut.

Chase hob den Kopf und musterte die durchhängenden Decken und das verfallene Mauerwerk. „Man müsste es von Grund auf neu bauen."

„Ich weiß. Es wird wohl ein Luftschloss bleiben, nehme ich an."

Chase nahm ihre Hand. „Man soll seine Träume nie aufgeben, Dani."

Lachend schüttelte sie den Kopf. „Aber das hier zu restaurieren werde ich mir niemals leisten können."

„Wenn du so denkst, hast du den Kampf verloren, bevor er überhaupt begonnen hat." Er gab ihr einen Kuss auf die Stirn und legte ihr fürsorglich den Arm um die Schultern, und nachdem sie durch die zersplitterte Hintertür ins helle Sonnenlicht gelangt waren, legte sie den Kopf an seine Brust.

„Du kannst sehen, warum ich dieses Land liebe, nicht wahr?", fragte sie plötzlich, und lenkte ihren Blick hinüber zu den kargen Bergen, die in den strahlend blauen Himmel ragten. „Meine Familie hat seit Generationen hier gelebt … ich kann den Gedanken einfach nicht ertragen, dass diese schöne Hügellandschaft mit Asphalt bedeckt wird, mit Burger-Restaurants, Eigentumswohnungen und Hotels. Ist das egoistisch?"

„Ich weiß nicht", gestand Chase. „Mir scheint, es sollte doch eigentlich möglich sein, irgendeinen Kompromiss zu finden."

Nachdenklich ging Dani zu Traitor, um den Lunch aus den Satteltaschen zu holen. Chase nahm inzwischen die zusammengerollte Decke von seinem Pferd und breitete sie unter einem alten Birnbaum mit rauer Rinde auf dem Boden aus.

Nachdem sie sich beide gesetzt hatten, legte Dani Sandwiches, Äpfel und Haferflockenplätzchen auf die alte Patchworkdecke und schenkte Chase einen Becher Eistee ein. „Vielleicht sollte ich tatsächlich alles an Caleb Johnson verkaufen", sagte sie gedankenverloren, schüttelte aber sogleich den Kopf. „Wenn es jemand anders wäre, vielleicht … aber es ist Calebs verdammte Gier, die mich auf die Palme bringt. Er will alles haben, und der Mann ist Gift."

„Ich würde dir gern widersprechen", sagte Chase, nahm den Becher, den Dani ihm reichte, und stützte sich auf einen Ellbogen. Er wickelte ein Sandwich aus dem Papier und begann zu essen, während Dani einen weiteren Becher Tee für sich einschenkte.

„Aber dir fällt auch nichts ein, was du dagegen ins Feld führen könntest, nicht wahr?"

„Nein, es sei denn, er hätte wirklich nichts mit der Tonne Dioxin zu tun."

„Hast du ihn einmal danach gefragt?"

„Noch nicht. Aber das werde ich bald tun müssen", antwortete er und aß sein Sandwich auf.

„Worauf wartest du?"

„Vermutlich auf den richtigen Zeitpunkt. Wenn ich alle Informationen habe, die ich brauche, um mich abzusichern."

„Als da wäre?"

Achselzuckend griff er nach einem Apfel, den er mit einem Hemdzipfel polierte. „Zum Beispiel wüsste ich gern mit Sicherheit, dass das Dioxin ihm gehört und er es selbst im Bachbett deponiert hat; dass es nicht die Idiotie eines leichtsinnigen Tagelöhners war, der für ihn gearbeitet hat. Immerhin besteht die Möglichkeit, dass Caleb einen seiner Helfer damit beauftragt hatte, das Herbizid zu entsorgen, und der Kerl es für die beste Lösung hielt, es im Bachbett zu vergraben."

„Das glaubst du doch nicht."

„Na ja, eigentlich ist es ziemlich offensichtlich, dass Johnson nicht ganz sauber ist. Mir ist nur völlig unklar, warum er mich da reingezogen hat."

Schweigend aßen sie weiter, und allmählich verzog sich die dunkle Wolke, die Danis Stimmung überschattet hatte. Die Sonne, die durch die Zweige des Birnbaums fiel und helle Lichtflecken auf den Boden warf, fühlte sich am späten Nachmittag noch immer warm an, während die spätsommerliche Luft klar und frisch war. Ein paar Blätter hatten sich bereits verfärbt und kündeten den Herbst an.

Nachdem er zu Ende gegessen hatte, streckte Chase sich auf dem Rücken aus und verschränkte die Hände unter dem Kopf, sodass er durch die Blätter in den Himmel schauen konnte. „Warum kommst du nicht mal her", fragte er sie.

„Ich bin doch hier."

„Nein, hierher." Er klopfte neben sich auf die Decke. „Ich möchte, dass du ganz nah bei mir bist."

„Gibt es dafür einen bestimmten Grund?"

„Eigentlich sogar eine ganze Reihe. Aber der wichtigste ist, dass ich ein paar Tage nicht hier sein werde."

„Nicht hier?", wiederholte sie erschrocken. Die Vorstellung, dass er nicht in der Nähe sein würde, machte ihr gewaltig zu schaffen.

„Ich komme zurück. Versprochen. Es gibt nur ein paar offene Fragen, die in Boise geklärt werden müssen."

„Das kann dir niemand abnehmen?"

Seufzend schüttelte er den Kopf. „Offenbar nicht."

„Hast du keinen Vertreter oder Vizepräsidenten oder so etwas?"

„Das habe ich einmal versucht. Damals hat ein Mann namens Eric Conway für mich gearbeitet." Als er an Eric dachte und seine falschen Machenschaften, verfinsterte sich sein Gesicht, denn Eric war es gelungen, ihn sowohl persönlich als auch beruflich bis ins Mark zu treffen. „Wir waren die besten Freunde, bis er beschloss, seine eigene Firma zu gründen, mein gesamtes

Personal und sämtliche Techniken zu übernehmen und damit zu verschwinden."

„Oh."

„Seitdem habe ich niemandem mehr so weit vertraut, dass ich einen Teil dieser Arbeit delegieren würde. Deshalb werde ich für ein paar Tage nach Hause fahren müssen."

„Solange du nur zurückkommst", flüsterte sie und verbarg die Enttäuschung, die ihr Herz bedrückte. Sie packte die Überreste des Essens in die Satteltaschen, setzte sich neben ihn, faltete die Hände auf den Knien und blickte mit halb geschlossenen Augen blinzelnd zu den Bergen im Westen. Ein paar Strähnen hatten sich unbemerkt aus dem Zopf gelöst, der er ihr über den Rücken fiel.

Chase hob eine Hand und strich eine honigbraune Locke aus ihrem Gesicht. Die zarte Berührung seiner Finger an ihrer Wange ließ sie erzittern.

„Bis ich dir begegnet bin, habe ich mir nie gewünscht, den Rest meines Lebens mit einer Frau zu verbringen."

„Hast du es dir jetzt wieder anders überlegt?" Sie sah das Funkeln in seinen Augen und spürte seine Hand an ihrem Rücken, als er versuchte, das Band zu lösen, das den Zopf zusammenhielt.

„Nein."

„Wie kannst du dir da so sicher sein?"

„Vielleicht, weil ich keine Erfahrung mit einer schlechten Ehe habe." Er zog das Band von ihren Haaren und sah fasziniert zu, wie der feste Zopf sich löste.

„Schüttle doch mal den Kopf", bat er sie.

„Ach, Chase, ehrlich ..."

„Nun komm schon!"

Sie lachte und schüttelte ihre Mähne, die ihr in glänzenden zerzausten weichen Wellen über die Schultern bis zur Taille fiel.

„So ist es besser", sagte er mit einem schelmisch charmanten Lächeln und strich mit der Hand über ihren Rücken.

„Ich glaube, du willst nur das Thema wechseln."

„Das würde mir im Traum nicht einfallen. Was willst du wissen?"

Mit einem traurigen Lächeln strich sie ihm die Haare aus der Stirn. „Du warst also nie verheiratet?"

„Das stimmt."

„Aber sicherlich hat es andere Frauen gegeben ..."

„Ein paar."

„Und da gibt es keine schlimmen Erinnerungen?", fragte sie skeptisch.

„Nichts, woran ich mich erinnern will", sagte er und dachte einen Augenblick an die Frau, der er einmal vertraut hatte – Tracy Monteith, seine Sekretärin und Geliebte. Dieselbe Frau, die mit Eric Conway durchgebrannt war. Später hatte Chase erfahren, dass Tracy ihn nur benutzt hatte, um für Eric an Informationen zu kommen. Tracy und Eric waren ungefähr seit der Zeit verheiratet, als Erics Firma den Betrieb aufgenommen hatte.

„Was ist es?", fragte Dani, als sie sah, wie sich die schmerzvollen Gefühle in seinem markanten Gesicht spiegelten.

„Nichts von Bedeutung", sagte er, stützte sich auf einen Ellbogen und legte ihr fest den anderen Arm um die Taille.

„Du kannst eine schlechte Beziehung also einfach vergessen?"

„Ich versuche es. Es gibt keinen Grund, sich damit aufzuhalten."

Damit hatte Chase eigentlich recht, dachte Dani.

„Aber ich habe auch kein Kind, das mich daran erinnert, was geschehen ist."

Sie zwang sich, die traurigen Gedanken aus ihrem Kopf zu verscheuchen, und lächelte Chase an. „Ich würde Cody für nichts in der Welt tauschen wollen. Sicher, manchmal erinnert er mich an Blake, aber das ist okay. Ich meine, Blake ist Codys Vater, und ganz gleich wie schwierig unsere Ehe irgendwann war, ich habe meinen Sohn, und es ist mir gelungen, die Farm zu halten. Es gibt Frauen, die nicht so viel Glück hatten."

„Liebst du ihn noch?", fragte Chase und sah ihr dabei tief in die Augen.

„Cody hat mich neulich dasselbe gefragt."

„Und?"

„Nein. Früher einmal. Als ich noch sehr jung war, bevor Cody geboren wurde und meine Eltern noch lebten. Aber das war vor ewigen Zeiten ..." Sie wich seinem Blick aus und rutschte ein wenig von ihm weg. „Ich weiß nicht, warum ich so melancholisch bin. Das ist wirklich dumm. Wahrscheinlich liegt es an diesem alten Haus. Es wirkt so traurig und einsam hier oben, es verfällt und ..."

Chase hatte sie am Arm gefasst und mit einer solchen Kraft zu sich gezogen, dass sie atemlos halb auf seiner Brust landete und ihre Haare sie beide bedeckten. „Ich will nur eins, dich glücklich machen", flüsterte er. „Und ich verspreche dir, dass ich dich niemals verletzen werde."

Sie musste gegen ihre Tränen ankämpfen, bei diesen Versprechen. Chase legte eine Hand an ihren Hinterkopf und beugte sich zu ihr. „Ich liebe dich, Dani. Und ich will nicht, dass du das jemals vergisst."

„Das werde ich nicht." Sie strich federleicht über seinen Mund, und stöhnend presste er sie enger an sich, hauchte Küsse auf ihr Gesicht, ihren Hals und ihre Haare.

Sie fühlte, wie er ihre Bluse aufknöpfte und ihre Brüste gegen seinen muskulösen Oberkörper drückten.

Wenig später befanden sie sich beide nackt auf der Decke, ihre schönen Brüste mit den dunklen Spitzen weich und bereit für die Berührung seiner Hände und seiner Lippen, während ihre langen Haare fließend seine Haut streichelten und ihn erregten.

Als er eine der Brustwarzen mit dem Mund umschloss, spürte er, wie Dani erbebte. Keuchend rief sie seinen Namen. Er hielt sie so fest er konnte, drückte sich an sie und wollte nichts mehr, als sie beschützen. Sogar noch während sie sich liebten, empfand er bis tief in seine Seele eine stille Verzweiflung, als wären unkontrollierte Mächte am Werk, die sie ihm entreißen wollten.

Er verdrängte diesen hässlichen Gedanken, ließ sich ganz und gar fallen und hielt anschließend ihren Kopf zärtlich an seine Brust geschmiegt. Ohne das Summen der Insekten oder den süßen Duft von Geißblatt und Flieder, der die Luft um sie herum erfüllte, auch nur wahrzunehmen, flüsterte er Worte der Liebe im Schatten des Birnbaums.

Der erste Hinweis, dass nicht alles so lief, wie es sollte, erfolgte nur zwei Tage später. Dani hatte von Chase nichts mehr gehört, was sie jedoch nicht weiter beunruhigte, denn sie wusste ja, dass er in Boise war. Noch immer dachte sie an seinen Heiratsantrag und überlegte, welche Konsequenzen damit verbunden waren, als sie am Freitagmorgen nach Martinville fuhr, um die Lebensmittel für die kommende Woche einzukaufen.

Cody war mitgefahren, wenn auch nicht sonderlich begeistert. Er hatte sich an die Beifahrertür des Pick-ups gelehnt, und Runt stand über ihm und steckte die schwarze Nase aus dem halb offenen Fenster, das ein wenig frische Luft in die stickige Fahrerkabine ließ.

„Ich will nicht einkaufen", maulte Cody, als Dani auf den Parkplatz fuhr.

„Aber du brauchst ein paar neue Sachen für die Schule und Schuhe", stellte sie klar.

„Aber doch nicht heute! Die Schule fängt erst in ein paar Tagen an."

„Und gerade hat überall der Ausverkauf begonnen."

„Ach, Mom", klagte er und sprang aus dem Pick-up, nachdem Dani zwischen zwei verblassten Markierungen auf dem staubigen Asphalt geparkt hatte. „Verschone mich, bitte!" Wütend schlug er die Tür des Wagens zu und hätte Runt dabei fast die Nase eingeklemmt.

„Pass doch auf!", wies Dani ihn zurecht.

„Oh, ja klar."

Jaulend lief der Hund hin und her und steckte den Kopf durch das offene Fenster.

„Es dauert nur ein paar Minuten", versuchte Dani ihn zu beruhigen, tätschelte seinen Kopf und warf ihrem Sohn einen vielsagenden Blick zu. Dann überlegte sie es sich noch einmal anders, denn eigentlich war es in der Fahrerkabine viel zu heiß für das Tier, also ließ sie ihn raus und auf der Ladefläche des Trucks sitzen. „Aber bell dir nicht die Lunge aus dem Leib, okay?"

Die Temperatur schien in die Höhe zu schnellen, als sie über den heißen Parkplatz zum Geschäft gingen. Im „Anders' Supermarket" war es nicht besser, denn die Klimaanlage war ausgefallen und auch eine der Kühlvitrinen funktionierte nicht mehr.

„Land of Mercy", stöhnte Marcella Anders bei Danis Anblick und packte dann weiter die Fleischwaren sorgfältig in die andere noch funktionierende Kühlvitrine. „Und sämtliche Mechaniker in diesem Ort machen Überstunden. Ich bete zum Himmel, dass mir dieses Fleisch nicht verdirbt." Sie war eine große Frau, kräftig und stämmig gebaut. Ihre grau melierten Haare hatte sie auf dem Kopf zusammengesteckt, und sie trug eine gestärkte weiße Schürze über der Kleidung. Solange Dani denken konnte, hatte Marcella in der Fleischwarenabteilung des Geschäfts gearbeitet, das ihrem Mann gehörte.

„In diesem Jahr ist es aber auch extrem heiß."

„Als ob ich das nicht wüsste", grummelte Marcella. „Und weißt du was, es bringt das Schlimmste im Menschen hervor. Erst gestern war Jenna Peterson hier und ist vor Wut fast übergeschäumt."

„Das klingt so gar nicht nach ihr", bemerkte Dani und dachte an Caleb Johnsons freundliche Haushälterin, während sie die Fischpakete in der Gefriertruhe in Augenschein nahm.

„Nein, das tut es wahrhaftig nicht. Aber sie war völlig außer sich, das kann ich dir sagen. Irgendwie ging es um einen von Calebs Männern ... ein Neuer, den er angeheuert hat. Jenna glaubt offenbar, dass dieser Mann nichts taugt und sich von Caleb nur anstellen ließ, um Ärger zu machen."

Dani merkte, wie ihr die Farbe aus dem Gesicht wich. „Hat … hat sie dir gesagt, wie der Mann heißt?", fragte sie und fixierte Marcella.

„Nö. Ich glaube, sie hätte mir gern mehr erzählt, hat es sich dann aber anders überlegt. Verstehst du, Jenna braucht ihren Job, denn sie muss ihre Tochter und ihren Enkel praktisch mit durchfüttern. Abgesehen davon, sie hat eh noch nie zu denen gehört, die viel tratschen."

„Reden ist Silber, Schweigen ist Gold", murmelte Dani mehr zu sich selbst und dachte daran, dass sie Chase mitten in der Nacht überrascht hatte, als er im Bach stand. Und jetzt war er weg …

„Wie bitte?"

„Ach nichts." Dani zwang sich zu einem Lächeln. „Du hast recht, wahrscheinlich lag es nur am Wetter."

Nachdenklich runzelte Marcella die Stirn. „Das will ich hoffen", sagte sie laut. „Mir gefällt der Gedanke nicht, dass einer von Calebs Männern unlauter sein könnte. Die Leute hier im Ort … wir alle zählen auf dieses Resort. Mein Mann glaubt, es wird den Umsatz im nächsten Jahr verdreifachen. Er hat schon alle Pläne fertig für eine Feinkostabteilung und einen Gartenbereich." Freudestrahlend brachte Marcella auch noch die letzte Packung Fleisch in der vollen Kühlvitrine unter. „Wie die meisten anderen Leute hier hält er das für seine große Chance."

„Außer Mom", sagte Cody.

Marcella nickte kurz. „Wir haben alle das Recht auf unsere eigene Meinung, nicht wahr?" Noch immer lächelnd wischte sie sich die Hände an der Schürze ab. „Es ist ein freies Land."

„Richtig", stimmte Dani ihr zu und schob ihren Einkaufswagen weiter.

„Man sieht sich", rief Marcella ihr nach und ging zur Fleischtheke, um einer anderen Kundin zu helfen.

Dani schob ihren Wagen durch die überfüllten Gänge und versuchte sich auf ihren Einkauf zu konzentrieren, musste jedoch feststellen, dass das fast unmöglich war. Am Ende verließ sie den Laden nur mit der Hälfte dessen, was sie eigentlich hatte kaufen wollen.

„Du glaubst, das war Chase, von dem Mrs Anders gesprochen hat, stimmt's?", fragte Cody, als sie wieder zusammen mit Runt im Pick-up saßen.

„Ich weiß es nicht."

„Aber ich weiß, dass du es glaubst."

Es war kein Problem, sich bei dem wenigen Verkehr auf der Hauptstraße des kleinen Orts zurechtzufinden, und Dani schob sich die Haare aus den Augen, als sie vor einer roten Ampel in der Nähe der Tankstelle anhielten. „Das habe ich nicht gesagt."

„War auch nicht nötig."

Seufzend sah Dani ihren Sohn an. „Wie wär's, wenn wir uns jetzt um deine Schulklamotten kümmern? Wir können Runt und die Lebensmittel ausladen und nach Butte fahren. Vielleicht machen wir dann ein Picknick im Park."

„Wenn du wirklich willst", stöhnte Cody.

„Ich will es wirklich."

„Na gut." Enthusiastisch klang das nicht.

Nachdem sie es später endlich geschafft hatten, alles Notwendige zu erledigen, saßen Dani und Cody im Park auf dem Gras und sahen den Kindern zu, die überall herumliefen und auf die verschiedenen Spielgeräte kletterten.

Die lärmende Geschäftigkeit der Stadt stand im starken Kontrast zu dem kleinen verschlafenen Örtchen Martinville. Aus Danis Sicht war Butte eine bedeutende Metropole. Sie musste über sich selbst lachen, als sie daran dachte, was Leute aus New York oder Los Angeles von ihrer Vorstellung halten würden.

„Was ist so lustig?" Cody pflückte einen Grashalm ab und riss ihn in kleine Stücke.

„Nichts wirklich", antwortete Dani und lächelte ihren Sohn an. „Aber was ist mit dir? Bedrückt dich etwas? Du siehst aus, als läge dir etwas auf der Seele."

Der Junge zuckte mit den Schultern, wandte den Blick ab und sagte: „Möglich wär's."

„Was ist es?"

„Chase McEnroe."

Dani stieß ein langes Seufzen aus. Jetzt kommt's, dachte sie. „Was ist mit ihm?"

„Es ist dir ernst mit ihm, stimmt's?"

Einen Augenblick überlegte Dani noch, dann aber entschied sie, dass ihr Sohn ein Recht auf die Wahrheit hatte. „Ja, das stimmt."

Cody zögerte eine Minute. „Wirst du ihn heiraten?"

„Ich weiß nicht. Vielleicht."

„Und was ist mit Dad?"

Dani lehnte sich zurück, stützte sich auf die Ellbogen und beobachtete, wie die Schatten des späten Nachmittags zunehmend das Gras verdunkelten. „Ich denke, ich weiß es wirklich nicht genau. Ich bin mir noch nicht ganz über alles im Klaren."

„Er kommt nach Hause, das weißt du."

„Oh, Cody", seufzte sie wehmütig. „Nur weil er dir zweimal geschrieben hat …"

„Es ist mehr als das, Mom", unterbrach Cody sie ärgerlich.

„Cody …"

„Er hat angerufen."

„*Was!*" Einen Moment lang stand die Welt still und Dani brachte kein Wort heraus. „Wann?"

„Als ich neulich von den Anders zurückgekommen bin. Wo du und Chase draußen bei dem alten Siedlerhof wart und das Picknick gemacht habt …"

Sie hielt den Atem an und nickte ihrem Sohn zu. „Sprich weiter."

„Ich war gerade erst nach Hause gekommen. Da hat das Telefon geklingelt und Dad war dran. Er hat gesagt, er ist unterwegs."

Dani war bestürzt. „Er kann nicht nach Hause kommen, nicht jetzt", wisperte sie.

„Warum nicht? Er ist mein Dad."

Sie setzte sich auf, ließ den Kopf in die Hände sinken, riss sich jedoch Cody zuliebe so gut wie möglich wieder zusammen. „Aber warum ... warum jetzt?", überlegte sie laut. „Und warum hast du mir nichts davon gesagt, als ich nach Hause kam?"

„Da war Chase dabei. Ich fand, das war keine so tolle Idee."

„Aber das ist jetzt zwei Tage her!"

Cody wandte den Blick ab. „Ich weiß. Aber ich wollte nicht, dass du wütend auf mich bist."

„Ich bin nicht wütend auf dich, mein Schatz. Ich wünschte nur, du hättest mir das früher gesagt." Als sie sah, wie verletzt er war, streichelte sie seine Hand und lächelte entschuldigend. „Hör zu, Schatz, es tut mir leid, dass ich so überreagiert habe. Okay? Ich bin nur so erschrocken."

„Aber er hat doch geschrieben. Zweimal. Ich habe dir gesagt, dass er zurückkommt."

„Das hast du", sagte sie seufzend.

„Und du hast es mir nicht geglaubt, stimmt's?"

„Nein, nicht wirklich", gab sie zu. „Nicht nach so langer Zeit." Sie nahm sich zusammen und brachte ein unbekümmertes Lächeln zustande. „Aber wie es aussieht, habe ich mich geirrt. Wann wird er in Martinville sein?"

„Das wusste er nicht."

„Und was hat er vor, wenn er hier ankommt?"

Cody biss sich auf die Unterlippe und ließ den zerfetzten Grashalm fallen. „Er hat gesagt, er ruft an."

„Gut."

„Du wirst mir doch erlauben, ihn zu sehen, oder?"

Dani atmete langsam aus und versuchte, alle Bedenken und Sorgen niederzukämpfen. „Natürlich werde ich dir das erlauben", sagte sie und versuchte ihre schlimmsten Befürchtungen in Schach zu halten. „Er ist dein Vater."

Codys strahlte übers ganze Gesicht und fiel seiner Mutter impulsiv um den Hals. „Es wird alles gut werden." Seine braunen Augen glänzten vor Freude. „Und dann sind wir wieder eine Familie. Wart's nur ab!"

Drei Tage später steckte Dani bis zu den Ellbogen in Brombeersaft.

Nachdem sie sämtliche Saftspritzer vom Küchentresen gewischt hatte, warf sie das fleckige Putztuch in die Spüle und blickte durchs Fenster auf die frisch gepflügte Erde, die sich als breiter dunkler Streifen vom Haus bis zur Straße hin erstreckte. Sie massierte sich die müden Muskeln und fragte sich, was sie geritten hatte, das vordere Feld zu pflügen, denn jetzt sah sie sich mit der Aussicht konfrontiert, es zu eggen und für die Weizenaussaat im Oktober vorzubereiten. Der Boden war geradezu steinhart gewesen, und es hatte Stunden gedauert, die Grasnarbe zu wenden.

Sie hatte Schmerzen in Rücken und Schultern und obendrein einen Sonnenbrand auf der Nase. „Das ist wirklich kein Leben für eine Prinzessin", schimpfte sie und lachte, während sie das letzte Gläschen Brombeergelee, den sie frühmorgens gekocht hatte, versiegelte.

Nachdem sie sich die Hände gewaschen hatte, ging sie auf die Gartenveranda und stellte fest, dass es auf Calebs Seite des Zaunes keine Aktivitäten gab. Zwar standen noch immer ein paar schwere Maschinen nahe am Bach, aber das war weiter stromaufwärts und Dani konnte niemanden entdecken, der im Bach arbeitete.

„Chase wird sicher bald damit fertig sein", murmelte sie. Und dann? Was sollte sie tun? Ihn heiraten? Die Farm an Caleb verkaufen? Cody aus der Schule nehmen und nach Idaho ziehen, oder bleiben, wo sie war? Und was hatte es mit dem Gerücht auf sich, das sie im Laden gehört hatte? Calebs neuer Mann machte Ärger?

Sie schüttelte den Kopf, als ob sie damit ihre Zweifel loswerden könnte, war sauer auf sich selbst und fragte sich, wann Chase zurückkehren würde. Ob er dann wohl in der Lage war,

Caleb mit dem Dioxin zu konfrontieren? Bisher hatten sie nur ein paarmal kurz miteinander telefoniert, aber er hatte versprochen, ihr nach seiner Rückkehr alles zu erzählen.

„Hör auf damit", wies sie sich selbst an, zog die Schürze aus und warf sie über eine Stuhllehne. Sie stieg von der Veranda und ging zum Weidezaun, wo sie über die obere Zaunplanke gebeugt den Pferden zusah, die nach etwas Gras oder ein wenig Schatten suchten.

„Sicher ist nur eins, wir brauchen Regen", murmelte sie und schaute zum strahlend blauen Himmel hinauf.

Sie wurde aus ihren Gedanken gerissen, als sie einen Truck auf der Zufahrt hörte.

Wahrscheinlich war Chase zurückgekehrt, dachte sie erfreut und ging ums Haus herum. Doch es war nicht der verbeulte Pick-up, sondern ein anderer Truck, der langsam in den Hof vor dem Haus fuhr.

Der Fahrer stellte den Motor ab und schwang sich aus der Kabine. Im selben Moment wurde Dani klar, dass sich ihr Leben gerade für immer verändern würde und die Begegnung, vor der sie sich den größten Teil der letzten sieben Jahre gefürchtet hatte, nun stattfand. Von Angesicht zu Angesicht sah sie sich Codys Vater gegenüber!

Er sah nicht viel anders aus als an dem Tag, an dem er vor all diesen Jahren weggegangen war. Groß und langgliedrig mit dunklen Haaren, die an den Schläfen silbrig wurden, war Blake Summer noch immer ein attraktiver, robust wirkender Mann. Seine dunklen Augen blitzten in einem hageren wettergegerbten Gesicht, das durch ein verlegenes Lächeln etwas weicher wirkte. Langsam kam er auf das Haus zu.

„Dani." Zwei Meter vor ihr blieb er stehen.

Sie war sich bewusst, dass ihr das Blut aus dem Gesicht gewichen war, dennoch schaffte sie es, seinem wachsamen Blick zu begegnen. „Was willst du hier, Blake?", forderte sie ihn heraus.

„Findest du nicht, es wär an der Zeit, dass ich mal zurückkomme?"

„Ich finde, dass es wahrscheinlich zu spät dafür ist."

„Noch immer ganz die alte Optimistin, wie ich sehe", bemerkte er mit einem wissenden Lächeln.

„Hör auf, mich auf den Arm zu nehmen", fauchte sie, und die Jahre schienen sich in nichts aufzulösen. Sie konnte sich noch genau an den Tag erinnern, als er ihr die Tür vor der Nase zugeschlagen hatte und gegangen war, während sie ihm heulend nachrief, er solle zu ihr und ihrem kleinen Sohn zurückkommen. Dani zitterte und musste schwer schlucken. „Warum jetzt … warum bist du zurückgekehrt?"

Blake überhörte ihre Frage, setzte sich auf die obere Stufe der Verandatreppe und wischte sich mit einem Taschentuch den Schweiß von der Stirn. „Gott, das ist ja eine elende Hitze." Schmunzelnd wies er auf seinen alten Pick-up. „Die Klimaanlage ist ausgefallen." Er fischte eine Zigarette aus seiner Hemdtasche, zündete sie an und blies eine große Rauchwolke in die saubere Luft. Dann sah er sich um. „Wie ich sehe, hast du gepflügt."

„Ich habe dich etwas gefragt, Blake." Auch wenn die ganzen Gefühle, von denen sie gehofft hatte, sie wären längst gestorben, mit einem Mal wieder in ihr hochkochten, so blieb sie doch ruhig.

„Hat Cody meine Briefe nicht bekommen?"

„Ja schon …"

„Ich habe ihm gesagt, dass ich komme, um ihn zu besuchen." Blake lehnte sich an den Verandapfosten und versuchte es mit einem gewinnenden Lächeln. „Und hat er dir auch gesagt, dass ich angerufen habe?"

„Das war erst vor ein paar Tagen." Haltsuchend lehnte sie sich an den heißen Kotflügel seines Trucks, ohne den Schmutz und das Öl zu beachten, das sich an ihrer Jeans abrieb.

„Nun, wie gesagt, ich finde, es ist an der Zeit, den Jungen kennenzulernen, meinst du nicht?"

„Ich weiß nicht genau, ob das eine so gute Idee ist", sagte sie aufrichtig, und ihr Herz verkrampfte sich vor Angst, Blake könnte ihr Cody nehmen.

Blake zuckte mit keiner Wimper. „Meine Güte, was bist du nur für ein misstrauisches Ding."

„Es ist lange her ... fast sieben Jahre. Cody erinnert sich nicht an dich, nicht wirklich. Jetzt bist du, ganz plötzlich, auf einmal daran interessiert, Vater zu sein. Ich wüsste nur gern, wie es zu diesem Sinneswandel kommt."

„Dafür gibt es keinen besonderen Grund. Vielleicht bin ich einfach die Herumtreiberei leid." Er nahm einen weiteren Zug von seiner Zigarette.

„Also hat es dich hierher zurückgetrieben", fasste Dani zusammen und verengte die Augen ein wenig. „Ich weiß nicht, ob ich dir das glauben kann."

Blake zuckte mit den Schultern. „Ich kann's dir wohl kaum verübeln, schätze ich. Aber mit der Zeit wird jeder erwachsen. Selbst meine Wenigkeit. Meine Güte, Dani, ich bin fünfunddreißig Jahre alt."

„Demnach bist du also den ganzen Weg von – wo auch immer du in Oregon warst – gekommen, nur um deinen Sohn zu sehen?"

„So ungefähr." Er warf seine Zigarette auf den Boden und trat sie mit dem Stiefelabsatz aus. „Das und die Tatsache, dass ich den Job in Molalla verloren habe. Ich dachte, ich sollte vielleicht mal mein Glück hier in Martinville versuchen."

Dani wurde übel bei dem Gedanken. Blake. *Hier.* Und er wollte mit Cody zusammen sein.

„Es heißt, dass es hier viel Arbeit geben wird, wenn Caleb ‚Summer Ridge' in Angriff nimmt."

„Das habe ich auch gehört", bestätigte sie mit einem schiefen Lächeln und versuchte ihre Angst zu verbergen. Sie weigerte sich, vor dem Mann auch nur die geringste Schwäche zu zeigen, dem Mann, der ihr die Seele fast geraubt und sie dann verlassen hatte.

Die Lippen fest zusammengepresst ließ Blake den Blick über die diesig verhangenen Felder schweifen. Schließlich stand er auf und ging grinsend auf Dani zu. „Also, wo ist er?"

„Cody?"

„Jawohl."

„Bei einem Freund", antwortete Dani und fühlte eine ungute Spannung in der Magengegend, die sie warnte, Blake nicht zu trauen.

„Wann kommt er zurück?"

„Ich werde ihn vor dem Abendessen abholen."

„Das übernehme ich", entschied Blake und nickte entschlossen. „Am besten, ich springe gleich mit beiden Füßen ins Wasser."

Dani konnte es kaum fassen. Ganz gleich, welches Spiel Blake da spielte, er hatte vor, das Beste aus seinem Blatt zu machen. „Ich kann mir kaum vorstellen, dass du ihn wirklich sehen willst", rief sie wütend. „Schließlich wolltest du, dass ich abtreibe, als ich schwanger wurde, und drei Jahre später hast uns im Stich gelassen!"

„Ich weiß. Ich weiß", sagte er honigsüß und hob die Hände auf dieselbe herablassende Art, wie er es getan hatte, als sie noch seine Frau war. „Aber kannst du mir nicht glauben, dass ich meine Meinung geändert habe?"

„Das fällt mir schwer."

„Lass mich meinen Jungen abholen, Dani."

Dani schwankte, aber nur für einen Augenblick. „Ich … ich glaube, es ist besser, wenn ich ihn abhole", sagte sie vorsichtig. „Du kannst ihn sehen, wenn er nach Hause kommt."

Blake strich sich mit der Hand übers Kinn und bedachte Dani mit einem geübt verführerischen Blick aus seinen dunklen Augen. „Ist das eine Einladung zum Abendessen?"

Sie biss die Zähne zusammen, um ihm nicht impulsiv zu antworten, sondern musterte den Mann, der einmal ihr Ehemann gewesen war. Blake war in den letzten sieben Jahren älter geworden. Seine Gesichtszüge, die einmal jungenhaft charmant gewesen waren, wirkten nun hager und grau. „Ich glaube, es wäre in Ordnung, wenn du heute Abend hier isst. Cody hat ungeduldig auf deine Rückkehr gewartet."

„Und was ist mit dir, Dani?", fragte er und trat auf sie zu.

„Ich glaube, es wäre wahrscheinlich besser, wenn du gar nicht gekommen wärst."

Er hob eine Hand, um ihr über die Haare zu streichen, die sie aber entschlossen beiseiteschob. „Hast du mich nicht vermisst?"

„Schon lange nicht mehr." Ihre Stimme wurde wieder fester, sicherer.

„Weißt du, es gibt noch immer eine Chance, dass wir uns wieder zusammenraufen", erwiderte Blake, und seine braunen Augen wirkten fast ein wenig traurig. „Ich könnte alles wiedergutmachen."

„Nie und nimmer."

„Du bist dir ganz sicher?"

„So sicher wie seit langem nicht mehr." Den Blick fest auf sein Gesicht gerichtet, reckte sie das Kinn in neu gewonnener Entschlossenheit. „Da du nun aber einmal Codys Vater bist und er dich sehen will, werde ich mich nicht in den Weg stellen. Aber ich sage es dir klipp und klar, Blake: Versuche ja nicht irgendwelche Schwierigkeiten zu machen. Nicht für mich. Nicht für Cody. Wir sind glücklich hier, und wir brauchen dich nicht."

„Ein Junge braucht einen Vater", widersprach er.

Dani verkniff sich die wütende Antwort, die ihr auf der Zunge lag. „Das mag wohl sein. Aber er braucht einen Vater, auf den er sich verlassen kann. Einen Mann, der unter allen Umständen zu ihm steht, und nicht jemanden, der ihn im Alter von kaum zwei Jahren verlässt und dann glaubt, wieder in sein Leben hüpfen zu können, wenn er halb erwachsen ist. Denk darüber nach, Blake. Und bevor du auf irgendwelche Gedanken kommst, die zerstören könnten, was Cody und ich zusammen haben, überlege dir gut, wie es deinen Sohn treffen wird!"

„Ich habe kein Wort davon gesagt, dass ich Schwierigkeiten machen will."

„Gut. Dann versuch dich daran zu erinnern."

„Würdest du dasselbe für mich tun?"

„Nein. Aber für Cody." Sie presste die Lippen zusammen. „Ich werde dir deinen Sohn nicht zurückgeben. Das Recht hast du vor langer Zeit verwirkt, als du, ohne dich auch nur ein einziges Mal umzudrehen, gegangen bist. Aber ich werde Cody das Recht nicht nehmen, seinen Vater zu kennen, es sei denn, du machst irgendetwas, womit ich nicht einverstanden bin."

Blake lächelte anerkennend. „Das klingt fast nach einer Drohung, Dani."

„Es ist eine Drohung."

Er schüttelte den Kopf, als wäre er völlig verblüfft. „Auf jeden Fall hast du dich verändert."

„Dafür hast du gesorgt. Ich habe gelernt, mich auf mich selbst zu verlassen."

„Und dafür hast du meinen Respekt."

„Versuche nicht, mir zu schmeicheln, Blake. Das wird nicht funktionieren. Wenn du Cody sehen willst, komm um halb sieben wieder her. Ansonsten verschwinde aus meinem Leben."

Er trat noch einen Schritt auf sie zu, blickte ihr tief in die Augen und erkannte ihre Entschlossenheit. „Ich wohne bei Bob, aber ich werde zurückkommen", sagte er leise und tippte ihr unten ans Kinn.

Sie riss den Kopf zurück. „Schön", antwortete sie scharf und beobachtete, wie er wieder in seinen Pick-up stieg und davonfuhr.

*H*ey, Mom, stimmt was nicht?", fragte Cody, als sie auf dem Rückweg vom Haus seines Freundes waren.

„Nicht wirklich", log Dani. Sie hielt das Lenkrad mit schwitzenden Händen umklammert und biss die Zähne zusammen, als sie mit dem Pick-up aus Martinville herausfuhr.

Cody zuckte die Achseln und schob nachdenklich die Unterlippe vor. „Du siehst irgendwie besorgt aus."

„Tue ich das nicht immer?", neckte sie ihn, aber der Witz kam nicht an. Sie versuchte seine Stimmung aufzuheitern, indem sie ihm das Haar zerzauste, aber Cody nahm den Kopf zur Seite, um den Kontakt zu vermeiden.

„Nun sag schon, irgendwas nervt dich doch. Das weiß ich genau." Er rutschte in seinem Sitz so weit nach unten, dass er sich mit den Knien am Armaturenbrett abstützen konnte. Seine Mutter ließ er dabei nicht aus den Augen. „Caleb Johnson hat wieder irgendwas angestellt, stimmt's?"

„Nicht dass ich wüsste", seufzte sie. „Also gut, Cody, ich glaube, ich sollte ehrlich zu dir sein."

„Wird aber auch Zeit."

Sie wappnete sich vor dem Gefühlsausbruch ihres Sohnes und sagte: „Ich wollte eigentlich bloß warten, bis wir zu Hause sind, aber du kannst es genauso gut auch jetzt schon hören: Dein Dad ist wieder hier."

Cody rührte keinen Muskel und starrte sie nur mit seinen großen braunen Augen an. „Du hast ihn getroffen? Wann?"

„Vor ein paar Stunden. Er kam zum Haus … und wollte dich sehen. Zum Essen wird er wieder da sein."

„Heute Abend?"

„Heute Abend."

Cody stieß ein derart ohrenbetäubendes Freudengeheul aus, dass jeder Coyote ihn beneidet hätte, klopfte mit der Faust auf den Sitz und grinste von einem Ohr zum andern. „Ich hab's dir doch gesagt, oder etwa nicht? Ich habe dir gesagt, dass er nach Hause kommt."

„Das hast du", gab Dani zu und bog in die Auffahrt ein. Der alte Pick-up hüpfte die Allee hinunter. „Du hast die Hoffnung nicht aufgegeben."

„Das ist Wahnsinn!" Cody strahlte und war kaum in der Lage, still zu sitzen.

Sowie Dani neben dem Haus geparkt hatte, griff Cody nach dem Türgriff und wollte aus dem Truck klettern, aber Dani hielt ihn am Arm fest. „Cody …"

„Ja?" Mit strahlenden Augen sah er sich ungeduldig noch einmal um.

Es war schwer für Dani, die richtigen Worte zu finden, aber ihrem Gesicht war die Besorgnis anzusehen. „Hör zu, ich möchte deine Seifenblase nicht platzen lassen, aber ich will einfach nicht, dass du enttäuscht wirst. Erwarte nicht zu viel von deinem Dad."

Cody entriss ihr seinen Arm und machte eine wegwerfende Handbewegung. „Er ist wieder da, Mom. Das ist alles, worauf es ankommt. Und wenn du nicht so verknallt in Chase McEnroe wärst, würdest du dich auch freuen."

„Chase hat nichts damit zu tun."

„Ja klar!"

„Cody!" Aber der Junge war auf und davon und flitzte quer über den Kies zur Hintertür.

Dani nahm die zwei großen Einkaufstüten mit Lebensmitteln, die sie schnell noch eingekauft hatte, und ging ins Haus. Als sie die Tüten auf dem Tresen abstellte, hörte sie das Wasser in der Dusche rauschen und Codys schrägen Singsang.

„Ich kann nur hoffen, dass ich dem gewachsen bin", dachte sie laut, während sie Fleisch und Gemüse in den Kühlschrank legte. Sie hatte das deutliche Gefühl, dass dieses Essen mit Blake eine Katastrophe werden könnte, räumte jedoch die restlichen Lebensmittel ein und fing an, die Mahlzeit vorzubereiten. Als Erstes warf sie den Grill auf der Gartenveranda an. Als die

Kohle endlich brannte, ging sie wieder ins Haus zurück, stellte fest, dass die Dusche nicht mehr lief, und begann Kräuter für den Salat zu hacken.

Es dauerte keine fünfzehn Minuten, da kam Cody mit glänzend feuchten Haaren wieder nach unten. Er hatte sich ein paar der neuen Sachen angezogen, die sie in Butte gekauft hatten, und strahlte übers ganze Gesicht. „Was kann ich tun, um dir zu helfen?"

„Hier, warum schneidest du nicht das Baguette in Scheiben?" Sie holte tief Luft und fügte hinzu: „Hör mal, ich fand das nicht besonders toll, was du mir da eben gesagt hast."

„Was?"

„Du weißt, wovon ich rede. Versuch einfach, dein Temperament ein bisschen zu zügeln, okay?"

„Okay", erklärte der Junge mürrisch und warf noch einen Blick durchs Fenster, bevor er sich ein Messer nahm und das Brot aufschnitt.

Dani schürzte die Lippen und sah ihren Sohn liebevoll an. „Magst du Chase nicht?"

Cody zuckte mit den Schultern. „Er ist in Ordnung."

„Ich dachte, ihr hättet euch gut verstanden …"

„Ich hab doch gesagt, er ist in Ordnung, oder? Es ist bloß, er ist nicht mein Dad, wenn du verstehst, was ich meine."

„Ich schätze, das tue ich." Sie fühlte einen dumpfen Schmerz im Herzen. Cody würde Chase niemals als Vater oder selbst als Stiefvater akzeptieren, solange Blake in der Nähe war. Und sie ging davon aus, dass Cody – bedauerlicherweise – das Recht dazu hatte.

„Wann wollte er hier sein?"

„Um halb sieben."

„So spät ist es doch schon fast." Cody schaute aus dem Fenster und kniff unwirsch die Augenbrauen zusammen. „Du bist dir sicher, dass du halb sieben gesagt hast?"

„Ich bin mir sicher. Nun mach dir mal keine Sorgen; er hat gesagt, dass er kommt." Während sie eine reife Tomate aus dem

Garten in Scheiben schnitt, versuchte sie ihre eigenen Zweifel, was diesen Abend betraf, zu verdrängen.

„Willst du dir nicht was anderes anziehen oder so?", fragte Cody, während er zwischen Haustür und Küche herumzappelte.

„Nein." Sie fing an, Butter auf die Brote zu streichen.

„Aber du könntest dir doch mal eins von diesen Kleidern anziehen ... du weißt schon, die du immer anziehst, wenn Chase vorbeikommt."

Dani wirbelte herum, um ihren Sohn anzusehen, und als sie die Erwartung in seinen Augen las, musste sie sich auf die Zunge beißen, um ihm nicht ganz genau zu sagen, was sie von seinem Vater hielt. Stattdessen versteckte sie die Hände hinter dem Rücken und hielt sich am Tresen fest. „Sieh mal, Cody, was das angeht ... Ich ziehe mich weder für Chase noch sonst jemanden an. Mir ist klar, für dich ist das wahrscheinlich schwer zu verstehen, und ich weiß auch nicht wirklich, was du dir von heute Abend versprichst, aber du musst wissen, dass es nicht die geringste Chance gibt, dass dein Dad und ich wieder zusammenkommen."

„Das weißt du doch nicht ..."

„Das weiß ich sehr wohl", sagte Dani bestimmt.

„Aber vielleicht bleibt er hier!"

Dani konnte den Schmerz, der sich in Codys hoffnungsvoller Miene abzeichnete, nicht ertragen und blickte zum Fenster hinaus, wo sie Blakes Pick-up gerade in die Einfahrt einbiegen sah. „Dein Vater hat davon gesprochen, dass er bei Onkel Bob wohnt und sich im Ort nach Arbeit umsehen will. Aber das heißt nicht, dass er auch etwas findet. Vor allem heißt das nicht, dass er und ich jemals wieder zusammenkommen. Und ich habe dir bereits gesagt, dass Blake nicht hier bei uns im Haus wohnen kann." Sie wandte sich Cody wieder zu und fügte freundlich, aber aufrichtig hinzu: „Du musst dich mit der Tatsache abfinden, dass es zwischen deinem Dad und mir aus ist."

„Aber du willst ihm nicht mal eine Chance geben …" Cody hörte Blakes Pick-up und brach den Satz ab. Er ging zum Fenster und beobachtete, wie sein Vater aus dem Truck ausstieg, sich streckte und mit dem Hut in der Hand zur Eingangsveranda schlenderte.

Sowie Blake anklopfte, hatte Cody auch schon die Tür aufgerissen. Blake Summers und sein Sohn starrten sich einen Augenblick lang nur gegenseitig an, bevor Blake die Arme ausbreitete und der Junge zu ihm lief und ihn fest umarmte. „Dad", würgte er hervor, und Dani brach es beinahe das Herz.

„Na, sieh dich nur an!", sagte Blake, klopfte Cody auf den Rücken und hielt ihn auf Armeslänge von sich. „Bist du nicht schon erwachsen?"

„Noch nicht ganz", murmelte Cody.

„Oh, da bin ich mir gar nicht so sicher." Als er in die Küche kam, verschwand Dani mit einer Platte roher Steaks auf die Veranda, um das Fleisch zu grillen.

Durch die Fliegengittertür hörte sie die beiden miteinander sprechen, erst langsam, dann schneller. Wie Freunde, die sich lange aus den Augen verloren haben, dachte sie und versuchte sich keine Sorgen zu machen. Cody hatte das Recht, seinen Vater kennenzulernen, das konnte sie ihm nicht verwehren.

„Wie wär's, wenn du deinem alten Herrn mal ein Bier besorgst?", fragte Blake, und kurz darauf drang das zischende Geräusch an Danis Ohr, als eine Dose geöffnet wurde.

Oh Gott, Blake, bitte trink nicht! flehte sie im Stillen. Aus Erfahrung wusste sie, dass Blake und Alkohol nicht zusammenpassten. Mit Alkohol hatte er noch nie umgehen können; wenn er trank, wurde er zuerst freundlich, dann streitlustig und schließlich sogar handgreiflich. Es ist nur ein Bier, beruhigte sie sich, und vielleicht hatte er sich ja auch geändert.

Sie sollte sich mit dem Grillen beeilen, dachte Dani, damit die beiden nicht zu lang allein waren, und wendete die Steaks schneller als gewöhnlich.

Wieder in der Küche, stellte sie fest, dass Blake und Cody im

Wohnzimmer in ein Gespräch über die Aufstellung der Basket-ball-Nationalliga NBA vertieft waren. Das ist ja nun wirklich kein sonderlich gefährliches Thema, dachte Dani erleichtert und mischte den Salat.

„Essen ist fertig!", rief sie über die Schulter. Blake stand auf, streckte sich und nahm seinen früheren Platz am Tisch ein.

„Normalerweise sitzt Cody dort", bemerkte sie.

„Das ist voll okay", beharrte der Junge. „Dad kann sitzen, wo er will."

„Danke, mein Sohn. Und wie wär's mit einem zweiten Bier?"

„Na klar." Cody überschlug sich fast, um zum Kühlschrank zu gelangen und seinen Vater zu bedienen.

Dani war das alles zuwider, aber sie servierte das Essen und lächelte höflich zu Blakes Komplimenten.

Es kostete sie einige Mühe, aber langsam konnte sie ein wenig entspannen, nachdem das Gespräch locker vor sich hin plätscherte und keine sensiblen Themen berührte. Blake schien ernsthaft an Cody interessiert zu sein, und obwohl Dani den Motiven des Mannes noch immer nicht recht traute, freute sie sich zu sehen, wie Cody seinem Vater antwortete. Bald war das Essen verzehrt, und Dani servierte den Nachtisch.

„Apple crisp", schwärmte Cody, als sie den Kuchenteller auf den Tisch stellte. „Mein Lieblingsessen."

„Meins auch", bemerkte Blake und lächelte bedächtig.

Das war ja mal eine Neuigkeit, dachte Dani; Blake hatte für Süßigkeiten nie etwas übriggehabt.

„Weißt du", fuhr Blake fort und sah mit seinen nahezu schwarzen Augen zwischen Sohn und Exfrau hin und her, „deine Mom gehört zu den besten Köchinnen, die ich kenne. Das war ein gutes Essen, Dani. Sehr gut." Er lehnte sich zurück und rieb sich den Bauch, um seine Anerkennung zu bekunden.

Immerhin gelang ihr ein dünnes Lächeln, obwohl sie um Selbstbeherrschung rang. „Danke."

„Ich habe immer gesagt, dass du eine verdammt gute Köchin bist."

Darüber ging sie hinweg. Es gab keinen Grund, sich vor Cody auf eine Auseinandersetzung einzulassen. Ihr Sohn war nicht alt genug, um verstehen zu können, dass Dani das Bedürfnis gehabt hatte, für ihren Mann mehr zu sein als Köchin und Dienstmädchen. „Wie wär's mit einem Kaffee?", fragte sie. Allmählich lagen ihre Nerven blank, und sie hoffte, Blake würde von ihrer Gesellschaft bald genug haben und wieder fahren.

Der aber schüttelte den Kopf. „Das ist mir noch zu früh." Er griff nach seinem Bier und stellte fest, dass seine Dose leer war. „Ich könnte aber noch eins hiervon vertragen."

„Ich glaube fast, wir haben gar keins mehr ..."

„Nein, Mom. Da ist noch eine Dose im Kühlschrank und ein Sechserpack steht auf der Gartenveranda."

„Aber das ist doch ganz warm", protestierte sie.

Blake hob eine Hand und wedelte damit in der Luft herum, bevor er sich lächelnd an Cody wandte. „Kein Grund zur Aufregung. Warum holst du mir nicht einfach die letzte kalte Dose, mein Junge, und stellst den Rest in den Kühlschrank?" Damit lehnte er sich im Stuhl zurück und zündete sich eine Zigarette an, obwohl er genau wusste, wie ungern Dani das sah.

Wie geheißen stand Cody auf, aber Blake hielt ihn am Handgelenk fest und zwinkerte ihm zu. „Danach kannst du mal raus zum Pick-up gehen und unter den Sitz greifen. Ich habe eine Überraschung für dich."

„Ich glaube nicht ...", setzte Dani an, biss sich aber rasch auf die Zunge.

„Super!" Codys Augen leuchteten auf. So schnell wie möglich brachte er Blake sein Bier und rannte zur Haustür.

Als der Junge draußen war, lächelte Blake zufrieden in sich hinein und nickte. Er riss den Verschluss der Aludose ab und sah zu, wie der Bierschaum an der Seite herunterlief, blinzelte, weil ihm der Zigarettenqualm in die Augen stieg, und bedachte Dani mit einem verführerischen Grinsen. „Du hast verdammt gute Arbeit geleistet, Dani. Er ist ein guter Junge."

„Da kann ich dir nicht widersprechen." Sie fing an, den Tisch abzuräumen, und stellte das Geschirr in die Spüle.

„Gott sei gedankt für seine kleinen Gefälligkeiten", bemerkte Blake.

„Was soll das heißen?"

„Das sage ich nur, weil du mich in meiner Sache unterstützt, obwohl du auf einen Kampf brennst."

„Ich glaube, ich bin einfach nicht bereit, dich wieder hier im Ort zu haben", gab sie zu. „Cody und ich sind ohne dich gut klargekommen."

Blake lehnte sich auf dem Stuhl zurück, legte seine Füße, die in Stiefeln steckten, auf Codys Stuhl und sah ihr unter halb geschlossenen Augenlidern bei der Arbeit zu. „Das sehe ich. Es kann nicht leicht gewesen sein, das alles allein zu machen."

Sie hob die Schultern. „So schlimm war es nicht. Wir haben es geschafft. Wie du gesagt hast, er ist ein guter Junge."

Blake rieb sich das Kinn und kippte den Stuhl auf die Hinterbeine. „Das sehe ich. Aber schließlich hat er ja auch eine gute Mutter." Seine Stimme klang warm und weich, beinahe zärtlich, aber anders als früher berührte sie Dani nicht. Genau genommen schafften seine Versuche, den Abstand zwischen ihnen zu überbrücken, nur eine noch größere Distanz. Er drückte die Zigarette im Aschenbecher aus.

„Du musst mir keine Komplimente machen, Blake, aber was ich gerne wissen würde, ist, warum du dich überhaupt plötzlich für Cody interessierst." Sie stellte das Geschirr, das sie gerade in der Hand hielt, neben die Spüle und drehte sich zu ihm um. Der ganze alte Groll, den sie um ihres Sohnes willen unterdrückt hatte, brach nun an die Oberfläche. „Es waren sieben Jahre, verdammt noch mal! Sieben Jahre!"

„Vielleicht geht es mir nicht nur um Cody."

Das war's! Das letzte bisschen Geduld, das sie sich noch bewahrt hatte, verflog und augenblicklich empfand sie nur noch Zorn und Widerwillen. „Davon will ich nichts hören, Blake. Du hattest reichlich Gelegenheit, nach Hause zurückzukommen, damals vor langer Zeit, als wir beide dich vermisst und gebraucht haben. Aber nicht jetzt, nicht mehr ..."

Er stand auf, ging zu ihr und legte eine Hand um ihre Taille. „Entspann dich einfach, Dani, und erinnere dich daran, wie schön es mit uns war."

„Ja, ja, ich erinnere mich allerdings. Ich erinnere mich daran, dass ich dir als Frau nie gereicht habe. Hattest du es nicht selbst so ausgedrückt? Ich erinnere mich daran, dass du nie zu Hause geschlafen hast, dass du Cody nicht haben wolltest, dass du versucht hast, mich dazu zu bewegen, mein Land zu verkaufen, als meine Mutter krank war, nur um deine verdammten Spielschulden zu bezahlen! Wenn du auch nur eine Minute lang geglaubt hast, du könntest mir weismachen, dass du dich geändert hättest, wirst du eine Überraschung erleben!"

Sie trat von ihm weg, und auch wenn er noch versuchte sie zu festzuhalten, ihr eiskalter Blick und das stolz erhobene Haupt überzeugten ihn, dass sie jedes Wort ernst meinte.

„Ich ertrage dich nur, weil ich denke, dass Cody ein Recht darauf hat, seinen Vater kennenzulernen!"

Draußen brach ein Freudengeheul los, und Cody kam ins Haus gerannt mit einem brandneuen .22-Gewehr in der Hand. „Hey, Mom, sieh mal. Dad hat mir eine Waffe gekauft!"

„Was!", rief sie entsetzt.

„Das ist nur eine kleine .22", erklärte Blake.

Die Wut, die sie gerade noch empfunden hatte, war nichts im Vergleich zu dem Zorn, der sie jetzt packte. „Du kannst die Waffe nicht behalten", sagte sie bebend, sah erst Cody an und dann Blake. „Tickst du noch sauber? Du kannst einem neunjährigen Jungen doch kein Gewehr schenken!"

„Das ist kein Gewehr, nur eine kleine Flinte. In seinem Alter hatte ich selbst so eine."

Cody war das Lachen vergangen und zu seiner Verlegenheit traten ihm die Tränen in die Augen. Hastig wischte er sie weg. „Komm schon, Mom, viele Kids haben so eine."

„Und du bist nicht ‚viele Kids'. Du weißt, was ich von Waffen halte. Sie bedeuten eine große Verantwortung."

„Er kann damit umgehen", meinte Blake.

„Woher willst du das wissen? Den größten Teil seines Lebens warst du nicht einmal da! Wie willst du also nach gerade mal einer Stunde beurteilen können, ob er mit einer .22 umgehen kann, Herrgott noch mal!"

„Dani …"

Aber sie konnte nicht mehr klar denken. Sie wusste nur eins, dass nämlich Blake, ob nun absichtlich oder nicht, auf dem besten Weg war, ihre Beziehung zu ihrem Sohn zu ruinieren. „Ich denke, du solltest lieber gehen, Blake. Es ist spät."

„Mom, nein!", heulte Cody und sah fieberhaft zwischen seinen Eltern hin und her. „Es ist gerade erst acht. Dad, bitte bleib hier …" Mit rot geränderten Augen starrte er seine Mutter an. Es war ein inständiges stilles Flehen, ihre Meinung zu ändern.

Am liebsten wäre Dani auf der Stelle gestorben, aber auch wenn sie innerlich zitterte, sie ignorierte Codys verzweifelten Blick und fügte an Blake gewandt leise hinzu: „Und nimm dieses verdammte Ding mit, wenn du gehst." Sie nahm Cody die Waffe ab und drückte sie Blake in die Hand.

„Das kannst du nicht …", protestierte Cody, dem nun die Tränen übers Gesicht strömten.

„Vielleicht, wenn du älter bist", sagte sie und berührte die Schulter ihres Sohnes, der zurückzuckte, als hätte sie ihn gebissen.

Blake sah aus, als wäre sein Gesicht zu Granit versteinert. „Vielleicht habe ich dich vorschnell beurteilt, Dani", sagte er wütend. „Sieht ganz so aus, als wärst du letztendlich doch keine so gute Mutter."

„Geh einfach, Blake." Sie sprach durch zusammengebissene Zähne. „Geh, bevor wir etwas sagen, was wir beide bedauern werden und unser Sohn unmöglich verstehen kann."

„Ich glaube, dafür hast du bereits gesorgt!", erwiderte er. Stinksauer nahm er die Waffe, bedachte seinen Sohn mit ein paar tröstenden Worten und ging hinaus in die Nacht. Bitterlich weinend und schluchzend stand Cody an der Fliegengittertür und sah ihm nach.

„Cody, es tut mir leid, dass …"

„Nein, das stimmt nicht!", widersprach der Junge und schrie sie an: „Du bist doch froh, dass er weg ist! Du hast ihn vertrieben! Schon wieder! Du wolltest ihn nicht hier haben, und du hast nicht geglaubt, dass er zurückkommt. Und jetzt, wo er das doch getan hat, hast du ihn weggeschickt!" Schniefend fuhr er sich mit der Hand unter der Nase entlang und starrte dabei seine Mutter wütend an. „Ich hasse dich! Ich wünschte, ich würde bei Dad wohnen!" Damit stapfte er die Treppe hinauf und schlug die Tür so fest hinter sich zu, dass die Fensterscheiben klirrten.

„Oh, lieber Gott", flüsterte Dani und hielt sich am Handlauf des Treppengeländers fest. Codys Schuss hatte ins Schwarze getroffen, und Dani fühlte, wie ihr Herz in tausend Stücke zersprang. Sie hatte es fertiggebracht, genau das zu tun, was sie unter allen Umständen vermeiden wollte. Unversehens hatte sie Cody von sich gestoßen.

Sie folgte ihm die Treppe hinauf, blieb vor Codys Zimmer stehen und klopfte leise an seine Tür.

„Geh weg."

„Ich glaube, wir müssen miteinander reden."

„Nein!"

Sie schob die Tür einen Spalt weit auf. Cody lag im Halbdunkeln auf dem Bett und hatte ihr den Rücken zugewandt. „Junge …"

„Lass mich in Ruhe!"

„Also gut", gab sie nach und musste mit den eigenen Tränen kämpfen. „Aber morgen früh werden wir miteinander reden, und ich möchte, dass du eins weißt."

Keine Antwort. Abgesehen vom Auf und Ab der Atembewegungen in Schultern und Rücken rührte er sich nicht.

„Ich habe dich lieb, Cody, und wenn ich so etwas tue, dann nur, um dich zu beschützen und dir dabei zu helfen, groß zu werden und ein verantwortungsbewusster Mensch zu sein. Glaube mir, manchmal ist es schwerer für mich, dir etwas zu verbieten, als es dir zu erlauben."

„Ja klar. Du wolltest nur nicht, dass ich etwas habe, was mir mein Dad, *mein Dad*, geschenkt hat!"

„Nein, Cody ..."

Plötzlich setzte er sich auf und wandte ihr sein rot verheultes Gesicht zu. „Du hast gesagt, du willst mich in Ruhe lassen!"

Leise schloss sie die Tür hinter sich und ging wieder nach unten ins Wohnzimmer. Sie sah die leeren Bierdosen auf dem Herd, das schmutzige Geschirr in der Spüle und erkannte, dass ihr Leben niemals wieder so sein würde wie bisher. Blake war nach Martinville zurückgekehrt, und aus irgendeinem Grund, den nur er kannte, wollte er bei seinem Sohn etwas wiedergutmachen. Vielleicht war sie zu misstrauisch, vielleicht sollte sie Blake für bare Münze nehmen und ihm einfach glauben, dass er endlich erwachsen geworden war und seinen Teil der Verantwortung für ihren Sohn übernehmen wollte ...

Kaltes Grauen erfasste sie. In wilder Verzweiflung erkannte sie, dass es bereits angefangen hatte. Kaum war Blake zurück, schaffte er es, den Riss zwischen ihr und Cody zu vergrößern.

„Das kann ich nicht zulassen", sagte sie sich, nahm die Bierdosen und warf sie in den Plastiksack auf der Gartenveranda. „Niemand wird sich zwischen mich und mein Kind stellen!"

Es war unmöglich für Dani, einen klaren Gedanken zu fassen. Ihre ganze Welt war aus dem Gleichgewicht geraten. „Wenn sie uns doch nur in Ruhe ließen", dachte sie und meinte Blake und Caleb.

Sie ging die zwei Stufen in den Garten hinunter, sah den Hügel hinauf zu Johnsons Farm und wünschte sich, Chase wäre bei ihr. Wo mochte er jetzt sein, und wann kam er endlich zurück? Wenn er hier wäre, würde alles besser aussehen ... sehr viel besser.

Am nächsten Morgen hatte Dani bereits den Garten gesprengt, das Vieh und die Pferde gefüttert, geduscht, sich saubere Sachen angezogen und angefangen, das Frühstück zu machen, als sie endlich oben in Codys Zimmer ein Rascheln hörte. Ein paar Minuten später kam er barfuß die Treppe herunter und stopfte sich noch das Hemd in die Hose, als er in die Küche kam und seine Mutter vorsichtig beäugte.

„Geht es dir etwas besser?", fragte Dani.

Cody gab ihr keine Antwort, setzte sich an den Tisch und machte sich nicht einmal die Mühe, den Kopf zu heben, als Dani einen Stapel Waffeln und zwei Scheiben Schinken auf einen Teller legte und das warme Frühstück vor ihn hinstellte.

„Ich denke, wir sollten miteinander reden."

„Keinen Bock", erwiderte er mürrisch, verteilte Marmelade auf seinen Waffeln und nahm sie hungrig in Angriff.

Viel zu nervös, um selbst etwas zu essen, setzte Dani sich ihrem Sohn gegenüber an den Tisch und nahm ihre heiße Tasse Kaffee in beide Hände. Seinem jungen Gesicht war anzusehen, wie verunsichert er war, und sie wünschte sich, sie könnte ihm das Erwachsenwerden leichter machen. „Nur, weil ich dir nicht erlaube, alles zu bekommen, was du dir wünschst, heißt das nicht, dass ich dich nicht lieb habe", erklärte sie. Als Cody nicht antwortete, lehnte sie sich auf dem Stuhl zurück und blies über ihren Kaffee. „Du hast mir sehr wehgetan mit dem, was du mir gestern Abend gesagt hast."

Cody ignorierte sie und fuhr fort, in mürrischem Schweigen sein Frühstück zu verzehren.

„Ich konnte kaum schlafen."

„Dann sind wir schon mal zwei", gestand er.

„Ob du es glaubst oder nicht, ich will mich nicht zwischen dich und deinen Vater stellen …"

„Und warum hast du mir dann nicht erlaubt, die .22 zu behalten?" Cody ließ die Gabel fallen und durchbohrte sie mit einem wütenden Blick. „Du wolltest nur nicht, dass Dad mir etwas schenkt."

„Nein … ich wollte nicht, dass dein Dad dir etwas schenkt, wozu du noch nicht bereit bist. Eine .22 ist immer noch ein Gewehr, Cody. Eine Waffe. Sie ist gefährlich."

„Ich würde damit doch nur auf Kaninchen und Vögel …"

„Das ist also etwas, was du gern tun würdest? Jagen gehen?"

„Warum nicht?"

„Bisher hast du nie das geringste Interesse daran erkennen lassen."

Cody presste die Lippen aufeinander. „Vielleicht, weil du mich immer wie ein Baby behandelst?"

„Und eine .22 macht dich zum Mann?"

„Ich will einfach nicht behandelt werden wie ein kleines Kind."

„Das stimmt doch nicht. Du hast deine Aufgaben hier, und du wirst dafür bezahlt. Ich finde, du bist ein sehr erwachsener Neunjähriger."

„Dann …"

„Aber Waffen sind etwas für Erwachsene. Und Punkt."

Trotzig schob Cody das Kinn vor und verschränkte die Arme vor der Brust. „Meinst du nicht, dass mein Vater auch noch was dazu sagen kann?"

„Nicht, nachdem er sieben Jahre lang weg war." Traurig lächelte Dani ihren Sohn an und fügte hinzu: „Ich will dich damit nicht am Erwachsenwerden hindern, verstehst du, ich will nur dafür sorgen, dass es immer schön einen Schritt nach dem anderen geschieht."

Cody begriff, dass sie ihre Meinung nicht ändern würde, und versuchte tapfer, seine Tränen zurückzuhalten.

„Ich weiß, du hast deinen Dad vermisst, und ich hoffe, dass ihr beide die verlorene Zeit wieder aufholen könnt." Sie fragte sich, ob sie selbst glaubte, was sie da sagte. „Aber ich bin für dich verantwortlich, und ich muss das tun, was aus meiner Sicht das Beste für dich ist."

„Selbst wenn Dad anderer Meinung ist?"

„Ja."

Er starrte auf die restlichen Waffeln und schob sie beiseite. „Würdest du mich bei Dad wohnen lassen?", fragte er plötzlich.

Die Worte ihres Sohnes trafen sie wie ein Schlag in die Magengrube, aber Dani versuchte, das nicht zu zeigen. Obwohl sie sich ein Leben ohne Cody gar nicht vorstellen konnte, gelang es ihr, seinem fragenden Blick ruhig zu begegnen. „Das glaube ich nicht", antwortete sie aufrichtig. „Oh, ich schätze, wenn du wirklich ganz unglücklich bei mir wärst und ich glauben würde, dass Blake als Vater einen besseren Job machen würde als ich, könnte ich vielleicht zustimmen, dass du bei ihm lebst. Aber ich finde, es ist ein bisschen zu früh, eine solche Entscheidung zu treffen, meinst du nicht?"

„Weiß nicht." Der Ärger in seiner Stimme war nicht zu überhören.

„Nun, es gibt etwas, worüber du besser mal nachdenken solltest."

„Was denn?"

„Ich lasse mich nicht bedrohen. Und ich werde nicht zulassen, dass du mich gegen deinen Vater ausspielst."

„Was meinst du damit?"

„Genau das, was ich sage. Solange du bei mir bist – und ich hoffe, das wird noch sehr lange der Fall sein –, werden wir die Dinge auf meine Art regeln."

„Und ich habe nix zu sagen."

Lachend schüttelte sie den Kopf. „Du weißt genau, dass ich dir immer zuhöre, oder etwa nicht?"

Cody zuckte mit den Schultern.

„Natürlich weißt du das. Und wir wollen uns doch beide nicht mehr länger streiten. Also lassen wir es vorerst auf sich beruhen. Heute Morgen habe ich den Tieren schon Futter und Wasser gegeben. Ich dachte, du hättest vielleicht gern diesen letzten Tag frei, um zu tun, wozu du Lust hast. Morgen geht die Schule wieder los."

„Erinnere mich nicht daran", stöhnte er, nahm den Teller und trug ihn zur Spüle.

„Wenn du willst, kann Shane gerne rauskommen oder vielleicht auch einer deiner anderen Freunde."

„Danke, Mom." Verstand er womöglich, dass sie versuchte, die Unstimmigkeiten auszubügeln, dachte Dani hoffnungsvoll. „Aber ich glaube nicht. Dad hat gesagt, er kommt vorbei. Vielleicht können wir angeln gehen oder so etwas."

„Vielleicht." Dani atmete tief durch, um ruhig zu bleiben. Der Junge hatte das Recht, mit seinem Vater zusammen zu sein.

„Wirst du nicht wieder wütend werden?"

„Nein, solange er nicht noch einmal versucht, dir diese Waffe zu geben."

„Gut." Cody ging nach draußen, und Dani trank ihren Kaffee aus.

Wenige Minuten später – sie hatte gerade angefangen Wäsche auf die Leine zu hängen – hörte sie ein Motorengeräusch auf der Zufahrt. Sie wappnete sich vor einer weiteren Konfrontation mit Blake und steckte noch rasch eine Wäscheklammer auf die letzte Ecke des Bettlakens, als es auch schon an der Haustür klopfte. Sie lief ins Haus und erkannte Chase' Jeep durchs Fenster.

Gott sei Dank!

Mit wild klopfendem Herzen riss sie die Tür auf und warf sich ihm in die Arme. „Gott sei Dank, du bist wieder da", flüsterte sie, hielt sich an ihm fest und verlor sich in seinem Duft und dem Gefühl von Sicherheit in seiner Umarmung.

Chase grinste. „Mit einem solchen Empfang hatte ich nun wirklich nicht gerechnet, Lady." Er schloss die Arme fest um ihre Taille und legte seinen Kopf auf ihren. „Das war eine grauenhafte Woche, und ich bin froh, wieder hier zu sein." Mit dem Zeigefinger hob er ihr Kinn an und bemerkte den gequälten Blick ihrer Augen. „Was ist passiert?"

„Passiert?"

„Ja, irgendetwas muss vorgefallen sein." Misstrauisch musterte er Dani. „Was hat Caleb sich diesmal einfallen lassen?"

„Nichts ... es hat nichts mit ihm zu tun." Sie befreite sich aus seiner Umarmung und rieb sich die Arme, als wäre ihr plötzlich kalt.

„Das kann ich kaum glauben."

„Codys Vater ist gestern zurückgekehrt."

„*Was!*"

„Genau das war auch meine Reaktion", flüsterte sie.

Chase blieb reglos stehen. „Und?", drängte er.

Dani atmete tief ein und stieß dann langsam die Luft aus. „Und er war gestern Abend zum Essen hier."

Mit versteinerter Miene, die Augen zu Schlitzen verengt, ging Chase zum Kamin, lehnte sich an den Sims und sah sie an. „Einfach so ... ganz plötzlich?"

„Nein. Er hatte zwei Briefe geschrieben und hat Cody einmal angerufen ... Ich kann einfach nicht fassen, dass er hier ist."

„Geht mir genauso", murmelte Chase. „Seltsam, findest du nicht?"

„Was meinst du?"

„Wie lange war er jetzt weg? Sechs Jahre?"

„Sieben."

„Und ausgerechnet jetzt, wo die Sache mit Johnson allmählich hochkocht und ich nicht hier bin, da taucht er auf." Chase ging vor dem Kamin auf und ab und rieb sich den Nacken, während seine Verdachtsmomente Gestalt annahmen. „Dieser Mistkerl", murmelte er vor sich hin und ballte die Fäuste.

„Er hat etwas davon erwähnt, dass er irgendeinen Job verloren hat, dass er Cody kennenlernen wollte ..."

Chase drehte den Kopf und sah sie an. „Du glaubst ihm?"

Seufzend sank Dani auf eine Armlehne der Couch. „Ich weiß nicht, was ich glauben soll. Alles, was ich weiß, ist, dass ich ihn hier nicht haben will. Aber Cody. Also ... habe ich ihm gestern erlaubt herzukommen, nur gestern Abend. Alles lief so weit ganz gut, bis Blake nach dem Essen versucht hat, Cody eine Waffe zu schenken – eine .22. Und das habe ich nicht zugelassen. Wir haben gestritten, und schließlich habe ich Blake aufgefordert, zu gehen und die Waffe mitzunehmen."

„Und das hat Cody nicht gefallen."

„Nein. Er hat geschrien und mir an den Kopf geworfen, er würde mich hassen. Er hat gesagt, er will bei seinem Vater leben ..." Die Stimme versagte ihr, und sie musste tief durchatmen, um die Beherrschung nicht zu verlieren. „Ich ... Ich habe mich zwar nicht erweichen lassen, aber ..."

„Du hast Angst, du könntest ihn verlieren", vermutete Chase, stellte sich hinter sie und legte ihr die Hände auf die Schultern. Selbst in dieser abgewandten Haltung nahm ihr die sanfte Berührung ein wenig von der großen Angst, die sie fast erdrückte. Er streichelte ihren Nacken, und seine Kraft übertrug sich auf ihren Körper.

„Ich wünschte nur, Blake wäre nie zurückgekehrt", sagte sie bitter, ballte die Hände zu Fäusten und presste sie an die Lippen.

„Vielleicht ist es sogar besser so." Chase sprach ihr Mut zu und kämpfte gleichzeitig darum, seine eigenen verrückten Gefühle von Eifersucht nicht aufkommen zu lassen. „Cody muss ihn kennenlernen. Er muss sehen, was für ein Mann sein Vater ist."

„Wenn ich doch nur nicht so ... ausgeflippt wäre."

„Schschsch. Mach dir keine Vorwürfe, weil du getan hast, was du für richtig hältst." Chase nahm sie zart an den Schultern und drehte sie zu sich um. Dann zog er Dani hoch und schloss sie so fest in die Arme, dass ihr ganzer Körper sich an seinen schmiegte. „Er wird weder dich und Cody noch uns beide auseinanderbringen."

Sie spürte seinen Herzschlag und genoss das Gefühl von Sicherheit, das sein fester, starker Körper ausstrahlte, schlang die Arme um seinen Hals und seufzte zufrieden, als er ihr einen Kuss auf den Kopf gab. „Ich bin nur froh, dass du wieder da bist."

„Mom?" Cody trat durch die Fliegengittertür und hielt mitten in der Bewegung inne, als er seine Mutter und Chase sah. „Oh nein", wisperte er und wich rückwärts aus dem Zimmer, wobei er Dani mit vorwurfsvollen Augen anstarrte.

Dani entzog sich der Umarmung und folgte ihrem Sohn auf die Veranda. „Was wolltest du?"

„Vergiss es", grummelte er.

„Cody …"

„Er ist der Grund, weshalb du Dad nicht hier haben willst, das stimmt doch?" Er warf den Kopf in Richtung Haus. Im selben Moment kam Chase heraus.

„Natürlich nicht …"

„Warum gehst du nicht einfach wieder, Mister?" Hasserfüllt sah Cody zu Chase hoch. „Warum gehst du nicht einfach wieder rüber zu Caleb Johnson, wo du hingehörst, anstatt sich mit mir anzufreunden und sich an meine Mom ranzumachen? Oder noch besser – warum gehst du nicht einfach wieder nach Idaho oder wo du herkommst?"

„Cody!"

Aber Cody wollte nichts mehr hören. Stattdessen sprang er auf sein Mountainbike, war im Nu um die Hausecke verschwunden und raste, so schnell er konnte, die Allee hinunter.

Dani wollte ihm nachlaufen, aber nach einigen Metern hielt Chase sie am Arm fest. „Lass ihn."

„Das kann ich nicht."

„Er muss etwas Dampf ablassen und sich auf seine Weise über alles klar werden. Gib ihm Zeit, sich abzukühlen. Er wird zurückkommen."

Im Grunde ihres Herzens wusste Dani, dass er recht hatte, und trotzdem schaute sie verzweifelt ihrem Sohn nach, dessen Silhouette immer kleiner wurde und schließlich ganz verschwand. „Es ist so verdammt schwer loszulassen."

„Ich weiß. Komm. Lass uns ins Haus gehen. Ich geb dir einen Kaffee aus."

„Ich glaube nicht, dass ich etwas essen oder trinken kann."

„Versuch's einfach. Mir zuliebe."

In der Küche kochte Chase Kaffee, goss zwei Tassen für sie beide ein, und als Dani sie nach draußen trug, folgte er mit der roten Kanne aus Emaille.

Im Schatten des Apfelbaums sahen sie schweigend zu, wie die Bettwäsche sich in der leichten Morgenbrise bauschte.

„Geht es dir besser?", fragte Chase.

„Ein bisschen", antwortete sie, verbesserte sich jedoch gleich: „Nein, sehr viel besser."

„Das dachte ich mir. Wenigstens hatte ich es gehofft."

Die Sonne wärmte ihren Körper, während der leichte Wind ihre Haut kühlte. Und Chase vermittelte Dani ein Gefühl von Frieden und Zufriedenheit, das sie in den letzten Tagen so vermisst hatte. Wenn nur Cody da wäre, um an dieser herrlichen Ruhe teilzuhaben, wäre das Leben perfekt.

„Er wird zurückkommen", flüsterte Chase leise.

„Bist du dir sicher?" Sorgenvoll bewegte sie den Kopf hin und her.

„Versprochen." Er streckte den Arm aus, streichelte ihre Wange und spielte mit den Strähnen ihrer weichen honigbraunen Haare.

„Ich könnte dir fast alles glauben." Bei ihrem Lächeln bildeten sich die schönen Grübchen, die Chase so mochte.

„Das klingt vielversprechend. Hör mal!" Über dem Summen der Insekten und dem Rascheln der Blätter über ihren Köpfen hatte das Motorengeräusch eines Pick-ups, der in die Zufahrt einbog, Chase' Aufmerksamkeit geweckt. „Ich wette, Cody ist irgendeinem Freund begegnet, der ihn nach Hause bringt."

„Hoffentlich." Dani stand auf und lief erwartungsvoll vors Haus, wo sie sogleich auf den Boden der Tatsachen zurückgeholt wurde.

Blake.

„Oh, Gott", flüsterte sie mit zugeschnürter Kehle. Codys Bike stand auf der Ladefläche des Pick-ups, und der Junge saß bei seinem Vater in der Fahrerkabine, während Blake den Wagen die zweispurige Allee herauflenkte.

„Wenn ich richtig sehe, ist Cody bei seinem Vater." Chase griff nach seinem Hut und setzte ihn auf.

„Du siehst richtig."

„Willst du, dass ich gehe?", fragte Chase, obwohl er nicht die geringste Absicht hatte, etwas Derartiges zu tun.

„Nein ... es ist in Ordnung."

„Gut." Seine gemeißelt schönen Lippen zeugten von Entschlossenheit, als Chase sich an einen Zaunpfosten lehnte, die Arme vor der Brust verschränkte und die Fußgelenke kreuzte.

„Morgen", grüßte Blake und schwang sich aus der Kabine seines Trucks.

Chase reagierte darauf, indem er kurz an den Rand seines Stetsons tippte. Der Hut überschattete seine Augen und gab ihm die Möglichkeit, sich Blake Summers einmal genau anzusehen. Auf der Stelle empfand er eine Abneigung gegen den Mann, aber mit Rücksicht auf den Jungen sagte er nichts, sondern hob es sich für später auf, wenn Cody nicht dabei sein würde. Doch das kostete ihn einige Anstrengung, und unter der Spannung begannen seine Muskeln zu schmerzen.

„Ich ... ich hatte dich nicht so früh zurückerwartet", sagte Dani und schaute nervös von Blake zu Chase und wieder zurück.

„Ich habe meinen Sohn aufgegabelt, als er wie ein Wilder in den Ort gerast ist, und dachte, ich finde mal lieber heraus, warum."

Bei Chase zuckte ein Kiefermuskel, aber er rührte sich nicht von seinem Zaunpfosten, ganz so, als wollte er sich aus einem Familienstreit heraushalten.

„Das war ein kleines Missverständnis."

„Nach allem, was ich gehört habe, war es ein großes."

„Es war ein Missverständnis, Blake." Besorgt richtete Dani den Blick auf Cody. „Cody, alles in Ordnung mit dir?"

Der Junge zuckte mit den Schultern und starrte sie völlig respektlos an. „Nehm ich an."

„Du weißt, dass ich nicht gerne mit dir streite."

„Und warum ist der dann noch hier?", fragte Cody und wies auf Chase.

Chase schob den Hut nach oben und richtete sich auf. Er ging zu Dani und stellte sich Blake vor. Als Antwort erhielt er ein schmallippiges Nicken.

„Chase ist hier, weil ich will, dass er hier ist", sagte Dani und merkte, wie ihr das Blut ins Gesicht schoss.

„Genau wie Dad hier ist, weil ich will, dass er hier ist", konterte Cody. Er trat einen Schritt näher zu Blake, während er Chase weiterhin böse anfunkelte.

„Der Junge und ich wollen angeln gehen. Er sagt, er hat ein richtig gutes Loch über der südlichen Gabelung." Blake warf einen Blick auf Chase und wandte sich wieder an Dani. „Also, wenn du nichts dagegen hast …"

„Ich habe nichts dagegen, solange ihr auf unserem Land bleibt."

Eifrig griff Cody nach dem Arm seines Vaters und zog ihn hinters Haus. „Komm mit, Dad, du wirst begeistert sein!"

„Da bin ich mir sicher." Blake musterte Dani abwägend, als er an ihr vorbeiging. Sein Lächeln wirkte nicht echt, sondern maskenhaft. Er hatte sich nicht rasiert und unter seinen geröteten Augen lagen Tränensäcke.

Dieser Anblick war für Dani fast unerträglich. In diesem Zustand – verkatert und griesgrämig nach einem ausgedehnten nächtlichen Saufgelage – hatte sie Blake schon öfter gesehen.

„Warum ist er bloß zurückgekommen?", fragte sie Chase, nachdem Blake und Cody außer Hörweite waren.

„Deine Vermutungen sind so gut wie meine", sagte Chase, der sich nachdenklich das Kinn rieb, während auch er den beiden nachsah, die gerade an der Scheune vorbeigingen. „Vielleicht fühlt er sich auf einmal sterblich und braucht die Sicherheit, seinen Sohn zu kennen."

„Und vielleicht führt er nichts Gutes im Schilde", äußerte Dani ihre Befürchtungen.

„Wir werden sehen."

„Das ist genau das, wovor ich Angst habe. Ich hoffe nur, er wird Cody nicht verletzen."

„Du glaubst also wirklich nicht, dass Blake nur hier ist, weil er seinen Sohn liebt?"

„Ich glaube nicht, dass Blake Summers überhaupt fähig ist zu lieben", erklärte sie mit Bestimmtheit. Unterdessen wateten Blake, Cody und Runt durch den Bach und liefen querfeldein, bis sie im Dickicht aus Unterholz und Kiefern in den Gebirgsausläufern verschwunden waren.

lake und Cody waren schon eine ganze Weile gegangen, da bemerkte Chase, dass die Sorgenfalten
auf Danis Stirn noch immer nicht verschwunden
waren. „Vielleicht sagst du mir mal lieber, ob du willst, dass
ich bleibe", schlug er vor.

„Was soll das heißen?" Endlich richtete sie ihre Aufmerksamkeit auf ihn.

Er stand unter dem Apfelbaum, streckte sich und pflückte
einen Apfel, der einen Hauch von Rot über dem Grün erkennen ließ, warf ihn in die Luft und fing ihn geschickt wieder
auf. „Nur, dass ich nicht stören will. Ich will nicht noch mehr
Probleme zwischen dir und Cody verursachen."

„Das tust du nicht."

„Ich habe gehört, was er gesagt hat."

„Ich weiß, aber er war wütend auf mich, nicht auf dich. Anscheinend begreift er nicht, dass das, was Blake und mich einmal
verbunden hat, Vergangenheit ist. Seiner Meinung nach sollten
wir das irgendwie wiederbeleben."

Chase schob die Hände tief in die Taschen. „Und was glaubst
du?"

„Ganz ehrlich?"

Er nickte und zog die Mundwinkel leicht nach unten. „Ganz
ehrlich."

„Ich wünschte, er wäre nie zurückgekommen und würde
uns einfach in Ruhe lassen."

„Nun, sobald es für ihn nicht mehr ganz so neu ist, seinen
Dad in der Nähe zu haben, wird Cody sich vielleicht auch nicht
mehr ganz so schnell auf Blakes Seite schlagen. Im Moment
sieht es so aus, als wäre Blake wegen des Jungen zurückgekommen, und das macht ihn in Codys Augen zum Helden. Aber
du warst immer für ihn da. Cody ist ein kluger Junge. Er wird
wieder zu sich kommen."

„Das bezweifle ich." Dani ging wieder aufs Haus zu. „Aber

ich nehme an, es bringt nichts, sich den Kopf darüber zu zerbrechen. Blake ist wieder da, und damit hat sich's. Ich werde einfach lernen müssen, damit umzugehen."

Chase grinste. „Das ist die richtige Einstellung." Er warf ihr den Apfel zu, und sie fing ihn auf. Lächelnd biss sie in den noch sauren Gravensteiner und verzog das Gesicht. „Ich glaube, damit warst du ein bisschen voreilig." Sie öffnete die Fliegengittertür und hielt sie auf, bis Chase eingetreten war.

„Du meinst den Apfel?"

„Ich weiß nicht, ich habe das Gefühl, du bist in allem etwas voreilig. Immer stürzt du dich gleich kopfüber ins Wasser."

„Manchmal ja."

Sie zog die Decke auf der Rückenlehne der Couch glatt, bevor sie in die Küche ging. „Kann ich dir etwas anbieten? Kaffee? Tee? Oder …" Sie öffnete den Kühlschrank und sah hinein, „… hm, wir haben noch etwas Orangensaft, einen halben Krug Limonade und ein paar Dosen Bier, die Blake nicht gefunden hat."

„Kaffee wäre gut." Er ging in die Küche und lehnte sich mit der Schulter an den Bogen, der die Räume voneinander trennte, und sah ihr zu, wie sie nervös die heiße Flüssigkeit in schwere Keramikbecher füllte. „Versuch doch, zu entspannen."

„Das ist leichter gesagt als getan."

„Na schön! Dann muss ich wohl annehmen, du willst auch gar nicht hören, was ich herausgefunden habe, als ich weg war."

Sie warf ihm einen Blick über die Schulter zu, sah seine grimmige Miene und machte sich auf das Schlimmste gefasst. „Noch mehr schlechte Neuigkeiten?"

„Ich fürchte, ja."

„Das kann ja heiter werden." Dani seufzte, rang sich dann aber ein schwaches Lächeln ab. „Nur heraus damit, und rede Klartext."

„Wie es aussieht, hat Caleb die Tonne Dioxin absichtlich im Bach platziert."

„Das hat er zugegeben?"

„Nein, aber ich konnte mit dem Mann sprechen, der für ihn die Schmutzarbeit erledigt hat, ein gewisser Larry Cross. Kurz nachdem Johnson diesen Cross damit beauftragt hatte, Löcher in den Deckel zu bohren und die Tonne im Bachbett zu vergraben, hat Caleb ihm seine Papiere ausgehändigt … und obendrein eine ganz beachtliche Geldsumme, damit er schweigt."

„Und warum hat er dann mit dir gesprochen?"

„Johnsons Geld hielt nicht lange vor. Und der Mann hatte nichts dagegen, ein paar zusätzliche Dollars bei dem Deal zu machen."

„Also hast du ihn bestochen?"

„Ich habe ihn für eine Information bezahlt."

„Das läuft doch auf dasselbe hinaus." Sie musste sich gewaltig zusammennehmen, damit die Niedergeschlagenheit, die von ihr Besitz ergreifen wollte, nicht die Überhand bekam. „Ein Unglück kommt selten allein", sagte sie nachdenklich und trank einen Schluck aus ihrer Tasse. „Und es heißt auch, dass Schwierigkeiten immer im Dreierpack kommen."

„Das muss ja nicht stimmen."

„Ich weiß nicht. Zuerst sucht Blake den Kontakt mit Cody, dann gibt es auf einmal einen Beweis, dass Caleb tatsächlich so tief gesunken ist und nahezu alles tun würde, um mich zu zwingen, ihm meine Farm zu verkaufen, und dann …" Sie brach den Satz ab, als würde der Gedanke von selbst verschwinden, wenn sie ihn nicht aussprach.

„Was dann?", fragte Chase, durchquerte das Zimmer, drehte einen Stuhl um und setzte sich rittlings darauf.

„Nun ja, eigentlich nichts." Sie bekam feuchte Hände.

„Irgendetwas stimmt doch nicht."

„Vielleicht …"

„Warum sagst du es mir nicht?"

Warum nicht? dachte sie. Es gab keinen besseren Zeitpunkt als jetzt, um die Dinge auf den Tisch zu legen. „Vor ein paar Tagen war ich mit Cody im Supermarkt und habe ein Gerücht gehört. Es ging um einen von Calebs Männern."

„Das überrascht mich nicht", bemerkte Chase und studierte die Sommersprossen auf ihrer Nase. „Was ist mit ihm?"

„Ich bin mir nicht wirklich sicher. Aber Jenna Peterson soll wegen ihm ziemlich außer sich sein. Angeblich vertraut sie ihm nicht."

„Wie heißt er denn?"

„Ich … weiß es nicht. Sie hat es nicht gesagt. Aber es ist irgendein neuer Kerl, der für Caleb arbeitet."

„Vielleicht hat er jemanden eingestellt, während ich weg war", meinte Chase nachdenklich. „Aber selbst wenn das der Fall sein sollte, das klingt so gar nicht nach Jenna. Normalerweise ist sie wie ein Fels in der Brandung und der einzige Mensch auf der ganzen Ranch, dem ich vertrauen kann."

„Eben deshalb ist es ja so besorgniserregend", räumte Dani ein und sah Chase mit ihren haselnussbraunen Augen forschend ins Gesicht. Es war ein markantes, attraktives Gesicht, auch wenn es auf den ersten Blick etwas hart wirkte. Das zurückhaltende Funkeln in seinen klaren blauen Augen war ein Gegengewicht zu der Entschlossenheit, die sich in seiner Kinnpartie sowie in seiner stolzen Haltung ausdrückte. Chase war ein widersprüchlicher Mann voller Gefühl und Leidenschaft, und Dani liebte ihn so sehr, dass es schon wehtat.

„Moment mal!" Die Tasse hielt er noch in der angehobenen Hand, als seine Augen plötzlich hart wurden. „Du hast ein Gerücht gehört und glaubst, dass es etwas mit mir zu tun haben könnte, stimmt's?"

„Ich weiß nicht, worum es ging, und würde nur gern wissen, ob etwas Wahres daran ist. Es braucht schon einiges, um Jenna Peterson derart aufzuregen. Sie hat seit Jahren für Caleb Johnson gearbeitet und ihm vertraut."

Chase fiel es schwer, die Ruhe zu bewahren. „Dani, ich habe getan, was ich konnte, um offen mit dir zu sein!" Er stieß den Stuhl zurück, stand auf, steckte zornig die Hände in die Gesäßtaschen seiner Jeans und lief aufgebracht hin und her. „Ich weiß nicht, was ich noch tun oder sagen könnte, um dir zu zeigen, dass ich auf deiner Seite bin." Bei jedem seiner großen, ungeduldigen Schritte klackten seine Stiefel auf dem rissigen Linoleum. „Ich habe einen Beweis gefunden, den du brauchst, um gegen Caleb vorzugehen, ich habe mich für dich eingesetzt, als du schimpfend und tobend in sein Haus gestürmt bist, und abgesehen davon, dass ich ihm meinen Vertrag nicht vor die Füße geworfen habe, habe ich auch sonst alles getan." Er machte auf dem Absatz kehrt und starrte sie an. „Meine Güte, Frau", stieß er zwischen zusammengebissenen Zähnen hervor. „Ich habe dich sogar gebeten, mich zu heiraten, und du kannst mir noch immer nicht vertrauen! Was zum Teufel erwartest du von mir?"

„Nur ehrliche Antworten, weiter nichts." Ein wenig bedauerte Dani ihre Zweifel, aber dennoch war sie sauer. Die ganze Frustration der letzten Wochen kam in ihr hoch. „Ich fühle mich von euch allen manipuliert – von Caleb, Blake und von dir!"

Chase kam zum Tisch und legte die Hände flach auf den polierten Ahorn, näherte sein Gesicht ihrem bis auf wenige Zentimeter an und sah ihr direkt in die Augen. Alles in seinem Gesicht war angespannt und zeigte das Ausmaß seines Zorns. Er versuchte sein Temperament zu zügeln, was ihm aber kläglich misslang. Mit seinem rechten Zeigefinger klopfte er auf den Tisch. „Ich lass mich nicht gern mit Caleb und Blake in eine Schublade stecken, Lady. Ob du es nun glaubst oder nicht, ich habe immer nur versucht, dir zu helfen. Also, wenn du meine Hilfe nicht willst, gut. Du musst es mir nur sagen, und ich verschwinde."

Ihre Kehle fühlte sich trocken an, und ihre Gefühle fuhren Achterbahn, aber sie warf den Kopf zurück und funkelte ihn an. „Ich vertraue dir, Chase. Als Mensch."

„Was zum Teufel soll das bedeuten?"

„Es ist nur, dass mir diese ganze verdammte Geschichte mächtig an die Nieren geht. Nicht nur, dass Blake zurück ist und wahrscheinlich die Absicht hat, mir meinen Sohn zu nehmen, jetzt wissen wir auch noch mit Sicherheit, dass Caleb alles tun wird, und zwar wirklich alles, um mich von meinem Land zu vertreiben. Und als würde das nicht reichen, bist du auch noch der Partner dieses Mannes, Himmel Herrgott!"

„Dann sind wir also wieder einmal zurück bei diesem Thema?"

„Ich denke nicht, dass wir das schon abgehakt hatten."

„Und ich weiß nicht, warum ich mich dir gegenüber ständig beweisen muss." Seine Augen wurden schmal, als er seine Hand ausstreckte und ihr Handgelenk umschloss. „Ich denke, wir sollten das sofort regeln! Komm mit!"

„Augenblick mal …"

Er riss sie vom Stuhl hoch, nahm seinen Hut, den er sich auf dem Weg zur Tür auf den Kopf setzte. Dani, die weiterhin laut protestierte, zog er im Schlepptau hinter sich her.

Das Wetter war umgeschlagen, es war leicht nebelig und um die Berggipfel sammelten sich zunehmend mehr dunkle Wolken. „Wo willst du mit mir hin?"

„Weg."

Verwirrt sah sie sich zum Haus um. „Aber ich kann nicht einfach so weggehen. Cody …"

„Cody ist mit seinem Dad unterwegs!", fuhr Chase sie an. „Glaubst du, Blake könnte ihm etwas antun?"

„Nein, aber …"

„Dann komm! Wir sind wieder zurück, wenn Cody heimkommt!"

„Aber ich sollte ihm eine Nachricht hinterlassen!"

„Ja, vielleicht solltest du das. Aber dazu hast du keine Zeit." Chase riss die Tür an der Beifahrerseite seines Jeeps auf und wartete darauf, dass sie einstieg.

„Es dauert nur eine Minute, eine Nachricht zu schreiben", sagte sie, während der Wind an Kraft zulegte und ihr die Haare ums Gesicht schlug. „Sei vernünftig, Chase."

„Vernünftig war ich die ganze Zeit! Jetzt machen wir's mal so, wie's mir passt!"

Dani blieb einfach stehen und machte keine Anstalten, in den Wagen einzusteigen. „Wohin fahren wir?"

„Zu Johnson."

„Was zum Teufel ..."

„Ich erklär's dir später." Er warf einen Blick zum Himmel, der sich zunehmend verdunkelte, und ließ sie los. „Also geh, schreib deine verdammte Nachricht, aber beeile dich damit."

Sichtlich verärgert marschierte sie zum Haus zurück, hinterließ eine kurze Notiz für ihren Sohn und kam wieder heraus. Chase stand noch dort, wo sie ihn verlassen hatte. Frech an seinen staubigen Jeep gelehnt, wartete er neben der nach wie vor offen stehenden Beifahrertür auf sie.

„Hat dir schon mal jemand gesagt, dass du ein arroganter Mistkerl bist?", fragte sie ihn beim Einsteigen.

„Du! Und zwar schon öfter." Er knallte die Tür zu, lief vorn ums Fahrzeug herum und kletterte auf den Fahrersitz. Nach einer rasanten Kehrtwende, ließ er den Kies unter den Reifen aufspritzen, während der Jeep über die lange Allee holperte, die zur Landstraße führte.

Dani hielt die Arme vor der Brust verschränkt und blickte unverwandt geradeaus. „Würde es dir etwas ausmachen, mir zu sagen, was du eigentlich vorhast?"

„Du wirst es erleben", antwortete Chase grimmig, schaltete zurück und bog, ohne die Geschwindigkeit merklich zu drosseln, in Calebs mit Bäumen gesäumte Zufahrt ein. Der Jeep jagte über den Kiesweg, und Dani war nicht gerade glücklich bei dem Gedanken, Caleb einmal mehr auf seinem eigenen Land entgegenzutreten. Schließlich hatte sie Caleb selbst nie auf ihrem Land ertappt, und noch nie hatte es einen Beweis dafür gegeben, dass er ihr etwas angetan hatte. Bis jetzt.

„Steig aus", kommandierte Chase, als er den Jeep geparkt hatte.

„Also hör mal ..."

„Nein, du hörst jetzt mal zu! Du bist diejenige, die darauf brennt, die Sache mit Johnson ein für alle Mal zu klären. Also bitte, hier ist deine große Chance. Lass uns gehen."

„Aber was ist, wenn Larry Cross gelogen hat? Es steht nur sein Wort gegen das von Johnson."

„Abgesehen davon, dass ich das Beweisstück habe, du erinnerst dich?"

„Und das wäre?"

„Die Tonne Dioxin. Die Tonne, die Caleb gekauft hat."

Ohne weitere Erklärungen sprang er aus dem Jeep, knallte die Tür zu und wartete verärgert, bis Dani aus dem Pick-up geklettert war. Dabei hätte sie am liebsten die Flucht ergriffen. Sie sah eine Seite an Chase, die er seit ihrer ersten Begegnung, als er durch ihren Bach gewatet war, nicht wieder gezeigt hatte. Damals war sie allerdings im Vorteil gewesen; sie hatte sich auf ihrem eigenen Besitz befunden und hatte das Recht eindeutig auf ihrer Seite. Jetzt war sie sich nicht sicher, auf welcher Seite er stand, und wusste nicht einmal genau, wo die Fronten verliefen.

Vertraue ihm, sagte sie sich, während sie neben ihm herlief.

Chase suchte den Stallhof ab und ließ den Blick über jedes Detail der gepflegten weißen Gebäude schweifen. Als er den Zaun absuchte, der den Parkplatz hinter dem großen Farmhaus einfasste, entdeckte er endlich den Mann, den er suchte. Er nahm Danis Hand und eilte zu der Trainingsbahn, wo Caleb ein Hengstfohlen begutachtete, das gerade in halsbrecherischem Tempo über die Rennbahn galoppierte.

„Jetzt geht's los", flüsterte Dani leise, als sie sich Caleb näherten und der alte Mann sich zu ihnen umdrehte.

Bei Danis Anblick runzelte er leicht die Stirn, stützte einen Ellbogen auf die obere Zaunplanke und strich sich die Westernbinde um den Hals glatt.

„Mrs Summers", begrüßte er sie entgegenkommend. „Wie geht es Ihnen?"

„Den Umständen entsprechend", antwortete Dani, schaute nervös zu Chase und wünschte, sie wäre nicht mitgekommen. Unter der Fassade des gutnachbarlichen Verhaltens spürte sie Calebs Feindseligkeit und konnte seinen Hass regelrecht fühlen.

Caleb blickte zu der bedrohlichen Wolkenbildung hinauf. „Sieht aus, als würden wir den Regen, den wir brauchen, heute Nacht bekommen. Laut Wettervorhersage soll es in den nächsten Tagen mehrere Gewitter geben …" Offenbar reichten Caleb die höflichen Floskeln, und er kam zur Sache. „Also, was führt euch heute Nachmittag zu mir?" Demonstrativ richtete er den Blick auf Chase. „Ich nehme nicht an, dass ihr gekommen seid, um mein neues Hengstfohlen laufen zu sehen, stimmt's?"

„Nein, deshalb sind wir nicht hier." Chase lehnte sich an den Zaun und sah zu, wie das stämmige Fohlen nach seinem Sprint über die Bahn geführt wurde. Das dunkle Fell über den kräftigen Muskeln glänzte vor Schweiß, und es schnaubte heftig. Chase richtete den Blick wieder auf Caleb.

Dani beobachtete Caleb. Der Mund des älteren Mannes zuckte nervös, und in seinen blauen Augen lagen Ungeduld und unterdrückte Wut.

„Dani wollte eigentlich gar nicht mitkommen. Das war meine Idee."

„Oh?" Caleb stutzte kurz, aber er weigerte sich anzubeißen. Chase würde mit der Sache schon rausrücken. Irgendwann. Und wenn man ihm genug Leine ließ, würde der junge Mann sich darin verheddern. Caleb nahm sich vor, ihm so viel Leine zu lassen, wie er brauchte.

„Jawohl. Weißt du, als ich in Idaho war, habe ich mich ein bisschen schlaugemacht."

„Über diesen Job in Spokane?"

„Das auch", antwortete Chase bedächtig. „Aber ich wollte noch etwas anderes herausfinden, etwas, das letztes Jahr hier passiert ist. Es ist mir gelungen, einen Mann ausfindig zu machen, der früher einmal für dich gearbeitet hat. Ein Mann namens Larry Cross. Erinnerst du dich an ihn?"

Caleb nickte langsam und winkte dem Jungen zu, der das Hengstfohlen im Training geritten hatte. „Lass ihn noch etwas trocken laufen, dann bringst du ihn zurück in seinen Stall. Jim wird ihn abbürsten", rief er dem Stallhelfer zu, bevor er sich wieder Chase zuwandte. „Larry Cross? Natürlich, ich erinnere mich an ihn."

Dani fühlte, wie ihr der Schweiß über den Rücken lief, obwohl der leichte Wind, der die Pinien neben der Trainingsbahn bewegte, recht kühl war.

„Ich musste mich von ihm trennen", räumte Caleb ein. „Wie sich herausstellte, hatte er mir die Haare vom Kopf geklaut und einen Teil meines Futters an seine Freunde verkauft. Natürlich konnte ich es ihm nicht beweisen, aber ich glaube, er hatte auch mit Viehdiebstahl zu tun. Es überrascht mich, dass du dir die Mühe gemacht hast, ihn aufzusuchen."

„Wie es aussieht, hatte er auch noch ein paar andere Tricks im Ärmel."

Caleb runzelte die Stirn. „Würde mich nicht überraschen."

„Letztes Jahr hat er eine Tonne Dioxin im Bachbett platziert. Das Gift ist ins Wasser gesickert und hat einige von Danis Rindern getötet."

„Bist du dir da sicher?", fragte Caleb, rieb sich das Kinn und sah Dani aus den Augenwinkeln an.

Ihr Herz begann laut zu klopfen, und sie nickte.

„Ich habe die leere Tonne noch", bestätigte Chase.

Caleb zog die buschigen Augenbrauen nach oben und setzte eine besonders finstere Miene auf. „Zuzutrauen wär's ihm."

„Cross behauptet, dass du dahintersteckst."

„Ist doch klar."

„Er sagt, du hättest es getan, um Dani die Hölle heißzumachen, ihre Herde zu ruinieren und sie dadurch zu zwingen, ihr Land an dich zu verkaufen."

Caleb schnaubte verächtlich, aber über den Augenbrauen stand ihm der Schweiß auf der Stirn. Mit einem Taschentuch, das er in seiner Tasche fand, trocknete er sich das Gesicht. „Nun, was hast du sonst von ihm erwartet? Dass er sagt, er hätte selbst dahintergesteckt?"

„Nein. Denn das ergibt überhaupt keinen Sinn. Warum hätte er Dani schaden wollen?"

Caleb durchbohrte Dani mit einem kalten, grausamen Blick. „Wer weiß? Vielleicht hatte er was mit ihr laufen. Sie war lange allein, bis du aufgetaucht bist …"

Chase trat einen Schritt auf ihn zu und krümmte die Finger über Calebs Arm. „Wage es nicht, auch nur anzudeuten …"

„Ich kenne niemanden namens Larry Cross!" Dani wurde rot vor Zorn und machte gleichfalls Anstalten, auf Caleb zuzugehen. Aber Chase, der sich selbst wieder ein paar Schritte von Caleb entfernte, hielt sie davon ab.

Caleb zuckte mit den Schultern. „Ich kann über seine Motive nur Vermutungen anstellen, aber der Mann war ein Schurke, und ich habe ihn entlassen, sobald ich das herausgefunden hatte. Von einer Tonne Dioxin habe ich allerdings nichts gewusst."

„Und wie war das damals, als Sie versucht haben, das ganze Wasser aus dem Grizzly Creek für Ihren Privatsee abzuleiten?", fuhr Dani ihn an, die vor lauter Wut den Mund nicht mehr halten konnte.

„Nun", sagte Caleb und breitete entschuldigend die Hände aus. „Ich würde Cross gern die Schuld dafür in die Schuhe schieben, aber dazu muss ich mich wohl bekennen. Ich hatte geglaubt, etwas Wasser für den See ableiten zu können, ohne den Wasserfluss allzu sehr zu beeinträchtigen. Offenbar hatte ich das falsch eingeschätzt."

„Sieht so aus", bestätigte Dani, die Augen zusammengekniffen.

„Aber ich habe es zugegeben, sowie mir klar wurde, dass Sie nicht genug Wasser bekommen, und habe die Idee mit dem See fallen lassen."

„Und von einer Tonne Dioxin haben Sie überhaupt nichts gewusst?"

„Nee." Caleb schüttelte bedächtig den Kopf. „Es ist das Erste, was ich davon höre."

„Cross sagt etwas anderes", bemerkte Chase.

„Ist doch klar."

„Er behauptet, du hättest ihn dafür bezahlt, damit er den

Mund hält. Ein Sümmchen in der Größenordnung von fünf-tausend Dollar."

Caleb lachte laut. „Ich gehöre nicht zu den Leuten, die Geld zum Fenster hinauswerfen. Das weißt du. Ich habe ihn rausge-schmissen und ihm noch eine Woche extra seinen Lohn bezahlt, und wenn du mich fragst, konnte er froh sein, das zu bekom-men." Mit einem süffisanten Lächeln fügte er hinzu: „Schau in die Bücher, wenn du mir nicht glaubst."

„Das habe ich bereits getan."

„Und?

„Nichts."

Caleb hob die Schultern.

„Cross ist bereit, das zu bezeugen."

„Dann steht halt sein Wort gegen meins, McEnroe. Wem, glaubst du, wird der Richter wohl glauben?" Lächelnd klopfte er auf die Zaunplanke. „Also, wie wär's mit einem Drink … oder einer Kleinigkeit zu essen?"

„Nein danke", erwiderte Dani. „Cody wartet auf mich."

„Aber ich würde mich gern mal mit Jenna unterhalten." Chase lenkte Dani in Richtung Haus.

„Ich glaube nicht, dass das möglich sein wird."

„Warum nicht?"

„Wusstest du das nicht? Jenna hat mich im Stich gelassen. Ja, Sir! Das ist gerade mal zwei Tage her. Läuft auf und davon und schwört, nie wieder zurückzukommen."

Mit grimmiger Miene drehte Chase sich auf dem Absatz um und fixierte Caleb. „Warum?"

Ein Grauen, kalt wie eine Winternacht, jagte Dani über den Rücken.

„Sie hat gesagt, sie zieht um … Ich glaube, irgendwo in Wyo-ming. Sie hat eine Schwester in der Nähe von Laramie oder Cheyenne oder sonst wo. Konnte mir nicht mal zwei Wochen vorher Bescheid sagen, wenn man's denn glauben kann."

„Ich glaube es." Chase nickte bestätigend mit dem Kopf. „Aber ich denke, du hast sie dazu getrieben."

„Und warum sollte ich das tun? Die beste Köchin im ganzen County? Jenna war fast zwanzig Jahre bei mir, und dann ist sie von einem Tag auf den anderen, so schnell wie eine Katze den Baum raufklettert, einfach auf und davon."

„Und wer kümmert sich jetzt um das Haus?", fragte Chase.

Caleb schien ein wenig zu entspannen. „Maria. Sie ist mit einem meiner Arbeiter verheiratet. Ich schätze, sie hat das Essen auf dem Tisch stehen. Seid ihr sicher, dass ihr nicht bleiben könnt?"

„Absolut sicher", schaltete Dani sich ein, bevor Chase etwas sagen konnte. Sie gingen über den Parkplatz aufs Haus zu, und Dani blieb neben Chase' Jeep stehen.

Der Wind hatte einen Fensterladen gepackt und ließ ihn laut gegen die Scheunenwand klappern. „Sieht aus, als stünde uns da ein heftiger Sturm bevor", bemerkte Caleb.

Chase sah kurz in den bedrohlich dicht bewölkten Himmel. „Ich komme später noch mal wieder."

„Gut." Caleb klopfte Chase auf den Rücken und ging gemächlich zu seinem Farmhaus.

„Also, was hat Jenna deiner Meinung nach veranlasst zu gehen?", fragte Chase, als sie wieder im Jeep saßen und zu Danis Farm zurückfuhren. Dicke Regentropfen lösten sich aus den Wolken, klopften auf die Windschutzscheibe und liefen in schmutzigen Streifen am Glas nach unten. Chase stellte die Scheibenwischer an und bog blinzelnd von der Hauptstraße ab.

„Du glaubst ihm nicht", stellte sie nüchtern fest.

„Keine Sekunde. Du etwa?"

„Nein."

„Das hätte mich auch gewundert", murmelte Chase und parkte den Jeep neben dem Haus. „Vielleicht sollten wir das lieber einmal überprüfen."

„Jetzt?"

„Bevor Jenna die Möglichkeit hat, den Ort zu verlassen."

„Ich kann hier nicht weg", sagte Dani mit Blick auf Blakes Pick-up. „Nicht bevor ich mich mit Cody kurzgeschlossen habe. Sie sollten bei dem Sturm nicht draußen rumlaufen ...“ Dani konnte nur hoffen, dass Blake und Cody genug Verstand besaßen, wieder zurückzukommen.

Chase schien etwas einwenden zu wollen, hielt sich jedoch zurück. Stattdessen sprang er aus dem Jeep und hielt Dani seine Jacke über den Kopf, als sie zum Haus liefen. Auf der Veranda schüttelte er sich die Regentropfen aus den Haaren. „Jedenfalls ist Caleb ganz schön abgebrüht, findest du nicht?“

„Er ist eiskalt.“ Dani hielt die Fliegengittertür auf, um Chase hereinzulassen. „Das ist schon unheimlich.“

„Unheimlich?“, wiederholte er lachend.

„Lach nur, wenn du willst, aber dieser Mann ist mir nicht geheuer. Mir ist noch niemand begegnet, der es fertigbringt, dermaßen doppelzüngig zu reden, wie Caleb.“ Sie rieb sich die Arme und schüttelte den Kopf über die unmögliche Situation. „Weißt du, ich gebe es ja nur ungern zu, aber ich denke, ich muss mich bei dir entschuldigen.“

„Wahrscheinlich“, bestätigte Chase. „Aber sagen wir einfach, Strich drunter!“

„Na schön.“ Dani lächelte ihm kurz zu und ging zu dem Fenster beim Kamin, um auf den Feldern jenseits des Baches Ausschau zu halten. „Ich wünschte, ich wüsste, was Caleb vorhat“, sagte sie und strich müßig mit dem Finger den Staub von der Fensterbank. „Aber genauso gern wüsste ich, was Blake im Schilde führt.“

„Und ich?“, fragte Chase und kam zu ihr ans Fenster.

„Ja“, räumte sie ein und runzelte nachdenklich die Stirn. „Ich würde auch gern wissen, was du wirklich willst.“

„Das ist leicht erklärt. Ich will nur diese unsägliche Partnerschaft mit Caleb beenden, und ich möchte, dass du nach Boise kommst und mich heiratest.“

„Wenn du das sagst, klingt es so einfach.“ Seufzend lehnte sie sich an ihn, dankbar für seine Stärke.

„Das kann es sein, wenn du es zulässt.“ Er griff in seine Tasche und zog eine kleine schwarze Schmuckschatulle heraus.

„Mach auf", bat er sie und schloss ihre schmale Hand um das Samtkästchen.

Dani merkte, wie ihr die Tränen in die Augen stiegen, als sie die Schatulle aufschnappen ließ und den fein gearbeiteten Goldring sah, der von einem großen birnenförmigen Diamanten gekrönt wurde. Ihre Kehle war so zugeschnürt, dass sie kein Wort herausbrachte.

„Ich wollte eigentlich bis heute Abend damit warten, wenn Cody im Bett liegen würde und wir allein wären … aber ich hatte weder damit gerechnet, dass Blake auftauchen könnte, noch mit so viel Misstrauen deinerseits, was meine Verbindung zu Caleb angeht."

„Ich weiß gar nicht, was ich sagen soll", flüsterte sie und in ihren Augen schimmerten Tränen.

„Sag einfach Ja."

Dani zögerte nicht lange, sie holte den Ring aus dem Kästchen und schob ihn sich auf den Finger. „Ja", murmelte sie, schloss die Augen und ließ die Tränen über ihre Wangen laufen.

Chase nahm ihr Gesicht in beide Hände und küsste ihr die salzigen Spuren von der Haut. „Ich liebe dich, Dani. Und egal, was passiert, wir werden es gemeinsam durchstehen." Zärtlich küsste er ihre Lippen, wobei er ihr im Stillen eine Zukunft der Gemeinsamkeit und Freude versprach.

Dani legte ihre Arme um seinen Hals und lauschte dem beruhigenden Schlag seines Herzens. Voller Sehnsucht nach der Sicherheit und Liebe, die er ihr bot, erwiderte sie seinen Kuss, und für eine kleine Weile konnte sie alle Probleme vergessen, die sie plagten.

Cody und Blake waren noch immer nicht zurück. Dani machte sich Sorgen, aber Chase versuchte ihre Ungeduld zu zerstreuen. „Jeder gute Angler weiß, dass man die meisten Fische fängt, wenn die Sonne untergeht", erklärte er.

„Aber es ist schon nach neun! Und den ganzen Nachmittag hat es immer wieder Regenschauer gegeben. Und dann dieser Wind …" Wie um ihren Worten Nachdruck zu verleihen, heulte der Wind auf und ließ einen Zweig des Apfelbaums an die Gartenveranda schlagen. „Oh Gott!", flüsterte sie und lief weiter hin und her. „Irgendetwas stimmt nicht. Das fühle ich."

„Willst du, dass ich sie suchen gehe?"

„Nein … Ja … Nein. Ich weiß nicht, was ich tun soll", stöhnte sie und fuhr sich mit den Fingern durch die Haare. „Verdammt!" Sie setzte sich auf den Rand eines Stuhls, stützte das Kinn in die Hände und versuchte die Sorgen, die an ihr nagten, zu ignorieren. „Du musst wissen, bevor das alles angefangen hat, war ich immer eine kompetente Frau …"

„Daran kann ich mich noch erinnern", sagte er lächelnd und streifte das ungeladene Gewehr über dem Kamin mit einem Blick. „Sieh mal, Cody kennt den Weg nach Hause. Er wird bald zurück sein …"

Genau in diesem Augenblick hörten sie Runts vertrautes Bellen. Dani sprang vom Stuhl auf und öffnete die Tür, um den klatschnassen Hund hereinzulassen. Er lief in die Küche, schüttelte sein Fell und schaute in seinem Napf nach, ob irgendwelche Essensreste darin lagen.

Dani ging auf die Gartenveranda, und obwohl es dunkel war, konnte sie sehen, wie Cody aufs Haus zugelaufen kam. Blake folgte dem Jungen in einem Abstand von mehreren Metern.

„Gott sei Dank", flüsterte Dani.

„Hey, Mom", rief Cody ihr jubelnd zu, „wir haben eine Million Fische gefangen!"

„Eine Million?"

„Na ja, vielleicht zwölf oder dreizehn", korrigierte er sich und schob sich die Haare aus den Augen, nicht ohne Schlammspuren auf der Stirn zu hinterlassen. Anschließend trampelte er auf der Veranda herum, um sich den Matsch von den Schuhen zu klopfen. Er stellte seine Angelrute und den Fischkorb ans Geländer.

„Ich habe mir Sorgen um euch gemacht", sagte Dani leise.

„Ach, Mom …"

„Warum?", fragte Blake, der den Jungen endlich eingeholt hatte.

„Es ist spät, und dann das Gewitter …"

„Das ist doch bloß ein kleiner Regenschauer, Dani. Und so spät ist es doch gar nicht … erst kurz nach neun …"

„Es ist fast zehn", stellte Dani klar. „Und Cody muss morgen in die Schule."

„Das wirst du schon schaffen, nicht wahr, mein Junge?" Blake zog sich die Stiefel aus und es sah ganz danach aus, als wollte er bleiben. Doch beim Anblick von Chase, der im Türrahmen lehnte, überlegte er es sich wieder anders. Vor sich hin fluchend zog er sich die Stiefel wieder an. „Du hast also noch immer Gesellschaft, hm?"

„Richtig."

Blake rieb sich mit der Hand über das Stoppelkinn. „Ich dachte, du würdest mich vielleicht heute hier übernachten lassen …" Als er sah, wie in Chase' Augen der Zorn aufflammte und die Schultern seines Konkurrenten sich anspannten, als würde er Blake Summers mit dem größten Vergnügen windelweich schlagen, fügte er hinzu: „Auf der Couch natürlich."

„Nein."

„Du hast andere Pläne?", fragte Blake und hielt dabei Chase im Auge hielt, der aus der Tür trat und sich neben Dani stellte.

„Das reicht jetzt, Summers", warnte Chase, die Lippen bedrohlich dünn aufeinandergepresst.

Blake schüttelte sich und stand auf.

„Cody, ich denke, du solltest lieber nach oben gehen, dich waschen und fürs Bett fertig machen." Dani konnte den Kampf zwischen den beiden Männern förmlich riechen und wollte Cody aus der Schusslinie haben.

Der Junge blieb jedoch hartnäckig, auch wenn er beklommen auf der Lippe kaute. „Aber, Mom …"

„Jetzt."

Schwer schluckend sah Cody zu seinem Vater, aber Blake schüttelte nur langsam den Kopf. „Hör auf deine Ma, Junge. Es wird eh Zeit, dass ich abschiebe." Er warf Chase einen finsteren Blick zu und wischte sich die Hände an der Jeans ab.

„Du kannst bleiben", platzte Cody heraus und schaute in kindlicher Verwirrung aufgebracht zwischen den Erwachsenen hin und her. „Ich habe noch ein zweites Bett in meinem Zimmer und ...“

„Nicht heute Nacht", sagte Blake, der Danis warnenden Blick und ihre entschlossene Miene richtig interpretierte. „Vielleicht ein andermal."

„Und vielleicht auch nicht", fügte Dani hinzu.

Blake schenkte seinem Sohn ein kurzes Lächeln und Dani einen drohenden Blick, bevor er von der Veranda stieg und ums Haus herum nach vorne ging. Wenige Sekunden später war zu hören, wie er den Pick-up startete.

Cody, der während der Auseinandersetzung reglos dagestanden hatte, rannte durchs Haus auf die Eingangsveranda, wo er verzweifelt seinem Vater hinterherwinkte, während die Rücklichter des Pick-ups in der Nacht verblassten.

Ohne ein Wort zu sagen, hechtete er anschließend die Treppe hinauf und in sein Zimmer. Kurz darauf stapfte er ins Badezimmer, um zu duschen.

„Willst du, dass ich mit ihm rede?", fragte Chase.

Dani schüttelte den Kopf. „Nein. Ich glaube, das ist eine Sache zwischen Cody und seiner Mutter."

„Dann sollte ich vielleicht lieber gehen." Er schloss sie in die Arme und küsste sie zärtlich auf den Mund.

In Danis Körper breitete sich Wärme aus, die auch ihrem Gesicht wieder Farbe verlieh. „Du kannst bleiben", flüsterte sie.

Wie gerne hätte er ihr Angebot angenommen, doch Chase schüttelte den Kopf. „Du brauchst Zeit, um die Dinge mit Cody zu klären. Abgesehen davon, muss ich noch bei Jenna Peterson vorbeischauen. Ich nehme Caleb die Geschichte nicht ab und würde eher vermuten, dass er sie gefeuert hat. Jetzt stellt sich nur die Frage, warum?"

„Das ist nicht die einzige Frage", sagte Dani seufzend.

„Immer schön eins nach dem anderen." Chase gab sie frei. „Du kümmerst dich um Cody, und ich komme so schnell wie möglich wieder zurück."

Sie sah ihm nach, als er davonfuhr, und schloss langsam die Tür, nachdem sein Jeep nicht mehr zu sehen war. Dani fühlte sich plötzlich einsam, aber sie durfte jetzt nicht darüber nachdenken. Entschlossen ging sie die Treppe hinauf, um ihrem Sohn zu sagen, dass sie Chase McEnroe heiraten würde.

Am nächsten Morgen hatte Dani noch immer nicht mit ihrem Sohn gesprochen. Alle Versuche, mit Cody ein Gespräch zu beginnen, hatte er verweigert. Also ist alles wie gehabt, dachte sie verzagt, während sie den Küchenboden fegte und darauf wartete, dass er aufstand.

Cody ließ es auf die letzte Minute ankommen, bevor er die Treppe herunterflitzte und am Küchentisch anhielt, um zu frühstücken. Als sie die Kanne Milch auf den Tisch stellte, setzte er sich. Dabei wich er ihrem Blick aus und trommelte nervös mit den Fingern auf dem polierten Holz herum.

„Nun nimm dir ruhig mal eine Minute Zeit", sagte Dani mit einem warmen Lächeln. „Ich finde, es gibt ein paar Sachen, die wir besprechen sollten, bevor du zur Schule aufbrichst."

„Aber ich bin jetzt schon spät …"

„Ich weiß. Aber ich kann dich fahren. Ich will mit dir reden."

„Worüber denn?" Er schüttete Milch über sein Müsli und begann zu essen.

„Wir könnten mit gestern Abend anfangen", antwortete sie und stützte sich auf den Besenstil. „Und wir könnten vielleicht auch einfach mal über uns sprechen – dich und mich – und darüber, wie wir den Umgang mit deinem Dad regeln werden, jetzt, wo er wieder zurück ist."

In Codys Augen blitzte es. „Ich kann den Umgang mit ihm total gut regeln."

„Glaubst du?", fragte sie freundlich und bemühte sich, nicht wie ein Diktator zu klingen.

„Du bist diejenige, die ein Problem damit hat, Mom."

„Ob du es mir glaubst oder nicht, Cody, ich versuche wirklich sehr offen zu sein und eine Lösung zu finden, mit der wir alle glücklich sein können." Sie stellte den Besen in die Kammer zurück, schenkte sich eine Tasse Kaffee ein und setzte sich ihm gegenüber.

Cody blieb verstockt. „Hm, du denkst bestimmt, du könntest versuchen mir zu sagen, wann ich mit ihm zusammen sein kann."

„Nein, aber …"

„Natürlich willst du das!"

Dani hob die Hände, um den Kampf abzuwenden, und sofort fiel Codys Blick auf ihre linke Hand. Mit offenem Mund starrte er den Verlobungsring an, und in seinen Augen spiegelte sich sein innerer Schmerz. „Woher hast du den … von Chase? Du willst diesen Kerl heiraten, stimmt's?" Er ballte eine Hand zur Faust und schlug damit auf den Tisch, während sein Gesicht rot anlief und sich verzerrte, je mehr er gegen die aufsteigenden Tränen der Empörung ankämpfte. „Verdammt!"

„Cody!"

„Also, was ist?" Mit einem bohrenden Blick sah er ihr in die Augen, und auch wenn sie sich sehnlichst wünschte, den Schlag abschwächen zu können, sie musste ihm die Wahrheit sagen.

„Also gut. Ja, Chase hat mich gebeten, ihn zu heiraten, und ich habe zugestimmt. Aber ich wollte erst mit dir sprechen, bevor wir irgendwelche konkreten Pläne machen."

„Ich finde, das sieht ziemlich konkret aus!", schrie er und zeigte auf den Ring. Gleich darauf flehte er sie an. „Mom, tu das nicht! Nicht jetzt." Und erneut breitete sich Entsetzen in seinem Gesicht aus, und Tränen rollten über seine Wangen. „Oh, verstehe. Du machst das gerade wegen Dad, hab ich recht?"

„Dein Vater hat nichts damit zu tun, dass ich Chase heiraten möchte …"

„Aber Dad liebt dich! Das hat er mir gestern noch gesagt!", schnitt Cody ihr das Wort ab.

„Er liebt mich nicht, Cody …"

„Doch, das tut er! Ich habe ihn gefragt, und er hat mir gesagt, dass er nie aufgehört hat, dich und mich zu lieben! Er will zurückkommen, und du … Du willst einen Mann heiraten, der für Caleb Johnson arbeitet, nur weil du nicht willst, dass Dad und ich zusammen sind!" Wütend stieß er den Stuhl zurück, zog seinen Rucksack unter dem Tisch hervor und riss die Haustür auf.

„Oh, Cody, ich würde niemals …"

„Doch, das würdest du! Das hast du schon getan!", schrie er. „Du konntest Dad nicht mal eine Chance geben, oder was?"

Ohne ein weiteres Wort lief er aus dem Haus und rannte den Hügel hinunter zur Bushaltestelle.

„Jetzt reicht's!", schrie Dani. Wenn sie es jetzt nicht schaffte, ihn einzuholen, würde sie dem Bus bis zur Schule folgen. Schlüssel und Handtasche hatte sie bereits in der Hand, als sie ihren Plan noch einmal überdachte und sich erschöpft an die Wand lehnte. Wenn sie Cody folgte, lief das doch nur auf eine weitere bittere Auseinandersetzung hinaus, die dann wahrscheinlich vor seinen Freunden und Lehrern stattfand und für sie beide peinlich sein musste. Das würde er ihr nie verzeihen.

Sie wusste, sie musste ihm Zeit geben, sich wieder zu fangen und rational denken zu können. Also hing sie den Schlüsselbund wieder an den Haken in der Küche und beobachtete besorgt durchs Fenster, wie der Bus am Ende der Allee anhielt, hupte und wartete, während Cody die letzten paar Meter zurücklegte und einstieg.

„Wenn er nach Hause kommt, werden wir das klären, und zwar alles!", versprach sie sich selbst, noch immer aufgebracht. „Ich heirate Chase für uns beide, und ich muss dafür sorgen, dass er das versteht." Leiser fügte sie hinzu: „Wenn es auch noch so sehr schmerzt, ich werde mich an die Tatsache gewöhnen, dass Blake zurück ist und Cody Zeit mit ihm verbringen wird."

Als der Junge nach der Schule nicht aus dem Bus stieg, versuchte Dani, nicht gleich in Panik zu geraten. In der Vergangenheit war es schon ein paarmal vorgekommen, dass Cody zu einem Freund mit nach Hause ging, ohne ihr Bescheid zu sagen. Und obwohl sie ihm das Versprechen abgenommen hatte, das nie wieder zu tun, ohne sie vorher anzurufen, erklärte sie sich sein Verhalten damit, dass er morgens wütend abgedampft war, und dies wahrscheinlich ein kindlicher Versuch war, sie zu bestrafen.

Und es funktionierte. Alle zwei Minuten schaute sie auf die Uhr, und als sie in der Küche Wäsche faltete, bildete sich ein, seine Schritte auf der Gartenveranda zu hören.

Wo konnte er nur stecken? Sie dachte daran, Chase anzurufen, tat es jedoch nicht. „Hör auf damit, Dani", redete sie sich zu. „Verlass dich nicht zu sehr auf ihn. Das ist dein Problem. Du wirst es schon schaffen." Aber tief im Innern sehnte sie sich danach, ihm ihre Sorgen anzuvertrauen. Gedankenverloren spielte sie mit ihrem neuen Ring. „Es wird sich alles irgendwie regeln", tröstete sie sich selbst, schaute aus dem Fenster und fragte sich erneut, wo zum Teufel Cody nur blieb.

Nachdem sie eine halbe Stunde gewartet hatte, konnte sie die Spannung nicht länger ertragen. Die Angst um Cody lähmte sie beinahe. Sie rief alle Freunde von Cody an, angefangen mit Shane Donahue. Zwanzig Minuten später legte sie zitternd den Hörer auf. Keiner hatte ihren Sohn gesehen.

„Verdammt, Cody", flüsterte sie. „Wo steckst du nur?"

Als sie dann in der Schule anrief und erfuhr, dass Cody den ganzen Tag nicht in der Schule gewesen war, begann ihr Herz vor Aufregung zu rasen.

Amanda Ross entschuldigte sich mehrfach und stellte besorgt allerlei Überlegungen an. Dani hörte ihr zu, aber nun hatte die Panik sie im Griff. Mit zitternden Händen legte sie den Hörer auf und schloss die Augen. Es war überaus wahrscheinlich, dass Blake ihr Cody weggenommen hatte.

Sie konnte sich die Szene vorstellen: Cody, noch immer über dem Streit mit Dani brütend, war zum Haus seines Onkels, Blakes Bruder, gegangen, hatte Blake angetroffen und ihm erzählt, dass seine Mutter einen anderen Mann heiraten wollte. Sie würden weit weg ziehen, und das alles nur, um Cody von Blake fernzuhalten. Ganz klar: Blake tröstete das Kind und schaffte ihn weg aus dieser unerträglichen Situation.

„Oh, nein", flüsterte sie. „Bitte, lieber Gott, nein." Bilder von Blake und Cody, die in Blakes verbeultem altem Pick-up durch die Lande streiften, beherrschten ihre Fantasie, bis ihr sogar noch erschreckendere Vorstellungen in den Sinn kamen. Vielleicht war Cody gar nicht bei seinem Vater. Vielleicht war er allein losgezogen oder hatte gar angefangen, per Anhalter weiß Gott wohin zu fahren.

Dani versuchte klar zu denken, rief zuerst bei Blakes Bruder zu Hause an, dann versuchte sie es auf seinem Handy. Beides erfolglos. Niemand meldete sich. Entnervt durchwühlte sie ihren Schreibtisch, bis sie das Telefonbuch gefunden hatte. Sie schlug die Nummer der Firma nach, für die Blakes Bruder arbeitete. Wieder nichts. Höflich teilte die Empfangsdame ihr lediglich mit, dass Bob Summers nicht in der Stadt sei und irgendwo eine Verkaufstour machte.

„Was jetzt?", überlegte Dani. Anstelle eines Gewehrs hätte Blake seinem Sohn lieber mal ein Handy schenken sollen! Aber das würde jetzt wahrscheinlich auch nicht weiterhelfen, denn selbst wenn er in diesen Bergen überhaupt einmal eine Funkverbindung hätte, würde Cody sich jetzt wohl kaum melden. Sie versuchte einen klaren Kopf zu bewahren, schrieb hastig eine Notiz, falls ihr Sohn nach Hause kommen sollte, und verließ das Haus durch die Hintertür. „Komm mit", rief sie Runt zu, der sein Stichwort verstand und ihr nach draußen folgte. Als sie beim Pick-up waren, hielt sie ihm die Tür auf, und der Hund sprang in die Fahrerkabine. „Hoffen wir bloß, dass wir ihn finden", vertraute sie sich ihm an, startete den Motor und legte den Gang ein.

Dunkle Wolken fegten über den Himmel und überschatteten das Land. Der heiße, trockene Wind blies Blätter und Staub über die Straße. „Sieht aus, als würde da einiges runterkommen", erklärte sie Runt, während sie den tiefvioletten, aufgewühlten Himmel beobachtete und darum betete, dass Cody in Sicherheit war. „Oh, Junge, setze deinen Kopf ein und komm nach Hause!"

Wie eine Verrückte schoss sie von der Zufahrt auf die Straße, und auch wenn sie sich noch so sehr um Gelassenheit bemühte, sie fühlte wie ihr das Herz in der Kehle klopfte. Als sie auf den stillen Schulparkplatz fuhr, hatten sich ihre Finger um das Lenkrad verkrampft, und Arme und Rücken waren schweißnass.

„Sind Sie sicher, dass er heute gar nicht hier war?", fragte Dani die Lehrerin noch einmal, nachdem sie über die Flure zu seinem Klassenzimmer gerannt war.

Amanda Ross war sichtlich bestürzt. „Ja, aber ich dachte, er wäre krank. Ich hatte ja keine Ahnung …" Sie riss sich zusammen und berührte Danis Arm. „Ich habe alle Lehrer gefragt. Keiner hat Cody gesehen. Nicht einmal der Lehrer, der vor Schulbeginn Aufsicht auf dem Schulhof hatte."

„Aber ich habe gesehen, wie er in den Bus eingestiegen ist …"

„Das sagten Sie am Telefon, deshalb habe ich auch bei den Busbaracken angerufen und den Fahrer des Busses gefragt, mit dem Cody fährt. Er erinnert sich daran, Cody aufgenommen zu haben. Und er hat ihn auch zur Schule gebracht. Also wissen wir, dass er hier angekommen ist, aber von dem Moment an, weiß keiner genau, was passiert ist. Entweder hat Cody das Gebäude nie betreten oder nur mal kurz auf dem Schulhof vorbeigeschaut. Bei so vielen Schülern, die mit Bussen ankommen oder von Eltern gebracht werden, konnte er sehr leicht unbemerkt vom Gelände verschwinden."

Krank vor Sorge setzte Dani sich auf eine Ecke von Codys Pult und kämpfte mit den Tränen, als sie seinen leeren Stuhl sah. „Also weiß niemand, wo er ist."

„Es tut mir so leid", sagte Amanda mitfühlend. „Kann ich irgendetwas für Sie tun?"

„Keine Ahnung."

Die junge Lehrerin überlegte einen Moment, bevor sie es wagte, ein für Codys Mutter sicherlich sensibles Thema anzuschneiden. „Ich habe gehört, dass sein Vater wieder im Ort ist", sagte sie behutsam.

„Ja, aber er wohnt nicht bei mir. Und da, wo er sich aufhält, geht niemand ans Telefon."

„Glauben Sie, dass Cody bei ihm ist?"

„Ich weiß es nicht", gab Dani zu und massierte sich die Schläfen. „Ich hoffe, es ist wieder nur einer von Codys Streichen, mit dem er mir etwas heimzahlen will. Wir hatten heute Morgen eine Auseinandersetzung." Sie runzelte die Stirn und stand auf. „Ich hoffe bei Gott, dass Blake nicht mit ihm durchgebrannt ist."

„Cody war also ziemlich aufgebracht, als er das Haus verließ."

„Er war außer sich." Dani sah Codys Lehrerin an. Es war ihr sehr unangenehm, aber trotzdem fügte sie hinzu: „Ich … Ich wollte ihm noch nachlaufen, aber dann hielt ich es für besser, dass wir uns beide erst einmal etwas beruhigen, bevor es zu weiteren Unstimmigkeiten kommt."

„Verstehe." Amanda rieb sich die Arme und nickte. „Er kann ganz schön dickköpfig sein."

„Genau wie ich."

„Waren Sie schon bei der Polizei?"

„Noch nicht. Ich dachte, ich sollte erst einmal die Fakten klären. Hören Sie, kann ich selbst mal mit dem Busfahrer sprechen?"

„Natürlich. Sie können das Telefon im Büro benutzen, drücken Sie einfach die Wahlwiederholung."

Das Telefonat war schnell beendet. Leider konnte der Busfahrer ihr nicht mehr sagen, als dass Cody definitiv vor der Schule ausgestiegen war. Dani legte auf und fühlte, wie ihre Schultern unter der Last der Sorge niedergedrückt wurden.

„Haben Sie etwas herausgefunden?", fragte Amanda hoffnungsvoll.

„Nein, nichts."

„Hören Sie, warum rufen Sie mich nicht morgen früh noch einmal an?", schlug Amanda vor. „Falls Cody dann immer noch nicht aufgetaucht ist, werden alle Lehrer sich in ihren Klassen nach ihm erkundigen. Vielleicht weiß eins der Kinder, wo er sich aufhält. Und noch heute Abend werde ich die Schüler meiner Klasse anrufen, vielleicht bringt das ja etwas."

„Ich danke Ihnen", murmelte Dani und verabschiedete sich. „Viel Glück!"

Ohne große Hoffnung verließ Dani die Schule und fuhr, nachdem sie vergeblich bei Blakes Bruder an der Haustür geklingelt hatte, zur Polizeistation, wo sie Cody als vermisst meldete. Sie füllte die Vermisstenanzeige aus und gab dem Beamten ein Foto von Cody, das in ihrer Brieftasche steckte. Dieselbe Prozedur durchlief sie gleich noch einmal im Büro des Sheriffs. Schließlich kehrte sie ausgebrannt und völlig erschöpft in ihr leeres Haus zurück.

Begeistert bellte und winselte Runt vor der Tür, während Dani aufschloss, aber sie selbst betrat nur schweren Herzens das dämmrige Haus. Nichts hatte sich verändert. Cody war nicht zurückgekehrt. Die Nachricht, die sie ihm hinterlassen hatte, hing noch immer am Kühlschrank, das Eisfach war nicht geplündert, aus seinem Zimmer dröhnte keine laute Musik nach unten, und auch im Wohnzimmer lagen keine schmutzigen Tennisschuhe und Bücher überall verstreut herum.

Ihr Herz war schwer vor Sorgen, und sie konnte es nicht verhindern, dass wilde Horrorszenarien sich in ihrem Kopf abspielten, was mit ihrem Sohn geschehen sein könnte.

Während sie sich mit einer Tasse Kaffee stärkte, versuchte sie Chase schließlich doch anzurufen, aber vergeblich. Offenbar hatte er keine Funkverbindung. Anschließend machte sie sich daran, alle Leute anzurufen, die ihr einfielen. Dazu gehörten die Brüder Anders und, selbst wenn es ihr schwerfiel, Caleb Johnson.

„Also, es tut mir leid zu hören, dass Ihr Junge verschwunden ist", sagte Caleb, wobei seine Unaufrichtigkeit sich selbst per Telefon übertrug. „Kann ich irgendetwas tun?"

„Sagen Sie mir nur Bescheid, falls Sie ihn sehen", antwortete Dani.

„Wird gemacht. Und ich werde auch meine Leute informieren."

„Das weiß ich zu schätzen."

„Gut."

„Caleb ...", setzte sie an. Sie hasste es, den alten Mann um etwas bitten zu müssen, aber in ihrer Verzweiflung war ihr alles recht, wenn sie nur ihren Sohn wiederfand.

„Was?"

„Ist Chase da? Ich kann ihn auf seinem Handy nicht erreichen."

„Momentan nicht. Anscheinend hatte er irgendwas im Ort zu erledigen, und anschließend ist er gleich zum Bach runtergegangen. Aber ich werde ihm sagen, dass Sie angerufen haben", versprach Caleb kühl und fügte hinzu: „Sobald ich ihn wieder zu Gesicht bekomme."

„Danke."

Irgendwie schaffte es Dani, die abendlichen Arbeiten zu erledigen, während sie ständig darauf lauschte und darum betete, dass das Telefon klingelte. Sie brauchte doppelt so lange wie sonst, das Vieh und die Pferde zu füttern. Danach war sie verschwitzt, schmutzig und verzweifelt. Der Regen prasselte wie verrückt auf das Blechdach der Scheune und gurgelte durch die Regenrinnen, und der Wind, der mit Sturmstärke blies, heulte um die Gebäude.

„Mach, dass er in Sicherheit ist", betete sie leise, während das Vieh unruhig hin und her schob und der Wind pfiff. Sie konnte nicht länger stark sein, und die zurückgehaltenen Tränen strömten ihr über die Wangen.

Viel zu müde, um sie wegzuwischen, setzte sie sich auf einen Heuballen und schluchzte lautlos vor sich hin. „Oh, Cody", flüsterte sie in der dunklen Scheune, während sie dem Regen lauschte, „wo bist du?"

Bei strömendem Regen überprüfte Chase den Bach und gratulierte sich im Stillen für die gute Arbeit, die er geleistet hatte.

Das klare Wasser wirbelte über tiefen Tümpeln und kräuselte sich über strategisch platzierten Felsen und Holzstämmen, während es seinen Weg über Johnsons Land nahm. Wenn Caleb sein Wort hielt und die Ufer beim Bau seines Resorts nicht zerstörte, gab es keinen Grund, weshalb der Grizzly Creek sich nicht zu einem der besten Forellengewässer im Westen Montanas entwickeln sollte.

Chase warf einen Blick zum Himmel und zog unter dem heftigen Regen die Schultern hoch, aber das Wasser lief in den Kragen seiner Jeansjacke und rann ihm über den Rücken. Ein Sauwetter ist das, dachte er besorgt, und nicht normal. Eine Minute ist es heiß und trocken, und im nächsten Moment schüttet es aus Kübeln.

„Damit hätten wir's so gut wie geschafft", sagte Ben Marx mit einem zufriedenen Lächeln, zündete sich eine Zigarette an und schob sich die zotteligen feuchten Haare aus den Augen.

„Wir müssen bloß noch die Fische einsetzen."

„Und dann sind wir hier weg?"

Chase nickte und wischte sich die Hände an der Jeans ab. „Richtig. Wenn du willst, kannst du mit dem Rest der Mannschaft heute Abend schon abhauen. Den Rest schaffe ich mit ein paar von Johnsons Leuten."

„Ganz wie du meinst!" Ben zog an seiner Zigarette und ließ sie im Mundwinkel hängen. „Im Augenblick will ich nur erst mal aus diesem verfluchten Regen raus. Dann habe ich vor, in den Ort zu fahren und im Yukon Jack's mal die Lage zu peilen. Ich brauche dringend ein Bier und einen Szenenwechsel."

„Nimm doch Frank und Brent gleich mit", schlug Chase vor und sah kurz darauf zu, wie der bärtige junge Mann die beiden anderen rief und mit ihnen in den Pick-up stieg. Sie winkten Chase zu und fuhren querfeldein zum Tor und schließlich über den unbefestigten Weg, der zum Zentrum von Johnsons Farm führte.

Chase wartete, bis sie nicht mehr zu sehen waren, dann schlüpfte er durch den Zaun und lief die leichte Anhöhe hinauf zur Rückseite von Danis Haus. Er hatte sie den ganzen Tag nicht gesehen, und seit dem Nachmittag quälte ihn ein ungutes Gefühl. Wahrscheinlich war es nur der Ärger um Cody am Abend zuvor und die Tatsache, dass der Junge offensichtlich lieber mit seinem Vater zusammen war als mit ihm.

„Ich kann's dem Jungen nicht verdenken", sagte er sich, wischte den Regen von Gesicht und Haaren und stieg langsam die Stufen zur Gartenveranda hinauf. Er klopfte mit der Fingerkuppe an die Fliegengittertür und wunderte sich, dass im Haus kein einziges Licht brannte.

„Cody?", rief Dani, die mit untergeschlagenen Beinen in einer Couchecke saß und gedankenverloren Runts Ohren kraulte. Sofort sprang sie auf.

„Nein, tut mir leid, dass …" Chase betrat das Zimmer, als sie ihm auch schon auf halbem Weg entgegenkam, „… ich dich enttäuschen muss. Dani?"

Sie konnte den kleinen Aufschrei, der ihr in der Kehle steckte, nicht vermeiden, als sie auf ihn zulief und die Arme um seinen Hals schlang. „Oh Gott, bin ich froh, dass du hier bist", flüsterte sie an seinem feuchten Hemd. „Halt mich einfach fest. Bitte."

Genau das tat er. Er legte den Kopf auf ihren, schloss die Arme fester um sie und sagte leise: „Glaube mir, ich habe nicht die Absicht, dich jemals wieder loszulassen."

„Warum bist du nicht früher gekommen?"

„Ich habe gearbeitet …" Er nahm den Kopf zurück und sah erst jetzt, dass ihr die Tränen in den Augen standen. „Hey, Moment mal. Da stimmt doch etwas nicht mit dir. Und zwar ganz gewaltig. Vielleicht solltest du dich lieber wieder setzen." Er begleitete sie zur Couch und beobachtete genau, wie sie sich wieder auf das zerknautschte Kissen sinken ließ und schniefend gegen die Tränen ankämpfte.

„Hat Caleb es dir nicht erzählt?"

„Ich habe ihn den ganzen Tag nicht gesehen", antwortete Chase und merkte, wie sich jeder Muskel in seinem Körper anspannte. „Was hat er getan?" Er zog ein sauberes, aber leicht feuchtes Taschentuch aus seiner Jeanstasche und wischte sich damit über den Nacken.

„Es geht nicht um Caleb." Seufzend schüttelte sie den Kopf.

Chase knirschte mit den Zähnen. „Also muss dein Ex, dieser Stinkstiefel, den du da hast, etwas damit zu tun haben, richtig?"

„Es ist alles meine Schuld", hauchte sie und nahm ihren Mut zusammen. „Alles meine eigene Schuld."

„Was ist los?"

„Cody", würgte sie hervor, hielt sich den Handrücken an die Lippen, hob den Kopf und sah Chase an. „Er ist verschwunden."

„Verschwunden? Was soll das heißen?"

„Genau das. Gegen halb acht ist er heute Morgen in den Bus gestiegen, und seitdem hat ihn niemand mehr gesehen."

„Bist du dir sicher?" Er setzte sich auf die Armlehne des Sofas, musterte ihr weißes, abgehärmtes Gesicht und legte ihr seine Hand auf die Schulter. Ihre Angst steckte ihn an. Dani war keine Frau, die leicht in Panik geriet. Normalerweise war sie sehr stark, doch jetzt konnte er ihre Todesangst fast greifen.

„Ich habe überall angerufen und ihn überall gesucht", erklärte sie, stand auf und lief händeringend hin und her.

„Moment mal. Beruhige dich und schalte mal einen Gang zurück", forderte er sie auf, hielt sie am Arm fest und zog sie wieder auf die Couch. „Also, warum fängst du nicht am Anfang an. Cody stieg in den Bus, um zur Schule zu fahren. Was ist dann passiert?"

Langsam und mit leicht brüchiger Stimme berichtete sie ihm jede Einzelheit ihrer Suche nach Cody.

„Du hättest zu mir kommen sollen."

„Ich … Ich konnte nicht. Ich wusste nicht, wo du bist, auf deinem Handy konnte ich dich nicht erreichen, und … na ja, du weißt ja, wie die Dinge mit Caleb stehen. Aber ich habe ihn angerufen, und er hatte mir versprochen, dir Bescheid zu sagen."

„Die Mühe hat er sich nicht gemacht."

„Typisch." Dani schniefte.

„Von Blake hast du nichts gehört?"

Seufzend schüttelte Dani den Kopf. „Nein, nichts."

Nun war es an Chase, auf und ab zu laufen, um seine ungeordneten Gedanken zu entwirren. Und sein Argwohn nahm zu. Chase war grundsätzlich skeptisch, was Zufälle betraf, und in Danis Leben gab es momentan einfach zu viele davon. „Ich frage mich, ob das etwas damit zu tun haben könnte, weshalb Jenna Peterson sich abgesetzt hat."

„Ich wüsste nicht, wie. Jenna hatte eine Meinungsverschiedenheit mit Caleb, und Cody … Cody ist wahrscheinlich mit seinem Vater durchgebrannt. Inzwischen könnten sie schon im Norden von Dakota sein oder in Idaho … oder Kanada. Ich würde Blake durchaus zutrauen, ihn außer Landes zu bringen."

„Aber warum, Dani?" Chase zog die dichten Augenbrauen hoch. Er ging in die Küche und durchstöberte Danis Schränke, bis er eine verstaubte alte Flasche Scotch fand und für sie beide je einen guten Schluck einschenkte. Die Gläser in der einen, die Flasche in der anderen Hand kehrte er wieder ins Wohnzimmer zurück und knipste eine der Tischlampen an.

„Warum nimmt Blake mir Cody weg?", griff Dani seine Frage auf. „Natürlich, weil er mit seinem Sohn zusammen sein will."

„Das glaube ich nicht." Chase reichte ihr ein Glas. „Trink das mal." Als sie protestieren wollte, stellte er die Flasche ab und schloss ihre Finger um das Glas. „Nur dieses eine Mal, Dani, keine Widerrede."

„Aber Cody muss bei Blake sein. Sie sind doch beide verschwunden."

„Das glaubst du." Chase kippte seinen Drink in einem Zug weg und schenkte sich noch einmal nach. Seine Fingergelenke wurden weiß, als er das Glas hielt und finster in die bernsteinfarbene Flüssigkeit schaute. „Weißt du … für meinen Geschmack gibt es hier einfach zu viele verdammte Launen des Schicksals."

„Verstehe ich nicht."

„Findest du es nicht seltsam, dass Jenna Peterson, eine Frau die jahrelang für Caleb gearbeitet hat, ungefähr zur selben Zeit das Weite sucht, wo Blake in den Ort geschneit kommt?"

„Aber Blake hat Cody schon vor Monaten geschrieben …"

„Und findest du nicht, dass es einen verdammten Tick zu gut passt, wenn sowohl Blake als auch der Junge von der Bildfläche verschwinden … gleich nachdem Caleb Johnson erfahren hat, dass wir über seine Machenschaften Bescheid wissen? Dass wir wirklich alles wissen – von der Vergiftung deines Wassers angefangen bis hin zu dem bewusst viel zu niedrigen Angebot für dein Land."

Dani nippte an ihrem Drink, während es ihr eiskalt über den Rücken lief. „Du versuchst mir zu sagen, dass Caleb hinter Codys Verschwinden steckt."

„Ich sage nur, dass ich ihm nicht vertraue und alles viel zu schnell geschieht, um bloß eine Laune des Schicksals zu sein." Er warf einen Blick durchs Fenster und sah, dass der Sturm zugelegt hatte. „Du bist diejenige, die mich auf den Gedanken gebracht hat, weißt du. Du hast selbst gesagt, dass du es leid bist, so manipuliert zu werden. Ich glaube, es gibt einige Gründe, weshalb es Zeit wird, mit meinem Partner mal reinen Tisch zu machen." Er trank sein Glas aus und stellte es mit einem dumpfen Schlag auf den Tisch. „Hol deinen Mantel. Diesmal werden wir ein paar Antworten bekommen, wenn wir mit Johnson reden. Ehrliche Antworten!"

„Das kann nicht euer Ernst sein!" Caleb schüttelte den Kopf und brachte sogar ein nervöses Lachen zustande. „Abgesehen von dem, was Sie mir heute Nachmittag am Telefon erzählt haben, weiß ich nichts vom Verschwinden Ihres Sohnes."

Er stand neben dem Kamin in seinem Wohnzimmer und sah Dani und Chase an, als hätten sie den Verstand verloren.

„Warum ist Jenna gegangen?", fragte Chase nachdrücklich.

„Hab ich doch schon gesagt. Keine Ahnung."

„Ich habe mit ihrer Tochter gesprochen, und die sagt mir, dass Jenna außer sich war, als sie von hier weg ist. Offenbar hatte Jenna eine Auseinandersetzung mit dir, und irgendetwas ist passiert, weshalb sie dir gekündigt hat. Es hatte etwas mit jemandem zu tun, den du vor kurzem eingestellt hast …"

Calebs Augen wurden kalt. „Wir haben uns gestritten", gab er zu.

„Worum ging's?"

Der alte Mann trat einen Schritt vor und stand nun nahe genug, um Chase mit ausgestreckter Hand berühren zu können. Aber stattdessen rieb er mit der Hand über den Rücken einer Ledercouch und musterte die harten Gesichtskonturen seines Gegenübers. Chase betrachtete ihn argwöhnisch, und seine so verdammt gleichmütigen Augen waren eine schweigende Anklage … Augen, die seinen eigenen Augen so sehr ähnelten.

Dani, die die Arme vor der Brust verschränkt hatte, wurde plötzlich kalt. Es war eine Vorahnung dessen, was nun folgen würde. „Ich will bloß meinen Sohn finden", warf sie ein und sah zwischen den wütenden Gesichtern der beiden Männer hin und her.

„Genauso wie ich all die Jahre meinen Sohn finden wollte", sagte Caleb mit monotoner Stimme.

„Verzeihung?", fragte Dani. „Ihr Sohn? Aber ich dachte immer …" Sie unterbrach sich mitten im Satz, als sie die unausgesprochene Botschaft von Caleb an Chase begriff.

Unter seiner Sonnenbräune verlor Chase die Farbe aus dem Gesicht, alle Muskeln spannten sich vor Abscheu und in seiner Abwehr presste er die Zähne aufeinander. „Was willst du damit sagen, Johnson?"

„Ich habe lange gebraucht, um dich zu finden. Ella hatte ihre Spuren gut verwischt."

„Du hast den Verstand verloren!", fuhr Chase ihn wütend an.

„Sieh's ein, Junge: Ich bin dein Vater!"

„Was, zum Teufel, soll das, Johnson?" Chase hatte sich wieder im Griff und starrte Caleb unverwandt an. Dennoch tobte tief in seinem Innern ein Gefühlschaos. „Das ist doch wieder nur ein weiterer Trick, um vom Thema abzulenken …"

„Es ist etwas, das ich schon seit geraumer Zeit auf den Tisch bringen wollte."

„Zum Teufel!" Chase konnte seine Wut nicht länger zügeln. „Deine Lügen machen mich krank. Komm mit, Dani!"

Er drehte sich um und wollte gehen, aber was Caleb nun sagte, hielt ihn zurück. „Das ist keine Lüge, Junge. Jenna hat die Wahrheit geahnt und wusste, wie du zu mir stehst. Offenbar habt ihr euch mal unterhalten. Als ich ihr sagte, dass ich dir endlich die Wahrheit sagen wollte, hat sie einen regelrechten Anfall bekommen und mich angefleht, ich soll dich damit in Ruhe lassen."

Chase verengte die Augen zu harten glitzernden Schlitzen. Er musste sich gewaltig beherrschen, um Caleb nicht an die Gurgel zu gehen. „Du irrst dich!"

„Warum hätte ich mir, deiner Meinung nach, denn sonst die Mühe machen sollen, dich aufzusuchen? Es gab ein Dutzend anderer Firmen, die ich damit hätte beauftragen können. Eric Conway hatte dich um dreitausendfünfhundert Dollar unterboten. Du kannst es nachprüfen, im Arbeitszimmer. Da steht alles in den Akten. Aber ich war nicht an dem günstigsten Anbieter interessiert", erklärte er mit frostiger Klarheit. „Ich wollte dich, und schmeichle dir nicht damit zu glauben, ich hätte es getan, weil du der Beste warst!" Über seine eigene Schwäche lachend, fuhr er fort: „Ich hatte das dumme menschliche Bedürfnis, den einzigen Sohn, den ich gezeugt habe, kennenzulernen, bevor ich sterbe."

Nichts außer Hass und Wut schlugen Caleb entgegen. Chase packte Calebs Hemd und zerknitterte den sauberen, gestärkten Stoff in seiner Faust. „Du lügst. Das ist nichts weiter als wieder einer deiner schmutzigen Tricks, um mir Rauch ins Gesicht zu blasen!" Er drückte seine Nase an Calebs und der Blick seiner stürmischen blauen Augen bohrte sich in die des alten Mannes. „Also, warum sagst du uns jetzt nicht mal, warum Jenna wirklich gegangen ist? Und wenn du schon dabei bist, kannst du Dani auch gleich erzählen, was du mit ihrem Ex zu tun hast und wo, zum Teufel, ihr Sohn steckt."

„Das weiß ich nicht."

„Du treibst es auf die Spitze", warnte Chase ihn durch zusammengebissene Zähne.

Caleb warf Dani einen nervösen Blick zu und konzentrierte sich wieder auf Chase. „Lass mich los, und ich werde es dir beweisen."

„Nur zu." Chase öffnete die Faust und Caleb strich sich das Hemd glatt.

Ohne ein Wort zu sagen, verließ Caleb das Wohnzimmer, überquerte den Flur und ging in sein Büro. Er brauchte mehrere Minuten, bis er mit einem verblassten Foto in der einen und einem Bündel Briefe in der anderen Hand zurückkam.

Beides legte er auf den Glastisch neben dem Kamin. Fassungslos starrte Dani auf das Foto. Es war das grobkörnige Bild eines Mannes und einer Frau. Sie hatten die Arme untergehakt, und zu ihren Füßen spielte ein junger Cockerspaniel. Die kleinere blonde Frau auf dem Foto kannte sie nicht, aber der Mann war Chase … oder jemand, der ihm ähnlich genug sah, um sein Bruder zu sein. Oder sein Vater! Schockiert begann sie zu akzeptieren, was Chase nicht annehmen konnte.

„Ist das nicht deine Mutter?", drängte Caleb und wies auf die Frau.

„Sieht aus wie sie", gab Chase zögernd zu. Wie betäubt wehrte er sich gegen die Wahrheit, die kaum noch zu leugnen war.

„Und der Hund … bist du nicht mit einem schwarzen Cocker-Welpen aufgewachsen?

„Das ist nicht derselbe Hund."

„Namens Charlie."

Chase rührte sich nicht. Sein Körper verkrampfte sich, als er noch immer auf das Foto starrte.

„Und was ist mit dem Mann?", fragte Caleb. „Ist das dein Pa?"

„Nein!"

Schnaubend schüttelte Caleb das weiße Haupt. „Gib auf, Sohn. Das bin ich!" Er tippte mit dem Finger auf das glänzende Foto. „Und als ich dich zum ersten Mal sah, war es, als würde ich vor dreißig Jahren in den Spiegel schauen!"

Chase wankte, versuchte jedoch, an seinem Zorn festzuhalten. „Ich glaube dir nicht. Ich weiß nicht, wie du es schaffst …"

„Dann sieh dir die Briefe an. Sie sind alle an mich adressiert, in der Handschrift deiner Ma. Lies, was da steht", forderte er, stieß den Stapel Briefe vom Tisch und ließ sie zu Boden flattern. „Sie sind von deiner Mutter. Und sie hat mir sogar von dir erzählt. Natürlich erst, nachdem sie bereits alle Vorbereitungen getroffen hatte, einen anderen Mann zu heiraten. Seinen Namen hat sie mir nie genannt, und ich habe fast dreißig Jahre gebraucht, um dich ausfindig zu machen. Aber da waren sie und ihr Mann bereits beide gestorben."

Chase hob einen der Briefe auf, prüfte die Handschrift und zerknüllte ihn in der Faust. Ärger und Fassungslosigkeit verbanden sich zu einem unmenschlichen Zorn, der seine Gesichtszüge beherrschte und ihn innerlich erstarren ließ. „Fahr zur Hölle!"

Dani griff nach seinem Arm. „Lass uns gehen. Komm schon, wir müssen Cody finden. Es ist offensichtlich, dass er uns nicht helfen kann."

„Und die ganze Zeit hast du geglaubt, ein anderer Mann sei dein Vater", höhnte Caleb.

Chase wand sich wie eine Klapperschlange kurz vor dem Angriff, und seine Augen sprühten Funken, aber in seiner Stimme lag eine Spur Zurückhaltung. „Wenn du das alles wusstest, als du zum ersten Mal zu mir gekommen bist, warum hast du es mir nicht gleich gesagt?"

„Hättest du mir geglaubt?“

„Das tue ich auch jetzt nicht.“

Caleb zuckte mit den breiten Schultern. „Dann kam es wohl kaum darauf an, nicht wahr?“

Mit wachsendem Entsetzen beobachtete Dani das Geschehen. Ob Chase es nun glaubte oder nicht, er war offensichtlich Calebs Sohn. Der Gedanke machte sie fast krank, und sie versuchte Abstand zu gewinnen zu den beiden Männern. Sie ging ans Fenster und beobachtete von dort, wie sich die beiden anfunkelten und anbrüllten, während ihre Stimmen eine emotional fiebrige Tonlage erreichten. Chase, der bereit war zuzuschlagen und sich mit Caleb zu prügeln, und Caleb, selbstgefällig im Wissen um die Wahrheit.

„Du elender Mistkerl“, rief Chase. Endlich explodierte seine Wut und er schlug mit aller Kraft die Faust an die Wand. Ein Bild fiel mit einem dumpfen Aufschlag zu Boden und der teure Rahmen ging zu Bruch. „Wieso musstest du mich in das alles hineinziehen? Verdammt, wieso hast du mich nicht einfach in Ruhe gelassen?“

„Weil ich nicht sterben wollte, ohne dich zu sehen. Eines Tages wirst du vielleicht selbst einmal Kinder haben, dann wirst du das verstehen“, prophezeite Caleb.

„Aber diese ganze Verschwörerei und Heimlichtuerei.“ Chase rieb sich den Nasenrücken und versuchte, einen weiteren Wutanfall unter Kontrolle zu bringen. Am liebsten hätte er Caleb die Faust ins feixende Gesicht gerammt, aber er wusste nur zu gut, dass es nichts ändern würde, wenn er den Mann vor ihm verletzte. Er zitterte vor Zorn und sprach mit tiefer, fester Stimme, während er Caleb mit seinen Blicken durchbohrte.

Langsam bewegte sich Dani rückwärts aus dem Zimmer hinaus.

„Hör mir zu, Johnson, ich will nicht darüber reden … Ich will nicht einmal daran denken! Ich will nur Danis Jungen finden!“

„Ich habe keine Ahnung, wo dieses Kind steckt …“

„Lass uns gehen!", wandte er sich an Dani.

Sie aber sah die Briefe am Boden, das Foto auf dem Tisch und schließlich Chase' zornrotes Gesicht. „Nein", sagte sie, hob abwehrend die Hände und ging weiter zur Tür. „Ich glaube, du solltest hierbleiben und das klären. Er ist dein Vater, Chase. Dein Fleisch und Blut!"

Fassungslos und verwirrt versuchte sie, das alles irgendwie zu begreifen und den Ansturm der Gefühle zu bewältigen, der sie in tausend Stücke zu zerreißen drohte. Chase – Calebs Sohn? Nach dem Schock fühlte sie sich wie betäubt, und sie glaubte, nicht mehr davon ertragen zu können. „Ich gehe nach Hause und warte auf Cody …"

Sie rannte zur Haustür und ins Freie, dankbar für die kühle Luft, die ihr die Haare aus dem Gesicht blies. Der Wind schlug wütend auf das Haus ein und immer noch fielen dicke Regentropfen vom Himmel und spritzten über die Steinplatten des Gehwegs.

„Dani …" Chase rief ihr nach und folgte ihr in die stürmische Nacht. Beim Pick-up holte er sie ein, legte ihr die Hände auf die Schultern und zwang sie, ihn anzusehen. „Wohin willst du?"

„Meinen Sohn suchen!"

„Ich werde dich fahren …"

„Glaubst du nicht, du solltest lieber hierbleiben und die Situation mit deinem Vater klären?", fragte sie sarkastisch. „Wie lange wusstest du schon davon, Chase?" Sie wusste, wie unsinnig diese Frage war, aber allmählich verlor sie komplett die Kontrolle über ihre Gefühle. „Zuerst dachte ich, du arbeitest für Caleb, dann habe ich herausgefunden, dass du sein Partner bist, aber es ist mehr als das, nicht wahr? Du bist sein Sohn, Chase. Sein Sohn!"

Zutiefst verletzt starrte er sie an, die blauen Augen ungläubig und zugleich wütend aufgerissen. „Du hältst das also für eine Art Komplott? Du meinst, ich hätte damit zu tun?"

„Ach, Chase", stöhnte sie, während der Regen ihre Haare

und Schultern durchnässte und ihr die Tropfen übers Gesicht rannen. „Ich weiß nicht, was ich denken soll. Aber darüber kann ich mir nicht den Kopf zerbrechen. Nicht jetzt. Nicht, bis ich Cody gefunden habe …"

Mit einem Mal ertönte ein lauter Knall, wie von einer Explosion, und Chase griff nach Dani und drückte sie fest an den Pick-up, um sie mit seinem Körper zu schützen.

„Oh Gott, was war das?", flüsterte sie und klammerte sich an den rauen Stoff seiner Jeansjacke.

„Nein!" Plötzlich ließ Chase sie los und rannte zum Zaun an der Südseite des Parkplatzes.

Ihr Herz raste, und Fassungslosigkeit und Grauen nahmen von ihr Besitz, als Dani vom Hügel hinunter auf ihr Land blickte, wo das reinste Feuerwerk in den schwarzen Himmel schoss. Wie eine Hand aus der Hölle loderten orangerote Flammen nach oben und kratzten an dem rauchverhangenen Nachthimmel.

„Oh, Gott …"

„Es ist der Lagerschuppen, wo du deinen Traktor stehen hast." Chase zog sie weg von dem schrecklichen Anblick. „Komm mit."

Caleb war aus dem Haus gekommen und stand auf der Veranda hinter seinem Haus. „Ruf die Feuerwehr! Schick sie zur Hawthorne-Farm", schrie Chase ihm zu, den Sturm überbrüllend. „Und finde jemanden, der sich um Dani kümmert!"

„Du wirst mich nicht allein lassen!", schrie sie mit schreckgeweiteten Augen. „Ich muss nach Hause."

„Es gibt nichts, was du tun kannst …"

„Lass mich los!", zischte sie, rannte zum Pick-up und riss die Fahrertür auf. „Cody könnte da unten sein!" Sie sprang hinein und zog ihre Schlüssel aus der Tasche.

Kurz entschlossen stieg auch Chase in den Wagen, ignorierte ihren Protest und startete den Motor. Wenig später näherten sie sich über die vom Regen aufgeweichte Zufahrt Danis Haus.

Mit stumpfem Blick und angsterfülltem Herzen starrte sie auf das Feuer, während sie versuchte, an der Hoffnung festzuhalten, dass Cody sich irgendwo weit entfernt von diesem Inferno aufhielt.

Das Haus wurde von himmelhohen orangen und roten Flammen illuminiert.

„Näher können wir nicht heran", sagte Chase und lenkte den Truck durch das erste offen stehende Tor auf ein Feld, das ein paar hundert Meter vom Haus entfernt lag, um die Zufahrt für die Feuerwehrwagen freizuhalten.

„Ich gehe zu Fuß!"

„Auf keinen Fall …"

„Cody könnte dort sein!"

„Ich suche ihn! Du bleibst hier."

„Nie und nimmer!" Sie stieß die Beifahrertür auf und Chase riss sie so heftig wieder in die Fahrerkabine zurück, dass ihr die Haare ums Gesicht flogen. Die Augen vor Angst und Wut weit aufgerissen, schrie sie: „Lass mich gehen! Chase, ich muss …"

„Verdammt noch mal!" Fluchend fuhr Chase nun auch den Rest des Wegs auf das Haus zu. Der Pick-up holperte über die Allee, und noch ehe Chase anhalten konnte, war Dani auch schon aus der Kabine gesprungen. Schwerer schwarzer Rauch erfüllte die Luft, während gleichzeitig der Regen herunterprasselte.

„Cody!", schrie sie und versuchte ihre Angst und Verzweiflung im Griff zu halten. „Runt!" *Gott, wo steckte der Hund?* Von den beiden anderen Gebäuden strahlte bereits eine solche Hitze ab, dass selbst der strömende Regen das hell lodernde Feuer nicht würde eindämmen können.

Chase folgte ihr auf den Fersen, als sie die zwei Stufen übersprang und ins Haus rannte. Während sie immer wieder aus voller Lunge Codys Namen rief, hechtete sie unten durch die Räume. Zwei Stufen auf einmal nehmend, stürmte sie die Treppe nach oben und riss die Tür zu Codys Zimmer auf.

„Runt ist nicht mehr da", rief sie Chase zu. „Cody muss zu Hause gewesen sein … Oh Gott!" Auf dem Bett lag die Nachricht, die sie an den Kühlschrank geheftet hatte. Und daneben lag der Rucksack, mit dem er zur Schule gefahren war … und im Fenster die hässlichen Flammen, die den Himmel erhellten, flackernde orangefarbene Schatten ins Zimmer warfen und die Luft mit beißendem Rauch schwängerten.

„Nein!", schrie Dani. „Oh Gott … oh … Gott!" Und dann brach sie zusammen und fühlte gerade noch, wie Chase sie in seinen starken Armen auffing.

12. KAPITEL

Als Dani die Augen wieder aufschlug, hatte sie Schwierigkeiten, sich zu konzentrieren. Schemenhaft nahm sie Bewegungen um sich herum wahr ... und Lärm, sehr viel Lärm, kreischende Sirenen, brüllende Männer und ein Gestank ... irgendetwas brannte ...

Sie blinzelte zweimal und stellte fest, dass Chase sie auf den Armen über die Zufahrt trug ... weg vom Haus. „Nein", flüsterte sie mit trockener Kehle. „Chase ... lass mich runter!"

„Diesmal machen wir es auf meine Art, Lady", sagte er eindringlich. Das Regenwasser hatte ihm die Haare an den Kopf geklebt, und sein Gesicht war ganz verschmiert von Matsch und Ruß.

„Aber Cody ..."

„Ich werde ihn finden." Ein paar Transporter rasten an ihnen vorbei und ein Sanitäter hielt an, um mit Chase zu reden.

„Alles in Ordnung mit ihr?"

„Ich denke ja ..."

„Es geht mir gut", behauptete Dani fest. „Bitte, lass mich runter!" Als sie wieder auf den Beinen stand, nahm sie mit Erstaunen wahr, welche Szene sich vor ihr abspielte. Löschfahrzeuge pumpten Wasser aus dem Bach und spritzten es über den Lagerschuppen. Mehrere Männer, von denen sie annahm, dass es Nachbarn waren, trieben die Tiere vom Stall auf die Felder, die am weitesten vom Haus entfernt waren. Die Kühe muhten ängstlich und die Pferde sprinteten los.

„Wo kommen die alle her?", fragte sie.

„Caleb hat die Feuerwehr angerufen, und die Nachbarn haben die Explosion gehört. Du warst eine ganze Weile bewusstlos."

Sie fasste sich mit der Hand an den Kopf und versuchte trotz Kopfschmerzen und brennender Augen klar zu denken. Endlich begannen ihre Gedanken sich zu ordnen, und die Angst nahm wieder Besitz von ihr. „Augenblick mal. Wo ist Cody?

Sein Rucksack lag auf dem Bett, ich habe seine Schuhe gesehen und die Nachricht, die ich ihm geschrieben hatte. Er war zu Hause, Chase! In diesem Haus ...“ Mit dem Finger zeigte sie auf das nasse, dunkle Haus, in dem sie mit ihrem Sohn wohnte. „Lieber Gott, wo kann er nur sein?“ Sie versuchte sich loszureißen, um wieder hinaufzulaufen, und kämpfte gegen den starken Arm, der sie umfasst hielt.

„Du kannst nichts mehr tun“, sagte Chase. „Lass die Feuerwehr den Brand löschen.“

In diesem Moment bog ein Transporter in die Zufahrt ein. Marcella Anders saß am Steuer, ihr Gesicht zu einer Maske des Entsetzens erstarrt. „Was, zum Teufel, ist hier los?“, fragte sie. „Ich komme gerade vom Laden und will nach Hause, als ich diesen ganzen Tumult hier sehe ...“

„Der Lagerschuppen hat irgendwie Feuer gefangen und der Benzintank ist explodiert“, setzte Chase sie ins Bild.

„Gütiger Gott!“ Marcella betrachtete die hektische Aktivität, die überall herrschte, und ihre Miene verfinsterte sich.

„Oh, nein“, flüsterte Dani, die endlich begriff, wie es zu der Explosion gekommen war. „Aber wie ...“

„Glücklicherweise hatte Dani nicht viel Benzin im Tank“, fuhr Chase fort.

„Gott sei Dank.“

„Suchst du noch immer nach deinem Jungen?“, fragte Marcella.

„Ja.“ Sofort richtete Dani sich auf. „Hast du ihn gesehen?“

„Ich fürchte, nein. Die Jungs haben nach ihm gesucht, aber im Ort war er nirgendwo aufzutreiben.“

„Ich hoffe nur, dass er in Sicherheit ist.“ Doch dann dachte Dani an Codys Sachen, die im Haus lagen. „Lass mich los“, bat sie Chase.

„Wenn Sie sich um Dani kümmern könnten, werde ich mich mal in der Scheune umsehen“, wandte Chase sich an Marcella. „Ich will auch mit dem Feuerwehrchef reden und, wenn er mich lässt, sein Telefon benutzen. Hier habe ich einfach keine Funkverbindung.“

„Niemand muss sich um mich kümmern! Ich komme mit."

„Immer langsam", sagte Marcella freundlich. „Wenn ich richtig verstanden habe, dürftest du für heute genug Schocks erlebt haben. Setz dich hier zu mir in den Truck, bis er zurückkommt. Ich habe Kaffee dabei und Donuts, die ich mit nach Hause nehmen wollte."

„Ich kann keinen Bissen runterkriegen", protestierte Dani, während Marcella die Tür ihres Wagens öffnete und ihr hineinhalf.

„Aber zumindest kannst du mir Gesellschaft leisten und eine Tasse Kaffee mit mir teilen. Chase wird deinen Jungen schon finden."

„Gott, das hoffe ich", flüsterte Dani und hielt den oberen Verschluss der Thermoskanne in beiden Händen, während sie durch die regenüberströmte Windschutzscheibe auf ihr Haus und die scharlachroten Flammen starrte.

Drei Stunden später war das Feuer eingedämmt. Ein paar verkohlte Teile des Schuppens schwelten zwar noch, aber alles in allem hatte das Feuer sich ausgetobt und dabei den Traktor, den Pflug, die Egge, die Heuballenpresse sowie den Anhänger zerstört und nur noch kohlrabenschwarze Skelette von den Maschinen hinterlassen, die einmal Danis Ausrüstung waren.

Dani musste gefühlte tausend Fragen vom Feuerwehrchef und der Polizei über sich ergehen lassen, denn die Feuerwehr ging davon aus, dass der Brand gelegt worden war.

„Ich war drüben bei Caleb Johnson, als ich die Explosion gehört habe", erklärte sie nun zum fünften Mal. Diesmal war es ein weiterer Hilfssheriff, der sie mit Fragen löcherte. Dani war erschöpft und krank vor Sorgen, und sie war die Fragen und unterschwelligen Vorwürfe leid. „Fragen Sie ihn oder Chase McEnroe, der zu dem Zeitpunkt mit mir dort war."

„Wo ist er?"

„Er sucht meinen Jungen."

„Der Junge, den Sie als vermisst gemeldet haben?"

„Ja." Sie hatte das alles schon hundert Mal erklärt. „Ich habe gesehen, dass Cody zwischenzeitlich zu Hause gewesen sein muss; seine Schuhe und der Rucksack, den er zur Schule mitgenommen hatte, lagen neben einer Nachricht, die ich ihm hinterlassen hatte, in seinem Zimmer."

„Macht es Ihnen etwas aus, wenn ich mir das einmal ansehe?"

„Bitte, tun Sie das", stimmte sie zu, schloss die Augen und drehte den Hals hin und her, um die verspannten Schultermuskeln zu lockern. „Nur, bitte, finden Sie meinen Sohn."

„Sie haben ihn nach dem Brand nicht mehr gesehen?"

„Ich habe ihn seit heute Morgen nicht mehr gesehen!" Dany folgte dem jungen Hilfssheriff ins Haus. Es war vor den Flammen gerettet worden, aber es stank nach feuchtem Ruß. Um das Haus zu retten, hatten die Feuerwehrleute es stark mit Wasser bespritzt, wobei mehrere Fenster unter dem Druck aus den gigantischen Schläuchen zerbrochen waren.

Glücklicherweise hatten die Brüder Anders mit mehreren anderen Nachbarn die Tiere bereits versorgt, sodass Dani mit Marcella allein im Haus blieb, nachdem der junge Hilfssheriff gegangen war und versprochen hatte, am nächsten Morgen wiederzukommen. Gemeinsam warteten sie auf Nachricht von Cody und Chase.

„Wo, glaubst du, könnte Chase sein?", fragte Marcella und fuhr sich mit den Fingern durch die Haare.

„Wie gesagt, er sucht nach dem Jungen."

Dani ging unruhig im Wohnzimmer auf und ab, ohne auf den nassen Boden zu achten. „Warum fährst du jetzt nicht nach Hause?", fragte sie und schenkte Marcella ein Lächeln. „Es gibt nichts, was man heute Abend noch tun könnte, und mit mir ist alles in Ordnung. Wirklich!"

„Nicht bevor Chase wieder hier ist", sagte Marcella, ließ sich aufs Sofa fallen und griff nach einer Zeitschrift.

„Es ist schon fast zehn …"

„Und in meiner Familie sind alle alt genug, sich um sich selbst zu kümmern! Die Jungs wissen, wo ich bin, falls sie mich brauchen." Sie las eine Schlagzeile in Codys Anglerblättchen und warf die rußverschmierte Zeitschrift wieder auf den Tisch. „Was hältst du davon, wenn ich uns ein Sandwich oder eine heiße Suppe mache?"

„Ich glaube, nicht für mich, aber wenn du Hunger hast …"

„Unsinn! Du siehst aus, als hättest du seit Tagen nichts gegessen. Kein Wunder, dass du da oben ohnmächtig geworden bist, bei der ganzen Aufregung hier!"

Ohne Umstände übernahm Marcella das Zepter in der Küche, band sich eine Schürze um und durchstöberte Danis Schränke, bis sie einen Topf und eine Dose mit Brühe gefunden hatte. In weniger als zehn Minuten hatte sie Dani so weit, dass sie sich an den Tisch setzte und warme Brühe trank. Aufmerksam hörte Marcella ihr zu, als Dani davon erzählte, was sich in den letzten Wochen alles zugetragen hatte.

„Meine Güte!", rief Marcella aus. „Kein Wunder, dass du stinksauer auf Caleb bist. Und jetzt stellt sich auch noch heraus, dass Chase sein Sohn ist." Sie klopfte mit den Fingern auf den Rand ihrer Kaffeetasse. „Weißt du, wenn du mal ein paar Leuten im Ort von diesen Geschichten etwas erzählt hättest – vielleicht wären wir dann nicht alle so übereifrig gewesen, was dieses Projekt ‚Summer Ridge' angeht."

„Ich konnte nichts sagen, denn ich hatte doch wirklich nicht den geringsten Beweis, bis Chase die Tonne mit dem Dioxin gefunden hatte und Larry Cross ausfindig machen konnte. Abgesehen davon hätte es ausgesehen, als wäre ich bloß neidisch." Wieder einmal sah sie auf die Uhr. Halb zwölf. Und immer noch kein Zeichen von Chase oder Cody.

„Warum gehst du nicht nach oben und machst dich mal frisch?", schlug Marcella vor. „Ich werde die Küche aufräumen …"

„Bitte, mach dir keine Mühe."

„Geh schon. Ich kann genauso gut wie du auf Chase warten. Und wenn das Telefon klingelt, gehe ich ran. Also los, beeil dich!"

Dani war viel zu müde, um Einwände zu erheben. Sie ging nach oben und nahm ein heißes Bad, dabei lauschte sie auf die Geräusche aus der Küche, wo Marcella mit dem Geschirr klapperte. Traurig lächelnd erinnerte sie sich daran, wie beruhigend sie es fand und wie sehr sie es vor Jahren als Teenager immer genossen hatte, zu hören, wie ihre Mutter in der Küche rumorte ... Aber das war lange her, bevor Cody geboren wurde. Und jetzt war er verschwunden.

Sie wusch sich den Ruß aus den Haaren und vom Körper. Anschließend schlug sie die Haare in ein Handtuch und warf sich den Morgenmantel über. Auf der Treppe nach unten trocknete sie sich noch die Haare mit dem Handtuch, als sie Runts vertrautes Bellen an der Hintertür hörte. Fast wäre ihr das Herz stehengeblieben. „Cody!", schrie sie.

Die restlichen Stufen sprang sie hinunter und stürzte zur Hintertür, wo sie den Hund hereinließ. Im selben Moment sah sie Cody und Chase, die sich durch den Garten schleppten. Sie übersprang die zwei Stufen der Veranda und flog den beiden entgegen, das Gesicht nass von Tränen der Erleichterung.

Cody warf sich ihr in die Arme und klammerte sich verzweifelt an ihr fest. „Mom", würgte er heraus. „Bitte sei nicht böse auf mich!"

„Böse? Warum denn?"

„Weil ich die Schule geschwänzt und mich versteckt habe."

„Ist schon in Ordnung. Alles ist in Ordnung, wo du jetzt wieder sicher zu Hause bist." Schluchzend umklammerte sie ihren Sohn, während sie gleichzeitig zu Chase hochsah. „Gott, ich habe mir wahnsinnige Sorgen um euch gemacht." Wie müde und besorgt Chase aussieht, dachte sie mit einem Mal. Noch nie in ihrem Leben hatte sie sich mehr gefreut, jemanden zu sehen! „Wo hast du ihn gefunden?"

„Bei dem alten Siedlerhof."

„Ich danke dir", flüsterte sie, ließ Cody los und gab Chase einen Kuss auf die Lippen. „Ich hatte Angst, euch beide zu verlieren."

„Niemals, Lady. So leicht wirst du mich nicht los."

„Ich denke, wir sollten lieber reingehen", sagte Chase. „Der Junge hier verhungert uns sonst noch, und er ist todmüde. Abgesehen davon muss ich dir eine Menge darüber erzählen, was passiert ist."

Marcella stand in der Tür, und auch ihr standen die Tränen in den Augen. Mit einem Schürzenzipfel tupfte sie sie sich aus dem Augenwinkel. „Du musst dich um nichts kümmern", erklärte sie. „Ich werde Cody ein schönes warmes Essen machen, solange er oben ist und sich wäscht." Damit eilte sie ins Haus.

Es war fast zwei Stunden später, als Marcella nach Hause gegangen und Cody völlig erschöpft nach einem grauenhaften Tag in Danis Armen eingeschlafen war. Müde, aber zufrieden kam Dani endlich die Treppe herunter, als Chase gerade den Telefonhörer auflegte.

„Also gut, heraus damit." Dani lehnte sich an die Wand, während Chase sich auf die Couch fallen ließ. „Ich weiß, irgendetwas ist passiert, also kannst du mich auch gleich ins Bild setzen. Hat Cody den Schuppen angezündet?"

„Nein", antwortete Chase und rieb sich den Nacken.

„Lass mich das machen." Sie bestand darauf, stellte sich hinter die Couch und massierte seine verspannten Schultern. „Also, wer war es?"

„Blake."

„*Blake!*" Dani war wie vom Donner gerührt. Vor lauter Wut knetete sie seine Muskeln, als gälte es, einen Preis zu gewinnen. „Aber warum? Und woher weißt du das?"

„Immer langsam und etwas sanfter, wenn's geht!" Er entzog sich ihren kräftigen Fingern.

„Oh, entschuldige."

„Cody hat gesehen, wie sein Dad das Feuer angezündet hat."

Dani rührte sich nicht. „Moment, noch mal von vorne. Cody war also hier, als das Feuer ausbrach?"

„Richtig. Wie es aussieht, ist Cody am frühen Abend nach Hause gekommen, um sich wieder mit dir zu vertragen. Aber wir waren drüben bei Caleb. Cody ging hoch in sein Zimmer und sah Blake durchs Fenster im Schuppen. Also ist er rausgegangen, und genau in dem Augenblick fing der Schuppen Feuer und explodierte himmelhoch."

„Oh mein Gott", wisperte Dani.

„Cody ist durchgedreht vor Angst. Er wusste nicht, wo du warst, und er hatte Angst, sein Vater könnte verletzt oder gar tot sein. Nachdem er kurz nach Blake gesucht hatte, ist er zu dem alten Hof gerannt und hat sich dort versteckt, um sich über alles klar zu werden. Als ich ihn gefunden habe, war er bereit, nach Hause zu kommen."

„Aber warum ist er nicht einfach hiergeblieben … hier bei uns oder zu einem der Nachbarn gegangen?"

„Weil er völlig verwirrt war! Kannst du dir seine Enttäuschung vorstellen? Der Vater, nach dem er sich so sehr gesehnt hatte, hat sein wahres Gesicht gezeigt und ist in Wirklichkeit ein Krimineller. Das ist für Cody – wie für uns alle – nicht leicht zu begreifen."

„Und wo ist Blake? Und warum wollte er meine Farm in die Luft fliegen lassen? Glaubst du wirklich, dass Caleb dahintersteckt?"

„Ich bin mir sicher."

„Aber wie?"

„Komm her."

Sie ging um die Couch herum, und er griff nach ihrem Handgelenk. Zärtlich zog er so lange daran, bis sie auf ihn fiel. „Du machst mich noch ganz schmutzig", protestierte sie lächelnd.

„Das beschreibt es nicht einmal zur Hälfte." Er zog ihren Kopf näher an seinen, schob die Finger in ihre noch leicht feuchten Haare und atmete tief ihren Duft ein. „Gott, ich habe dich vermisst." Er küsste sie zärtlich und stöhnte, als sie sich an ihn schmiegte.

Als er jedoch anfing Küsse auf ihrem Gesicht zu verteilen und ihr den Morgenmantel von den Schultern streifte, hielt sie ihn zurück. „Augenblick mal, du Held. Immer schön eins nach dem anderen. Sag mir, was du sonst noch weißt."

„Hat dir schon mal jemand gesagt, dass du die Prioritäten verwechselst?"

Sie lachte. „Komm schon, raus damit."

„Also gut. Ich habe eben mit Jenna Peterson telefoniert."

„Wann?"

„Gerade vor ein paar Minuten, als du oben bei Cody warst."

„So spät?"

„Ich fand, je eher wir das klären, desto besser. Ihre Schwester hatte mir gesagt, dass sie heute zurückkommen wollte, also habe ich es darauf ankommen lassen und sie angerufen. Es hat geklappt."

„Und was hat sie gesagt?"

„Jenna hat Caleb nicht wegen mir verlassen, sondern weil sie wusste, dass er Blake Summers auf seine Gehaltsliste gesetzt hatte."

„Was?!"

„Du hast richtig gehört. Als ich dich nicht davon überzeugen konnte zu verkaufen, hat Caleb sich mit Blake in Verbindung gesetzt."

„Aber warum?"

„Weil er wusste, dass Cody einen Brief von ihm erhalten hatte. So wie ich das sehe, glaubte Caleb wohl, mit Blake ein Ass im Ärmel zu haben. Wenn Blake hier auftauchte, gab es nur zwei Möglichkeiten: Entweder Blake würde es schaffen, den Weg in dein Herz zurückzufinden und dich zum Verkauf überreden …"

„Ausgeschlossen!"

„… oder dir eine solche Angst einjagen, dass du nichts anderes mehr wolltest, als aus der Stadt zu verschwinden, bloß weg von ihm. Womit Johnson nicht gerechnet hatte, war die Tatsache, dass du dich nicht von Blake hast gängeln lassen. Offensichtlich ist Blake das auch aufgefallen. Ich schätze, er hatte irgendeine Abmachung mit Caleb … so ähnlich wie Larry

Cross. Wenn es ihm gelungen wäre, dich auf die eine oder andere Weise dazu zu bewegen, von hier wegzuziehen, hätte er ein nettes Sümmchen Geld erhalten. Warum sonst hätte er jetzt kommen sollen? Warum hätte er versuchen sollen, erst bei seinem Sohn alles wiedergutzumachen und dann deinen Lagerschuppen in Brand zu setzen?"

„Wenn er es war."

„Glaubst du nicht, dass er es getan hat?"

„Ich weiß nicht, was ich denken soll. Ich weiß nur, dass ich so froh bin, dich bei mir zu haben, dass Cody in Sicherheit ist und wir heute Nacht zusammen sein können. Morgen früh werden wir uns um alles kümmern."

„Du meinst, Brandsachverständige, Schadensermittler, neugierige Nachbarn ..."

„Feuchtes Heu, verängstigte Tiere, Caleb, Blake und den Rest der Welt", murmelte sie und legte den Kopf an seinen Hals. „Aber das alles ist wirklich nicht so wichtig", flüsterte sie. „Vor ein paar Stunden, als ich dachte, Cody könnte tot sein, und ich nicht wusste, wo du warst, ist mir klar geworden, dass nichts, nicht einmal dieses Land, den ganzen Ärger wert ist ..."

„Schschsch", sagte er und zog die Decke über sie beide. „Schlaf lieber. Denk heute Nacht nicht daran, das Land aufzugeben. Wenn du das tust, hat Caleb bereits gewonnen."

„Ich bin es nur so leid, weiter zu kämpfen ...", murmelte sie und kuschelte sich an ihn.

„Das bin ich auch, Dani", stimmte er ihr zu und gab ihr einen Kuss auf die Haare. „Mir geht es ganz genauso. Aber ich werde nicht zulassen, dass Johnson gewinnt ... auch wenn sich herausstellt, dass er tatsächlich mein Vater ist."

Die Arme fest um die Frau geschlungen, die er liebte, lag Chase McEnroe noch lange wach und schwor sich im Stillen, dass er Dani und ihren Sohn niemals im Stich lassen würde, ganz gleich, was kommen mochte. Mit jedem Quäntchen Kraft, das ihm zur Verfügung stand, wollte er gegen Caleb Johnson und für Danis Recht kämpfen, denn sie sollte das Land behalten dürfen, das sie von ganzem Herzen liebte.

Als Dani aufwachte, hatte sie einen steifen Hals, und als sie ihn hin und her bewegte, blickte sie auf einmal in die schönsten blauen Augen, die ihr je begegnet waren.

„Guten Morgen", sagte Chase liebevoll und lächelte sie an.

„Lieber Himmel, wie spät ist es?"

„Kurz nach sieben."

„Ooh", stöhnte sie. „Ich muss aufstehen und die Tiere füttern. Und Cody wird den Bus verpassen …"

„Lass ihn doch."

„Was sagst du?" Sie rieb sich die Augen und versuchte, einen klaren Kopf zu bekommen.

„Gönne dem Kind eine Pause …"

„Aber die Schule hat kaum angefangen."

„Ich weiß, aber heute ist ein besonderer Tag."

„Oh?" Sie schmiegte sich enger an ihn. „Erzähl mir mehr …"

„Wir werden uns einen Pastor suchen und die Hochzeit für nächste Woche planen."

„Ach, Chase, wie kannst du auch nur daran denken, so schnell zu heiraten?" Sie musste über die absurde Situation lachen.

„Ich hatte die ganze Nacht Zeit dazu", erwiderte er ernst. „Und da führt kein Weg vorbei, Lady. Nächsten Samstag werden wir heiraten, und wenn die Welt untergeht."

„Das ist ein so wundervoller Vorschlag", zog sie ihn auf. „Wie könnte man als Frau da widerstehen?" Sie streckte sich und richtete sich auf, ohne die verträumte Leidenschaft in seinem Blick zu beachten. „Aber ich denke, das sollte ich mal lieber mit Cody besprechen."

„Mit ihm habe ich schon darüber gesprochen."

Sie war im Begriff, aufzustehen und in die Küche zu gehen, aber nun drehte sie den Kopf schnell herum, und ihre langen goldschimmernden Haare folgten der Bewegung. „Wann?"

„Gestern. Als ich ihn auf dem Siedlerhof fand. Ich habe ihm gesagt, was ich für dich und ihn empfinde, und ich habe ihm auch gesagt, dass ich mich nicht in die Beziehung zu seinem leiblichen Vater einmischen werde, auch wenn ich ihn gern adoptieren würde."

„Und?"

„Und er schien die Vorstellung zu akzeptieren. Aber in dem Augenblick war er von seinem Vater auch ziemlich enttäuscht."

„Das kann ich mir vorstellen …" Sehnsüchtig sah sie die Treppe hinauf.

„Geh nur zu ihm", schlug Chase vor. „Hör dir an, was er zu sagen hat. Ich muss eh noch ein paar Telefonate erledigen."

Dani ging die Treppe hoch und klopfte leise an Codys Tür.

„Ja?", hörte sie aus dem Zimmer und gleich darauf ein freudiges Jaulen von Runt.

„Kann ich reinkommen?"

„Klar." Cody lag auf dem Bett, die Bettdecke zur Hälfte auf dem Boden. Als Dani die Tür aufmachte, schoss Runt wie eine Rakete hinaus.

„Wie fühlst du dich?"

Er machte ein finsteres Gesicht. „Okay, nehme ich an. Mom, es tut mir echt leid, dass ich abgehauen bin. Wahrscheinlich bin ich schuld daran, dass Dad zu dem Schuppen zurückgekommen ist und … und … also, du weißt schon."

„Mach dir keine Vorwürfe", beruhigte Dani ihn, setzte sich auf den Bettrand und schob Cody das zerzauste Haar aus den Augen. „Ich bin nur froh, dass du sicher wieder zu Hause bist."

„Aber die ganze Ausrüstung …"

„Kann wieder ersetzt werden. Du nicht."

Cody musste schwer schlucken. Dann setzte er sich auf und umarmte sie mit der ganzen Kraft seiner neun Jahre. „Ich hab dich lieb, Mom", sagte er, obwohl es ihm ein wenig peinlich war.

„Oh, Liebling, ich hab dich auch lieb." Ihre Augen füllten sich mit Tränen.

„Und Chase auch, oder? Du willst ihn heiraten, nicht wahr?"

„Was hältst du davon … wärst du bereit, mich zu übergeben?"

„Häh?"

Dani musste über seine verwirrte Miene lachen und erklärte ihm die Hochzeitszeremonie, bei der der nächste männliche Verwandte die Braut dem Bräutigam zuführt und übergibt.

„Okay, dann übergebe ich dich", stimmte er zu und wurde rot. „Solange es nicht für immer ist."

„Dummkopf!"

„Wo würden wir denn leben?"

„Gute Frage. Warum sprichst du nicht mal mit Chase darüber? Er findet, du hast einen schulfreien Tag verdient."

„Super!"

„Ich bin mir da nicht so sicher …"

„Vielleicht wär's ja doch gar nicht so schlecht, Chase als Stiefvater zu haben!" Cody sprang aus dem Bett.

„Das sehe ich etwas anders … aber, hör mal, du kannst dich nicht davor drücken, deine Aufgaben hier zu erledigen, okay?"

„Okay", grummelte er und griff nach seiner Lieblingsjeans.

Noch immer lächelnd ging Dani ins Schlafzimmer, kämmte sich die zerzausten Haare, legte ein wenig Make-up auf und zog sich ein Sommerkleid an. Als sie wieder nach unten kam, hatte Cody bereits mit Chase gesprochen und war im Stall, um die Tiere zu füttern.

Chase saß in der Küche und hatte die Füße auf einen freien Stuhl gelegt, während er in kleinen Schlucken seinen Kaffee trank. Er wirkte sehr selbstzufrieden.

„Du siehst aus wie die Katze, die den Kanarienvogel gefangen hat", bemerkte sie und goss sich eine Tasse ein.

„Keinen Kanarienvogel, aber die schönste Frau östlich der Rockies."

„Verschone mich! Was hast du inzwischen gemacht?"

„Mehr als du wissen willst."

„Wollen wir wetten?"

„Also gut." Warnend hob er einen Finger. „Ich habe die Polizei angerufen. Sie haben Blake bereits festgenommen."

Zitternd setzte sie sich und stützte den Kopf in die Hand. „Nein", flüsterte sie.

„Doch. Er hat sich selbst gestellt, weil er anscheinend große Angst bekommen hatte, Cody verletzt oder sogar getötet zu haben. Offenbar hatte Blake nicht damit gerechnet, dass jemand zu Hause sein könnte. Dann sah er Cody genau in dem Moment, als gleich darauf der Benzintank explodierte, und er konnte den Jungen nicht finden. Er hat gestanden, mit Caleb unter einer Decke zu stecken, und die Polizei ist jetzt gerade oben in Calebs Haus. Ich habe ihnen von dem Dioxin erzählt, und sie versuchen mit Larry Cross Kontakt aufzunehmen. Wahrscheinlich wird sich der Staatsanwalt mit dir in Verbindung setzen, denn er wird wissen wollen, ob du Anzeige erstatten willst."

„Verstehe", flüsterte sie. „Und wie geht es dir damit?"

„Es macht mir nichts aus. Blutsverbindung hin oder her, Caleb Johnson war niemals mein Vater. Aber ich habe ihn angerufen. Ich habe ihm alles gesagt, was wir wissen, und ob du es glaubst oder nicht, er hat zugestimmt, dich in Ruhe zu lassen."

„Das glaube ich erst, wenn ich es sehe."

„Oh, das dürfte nicht so schwer werden, denn es ist gut möglich, dass er den Rest seines Lebens im Gefängnis verbringen wird."

„Und das ist dir völlig gleichgültig?", fragte sie behutsam.

„Er war nie ein Vater für mich. Was zwischen ihm und meiner Mutter war, ist passiert, als ich noch nicht auf der Welt war." Er trank einen großen Schluck Kaffee. „Aber ich habe eine andere Vereinbarung mit ihm getroffen."

„Nun sag schon", stöhnte sie.

„Ich werde mein Unternehmen nach Martinville verlegen."

„Das finde ich gut."

Er stand auf und kam um den Tisch zu ihrem Stuhl, wo er nach ihrer Hand griff und sie hochzog. „Ich dachte mir, dass dir das gefallen wird, und das, was jetzt kommt, ist sogar noch besser, hoffe ich. Da er nun mal fest entschlossen ist, ‚Summer Ridge' zu bauen, habe ich Caleb gesagt, wir könnten ihm die Wasserrechte an den heißen Quellen übertragen."

„Du hast was?"

„Hör einfach zu, okay? Er wird das Wasser natürlich vom Berg nach unten leiten müssen … durch die Bäume an die hintere Grenze seines Resorts."

„Also ich weiß nicht …"

„Im Gegenzug wird er uns das Recht einräumen, den Wasserlauf zu kontrollieren. Mit dem Geld, das wir aus dem Verkauf dieser Wasserrechte erhalten, werden wir den alten Siedlerhof restaurieren und vielleicht auch noch ein paar zusätzliche Räume anbauen."

„Oh, Chase." Dani konnte das ganze Glück gar nicht fassen. „Das ist wundervoll, aber es ist ein großes Haus, wieso noch weitere Räume?"

„Moderne Räume … wie zum Beispiel Bäder mit fließendem Wasser und ein Kinderzimmer …"

„Ein Kinderzimmer?" Sie lachte.

„Mindestens eins." Er nahm sie in die Arme. „Also, was sagst du dazu?"

„Wieso hast du so lange gebraucht, um in mein Leben zu treten?" Mit leuchtenden Augen sah sie zu ihm hoch, ihr ganzes Herz lag in diesem Blick.

„Dann ist der nächste Samstag also doch ein guter Tag für unsere Hochzeit?"

„Wenn wir es morgen nicht schaffen …"

Er hob sie hoch und grinste. „Weißt du, ich habe es mir gerade anders überlegt."

„Oh?"

„Jawohl. Vielleicht sollten wir Cody doch lieber in die Schule schicken. Dann hätten wir den Rest des Tages für uns."

Sie lächelte verführerisch. „Das klingt himmlisch, aber du hast bereits versprochen, dass er zu Hause bleiben darf."

„Mein Fehler", stöhnte er und bedeckte ihren Hals mit Küssen. „Aber warte nur, Lady. Wenn Cody heute Abend schlafen geht …"

„Versprechungen, Versprechungen", scherzte sie.

„Richtig. Versprechungen für den Rest deines Lebens." Er küsste sie zart und ließ dabei seine Lippen weich über ihren Mund gleiten.

„Für immer?", fragte sie.

„Für immer."

– ENDE –

Lesen Sie auch:

Marie Force

D. C. Affairs:
Fatales Geheimnis

Ab Januar 2014 im Buchhandel

Band-Nr. 25721
7,99 € (D)
ISBN: 978-3-86278-855-2

Zuerst schlug ihm der Geruch entgegen.

„Uh, was zur Hölle ist das?" Nick Cappuano ließ die Schlüssel in seine Manteltasche fallen und betrat das geräumige, gut ausgestattete Apartment im Watergate-Komplex, das sein Boss, Senator John O'Connor, von seinem Vater geerbt hatte.

„Senator!" Nick versuchte, den üblen metallischen Geruch zu identifizieren.

Er ging durch das Wohnzimmer, wo er Teile des Anzugs, den John gestern getragen hatte, auf den Sofas und Sesseln verstreut liegen sah. Die Sachen bildeten einen Pfad Richtung Schlafzimmer. John hatte sich gestern Abend noch bei Nick gemeldet, während er, von einem Dinner mit der Führungsriege der Demokratischen Partei Virginias kommend, auf dem Weg nach Hause war. Nick hatte seinen sechsunddreißigjährigen Boss daran erinnert, seine Alarmanlage einzuschalten.

„Senator?" John hasste es, wenn Nick ihn so nannte, doch Nick war der Meinung, dass die Leute seinem Freund so viel Respekt entgegenbringen sollten.

Der eigenartige Geruch, der sich in der ganzen Wohnung ausgebreitet hatte, führte dazu, dass sich Nicks Nackenhaare aufstellten. „John?"

Er schritt in das Schlafzimmer und schnappte nach Luft. John saß blutüberströmt aufrecht in seinem Bett, die Augen offen, der Blick jedoch leer. Ein Messer steckte in seinem Hals und hielt ihn am Kopfteil des Bettes fest. Seine Hände lagen in einer Blutlache im Schoß.

Nick würgte. Das Letzte, was er registrierte, ehe er ins Bad stürzte, um sich zu übergeben, war, dass etwas aus Johns Mund hing.

Nachdem das heftige Würgen endlich aufgehört hatte, richtete Nick sich mit zitternden Beinen auf, wischte sich den Mund mit dem Handrücken ab und lehnte sich an die Frisierkommode. Er wartete, ob noch mehr kommen würde. Sein Handy klingelte. Da er sich nicht meldete, vibrierte sein Pager. Nick brachte nicht die Kraft auf, jemanden anzurufen und die Worte auszusprechen, die alles verändern würden. *Der Senator ist tot. John wurde ermordet.* Er wollte zu dem Moment zurückkehren, als er wütend im Auto saß und glaubte, sein ärgstes Problem an diesem Tag sei, dass dieses große Kind wieder einmal verschlafen hatte.

Erinnerungen, die zurückreichten bis zu ihrer ersten Begegnung als Studienanfänger im Geschichtsseminar in Harvard, tauchten vor seinem inneren Auge auf, hunderte Schnipsel an eine fast zwanzigjährige Freundschaft. Wie um sich davon zu überzeugen, dass das, was er gesehen hatte, Wirklichkeit war, spähte er ins Schlafzimmer. Beim Anblick seines besten Freundes, erstochen und blutbesudelt, zuckte er zusammen.

Tränen brannten ihm in den Augen, doch er riss sich zusammen. Nicht jetzt. Vielleicht später, aber nicht jetzt. Sein Handy klingelte erneut. Diesmal schaute er aufs Display. Es war Christina, seine stellvertretende Stabschefin. Allerdings ging er nicht dran. Stattdessen wählte er die Nummer der Polizei.

Er atmete tief durch, um ruhiger zu werden und nicht hysterisch zu klingen. „Ich muss einen Mord melden", sagte er und gab die Adresse durch. Anschließend stolperte er ins Wohnzimmer, um auf das Eintreffen der Polizei zu warten. Das Bild seines toten Freundes, so viel war gewiss, würde ihn auf ewig verfolgen.

Zwanzig Minuten später trafen zwei Officer ein. Sie warfen einen kurzen Blick ins Schlafzimmer und forderten per Funk Verstärkung an. Nick war überzeugt davon, dass keiner der beiden das Opfer erkannt hatte.

Er fühlte sich wie von einer riesigen Welle überrollt, die ihn immer weiter vom sicheren Ufer wegtrug, bis das Atmen mühsam wurde. Er schilderte den Cops genau, was passiert war – dass sein Boss nicht zur Arbeit erschienen und Nick daraufhin zu ihm gefahren war, weil er nach ihm sehen wollte, und er ihn tot aufgefunden hatte.

„Der Name Ihres Chefs?"

„United States Senator John O'Connor." Nick beobachtete, wie die beiden jungen Polizisten blass wurden und sofort mit mehr Nachdruck Verstärkung forderten.

„Ein weiterer Skandal im Watergate", hörte er einen von ihnen murmeln.

Schon wieder ertönte Nicks Handy. Diesmal nahm er das Gespräch an.

„Ja?", sagte er leise.

„Nick!", schrie Christina. „Wo zur Hölle steckt ihr? Trevor dreht durch!" Das bezog sich auf den Kommunikationschef, der für diesen Vormittag eine Reihe von Interviewterminen mit dem Senator anberaumt hatte.

„Er ist tot, Chris."

„Wer ist tot? Wovon redest du?"

„John."

Ihr leises Weinen brach ihm das Herz. „Nein!" Nick wusste, dass sie verzweifelt in John verliebt war, jedoch Profi genug, um sich niemals von diesen Gefühlen beeinflussen zu lassen. Das war einer der vielen Gründe, weshalb Nick sie respektierte.

„Tut mir leid, dass ich damit so herausplatze."

„Wie?", fragte sie mit brüchiger Stimme.

„Im Bett erstochen."

Am anderen Ende der Leitung war ein Stöhnen zu hören. „Aber wer ... Ich meine, *warum*?"

„Die Cops sind hier, aber noch weiß ich nichts. Du musst um eine Verschiebung der Abstimmung bitten."

„Das kann ich nicht", erwiderte sie und fügte fast flüsternd hinzu: „Daran kann ich momentan nicht denken."

„Das musst du, Chris. Dieser Gesetzentwurf ist sein Vermächtnis. Wir dürfen nicht zulassen, dass seine Arbeit umsonst war. Schaffst du das? Für ihn?"

„Ja ... okay."

„Du musst dich wegen der Mitarbeiter zusammenreißen. Erzähl ihnen noch nichts. Nicht bevor seine Eltern informiert wurden."

„Oh verdammt, seine armen Eltern. Du solltest dich auf den Weg machen. Es ist besser, sie erfahren es von dir als von der Polizei."

„Ich bin mir nicht sicher, ob ich das kann. Wie erkläre ich Leuten, die ich liebe, dass ihr Sohn ermordet wurde?"

„Er würde wollen, dass du es ihnen beibringst."

„Vermutlich hast du recht. Mal sehen, ob die Cops mich überhaupt gehen lassen."

„Was werden wir ohne ihn machen, Nick?" Diese Frage hatte er sich selbst schon gestellt. „Ich kann mir diese Welt, dieses Leben ohne ihn nicht vorstellen."

„Geht mir genauso", erwiderte Nick. Sein Leben würde völlig anders sein, wenn John O'Connor nicht mehr im Mittelpunkt stand.

„Ist er wirklich tot?", fragte sie, als müsse sie sich erst davon überzeugen, dass es sich nicht um einen grausamen Scherz handelte. „Jemand hat ihn umgebracht?"

„Ja."

Vor dem Büro des Chiefs strich Detective Sergeant Sam Holland über ihre karamellfarbenen Haare, die sie während der Arbeit mit einer Spange bändigte, kniff sich in die Wangen, um Farbe hineinzubekommen, und zupfte ihre graue Kostümjacke über ihrem roten Top zurecht.

Um ihre Nerven und ihren chronisch nervösen Magen zu beruhigen, atmete sie tief durch, ehe sie die Tür öffnete und eintrat. „Gehen Sie gleich hinein, Sergeant Holland. Er wartet auf Sie."

Na fabelhaft, dachte Sam und lächelte der Empfangsdame kurz zu. Sie unterdrückte den Impuls, sich einfach umzudrehen und wegzurennen, und trat ein.

„Sergeant." Der Chief, den sie einst ‚Onkel Joe' genannt hatte, stand auf und kam hinter seinem riesigen Schreibtisch hervor, damit er sie mit einem festen Händedruck begrüßen konnte. Mit seinen grauen Augen musterte er sie besorgt und mitfühlend. Beides war neu seit dem „Zwischenfall". Wie dem auch sei, es wurmte sie. „Sie sehen gut aus."

„Es geht mir auch gut."

„Freut mich zu hören." Er bedeutete ihr, sich zu setzen. „Kaffee?"

„Nein, danke."

Er schenkte sich eine Tasse ein und sah über die Schulter. „Ich habe mir Sorgen um Sie gemacht, Sam."

„Das tut mir leid, und auch, dass ich die ganze Abteilung blamiert habe." Das war ihre erste Gelegenheit, persönlich mit ihm zu sprechen, seit sie nach einem Monat Beurlaubung zurückgekehrt war. In dieser ganzen Zeit hatte sie diesen Satz wieder und wieder geübt. Sie hoffte, ihn aufrichtig und überzeugend rübergebracht zu haben.

„Sam", meinte er seufzend und nahm ihr gegenüber, den Becher in den großen Händen haltend, Platz. „Sie haben nichts getan, was Ihnen oder der Abteilung peinlich sein müsste. Jeder macht mal Fehler."

„Aber nicht jeder macht Fehler, die zu einem toten Kind führen, Chief."

Er betrachtete sie lange schweigend, als treffe er irgendeine Entscheidung. „Senator John O'Connor wurde heute Morgen ermordet in seiner Wohnung aufgefunden."

„Um Himmels willen! Wie wurde er getötet?"

„Ich habe noch nicht alle Details. Aber nach allem, was man mir bisher mitgeteilt hat, wurde er offenbar verstümmelt und in den Hals gestochen. Der Stabschef hat ihn entdeckt."

„Nick", sagte sie leise.

„Bitte?"

„Nick Cappuano ist O'Connors Stabschef."

„Kennen Sie ihn?"

„Kannte. Ist Jahre her", fügte sie hinzu, verblüfft und beunruhigt darüber, dass die Erinnerung an ihn nach wie vor Macht über sie hatte. Allein seinen Namen auszusprechen, beschleunigte ihren Herzschlag.

„Ich gebe Ihnen den Fall."

Sie war erstaunt, dass man sie so unvermittelt wieder mit echter Arbeit beauftragte, nach der sie sich gesehnt hatte.

Deshalb kam sie um die eine Frage nicht herum: „Warum mir?"

„Weil Sie es brauchen, und ich auch. Wir brauchen beide ein Erfolgserlebnis."

Die Presse hatte ihn schonungslos attackiert, Sam, die Abteilung. Doch es ihn zugeben zu hören, schmerzte sie. Ihr Vater war zusammen mit Farnsworth aufgestiegen, was wahrscheinlich der Hauptgrund dafür war, dass sie ihren Job nach wie vor hatte. „Ist das ein Test? Ich finde heraus, wer den Senator ermordet hat, und meine Sünden sind mir vergeben?"

Er stellte seinen Kaffeebecher ab und lehnte sich nach vorn, die Ellbogen auf die Knie gestützt. „Die einzige Person, die Ihnen vergeben muss, sind Sie selbst."

Wütend über die aufwallenden Emotionen, die seine Worte in ihr auslösten, räusperte sie sich und stand auf. „Wo wohnt O'Connor?"

„Im Watergate-Komplex. Zwei Uniformierte sind bereits dort. Die Spurensicherung ist unterwegs." Er reichte ihr einen Zettel mit der Adresse. „Ich muss Ihnen nicht erklären, dass der Fall äußerste Diskretion verlangt."

Ebenso wenig musste er hinzufügen, dass dies ihre einzige Chance zur Wiedergutmachung war.

„Wird das FBI nicht beteiligt sein wollen?"

„Kann sein, nur fällt das nicht in ihre Zuständigkeit. Und das wissen sie auch. Die werden mir trotzdem im Nacken sitzen, also berichten Sie mir direkt. Ich will alles wissen, und zwar zeitnah. Ich spreche es mit Stahl ab", fügte er hinzu und meinte damit den Lieutenant, dem sie normalerweise Bericht erstattete.

Auf dem Weg zur Tür fiel ihr noch etwas ein. „Ich werde Sie nicht enttäuschen."

„Das haben Sie noch nie."

Die Hand auf dem Türknopf, drehte sie sich zu ihm um. „Sprechen Sie als Chef der Abteilung oder als Onkel Joe?"

Ein kurzes, aber aufrichtiges Lächeln erschien auf seinem Gesicht. „Beides."

„Eine leidenschaftliche Liebesgeschichte wird zu einem mörderischen Rätsel." *People*

Deutsche Erstveröffentlichung

Linda Howard
Tödliche Verlockung

Ein verheirateter Mann? Der Selfmade-Millonär Richard Worth wird für die junge New Yorker Malerin Sweeny zur Versuchung. Als er heiß mit ihr flirtet, wird sie tatsächlich schwach. Mit dramatischen Folgen: Kaum wird ihre Liebe öffentlich, verfängt Sweeney sich in einem gefährlichen Netz aus Eifersucht und Intrigen. Richard ist ausgerechnet der Noch-Ehemann von Sweeneys Galeristin Candra, die plötzlich alles daran setzt, die Scheidung zu verhindern. Kurz darauf wird Candra ermordet und sofort gerät Sweeney unter Verdacht: Man findet ein rätselhaftes Gemälde in ihrem Atelier – mit Einzelheiten der Tat, die nur der Mörder kennen kann …

Band-Nr. 25698
8,99 € (D)
ISBN: 978-3-86278-826-2
336 Seiten